BASTEI
LÜBBE

BIBLIOTHEK
DER
PHANTASTISCHEN
LITERATUR

Herausgegeben von Stefan Bauer

J.V. JONES

Der Dornenring

DIE EWIGE KRONE

Roman

Ins Deutsche übertragen
von Rainer Schumacher

BASTEI LÜBBE TASCHENBUCH
Band 28 315

Erste Auflage: Mai 1999

Deutsche Lizenzausgabe 1999 by
Bastei-Verlag Gustav H. Lübbe GmbH & Co.,
Bergisch Gladbach
Originaltitel: The Barbed Coil, Part I
Lektorat: Angela Koonen / Stefan Bauer
Titelbild: Daniel R. Horne
by arrangement with Warner Aspect
Vignetten: Johann Peterka
Umschlaggestaltung: QuadroGrafik, Bensberg
Satz: KCS GmbH, Buchholz / Hamburg
Druck und Verarbeitung:
Groupe Hérissey, Évreux, Frankreich
Printed in France
ISBN 3-404-28315-5

Für Betsy

Danksagung

Mein Dank und meine Bewunderung gilt Betsy Mitchell für ihre unschätzbare Hilfe und ihren Rat. Ebenso danke ich Colin Murray, Wayne D. Chang, Russel Galen und Danny Baror, Mari C. Okuda, Sona Vogel und Daniel R. Horne. Was die Beschreibung illuminierter Manuskripte und ihrer Herstellung betrifft, so schulde ich den Werken von Michelle P. Brown und Janet Backhouse besonderen Dank (obwohl ich gestehen muß, daß ich einige der im Buch beschriebenen, bösartigeren Ingredienzien selbst erfunden habe). Und wie immer gilt mein Dank natürlich auch Richard …

Prolog

Der bald König sein würde rannte nackt durch die Wälder. Geschöpfe der Nacht folgten ihm durch das blauschwarze Labyrinth. Die Gerüche waren scharf, die Luft dünn. Der Mond erschien wie eine Klinge, bereit zum Schlag.

Wurzeln ragten wie drohende Fäuste aus der Erde, und Äste knallten wie Peitschen, als er vorübereilte. Alles – die Sterne, die nachtschwarzen Wolken, die vom Regen durchnäßte Erde und die Tiere in den Schatten – alles gehörte ihm in dieser Nacht.

Noch fünf Wochen bis zur Krönung. Noch fünf Wochen, bis es beginnen würde. Noch fünf Wochen, in denen er sich auf das vorbereiten konnte, was er tun mußte.

Soviel Macht lag in der Zahl fünf, soviel uralte und schreckliche Magie.

Der bald König sein würde richtete seinen Blick gen Westen. Die Vorce-Berge erschienen ihm im Geiste wie Turmspitzen, und die letzten Schneereste auf ihren Gipfeln verspotteten ihn mit ihrer jungfräulichen Farbe. Er würde es genießen, die Bergpässe mit Blut zu besudeln und durch die verwitterten Schluchten in das fruchtbare Land dahinter vorzustoßen.

Garizon war schon viel zu lange ohne Salzwasserhafen, viel zu lange ohne Küste, die es sein eigen nennen konnte; dem Land hatte es viel zu lange an so vielem gemangelt. Zerschmettert, besiegt, unterjocht und dann vergessen hatte Garizon jahrzehntelang nur von Blut, Unrat und Galle gelebt.

Fünfzig Jahren waren vergangen, seit das Land zuletzt einen König gehabt hatte. Für jene im Westen war das mehr als genug Zeit, um zu sterben, zu vergessen oder durch Syphilis den Verstand zu verlieren. Mehr als genug Zeit, um Garizon zu ›unserem Kornfeld im Osten‹ und zu ›unserem Freund in Zeiten der Not‹ zu machen.

Schon bald würde Garizon niemandes Freund in der Not mehr sein. Garizon hatte seine eigenen Bedürfnisse. Sein alter Stolz war wiederhergestellt worden. Nun mußten verlorene Ländereien wiedergewonnen und ein neuer König mußte mit der Dornenkrone aus Gold gekrönt werden.

Fünfzig Jahre der Unterdrückung gegenüber fünfhundert Jahren des Krieges. Der bald König sein würde lächelte in sich hinein, während er zwischen den Bäumen hindurchrannte. Der Westen hatte ein kurzes Gedächtnis, und jene, die sich nicht erinnerten, erwartete ein weit schlimmeres Schicksal als nur ihre alten Fehler zu wiederholen.

San Diego Union-Tribune, 28. März

GESCHEITERTE BANKRÄUBER ENTKOMMEN MIT INHALT VON SCHLIESSFÄCHERN

Bei einem Einbruch Dienstag nacht in die La Havra National Bank in Chula Vista wurde ein Wachmann in die Brust geschossen, und die Räuber entkamen mit dem Inhalt von schätzungsweise dreihundert Schließfächern.

Samuel Ossaco, 46, wurde mit lebensgefährlichen Verletzungen in das Scripps-Memorial-Krankenhaus eingeliefert. Etwa vierzig Minuten, nachdem die Räuber das Gebäude verlassen hatten, war es ihm gelungen, den manuellen Alarm auszulösen. Offenbar sind vor dem Einbruch alle Telefonleitungen in dem Gebäude gekappt worden.

Die Räuber haben versucht, sich mit Hilfe eines Schweißgeräts Zugang zum Hauptsafe zu verschaffen. Die Polizei geht davon aus, daß sie die Schließfächer erst aufgebrochen haben, nachdem dieser Versuch gescheitert war. Bis jetzt gibt es keinerlei Hinweise auf die Täter und den Verbleib ihrer Beute.

»Das war das Werk von Profis«, erklärte Lt. Jamie Peralla vom Einbruchsonderdezernat. »Diese Männer wußten, was sie taten. Sie wußten, welche Leitungen sie kappen mußten und was wo und wie gesichert war. Sie waren auf alles vorbereitet.«

George Bonaheim, der Präsident der Bank, hat eine Belohnung von 10 000 Dollar für Hinweise ausgesetzt, die zur Wiederbeschaffung der Schließfachboxen führen. »Diese Diebe haben Teile des Lebens anderer Menschen gestohlen«, erklärte er. »Niemand weiß, was sich in diesen Boxen befindet.«

(Siehe BOXEN auf Seite A-3)

Kapitel eins

Nachdem sie sich gesetzt hatte, um ihr Frühstück zu genießen, überflog Tessa McCamfrey die ersten Seiten des *Union-Tribune*. Schlagzeilen, Bildunterschriften und Werbeanzeigen waren das einzige, das sie interessierte. Zwar konnte sie auch die kleinere Schrift der Artikel lesen, aber sie hatte keine Lust, sich längere Zeit auf die Buchstaben zu konzentrieren. Ihre Winzigkeit machte sie nervös.

Tessa beugte sich über den weiß beschichteten Tisch und griff nach dem Schinkensandwich, das neben dem Telefon lag. Wie immer warf sie einen kurzen Blick zwischen die beiden Hälften des getoasteten englischen Muffins, um sich zu vergewissern, daß alles ihrem Geschmack entsprach. Es gefiel ihr, wenn man die Fasern des Fleisches sehen konnte.

Zufrieden biß sie ein Stück aus ihrem Sandwich heraus und blätterte zur nächsten Seite der Zeitung. »Hmmm«, murmelte sie vor sich hin, als ihr Blick über die Schlagzeile NOCH IMMER KEINE SPUR VON DEN VERMISSTEN BOXEN huschte. Wie lange war das nun schon her? Einen Monat? Sechs Wochen? Vermutlich würden die Boxen nie wieder auftauchen.

In dem Augenblick, da Tessa die Zeitung auf den Tisch warf, klingelte das Telefon. Sie zuckte unwillkürlich zusammen. Drei Klingelzeichen später sprang der brandneue Sony-Deluxe-Anrufbeantworter an. Die Kassette wurde an die entsprechende Stelle gespult; Lichter blinkten, und dann riet eine fremde Stimme dem Anrufer: »Unsere Familie ist im Augenblick leider nicht daheim. Bitte hinterlassen Sie nach dem Signalton eine Nachricht. Wir rufen Sie zurück.«

Tessa verzog das Gesicht. *Unsere Familie.* Sie sollte die vorgefertigte Ansage durch eine eigene ersetzen. Doch noch während dieser Gedanke in ihrem Kopf Gestalt annahm, wußte sie, daß sie sie niemals ändern würde. Sie konnte sich nie dazu überwinden, etwas zu tun, was getan werden mußte.

Ein lauter Pfeifton ertönte, dem eine sanfte männliche Stimme folgte. »Tessa? ... Tessa? Bist du da?« Es folgte eine kurze Pause, und als die Stimme sich wieder meldete, hatte sie vor Enttäuschung etwas von ihrer Weichheit eingebüßt. »Sieh mal, ich weiß, daß du da bist. Ich komme rüber. Wir müssen reden.«

Tessa war bereits aufgesprungen und im Begriff, sich die Schuhe anzuziehen, noch bevor der Anrufer den letzten Satz beendet hatte. Das Schinkensandwich wurde achtlos liegengelassen; Autoschlüssel und Brieftasche wurden gesucht und gefunden, und ein Wollpullover wurde über die Baumwollbluse gestülpt. Es war Zeit, einen Spaziergang zu machen.

Tessa haßte diese Gespräche am Ende einer Beziehung. Sie haßte es, dem Mann in die Augen blicken zu müssen, und sie haßte sich selbst, weil sie wieder einmal versagt hatte. All ihre Beziehungen waren auf die gleiche Art auseinandergegangen, mit dem gleichen Telefonanruf, den gleichen gegenseitigen Beschuldigungen und mit den gleichen Schuldgefühlen. Wie sollte sie den Männern auch erklären, warum sie nichts mehr für sie empfand, wenn sie es sich selbst nicht erklären konnte?

Es war *unmöglich,* und deshalb hatte sie im Laufe der Zeit immer mehr Geld für immer bessere Anrufbeantworter ausgegeben. Da sie es den Männern nicht erklären konnte, schottete sie sich ab. Und wenn einer von ihnen drohte vorbeizukommen – so wie Mike Hollister –, dann lief sie einfach davon.

Die südkalifornische Sonne war für Tessas Geschmack viel zu hell. Trotz der Tatsache, daß es bereits Mitte Mai war und daß die Temperaturen um die fünfundzwanzig Grad betrugen, legte Tessa den Pullover nicht ab. Sie fühlte sich stets ein wenig ungeschützt, wenn sich nur eine dünne Stoffschicht zwischen ihr und der Außenwelt befand.

Ihr gelber Honda Civic war ein guter Freund. Im Gegensatz zu den treulosen Autos in diversen Hollywood-Streifen, die immer den Dienst versagten, wenn die Heldin dringend die Szene verlassen mußte, begann Tessas Honda im selben Augenblick zu schnurren, da sie den Schlüssel herumdrehte.

Und wohin jetzt? Tessa wollte etwas Grünes um sich herum sehen, doch nicht das gedüngte Grün von Baugrundstücken, die man für potentielle Käufer herausgeputzt hatte, und auch nicht das künstlich angelegte Grün der Mission-Gorge-Golfanlage. Sie wollte *echtes* Grün sehen, lebendiges Grün.

Tessa bog in die Texas Street ein und fuhr von den University Heights Richtung Osten zum Highway 8, vorbei an Hotels, Einkaufszentren, Bowlinghallen und großen Parkplätzen. Es war früh am Morgen und außerdem Sonntag, und deshalb herrschte auf dem Highway kaum Verkehr. Der Himmel hatte das typische Südkalifornienblau: fahl, wolkenlos und diesig. Die Sonnenstrahlen, die durch die Fenster auf der Fahrerseite fielen, wärmten ihr die Hände und das Gesicht.

Tief in ihrem Inneren war Tessa froh, auf der Flucht zu sein. Nur wenn sie irgendwohin unterwegs war, schien sie sich wirklich glücklich zu fühlen. Mit etwas

Glück standen ihr Minuten, vielleicht sogar Stunden bevor, in denen die Freude auf die Ankunft so überwältigend sein würde, daß sie alles vergaß bis auf die Reise selbst. Aber ohne Ausnahme war sie stets ein wenig enttäuscht, wenn sie ihr Ziel schließlich erreichte. Sie schien niemals dort anzukommen, wo sie eigentlich ankommen wollte.

Während sie fuhr, wurde sich Tessa eines leisen Geräuschs in ihren Schläfen bewußt. *Krrr,* wie Fingernägel, die über eine Schiefertafel kratzen. Tessa verließ der Mut. Nicht jetzt. Nicht heute. Sie hatte es schon so lange nicht mehr gehört, und sie hatte bereits gehofft, es sei ein für allemal verschwunden. In dem Versuch, eine größere Entfernung zwischen sich und das Geräusch zu legen, trat sie aufs Gaspedal. Aus Erfahrung wußte sie, je schneller und weiter sie fuhr, desto weniger würde sie ihr Tinnitus plagen.

Tinnitus: ein Summen oder Klingeln im Ohr. Man hatte ihn zum ersten Mal bei ihr diagnostiziert, als sie fünf Jahre als gewesen war, kurz bevor ihre Familie England verließ und nach Amerika auswanderte. Sie erinnerte sich noch deutlich daran, wie sie auf dem kleinen, quadratischen Stück Rasen saß, das sie Vorgarten nannten, sich die Hände auf die Ohren preßte und ihre Mutter fragte, wann endlich das ›Ping-ping-Geräusch‹ aufhören würde. Sie hatte das Gefühl gehabt, als ob jemand in ihrem Kopf eine winzige Glocke läutete.

Das Läuten wollte nicht aufhören. Nach einer Woche wurde der Hausarzt gerufen. Dr. Bodesill war ein großer Mann mit einer riesigen Nase, der nach Portwein stank und eine Vorliebe für grellbunte Strickwesten hatte. Nach vielen äußerst beeindruckenden ›Ohs‹ und ›Ahs‹ hatte er Tessas Mutter geraten, ihre Tochter nach London zu einem Spezialisten zu bringen. Zehn Tage später wurde Tessa trotz der Hitze in einen dicken Wintermantel gestopft; ihr Haar wurde zu einem Zopf geflochten, ihre Socken hochgezogen, und dann wurde sie unter lautem Protest ihrerseits zum Bahnhof geschleppt.

Tessa mochte den Zug. Das rhythmische *Tack, Tack, Tack* der metallenen Räder, die über die Schienen hüpften, und das hohe Pfeifen des Dampfkessels, überlagerte ihren Tinnitus während der gesamten, zwei Stunden dauernden Reise. Es überlagerte ihn dermaßen, daß Tessa fest davon überzeugt war, das Klingeln sei verschwunden, als sie schließlich London erreichten. In dem Augenblick, da sie in die Victoria Station einfuhren, drehte sie sich zu ihrer Mutter um und sagte: »Mama, der Krach hat aufgehört.«

Tessas Mutter wirkte ob dieser Bemerkung ehrlich verzweifelt: Der ganze, lange Weg nach London, der Spezialist, der sie erwartete, und nun hatte sich dieses widerspenstige und undankbare Kind in den Kopf gesetzt, sich selbst für geheilt zu erklären! Sie wurde jedoch vor der Peinlichkeit bewahrt, dem Londoner Spezialisten eine auf wundersame Weise geheilte Tochter zu präsentieren, als ein Schaffner mitsamt seiner Pfeife sich dem Waggon näherte.

In ihrem ganzen Leben würde Tessa das Schrillen dieser Pfeife nicht mehr vergessen. Kurz hinter Stoke war das Abteilfenster geöffnet worden, und es stand immer noch offen, als der Schaffner über Bahnsteig vier heranmarschierte und drei Schritte entfernt Position bezog, um anschließend mit aller Kraft in seine Schaffnerpfeife hineinzublasen.

Der Pfiff drang wie eine Rasierklinge in Tessas linkes Ohr, durchschnitt Nerven, Gewebe und Membranen, und ihr ganzes Gehirn, ihr ganzer Körper wurde von einem unerträglichen Lärm erfüllt, als ob die Lokomotive selbst durch ihren Kopf donnerte. Tessa erinnerte sich daran, daß sie hysterisch geschrien und ihre Mutter angefleht hatte, sie solle den Lärm abstellen. Stunden später hatte sie dann erfahren, daß es ihr eignes Schreien gewesen war, was ihren Zustand noch weiter verschlimmert hatte.

Bis sie die Harley Street erreichten, hatte ihre Mutter ihr mit einem gelben Nylonschal die Hände hinter dem Rücken zusammengebunden. Nur so war es möglich, sie davon abzuhalten, sich ständig auf die Schläfen zu schlagen.

Der Spezialist, ein Otolaryngologe mit Namen Dr. Hemsch, gab ihr ein Sedativum, ein Glas Limonade und einen Teddybär, an dem sie sich während der Untersuchung festhalten konnte. Im Laufe der folgenden Stunde wurden ihre Ohren mit kalten Stahlinstrumenten untersucht, ihre Hörfähigkeit mit einer Serie hoher und tiefer Summtöne überprüft, und nachdem sie eine Urinprobe abgegeben hatte, nahm ihr eine mollige Krankenschwester mit kalten Händen Blut ab.

Dr. Hemsch teilte die Untersuchungsergebnisse Mutter und Tochter getrennt mit. Tessa würde ihm für immer dankbar dafür sein, daß er zuerst mit ihr sprach. »Tessa«, sagte er, indem er sich vorbeugte und die Brille auszog, hinter der freundliche blaue Augen zum Vorschein kamen, »du hast das, was wir einen Tinnitus nennen. Das bedeutet, daß du manchmal ein Summen in deinen Ohren hörst. Es wird Zeiten geben – so wie heute, als der Schaffner in seine Pfeife geblasen hat –, in denen es lauter sein wird als normal. Und zu anderen Zeiten wirst du wiederum gar nichts mehr hören.«

Der Arzt legte ihr die Hand auf die Schulter. »Du und ich, Tessa, wir sind jetzt ein Team. Wir müssen dafür sorgen, daß du dich von lauten Geräuschen wie dem Pfeifen des Schaffners fernhältst, denn obwohl wir die Ursachen für Tinnitus nicht kennen, so wissen wir doch, daß laute Geräusche ihn verschlimmern.«

»Kannst du machen, daß die Geräusche verschwinden?« fragte Tessa ermutigt von dem Gedanken, daß sie und Dr. Hemsch ein Team sein würden.

Dr. Hemsch blickte ihr in die Augen. »Nein, ich kann sie nicht verschwinden lassen; aber ich kann dafür sorgen, daß sie nicht so schlimm sind, und wenn der Tinnitus sich nicht von selbst bessert, dann werden wir uns gemeinsam mit diesen Möglichkeiten beschäftigen müssen.«

Tessa lächelte ein wenig traurig, während sie einen schwarzen Pickup links überholte. Sie und Dr. Hemsch hatten niemals die Gelegenheit bekommen, als Team zusammenzuarbeiten. Kurz nach ihrem ersten Besuch bei dem Spezialisten waren sie und ihre Eltern nach New York gezogen. Während des neunstündigen Fluges war der Tinnitus abgeklungen, und als er sieben Jahre später wieder einsetzte, waren der blauäugige Arzt und seine Krankenschwester mit den kalten Händen nur noch eine Erinnerung unter vielen.

Der Fahrer des Pickup trat aufs Gaspedal und zog mit laut brummendem Motor auf der mittleren Spur an Tessa vorbei. Als der Wagen vorüber war, bemerkte sie auf dessen Stoßstange einen Aufkleber, auf dem in großen schwarzen Buchstaben zu lesen stand: ICH STECKE NICHT EIN – ICH TEILE AUS. Instinktiv nahm sie den Fuß vom Gas.

Tessa wußte, daß sie zu schnell fuhr. Sie konnte nicht anders. In dem Sommer, als sie Autofahren gelernt hatte, war sie wieder einmal von ihrem Tinnitus geplagt worden, und sie hatte rasch gelernt, daß der Motor des Wagens um so lauter wurde, je weiter sie das Gaspedal durchtrat. Der einfachste Weg, um mit dem Tinnitus fertig zu werden, bestand darin, ihn zu übertönen: den hohen, lauten Ton durch einen ebenso lauten, doch tiefen Ton von außen auszugleichen. Laut Tessas Theorie hoben sich die beiden an einem bestimmten Punkt gegenseitig auf. Das entsprach zwar nicht ganz der Wahrheit, aber es half – manchmal mehr, manchmal weniger.

Als sie das erste Hinweisschild zur I-15 Richtung Norden entdeckte, wechselte sie erneut auf die linke Spur und geriet unmittelbar hinter den schwarzen Pickup, der im selben Moment die Fahrbahn gewechselt hatte. Die Bremslichter des Pickup leuchteten sofort auf. Tessa trat auf die Bremse. Der Freeway war frei, und doch blitzten die Bremslichter des Pickup noch zweimal kurz hintereinander auf, so daß Tessa immer langsamer werden mußte.

Die Abzweigung zur I-15 war noch drei Meilen entfernt. Während sie den Blick auf den Pickup heftete, wuchs der Lärm in ihrem Kopf. Erneut leuchteten die Bremslichter vor ihr auf. Tessa trat mit aller Kraft auf die Bremse. Sie spürte, wie sie von ihrem Sicherheitsgurt wieder in den Sitz zurückgedrückt wurde. Der Fahrer des Pickup lächelte in seinen Rückspiegel. Er besaß einen dunklen Schnurrbart, ein Doppelkinn und einen schmalen Mund voll schiefer Zähne. Die Wut flackerte in Tessas Augen. Am liebsten würde sie dem Pickup hinten reinfahren, ihn rammen, dann überholen und eine Vollbremsung hinlegen.

Worte aus der Vergangenheit hallten in ihr wider: Worte, die sie zur Vorsicht mahnten, Worte, die nach zwanzig Jahren nur noch abgedroschen klangen: ›Beruhige dich, Tessa. Beruhige dich. Der Arzt hat gesagt, du darfst dich nicht aufregen – sonst kommen vielleicht die Geräusche wieder.‹

Tessa mußte all ihre Selbstbeherrschung aufbieten, die sie sich im Laufe ihres Lebens angeeignet hatte, um nicht mit aller Kraft, sondern vorsichtig abzubremsen, bis der Wagen schließlich nur noch fünfundfünfzig Meilen fuhr. Der Pickup schoß Richtung Abfahrt davon.

Tessa zitterte. Ein konturloser Lärm dröhnte in ihren Schläfen. Plötzlich wollte sie nicht mehr auf der I-15 nach Norden fahren. Sie wollte dem Pickup nicht als gedemütigte Verliererin folgen. Mit feuchten Händen lenkte sie ihren Honda an der nächsten Abfahrt vom Freeway herunter und wieder auf die 8 Richtung Osten.

Tessa ärgerte sich über sich selbst, und sie spürte, wie der Tinnitus sich verschlimmerte. Es war immer dasselbe: Sie *durfte* sich nicht aufregen, doch je mehr sie sich darum bemühte, desto erregter wurde sie.

Der Honda raste über die 8 vorbei an Kliniken, Einkaufszentren, DIY-Warenhäusern und Appartementblöcken, vor denen verwitterte pastellfarbene Schilder ›Kostenfreie Übernahme und Kabelanschluß‹ versprachen. Inzwischen war Tessa wieder mit siebzig Meilen unterwegs. Abermals versuchte sie, ihre strapazierten Nerven durch den Motorenlärm zu beruhigen. Sie wußte nicht mehr, wohin sie fuhr. Ursprünglich war Mission Trails ihr Ziel gewesen, mit seinen alten Eichen und Pinien und den vielen Wanderwegen, die durch schattige Täler und über sandige Hügel führten; nun aber fuhr sie einfach nur nach Osten.

Der Vorfall mit dem Pickup hatte sie aus der Fassung gebracht. Sie versuchte, das Ereignis zu vergessen, doch das Klingeln, das sie ihr ganzes Leben lang immer wieder heimgesucht hatte, wurde stetig schlimmer.

»Beruhigende Musik«, hatte ihr letzter Arzt gesagt. »Beruhigende Musik wird Ihnen helfen, wann immer das Klingeln beginnt.« Dr. Eagleman hatte ihr daraufhin eine Kassette mit dem Titel ›The Healing Ocean‹ in die Hand gedrückt, für die er einen Monat später 99 Dollar in Rechnung gestellt hatte. Auf der Kassette war das Rauschen der Meeresbrandung zu hören, unterlegt mit billiger New-Age-Musik, wie man sie in der Lobby eines kleinen Flughafens hören konnte.

Tessa durchwühlte die Türablage des Honda, bis sich ihre Hand um ›The Healing Ocean‹ schloß. Sie hob ihn vors Armaturenbrett, nahm die Kassette aus der blaugestreiften Hülle und riß an dem Band. Lange, glänzende, braune Plastikstreifen flogen durch die Luft. Tessa drückte die Kassette auf das Lenkrad und zog und zog, bis sie das gesamte Band herausgerissen hatte.

Beim Anblick des Bandes, das wie ein Spaghettiknäuel auf ihrem Schoß lag, mußte sie unwillkürlich grinsen. Also besaß Dr. Eaglemans ›The Healing Ocean‹ *doch* therapeutische Eigenschaften – es hatte nur eine Weile gedauert, bis Tessa sie gefunden hatte. Um ihr Werk zu vollenden, warf sie die leere Kassette auf den Rücksitz. Ja, jetzt fühlte sie sich definitiv besser.

Der Honda Civic raste vorbei an La Mesa und den verstreut liegenden Häusern von El Cajon Richtung Osten. Die Vernichtung der Kassette hatte sie ein wenig beruhigt, und so riskierte sie es, das Radio anzuschalten. Irgend etwas Klassisches wurde gerade gespielt – Bach, vermutete sie. Wäre ihr Vater bei ihr gewesen, hätte er sicher gewußt, um was es sich handelte. Tessa lehnte sich zurück, um die Fahrt zu genießen. Krankenhäuser, Fitneßstudios und Möbelcenter wichen Lagerhallen, Waffengeschäften und Gebäuden, an denen in großen Lettern ›Zu verkaufen‹ stand. Der Freeway wurde immer schmaler, und war schließlich nur noch zweispurig; dann schlängelte er sich die Alpine Heights empor.

Trotz der Tatsache, daß der Honda nach wie vor mit siebzig Meilen über die Straße flog, schwoll das schrille, metallische Klingeln wieder an. Es drängte nach außen. Tessa konnte förmlich spüren, wie es versuchte, die Haut zu durchdringen und sich zu befreien. Sie drehte Bach ein wenig lauter und wandte ihre Gedanken bewußt ab.

Mike Hollister würde vermutlich just in diesem Augenblick vor ihrer Tür erscheinen. Höflich wie immer würde er leise anklopfen – auch falls er bereits vermutete, daß sie vor ihm davongelaufen war. Tessa hatte deswegen ein schlechtes Gewissen. Sie mochte Mike. Er war ein liebenswürdiger Mann, ein guter Vater für seine vierjährige Tochter, und er teilte Tessas Interesse an illuminierten Handschriften – durch letzteres hatten sie sich auch kennengelernt: Bei einer Ausstellung mittelalterlicher Bücher im San Diego Museum of Art hatten sie sich zum ersten Mal getroffen. Mike war der Kurator des Museums. Als Tessa die Hand ausgestreckt hatte, um eines der winzigen, in Leder gebundenen Stundenbücher einmal anzufassen, war Mike derjenige gewesen, der sie darauf aufmerksam gemacht hatte, daß das Berühren nicht gestattet sei. Die Strafe war ein Abendessen mit ihm und seiner Tochter gewesen.

Tessa lächelte, während sie den Honda durch die Kurven lenkte. Sie verstand nicht, warum sie ein derart starkes Bedürfnis verspürt hatte, ihre Beziehung zu Mike zu beenden.

Abwechselnd wand sich der Freeway die Berge hinauf oder bahnte sich einen Weg hindurch. In der einen Minute bot sich Tessa ein schwindelerregender Ausblick den steilen Hang hinunter, und in der nächsten war sie von zerklüfteten Felswänden umgeben. Das Straßengefälle wurde immer steiler, und Tessa schaltete in den dritten Gang. Die Kupplung knirschte laut, als die Scheiben die entsprechende Position einnahmen. Tessa zuckte unwillkürlich zusammen. Das Klingeln verwandelte sich in ein durchdringendes Kreischen, so als schrie ihr jemand ins Ohr.

Warum wurde es immer schlimmer? Sie hatte nichts getan, was den Tinnitus hätte verstärken können. Seit sie vor sieben Jahren nach San Diego gezogen war, war sie nur dann von ihrer Krankheit geplagt worden, wenn sie sich auf irgend etwas besonders stark konzentriert hatte – wie zum Beispiel auf das Ausfüllen der IRS- Formulare – oder wenn sie versuchte hatte, ein Muster zu kopieren, das ihre Aufmerksamkeit erregt hatte.

Muster faszinierten sie: keltischer Schmuck, Orientteppiche, viktorianische Einlegearbeiten, römische Mosaiken – alles, wo Formen und Figuren ein Ornament bilden. Wann immer ihr ein kompliziertes Muster begegnete, versuchte sie, es zu kopieren. An irgendeinem Punkt während dieses Prozesses setzte jedoch stets das Klingeln in ihren Ohren ein – für gewöhnlich, wenn sie gerade erkannt hatte, welches System sich hinter den Linien, Gittern und anderen Formen verbarg, und wenn sie eine erste Ahnung davon bekam, welche Absicht der Künstler mit seinem Werk verfolgt hatte. Zwar war das Geräusch zumeist nicht mehr als ein sanftes, kaum wahrnehmbares Vibrieren, aber es war eine Warnung. Tessa hatte schon lange aufgegeben, sich allzu ehrgeizigen Vorhaben zu widmen. Sie gestattete sich nur noch, Muster, die sie interessierten, zu bewundern und in Gedanken ein wenig den verschlungenen Linien zu folgen.

Tessa riß das Lenkrad nach links. Ihre Konzentration hatte kurz nachgelassen, und der Honda war dem rechten Straßenrand gefährlich nahegekommen, wo ein steiler Abhang tief unten in einem Pinienwald endete, der von oben betrachtet wie ein Nagelbrett aussah.

Das Klingeln und Summen in Tessas Ohren dehnte sich aus und legte schließlich ein Band aus Lärm um ihre Stirn. Sie hatte das Gefühl, als würden ihr tausend Nadeln in den Kopf gestoßen; es war schlimmer als jeder Kopfschmerz. Tessa biß sich auf die Unterlippe. Nicht eine Sekunde lang ließ sie den Blick von der Straße.

Inzwischen war sie von üppigem Grün umgeben. Hügel und Täler waren dich von Pinien bewachsen. Farne und Sträucher standen bis an den Straßenrand.

Seit mehr als einem Jahrzehnt war Tessa nicht mehr so weit auf der 8 Richtung Osten gefahren. Wenn sie sich richtig erinnerte, führte der Freeway mitten durch den Cleveland National Forest hindurch. Die immer dichter werdende Vegetation verriet, daß sie nicht mehr weit davon entfernt sein konnte.

Ein Schild an der Straße hieß Tessa in Alpine willkommen. Unter dem Ortsnamen stand die Einwohnerzahl der Stadt, doch Tessa nahm sie nicht wahr. Der Tinnitus schnitt wie eine Säge durch ihre Gedanken.

In ihrem Schoß blitzte etwas rot auf. Das Knäuel aus Kassettenband lag noch auf ihren Schenkeln, und daneben bemerkte sie einen Tropfen Blut, der in ihrer Jeans versickert war. Rasch wischte sie sich übers Kinn und hatte Blut im Handteller. Sie mußte sich die Lippe aufgebissen haben.

Sie wußte, daß sie besser anhalten sollte. Sie sollte in eines jener pittoresken Ausflugslokale einkehren, vor denen altmodische Schilder frischen Kuchen und heißen Kaffee versprachen. Dort könnte sie dann ein paar Tylenol nehmen, ihre schmerzenden Schläfen massieren, die Augen schließen und warten, bis der Schmerz verflogen war.

Doch Tessa hielt nicht an. Der Abstand zwischen dem, wovon sie wußte, daß es das beste war, und dem, was sie tat, wurde von Sekunde zu Sekunde größer. Das Klingeln und Summen in ihren Ohren war nicht länger irritierend; wie eine Brechstange riß es eine immer größere Kluft zwischen Verstand und Tun.

Der Honda flog durch Alpine und in die dahinterliegenden, bewaldeten Hügel.

Es war, als würde der Tinnitus das Auto fahren und nicht sie. Kurven wurden geschnitten, und Caravans wurden mit der Präzision eines Rennfahrers überholt. Beschleunigen, bremsen, lenken. Tessa besaß nur wenig

Erfahrung im Serpentinenfahren, und doch schaltete sie durch die Gänge wie ein alter Hase. Wenn sie sich einer Abzweigung näherte, bog sie ab, ohne sich zu fragen, wohin sie eigentlich fuhr. Solche Fragen waren das letzte, womit sie sich im Augenblick beschäftigen wollte, denn ihr Verstand war von kreischenden Sirenen in Stücke gerissen worden.

Sie fuhr und fuhr und fuhr. Den Freeway hatte sie schon längst verlassen, und nun bewegte sie sich immer tiefer ins Herz des Waldes hinein. Die asphaltierte Straße wich einem unbefestigten Feldweg, der sich bald in einen Jagdpfad verwandelte.

Große, schlanke Pinien erhoben sich in enger Phalanx zu beiden Seiten des Weges, gewährten nur wenigen Sonnenstrahlen Durchlaß zum Waldboden und ließen keine Seitenwege zu. Tessa blieb keine andere Wahl, als weiter geradeaus zu fahren. Bei einem Blick in den Rückspiegel hatte sie den Eindruck, der Wald selbst würde die Straße hinter ihr schließen.

Es hämmerte in ihren Schläfen. Tränen stiegen ihr in die Augen. Was geschah mit ihr? Es war noch nie so schlimm gewesen.

Vor ihr tauchte ein Wäldchen aus Eichen und Weiden auf. Die weit auseinander stehenden Bäume erschienen wie eine Zuflucht inmitten der finsteren Pinien, und als sie kurz darauf eine Abzweigung entdeckte, steuerte sie den Honda direkt darauf zu.

Die Temperatur im Wagen sank im selben Augenblick, da Tessa das Lenkrad einschlug. Unter den Eichen herrschte ein trübes Zwielicht. Tessa zitterte. Der Pfad dehnte sich zu einem Halbkreis aus – das war das Ende des Weges. Tessa brachte den Honda zum Stillstand und rieb sich die dröhnenden Schläfen. In den Fingerspitzen spürte sie das Blut pochen. Sie mußte aus dem Auto raus.

Die Wagentür quietschte, als Tessa sie öffnete – ein weiteres Geräusch, das den Tinnitus verstärkte. Der Lärm in ihren Ohren war unerträglich. Tessa war sich kaum bewußt, was sie tat, während sie zwischen den Bäumen hindurchstolperte. Der Wald wurde dichter und das Blätterdach versperrte den Blick auf den mittäglichen Himmel. Für Tessas tränenverschleierte Augen schienen die Bäume unnatürlich nah beieinander zu stehen. Tiefer und tiefer lief sie in den Wald hinein, mal fand sie einen Pfad, dann verlor sie ihn wieder und bahnte sich einen Weg durchs Unterholz.

Ihr Kopf schmerzte, als zöge sie jemand an einer Drahtschlinge vorwärts. Ihre Beine machten Schritte, ohne daß ihr Verstand daran beteiligt war, und ihre Augen sahen Formen, die sie nicht mehr benennen konnte.

Das schreckliche, unerträgliche Dröhnen beherrschte Tessa McCamfrey. Sie war nicht länger eine sechsundzwanzigjährige Frau mit einem Job bei Clairemont Telesales, und sie besaß kein Apartment mehr, dem es an Möbeln und Pflege mangelte; sie war ein Kind auf der Suche nach Trost. Und als sie über einen Hügel kletterte und auf der anderen Seite eine kleine Lichtung entdeckte, hatte sie gefunden, wonach sie suchte.

Zwischen gelbem Gras und verdorrten Büschen lagen überall verstreut Hunderte mattgrauer Boxen wie achtlos hingeworfenes Spielzeug auf dem Boden eines Kinderzimmers. Alle waren sie offen. Der Inhalt war zu kleinen Haufen aufgetürmt, und hier und da bewegte sich das, was von der sanften Brise erfaßt wurde.

Im selben Augenblick, da Tessa die Boxen sah, hörte der Lärm in ihrem Kopf auf.

Kapitel zwei

Deveric, Berater von Königen, Schriftgelehrter und Meister der alten Muster, fiel gegen seinen Schreibtisch und griff sich an die Brust.

Ein Rinnsal dunklen Blutes lief aus seiner Nase. Den Linien des faltigen Gesichtes folgend rann ein Tropfen zum Kinn hinunter und fiel schließlich auf die Illumination neben seiner linken Hand. Das Blut tropfte auf das Pergament und netzte auch die Haut des alten Mannes. Selbst jetzt war Deveric weise genug, um eine Botschaft zu erkennen, wenn er eine sah. Dies hier würde das letzte Muster sein, das er in seinem Leben entworfen hatte. Sein letztes und sein bestes.

Fünf Tage und fünf Nächte hatte er daran gearbeitet; die alten Augen hatte er zusammengekniffen, und seine zitternden Hände waren zuerst von Drogen und schließlich von seinem Gehilfen ruhiggestellt worden. Jedes Muster, das Deveric kannte, hatte er in diese Illumination eingearbeitet. Jede Regel hatte er beachtet und jedes Geflecht aus tierischem und pflanzlichem Leben hatte er sorgfältig und mit dem korrekten Satz Linien voneinander getrennt. Alles – die Symmetrie, die Wiederholung von Farben und Formen und die Spiegelung der Motive und Symbole – alles hatte er bis auf den letzten Strich perfekt ausgeführt.

Große Macht war in diese Illumination hineingelegt worden. Genug Macht, um die Magie der Spaltung zu überwinden. An jenem tief zerklüfteten Ort, wo sich der

Schutt aller Welten so still und unvermeidbar ansammelte wie Staub auf einem Kaminsims, rührte sich etwas. Während der Arbeit an der Illumination hatte Deveric gespürt, wie es sich aufbaute; jeder Strich seiner Feder war eine Beschwörung gewesen, jeder Druck auf die Spitze hatte noch etwas anderes herbeigerufen als nur Tinte. Muster, so verschlungen, daß sie dem Auge trotzten, gepaart mit Symbolen, die so leicht waren, daß selbst das Auftragen von Farbe wie ein Sakrileg erschien, ließen die Illumination leuchten; doch nicht Licht war die Ursache des Leuchtens, wie das Wort hätte vermuten lassen, sondern Wahrheit und Macht.

Das Muster mit seinem komplizierten Geflecht aus Schleifen, Formen und Farben war ebensosehr ein Werk der Zauberei wie der Kunst. Es zu erschaffen hatte Deveric all seine Kraft gekostet. Sein Herz, sein Verstand und selbst seine Seele waren ganz und gar in den Linien aufgegangen.

Es war nur angemessen, daß sich nun auch sein Blut mit dem Muster verband.

»Mylord?« fragte eine sanfte, zögerliche Stimme. »Mylord, fühlt Ihr Euch wohl?«

Deveric hörte die Worte, verstand ihre Bedeutung, doch er war unfähig zu antworten. Sein altes Herz hatte zum letzten Mal geschlagen. Im selben Augenblick, da der letzte Strich gezogen und das Muster vollständig war, war Deverics Herz entzweigebrochen.

Er hatte seine Arbeit getan und einen Funken der Hoffnung heraufbeschworen. Die Welt des warmen Sonnenlichts und der kühlen Abende war ihm nun für immer verschlossen. Deveric hatte ein gutes Leben gelebt: mit Kindern, Enkeln und mit einer Frau, die ihn von ganzem Herzen geliebt hatte. Wären seine Söhne nur ein wenig gutherziger gewesen, sein Leben hätte nichts zu wünschen übriggelassen.

»Mylord. Wacht auf! Bitte, *wacht auf!*«

Deveric lächelte. Emith, der sanfte Mann, der sein Gehilfe war und dessen Liebe und Loyalität aus jedem Atemzug sprach, hatte die vergangenen zwanzig Jahre seines Lebens dem Dienst an seinem Herrn gewidmet; aber er hatte nicht die geringste Vorstellung davon, welche Macht hier gerade heraufbeschworen worden war. Das Geflecht des Musters – die sich ineinander windenden Linien auf dem Pergament, die Formen, die einander jagten und sich auf Haaresbreite näherten, ohne sich jedoch jemals zu treffen –, das war der Schlüssel der Beschwörung; doch Emith sah nur Federstriche.

Der Schmerz bahnte sich einen Weg durch den erschlafften Muskel, der einst Deverics Herz gewesen war. Er würde seinen alten Gehilfen vermissen.

Nun konnte Deveric nur noch hoffen, daß dieses letzte Muster, das selbst nur Teil eines viel größeren war, an welchem er die vergangenen einundzwanzig Jahre gearbeitet hatte, das tun würde, wofür es geschaffen worden war: daß es das zusammenbringen würde, was ein großes Unrecht wieder rückgängig machen konnte.

Heute würde sich ein Mann zum König eines Landes krönen, das jenseits der Berge im Osten lag. Garizon hatte 50 Jahre lang keinen Souverän mehr besessen – und das aus gutem Grund. Das Herrscherhaus von Garizon verschlang Land mit der Gier eines Feuersturms.

Bereits jetzt, noch bevor die Dornenkrone auf seinem Haupt ruhte, war der Blick des Mannes, der König sein würde, gen Westen gerichtet.

Deveric wußte, was der Mann wollte. Er kannte ihn.

Deveric senkte den Blick und zählte die Blutflecken, die sich unter seinem Kinn gesammelt hatten. Es waren fünf: drei auf dem Pergament, zwei auf seiner Hand.

Als die Welt verschwamm, als sein Gehilfe sich aufregte, flehte und nach dem Arzt und der Familie rief, tat

Deveric das letzte, was er jemals tun würde: Er drehte die Hand und preßte die zwei noch feuchten Blutstropfen mit dem Handrücken auf das Pergament.

So.

Fünf Tropfen Blut auf der Illumination. Fünf Tropfen Blut auf einem Muster aus Kronengold, Meeresblau und Waldgrün.

Hypothekenbriefe, Testamente, Aktien und Schuldscheine, Orden, Hochzeits- und Einbürgerungsurkunden, Belobigungen als Mitarbeiter des Monats, Abschlußzeugnisse von High-School und College, Adreßbücher, Liebes- und Haßbriefe, Kinderzeichnungen, Haarlocken, Photos, Videokassetten und Grußkarten. Tessa saß auf dem gelben Gras der Lichtung und durchstöberte den Inhalt der Schließfachboxen.

Die Papiere und Photos, die oben auf den Haufen lagen, waren von der Sonne ausgeblichen, während die am Boden feucht und von blauschwarzem Schimmel befallen waren. Tessa hatte sofort gewußt, was sie hier entdeckt hatte: die gestohlenen Schließfachboxen aus der La Havra National Bank. Schon nach kurzer Zeit hatte sie genug gesehen, um zu wissen, daß alle Wertgegenstände entfernt worden waren. Nirgends sah sie Familienerbstücke wie Schmuck oder Münzsammlungen. Auch Bargeld, Wechsel und Gold waren verschwunden.

Lediglich Papiere, Bücher und Photographien hatten die Diebe zurückgelassen.

Nach und nach lernte Tessa die Menschen kennen, denen die Boxen gehörten. Die Box der Familie Sanchez beispielsweise zeugte von ihrem gutmütigen Stolz: Alle fünf Familienmitglieder lächelten Tessa von Photos an, die bei Familientreffen aufgenommen worden waren, bei

Hochzeitsfeiern, High-School-Sportgalas und Ferienaufenthalten in Disney World. Die Sanchez waren eine hübsche Familie; jedes Mitglied besaß eine hohe Stirn und breite Schultern. Ein Dokument verriet, daß der Vater vor kurzem eine zweite Hypothek auf sein Haus aufgenommen hatte.

Lilly Rhodes' Box roch nach Veilchen. Ein Zeitungsausschnitt bezeichnete sie als ›Debütantin der Saison 1938‹, und ein zweiter Artikel berichtete davon, wie ihr Mann, ein Jagdflieger, im Jahre 1944 über dem Ärmelkanal abgeschossen worden war. Ein Photo zeigte das Paar an seinem Hochzeitstag: Charles'und Lillys Schultern berührten sich, als sie sich gemeinsam vorbeugten, um die Hochzeitstorte anzuschneiden. Lilly sah aus wie Rita Hayworth.

Gary Ubois war tot. Seine Box enthielt eine Kopie der Sterbeurkunde. Er war Sportler gewesen. Dutzende von Photos zeigten ihn bei Wettkampfvorbereitungen, am Startblock oder beim Überqueren der Ziellinie; auf anderen präsentierte er einer kleinen, aber enthusiastischen Zuschauermenge Siegestrophäen. Am Boden der Box lagen Geburtstagskerzen, fein säuberlich in einer Reihe angeordnet. Es waren 19 an der Zahl; eine für jedes Jahr, das er gelebt hatte.

Tessa fühlte sich wie ein Eindringling. Sie steckte ihre Nase überall hinein, las und durchwühlte alles in ihrer Reichweite, nur um es kurz darauf wieder wegzuwerfen. Sie konnte nicht mehr aufhören. Sie wußte, daß sie etwas Falsches tat; doch allein der Anblick eines vergilbten Dokuments oder einer Photographie reichte aus, um in ihr das Verlangen zu wecken, *alles* wissen zu wollen.

Diese Menschen gehörten jetzt ihr. Sie kannte ihren Familienstatus, ihre finanzielle Situation, ihren Bildungsgrad und ihre Geheimnisse.

Stunden vergingen. Die Sonne warf immer längere

Schatten auf die Lichtung. Tessa war allem gegenüber blind, mit Ausnahme dessen, was sie gerade in der Hand hielt. Mal war sie ein Detektiv auf Spurensuche, dann wieder ein kleines Kind auf Trophäenjagd. Ein verheiratetes Paar besaß zwei getrennte Boxen: Der Mann bewahrte die Liebesbriefe seiner Frau auf, die er mit einem Seidenband zusammengebunden hatte, während die Frau in ihrer Box Polaroidfotos eingelagert hatte, die sie nackt mit einem anderen Mann zeigten.

Beinahe wie in Trance kniete Tessa nieder und streckte die Hand nach dem letzten Haufen aus. Er bestand vorwiegend aus Urkundenstapeln, Grußkarten und Computerausdrucken und unterschied sich nur wenig von den anderen. Tessa beachtete bei ihrer Suche nur eine einzige Regel: War ein Umschlag verschlossen, dann öffnete sie ihn auch nicht. Sie wußte zwar, daß diese Regel nur Heuchelei war, trotzdem hielt sie sich daran. Wenn jemand irgend etwas so geheimhalten wollte, daß es nicht ausreichte, es einfach wegzuschließen, dann fühlte sie sich dazu verpflichtet, diesen Wunsch zu respektieren. Allerdings hatten die Räuber die meisten Umschläge sowieso geöffnet. Auf jeden Fall waren alle größeren Umschläge aufgerissen worden, in denen sich Schmuck oder ähnliches hatte verbergen können; ihren Inhalt hatte man durchwühlt und überall hin verstreut, und ihre dicken, einst verklebten Laschen waren nur noch Papierknäuel, die der Wind über den Boden trieb.

Auch im Falle des Haufens, dem sich Tessa nun zuwandte, verhielt es sich nicht anders: Beinahe alles war geöffnet und durchsucht worden. Tessa untersuchte die verschiedenen Umschläge: eine Firmenbilanz, eine Adoptionsurkunde und weitere damit verbundene Papiere, eine Sammlung Fliegenköder, die auf gelben Pappstücken befestigt waren, und ein Jahrgang alter Herrenmagazine aus den Fünfzigern mit Bildern von leicht geschürzten Damen in Bikinis und Straußenfedern. Es war schon seltsam, was manche Leute als wertvoll erachteten.

In dem ganzen Haufen gab es nur einen Umschlag, der offenbar nicht geöffnet worden war. Es handelte sich um einen langen Umschlag aus Manilapapier, der irgendwie zwischen die Karten mit den Angelködern und die Adoptionspapiere geraten war. Instinktiv wußte Tessa, daß er nicht zu diesem Haufen gehörte. Der Umschlag wirkte zu fragil, war zu fein koloriert, um zu den anderen Papieren zu passen.

Tessa sah sich um und überprüfte die Boxen in der Nähe. Es war unmöglich festzustellen, welches Dokument aus welcher Box stammte.

Als sie sich wieder dem Umschlag zuwandte, entdeckte sie einen verschmierten Daumenabdruck in der rechten oberen Ecke – genau dort, wo normalerweise die Briefmarke hingehörte. Inzwischen war ihr die Form dieses Abdrucks nur allzu vertraut. Sie hatte ihn schon auf Lilly Rhodes' Zeitungsausschnitten und auf den Familienfotos der Sanchez' gesehen. Es war der Daumenabdruck eines Diebes, der Abdruck des Mannes, der all diese Boxen aufgebrochen hatte. Er hatte sie durchwühlt wie ein Goldschürfer einen Bach auf der Suche nach Nuggets; dabei waren seine vor Gier verschwitzten Hände mit Tinte und Druckerschwärze in Kontakt gekommen, und so hatte er überall Spuren hinterlassen.

Tessas eigene Hände waren kalt und trocken.

Als sie den Umschlag herumdrehte, wehte eine frische Brise über die Lichtung. Die Lasche wurde hochgehoben. Irgend etwas rührte sich in Tessas Brust. Der Brief *war* geöffnet worden. Die Lasche war nicht festgeklebt gewesen.

Tessa zog den Umschlag auseinander und drehte ihn auf den Kopf. Nichts fiel heraus. Enttäuscht warf sie einen Blick hinein. In den dunkelbraunen Schatten des Manilapapiers war nichts zu sehen.

Aber irgend etwas stimmte nicht. Tessa wog den Umschlag in der Hand: in der unteren Ecke drückte ein kaum wahrnehmbares Gewicht auf ihren Handteller.

Vor lauter Aufregung bekam sie Schmetterlinge im Bauch. Sie packte den Umschlag mit beiden Händen und riß ihn entzwei. Das Papier riß mit einem seltsam melodischen Geräusch wie das Rasseln von Perlen in einem Glas. Sie warf den oberen Teil mitsamt der Lasche beiseite und zog den unteren Teil auseinander. Die tief stehende Sonne warf ein verschwommenes Licht auf das dunkle Innenfutter.

Auf den ersten Blick waren lediglich die üblichen Falten und Linien zu sehen; auf den zweiten jedoch konnte man eine merkwürdige Schwellung in der Mitte des Futters erkennen. Irgend etwas war dahinter gefangen.

Tessas Herz schlug immer schneller. Sie riß das Papier in der Mitte durch. Etwas Goldenes blitzte auf, dann landete ein winziger Gegenstand in ihrem Schoß.

Es war ein Ring: ein goldener Ring aus mehreren hauchdünnen Fäden, die auf geschickte Weise miteinander verwoben waren. Verborgen im Futter des Umschlags war er dem Blick der Diebe entgangen.

Tessa hob ihn auf. Bei genauerer Betrachtung stellte sich heraus, daß die Fäden mit Dornen versehen waren. Das Schmuckstück wirkte wie die Miniatur einer Rolle Stacheldraht. Ineinander verschlungen wie in der Sonne schlafende Schlangen lag der Ring in ihrer Hand und reflektierte das Licht oder vielmehr, er *versprühte* es. Tessa blinzelte dreimal kurz hintereinander: Es fiel ihr schwer, sich länger auf sein Aussehen zu konzentrieren. Als eine überraschend kalte Brise von West nach Ost über die Lichtung wehte, war Tessa darauf vorbereitet. Aus irgendeinem Grund hatte sie damit gerechnet.

Etwas war in den Windungen des Ringes eingeschlossen, und wenn sie nur aufhören würde zu blinzeln und sich eine Weile konzentrieren könnte, dann würde sie es schon finden.

Ein schwaches Summen klang in ihren Ohren. Nicht der hohe verzerrte Ton von vorher, dies war eher ein sanftes Rauschen – wie das einer Seemuschel, die man sich ans Ohr hält.

Tessa drehte den Ring in der Hand. Die umeinander geschlungenen goldenen Fäden schienen weder Anfang noch Ende zu haben. Das Schmuckstück war alt – das sah sie auf den ersten Blick –, aber welcher Periode und Stilrichtung es angehörte, vermochte sie nicht zu sagen. In seiner grundlegenden Art erinnerte es an den Mittleren Osten, doch die Ausführung des Geflechts schien eher keltisch zu sein. Die Arbeit war mit solchem Geschick angefertigt worden, daß sie nur von einem wahren Meister seines Fachs stammen konnte.

Tessa fragte sich, wie der Ring wohl an ihrer Hand aussehen würde. Sie fragte sich, ob er ihr paßte.

Während sie das Meer rauschen hörte, und die letzten Sonnenstrahlen in die Lichtung fielen, beschloß Tessa, den Ring anzuziehen. In der fünften Stunde nach Mittag, am fünften Tag des fünften Monats spreizte Tessa McCamfrey die Finger und streifte sich das goldene Band über. Sie spürte die Dornen erst, als der Ring an seinem Platz war. Das Gold war über ihren Finger geglitten wie das Streicheln einer kalten Hand. Über Nagel und Knöchel, tiefer und tiefer war der Ring gewandert, bevor er seine Zähne zeigte. Tessa spürte einen leichten Stich am Fingerrücken, dann noch einen und noch einen und noch einen. Plötzlich war ihr Finger von einem Ring stechender Dornen eingeschlossen. Irgendwie schienen sich die Dornen von außen nach innen gedreht zu haben.

Der Schmerz glich nichts, was Tessa je empfunden hatte. Es war erschreckend wie das Gefühl, wenn warme Füße plötzlich mit kalten Fliesen in Kontakt kommen, oder wenn die Finger an die heiße Herdplatte fassen – aber da wa noch etwas anderes. Tessa fühlte sich an mittelalterliche Texte erinnert, die vom Schmerz der Erleuchtung sprachen. Sie war atemlos und erregt; sie spürte, wie sich die alte Welt von ihr entfernte.

Das Rauschen des Meeres schwoll an; das Licht verschwamm und verlöschte schließlich. Blut formte ein Muster auf kreideweißem Fleisch, als fünf goldene Dornen ihre Geheimnisse in den Knochen ritzten.

Ravis konnte nicht verstehen, warum er sein Schiff nach Mizerico verpaßt hatte. Er war kein Mann, der länger als unbedingt nötig an einem Ort blieb, wenn er dort nicht erwünscht war, und er brauchte nur wenig Schlaf. Warum also hatte er verschlafen und war erst zwei Stunden nach Sonnenaufgang aufgewacht? Und wichtiger noch: Warum hatte die *Kleeblatt* es für richtig gehalten, ohne ihn zu segeln? Ravis biß sich auf die vernarbte Lippe, wandte dem leeren Kai den Rücken zu und blickte hinaus auf die offene See. Er mußte die Stadt noch heute verlassen.

Nachdem er einen Augenblick lang auf das glitzernde Wasser der Bucht des Überflusses gestarrt hatte, erspähte er einen dunklen Fleck am Horizont: die *Kleeblatt.* Es war das letzte, was er je von diesem Schiff sehen würde.

»Aye, Mylord Ravis«, sagte der Handlanger und riß Ravis aus seinen Gedanken, »sie haben vermutlich gedacht, Ihr wärt bereits an Bord. So ein Fehler kann nur all zu leicht passieren.«

Zwei Fragen kamen Ravis beim Anblick des Mannes in den Sinn: Erstens, warum trieb er sich immer noch auf dem Kai herum, wenn das Schiff schon vor Stunden die Segel gesetzt hatte? Und zweitens, woher kannte er Ravis' Namen? Ravis stellte das Kauen auf der Narbe ein und zwang sich, mit ruhiger Stimme zu fragen: »Du hast heute morgen nicht zufällig den guten Kapitän gesehen?«

Der Handlanger strahlte von einem Ohr zum anderen; sein Gebiß wies eine bemerkenswerte Farbspanne von Dunkelgelb bis Tiefschwarz auf, und zwischen den Zähnen klafften große Lücken. »Aye, das habe ich in der Tat, Mylord. Aber Ihr kennt ja Kapitän Crivit … Er spricht nicht mit so jemandem wie mir.«

Ravis kannte Crivit in der Tat, und obwohl der Kapitän es tatsächlich vorzog, nicht mit solch zerlumpten Gestalten zu sprechen wie mit diesem Handlanger hier, so war er sich doch nicht zu schade, sie für ihr Schweigen zu bezahlen. Der Handlanger roch nach edlem Berriac und in Eichenfässern gelagertem Branntwein, wie er für zehn Silber das Glas in den Hafentavernen verkauft wurde. Unter normalen Umständen konnte sich dieser Tagelöhner glücklich schätzen, wenn er in einer Woche auch nur die Hälfte davon verdiente.

Ravis zog eine Münze aus seiner verkratzten Ledertunika, betrachtete sie kurz und warf sie ins Meer. Das Silberstück blitzte einmal kurz auf, dann verschwand es in den dunklen Wassern des Hafenbeckens. Zufrieden mit dem Anblick wiederholte er den Vorgang. Der Handlanger beobachtete ihn mit wachsendem Unglauben. Als das dritte Silberstück im Meer versank, sagte der Mann: »Mylord, Ravis, wenn Ihr Geld wegwerfen wollt, warum werft Ihr es dann nicht einem Familienmenschen zu anstatt ins Meer?«

Einem *Familienmenschen*? Ravis biß sich erneut auf

die Lippe. Er unterdrückte seine Ungeduld, warf eine vierte Münze ins Meer und antwortete: »Ich suche nach der Wahrheit, mein Freund, und ich hoffe, die alte Meerfrau wird mir helfen, sie zu finden.«

Verständnis dämmerte in dem zerfurchten Gesicht des Handlangers. »Die alte Meerfrau mußte sich heute morgen um den Gezeitenwechsel kümmern, Mylord. Ich bezweifle, daß sie irgend etwas gesehen hat.«

Eine weitere Münze flog ins Wasser. »Aha. Hast vielleicht du an ihrer Statt die Bucht im Auge behalten?«

»Das habe ich in der Tat, Mylord.«

Ravis warf die nächste Münze dem Handlanger zu, der sie mit der Geschicklichkeit einer Eidechse auffing, die sich eine Fliege schnappt. Für einen Mann, der nach Wein stank, war sein Reaktionsvermögen überraschend gut. »Nun, mein Freund, was hast du wirklich heute morgen gehört?«

Der Handlanger biß auf die Münze, bevor er antwortete: »Der Kapitän wußte, daß Ihr nicht an Bord wart.«

»Und?« hakte Ravis nach und warf dem Mann eine weitere Münze zu.

»Niemand wußte, wo Ihr gewesen seid. Der Kapitän hat befohlen, das Schiff nach Euch zu durchsuchen, doch als man Euch nicht gefunden hat, ließ er den Anker lichten und Segel setzen.«

Allmählich wurden die Dinge klarer. Crivit *hatte* nach ihm gesucht. Daß der gute Kapitän tatsächlich nicht wußte, wo sich sein Passagier befand, ließ darauf schließen, daß Crivit weder mit Schlaftrünken noch mit anderen, ähnlich unlauteren Maßnahmen versucht hatte, Ravis' rechtzeitiges Erscheinen zu verhindern; aber die Frage, ob er wissentlich einen glücklichen Zufall zu seinem Vorteil genutzt hatte, blieb weiterhin offen.

»Ist die *Kleeblatt* pünktlich abgesegelt?«

»Auf die Minute.« Ravis räusperte sich. All seine weltlichen Güter – all seine Waffen, sein persönlicher Besitz und der Profit aus drei Jahren – waren mit diesem Schiff in den Sonnenaufgang gesegelt. Indem er sich peinlich genau an die Abfahrtszeit gehalten hatte, hatte Crivit sich eine beachtliche Beute gesichert.

»Hat irgend jemand vorgeschlagen, bis zu meiner Ankunft zu warten oder Männer in die Stadt zu schicken, um mich zu suchen?« Ravis warf dem Handlanger eine dritte Münze zu.

Der Mann fing sie mit der gleichen Geschicklichkeit auf wie zuvor und schüttelte den Kopf. »Der Erste Offizier wollte jemand durch die Gasthäuser schicken, doch der Kapitän hat gesagt, sie hätten keine Zeit, weil die Gezeiten sich jeden Augenblick ändern könnten und dann wäre das Schiff einen weiteren Tag im Hafen gefangen.«

Ravis zog zischend die Luft ein. Die Gezeiten waren der beste Freund des Kapitäns und seine am meisten verwendete Entschuldigung. Crivit hatte einen vollkommen legalen Diebstahl begangen. Ravis wußte, daß er sein Eigentum niemals wiedersehen würde; es würde auf See verlorengehen, von Piraten gestohlen, vom Salzwasser ruiniert oder von Haien in Stücke gerissen werden. Der Kapitän würde mit jeder auch nur halbwegs vernünftigen Erklärung durchkommen.

Ravis trat gegen die faulen, von Möwenkot bedeckten Planken der Landungsbrücke. Wie hatte das geschehen können? Er verschlief niemals. Man hatte ihm schon oft genug einen Schlaftrunk verabreicht, so daß er das als Ursache ausschließen konnte – Kopf und Magen fühlten sich dafür viel zu gut –, und doch gab es keine andere Erklärung. Auch hatte man ihn weder bewußtlos geschlagen noch gefesselt oder verführt, so daß er im Rausch der Leidenschaft die Zeit vergessen hätte. Nichts hatte ihn aufgehalten. Und doch war er hier, eine Stunde nachdem das Schiff abgesegelt war, das ihn endlich in sichere Entfernung von diesem Ort hätte bringen sollen.

Ravis blickte zurück auf die verschwommene blaugraue Masse der Stadt und schüttelte den Kopf. Bay'Zell lief die Zeit davon.

»Mylord«, sagte der Handlanger, während er gedankenverloren eine Trosse einholte, »falls Ihr einen Ort zum Übernachten sucht, bis das nächste Schiff Richtung Süden den Anker lichtet, dann seid Ihr bei mir herzlich willkommen.«

Ravis hob ablehnend die Hand. »Ich bezweifle, daß ich mir deine Preise leisten kann, mein Freund. Jemand, der edelsten Berriac zum Frühstück trinkt, wird vermutlich weit mehr verlangen, als ich zu zahlen imstande bin.« Nachdem er sich höflich vor dem Mann verneigt hatte, machte sich Ravis auf den Weg über den Landungssteg zurück zum Kai. Die Wahrheit war, daß seine Geldmittel sich dem Ende zuneigten. Er mußte nicht erst seine Börse abwiegen, um zu wissen, daß sich darin mehr Silber als Gold befand, und selbst an Silberstücken herrschte nun Mangel, nachdem er mehrere von ihnen ins Meer geworfen hatte, um bei dem Handlanger Eindruck zu schinden. Nun, das würde ihm eine Lehre sein. Armselige Tagelöhner mit vermeintlicher Gleichgültigkeit dem Geld gegenüber zu beeindrucken, war weit kostspieliger als amüsant. Jetzt hatte er wirklich Probleme.

Ravis war in einer Stadt gestrandet, wo man ihn hängen würde, sollte man je herausfinden, wer er war und was er getan hatte. Er besaß kaum genug Geld, um sich das Schweigen eines Torpostens zu kaufen, und vierhundertfünfzig Meilen südwestlich von hier, irgendwo in den nach Jasmin duftenden, sonnenbeschienenen Hügeln von Mizerico zählte eine gewisse Dame die Tage bis zu seiner Rückkehr. Ohne Zweifel würde sie nun ein wenig länger zählen müssen. Und sie war genau die Art Frau, die es haßte, zu zählen und zu warten.

Insgesamt betrachtet war Ravis' Situation alles anderes als amüsant. Später an diesem Tag, auf der anderen Seite der Vorce-Berge, würde sich Izgard von Garizon zum König krönen. Nun mochten die Bewohner von Bay'Zell, des bedeutendsten und nördlichsten Hafens von Rhaize, ja vielleicht glauben, das ginge sie nichts an, aber das war ein Irrtum – ein großer Irrtum sogar. Izgard hatte die vergangenen zehn Jahre damit verbracht, Pläne zu schmieden, wie er sich zweierlei unter den Nagel reißen konnte: die Dornenkrone und alles Land zwischen Garizon und dem Meer.

Schon bald würden sich die Dinge für die Bewohner von Bay'Zell zum Schlechten wenden, und Ravis beabsichtigte, bis dahin weit fort zu sein.

Auf dem Weg die Hafenfront entlang versuchte Ravis, die Fischweiber zu ignorieren, die die Gräten aus den Heringen zogen, und die Betrunkenen, die in den Schatten ihren Rausch ausschliefen. Der Anblick des Alltags in Bay'Zell machte ihn nervös. Einige Haarsträhnen hatten sich aus seinem Zopf gelöst, und nun wischte er sie sich hinters Ohr, wie man lästige Fliegen verscheucht.

Was bei allen vier Göttern sollte er jetzt tun?

»Aaah!« Ein hoher Schrei zerriß die klare Frühlingsluft.

Instinktiv drehte sich Ravis in die entsprechende Richtung um. Der Schrei war aus einer schmalen Gasse zwischen zwei Tavernen gekommen. Ravis kannte die Gasse: Die Huren führten jene Kunden hierher, die nur ein Silberstück ausgeben wollten; für zwei Silberstücke bekam man ein Bett.

»Laßt mich in Ruhe!«

Ravis hatte sich gerade entschlossen weiterzugehen – er hatte schon genug Schwierigkeiten, ohne sich in die bekanntermaßen gefährliche Welt der Zuhälter und ihrer Schützlinge zu begeben –, als der zweite Schrei ertönte. Die Stimme der Frau klang seltsam fremd. Sie mochte ja vielleicht eine Hure sein, aber zumindest stammte sie nicht aus Bay'Zell. Ravis hatte noch nie einen Akzent wie diesen gehört – heiser, melodisch und auf eine gewisse Art verführerisch –, und sosehr er sich auch bemühte, er vermochte ihn nicht einzuordnen.

Ein leises, hysterisches Wimmern drang aus der Gasse.

Ravis blickte aufs Meer hinaus. Das versprach ein bewegter Tag zu werden: Zum ersten Mal in seinem Leben hatte er verschlafen und sein Passage verpaßt, und nun, da er eigentlich ohne Umschweife zu dem einzigen Mann in der Stadt eilen sollte, der ihm helfen konnte, war er drauf und dran, etwas sehr Unüberlegtes zu tun.

Er drehte sich um. Während er die gepflasterte Straße in Richtung der beiden Tavernen und der dazwischen liegenden Gasse überquerte, tastete er nach seinem Messer. Seine Bewegungen waren glatt und geschmeidig, beinahe instinktiv. Seit sieben Jahren hatte er keine Taverne, kein Bordell und niemandes Haus oder Palast mehr betreten, ohne vorher nach seinem Messer zu tasten. Seit jenem Tag, da seine Unterlippe in zwei Teile gespalten worden war, hatte er so manche harte Lektion lernen müssen.

Ravis betrat die Gasse, und ihre Schatten. Das Messer verließ die Scheide. Die Spitze der Klinge – die jeden Morgen geschärft wurde, noch bevor er sich rasierte oder wusch – deutete nach oben. Die mit Mustern verzierte Schneide war dunkel von Gift.

Drei Gestalten bildeten ein Dreieck am Ende der Gasse: zwei große, stämmige Männer und eine Frau, die mit dem Rücken zur Wand stand. Ravis stürmte vor und schlug mit dem Messer hin und her. Der scharfe Stahl pfiff, als er die Luft durchschnitt. Der größere der beiden Männer trat Ravis entgegen. Er trug ein scharfes Schwert mit gekreuztem Stichblatt, wie man es häufig bei istanischen Söldnern sah.

Ravis täuschte einen Ausfall nach links vor – eine einfache Bewegung, die dazu bestimmt war, die Reflexe des Gegners zu testen. Als er sein Gewicht aufs linke Bein verlagerte, stieg ihm der strenge Geruch aus der Gerberei in die Nase. Ravis ließ sich wieder zurückfallen und überraschte damit seinen Gegner. Seine Klinge zielte auf die entblößte linke Seite des Mannes.

Noch während das Messer den Stoff der Tunika durchdrang, schätzte Ravis die Gefahr ab, die von dem anderen ausging, der nahe an der Mauer stand. Mit einem kräftigen Tritt beförderte er seinen ersten Gegner zu Boden. Der zweite Mann trug bereits blutige Kratzspuren auf der Wange. Irgend jemand mit ausgesprochen scharfen Nägeln hatte soeben ein paar Hautfetzen herausgerissen.

Ravis spielte kurz mit dem Gedanken, mit Hilfe seines Messers die eine Wange der anderen anzupassen; doch dann verwarf er ihn wieder: Es war weit besser, auf die Kehle zu zielen.

Ravis ging schnell zu Werke. Seine Bewegungen waren vom Instinkt geleitet; der Verstand blieb weitgehend außen vor. Während er den Verwundeten mit einer Serie kräftiger Tritte in die verwundete Flanke am Boden hielt, stieß er wiederholt mit dem Messer nach dem zweiten Mann und traf dessen Arm und Schulter. Jahrelange Übung übernahm den Befehl über Ravis' Körper, und er fiel in einen altgewohnten Tanz, wobei er nicht mehr tat als unbedingt notwendig. Keine Bewegung war überflüssig, und kein Stoß verfehlte sein Ziel; Ravis' Stil war von effektiver Sparsamkeit gekennzeichnet.

Oh, natürlich hatte er in der Vergangenheit auch schon auf spektakulärere Art und Weise gekämpft; aber in einer dunklen Gasse im Hafenviertel von Bay'Zell und mit nur einer Zuschauerin machte es wenig Spaß, eine Schau zu veranstalten. Vor wem hätte er auch mit seinen Talenten prahlen sollen? Vor der Dunkelheit?

Als er dem Mann schließlich das Messer aus dem spröden Schulterknochen zog, war er außer Atem und zitterte. Ein Fleischfetzen glitt an dem gewachsten Leder seiner Tunika herunter. Schließlich drehte er sich zu der dritten Gestalt um, die er während des Kampfes weitgehend ignoriert hatte; dabei bemühte er sich nach besten Kräften, sein Keuchen zu unterdrücken. Trotz der Dunkelheit war er darauf bedacht, seine Schwächen so gut wie möglich zu verbergen.

»Seid Ihr verletzt, Mylady?« Die ehrenvolle Anrede war vermutlich mehr, als die Frau verdiente, aber Ravis hatte in seinem Leben schon genug Huren kennengelernt, um zu wissen, daß viele von ihnen weit bessere Manieren besaßen als so manche Hofdame.

Die Frau preßte ihre schlanke Gestalt gegen die Wand. Sie schwieg. Den Schatten nach zu urteilen, die sie in die Gasse warf, schien sie ausgesprochen seltsam gekleidet zu sein. Bei den Göttern! Die Frau trug Männerhosen!

Ravis verbarg ein erstauntes Stöhnen hinter einem spöttischen Lob. »Entweder seid Ihr etwas zu früh zum Karneval, Mylady, oder Euer letzter Kunde hatte eine Vorliebe für Jünglinge.«

»Wo bin ich?«

Der Zorn in ihrer Stimme überraschte ihn. Bei den meisten Huren handelte es sich um wahre Meister im Austausch von Beleidigungen. Und dann war da noch dieser Akzent: sanft, schnarrend, voll. »Hat Euch jemand unter Drogen gesetzt und hierher verschleppt?« fragte Ravis.

»Was ist das für ein Ort?« Die Frau schrie beinahe. In ihrer Verzweiflung trat sie einen Schritt vor in das silbrige Licht, das die Mitte der kleinen Gasse erhellte.

Ravis biß sich auf die Narbe seiner Unterlippe. Licht schimmerte auf honigfarbenem Haar, und schwarzgoldene Augen funkelten vor Zorn.

»Falls Sie nicht bereit sind, mir zu sagen, wo ich bin, dann wird mir nichts anderes übrigbleiben, als mir jemanden zu suchen, der mir diese Auskunft geben kann.« Die Frau trat über die Leiche des zweiten Mannes. »Nebenbei ... Danke, daß Sie mir das Leben gerettet haben.«

Ravis verspürte das Bedürfnis, lauthals aufzulachen; aber er hielt sich zurück. Mit jeder Sekunde war er weniger sicher, wer oder was diese Frau war. Weder sah sie aus wie irgendeine Hure, die er kannte, noch sprach oder verhielt sie sich so. Man mußte sie bewußtlos oder mit verbundenen Augen hierher geschleppt haben. Er faßte die Frau am Arm und sagte: »Ihr befindet Euch in der Nähe des Hafens.«

Die Frau entzog sich seinem Griff. »Was für ein Hafen? Was für eine Stadt? Warum sind Sie angezogen wie in einem Film? Und warum reden Sie wie ein ...«, sie suchte nach einem passenden Wort, »... wie ein Pirat?«

Ravis konnte das Lachen nicht länger unterdrücken. Er lachte lange und ausgiebig, und sein Brustkorb drückte immer wieder hart gegen die Schnüre seiner Tunika. Die Frau betrachtete ihn mit kaum verhohlenem Zorn. Allerdings ging sie auch nicht weg. Nach einer Weile beruhigte sich Ravis wieder.

»Man hat mich schon vieles genannt, Mylady, in vielen verschiedenen Städten, aber der Piraterie bin ich noch nie bezichtigt worden. Dazu bräuchte ich auch erst einmal ein Schiff, und aufgrund einiger unglücklicher Umstände heute morgen ist ein Schiff genau das, was mir fehlt.«

Die Frau ignorierte die Bemerkung und bettelte: »Bitte, sagen Sie mir einfach nur, wo ich bin.« Nun klang sie erschöpft.

Ravis bemerkte einige Tropfen Blut an ihrem Mittelfinger. Sie stammten aus einer Wunde, die unter einem Ring aus ineinander verwobenen Goldfäden verborgen war. Irgendwie kam Ravis das Muster vertraut vor. Tief in seinem Herzen empfand er plötzlich eine seltsame Unruhe. »Ihr seid in Bay'Zell, im Königreich Rhaize.«

»Bay'Zell? Was ist das für eine Sprache?«

»Mylady, Bay'Zell ist eine alte Stadt. Der Ursprung ihres Namens reicht weiter zurück, als ich im Augenblick nachvollziehen kann.« Ravis blickte auf die Leichen. »Wir müssen gehen.«

»Warum?«

»Warum? Weil ich gerade zwei Männer getötet habe. Ich weiß zwar nicht, woher Ihr stammt, aber ich kann Euch versichern, daß man einem hier in Bay'Zell schon für harmlosere Dinge die Haut vom Leibe zieht.«

Abermals packte Ravis die Frau am Arm, doch diesmal ließ er nicht wieder los, als sie versuchte, sich seinem Griff zu entziehen. Er zog sie aus der Gasse und blickte die Hafenfront entlang, um zu sehen, ob irgend jemand Zeuge des Kampfes geworden war. Jeder – Fischweiber, Betrunkene, Passanten und Hafenarbeiter – blickte auffällig gelassen aufs Meer hinaus. Das bedeutete, daß ihre Situation sogar noch schlimmer war, als er befürchtet hatte. Alle wußten, was in der Gasse geschehen war, und alle versuchten – wenn auch ausgesprochen dilettantisch –, das Gegenteil vorzutäuschen. Die guten Bürger von Bay'Zell waren für vielerlei berühmt, doch Verschwiegenheit zählte nicht dazu.

»Senkt Euren Kopf«, zischte Ravis der Frau zu und positionierte sich so, daß sein Körper sie vor den Blicken der Menschen verbarg. Ihn selbst hatte man aller Wahrscheinlichkeit nach bereits erkannt; doch es bestand nach wie vor die Möglichkeit, daß sich zumindest niemand das Gesicht der Frau eingeprägt hatte.

»Wohin bringen Sie mich?« verlangte die Frau zu wissen.

»Lady, für jemanden auf der Flucht stellt Ihr bei weitem zu viele Fragen.« Normalerweise hätte Ravis es vorgezogen, ihr eine wahrheitsgemäße Antwort zu geben, doch im Augenblick wußte er selbst noch nicht einmal, wohin sie gingen. Er wußte nur, daß sie so schnell wie möglich von hier verschwinden mußten.

Die Frau versuchte weiterhin, sich aus seinem Griff zu befreien, während sie die Straße entlangeilten. Ravis preßte seine Finger tief in ihr Fleisch. Ohne seine Zustimmung würde sie nirgendwohin gehen. Er hatte sie nicht gerettet, nur damit sie sich einfach so davonmachen konnte. Der fremde Akzent, der Mangel an selbst fundamentalsten geographischen Kenntnissen und ein Ring, dessen goldenes Muster sich dem Verstand entzog, waren nur einige der Dinge, die ihn an ihr faszinierten.

Ravis führte die Frau auf direktem Wege zurück zu den Docks. Dort lagen unzählige große und kleine Schiffe vor Anker, und auf der Straße wimmelte es von Straßenmädchen und Seeleuten: der ideale Ort, um in der Menge unterzutauchen. Aber natürlich würde das nicht gerade einfach werden, denn seine Begleiterin trug immerhin Männerkleidung. Ravis zuckte mit den Schultern. In einer Hafenstadt wie Bay'Zell hatte man schon seltsamere Dinge gesehen.

Als sie sich dem Kai näherten, den vor kurzem die *Kleeblatt* verlassen hatte, erspähte Ravis den Handlanger, mit dem er vor kurzem gesprochen hatte. Der Mann saß auf der Kaimauer, ließ die Beine über dem Wasser baumeln und hielt eine geöffnete Flasche in der Hand.

»Hey! Du!« rief Ravis.

Der Handlanger hob den Blick, blinzelte und legte die Hand auf die Brust. »Ich?«

»Ja, du.« Ravis winkte ihn zu sich.

Der Tagelöhner leerte die Flasche und rappelte sich auf. Er trug farbenfrohe, extravagante Lumpen, wie ein Schauspieler, der die Rolle eines Bettlers spielt. Seine grüne Leinenhose flatterte um die Knöchel, und seine Tunika, deren Form an einen Mehlsack erinnerte, zierte ein Strick als Ersatz für einen Gürtel. Eilig huschte er herbei, wobei er die Schultern hängen ließ und den Rücken krümmte wie ein Mann, der doppelt so alt war wie er. Als er die Frau hinter Ravis erblickte, berührte er übertrieben respektvoll seine Stirnlocke. »Ich wünsche Euch einen schönen Tag, edles Fräulein«, sagte er. Sein Blick wanderte sofort zu ihrem Beinkleid.

Die Frau öffnete den Mund, um etwas darauf zu erwidern, doch Ravis gebot ihr zu schweigen, indem er seine Fingernägel in ihre Schulter grub.

Ein dünner Schrei ertönte in der Ferne, dem sofort weitere folgten. Ravis vermutete, daß man die beiden Leichen gefunden hatte. Er durfte keine Zeit verschwenden. An den Handlanger gewandt sagte er: »Du hast vorhin erwähnt, daß du eine Unterkunft für mich hättest, wo ich bleiben könnte, bis das nächste Schiff gen Süden segelt. Bring mich dorthin.«

Der Handlanger hob das Kinn in Richtung der Schreie. »Ich nehme an, es ist sehr dringend.«

Ravis verlor die Geduld. Er packte den Mann am Kragen. »Bring mich *sofort* dorthin, oder ich schlitze dir an Ort und Stelle den Bauch auf und verfüttere deine Eingeweide an die Möwen.«

Die Frau schnappte erschrocken nach Luft.

Der Handlanger nickte. »Aye«, sagte er ruhig. »Wenn das so ist, Mylord, dann folgt mir.«

Kapitel drei

Camron beendete den Brief und lehnte sich im Stuhl zurück. Sein Kopf schmerzte, und seine Gedanken erschienen ihm nicht mehr so klar wie noch zuvor. Er ballte die Faust zu schlug auf den Brief. Man konnte es drehen und wenden, wie man wollte: Er würde seinen Vater verletzen.

Berick von Thorn war ein großer, edler Mann – das sagte jeder –, doch manchmal hatte Camron den Eindruck, sein Vater sei *zu* groß, *zu* edel. Mit einer Legende konnte man schlecht streiten. Camron atmete tief durch. Er *mußte* einfach glauben, daß er das richtige tat.

Er konnte sofort gehen, ohne Vorwarnung, verschwinden wie ein Schmuggler, der aufs Meer hinausrudert. Aber das war nicht seine Art. Unstimmigkeiten waren eine Sache, Täuschung etwas vollkommen anderes. Camron lächelte, doch ohne Bitterkeit. Vielleicht hatte er mehr von seinem Vater geerbt, als er wußte.

Der Gedanke beunruhigte ihn, und so stand er auf und lief im Raum umher. Er warf die Fensterläden auf, blickte hinaus und suchte nach etwas – nach *irgend* etwas, das ihn ablenken würde. Im Westen strahlten die Lichter von Bay'Zell, und mit beinahe wahnsinniger Entschlossenheit konzentrierte er sich auf sie. Daß er nach wie vor die Feder in der Hand hielt, hatte er vergessen, und so bemerkte er auch nicht, wie ihm die Spitze ins Bein stach.

Der Brief war beinahe fertig; nur die Unterschrift fehlte

noch. Camron stellte sich vor, wie sein Vater den Brief lesen würde: das Pergament so dicht vor Augen, wie es sein wilder Stolz gestattete, und die Sehnen im Handgelenk angespannt in dem Bemühen, nicht zu zittern.

Im selben Augenblick, da er sich an den Mut seines Vaters erinnerte, an einen Mut, der heutzutage ausschließlich auf den Kampf gegen die Steifheit in den alten Knochen gerichtet war – wußte Camron, daß er den Brief persönlich abgeben mußte. Das war das mindeste, was er seinem Vater schuldete.

Zurück an dem Eichenschreibtisch, hob Camron die Feder über das Tintenfaß. Ein Tropfen Blut glänzte an der Spitze. Er zuckte mit den Schultern, tauchte die Feder in das silberne Fäßchen, und der rote Tropfen wurde durch einen schwarzen ersetzt. Mit schwerer Hand schrieb er seinen Namen: Camron von Thorn. Es war eine formelle Unterschrift, aber es war ja auch ein formeller Brief – Abschiedsbrief und Absichtserklärung zugleich.

Harte Worte waren schon vorher gefallen. Worte, die Camron auch jetzt noch, Stunden später, die Zornesröte ins Gesicht trieben. Er liebte seinen Vater, aber es waren Dinge gesagt und Ultimaten gestellt worden, und nun gab es kein Zurück mehr.

Camron kratzte ein paar Streifen Siegelwachs vom Block und hielt sie in einem Löffel über die Kerzenflamme. Durch Sulfate und pflanzliche Pigmente besaß das Wachs eine unverwechselbare purpurrote Färbung. Außer Camron und seinem Vater versiegelte nur eine einzige andere Person auf diesem Kontinent ihre Briefe mit diesem Farbton.

Als das Wachs qualmte und flüssig geworden war, ließ Camron es auf den Brief tropfen. Dann drückte er ein Siegel darauf, das er einem kleinen Kästchen entnommen hatte, und kurz bevor das Wachs wieder hart wurde, kratzte er mit dem Fingernagel ein C hinein. Der

Anblick des primitiven Initials ließ ihn die Stirn runzeln. Seit Jahren hatte er keinen Brief mehr auf diese Art versiegelt. Als Kind, bevor man ihm gestattet hatte, Wappen und Farben der Familie zu benutzen, hatte er all seine Briefe mit einem C versehen. Sein Vater hatte darauf bestanden und dies damit erklärt, daß er sichergehen wollte, alle Briefe seines Sohnes zuerst zu lesen.

Camron fuhr sich mit der Hand durchs Haar. Einen Augenblick lang schloß er die Augen und versuchte, ein wenig Frieden zu finden.

Er fand keinen. Er und sein Vater hatten sich viel zu weit voneinander entfernt; die Unterschiede waren zu groß. Berick weigerte sich, gegen den König von Garizon vorzugehen. Er wollte beobachten, warten und *›mal sehen‹*. Camron schätzte das Urteil seines Vaters in beinahe allen Belangen, aber in diesem Punkt irrte er sich. Einen Mann wie Izgard von Garizon beobachtete man nicht einfach nur; man vernichtete ihn, bevor er einen selbst vernichten konnte.

Camron hörte in der Ferne ein leises Geräusch: Irgend jemand hatte ein Gefäß zerbrochen. Vermutlich hatte einer der Diener ein Tablett fallengelassen. Dennoch spornte das Geräusch ihn an, seinen Plan in die Tat umzusetzen. Er steckte den Brief in seine blutrote Tunika und machte sich auf den Weg zu den Gemächern seines Vaters.

Burg Bess lag an der Küste südwestlich von Bay'Zell. Wie eine Krabbe hockte sie zwischen Felsen und Tidebecken: geheimnisvoll und geschützt. Sie war nicht elegant wie der Familienstammsitz in Runzy. Es gab weder Gärten, Fontänen noch verzierte Fassaden oder Höfe mit schattigen Lauben. Die steinernen Mauern der Burg waren zehn Meter tief im Fels verankert, und ihre Fundamente reichten bis zur Hölle hinab. Burg Bess war einst von den Herrschern Garizons im Herzen von Rhaize errichtet worden. An der gesamten Küste entlang erhob sich noch ein weiteres Dutzend solcher Trutzburgen.

Zweimal war Rhaize von Garizon erobert und besetzt worden: zum ersten Mal vor fünfhundert Jahren, in jenen dunkeln, chaotischen Tagen nach dem Zusammenbruch des Istanischen Reiches, und dann noch einmal vor dreihundert Jahren, wärend der Großen Pest. Vor fünfzig Jahren hatte Garizon es ein drittes Mal versucht.

Und Berick von Thorn, Camrons Vater und der Mann, den er nun einem Leben in Gebrechlichkeit überlassen wollte, war derjenige gewesen, der das Heer von Garizon am Bekenntnisberg zerschmettert hatte. Neunzehn Jahre alt war Berick damals gewesen, *neunzehn!*, und er hatte eine Armee von zwanzigtausend Mann befehligt. Die Garizons hatten keinen Widerstand erwartet. Rhaizes König war mit seinem Heer gen Süden gezogen, um in den Schrein-Kriegen zu kämpfen, und Berick war gezwungen gewesen, innerhalb kürzester Zeit aus dem Nichts eine Armee aufzubauen. Die Schlacht am Bekenntnisberg war eine der blutigsten der Geschichte gewesen: vierzigtausend Männer waren innerhalb von zwei Tagen und einer Nacht gefallen. Berick hatte sich den Sieg hart erkämpfen müssen, als er mit nur eintausendfünfhundert Mann den Berg hinuntergestürmt war.

Camron preßte die Lippen aufeinander. Dieser Sieg lag seinem Vater nun seit einem halben Jahrhundert auf dem Gemüt. Noch vor wenigen Stunden, in der Hitze eines Streits, als Camron seinen Vater beschimpft hatte, weil er sich weigerte, Maßnahmen gegen Garizon zu ergreifen, hatte der alte Mann geschrien: *»Welchen Wert hat ein Sieg, wenn dafür alle Söhne eines Landes sterben müssen?«*

Das war der Kern des Problems: Bericks Gewissen. Es

verging kein Tag, an dem er seine Taten nicht bereute. Jede Nacht träumte er von vierzigtausend Leichen auf dem Nordhang des Bekenntnisberges.

Mit neunzehn war Berick von Thorn General gewesen. Mit zwanzig war er Diplomat und Politiker geworden: ein Mann des Friedens.

Langsam schüttelte Camron den Kopf. Nun, da Izgard König war, war Friedenspolitik Torheit.

Camron vernahm entfernte Schritte und zuckte unwillkürlich zusammen, doch er entspannte sich sofort wieder. Die Schritte stammten von den Nachtwachen, die ihre Posten für den Sonnenaufgang einnahmen. Zwar kamen sie ein wenig später als gewöhnlich, aber jedermann in der Burg wußte, daß Hurins Sinn für Pünktlichkeit im Augenblick der Lust zum Opfer gefallen war, denn der Hauptmann der Wache versuchte gerade, die üppige, schöne und bekanntermaßen kalte Catilyn von Benquis in sein Bett zu locken.

Erneut hallten weiter unten leise Schritte wider. Ein Muskel zuckte warnend in Camrons Wange. Die Burgwachen waren nicht gerade berühmt dafür, durch die Gänge zu *schleichen*. Hurin bestand darauf, daß alle seine Männer schwere, steife Stiefel trugen.

Camron blieb kurz stehen und lauschte. Nichts. Das einzige Geräusch, das er hörte, stammte von den Dachbalken, die leise knarrten. Er beschleunigte seine Schritte. Irgend etwas stimmte nicht.

Carmon sah das Blut, bevor er die Leiche entdeckte. Zunächst hielt er es für einen Mantel – ein Fächer aus Purpurrot, den irgend jemand über drei Stufen gebreitet hatte –, dann erspähte er eine bleiche Hand, die eine schmale Spur durch die seidig glänzende Lache gezogen hatte. Camrons Blick folgte der Hand den Arm hinauf zu einem Torso aus rohem Fleisch. Der Wachsoldat, ein junger Neffe Hurins, der erst diesen Winter seinen

Dienst in der Burg angetreten hatte, war mit mehreren sauberen Schnitten von oben bis unten aufgeschlitzt worden. Die Haut und das darunter liegende Muskelgewebe waren von den Rippen gelöst und sorgfältig beiseite gezogen worden, um das Herz offenzulegen.

Ein Ritualmord.

Camrons Magen verkrampfte sich.

Vater.

Das Muskelzucken in seinen Wangen schwoll zu einem schmerzhaften Pochen an. Die Entfernung, die ihn von seinem Vater trennte, war das einzige, was in dem schwarzen Nichts noch zählte, in das sich die Nacht verwandelt hatte.

Camron bewegte sich mit der wilden Entschlossenheit eines Wahnsinnigen. Er sah, hörte und spürte nichts, es sei denn, es befand sich unmittelbar vor ihm. Sein Leben hatte sich auf eine Reihe von Türen und Gängen reduziert. Er besaß weder eine Waffe noch einen Plan, und er verschwendete keinen Gedanken an sich selbst: Nur was vor ihm lag zählte.

Entfernungen wurden in Herzschlägen gemessen, und Sekunden waren wie Nadelstiche. Das Geräusch der eigenen Schritte auf dem Steinboden war das einzige, was Camron hörte. Im Laufschritt durchquerte er den Großen Saal Richtung Südflügel und eilte die Treppen zu den Gemächern seines Vaters hinauf.

Vor dem Eingang lagen zwei Wachsoldaten. Tot. Camron wuchs ein Kloß im Hals. Sein Blick zuckte von einer Leiche zur anderen. Diese hier waren nicht auf rituelle Art ermordet worden: Man hatte ihnen aus kurzer Distanz Armbrustbolzen ins Herz geschossen. Vage war sich Camron bewußt, was das zu bedeuten hatte, doch seine Hände lagen bereits auf der Klinke, und alle seine Gedanken waren einzig und allein darauf konzentriert, so schnell wie möglich seinen Vater zu erreichen – was nicht unmittelbar mit diesem Ziel in Verbindung stand, war ihm gleichgültig.

»Vater!«

Schreiend stürmte Camron in den Raum. Ein ranziger, tierischer Geruch wie von Knochen, die im Nest einer gewaltigen Spinne verrotteten, stieg ihm in die Nase und füllte seine Lungen. Der Schein des Kaminfeuers blendete ihn. Dunkle Gestalten standen im Halbkreis um das Feuer herum und wiegten sich hin und her. Hexen, die sich um einen Zauberkessel versammelt hatten. Blankes Entsetzen erfüllte Camron, und sein Schläfen begannen zu schmerzen, als hätte jemand einen Dorn hineingerammt. Die Luft war dick und schwer. Camron mußte sich durch sie hindurchkämpfen wie ein Taucher durchs Wasser. Er hielt ein Messer in der Hand – obwohl er sich nicht daran erinnern konnte, wie er in den Besitz der Waffe gekommen war – und hob die Klinge, um sich einen Weg zu bahnen.

Ein leises, gackerndes Lachen erklang zu seiner Linken, und Camron fuhr herum. Ein Gesicht schälte sich aus dem Licht: Mit seinen gefletschten Zähnen und bebenden Nüstern war es kaum als menschlich zu erkennen. Gerade als eine neue Welle des Entsetzens über Camron hereinzubrechen drohte, stieg der Zorn in ihm auf. Dies hier war *sein Heim.*

Die Arme zum Schutz gegen das Licht erhoben kämpfte er sich einen Weg zu dem gackernden Gesicht frei. Die dunklen Gestalten am Feuer machten keinerlei Anstalten, ihn aufzuhalten. Nur Leichen behinderten sein Vorwärtskommen. Camron stieg über Männer hinweg, mit denen er noch gestern abend gespeist hatte: Hurin, sein Stellvertreter Mallech und Bericks alten Diener Bethney. Glieder waren von Leibern gerissen, und Eingeweide hingen aus klaffenden Wunden. Halbgeronnenes Blut saugte sich an Camrons Schuhsohlen fest.

Er erreichte die gackernde Gestalt. Das Licht wurde schwächer. Schatten veränderten den Raum. Camron fand sich nahe einem Bücherregal wieder. Die Gestalt vor ihm hörte auf zu lachen und schwieg; nun, da dank des schwindenden Lichts klare Formen zu erkennen waren, sah sie schon mehr wie ein Mensch aus. War es nur eine optische Täuschung gewesen, die den Mann zu einem Monster hatte werden lassen?

Doch alles Fragen wurde bedeutungslos, als Camron die Leiche zu Füßen des Mannes wahrnahm. Das grüne Gewand, das graue Haar, die abgetragenen Ledersandalen: Das war sein Vater!

Etwas schnürte ihm den Hals zu, und in seiner Brust verwandelte sich der Atem zu Eis.

Er ließ sich auf den Toten fallen. Die Tunika riß er entzwei, dann preßte er die Faust auf die offene Wunde. Blut schloß sich um seine Finger, als seine Hand widerstandslos zwischen den darunter liegenden Muskeln versank. Entsetzt riß Camron die Hand zurück und versuchte statt dessen, Luft in die Brust seines Vaters zu pumpen. Immer kräftiger schlug er auf den Leib, bis eine der alten Rippen unter seiner Faust zerbrach. Nur mit Mühe konnte Camron einen Schrei unterdrücken. Er hob den Körper auf, drückte ihn an die Brust und schüttelte ihn, wiegte ihn … Er war fest entschlossen, seinen Vater nicht einfach so gehen zu lassen.

Die Gestalten am Feuer bewegten sich zur Tür. Die Köpfe hielten sie gesenkt, und ihre blutverschmierten Schwerter reflektierten das Licht und warfen seltsame Schatten auf ihre Gesichter. Camron wußte, daß sie ihn nicht anrühren würden. Der Ritualmord an der Treppe war ein Zeichen für ihn gewesen. Irgend jemand wollte, daß er als Zeuge dieses Massakers überlebte. Irgend jemand hatte Rache geübt und einen Mann übriggelassen, der die Geschichte erzählen konnte – jedermann zur Warnung.

Die bewaffneten Gestalten marschierten aus dem Raum. Nun waren es nur noch Männer, und der Raum war einfach nur ein Raum.

Der Mann, der gelacht hatte, ging ebenfalls davon. Als er die Tür erreichte, warf er etwas auf den Teppich und war im nächsten Moment verschwunden.

Camron hielt seinen Vater an die Brust gedrückt. Zärtlich strich er ihm das Haar aus dem Gesicht. Welche edlen grauen Locken. Beinahe silbern. Seltsam, daß er noch nie bemerkt hatte, wie hell sein Haar gewesen war. Camron schluckte. Einen Augenblick lang schloß er die Augen, dann griff er nach der Hand des Vaters. Kindheitserinnerungen drängten in seinen Geist, und kurz erwartete er, daß Berick ihm auf halber Strecke entgegenkommen würde.

Doch der Körper in seinen Armen rührte sich nicht. Ein Band aus Schmerz schloß sich um Camrons Brust. Der Brief drückte wie eine Bleiplatte auf sein Herz. ›Lieber Vater‹, stand dort zu lesen, ›heute nacht gehe ich nach Bay'Zell. Deinen Wunsch nach Frieden vermag ich nicht länger zu ehren. Ich muß nun selbst etwas gegen den König von Garizon unternehmen.‹

Camron öffnete die Augen und sah den Raum in Rot getaucht. Er betrachtete die Leichen der drei Männer, die er gekannt und respektiert hatte, dann sah er seinen Vater. Da bemerkte er zum ersten Mal das Messer in der rechten Hand des alten Mannes. Die dürren Finger hielten eine Klinge, deren Spitze blutig war.

Als er dies sah, ballte Camron die Fäuste, so daß die Knöchel weiß hervortraten. Dieser große Mann, der in seiner Jugend Kriege ausgefochten, und der bis ins hohe Alter an seinen Idealen festgehalten hatte, hatte sich gegen seine Angreifer zur Wehr gesetzt. Er war beinahe siebzig Jahre alt.

Camron schmiegte sich an den Körper seines Vaters

und versuchte, ihm Wärme zu spenden: Er konnte den Gedanken nicht ertragen, daß der alte Mann kalt und steif werden würde. Noch vor wenigen Stunden, in eben diesem Raum, als die letzten Strahlen der untergehenden Sonne durch die Fensterläden gedrungen waren, hatte Camron von Thorn seinen Vater einen Feigling geschimpft.

»Und wo kommt Ihr her, mein Fräulein?« Die Frau, die sich als Witwe Furbish und Schwester des Tagelöhners mit Namen Swigg vorgestellt hatte, streckte die Hand aus und berührte den Stoff von Tessas Bluse. »Auf jeden Fall von einem sehr schicken Ort, wenn ich dieses glatte Leinen so sehe.«

Tessa öffnete den Mund, um zu erwidern, daß es sich bei dem Stoff nicht um Leinen, sondern um Baumwolle handele, doch sie schwieg. Sie war nicht sicher, ob die Frau Baumwolle überhaupt kannte.

»Mit diesem dünnen Stück Stoff muß Euch doch recht kalt sein.« Witwe Furbish ging zum Fenster und öffnete es so weit wie möglich. »Wollt Ihr nicht vielleicht etwas Wärmeres anziehen?«

Eine kühle Brise wehte durch den Raum. Tessa begann zu zittern. Bevor das Fenster geöffnet worden war, war ihr warm genug gewesen. »Besitzen Sie einen Schal, den ich mir borgen könnte?«

Witwe Furbish schüttelte nachdrücklich den Kopf. Sie war älter und kräftiger als ihr Bruder. Als Tessa ihr zum ersten Mal begegnet war, hatte die Frau eine bestickte Augenklappe über dem linken Auge getragen. Nun hatte sie die Augenklappe auf die Stirn geschoben, und darunter war ein vollkommen intaktes, wenn auch knopfhaftes Auge zum Vorschein gekommen. »Keinen Schal, Fräulein. Nein. Aber ich besitze ein warmes Wollkleid, das ich Euch geben könnte.« Noch während sie sprach, öffnete sie ein zweites Fenster.

Der Geruch von verfaultem Gemüse, verrottetem Fleisch und von Urin drang vom Fluß herauf. Tessa atmete so flach wie möglich. Wie konnten Menschen nur in solchem Gestank leben?

»Natürlich müßte ich etwas als Gegenleistung von Euch verlangen.« Witwe Furbish wedelte mit einem fetten Finger. »Eine Hand wäscht die andere, wie man so sagt.«

Tessa runzelte die Stirn. Sie hatte schon vor einiger Zeit bemerkt , daß die Frau an ihrer Bluse interessiert war – dabei machte dieses Stück Stoff mit den weißen Knöpfen und der einzelnen Brusttasche nicht gerade viel her. »Nun gut«, sagte Tessa. »Im Tausch für ein warmes Kleid können Sie meine Kleider haben.«

Witwe Furbish kniff die Augen zusammen, wobei das unter der Augenklappe deutlich kleiner wurde. »Alle?«

»Ja, alle. Aber ich will zuerst das Kleid sehen.«

Witwe Furbish schien gegen das Ansinnen protestieren zu wollen – sie blähte die Wangen, hob den Finger und schürzte die Lippen, als wolle sie ausspucken –, dann schluckte sie jedoch, nickte wie ein Huhn und verließ den Raum.

Erleichtert atmete Tessa tief durch. Endlich war sie allein.

Sie stand auf und wanderte über den mit Binsen bedeckten Boden zum Fenster. Bei jedem Schritt flogen ihre Hände über ihren Körper, kratzten, schlugen, schnippsten. Mücken summten an Kragen und Ärmel vorbei, und eine Fliege hüpfte auf akrobatische Art Tessas Arm hinauf. Andere Tiere krochen ihr den Rücken empor oder in ihre Jeans … Überall wimmelte es von Ungeziefer. Bei jeder noch so leichten Berührung hieb sie auf die entsprechende Stelle ein: Sie haßte Insekten.

Beim nächsten Schlag auf ihre Bluse riß der Stoff. Verdammt! Das war der Ring. Seine Dornen hatten sich in der Schulternaht verfangen. Sie hatte vollkommen vergessen, daß sie ihn trug. Vorsichtig löste sie den Ring aus den Baumwollfasern, Faden für Faden schob sie über das Gold, bis sie die Hand schließlich wieder frei hatte. Der Handteller war noch blutverschmiert, doch abgesehen von einem leichten Jucken am Mittelfinger tat es nicht weh.

Das Licht im Zimmer stammte von einer rauchenden Messinglaterne, und Tessa trat an die Lampe, um den Ring besser betrachten zu können. Ein schwefeliger Geruch stieg ihr in die Nase, während das senffarbene Licht das Gold zum Funkeln brachte. Was würde geschehen, wenn sie den Ring auszöge? Würde sie dann wieder auf die Lichtung in den Wäldern Südkaliforniens zurückkehren?

Aber selbst wenn ihr die Rückkehr dann möglich sein sollte, wollte sie das überhaupt?

Das Letzte, woran sich Tessa aus dem Wald erinnerte, war der Duft des trockenen Grases. Sie erinnerte sich besonders daran, weil der Geruch sie die ganze Reise über begleitet hatte – oder wie auch immer man das bezeichnen wollte, was sie hierhergebracht hatte. Das Rauschen des Meeres und der Duft getrockneten Grases.

Sie hatte Schmerz empfunden; dann kam die Dunkelheit, und dann Licht. Ein Zustand war dem anderen gefolgt, deutlich getrennt, wie Punkte auf einem leeren Blatt Papier: Schmerz, Erwartung und Furcht. Tessa erinnerte sich an jedes durchschrittene Stadium – das hohle Gefühl im Magen, den Druck auf Brustkorb und Lungen, die bleiernen Augenlider … Besonders aber an den Augenblick, als der Grasgeruch durch den Gestank der Gasse verdrängt wurde. Und dann schien plötzlich die Sonne aus einem anderen Winkel.

Sie bewegte sich von West nach Ost – nicht in einem Schwung, sondern allmählich. Tessa spürte die Wärme in einem langsamen Bogen von ihrer rechten zur linken Wange wandern. In ihrem ganzen Leben hatte sie noch nie etwas derartiges erlebt. Ihr Körper, ihre Seele und ganz besonders ihre Haut zogen sich vor Entsetzen zusammen. Die Sonne bewegte sich nie in diese Richtung. *Nie.*

Dann, als die Sonne wieder zum Stillstand gekommen war und das Meer neue Geräusche brachte, öffnete Tessa die Augen.

Alles hatte sich verändert. Möwen kreischten hoch am Himmel, Hunde bellten, Schweine quiekten und Gänse schnatterten. Die Gerüche an diesem Ort waren überwältigend. Der süßliche, übelkeiterregende Geruch verrottender Pflanzen rang mit dem Duft des Meeres um die Vorherrschaft.

Die Sonne schien ihr ins Gesicht, und der Wind zog an ihr und blähte ihre Bluse. Ratten huschten vorüber, und Schmeißfliegen surrten umher. In ihrem Kopf drehte sich alles ob der Vielfalt der neuen Eindrücke. Sie rutschte auf etwas aus – hoffte, daß es sich nur um Schlamm handelte –, und als sie versuchte, das Gleichgewicht wiederzuerlangen, näherten sich ihr zwei Männer. Bei ihrem Anblick erkannte sie, daß sich doch nicht alles verändert hatte. Männer waren Männer, und Fremde waren gefährlich. Tessa trat aus dem Sonnenlicht und rannte die Gasse hinunter in den Schatten einer Wand. Die beiden Männer, ein großer und ein großer massiger, folgten ihr. Tessa schauderte. Im Schatten war es kälter, als sie erwartet hatte. Ohne die beiden aus den Augen zu lassen, wich sie zurück und tastete sich mit den Fersen voran.

Als sie mit einer Ferse an eine Wand stieß, wußte sie, daß sie in Schwierigkeiten steckte. Sie wirbelte herum und fand sich in einer Sackgasse wieder. Gleichzeitig hörte sie den einen rufen: *»Die schnappen wir uns!«*

Tessa sah die beiden Männer auf sie zu eilen, sah, wie sie ihre Messer zogen. Die Angst jagte ihr Schauder über den Rücken, und in diesem Augenblick tat sie etwas, was sie seit einundzwanzig Jahren nicht mehr getan hatte.

Sie schrie – aus Furcht.

Ein hoher, klarer Ton kam über ihre Lippen. Wie ein Kriegsschrei erhob er sich in die Luft und durchschnitt alle Geräusche wie eine scharfe Klinge. Mit ihm kamen die Warnungen zurück, die man ihr vor langer Zeit gegeben und an die sie sich seitdem stets gehalten hatte. *Tessa, erinnere dich an die Schaffnerpfeife … Reg dich nicht auf … Halte dich von lauten Geräuschen fern … und schrei niemals, hörst du, NIEMALS.*

Die beiden Männer blieben stehen. Tessa preßte die Lippen aufeinander und hielt den Atem an. Sie wartete. Es dauerte einen Augenblick, bis ihr klar wurde, *worauf* sie wartete: auf das Klingeln in ihren Ohren. Die Sekunden vergingen. Es kam nicht. Sie vernahm nur das Klopfen ihres Herzens. Irgend etwas tief in ihrem Inneren entspannte sich. Kein metallisches Klingeln. Keine Strafe. Es herrschte Schweigen, wo eigentlich Lärm hätte sein sollen.

Als die beiden Männer nähertraten, schrie sie erneut. Diesmal Worte, laut und deutlich: *»Laßt mich in Ruhe!«* Macht lag in ihrer Stimme – sie spürte es. Die Männer zögerten. Der Massige blickte seitwärts zu seinem Komplizen und wartete auf dessen Nicken, bevor er weiterging. Tessa heftete den Blick auf das Messer, das in einer weit ausholenden Bewegung auf sie zu schwang. Ein entsetztes Keuchen entkam ihren Lippen, dann kratzte sie nach dem Gesicht des Messermannes.

Danach geschah alles viel zu schnell, als daß sie es hätte genauer verfolgen können. Aus dem Nirgendwo erschien ein Fremder und griff die beiden Männer an. Er kämpfte ohne große Mühe und effizient. Der Fremde verschwendete keinen einzigen Atemzug und landete keinen Treffer, der nicht Wirkung zeigte. Tessa mußte daran denken, wie Blut auf ihr Gesicht gespritzt war, wenn der Fremde sein Messer zwischen zwei Stichen durch die Luft schlug, um es zu reinigen, und wie er mit den Zähnen geknirscht hatte, wenn er zum Todesstoß ansetzte. Er hatte weniger als zwei Minuten benötigt, um mit den beiden Männern fertig zu werden. Tessa wollte sich lieber nicht an das zischende Geräusch erinnern, mit dem die beiden ihren letzten Atem ausgehaucht hatten.

Nachdem alles vorüber und das Messer wieder am Gürtel des Fremden war, drehte sich der Mann zu ihr um. Sein Gesicht war eine weitere Überraschung an einem Tag, der ohnehin schon randvoll damit war. Dunkles Haar, dunkle Augen und eine volle Unterlippe, die deutlich erkennbar auf der linken Seite von einer Narbe durchtrennt wurde. Er besaß die volltönendste Stimme, die Tessa je gehört hatte; tief und sanft schien sie ihren Ursprung unmittelbar hinter der Narbe zu haben. Tessa wollte ihm ursprünglich erklären, er klinge wie ein Schauspieler, doch dann entschied sie sich für ›Pirat‹. Das klang weit gefährlicher.

Wie treffend diese Beobachtung war, erfuhr sie schon fünf Minuten später, als der Fremde dem Tagelöhner Swigg drohte, ihn auf der Stelle umzubringen, falls er nicht seinen Befehlen gehorche.

Die dann folgende Stunde wurde zur bisher seltsamsten in Tessas Leben. Swigg führte sie auf eine Reise mitten durch das Herz der Stadt und in die dahinter liegenden Viertel. Bis dahin hatte Tessa nicht viel über ihre Umgebung nachgedacht – die Furcht brauchte freies Feld, um ihre Wirkung entfalten zu können –, doch nun offenbarte sich ihr nach und nach die Wahrheit, während sie mit Abfall übersäte Straßen entlangging, wo schmaläugige, wütende Hühner und Hunde ihre verkrusteten Wunden leckten.

Sie befand sich an einem vollkommen fremden Ort.

Nicht einfach nur in einem anderen Land oder zu einer anderen Zeit, sondern in einer vollkommen fremden *Welt*.

Bay'Zell hieß dieser Ort, hatte der Mann mit Namen Ravis gesagt, die nördlichste Stadt im Königreich Rhaize und der größte Hafen am Meer des Mutes. Tessa waren diese Namen zunächst bekannt vorgekommen – sie klangen seltsam vertraut, und sie auszusprechen, fiel ihr merkwürdig leicht –, doch der Versuch, sie einzuordnen, scheiterte kläglich.

Die Stadt selbst war ein dichtes Labyrinth aus engen Straßen und schiefen Häusern. Weiße und graue Steingebäude, die unter ihrem eigenen Gewicht zusammensanken, wurden von dicken schwarzen Balken aufrechtgehalten, die aufgrund des Drucks Harz schwitzten. Nebelschwaden stiegen aus abgedeckten Brunnenschächten, und langsam verrottende Abfallhaufen qualmten vor sich hin. Hohe, von Pilzen zerfressene Wände sperrten vielerorts das Licht aus, und in grellen Farben gestrichene Türen und Schaufensterfronten strahlten in dem Dämmerlicht wie Leuchttafeln.

Tessa war überwältigt. Sie war unfähig, sämtliche Eindrücke zu verarbeiten. Während Swigg sie durch eine Reihe zunehmend geschäftiger Straßen führte, attackierten unzählige Geräusche ihre Sinne. Das Scheppern von Metall auf Metall hallte durch die Straße; dann wieder drang aus einem Hof lautes Sägen; ein großer Marktplatz war erfüllt vom Zwitschern und Flattern Hunderter Vögel in Bambuskäfigen, und an beinahe jeder Straßenecke standen Frauen in schwarze Spitzenumhänge gehüllt und riefen den vorbeigehenden Männern eindeutige Angebote hinterher.

Nichts davon zeigte irgendeine Wirkung auf Tessas Gehör. Sie runzelte die Stirn. Hier, inmitten dieser fremden Stadt voller lauter Geräusche, hatte sie endlich so etwas wie Frieden gefunden.

An Ravis gewandt sagte sie: »Erzählen Sie mir von Bay'Zell.«

Ravis sah sie streng an. Dann warf er kurz einen Blick zu Swigg, der vor ihnen ging, beugte sich zu Tessa und murmelte: »Bay'Zell ist ein Tier, das zum Abschuß freigegeben ist.«

Tessa schauderte. Ravis' Stimme klang kalt. Ein Funkeln in seinen Augen verriet, daß er etwas verbarg. Beunruhigt wich sie ein Stück von ihm zurück. Ravis versuchte nicht, sie davon abzuhalten, und so marschierten sie den Rest des Weges schweigend und mehrere Fuß voneinander entfernt nebeneinander her.

Swigg führte sie ans Flußufer. Schwärme von Eintagsfliegen schwebten über dem Weg, während Stechmücken und Libellen die Bettler im Schatten plagten. Der Gestank war nun beinahe unerträglich. Selbst für Tessas ungeschultes Auge war offensichtlich, daß das Viertel noch weit schlimmer war als die, die sie bisher gesehen hatte. Die Häuser schienen sich zu ducken; Fensterläden verrotteten an den Scharnieren, und die Mauern verlassener Gebäude verfielen allmählich zu Staub.

Der Fluß führte mehr Schlamm als Wasser, und die Uferböschungen zu beiden Seiten waren eine einzige Masse aus grau-braunem Schlick. Eine auf Steinpfeilern ruhende Holzbrücke führte über den Fluß, und Swigg führte sie geradewegs darauf zu.

Dicht an dicht drängten sich Häuser auf der Brücke. Manche ragten auf Stelzen über den Fluß hinaus, während andere sich einander zuneigten und so geschlossene Durchgänge bildeten. Unvermittelt hielt Swigg vor einer Tür an, auf der ein prahlerisches Schild verkündete: WITWE FURBISH – WAHRSAGERIN DER KAUFMANNSGILDEN UND NÄHERIN DER HEILIGEN LIGA.

Prompt stellte Witwe Furbish ihre wahrsagerischen Fähigkeiten unter Beweis, indem sie die Türe öffnete, noch bevor jemand klopfen konnte.

Instinktiv wich Tessa einen Schritt zurück. Die Frau war groß und kräftig; ein Netzwerk geplatzter Venen zierte ihre Nase, und über dem linken Auge trug sie eine mit Gold bestickte Augenklappe.

»Du kommst spät«, sagte sie zu Swigg. »Und getrunken hast du auch schon.« Ihre Stimme war flacher als die Bodenbretter, auf denen sie stand.

Swigg zuckte übertrieben mit den Schultern, so daß sie beinahe die Ohren berührten. Wie ein Geier kreiste sein Blick über den Himmel, bevor er schließlich auf Ravis landete. »Ich habe Gäste mitgebracht, mein kleiner Hering.«

Bei Ravis' Anblick änderte Witwe Furbish deutlich ihr Verhalten. Ihre dünnen Lippen verwandelten sich in dicke Kissen, und ihre Augenbrauen schwangen auseinander wie Torflügel. Nachdem sie sich rasch umgeschaut hatte, um sicherzugehen, daß niemand sie beobachtete, schob sie die Augenklappe beiseite. »Aaah, Gäste. Kommt! Kommt! Swigg, lauf schnell rein, und schenk unseren Freunden ein Glas Arlo ein.«

»Den Zweijährigen?«

Als Witwe Furbish die Augenklappe gelüftet hatte, hatte Tessa aus Angst, plötzlich mit einer leeren Augenhöhle oder zusammengenähten Lidern konfrontiert zu werden, den Blick gesenkt; doch als sie wieder hinsah, stellte sie überrascht fest, daß Witwe Furbish in der Tat zwei gute Augen besaß, und beide waren auf Ravis' Ziegenledertunika fixiert.

Von dort kletterten sie zu dem Goldmedaillon an Ravis' Hals hinauf; dann sagte sie: »Laß uns das Faß mit dem Siebenjährigen aufmachen.«

Gerade als Tessa die Schwelle überschreiten wollte, packte Ravis sie am Arm und flüsterte ihr zu: »Erzählt diesen Leuten nichts von Euch.«

Arlo schmeckte leicht nach Apfel und brannte auf dem Weg die Kehle hinab. Bevor sie einen kräftigen Schluck davon getrunken hatte, war Tessa gar nicht bewußt gewesen, wie sehr sie einen Drink gebraucht hatte. Ohne Zweifel war dies der seltsamste Tag in ihrem Leben. Merkwürdig: Nicht ein einziges Mal an diesem Tag hatte sie geglaubt, sich das alles nur einzubilden. Bay'Zell war real; Ravis war real, und der Arlo war so stark und brannte so heftig in der Kehle, daß das unmöglich ein Traum sein konnte.

»Meine Dame und ich brauchen eine Unterkunft für ein oder zwei Nächte, Madame. Und Euer geschätzter Herr Bruder war so freundlich, uns eine Zuflucht anzubieten.« Ravis verneigte sich vor Bruder und Schwester zugleich.

Sie saßen in Witwe Furbishs guter Stube, einem dämmrigen Raum voller Schränke. Witwe Furbish füllte Ravis' Glas. Tessas Glas war ebenfalls leer, doch die edle Dame hatte offenbar beschlossen, diese Tatsache zu ignorieren. »Swigg kommt nach unserem lieben Herrn Papa«, erklärte sie, während ihre fetten Finger mit dem Band der Augenklappe spielten. »Gastfreundschaft ist tief in unserer Familie verwurzelt.«

»Ihr seid beide sehr freundlich.«

Witwe Furbish nicke befriedigt, als wäre dies genau das Stichwort gewesen, worauf sie gewartet hatte. »So wie Ihr großzügig seid.«

Ravis entblößte seine Zähne. »Madame, ich habe Eurem Bruder bereits meine letzte Goldkrone als Bürgschaft überlassen. Verlangt Ihr etwa auch den Rest im voraus wie ein Badehaus- oder Bordellbesitzer?«

Witwe Furbish schlug sich mit ihrer fetten Hand auf die Brust. »Sir, ich bin die Näherin der Heiligen Liga von Bay'Zell. Mein Ruf ist ohne Tadel.«

Tessa betrachtete Witwe Furbishs klobige Hand. *Näherin?*

»Madame«, sagte Ravis in übertrieben höflichem Tonfall, »ich wollte Euch nicht beleidigen. Es ist offensichtlich, daß Ihr einem höchst ehrenwerten Haus vorsteht. Wenn Ihr mich jetzt bitte entschuldigen würdet. Ich muß noch das ein oder andere erledigen; aber ich vertraue darauf, daß Ihr meine Gefährtin in meiner Abwesenheit angemessen unterhalten werdet.« Mit diesen Worten stand er auf und ging zur Tür. »Betrachtet sie als weitere Bürgschaft.«

Nachdem Ravis den Raum verlassen hatte, wurde die Flasche mit dem siebenjährigen Arlo wieder in einen der Schränke gestellt. Swigg murmelte etwas davon, er wollte nach seinen Bottichen sehen, und schlurfte hinaus, bevor seine Schwester ihm widersprechen konnte. Witwe Furbish schnaufte verächtlich, doch sie unternahm nichts, um ihn aufzuhalten. Nachdem sie die vier Arlogläser aufgesammelt und durchgezählt hatte, schnipste sie eine störende Staubflocke von ihrem Ärmel und wandte sich schließlich Tessa zu.

»Wie lange kennt Ihr Lord Ravis schon?« fragte sie, zog einen Hocker heran und ließ sich kaum einen Fuß von Tessas Knien entfernt nieder.

»Oh, ich habe das Gefühl, als würden wir uns schon ewig kennen«, antwortete Tessa und tat die Frage mit einer beiläufigen Geste ab. Fragen auszuweichen, war sie gewöhnt: Sie fühlte sich stets unwohl, wenn sie über sich selbst sprechen sollte – zu diesem Thema gab es nur wenig zu sagen.

In der dann folgenden Stunde hatte Witwe Furbish sie nach ihrem Akzent, ihrem Familienstand, ihrem Beruf, ihrer Beziehung zu Ravis und nach ihrem Alter gefragt. Nachdem es der Dame nicht gelungen war, die Antworten zu bekommen, die sie wollte, hatte sie schließlich ihre Aufmerksamkeit auf Tessas Kleidung gerichtet. Aus irgendeinem Grund schien Witwe Furbish besonders an ihrer Bluse interessiert zu sein. Nun, sei's drum, sie wußte, daß sie aussehen mußte wie jedermann, sollte sie noch länger an diesem Ort bleiben.

Was sie wieder auf den Ring brachte. Sie betrachtete die goldenen Fäden, die im Licht der Lampe glitzerten. Würde sie für immer hierbleiben müssen? *Wollte* sie hierbleiben? Und wenn sie so darüber nachdachte ... Blieb ihr überhaupt eine Wahl?

Aus dem Nachbarzimmer war deutlich zu hören, wie Witwe Furbish mehrere Truhen auf der Suche nach einem passenden Kleid durchwühlte. Tessa wurde das Gefühl nicht los, daß die fette Frau ein besonders häßliches und langweiliges Exemplar heraussuchen würde. Witwe Furbish war nicht gerade eine Zierde der Weiblichkeit.

Tessa runzelte die Stirn und trat ans Fenster. Sie war nicht sicher, wie sie über ihr Hiersein denken sollte. Alles war so schnell geschehen; sie hatte keine Zeit gehabt, sich darüber eine Meinung zu bilden. Bay'Zell war kein Märchenreich, wo Glück und Frieden herrschten. Es war ein wirklicher Ort mit wirklichen Bewohnern und wirklichen Gefahren. Im Laufe nur eines Tages hatte man sie angegriffen, gerettet, in ein mieses Viertel geschleppt und schließlich als Pfand in einer Herberge zurückgelassen. In dieser Stadt überschlugen sich die

Ereignisse, und Tessa hatte das Gefühl, als sei sie mitten hineingestoßen worden.

Ihr fielen nur wenige Gründe ein, warum sie nach Hause zurückkehren sollte. Ihre Eltern liebten, aber brauchten sie nicht. Sie lebten neben einem Golfplatz in Arizona; sie hatten sich dort gerade erst niedergelassen, um ihr Rentnerdasein zu genießen. Wann immer Tessa sie anrief, waren sie entweder auf dem Weg zu einer Partie Bridge, zum Golf oder sie wollten Freunde besuchen. Tessa war froh, daß sie glücklich waren. Daß es ihren Eltern gutging, vermittelte auch ihr ein gewisses Gefühl von Sicherheit.

Tessa besaß auch keine Freunde, die sie hätte vermissen können – sie hatte nie welche besessen, hatte zu anderen Menschen stets Distanz gewahrt. Es fiel ihr schwer, andere einzuschätzen, und so wurde sie ausgesprochen vorsichtig, wenn ihr jemand zu nahe kam. Die Leute bezeichneten sie als schüchtern, doch sie selbst empfand sich eher als *reserviert.* Und sie fühlte sich nicht dazu in der Lage, irgend jemandem gegenüber Verpflichtungen einzugehen.

Besessen hatte sie nie viel. In ihrem gemieteten Apartment fand sich nur ein Minimum an Mobiliar, und ihre Garderobe bestand nur aus wenigen Kleidungsstücken. Selbst ihr Auto war zehn Jahre alt. Es gab nichts und niemanden, der sie nach Hause zurückgezogen hätte.

Nichts und niemanden.

Tessa spürte ein Kribbeln im Nacken. Gegen ihren Willen kam die Erinnerung an den Weg durch den Wald und wie sie gedacht hatte, niemals dort anzukommen, wo sie eigentlich ankommen wollte. Sie blickte aus dem Fenster hinaus auf die Stadt. Hatte sie schlußendlich *doch* ihr Ziel erreicht?

Langsam – sehr, sehr langsam – hob Tessa die Hand und griff an den Ring. Die äußeren Dornen hatten ihren

Biß verloren, und Tessa konnte darauf drücken, ohne fürchten zu müssen, sie würden die Haut durchdringen. Sie nahm den Ring zwischen Daumen und Zeigefinger und begann, ihn vom Finger zu ziehen. Schmerz schoß durch den Fingerknochen, als sie den Ring über den Knöchel schob. Dann, als die inneren Dornen sich aus der Haut lösten und der Ring über den Finger glitt, war ihr, als hätte sie irgend etwas von ihrem Körper abgetrennt. Laute, leicht wie Federn, strichen an ihren Ohren vorbei, und ein warmer Luftzug berührte ihr Gesicht.

Sobald der Ring den Finger verlassen hatte, war das Gefühl verschwunden. Tessa war zwar angespannt und bereit für etwas, das sie weder benennen noch sich vorstellen konnte, doch zugleich fühlte sie sich erleichtert, als sie feststellte, daß sich nichts verändert hatte.

Sie befand sich noch immer in Witwe Furbishs guter Stube. Noch immer wurde sie von Stechmücken geplagt, und nach wie vor qualmte die Öllampe vor sich hin. Die Tropfen ihres geronnenen Blutes hingen noch immer im Geflecht des Rings und glitzerten wie Juwelen. Ihr Vorhandensein veränderte das Muster, so daß man den verschlungenen Linien mit dem Auge leichter folgen konnte. Die goldenen Fäden besaßen mit einemmal Orientierungspunkte.

»Das hätten wir! Ich habe das Kleid gefunden. Die Farbe läßt vielleicht etwas zu wünschen übrig, aber der Stoff ist von hervorragender Qualität.« Witwe Furbish platzte ins Zimmer und wedelte mit etwas, das an eine Pferdedecke erinnerte. »Hier«, sagte sie und warf Tessa das formlose Stück Stoff zu. »Fühlt einmal die Qualität.«

Tessa verbarg den Ring in ihrer Faust. Witwe Furbish war die Bewegung nicht entgangen. »Sehr hübsch«, erklärte Tessa, um die Frau abzulenken. »Sehr ... äh ... strapazierfähig.«

»Strapazierfähig? Das ist feinste Tairewolle! Die ist

mehr wert als jedes noch so seltsame Leinen von jenseits des Meeres!« Witwe Furbish blickte demonstrativ auf Tessas Faust. »Auf dem Markt bringt es mindestens zwei Goldstücke.«

»Abgemacht ist abgemacht, Witwe Furbish. Das Kleid im Tausch für meine Kleider. Das ist alles.«

Witwe Furbish zuckte mit den Mundwinkeln wie ein Raubtier, das noch darüber nachdachte, ob es seine Beute nun verschlingen sollte oder nicht. Nervös spielte sie am Band ihrer Augenklappe.

»Aber wie auch immer«, sagte Tessa überrascht von der neuen Richtung, die ihre Gedanken eingeschlagen hatten, »wenn Sie mir etwas zu schreiben und ein leeres Blatt Papier besorgen könnten, dann können Sie auch noch einen von denen hier haben.« Tessa nahm einen ihrer goldenen Ohrringe ab und bot ihn der fetten Frau an.

»Papier?«

Tessa dachte einen Augenblick lang nach. »Pergament, Schiefer – das geht alles.«

»Ich habe ein Stück Holzkohle und geglättetes Leder.« Sie griff nach dem Ohrring. »Allerdings ist das Leder allein schon soviel wert wie das Paar.«

Tessa nickte und nahm auch ihren zweiten Ohrring ab. »Holen Sie mir die Sachen, während ich das Kleid anprobiere.«

Sofort nachdem die Frau den Raum verlassen hatte, zog Tessa den Ring aus der Tasche, wo sie ihn vor Witwe Furbishs neugierigen Blicken verborgen hatte. Sie wußte nicht warum, aber plötzlich verspürte sie das starke Verlangen, das Muster der Goldfäden abzuzeichnen. Wahrscheinlich hatte das etwas mit den Blutstropfen zu tun. Sie verliehen dem Ganzen eine gewisse *Tiefe,* hoben die einzelnen Fäden deutlicher hervor und machten es einfacher, das Muster zu *sehen.* Tessa hatte das Gefühl, nun könne sie die Fäden zu ihrem Ursprung zurückverfolgen und das grundlegende Muster erkennen. Rasch entledigte sie sich ihrer Kleider. Da die Fenster nach wie vor offenstanden, war es in Witwe Furbishs guter Stube ausgesprochen kalt, und so verschwendete sie keine Zeit und streifte sich das Kleid über den Kopf. Der Stoff war kratzig, doch ihre Haut war bereits ausgiebig von Fliegen überfallen und von Stechmücken malträtiert worden, was die rauhe Wolle nur zu einem weiteren Ärgernis unter vielen machte. Das Kleid paßte ihr nicht einmal annähernd. Es war für eine Frau geschneidert worden, die kleiner, üppiger gebaut und – wie Tessa glaubte – mit einer weitaus dickeren Haut ausgestattet sein mußte. Kurz kam ihr der Gedanke, Witwe Furbish zu bitten, das Kleid umzunähen; doch sie verwarf die Idee rasch wieder. Trotz des Schilds an der Tür deutete das Aussehen der Dame des Hauses darauf hin, daß sie alles mögliche war, nur keine Näherin.

»Holzkohle und gebleichtes Rindsleder.« Witwe Furbish kehrte zurück und gab Tessa die angekündigten Utensilien. Dann musterte sie ihren Gast von oben bis unten und schniefte schließlich zufrieden. »Aha, endlich seht Ihr vernünftig aus.«

Tessa strich über das Leder: Es war sehr rauh. »Haben Sie einen Raum, wo ich einen Augenblick allein sein kann?«

»Das Lager … Aber ich werde kein Feuer machen, und ich kann Euch nur Talg, keine Lampe geben.«

Tessa nickte, obwohl sie nicht genau wußte, was Talg war. »Klingt gut. Ich brauche nur einen ruhigen Ort zum Arbeiten.«

»Ruhig? Warum um Himmels willen braucht Ihr einen *ruhigen* Ort?« Witwe Furbish wirkte ehrlich verwirrt. Sie zuckte mit den Schultern. »Ist ja auch egal. Folgt mir.«

Der Lagerraum war gefüllt mit Stoffballen, Nadelkissen, Garnrollen und Schleifen. Nachdem Witwe Furbish den Raum verlassen hatte – nicht ohne Warnungen zu murmeln, die Waren nicht anzufassen und nichts zu stehlen –, legte Tessa das Leder auf eine Truhe und kniete sich davor nieder. ›Der Talg‹ stellte sich als eine Art Kerze heraus, die jedoch ungewöhnlich viel Rauch absonderte. Tessa zog sie näher zu sich heran, um den Ring eingehender untersuchen zu können.

Kniend auf dem mit Heu bedeckten Boden begann Tessa zu zeichnen. Ständig mußte sie blinzeln, weil ihr der Rauch in die Augen stieg. Die Holzkohle war spröde und neigte dazu zu brechen. Das Leder war rauh und von unregelmäßiger Dicke; an der Unterseite waren noch Fellhaare zu sehen, und die andere Seite war voller Furchen. Doch all das war ohne Bedeutung. Tessa zeichnete und zeichnete. Sie folgte den Linien, radierte, verfolgte sie wieder zurück, studierte und schätzte Winkel und Kurven ein.

Stunden vergingen, während sie unaufhörlich zeichnete. Zunächst fühlte sie sich angespannt und wartete auf die ersten verräterischen Anzeichen, daß ihr Tinnitus sich wieder melden würde; doch nach einer Weile, als der Ruf einer Eule und das Knarren abkühlenden Holzes die einzigen Laute waren, die an ihre Ohren drangen, entspannte sie sich allmählich und ließ ihre neugewonnene Freiheit in die Zeichnung mit einfließen.

Kapitel vier

»Sind beide Männer tot?« Izgard von Garizon zog seine goldene Krone aus. Es hieß, einige Könige seien verblutet, nachdem sie die Dornenkrone getragen hatten; Izgards Haut jedoch war noch nicht einmal angekratzt. Der Schreiber Ederius wirkte krank und müde. Als er zögerte, wußte Izgard, daß etwas nicht stimmte. »Mein Freund«, sagte Izgard und legte Ederius die Hand auf die Schulter, »was ist geschehen?«

Ederius war alt, dünn und grauhaarig. Sein Fleisch zitterte unter Izgards Hand. »Euer Majestät, irgend etwas ist falsch geraten – eine Fehlberechnung, ein ungünstiger Zeitpunkt, ein mißglückter Strich.«

Izgards Finger strichen beiläufig über das Schlüsselbein des Schreibers. »Du willst mir damit ja wohl nicht sagen, daß beide noch leben.«

»Nein, Euer Majestät«, erwiderte Ederius rasch. Sein Körper schien unter der Berührung des Königs zusammenzuschrumpfen. »Einer ist tot. Der Überfall auf Burg Bess verlief wie geplant.«

»Und der Sohn?«

»Der Sohn wurde am Leben gelassen.«

Izgard nickte knapp. »Gut.«

Sie befanden sich in Ederius' provisorischem Scriptorium. Schüsseln und Töpfe mit Pulvern, Färbemitteln und Tinte drängten sich auf der einfachen Tischplatte, die man auf zwei Holzböcke gelegt hatte, und erfüllten die Luft mit den Gerüchen der Alchimie. Die größten

Fenster der Festung, die erst vor knapp einem Monat nach Ederius' Anweisungen aus dem Mauerwerk gebrochen worden waren, waren bereits für die Nacht geschlossen, und anstelle der Sonne erhellten vier eigens gefertigte Kandelaber den Raum.

»Es war der erste Mord, der nicht wie geplant ausgeführt wurde«, erklärte Ederius. Seine Füße scharrten leise über den nackten Steinfußboden. Scriptorien wurden selten mit Binsen eingestreut, da man fürchtete, das darin lebende Ungeziefer könnte den Schreiber an einer wichtigen Stelle aus der Konzentration reißen, so daß es Stunden dauern würde, bis der Fehler wieder korrigiert wäre.

»Ich dachte, alles wäre an seinem Platz gewesen«, fuhr Ederius fort. »Ich war sicher, meinen Teil getan zu haben.«

»Wodurch ist es mißlungen?«

»Ich weiß es nicht, Euer Majestät. Die Hetzer erschienen wie geplant, doch der Mann war nicht, wo er sein sollte.«

»Du hättest dafür sorgen müssen, daß er *dort* war.« Izgards Stimme klang sanft genug, um ein quengeliges Kleinkind zu beruhigen. Seine Finger fuhren fort, auf dem linken Schlüsselbein des Schreibers zu trommeln.

»Ich habe die Illumination angefertigt ... Ich habe gespürt, wie sie gewirkt hat. Ich dachte, alles wäre in Ordnung.« Ederius versuchte, mit den Schultern zu zucken, doch Izgard drückte derart hart auf sein Schlüsselbein, daß es ihm nicht gelang. »Ich war müde, und ich mußte noch eine zweite Illumination anfertigen, um die Hetzer zu unterstützen ... Wir mußten sichergehen, daß sie die Wachen von Burg Bess besiegen würden.«

»Hast du dich bei der ersten Illumination vielleicht ein wenig zu sehr beeilt?«

»Nein, Euer Majestät. Nein.« Es gelang Ederius tatsächlich, entrüstet zu klingen. »Das Muster war einfach.

Es gab keinen Grund, warum ich mich über Gebühr hätte beeilen sollen.«

Izgard atmete tief durch und sagte: »Damit ich das richtig verstehe … Willst du mir damit sagen, daß sowohl du als auch die Hetzer ihren Teil getan haben? Wie ist dann unser alter Freund entkommen?«

»›Entkommen‹ ist nicht das richtige Wort, Euer Majestät. Gerade als ich das zweite Muster begann, habe ich etwas gespürt – was, weiß ich nicht genau –, doch da war irgend etwas oder irgend jemand, der sich auf seiner Seite eingemischt hat.«

»Warum hast du nichts dagegen unternommen?« Izgards Stimme war nur noch ein Flüstern. Seine Finger tanzten über die Schulter des alten Schreibers.

»Ich war zunächst nicht sicher. Ich …«

Izgard rammte den Handballen in Ederius' Schulter. Ein gedämpftes Knacken, und der Knochen brach mit einer Leichtigkeit entzwei wie ein morscher Zweig. Der Schreiber schrie auf. Seine Hand flog zur Schulter. Fingerspitzen, schwarz von Tinte, griffen nach dem gebrochenen Knochen. Pigmenttöpfchen rollten über den Tisch, fielen über die Kante zu Boden und zerbarsten.

Izgard drückte die Faust vor die Brust. Er verspürte das Verlangen, noch einmal zuzuschlagen. Das Verlangen war stark – stärker noch als all die Male zuvor –, und einen Augenblick lang erzitterte er am ganzen Leib, bevor das Gefühl verschwand.

Der Schreiber sackte in seinen Stuhl zurück, zitterte und weinte leise. Izgard beobachtete ihn; dabei fiel dem König auf, in welch seltsame Farbe das Kerzenlicht die Haut des alten Mannes tauchte. Ederius sah aus wie ein Gemälde der alten Veizach-Meister. Der Anblick beruhigte Izgard, und nur einen Augenblick später wagte er es, die Hand wieder auszustrecken und den Schreiber zu berühren. »Schschsch, Ederius. Schschsch.«

Der Knochen war gebrochen. Ein spitzer Splitter drückte gegen die grobe Wolle der Tunika. Noch während Ederius die Tränen aus den Augen rannen, ließ er es zu, daß die Worte des Königs ihn beruhigten. Der alte Mann schmiegte die Wange an Izgards Hand und preßte die Lippen aufeinander, um nicht vor Schmerz laut aufzuschreien.

Izgard unterdrückte einen Anflug von Reue, indem er sich ermahnte, daß der Mann den Schlag verdient habe. »Der Schmerz wird vorübergehen«, sagte er, ergriff Ederius' Kinn und zwang den alten Schreiber ihn anzusehen. »Du solltest inzwischen wissen, daß meine Position es mir nicht gestattet, jemanden ungestraft davonkommen zu lassen, der mir gegenüber versagt hat.« Er wartete, bis Ederius nickte. »Gut. Ich werde dir sofort den Arzt schicken.«

Izgard strich mit dem Finger über Ederius'Kehle. Kurz hielt er inne, um einen Hautfetzen glatt zu streichen, der wie Herbstlaub vom Kiefer des alten Mannes hing; dann ging er zur Tür. Das unterdrückte Wimmern des Schreibers begleitete ihn. »Nebenbei«, sagte Izgard und drehte sich auf der Schwelle um. »Ich erwarte, daß du bei Sonnenuntergang wieder an deinem Schreibtisch sitzt.«

Er wartete nicht auf die Antwort. Er hatte seinen Standpunkt klargemacht.

Nachdem die Tür sich hinter ihm geschlossen hatte, atmete Izgard tief durch. Überrascht stellte er fest, daß er zitterte. In der Tat hatte er kurz befürchtet, die Selbstbeherrschung zu verlieren. Irgend etwas tief in seinem Inneren hatte weiter auf den Unglücklichen einschlagen wollen.

Izgard holte noch einmal tief Luft und zwang sich zu einem Schulterzucken. Sein Zorn *war* gerechtfertigt gewesen. Ederius mußte begreifen, daß die Dinge sich geändert hatten. Sie waren nicht mehr befreundet. Die

Zeit war vorüber, da sie die Dornenkrone enger zueinander geführt hatte. All die Jahre des Planens und Kämpfens hatten sich endlich bezahlt gemacht. Sie hatten beide bekommen, was sie wollten: Ederius besaß das ausschließliche Recht, die Dornenkrone zu studieren und *er*, Izgard, sie zu tragen. Was auch immer in den nächsten Monaten geschehen mochte, keiner von beiden konnte behaupten, er hätte nicht gewußt, was auf sie zukommen würde.

Izgard gefiel nicht, welche Richtung seine Gedanken eingeschlagen hatten, und so schob er sie mit einer abfälligen Geste beiseite. Er war jetzt König, und Könige besaßen keine Freunde, nur Diener.

Außerdem würde Ederius sich schon bald wieder erholen. Dafür hatte Izgard gesorgt: Nur selten schlug er zu, ohne vorher darüber nachgedacht zu haben. Ein gebrochenes Schlüsselbein war zwar ausgesprochen schmerzhaft, aber es behinderte den Betroffenen nicht sonderlich. Und indem er die linke Schulter gewählt hatte, hatte er sichergestellt, daß Ederius mit der rechten Hand nach wie vor arbeiten konnte. Aber der Schmerz würde dem alten Mann natürlich zu schaffen machen. Schmerzstillende Drogen kamen jedoch nicht in Frage: Sie könnten Ederius' Verstand und damit seine Arbeit beeinträchtigen, so daß sowohl Izgards langfristige Pläne gefährdet werden würden als auch seine Fähigkeit, Überraschungsangriffe auszuführen.

Während er durch die niedrigen Gänge der Festung Sern schritt, dachte Izgard an seine Krönung zurück. Es war ein schlichtes Ereignis gewesen: keine Prozessionen, keine Fanfaren, kein Schauspiel. Nur jene waren anwesend, deren Gegenwart absolut notwendig gewesen war. Lektoren, Kriegsherren, Ratgeber, und Feinde: Jeder, der Macht im Land besaß, hatte der Zeremonie beigewohnt. Die Zeremonie selbst war kurz gewesen. Die gesungenen Gebete des Chors hatten sich mit dem Rattern von Pferdekarren gemischt, und der Segen der Priester war beinahe im Hämmern der Festungshandwerker untergegangen. Selbst das heilige Öl war in großer Eile gesegnet worden.

Noch vor zehn Tagen hatte jedermann geglaubt, die Krönungszeremonie würde in Veizach stattfinden. Die Hauptstadt war der übliche Ort für Ereignisse von solch weitreichender Bedeutung. Diesmal jedoch war alles anders gewesen. Die Kriegsvorbereitungen waren wichtiger als Pomp.

Sern war eine Bergfestung. Ihre Mauern waren so undurchdringlich wie der Berg, an dessen Hang sie erbaut worden war. Seit fünfhundert Jahren erhoben sich ihre Wälle gen Himmel, und nicht ein einziges Mal war es dem Feind gelungen, sie zu durchbrechen. Die Festung selbst war in den Berg Iviss gehauen worden. Die Rampen waren bekannt dafür, daß sie im Winter mit Eis bedeckt waren, obwohl der Nordwind achtlos an ihr vorbeistrich. Niemand konnte Festungen bauen wie ein Garizon.

Izgard gestattete sich ein leichtes, befriedigtes Lächeln. So nützlich Serns Befestigungen auch sein mochten, es war ihre Lage am Fuß der Vorce-Berge, die ihn dazu veranlaßt hatte, die Festung als Ort für seine Krönung auszuwählen. Sie lag nur einen halben Tagesmarsch von der Grenze zu Rhaize entfernt und nur zwei Tagesmärsche vom Bekenntnisberg: Sie war der ideale Ausgangspunkt für einen Angriff.

Zum König von Garizon gekrönt zu werden, reichte nicht – man mußte das Blut der Feinde vergießen, wollte man den Thron auch behalten. Die Dornen der Krone stachen sowohl nach außen als auch nach innen.

»Mylord«, erklang eine hohe, atemlose Stimme hinter ihm.

Izgard zuckte unwillkürlich zusammen. Er war heute nacht nicht in der Stimmung für Tränen und kindische Trotzanfälle. Er mußte seine Ratgeber und Kriegsherren einberufen und Kriegspläne ausarbeiten: Krieg und die Krone von Garizon waren unweigerlich miteinander verbunden. Ohne sich umzudrehen, befahl er: »Geh in deine Kammer, Angeline.«

Leise Schritte folgten ihm. »Kann ich nicht mit dir kommen?«

Izgard spürte, wie eine Hand nach der seinen griff, die er daraufhin rasch zurückzog. Er zischte: »Ich will heute nacht allein sein.«

»Aber, Izgard, Gerta hat gesagt …«

»Es interessiert mich nicht, was deine alte Zofe gesagt hat. Geh jetzt!« Izgard wirbelte zu seiner Frau herum. Ihr blasser Kindermund zitterte, und ihre hellblauen Augen waren mit Tränen gefüllt. Sie wirkte so edel und durchsichtig wie ein Juwel. Ohne sie hätte Izgard den Thron nicht besteigen können.

Angeline von Halmac besaß ein Drittel des Territoriums von Garizon. Im vergangenen Jahr war ihre Familie wiederholt von Tragödien heimgesucht worden, bis nur noch die Frauen übriggeblieben waren.

Im Sommer war Angelines Vater, Baron Willem von Halmac, bei lebendigem Leibe verbrannt. Wie viele junge Männer, die in ihrer Jugend in den Schrein-Kriegen im Süden gekämpft hatten, hatte Halmac unter wiederholten Anfällen von Sumpffieber gelitten. Während eines besonders schweren Anfalls hatte sein Arzt angeordnet, daß man Willem eng in mit Branntwein getränkte Tücher wickeln solle, um ihn so zum Schwitzen anzuregen. Jede Nacht war ein Priester gekommen und hatte ihn in Leinenstreifen eingenäht, die man ihm um den Leib und die Glieder gelegt hatte. Eines Nachts hatte der arme Mann eine Kerze zu dicht an den kranken Baron herangeschoben, und der Stoff hatte Feuer gefangen. Augenblicklich standen die Bandagen – und somit auch Willem von Halmac – lichterloh in Flammen. Als der Priester die Stoffstreifen herunterriß, zog er gleichzeitig Halmac die Haut ab.

Beide Männer verloren in dieser Nacht ihr Leben. Halmac starb vor Schmerzen schreiend, während der Priester klug genug war, sich selbst das Leben zu nehmen, indem er von der alten Banasbrücke in die kalten Fluten des Veize sprang.

Die meisten sagten, damit sei er noch gut davongekommen. In diesem Land, wo die Wälder sich wie riesige Ströme zwischen noch größeren Acker- und Weideflächen ausbreiteten, stand nur Gott über den Baronen.

Angelines Bruder war zwei Monate später gestorben. Sturzbetrunken war er in einer Taverne im Arlishviertel von Veizach an seinem Erbrochenen erstickt.

Die Ärzte nannten es eine schreckliche Tragödie.

Izgard nannte es Schicksal.

Ein leises Schluchzen kam über Angelines Lippen und riß Izgard aus seinen Gedanken. Zögernd streckte sie die Hand aus wie ein Kind, das ein Tier berühren möchte, von dem es glaubt, gebissen zu werden. »Schick mich nicht weg«, sagte sie. »Ich bin hier so allein.«

Trotz allem fühlte Izgard, daß er nachzugeben drohte. Angewidert stieß er seine Frau von sich. Angelines Unterlippe bebte, als sie sich nach besten Kräften bemühte, nicht in Tränen auszubrechen.

Da huschten Schatten am anderen Ende des Korridors vorüber. Jemand kam auf sie zu. Izgards Blick wanderte von den Schatten zu seiner Frau. Ihm blieb keine andere Wahl, als den liebenden Ehegatten zu spielen. Selbst hier, dreihundert Meilen westlich von Veizach und seinem stets wachsamen Hof, in einer Bergfestung, die dafür errichtet worden war, weder Feinde noch Licht hereinzulassen, galt es, zumindest den Schein zu wahren.

»Komm, meine Liebe«, murmelte Izgard und bot Angeline den Arm an. »Laß uns gemeinsam einen Becher Wein trinken, bevor wir uns zurückziehen.« Die Worte brannten in seiner Kehle. Er wußte nicht mehr, was er einst in seiner Frau gesehen hatte. Was er früher als kindliche Unschuld bewundert hatte, erkannte er nun als geistige Schlichtheit, nichts weiter. Seit er die Dornenkrone zum ersten Mal aufs Haupt gesetzt hatte, war ihm dies noch einmal klarer geworden.

Izgard packte Angeline am Arm und schleppte sie zu seinen Gemächern. Zwei Lords kamen ihnen entgegen, die demütig auf die Knie sanken, doch Izgard würdigte sie keines Blickes. Wut ließ seinen Kiefer zucken, und seine Augen waren stur geradeaus gerichtet.

Heute war er zum König gekrönt worden, aber seine Königin war nur ein kindisches, kleines Mädchen. Er wünschte, sie loswerden zu können; doch ein plötzlicher Todesfall so kurz nach seiner Hochzeit könnte ihn nicht nur die Ländereien von Halmac, sondern auch seine Krone kosten. Izgard hatte zu lange und zu hart an der Einigung des Landes gearbeitet, als daß er sich jetzt gestattet hätte, all das durch einen Akt persönlicher Befriedigung wieder aufs Spiel zu setzen. Erst wenn alte Rechnungen beglichen und neue Siege errungen sein würden, konnte er ihr den Dolch an die Kehle setzen.

»Du mußt mich küssen, Izgard«, flüsterte Angeline, als sie sich seinen Gemächern näherten. »Gerta sagt, früher hätten wir uns häufiger geküßt.« Sie hauchte ihren warmen Atem auf seine Wange, und ihre Brüste drückten in seine Seite. Izgard spürte, wie sein Körper auf ihre Berührung reagierte, und er konnte nichts dagegen tun. Kurz dachte er an ihre Verlobungszeit zurück. Hatte es wirklich eine Zeit gegeben, als er sie selbst ebenso gewollt hatte wie ihr Land?

Obwohl die beiden Wachen vor der Tür den Blick abwandten, hielt Izgard seine Frau nicht davon ab, mit ihrer Zunge in seinem Nacken zu spielen.

Als sie schließlich in seinem Schlafgemach angelangt waren, hatte sich Lust unter Izgards Zorn gemischt – soviel Macht besaß Angeline noch immer über ihn. Ihre Hände glitten über seinen Körper. Sie warf den Kopf zurück, schob die Brust vor und schlang die Beine um ihn wie eine Ranke um einen Baum; dann flüsterte sie ermutigende Worte mit ihrer sanften, mädchenhaften Stimme.

Als Angeline ihren Mann schließlich zum Bett gezogen hatte, den Rock über ihre Hüften geschoben und mit der Zunge an seinem Hals spielte, war Izgard hin und her gerissen zwischen dem Verlangen, das Leben aus ihr herauszupressen und dem Wunsch, sie anzuflehen, niemals aufzuhören.

»Es tut mir leid, daß ich dich habe warten lassen, Ravis«, sagte Marcel, »aber ich hatte ein paar Geschäfte in Fale zu erledigen.« Ravis hob eine Augenbraue. »Fale? Du hast Bay'Zell zum letzten Mal verlassen, als das Große Feuer das gesamte Bankenviertel in Schutt und Asche gelegt hat – und selbst damals bist du noch in Sichtweite der Mauern geblieben.« Obwohl Ravis über zwei Stunden in Marcels Stadthaus gewartet hatte, klang seine Stimme ruhig und besonnen. »Sag mir: Was für Geschäfte sind so wichtig, daß du deswegen die Stadt verlassen mußt?«

Der Bankier füllte zwei kleine Gläser mit Berriac. Angesichts der Art und Weise, wie die kupferfarbene Flüssigkeit an den Gläsern haftete, mußte der Berriac mindestens achtzehn Jahre alt sein. Marcel war nicht nur gut genährt und gut gekleidet, sondern auch betucht genug, um sich so manchen Luxus leisten zu können.

Wie sehr er diesen Luxus genoß, ließ auch die Einrichtung seines Arbeitszimmers erkennen. Auf glänzendem Papier geschriebene Bücher füllten die Regale; vielfarbige Wandteppiche zierten die Wände; auf Satinholztruhen standen wertvolle Leuchter und mit Leder bezogene Bänke bogen sich unter dem Gewicht emaillierter Kästchen, goldener Fibeln und Elfenbeinschnitzereien. Es war bereits nach Mitternacht; dennoch schritt Marcel durch den Raum und überprüfte sorgfältig jeden einzelnen Fensterladen, um sicherzustellen, daß er auch verschlossen war. Marcel war ein Mann, der gleichermaßen Sicherheit und ein ungestörtes Privatleben zu schätzen wußte.

»Ein alter Freund von mir ist heute morgen gestorben.«

»Du hast keine alten Freunde, Marcel. Nur Kunden.«

Marcels Lippen zuckten kaum merklich. »Dann haben wir beide ja eine Menge gemeinsam.«

Ravis lachte; er wollte etwas von diesem Mann. »Na dann, mein Freund. Wer ist denn gestorben?«

Als Folge einiger gemeinsam getrunkener Gläser Wein hatte ihm Marcel einst in einem Anflug von Sentimentalität gestanden, daß er in seiner Jugend davon geträumt habe, Schauspieler zu werden, und wenn Ravis ihn nun beobachtete, dann konnte er das auch glauben. Der Bankier gab sich übertrieben zurückhaltend. Langsam schüttelte er den Kopf und atmete tief durch.

»Den Namen zu nennen, wäre vielleicht ein wenig geschmacklos.«

Also war es jemand Wichtiges. Ravis hielt es für besser, seine Neugier zu zügeln; früher oder später würde Marcel den Namen schon preisgeben – natürlich nur, falls sein eigener dicker Hals dadurch nicht in Gefahr geriet. Wenn es sich um persönliche Sicherheit und Bereicherung drehte, dann konnte niemand so diskret sein wie Marcel von Vailing.

»Nun«, sagte Marcel und dehnte das Wort über Gebühr, »kennst du den alten Schreiber, der dem kürzlich verstorbenen Herrn als oberster Ratgeber gedient hat, bevor er dessen Gunst verloren hat?«

»Deveric?«

Marcel nickte. »Er hat heute morgen einen Anfall gehabt. Eine schreckliche Tragödie. Er ist an seinem Schreibpult gestorben. Niemand hat damit gerechnet. Seine Frau hat gesagt, vor dem Anfall sei er bei bester Gesundheit gewesen.« Der Bankier nippte an seinem Berriac. »Natürlich hat sein ältester Sohn als erstes einen Boten in die Stadt geschickt, um mich zu holen.«

»Verwaltest du sein Testament?« Ravis hatte die Frage nur aus Höflichkeit gestellt. Wenn man einigermaßen vermögend war und in Bay'Zell oder einer der umliegenden Städte lebte, dann wickelte man seine Geldangelegenheiten und Rechtsgeschäfte über Marcel von Vailing ab.

»Ja. Er hat sein Gut in einem schrecklichen Zustand zurückgelassen«, antwortete Marcel. »Gefühlsselige Männer setzen stets absurde Testamente auf. Sie begehen den Fehler, *gerecht* sein und jedem etwas Wertvolles vererben zu wollen. Natürlich hat das nur zur Folge, daß am Ende jeder jedem das Seine mißgönnt. Der eine Sohn bekommt eine Weide am Südhang, während der andere ein Feld erhält, das noch nicht einmal im Hochsommer trocken wird. Die Heilige Liga wird mit dem Familiensitz bedacht, doch die Witwe behält die Möbel und was sich sonst noch im Haus befindet. Dann brechen erste Streitigkeiten aus, und bevor man sich versieht, kämpfen erwachsene Männer um jede Schuhschnalle und jeden Löffel.« Marcel schüttelte sich in gespielter Abscheu. »Das ist alles unnötig. Ein Mann sollte seinen Besitz nur einer einzigen Person hinterlassen – und ich meine *einer einzigen.* Man kann das Vermögen einer Familie nur vermehren, wenn es in einer Hand bleibt.«

Ravis stellte sein Glas auf den Tisch. Auch wenn es ihm nicht gefiel, Marcel sagte die Wahrheit. »Nun«, sagte er und versuchte, das Thema so unauffällig zu wechseln wie nur irgend möglich. »Was hast du von deiner Reise mit zurückgebracht?« Er deutete auf das viereckige Holzgestell, das Marcel mit hereingebracht hatte.

Der Bankier griff über den Tisch und tätschelte den Gegenstand. »Illuminationen. Die Presse hier soll sie vor Schäden schützen.«

Irgend etwas fast Vergessenes meldete sich in Ravis' Kopf. Interessiert beugte er sich vor. »Illuminationen, sagst du?«

»Ja. Deverics Gehilfe – ein Mann mit Namen Emith – hat sie mir zugesteckt, als ich gegangen bin. Offenbar hat Deveric sie ihm vermacht, und er wollte sichergehen, daß sie sicher verwahrt werden.«

»Darf ich mal einen Blick darauf werfen?«

Generell war Marcel schwer zu überraschen, nun jedoch konnte Ravis an dem kaum merklichen Zucken der Augenlider erkennen, daß er den Bankier mit seiner Bitte verblüfft hatte. »Ich glaube nicht, daß du hierhergekommen bist, um Kunstwerke zu bewundern, Ravis. Wenn ich so darüber nachdenke, solltest du eigentlich überhaupt nicht hier sein. Sollte dein Schiff nicht heute morgen segeln?« Einige Leute begingen vielleicht den Fehler, auf Marcels Theaterstück mit dem schlechten Gedächtnis hereinzufallen. Ravis wußte jedoch, daß der Bankier niemals etwas vergaß. Er besaß über dreihundert Kunden, und jederzeit war er über die finanzielle Lage jedes einzelnen von ihnen genau im Bilde.

Ravis schlenderte zum Schreibtisch. Er griff nach der hölzernen Papierpresse und fragte: »Darf ich?«

Marcel zuckte mit den Schultern. »Wenn du willst. Sag mir, was du davon hältst. Ich beabsichtige, sie so bald wie möglich schätzen zu lassen, um sie anbieten zu können. Ich habe so ein Gefühl, als könnte sie etwas wert sein.«

Ravis begann die kupfernen Verschlüsse der Presse zu öffnen. Ein Labyrinth ineinander verschlungener Schlangen und Vögel war in das Holz geschnitzt.

»Hast du dich entschlossen, zu einem späteren Zeitpunkt zu segeln?« fragte Marcel und schenkte sich und seinem Gast ein zweites Glas Berriac ein. »Oder hat sich etwas ergeben, was dich hier hält?«

Ravis löste einen Verschluß. »Es hat sich etwas ergeben.«

»Geschäftlich?« Marcels Stimme war eine perfekte Mischung aus Gier und Furcht.

»Nein. Ich habe mein Schiff verpaßt.«

Ein kurzes Lachen entkam Marcels Lippen, bevor er erkannte, daß Ravis nicht gescherzt hatte.

Ravis ignorierte den Bankier, öffnete den letzten Verschluß und klappte die Presse auf. Der beißende Geruch frischen Pigments stieg von dem Pergament auf. Sofort erkannte Ravis, daß es aus feinster Kalbshaut gefertigt war, wie man sie nur bei neugeborenen Kälbern fand. Obwohl das Pergament ohnehin schon ungewöhnlich hell war, hatte man es zusätzlich noch mit Kreide geweißt. Es war weich und so sorgfältig bearbeitet, daß Ravis nicht wußte, ob er auf die Fleisch- oder die Haarseite blickte.

Er drehte das erste Blatt um und betrachtete die darunter liegende Illumination.

»In diesen Zeiten verpaßt niemand sein Schiff, Ravis. Allein die Glocken des Schreins reichen ja schon aus, um die Toten wieder zum Leben zu erwecken.«

Ravis erschienen Marcels Worte so unbedeutend wie das Summen der Fliegen. Was er sah, war so komplex, so kunstvoll und detailreich, daß seine Augen nicht alles auf einmal aufnehmen konnten. Farbige Bänder breiteten sich über das Pergament aus. Tiere mit grotesk langen Zungen und Schwänzen schlangen sich auf unzählige Arten umeinander. Fäden aus Gold, Blau und Grün durchzogen das Muster wie Adern.

Ravis leckte sich mit der Zunge über die Narbe an seiner Lippe. Muster wie dieses hatte er schon einmal gesehen: Das war nun zwei Jahre her, in einer gewissen, mächtigen Burg im Osten.

»Sehr hübsch«, sagte Marcel und nahm Ravis das Blatt aus der Hand. »Der alte Stil der Gesalbten, wenn ich mich nicht irre. Natürlich gibt es heutzutage keinen Markt mehr für solche Dinge. Die Sammler wollen Menschen sehen, keine Muster.«

Als Marcel ihm das Pergament aus der Hand nahm, entdeckte Ravis mehrere dunkle Punkte in der unteren linken Ecke des Musters. Sie sahen aus wie Blut. Etwas Kaltes, Eisiges bahnte sich einen Weg Ravis' Rückgrat hinunter. Beunruhigt legte er die restlichen Illuminationen wieder in die Presse zurück, ohne sie betrachtet zu haben.

Ravis entschied, es sei an der Zeit zu verkünden, warum er hierhergekommen war – er hatte nicht mehr die Nerven für belanglosen Plausch und Spielchen. Er trank einen kräftigen Schluck von seinem Berriac, dann sagte er: »Marcel, ich brauche deine Hilfe.«

Ein Lächeln huschte über das Gesicht des Bankiers, so schnell, daß es Ravis entgangen wäre, hätte er in diesem Augenblick geblinzelt. Marcel ließ das Pergament auf den Tisch fallen. »Was kann ich für dich tun?«

Beim Klang dieser Wort wünschte sich Ravis, er wäre überall, nur nich hier. »Ich brauche Geld«, sagte er, »und zwar eine ganze Menge. Die *Kleeblatt* ist mit all meinem Gold an Bord davongesegelt.«

Marcel nickte wie ein Arzt, der sich von einem Patienten die Krankheitssymptome beschreiben läßt. »Ich verstehe.«

»Bis ich Crivit erwischt und ihn gezwungen habe, mich auszubezahlen, besitze ich nichts mehr.«

»Äußerst tragisch.« Marcel strich mit dem Finger über den Rand seines Glases. »Es war allerdings auch recht naiv von dir, all dein Gold im vorhinein aufs Schiff zu bringen.«

»Hätte ich es an den Ort gebracht, wo ich übernachtet habe, wäre das auch nicht klüger gewesen.« Ravis versuchte erst gar nicht mehr, seine schlechte Laune zu verbergen. »Ich brauche kein Lektion in Sachen Klugheit von dir, Marcel. Ich brauche ein Darlehen.«

»Ja. Ein Darlehen.« Marcel lehnte sich in seinem Stuhl zurück. »Welche Sicherheiten kannst du mir geben.«

»Ich habe dir doch gerade gesagt, daß ich nichts mehr besitze.« Ravis sprach auffällig ruhig und leise. Seine Hände tasteten nach der Manuskriptpresse.

»Was ist mit Mizerico? Sicherlich wartet doch noch irgendwo ein Vertrag auf dich.«

Ravis schüttelte den Kopf.

»Freunde? *Weibliche* Freunde? Ersparnisse?«

In einer fließenden Bewegung warf Ravis die hölzerne Presse auf den Tisch. Sie landete nur wenige Zentimeter von den fetten Fingern des Bankiers entfernt. »Jetzt hör mal zu, Marcel. Ich brauche Geld, und entweder leihst du es mir oder nicht. Was wird es sein?«

Marcels Blick verhärtete sich, doch seine Stimme blieb ruhig. »Wieviel willst du haben?«

»Hundert Kronen.«

Marcel schüttelte den Kopf und schob die Presse beiseite. »Unmöglich.«

»Das glaube ich nicht.« Ravis leckte sich mit der Zunge über die Narbe. Der dicke Hautwulst brannte kalt in der Wärme der Kammer. »Du schuldest mir etwas, Marcel.«

»*Schulden?* Ich schulde dir gar nichts, mein Freund. Ich habe dein Geld das vergangene Jahr über verwaltet, während du in der Stadt deinen Geschäften nachgegangen bist – weiter geht unsere Beziehung nicht.«

»Ich glaube nicht, daß die Stadtväter von Bay'Zell unsere Beziehung so einfach abtun würden. Vermutlich würde man deinen Anteil daran als Hochverrat betrachten.«

Marcel stand auf. Er ging zur Tür und öffnete sie. »Wir würden beide nicht davon profitieren, wenn die Wahrheit ans Licht käme.«

Ravis bleckte die Zähne. »Wieviel Schlösser legst du vor die Tür, wenn du nachts gut schlafen willst, Marcel?«

Seine Worte hatten den gewünschten Effekt. Der Bankier blickte ihm in die Augen, und obwohl Marcel versuchte, es zu verbergen, wußte Ravis, daß er Angst hatte. Es war offensichtlich, was Marcel dachte: Er wägte ab, inwieweit er auf Ravis' Schweigen vertrauen konnte. Die Sekunden verstrichen, dann sagte er: »Du hast also keine Verträge ausstehen?«

»Nein.«

»Darf ich also davon ausgehen, daß du nach Arbeit suchst?« Marcel wartete auf eine Antwort. Als keine kam, fuhr er fort: »Natürlich könnte ich mich jederzeit für dich ein wenig umhören, Kontakt zu ein paar Geschäftspartnern aufnehmen, Angebote machen ...«

»Du bist nicht mein Lude, Marcel.«

»Du wirst ja wohl kaum von mir erwarten, daß ich dir Geld leihe, ohne auch nur die geringste Sicherheit zu haben. Irgendein Versprechen mußt du mir schon geben, daß du das Geld zurückzahlen wirst.«

Ravis entschied, daß es an der Zeit war, zur Tür zu gehen. »Du wirst deine hundert Kronen noch vor Jahresfrist wieder zurückbekommen.«

Marcel schluckte. »Falls du so lange lebst.«

Ravis schnipste ein verirrtes Haar von Marcels Tunika. Dabei stellte er befriedigt fest, wie der Bankier unwillkürlich zusammenzuckte. »Wenn du dich schon um jemandes Hals sorgen mußt, Marcel, dann schlage ich vor, du sorgst dich um deinen eigenen.«

Marcel schluckte sichtlich. Die Tür stand zwar bereits offen, doch er zog sie noch ein wenig weiter auf. »Ich glaube, du solltest jetzt besser gehen. Ich werde sehen, was ich tun kann. Melde dich morgen früh bei mir.«

Ravis nickte. Man durften einen Mann nie zu weit in die Enge treiben. »Dann bis morgen«, sagte er, ging an Marcel vorbei und trat über die Schwelle. »Ich weiß, daß dein Gewissen dir nicht den Schlaf rauben wird.«

Marcel öffnete den Mund, um etwas darauf zu erwidern, doch ein Diener erschien im Gang, und so schwieg er statt dessen.

Ravis verneigte sich und ging davon.

In Marcels Haus gab es nicht ein Stück Fußboden und nicht eine Wand, die nicht mit Seide bedeckt war, und als Ravis zur Straße hinunterstieg, verursachte er kaum ein Geräusch. Aus der Empfangshalle hörte er Stimmen: Eine Dienerin fragte einen Besucher, ob er einen Schluck Branntwein haben wolle, um sich aufzuwärmen, woraufhin der Mann mit leiser Stimme antwortete.

Ravis war aus vielerlei Gründen nervös. Instinktiv tastete er nach seinem Messer.

Er hätte sich keine Sorgen machen müssen. Als er die letzten Stufen hinunterstieg und die beiden Menschen in Sicht kamen, drehte der Fremde das Gesicht zur Wand.

Ravis war oft genug in Marcels Stadthaus gewesen, um dessen Kunden an ihrem Verhalten erkennen zu können. Marcel war bekannt dafür, Kunden, die das Tageslicht scheuten, nachts zu empfangen.

Ravis bedeutete der Dienerin, sich weiter um den Besucher zu kümmern, und ließ sich selbst hinaus. Er wollte so schnell wie möglich weg von hier. Tief in Gedanken versunken ging er Richtung Fluß. Jeder seiner Instinkte warnte ihn, er dürfe Marcel nicht vertrauen, doch ihm blieb keine andere Wahl.

Kapitel fünf

Tessa spürte zunächst einen Juckreiz an ihrem rechten Bein. Sie ignorierte ihn erfolgreich, bis er begann, sich zu *bewegen.* Tessa riß die Augen auf. Dann warf sie das Laken beiseite und schlug sich auf den Schenkel. Irgend etwas Schwarzes, Glänzendes kroch ihr Bein herauf. Entsetzt schleuderte Tessa es Richtung Wand.

Ein leises Lachen veranlaßte sie dazu, den Kopf herumzureißen. Ravis stand in der Ecke. Sein Gesicht war halb im Schatten verborgen. Er deutete auf Tessas Schenkel. »Mit solchen Reflexen würdest du einen hervorragenden Pikenier abgeben.« *Du?* Offensichtlich war die Zeit der Höflichkeiten vorüber.

Tessa zog das Laken über ihr Bein. Ihre Gedanken waren noch schwer vom Schlaf, und ihre rechte Gesichtshälfte war taub, weil sie die ganze Nacht über auf einer harten Bank gelegen hatte. Sie blinzelte, um den Schlaf zu vertreiben und dachte über eine bissige Antwort nach. Als ihr nichts Passendes einfiel, ließ sie es bei einem verächtlichen Schnaufen bewenden. In just diesem Augenblick begannen die Glocken zu läuten.

Kirchenglocken. Anstatt auf Ravis und die Frage, wie er hier hereingekommen war, richteten sich Tessas Gedanken nun auf den Ort, an dem sie sich befand: in einem aus Eichenholz gezimmerten Haus auf einer Brücke, die über einen schlammigen Fluß führte, in einer Stadt mit Namen Bay'Zell.

Tessa rieb sich den Schlaf aus den Augen. Als sie sie

wieder öffnete, erwartete sie fast, sich wieder in ihrem Schlafzimmer in Kalifornien zu befinden. Statt dessen schaute sie jedoch auf Ravis. Sie hatte Schmetterlinge im Bauch. Ihr Magen fühlte sich so leicht und hohl an wie eine Papiertüte. Dann erinnerte sie sich wieder an die gestrigen Ereignisse: den Tinnitus-Anfall, die gestohlenen Boxen aus den Schließfächern, die dunkle Gasse, den Kampf … den *Ring.* Tessa hob die linke Hand vors Gesicht. Der Ring war nicht da. Erschrocken blickte sie sich um. Was hatte sie mit dem Ring gemacht? Wo hatte sie ihn zuletzt getragen?

»Suchst du das hier?« fragte Ravis, öffnete die Faust und enthüllte ein gezacktes goldenes Band. Einer der Dornen hatte sich in seinen Handteller gebohrt, und ein dicker Tropfen Blut klebte zwischen seinen Fingern.

Entsetzt klappte Tessa den Mund zu. Sie war sich kaum bewußt, was sie tat, als sie von der Bank sprang und Ravis den Ring aus der Hand riß. Er gehörte *ihr.* Niemand sonst besaß das Recht, ihn zu berühren. Niemandes Blut durfte auf ihm sein, nur ihres.

Nachdem der Ring wieder in ihrem Besitz war und sie sein vertrautes Gewicht in ihrer Hand spürte, kam Tessa sich plötzlich ausgesprochen dumm vor. Sie atmete schnell und flach, und ihre Wangen waren gerötet. Was hatte sie sich nur gedacht? Verlegen warf sie einen verstohlenen Blick auf Ravis.

Ravis lächelte. Die Narbe auf seiner Lippe spannte sich und wurde blaß. »Das ist ein sehr interessantes kleines Schmuckstück. Du hast sein Aussehen gut wiedergegeben.«

Sein Aussehen? Tessa war verwirrt, bis sie sah, was Ravis in der anderen Hand hielt. Es war die Skizze, an der sie vergangene Nacht gearbeitet hatte, die Skizze mit dem Muster des Rings. Einen Augenblick lang verspürte sie das Verlangen, Ravis auch die Skizze zu entreißen;

doch ein Instinkt, den sie nicht verstand, ermahnte sie, sich zurückzuhalten. Tatsächlich jedoch war das Streben nach Zurückhaltung tief in Tessa verwurzelt. *Du darfst nicht schreien … Reg dich nicht auf … Denk immer nach, bevor du handelst.*

Tessa atmete tief durch, um sich wieder zu beruhigen und ließ die Hände sinken. Abermals fragte sie sich, was sie sich gedacht hatte. Was macht es schon, wenn Ravis die Skizze sah oder den Ring berührte? Sie verhielt sich irrational.

»Irgend etwas an dieser Zeichnung erinnert mich an …« Ravis ließ den Satz unvollendet. Gedankenverloren drehte er die Skizze ins Sonnenlicht, das den Raum wie ein Messer durchschnitt.

»An was?« fragte Tessa und nutzte die Gelegenheit, um ihr Kleid glattzustreichen, während Ravis abgelenkt war.

»An etwas, das ich letzte Nacht gesehen habe.« Ravis blickte über die Schulter zu Tessa und musterte sie aufmerksam. Dann drehte er sich um, rollte die Skizze zusammen, verneigte sich und gab sie Tessa. »Mach dich fertig. Du wirst mich heute morgen begleiten. Ich warte draußen auf der Brücke auf dich.«

Tessa öffnete den Mund, um ihm zu widersprechen, doch Ravis hatte bereits die Tür erreicht.

»Beeil dich«, sagte er. »Ich habe weder die Zeit noch die Geduld, um zu warten, bis eine Frau sich herausgeputzt hat.« Mit diesen Worten verließ er den Raum und warf die Tür mit einem lauten, entschlossenen Knall ins Schloß.

Mit funkelnden Augen schaute Tessa ihm nach. Es ärgerte sie, derart herumkommandiert zu werden. Seit Jahren hatte niemand mehr so mit ihr gesprochen, und es gefiel ihr ganz und gar nicht. Aber was konnte sie schon dagegen tun? Außer Witwe Furbish und Swigg war Ravis der einzige Mensch, den sie an diesem Ort kannte. Sicherlich war er der einzige, der ihr helfen würde. Und letzten Endes *würde* sie Hilfe brauchen. Sie mußte mehr über diese Stadt in Erfahrung bringen, herausfinden, wo sie war, und ob ein Sinn dahintersteckte. Dafür brauchte sie Ravis.

Während sie darüber nachdachte, spielte Tessa mit ihrem Ring, drehte ihn in der Hand und fuhr mit den Fingerspitzen über die Dornen. Obwohl sich nichts verändert hatte, nachdem sie ihn vergangene Nacht ausgezogen hatte, war der Ring noch immer ihre einzige Verbindung nach Hause. Niemand außer ihr durfte ihn sehen oder gar berühren. Sie muße ihn sicher aufbewahren. Diesen Entschluß im Kopf schaute sich Tessa im Raum um und suchte nach einem passenden Band oder einem Stück Kordel. Nur wenn sie den Ring um ihren Hals binden würde, wäre er wirklich sicher.

Tessa hatte die Nacht in Witwe Furbishs Lager verbracht, zwischen allen möglichen Nähutensilien. Geschlafen hatte sie auf einer breiten Bank, auf der grobe Decken und mehrere dicke Kissen lagen. Die Decken rochen leicht nach Kampfer und anderen getrockneten Kräutern; tatsächlich hatte der ganze Raum etwas von einem alten Speicher an sich. An den Wänden standen Regale, auf denen sich die unterschiedlichsten Gegenstände türmten: Stoffballen, Garnrollen, Holzrahmen und einige seltsamere Dinge, die Tessa nicht benennen konnte.

Kurz darauf entdeckte Tessa etwas auf einem Tisch, was ein geeignetes Stück Band zu sein schien. Unglücklicherweise lag es jedoch unter einem Stapel Pergament; dennoch versuchte sie, es herauszuziehen.

In selbem Augenblick, da sie an dem Band zog, wußte sie, daß sie einen Fehler begangen hatte. Die Schichten aus dünnen Brettern, Stoff und Pergament gerieten in Bewegung und fielen mit lautem Krachen zu Boden.

Eine Unmenge schwarzen Staubs stieg von dem seltsamen Haufen auf, legte sich auf Tessas Kleid und drang ihr in Nase und Mund.

»Verdammt«, zischte sie, schloß die Augen und wedelte den Staub vor ihrem Gesicht beiseite. Was war das für ein Zeug? Die Überreste von Herrn Furbish?

»Das Trockenpulver!«

Tessa wirbelte herum, und Witwe Furbish stürzte in den Raum und rannte, Tessa ignorierend, zu dem Haufen, kniete sich daneben und begann, das Pergament abzustauben. »Du dummes Gör!« zischte sie und hob einige Pergamentblätter auf. »Weißt du denn nicht, daß man das Trockenpulver in Ruhe lassen muß?« Ihre Knie knackten, als sie sich wieder aufrichtete und das Pergament zurück auf den Tisch legte. Wütend schüttelte sie den Kopf. »Das wird dich einiges kosten, weißt du das? Ich werde sie zu Bernice bringen müssen, um sie wieder einstreuen zu lassen, ganz zu schweigen von den Originalen ... Eines von ihnen scheint beschädigt zu sein.«

»Wovon reden Sie eigentlich?« Tessa klopfte ihr Kleid ab. Sie war ebenfalls wütend. Allmählich war sie es leid, herumkommandiert und beschimpft zu werden.

Witwe Furbish schnaufte verächtlich. »Vom Trockenpulver, Mädchen. Was man eben so zum Kopieren von Schnittmustern braucht. Einige der Originale sind Jahre alt. Sie haben den verstorbenen Herrn Furbish ein Vermögen gekostet – ja, ja, das haben sie.«

Tessa, die noch immer nicht wußte, wovon Witwe Furbish sprach, ging zu einem der Pergamente und berührte es. Witwe Furbish schlug nach ihr, um sie zu verscheuchen. »Mach, daß du rauskommst!« schrie sie. »Verschwinde, bevor du noch mehr Schaden anrichtest!«

Instinktiv hob Tessa die Hand, um zurückzuschlagen; doch sie zwang sich zur Zurückhaltung. Die Frau zu schlagen, würde alles noch viel schlimmer machen. »Es tut mir leid«, sagte Tessa statt dessen und knirschte mit den Zähnen. »Ich mach' mich dann auf den Weg.«

»Und vergiß nicht, Lord Ravis zu sagen, daß er für den Schaden aufkommen muß.« Witwe Furbish schüttelte den Kopf. »Nur die Götter wissen, was es kosten wird, die Originale zu ersetzen.«

Trotz ihrer Vorsätze konnte Tessa ein mißtrauisches Schnaufen nicht unterdrücken, als sie sich anschickte zu gehen. Witwe Furbish war genau die Art Mensch, die stets die Kosten eines Schadens übertrieb. Vermutlich war sie bereits damit beschäftigt, den Originalen zusätzlichen Schaden zuzufügen. Da fiel Tessa die Skizze ein. Aus irgendeinem Grund wollte sie sie nirgendwo zurücklassen, wo Witwe Furbish sie finden konnte. Sie ergriff das Pergament, faltete es, und steckte es in ihr Mieder. Falls Witwe Furbish etwas davon bemerkt haben sollte, dann zeigte sie es zumindest nicht.

Auf dem Weg durch den Hauptraum war Tessa gezwungen, Swigg auszuweichen, um zur Haustür zu gelangen. Der Mann roch nach Alkohol, und seine Augen waren wässerig. Die Bottiche, die er gestern abend überprüft hatte, hatten offensichtlich etwas mit Bierbrauen zu tun, und wie es aussah, hatte er eine Kostprobe seiner eigenen Ware genossen – entweder das, oder er war kopfüber hineingefallen.

Als Tessa die Hand auf die Türklinke legte, bemerkte sie, daß sie noch immer das Band in der Hand hielt. Den Rücken zu Swigg gewandt schob sie das Band durch den Ring, band ihn um ihren Hals und ließ ihn ebenfalls im Mieder verschwinden – da drinnen wurde es allmählich voll. Selbstzufrieden trat Tessa hinaus auf die Brücke.

Die frühe Morgensonne blendete sie, und blinzelnd konzentrierte sie sich auf die dunkle Gestalt vor ihr.

»Nun, ich muß sagen, du bist die erste Frau, die ich

kenne, die nach dem Frischmachen noch schlimmer aussieht als vorher.« Ravis lächelte und nahm Tessa beim Arm. »Betrachtet man in deiner Heimat schwarzen Staub im Gesicht als Verschönerung?«

Das Trockenpulver! Tessa rieb sich mit der Hand übers Gesicht und betrachtete anschließend ihre Finger: Sie waren schwarz. Als Ravis ihren entsetzten Gesichtsausdruck sah, mußte er laut lachen. Tessa spürte, daß sie errötete. Sie mußte furchtbar aussehen.

»Hier«, sagte Ravis, zog ein Seidentuch aus seiner Tunika und reichte es Tessa. »Nimm das.«

Tessa nahm das Angebot an, wandte den Kopf ab, spie auf das Tuch und rieb damit über ihr Gesicht. Ravis besaß genug Anstand, auf die Brücke zu blicken, während Tessa sich säuberte.

»Hat die gute Witwe dir dieses Kleid gegeben?« fragte Ravis, als sie einen Abschnitt der Brücke erreichten, von wo aus man zum Ufer hinabgehen konnte.

»Ich habe es gegen meine Kleider getauscht.«

»Aha.«

Ravis' skeptischer Tonfall veranlaßte Tessa, ihm ins Gesicht zu sehen. »Was soll das heißen, aha?«

»Das soll heißen, daß du ein schlechtes Geschäft gemacht hast.« Sie erreichten das Ende der Brücke und bogen in eine schmale Straße ein. Ravis' Blick huschte hierhin und dorthin, als erwarte er Ärger – oder Schlimmeres. Tessa wurde plötzlich nervös. In ihrem Mund machte sich ein bitterer Geschmack bemerkbar: die Überreste des Pulvers.

Als Ravis wieder das Wort ergriff, stand sein gelassener Tonfall in krassem Gegensatz zu seinem Verhalten. »Der Farbstoff, mit dem dein Unterhemd gefärbt war, ist einer der wertvollsten auf dem ganzen Kontinent. Frauen sparen Jahre darauf, nur um einmal in ihrem Leben ein Stück Stoff in dieser Farbe kaufen zu können.«

Tessa riß die Augen auf. Das war also der Grund, warum Witwe Furbish so sehr an ihrer Bluse interessiert gewesen war. Aber Himmelblau? »Gold, Purpur oder irgendeine andere königliche Farbe sind doch sicherlich weitaus wertvoller, oder?«

Ravis schüttelte den Kopf. »Nein. Hellblauer Farbstoff wird aus Lapislazuli gewonnen, das aus Minen in den Ausläufern des Azhenas stammt. Mit dem Wagen braucht man ein ganzes Jahr, um solch einen Stein nach Rhaize zu bringen.« Während er sprach, führte er Tessa im Schatten der nach Westen ausgerichteten Häuser über eine breite Straße.

»Azhenas?«

Ravis warf ihr einen strengen Blick zu. »Das ist ein Gebirge weit im Osten von hier.«

Tessa wandte sich rasch ab. Sein Tonfall ließ sie vermuten, daß sie soeben einen großen Fehler begangen hatte. Soviel sie wußte, war das Azhenas-Gebirge hierzulande so bekannt wie der Himalaya bei ihr daheim. Um den Fehler zu vertuschen, fragte sie rasch: »Warst du jemals dort?«

»Ich war an vielen Orten und habe viel gesehen, doch nichts davon sollte man am hellichten Tag in Bay'Zell diskutieren.«

Tessa sträubten sich die Nackenhaare. Ravis' Stimme klang kalt, hart und unangenehm. Was hatte sie gesagt, daß sich seine Laune so plötzlich geändert hatte? Atemlos von der Geschwindigkeit, die Ravis vorgab, und zitternd ob seines Tonfalls blieb Tessa stehen. Sie legte keinen Wert mehr auf seine Gesellschaft.

Ravis zog sie am Arm. »Komm schon«, zischte er. »Man darf uns nicht erwischen, wie wir auf der Straße herumtrödeln.«

»Du meinst, man darf *dich* nicht erwischen«, korrigierte sie ihn. *»Ich* kann herumtrödeln, soviel ich will.

Tatsächlich ist es sogar genau das, was ich zu tun gedenke.« Mit diesen Worten riß sie sich von Ravis los und ging in die Richtung zurück, aus der sie gekommen waren.

Ravis war sofort neben ihr. »Du bist dumm!« zischte er und drückte seine Finger in ihren Arm. »Auf dich selbst gestellt wirst du in dieser Stadt noch nicht einmal bis Mittag überleben.«

»Da kennst du mich schlecht. Du weißt doch gar nicht, wozu ich fähig bin.« Erneut schickte sich Tessa an davonzugehen. »Ich weiß, daß du nicht von hier stammst.« Diesmal unternahm Ravis keinen Versuch, sie aufzuhalten, sondern blieb, wo er war. Er sprach leise; dennoch waren seine Worte gut zu verstehen. »Du stammst weder aus dieser Stadt noch aus diesem Königreich und offenbar noch nicht einmal von diesem Kontinent. Jedes Kind auf der Straße weiß mehr von der Welt als du.«

Tessa hielt mitten im Schritt inne. Sie wirbelte herum und sah ihn scharf an. Wieviel wußte oder vermutete er darüber, wie sie hierhergekommen war?

Ravis' Lächeln verriet nichts. »Vielleicht hast du es ja vergessen, aber als ich dich gestern morgen gefunden habe, schienst du mir nicht gerade in der Lage gewesen zu sein, auf dich selbst aufzupassen.« Er zuckte mit den Schultern. »Doch andererseits, vielleicht habe ich die Situation auch nur falsch eingeschätzt: Vielleicht wollten die beiden Männer, in deren Gesellschaft ich dich gefunden habe, dir nur ein *Angebot* machen, und nicht dich umbringen. Es wären nicht die ersten Männer, die ich aufgrund eines unglücklichen Mißverständnisses erschlagen habe.«

Auch wenn Tessa seinen Sarkasmus haßte, so wußte sie doch, daß er recht hatte. Sie konnte nicht einfach so davonstürmen. Wohin sollte sie gehen? Wieder zurück in Witwe Furbishs gute Stube? Sie blickte an ihrem verstaubten Kleid hinunter. Im Augenblick wäre sie dort wohl kaum willkommen.

Die Wahrheit war, daß sie nicht das geringste wußte von dieser Stadt voller Häuser mit schmalen, verriegelten Fenstern an engen Straßen, die sich an finsteren Hauseingängen und verfallenen Torbögen vorbeiwanden und häufig in Sackgassen mündeten. Sie hatte bereits erfahren müssen, wie gefährlich die Gassen waren, und angesichts Ravis' grimmiger Miene galt wohl das gleiche auch für breite, offene Straßen wie diese hier.

Nein. Sich allein auf den Weg zu machen war keine gute Idee. *Dennoch könnte es sich als Vorteil erweisen, so zu tun, als beabsichtige ich immer noch, mich davonzustehlen,* dachte Tessa, während sie sein Gesicht und seine verkrampften Hände musterte. Es war offensichtlich, daß es Ravis ganz und gar nicht gefiel, mitten auf der Straße herumzustehen, wo jedermann ihn sehen konnte. Das Verlangen weiterzugehen war so stark, daß man es ihm deutlich am Gesicht ablesen konnte. Er kaute auf seiner Narbe und schaute nervös um sich. Sein Blick wanderte von einem alten Mann, der einen Karren hinter sich herzog, zu zwei Frauen mit breiten Hüften, die mit Kuchen beladene Backbleche auf den Händen balancierten und schließlich zu einem jungen Mann, der im Eingang eines Geschäftes stand und die Zeit totschlug. Tessa vermutete, daß sie Ravis ein oder zwei Zugeständnisse abringen konnte.

Schelmisch beschrieb sie eine Acht mit dem Zeh im Straßenstaub und sagte: »Ich werde dich begleiten, wenn du mir ein paar Fragen beantwortest.«

»Was für Fragen?« Den Blick auf den Boden gerichtet überlegte Tessa, welche Frage sie am dringendsten beantwortet wissen wollte. Ravis durfte nicht zu der Überzeugung gelangen, daß sie nicht darauf vorbereitet war. »Nun gut, sag mir erst einmal, wohin du mich bringst und warum.«

Ravis biß sich auf die Lippe. »Geh mit mir, und ich werde deine Fragen beantworten.«

Der Klang seiner Stimme verriet, daß er allmählich die Geduld verlor, und so ließ sie sich von ihm die Straße hinunterführen. Ihn noch mehr unter Druck zu setzen, wäre sinnlos gewesen. Außerdem war seine Nervosität ansteckend: Tessa ertappte sich dabei, wie auch sie jedem einen mißtrauischen Blick zuwarf, der ihnen entgegenkam.

An dieser Straße befanden sich viele Geschäfte, vor deren Fenstern man Tische aufgebaut hatte, wo Stoffballen, Obst, Käseräder, Gewürze und unzählige andere Waren feilgeboten wurden. Die Kaufleute bewachten ihre Waren. Sie hantierten mit kupfernen Meßstäben, Zinn- und Knochenlöffeln oder mit Bleigewichten und anderem Gerät, das sie zum Abmessen ihrer Waren benötigten. Alle jedoch trugen entweder einen Knüppel oder ein Messer im Gürtel.

Der Morgen war fast vorüber, und die Schatten der Häuser bildeten nur noch eine dünne, schwarze Linie. Seemöwen kreischten hoch über den Dächern, und eine steife Brise ließ die Schilder der Geschäfte knarrend hin und her schaukeln. Tessa wehte das Haar ins Gesicht.

»Wolltest du mir nicht gerade sagen, wohin wir gehen?« drängte sie Ravis, als sie in eine weniger belebte Straße einbogen.

»Ich bringe dich zu einem Freu …« Ravis hielt inne. »… zu einem Geschäftspartner. Ich erwarte, daß er mir etwas Geld leiht, damit ich Rhaize verlassen kann.«

»Und warum nimmst du mich mit dorthin?«

Ravis hob eine Augenbraue, doch er ließ sich nicht dazu herab, Tessa ins Gesicht zu blicken. »Nur, damit ich dich im Auge behalten kann.«

Die Arroganz der Antwort ärgerte sie; dennoch reagierte sie nicht darauf, sondern beschloß, ihn weiter auszufragen, bevor er des Spiels müde wurde. »Warum bist du so begierig darauf, Rhaize zu verlassen? Mir scheint das ein ganz netter Ort zu sein.«

Diesmal drehte Ravis sich zu ihr um. »Bei allen Göttern, Frau! Ich lass' mich doch nicht ausfragen wie ein Gefangener. Meine Privatangelegenheiten sind genau das: meine *Privat*angelegenheiten.« Sie erreichten eine Abzweigung. Ravis wandte sich nach links und zog Tessa hinter sich her. Seine Finger gruben sich härter in ihren Arm als notwendig. »Hier entlang.«

Plötzlich hatte sie Angst. Mit einer Größe von fünf Fuß drei und einem Gewicht von hundertundzwölf Pfund konnte sie nicht viel ausrichten, sollte es zu einem Kampf kommen – auf jeden Fall würden ihre Fähigkeiten nicht ausreichen, den großen, kräftigen Mann an ihrer Seite zu überwinden. Statt dessen würde sie sich auf einen schnellen Tritt vors Schienbein verlassen müssen, gefolgt von einem ebenso schnellen Rückzug. Trotz der düsteren Gedanken lächelte Tessa. Die Vorstellung, Ravis zu treten, gefiel ihr.

Das Viertel veränderte nach und nach sein Gesicht. Je weiter sie sich vom Fluß entfernten, desto besser sahen die Häuser aus; gleiches galt für die Menschen. Staubige Gassen wichen gepflasterten Straßen, und der Duft von gebackenem Brot und Räucherwaren mischte sich mit dem Gestank von Abfall und gewann schließlich die Oberhand. Tessa knurrte der Magen. Zum ersten Mal, seit sie hier war, dachte sie ans Essen. Frühstück: Schinken, Eier – aber kein Rührei –, Pilze, Tomaten und Toast. Ihr Magen reagierte mit heftiger Zustimmung. Unmengen heißen Toasts mit Butter …

Um nicht mehr daran denken zu müssen, stellte sie Ravis die erstbeste Frage, die ihr in den Sinn kam. »Du hast vorhin gesagt: ›Bei allen Göttern‹. Bedeutet das, daß ihr in Rhaize mehr als nur einen Gott anbetet?«

Ravis machte keinerlei Anstalten, die Frage zu beantworten. Tatsächlich schien er sie noch nicht einmal gehört zu haben. Tessa folgte seinem Blick, um zu sehen, was ihn ablenkte. Ravis' ganze Aufmerksamkeit war auf eine Gruppe junger Männer gerichtet, die ein Stück voraus die Straße blockierten. »Halte den Blick gesenkt«, befahl er.

Tessa spürte, wie ihr das Blut in die Wangen stieg. »Aber ich wollte mir gerade anschauen …«

»In Rhaize schauen sich Frauen gar nichts an. Frauen schweigen, kennen ihren Platz und spreizen die Beine, wenn man es von ihnen verlangt. Und jetzt sei still, und tu, was ich dir sage.« Er ergriff ihren Arm und zog sie nach rechts. »Folge mir.« Er führte Tessa auf die andere Straßenseite, weg von den Männern.

Sie hielt den Kopf gesenkt und sah, wie Ravis' Hand an sein Messer fuhr. Sie roch seinen Schweiß.

Und schon rief einer der Männer: »Hey, Kumpel! Wie wär's, wenn du dein Glück mit uns teilen würdest? Die scheint mir Frau genug zu sein, um mehr als einen Mann vertragen zu können.«

Tessa fühlte Ravis' wachsende Anspannung. »Ignoriere sie«, sagte er leise. Seine Finger schlossen sich um das Heft des Messers.

Das Herz schlug ihr bis zum Hals. Trotz Ravis' Warnung riskierte sie einen Blick auf die Männer. »Wirst du gegen sie kämpfen?«

Ravis schluckte vernehmlich. »Ich hoffe für uns beide, daß es nicht dazu kommen wird. Ein Verhältnis von fünf zu eins ist mir entschieden zu schlecht.«

Tessa schauderte. Warum nur mußte Ravis so brutal klingen? Aus den Augenwinkeln heraus sah sie, wie zwei sich ihnen näherten. Die anderen blieben, wo sie waren. Einer schlug sich mit einer Keule in die Hand, und ein anderer vollführte anzügliche Hüftbewegungen.

Ravis ließ sie nicht eine Sekunde aus den Augen. Sein Gesichtsausdruck ließ Tessa das Blut in den Adern gefrieren. Panik drohte, sie zu übermannen. Das alles war einfach zuviel! Ravis' brutale Worte kamen ihr wieder in den Sinn. Das Schlagen der Keule wurde immer lauter. Der Anzügliche rief eine Obszönität. Tessa spürte, wie sich ihre Muskeln verkrampften. Sie wußte aus Erfahrung, daß der Tinnitus nicht mehr lange auf sich warten lassen würde. Zu viele Geräusche drangen auf sie ein, und zu viele Dinge geschahen zur selben Zeit.

Die Sonne verschwand hinter einer Wolke, und die Straße versank in Schatten. Ringsum knarrendes Holz, als die Kaufleute beschlossen, nun sei genau der richtige Zeitpunkt, ihre Läden zu schließen. Menschen verschwanden in ihren Häusern oder nahmen die nächstbeste Abzweigung, die sie finden konnten.

»Wenn ich es dir sage, läufst du in die Richtung zurück, aus der wir gekommen sind. Halt erst an, wenn du die Parso-Brücke erreicht hast.« Ravis fletschte die Zähne. Seine Narbe trat weiß hervor.

Tessa war starr vor Angst. Sie konnte kaum die Beine bewegen. Das Blut pochte in ihren Schläfen. Gleich würde das Klingeln in ihren Ohren einsetzen.

»Hast du verstanden, was ich dir gesagt habe?« Ravis' Stimme war rauh und hart.

Benommen nickte Tessa. »Ich soll in die Richtung laufen, aus der wir gekommen sind.«

Die beiden Männer waren nur noch wenige Fuß von ihnen entfernt. Die übrigen drei hatten sich nun ebenfalls in Bewegung gesetzt, um Tessa und Ravis den Weg zu versperren. Der Mann, der sie als erster angerufen hatte, zog ein Messer. Sein Gefährte krempelte die Ärmel hoch.

Tessa schluckte und blickte zu Boden.

»Komm schon, du Schlampe. Zeig uns mal, was du zu bieten hast.«

»Sieh zu, daß du den fremden Bastard loswirst; dann zeigen wir dir mal, zu was richtige Männer imstande sind.«

Die Worte waren an Tessa gerichtet, doch sie wußte, daß sie in Wahrheit Ravis galten. Sie stand nicht länger im Mittelpunkt.

Das Blut rauschte ihr in den Ohren. Dieser Ort war nicht sicher. Zwei Tage – zwei Überfälle. Sie wollte nach Hause. Ohne nachzudenken, griff sie sich an die Brust und tastete nach ihrem Ring. Selbst durch den dicken, groben Stoff des Kleides hindurch stachen die Dornen ihr in die Finger. Seltsamerweise half ihr der Schmerz, sich zu entspannen. Ohne es bemerkt zu haben, hatte sie den Atem angehalten: Sie wartetet auf den Tinnitus. Dann kam die Sonne wieder hinter den Wolken hervor und schien ihr unmittelbar ins Gesicht.

Ravis zog sein Messer mit einer schnellen Bewegung, aber Tessa, von der Sonne geblendet, nahm es kaum wahr. Mit einem kräftigen Stoß stieß Ravis sie von sich.

»Lauf!«

Tessa taumelte zurück. Währenddessen stürmten drei Männer auf Ravis zu. Der Mann mit der Keule hob seine Waffe über den Kopf. Tessa ruderte mit den Armen, um das Gleichgewicht zurückzuerlangen, und versuchte zugleich, ihr Gesicht zu schützen, da spürte sie etwas Feuchtes auf ihren Lippen. Im selben Augenblick, als sie erkannte, daß es Blut war, das von den Dornen des Rings stammen mußte, hallte eine laute Stimme, kalt und tödlich über die Straße.

»Niemand rührt sich vom Fleck!«

Instinktiv gehorchte Tessa dem Befehl. Augenblicklich hatte sie das Gleichgewicht wiedererlangt, und sie hob den Blick gerade noch rechtzeitig, um zu sehen, wie der Keulenmann mit dem Gesicht voran der Länge nach auf die Straße fiel. Das hatte etwas Komisches an sich, und kurz verspürte sie das verrückte Verlangen, lauthals aufzulachen. Irgend etwas brach, als der Mann auf dem Boden aufschlug – vielleicht sein Kiefer oder die Nase. Dann sah Tessa den zitternden Bolzenschaft im Rücken des Schlägers. Er war erschossen worden.

Das Lachen war ihr vergangen.

Niemand wagte, sich zu rühren – einschließlich Ravis.

Tessa sah in die Richtung, aus der der Bolzen gekommen war. Ein Mann trat aus dem schmalen Rest Schatten, den die Häuser am westlichen Straßenrand noch hergaben. Sein Gesicht war unter einer Kapuze verborgen. Den linken Arm hielt er ausgestreckt und leicht angewinkelt, um damit die Armbrust zu stützen, die er auf die Männer gerichtet hatte. Die andere Hand lag auf dem Abzug.

Aus den Augenwinkeln sah Tessa weitere Männer auf die Straße treten. Sie zählte drei. Vielleicht waren es aber auch mehr. Alle trugen Armbrüste.

Ravis umklammerte das Heft seines Messers so stark, daß die Knöchel weiß hervortraten. Seine Augenlider waren das einzige, was sich bewegte.

Der vermummte Mann hob kaum merklich die Armbrust und drehte den Kopf zu Ravis. »Geht weiter«, mein Herr«, sagte er. Seine Stimme klang zwar sanfter, aber unmißverständlich befehlend. »Ihr und Eure Dame könnt Euch wieder um Eure eigenen Angelegenheiten kümmern. Ich werde dafür sorgen, daß diese Männer Euch nicht mehr belästigen.«

Tessa zweifelte nicht eine Sekunde daran, daß der Mann es ernst meinte. Sein Finger glitt über den Abzug.

Ravis rührte sich nicht vom Fleck. Die Minuten vergingen. Die beiden Männer standen einander wie versteinert gegenüber. Schließlich bewegte sich Ravis doch noch. Tessa stieß erleichtert die Luft aus, als die Schultern ihres Begleiters sich entspannten und er den Rücken zu einer spöttischen Verbeugung krümmte.

»Es scheint, als stünde ich in Eurer Schuld, Fremder«, sagte Ravis und richtete sich zu einer vollen Größe auf. »Zeigt Euch, damit ich das Gesicht meines Gläubigers nicht vergesse.«

Der Mann richtete die Armbrust neu aus. Sie zielte auf Ravis. »Ihr schuldet mir gar nichts, mein Freund. Ich habe Euch gerettet, um mir selbst damit einen Gefallen zu tun. Und jetzt seht zu, daß Ihr verschwindet, bevor ich meine Meinung ändere und Euch kaltblütig über den Haufen schieße.«

Tessa schauderte. In der Stimme des Fremden lag ein Hauch von Wahnsinn.

Plötzlich stieß einer der vier Männer auf der Straße einen Schrei aus und sank neben seinem toten Kameraden auf die Knie. Unwillkürlich wandte sich Tessa ihm zu, nur um im nächsten Moment zu dem Vermummten herumzufahren, als sie das dumpfe *Zack* einer Armbrust vernahm.

Der bereits kniende Mann stieß einen zweiten Schrei aus.

Tessa schloß die Augen. Ihr Magen verflüssigte sich. Das Bedürfnis, sich zu übergeben, war überwältigend. Sie verstand nicht, warum ihr ausgerechnet jetzt übel geworden war: Schließlich war heute bereits ein Mann vor ihren Augen getötet worden.

Ravis ergriff ihren Arm so fest, daß Tessa glaubte, den Boden unter den Füßen zu verlieren. Aus dem Gleichgewicht geworfen und mit dem Geschmack von Galle im Mund wurde sie davongeschleppt wie ein ungezogenes Kind. Ravis führte sie im Eiltempo an den verbliebenen

Schlägern und dann an zwei Männern mit Armbrüsten vorbei. Obwohl Ravis den vermummten Fremden keine Sekunde aus den Augen ließ, leistete er sich keinen einzigen Fehltritt. Er wußte genau, wohin er gehen wollte. Tessa und Ravis waren das einzige auf der gesamten Straße, was sich bewegte. Kein Fensterladen klapperte; keine Möwe zog am Himmel ihre Kreise, und kein Hund wühlte im Müll.

Tessa spürte ein übelkeitserregendes Brennen in der Kehle. Ihr Speichel schmeckte bitter und süß zugleich wie Milch, die bereits leicht säuert. Sie preßte die Zunge gegen den Gaumen und schluckte kräftig. Aus irgendeinem verrückten Grund, den sie sich noch nicht einmal ansatzweise erklären konnte, begann sie zu zählen, so schnell sie konnte. *Eins zwei drei vier fünf sechs sieben acht neun … Eins zwei drei vier fünf sechs sieben acht neun.* Immer und immer wieder wiederholte sie dieselben Zahlenreihe.

Es schien zu funktionieren. Als Ravis sie um die nächste Straßenecke führte, hatte sich ihr Magen wieder ein wenig beruhigt. Dennoch wagte sie es noch nicht, den Mund zu öffnen; trotz des Zählens hörte sie im Geiste noch immer den Schrei des sterbenden Mannes.

Nach einer weiteren Biegung erwartete Tessa, daß Ravis nun etwas langsamer gehen würde. Das tat er aber nicht. Auch sein Griff wurde nicht schwächer. Ravis schien voller Wut zu sein. Die Narbe auf seiner Lippe war weiß und die Haut gespannt, und sein Blick glich dem eines wilden Tiers.

Nachdem sie die Straße bis zum Ende entlang marschiert und noch zweimal abgebogen waren, hielten sie vor einem gepflegten dreistöckigen Haus an. Weiße Steinstufen führten zu einer blankpolierten, schwarzen Tür. Ohne ein Wort zu verlieren, klopfte Ravis gegen das Holz. Weniger als fünf Sekunden vergingen, bevor die

Tür geöffnet wurde. Ravis schickte sich an, als erster hineinzugehen, doch im letzten Augenblick hielt er sich zurück. Mit einer leichten Verbeugung deutete er an, daß Tessa vorausgehen solle.

Als Tessa das kühle, dunkle Innere des Hauses betrat, erinnerte sie sich an ihren Tinnitus. Der erwartete Anfall war ausgeblieben.

»Schenk uns etwas Likör ein«, sagte der Mann mit Namen Marcel, während er auf Tessas Brüste schaute. »Solch einen kleinen Zwischenfall, wie ihr ihn mir beschrieben habt, finde ich ausgesprochen … *anregend.*«

Tessa nahm das ihr angebotene Glas in der Absicht an, es mit einem Schluck zu leeren. Irgend etwas hielt sie jedoch davon ab. Vielleicht war es der Blick, den Ravis und Marcel ihr zuwarfen, als sie das Glas an die Lippen hob. Also nippte sie nur vorsichtig an dem Getränk, so daß der starke, würzige Geschmack kaum ihren Gaumen kitzelte. Dem Geschmack nach zu urteilen, war das Getränk mit Arlo verwandt, und das Aussehen der Flasche verriet, daß es sich um keinen schlechten Jahrgang handelte.

Tessa mochte Marcels Haus. Ihr gefielen die Seidenteppiche, die Dufthölzer, die prall gestopften Kissen und die Kunstgegenstände aus glänzendem, gemasertem Elfenbein, die in sämtlichen Räumen verteilt standen. Marcel jedoch gefiel ihr ganz und gar nicht; aber er *hatte* ihnen Zuflucht gewährt, und da Tessa sich noch immer darüber freute, daß ihr Tinnitus sich nicht gemeldet hatte, war sie geneigt, dem Mann wohlwollend gegenüberzutreten.

Ravis stützte sich mit der linken Hand auf den Sims des breiten, mit weißen Steinen eingefaßten Kamins. In der anderen hielt er sein Glas; den Mund hatte er zu einem leichten Lächeln verzogen, und sein Blick war unverwandt auf Marcel gerichtet. Während der sechs Schritte, die es ihn gekostet hatte, die Treppe hinaufzueilen und Marcels Arbeitszimmer zu betreten, hatte sich Ravis vollkommen verändert. Der zornige Gesichtsausdruck, die funkelnden Augen, die gerunzelte Stirn: All das war verschwunden. Selbst die Narbe trat nicht mehr so deutlich hervor wie noch vor wenigen Minuten. Daß er offensichtlich sein Verhalten genauso rasch ändern konnte, wie andere das Unterhemd wechselten, machte Tessa nervös. Sie beschloß, sich in Zukunft daran zu erinnern.

Ein leises Klopfen kam von der Tür, und ein wunderschönes, dunkelhaariges Mädchen betrat den Raum. »Herr«, sagte sie mit sanfter Stimme und sah zu Boden, »darf ich Euch auf ein Wort sprechen?« Marcel nickte knapp, verließ den Raum und schloß die Tür hinter sich.

»Fühlst du dich nun ein wenig besser?« fragte Ravis und wandte sich mit einem Lächeln zu Tessa. »Auf jeden Fall hast du schon wieder etwas Farbe bekommen.«

»Meine Farbe hat sich allerdings nicht so rasch verbessert wie deine Laune.« Allmählich hatte Tessa wieder das Gefühl, Herr der Lage zu sein. Seit sie heute morgen aufgewacht war, hatte man sie herumkommandiert, durch die Gegend geschleppt und angeschrien. Eine solche Behandlung war sie nicht gewöhnt; doch entgegen ihrer Natur hatte sie sich gefügt. Dies hier mochte ja vielleicht ein fremder, neuer Ort sein, aber sie war noch immer Tessa McCamfrey.

Oder nicht?

Sie legte die Hand an die Schläfe. Zwei Tage war sie nun schon hier, und zweimal war sie der festen Überzeugung gewesen, ihr Tinnitus würde sich melden. Lärm und extremer Streß waren stets die Auslöser einer Attacke gewesen. In den vergangenen zwei Tagen war sie dem ständig ausgesetzt; dennoch war nichts geschehen. Beim ersten Mal hatte sie nicht viel darum gegeben – es hätte Zufall sein können –, aber heute … Tessa schüttelte den Kopf. Heute war sie krank vor Angst gewesen, und trotzdem war einfach nichts geschehen.

Das ergab keinen Sinn – doch andererseits ergab *nichts* einen Sinn, was seit gestern morgen passiert war.

Tessa stand auf. Sie mußte einen Sinn finden; sie mußte ein Muster in dem Netz scheinbar zufälliger Ereignisse entdecken. Im Laufe der Jahre hatte sie genug Muster studiert, um zu wissen, daß man sie niemals allzu intensiv betrachten durfte, denn dann sah man nur noch eine sinnlose Anhäufung von Linien und Kurven. Man mußte einen gewissen Abstand wahren, um das Ganze erfassen zu können.

Das wiederum bedeutete, daß sie soviel wie möglich über diesen Ort mit Namen Rhaize herausfinden mußte. »Du hast meine Frage von vorhin noch nicht beantwortet«, sagte sie an Ravis gewandt. »Wie viele Götter verehrt ihr hier?«

Zu ihrer Enttäuschung zeichnete sich auf Ravis' Gesicht nicht ein Funke von Überraschung ob dieser plötzlichen und willkürlichen Frage ab. »Nur einen«, antwortete er schulterzuckend. »Vor tausend Jahren haben wir die vier alten Götter angebetet, doch den Teufel mitgerechnet waren es eigentlich fünf.« Er lächelte. »Also haben wir jetzt nur noch einen.«

Tessa nickte, obwohl sie Ravis nicht ganz verstanden hatte: vier Götter und einen Teufel? »Was spricht denn dagegen, daß man fünf Götter hat?« Es hatte wenig Sinn vorzutäuschen, sie hätte alles verstanden. Den Hintergrund des Musters herauszufinden war wichtiger, als Lügen aufrechtzuerhalten. Außerdem zweifelte Ravis bereits an seinem ersten Eindruck, bei dem sie ihn bisher gelassen hatte.

Ravis nippte an seinem Likör. »Alter Aberglaube. Viele Leute glauben, die fünf sei die erste aller Zahlen gewesen. Sie sagen, es hätte keine Sorgen auf der Welt gegeben, bevor der fünfte Sohn des einen wahren Gottes geboren worden und seine Mutter bei der Geburt gestorben sei. Nun werden alle Sorgen, der Tod und alles Unglück mit der Zahl fünf in Verbindung gebracht. Einst haben Mütter sich die Frucht aus dem Leib geschnitten, nur um nicht im fünften Monat des Jahres zu gebären, und Väter haben ihr fünftes Kind verbrannt, damit es kein Unglück auf die Familien herabbeschwören konnte. Selbst heute noch behaupten viele Gelehrte, daß die meisten Probleme ihren Ursprung an Tagen hätten, die die Zahl fünf im Datum tragen, und daß an solchen Tagen mehr Schlachten gewonnen oder verloren werden als zu allen anderen Zeiten.«

»Aber nichts davon entspricht der Wahrheit?«

Ravis räusperte sich. »Sag das den Männern, die in den Schrein-Kriegen gekämpft haben: Sie haben den größten Teil ihres Lebens im Süden verbracht, um die Tempel und Schreine der vier alten Götter zu zerstören. Und sag das auch Izgard von Garizon. Er liebt es, seine militärischen Pläne nach der Zahl fünf auszurichten: fünf Schlachtreihen, fünf Kriegsherren, fünf von allem, was ihm einfällt.« Er biß sich auf die Narbe. »Er glaubt, Macht liege in dieser Zahl. Das glauben eine Menge Leute.«

In dem Bemühen, nicht den Faden zu verlieren, fragte Tessa: »Also war der Teufel der fünfte Gott?«

»Auf jeden Fall ist es das, was die heilige Liga glaubt. Deshalb haben sie überall die Verehrung der alten Götter verboten. Statt dessen hat nun jeder an den einen wahren Gott zu glauben.« Ravis leerte sein Glas. »Sie haben versucht, den Teufel um seinen Anteil zu betrügen.«

Tessa zupfte an dem rauhen Stoff ihres Rockes. Ihre eigene Welt schien unendlich weit entfernt zu sein. »Und wer ist Izgard von Garizon?«

»Izgard von Garizon ist ein Mann, der sich nimmt, was er will.«

Ravis' Stimme klang kalt, und Tessa lief ein Schauder über den Rücken. »Wo liegt Garizon?«

In diesem Augenblick öffnete sich die Tür, und Marcel kehrte zurück. Der elegant gekleidete Bankier sah ein wenig zerzaust aus. Eine Haarlocke war ihm ins Gesicht gefallen, und an seinem rechten Handgelenk war ein roter Fleck zu sehen.

Ravis warf Tessa einen warnenden Blick zu. »Wenn wir das nächste Mal eine Karte zu Gesicht bekommen, meine Liebe, dann werde ich es dir zeigen.«

»Karte?« fragte Marcel.

Ravis gähnte. »Ja. Unsere liebe Tessa entwickelt ein reges Interesse an den Lapislazuli-Minen von Azhenestan.«

Marcel lächelte Tessa zu. Seine Augen funkelten, als er auf ihren Busen schaute; dann blickte er rasch zur Seite. »Schönheit und Wissensdurst. Ravis ist in der Tat ein glücklicher Mann.« Er verneigte sich. »Wenn Ihr uns jetzt entschuldigen würdet, meine Dame: Ravis und ich haben etwas Geschäftliches zu besprechen.« An Ravis gewandt fuhr er fort: »Ich habe ein neues Faß Berriac im Keller. Willst du nicht mit hinunter kommen und einen Blick darauf werfen?«

Während Marcel sprach, rieb sich Ravis mit dem Finger über die rosafarbene Narbe. Als der Bankier geendet hatte, drehte sich Ravis zu Tessa um und lächelte. Es war ein spitzbübisches Lächeln, aber das erste, das Tessa bei ihm sah, das auch aus seinen Augen strahlte.

»Marcel«, sagte er. »Tessa hat die letzten fünf Jahre in Taire gelebt, und ich muß dir ja wohl nicht sagen, wie unzivilisiert dieses Kaff ist. Ich würde mein letztes Silberstück darauf verwetten, daß sie auch gerne einen Schluck kosten würde.«

Bei diesen Worten konnte Tessa nicht anders, als das Lächeln zu erwidern. Ravis zeigte sich plötzlich von einer neuen, charmanten Seite – und von einer sehr schlauen. Marcel konnte eine derart freundliche Bitte unmöglich abschlagen …

… und das tat er auch nicht. »Nun gut, Ravis, wenn du darauf bestehst.« Die beiden Männer blickten einander in die Augen. Marcel wandte sich als erster ab. »Folgt mir.«

Marcel führte sie eine enge Treppe hinunter. Tessa ging drei Schritte hinter ihm, den Blick auf die kahle Stelle auf seinem Hinterkopf gerichtet, und atmete seinen leicht staubigen Geruch ein, wie er für Menschen typisch ist, die ihr Leben fast ausschließlich mit Büchern verbringen. Die Temperatur fiel mit zunehmender Dunkelheit, und die Holzpaneele wichen rauhem Putz, der bald von nacktem Fels abgelöst wurde. Tessa zitterte. Unvermittelt war ihr bewußt, daß ihr Magen leer war, obwohl sie keinen Hunger verspürte. In ihrem Rücken hörte sie Ravis. Seine Schritte waren so leise wie das Rauschen der Blätter im Wind.

Marcel trug eine Laterne, die mit gleichmäßiger, beinahe rauchloser Flamme brannte. Als sie eine Tür am Fuß der Treppe erreichten, gab er Tessa die Laterne und tastete in seiner Westentasche nach dem Schlüssel. Der Schlüssel wurde ins Schloß gesteckt, und es folgte ein kurzes Klappern. Die ganze Zeit über blickte Tessa auf Marcels gerötetes Handgelenk: Keine Sehne und kein Muskel bewegten sich, als er den Schlüssel drehte.

»Da wären wir«, sagte Marcel und öffnete die Tür. »Meine kleine, persönliche Schatzkammer. Das Herz meiner bescheidenen Bleibe.«

Tessa blickte zu Ravis. Sicherlich hatte er auch bemerkt, daß irgend etwas nicht stimmte, oder? Ravis neigte den Kopf leicht zur Seite: ein Zeichen, daß sie sofort weitergehen sollte.

Marcel und die Laterne verschwanden hinter der Tür und ließen Ravis und Tessa im Dunkeln zurück. Einen Augenblick später flackerte eine große Wandlampe auf und tauchte den Keller in helles Licht. Tessa sah sich um. Dutzende von Regalen teilten den Raum in kleinere Flächen. Dort lagerten Fässer, Flaschen und Tonkrüge unterschiedlicher Größe auf zweckmäßigen Halterungen. Als Fußboden diente der Fels, der zwar behauen war, doch so unregelmäßig, daß die Regale allesamt schief standen: ein bemerkenswerter Makel in einem ansonsten makellosen Raum.

Wie versprochen, öffnete Marcel ein Faß und füllte drei Holzbecher bis zum Rand. Als hätten sie es vorher abgesprochen, warteten Tessa und Ravis, bis sich die Sehnen in Marcels Kehle bewegten und andeuteten, daß er getrunken hatte. Tessa nippte an ihrem Berriac. Ravis leerte seinen Becher in einem Zug.

»So«, sagte er und reichte den Becher dem Bankier, damit dieser ihn wieder auffüllen konnte. »Hast du über das Gespräch nachgedacht, das wir vergangene Nacht geführt haben?«

Marcels Blick huschte zu Tessa. Tessa hob den Becher ans Kinn in dem Versuch, ihre Brüste zu verbergen. Sie hätte sich die Mühe sparen können. Marcel hatte sich bereits wieder umgedreht; seine blassen Augen waren auf Ravis gerichtet. Es war genau wie vorhin auf der Straße: Sie war plötzlich unwichtig geworden. Langsam zog sie sich von den beiden Männern zurück und tastete hinter sich nach einem Regal, gegen das sie sich lehnen konnte.

»Ja, ich habe darüber nachgedacht, Ravis«, antwortete

Marcel. »Tatsächlich war es sogar das einzige, woran ich seit gestern nacht gedacht habe.«

»Das einzige?« Ravis klang gelassen. Sah er auf Marcels Handgelenk? Tessa konnte es von ihrem Standort aus nicht erkennen. »Dann wirst du mir den Kredit also gewähren?«

»Jaaa«, antwortete Marcel übertrieben gedehnt.

»Dann gib's mir.«

»So einfach ist das nicht. Ich ...«

»Was, Marcel?« Wie eine Peitsche schlug Ravis' Zunge gegen die Narbe.

»Ich brauche Sicherheiten.« Marcels Augen huschten nach links. Tessa folgte seinem Blick zu einer Reihe von Regalen, die an der Hinterwand zu lehnen schienen. »Ich muß sichergehen, daß du mich nicht hinters Licht führst.«

Ravis trat einen Schritt auf Marcel zu. »Und an was für *Sicherheiten* hast du gedacht, Marcel?«

Der Bankier wirkte verängstigt. Als er den Mund öffnete, um zu antworten, hallte eine Stimme durch den Keller: *»Ich* werde den Wechsel für Euch unterschreiben.«

Tessa schnappte nach Luft. Sie kannte diese Stimme. Sie hatte sie schon einmal gehört. Heute morgen. Auf der Straße.

Ein Mann trat hinter einem der hinteren Regale hervor. Er trug eine Kapuze. Als er schließlich im Licht der Laterne stand, schob er die Kapuze zurück und enthüllte sein Gesicht.

Kapitel sechs

»Ravis, laß mich dir Camron von Thorn vorstellen.«

Marcels Worte hingen wie Rauch im Raum. Niemand rührte sich. Tessa betrachtete den Neuankömmling: Sein Gesicht war hart und abgehärmt. Seine Augen funkelten, als seien sie künstlich.

Ravis' Gesicht war nicht mehr als nur ein dunkler Hintergrund für seine Narbe: Eine unregelmäßige Linie, die seine ansonsten perfekten Lippen verunstaltete.

Die beiden Männer blickten einander an. Tessa bekam eine Gänsehaut. Wenn sie wieder einmal eine Randfigur war, dann war sie es diesmal zumindest nicht allein: Weder Ravis noch Camron nahmen Notiz von Marcel.

Ein Deckenbalken knarrte, und eine Ratte huschte über den Boden. Ihre rosafarbenen Füße folgten den Rissen im Stein. Niemand vermochte zu sagen, wieviel Zeit auf diese Art verstrich. Tessa spürte jeden Muskel in ihrem Körper, so sehr bemühte sie sich, Ruhe zu bewahren. Sie wußte, daß es nicht an ihr war, sich als erste zu bewegen.

Dann atmete Ravis plötzlich tief durch, setzte sich in Bewegung und erreichte mit nur drei Schritten die Tür. Auf der Schwelle drehte er sich noch einmal um. Er streckte Tessa die Hand entgegen, doch sein Blick war auf Camron von Thorn gerichtet. »Wie Ihr heute morgen bereits festgestellt habt, stehe ich nicht in Eurer Schuld. Ich glaube, es ist besser für jeden von uns, wenn wir es dabei belassen. Ich wünsche Euch einen guten Tag.« Er verneigte sich und wandte sich an Tessa. »Komm, meine Liebe. Es wird Zeit, daß wir unserem Fasten ein Ende bereiten.«

»Wenn du jetzt gehst, werden meine Männer dich erschlagen, noch bevor deine Stiefel den Staub der Straße berühren.«

Tessa erstarrte. Die Stimme des Fremden klang eiskalt. In seinen Augen funkelte ein Hauch von Wahnsinn.

Marcel hob die Hand und wollte das Wort ergreifen, doch Ravis riß den Arm hoch als Warnung, der Bankier solle sich nicht einmischen. »Wenn du so nett sein würdest und Tessa nach Hause bringen könntest ...« Ravis wartete, bis Marcel zustimmend nickte, dann wandte er sich wieder dem Fremden zu. »Alles in allem betrachtet«, sagte er und blickte Camron von Thorn tief in die grauen Augen, »werde ich es wohl auf eine Begegnung mit deinen Männern ankommen lassen.«

Er warf Tessa ein reumütiges Lächeln zu und trat über die Schwelle.

»Würdest du dein Glück auch mit Izgard von Garizon versuchen?«

Die leise gesprochenen Worte ließen Ravis mitten im Schritt innehalten.

Tessa lief ein Schauder über den Rücken. Der Keller mit seinen vielen kreuz und quer gestellten Regalwänden erschien ihr plötzlich wie ein Labyrinth. Tessa wollte fort von hier. Sie verstand weder, was hier vor sich ging, noch, was vorhin auf der Straße geschehen war. Das einzige, was sie davon abhielt, sich einzumischen, war das seltsame Gefühl, Zuschauer eines Theaterstücks zu sein.

»Was weißt denn du schon über Izgard von Garizon?« Ravis zwang sich, leise zu sprechen, um seinen Zorn zu verbergen. Gleichzeitig tastete er nach seinem Messer.

Der Mann mit Namen Camron zuckte mit den Schultern. »Ich weiß, daß er dich gestern morgen im Bett ermorden lassen wollte.«

Ravis zog die Zähne über die Narbe, solange sein breiter werdendes Grinsen es zuließ; dann lachte er und hörte erst auf, nachdem die arrogante Wangenlinie in Camrons Gesicht erschlafft war. Jetzt gehörte die Stille im Keller ihm. Ein Schritt auf dem scharfkantigen Boden, und auch der Raum würde ihm zufallen.

»Mord ist ein schwerer Vorwurf, mein Freund. Ich hoffe, du setzt ein solches Gerücht nicht in die Welt, ohne dir vorher über die Fakten im klaren zu sein.« Während er sprach, betrachtete Ravis den Mann zum ersten Mal eingehender. Camron war zornig – das war offensichtlich –, doch da war noch etwas anderes: etwas, das jedesmal kurz aufflackerte, wenn er blinzelte, etwas, das Ravis nur allzu gut kannte.

»Fakten, Ravis von Burano?« entgegnete Camron und fuhr sich mit den Fingern durch sein dunkles, goldenes Haar. »Hier sind die *Fakten:* Gestern, am späten Morgen, sind vier von Izgards Hetzern in das Bor…« – ein rascher Blick zu Tessa – »… in den Gasthof gestürmt, wo du die Nacht verbracht hast, und haben dein Bett in Stücke gehauen. Aus irgendeinem Grund haben sie dich zu dieser Stunde dort vermutet.«

Ravis ertappte sich dabei, wie er wieder auf seiner Narbe herumkauen wollte, doch er hielt sich zurück. Nachdem er die *Kleeblatt* verpaßt hatte, war er nicht mehr in das Bordell zurückgekehrt; deshalb konnte es durchaus sein, daß Camron die Wahrheit sagte. Immerhin war es stets nur eine Frage der Zeit gewesen, bis Izgard zuschlug. Der König von Garizon hatte unzählige

Gründe, warum er Ravis tot sehen wollte. Und nun, da der Vertrag zwischen ihnen ausgelaufen war, konnte er nur verlieren und nichts gewinnen, wenn er seinen ehemaligen Berater einfach so davonziehen lassen würde.

Ein kleiner Teil von Ravis' Narbe reichte bis in den Mund hinein, und über diesen Teil fuhr er nun mit der Zunge, während er über Camrons Worte nachdachte.

Ravis von Burano. Außer Marcel kannte niemand in der Stadt seinen vollen Namen – jeder, mit dem er im vergangenen Jahr zu tun gehabt hatte, nannte ihn einfach nur Ravis. Wenn Marcel Camron dieses Geheimnis preisgegeben hatte, was hatte er ihm sonst noch verraten? Und warum?

Dann war da noch der Zeitpunkt des Attentats. Bisher war Ravis fest davon überzeugt gewesen, daß er lediglich verschlafen und deshalb sein Schiff versäumt hatte. Doch wenn man Camrons Worten Glauben schenken konnte, dann schien er eher *zu früh* aufgewacht zu sein. Ravis kannte Izgard. Er wußte, daß der König von Garizon seine Meuchelmörder nicht aussenden würde, ohne sicher zu sein, daß sein Opfer auch dort war, wo es sein sollte.

Die Hetzer waren vermutlich über Land von Veizach hierhergekommen und hatten Bay'Zell erst kurz nach Morgengrauen erreicht. Izgard hätte sicherlich nicht gewollt, daß sein Opfer nach Mizerico segelte, bevor seine Meuchelmörder ihre Arbeit erledigt hatten. Also hatte er dafür gesorgt, daß Ravis sein Schiff versäumte.

Ravis ballte die Fäuste. Izgard hatte irgend etwas getan – sei es mit Magie, Alchimie oder Drogen –, um ihn in Tiefschlaf zu versetzen. Die Meuchelmörder des Königs hatten Ravis im Bett *erwartet,* als sie in das Bordell gestürmt waren. Nur daß er nicht dort gewesen *war.* Aus irgendeinem Grund war er früher aufgewacht, als er eigentlich hätte aufwachen sollen.

Plötzlich erinnerte er sich an Schlangen und verschlungene Schleifen auf einem Stück Papier: komplizierte Muster, gebrannt auf Pergament wie eine Tätowierung ins nackte Fleisch.

Illuminationen.

Dreimal nun hatte er ein solches Muster gesehen: zum ersten Mal in Veizach, als er Izgard bei einem Gespräch mit seinem Schreiber unterbrochen hatte; das zweite Mal vergangene Nacht, hier, in Marcels Arbeitszimmer, und zum dritten Mal heute morgen, als ihm die Zeichnung einer Frau aufgefallen war, deren Leben er gestern am Hafen gerettet hatte.

Ravis glaubte nicht an Zufälle. Er glaubte an nichts, außer an sich selbst.

Ravis betrachtete Camrons dunkelgoldenes Haar und die tiefen Schatten unter seinen Augen, und plötzlich wußte er, daß Camron derjenige gewesen war, den er vergangene Nacht in Marcels Eingangsflur gesehen hatte: jener Mann, der zu Marcel gegangen war, nachdem Ravis das Haus verlassen hatte. Allerdings verschaffte ihm diese Erkenntnis keinerlei Klarheit; sie warf lediglich weitere Fragen auf, die es zu beantworten galt.

Was wollte dieser Mann von ihm? Die Familie derer von Thorn war eine der ältesten und wohlhabendsten in ganz Rhaize. Auf der anderen Seite der Vorce-Berge kannte man sie als Thoren, und als solche besaßen sie einen gut dokumentierten Anspruch auf den Thron von Garizon. Tatsächlich war sogar die Burg, die die Thorn am Rand von Bay'Zell bewohnten, einst vom ersten König von Garizon errichtet worden.

Ravis lächelte. Er glaubte, den Braten zu riechen. »Sag mir, mein Freund«, forderte er Camron auf, »warum willst du unbedingt einen Wechsel für mich unterschreiben?«

Marcel atmete tief durch, um die Frage zu beantworten, doch Camron sprach als erster. »Ich benötige deine Dienste.«

»Er wird nicht nur für deinen Kredit bürgen; er wird dir sogar noch etwas draufzahlen.«

Ein stechender Blick von Ravis brachte Marcel zum Schweigen. Marcel preßte die manikürten Bankiershände aufeinander. Es war offensichtlich, warum er seine Einwilligung zu diesem Treffen gegeben hatte: Ohne entsprechende Sicherheit lieh Marcel niemandem auch nur eine einzige Münze seines ach so wertvollen Goldes. Carmons Vater war einer der fünf reichsten Männer des Landes: Berick von Thorn konnte Marcel genug Sicherheiten bieten, um Ravis ein ganzes Leben lang Geld zu leihen. Nun mußte nur noch geklärt werden, *wieviel* Marcel Camron erzählt hatte.

»Meine Dienste?« Ravis hob eine Augenbraue. »Ich fürchte, ich habe Euch nichts Brauchbares anzubieten, edler Herr. Ich kann ganz gut mit Würfeln umgehen; Tarella tanze ich nicht gerade elegant, und obwohl ich schon Sonette geschrieben habe, so ist doch noch keine Maid ihrem Charme erlegen.«

Camron sprang vor. Sein Arm flog in die Höhe, und seine Faust schoß auf Ravis zu. Im letzten Augenblick wich Ravis seitwärts aus, um Camron aus dem Gleichgewicht zu bringen, und packte ihn am Handgelenk. Camron war jünger und stärker, doch Ravis kannte den ein oder anderen Trick. Indem er Camrons Handgelenk verdrehte, zwang er den jungen Adeligen auf die Knie.

»Meine Herren! Bitte!« Marcel eilte bestürzt herbei. »Es ist eine Dame anwesend.«

Eine *Dame*? Ravis hätte beinahe lauthals aufgelacht. Marcel war nicht im geringsten daran interessiert, Tessa zu schützen. Er hatte sich nur eingemischt, weil es im Augenblick so aussah, als würde Camron den Kampf verlieren. Für Marcel von Vailing zählten einzig und allein Reichtum und reiche Leute.

Ravis lockerte seinen Griff, und Camron richtete sich auf. Graue Augen voller Haß starrten auf Ravis. Erneut hatte Ravis das Gefühl, als verberge sich etwas Rohes, etwas zutiefst Verletztes tief in seinem Gegenüber.

Camron rieb sich das Handgelenk und sagte: »Ich weiß, für wen du gearbeitet und was du getan hast. Beleidige mich nicht mit deinen armseligen Lügengeschichten und dümmlichem Spott.«

Ravis blickte zu Marcel. Der Bankier wagte nicht, ihm in die Augen zu sehen.

Camron fuhr fort: »Ein Jahr lang bist du nun in Bay'-Zell, hast die Häfen beobachtet und Männer ausgewählt. Du hast eine Armee für Izgard von Garizon rekrutiert: Bogenschützen aus Maribane, istanische Reiterei, Ingenieure aus Balgedis ... Du hast jeden Mann angesprochen, der auf der Suche nach Gold und Abenteuer durch unsere Häfen gekommen ist, ihn bezahlt und nach Veizach geschickt.« Camron brachte ein bitteres Lachen zustande. »Welch besseren Ort gäbe es auch für solch ein Unterfangen als diesen hier? Die Stadt, die Izgard mehr als alles andere begehrt? Durch Bay'Zell kommen mehr Männer als durch jede andere Hafenstadt im Westen: Söldner, Schatzjäger, Ritter, Häretiker und Dummköpfe. Auf jeden hast du ein Auge geworfen. Die, die du angesprochen hast, hast du so sorgfältig ausgewählt wie Marcel seine Weine, und dann hast du sie für nicht gerade wenig Geld gekauft.«

Camron sprach leise. Verachtung lag in seiner Stimme. »Ich würde dir das verzeihen, wenn du selbst ein Garizon wärst – das könnte ich verstehen und müßte ich respektieren –, aber nein, du bist lediglich ein einfacher Drokho-Bastard. Ein Söldner, der Söldner für einen Verbrecher angeworben hat.«

Ravis hatte den Geschmack von Kupfer im Mund. Er hatte seine Narbe durchbissen. Langsam schluckte er das Blut hinunter und zwang sich, ruhig zu bleiben. »Ich bin niemandes Bastard, Thorn.«

Camron verzog den Mund zu einem Lächeln. »Nein, dein Bruder hat dich nur wie einen behandelt.«

»Meine Herren!« Marcel trat zwischen sie. Er bewegte sich mit einer Geschwindigkeit, wie nur ein Mann sich bewegen kann, dessen Vermögenswerte sich in unmittelbarer Gefahr befinden. »Bitte! Wir sind doch alle zivilisierte Menschen! Wir sind hier, um übers Geschäft zu reden und nicht über unsere Stammbäume.«

Ravis hörte kaum, was Marcel sagte. Das Blut pochte ihm in den Ohren, in den Schläfen und erhitzte seine Wangen. In Gedanken tötete er den Mann vor sich auf hundert verschiedene, grausame Arten. Er wollte sie beide töten: Camron *und* Marcel. Daß der Bankier ihn hintergangen hatte, überraschte ihn nicht – Verrat hatte ihn sein ganzes Leben lang begleitet; aber selbst jetzt, nachdem er bereits vierzehn Jahre auf sich allein gestellt war und nur noch an sich selbst glaubte, erregte der Verrat eines Freundes Übelkeit in ihm.

Eines *Freundes*! Ravis lächelte über seine eigene Dummheit. Marcel war niemals ein Freund gewesen. Marcel besaß nur einen Freund, und der hieß ›Gold‹. Gold war auch der Grund, warum der Bankier dieses Treffen arrangiert hatte, und Gold war es gewesen, was Ravis und Marcel vor nunmehr so vielen Monaten zusammengeführt hatte.

Als Izgard auf der Suche nach einem Bankier gewesen war, der für ihn gewisse Dinge in Bay'Zell erledigen sollte – vornehmlich die Bezahlung von Söldnern und militärischen Versorgungsgütern –, hatte er sich selbstverständlich an die diskreteste und anpassungsfähigste Geldquelle im gesamten Westen gewandt: an Marcel von

Vailing. Marcel hatte es nicht gewagt, Izgards Angebot abzulehnen. Was würde geschehen, sollte Izgards Invasion gelingen? Was wäre, wenn Bay'Zell von Garizon-Miliz besetzt werden würde, dicht gefolgt von Garizon-Kaufleuten, die bereit waren, die besetzte Stadt bis auf den letzten Blutstropfen auszuplündern? Marcel wäre der erste gewesen, der seine Besitztümer verloren hätte. Indem er für Izgard als Bankier tätig wurde, glaubte er einem solchen Schicksal entgehen zu können. Und solange er Schweigen bewahrte, würde niemand in Rhaize etwas davon erfahren.

Marcel setzte allerdings nicht alles auf eine Karte. Immerhin – so würde er argumentieren – war es die oberste Pflicht eines Bankiers, die Einlagen seiner Kunden zu schützen.

Ravis zuckte mit den Schultern. Was konnte man von einem Bankier schon anderes erwarten außer Gier?

Marcel hustete sein professionelles Husten, um die Aufmerksamkeit aller auf sich zu ziehen und so die Ordnung wiederherzustellen. »Meine Herren ... Wenn wir jetzt bitte zum Geschäft kommen könnten?« Er blickte zuerst zu Ravis, dann zu Camron. Unbeeindruckt von den finsteren Blicken und geballten Fäusten fuhr er fort: »Laßt uns mit den Fakten beginnen: Ravis, du brauchst Geld. Du hast im Augenblick keinerlei Verpflichtungen, und somit steht es dir frei, dir einen neuen Auftrag auszusuchen ...«

»Ich *habe* mir bereits *ausgesucht,* keinen weiteren Auftrag in Bay'Zell anzunehmen.« Ravis verschwendete keinen Blick auf Marcel. Seine Augen waren unverwandt auf Camron von Thorn gerichtet.

»Verräter haben nur selten die Wahl«, erklärte Camron und trat einen Schritt vor. Seine Bewegungen strahlten die typische Arroganz eines Adeligen aus. »Sie nehmen entweder das, was man ihnen bietet, oder knüpfen sich ihren eigenen Strick.«

Ravis' Narbe brannte wie Feuer. »Und was genau bietet man mir an?«

»Du sollst mir alle Informationen und Hilfe geben, die ich brauche, um einen Mordanschlag auf Izgard von Garizon zu verüben.«

Ravis verspürte den Drang, lauthals aufzulachen. Entweder war Camron von Thorn ein gefährlicher Wahnsinniger oder ein idealistischer Trottel. Ein Mordanschlag auf Izgard! Niemand – und sei er auch noch so gerissen – würde je nahe genug an den König herankommen, um einen Schuß auf ihn abzufeuern. Doch irgend etwas hielt Ravis davon ab zu lachen: irgend etwas an der Art, wie das Licht sich in Camrons Augen brach und sie in allen möglichen Schattierungen von Grau strahlen ließ.

»Wie kommst du darauf, daß ich dir helfen könnte? Immerhin bin ich nur ein Söldner.« Ravis bemühte sich, das Wort so gelassen wie möglich auszusprechen, aber irgendwie blieben ihm die Silben im Halse stecken, und anstatt gelassen klang er verbittert.

»Ich würde den Mann, der zwei Jahre lang Izgards Armee in Garizon ausgebildet hat, nicht *nur* als Söldner bezeichnen.« Um sich von den zerstörerischen Gefühlen abzulenken, die Camrons Worte in ihm hervorriefen, drehte sich Ravis zu Marcel um und starrte ihn an, bis der Bankier gezwungen war, seinem Blick zu begegnen. Hätte Ravis nach Befriedigung gesucht, er hätte sie in Marcels glänzenden Augen gefunden – Furcht und sogar ein Hauch von Scham waren dort zu erkennen –; doch Ravis hielt lediglich nach etwas Ausschau, womit er seinen Zorn nähren konnte.

Der Bankier hatte Camron offensichtlich nicht nur von den Geschäften berichtet, die sie im vergangenen Jahr gemeinsam getätigt hatten, sondern auch von Ravis' Aktivitäten zuvor. Das waren Geheimnisse, von denen

Marcel noch nicht einmal etwas hätte wissen dürfen: Ravis hatte sein Abkommen mit dem König von Garizon unter vier Augen getroffen. Marcel war nicht darin eingeweiht gewesen. Tatsächlich hatte er sich noch nicht einmal in demselben Land aufgehalten, als das Abkommen mit heißem Wachs, mißtrauischen Blicken und trockenen Händen besiegelt worden war. Das war eine Angelegenheit, die nur Ravis und Izgard etwas anging.

Zwei Jahre lang hatte Ravis für Izgard in Garizon gearbeitet und ein weiteres Jahr in Bay'Zell: alles in allem drei Jahre, in denen er jeden Tag seine Seele aufs neue verkaufte. Alles, was er im Osten gelernt hatte – all das Wissen, das er gesammelt hatte, während sein Körper den Kontinent durchquert hatte und sein Herz am selben Ort geblieben war –, hatte er sorgfältig aufgelistet und Stück für Stück an den König von Garizon verkauft.

Oh, das war nicht das erste Mal gewesen, daß er seine Fähigkeiten zu Markte getragen hatte. Vor sieben Jahren war er aus dem Osten zurückgekehrt, und seitdem war manch ein Mann bereit gewesen, ihn für seine Kenntnisse und seinen Instinkt zu bezahlen. In dem kleinen Kreis, wo solche Dinge zählten, flüsterte man seinen Namen mit Ehrfurcht. *Ravis von Burano,* sagte man, *hat Alvechs Heer in weniger als einem halben Jahr zurückgeworfen. Er hat sich der Palastwache von Chaniz angenommen und aus einem lächerlichen Haufen eine tödliche Truppe gemacht, und nachdem er Mallangaro von Endez vierzehn Monate lang beraten hat, ist der scheinbar dem Untergang geweihte Herzog als Sieger aus dem Krieg hervorgegangen.*

Ravis leckte über das getrocknete Blut auf seiner Narbe. Er war nicht faul gewesen, seit er aus dem Osten zurückgekehrt war.

Mit jedem Auftrag, den er angenommen hatte, hatte er dazugelernt. Die Barbaren im Osten kämpften anders als die Menschen im Westen. Weder kannten sie, noch interessierten sie sich für Plattenrüstungen, denn sie hätten sich darin wie Vögel in einem Käfig gefühlt. Sie lachten über die Ritter des Westens. Sie hielten sie für schwerfällig und wunderten sich darüber, daß die Ritter in der Schlacht vornehmlich auf Verteidigung bauten. Im Osten schätzte man taktische Planung, Brutalität und Geschwindigkeit. Für den Ehrenkodex der Ritter hatten seine Bewohner nichts als Spott übrig. Ohne Rücksicht auf Verluste unter der Bevölkerung nutzten sie jede Gelegenheit zum Angriff, die sich ihnen bot. Fußtruppen waren geschätzt und wurden effektiv eingesetzt, doch unterhielten sie ausschließlich leichte Krieger, die sich frei und ungehindert über das Schlachtfeld bewegen konnten. Der Osten war nicht in einer fünfhundertjährigen Tradition gefangen: Die Feldherren des Ostens suchten stets nach der effektivsten Möglichkeit und nutzten sie.

Natürlich hieß das nicht, daß man im Osten die Antworten auf alle militärischen Fragen kannte. In den vergangenen sieben Jahren war Ravis zu der Erkenntnis gelangt, daß man in vielen Ländern nützliche Praktiken und Waffentechniken finden konnte. Das Geheimnis lag darin, alle sinnvoll miteinander zu kombinieren: Bogenschützen aus Maribane, Pikeniere aus dem Norden Drokhos, istanische Reiterei und Angriffstaktiken aus dem Osten. Aus alledem galt es eine einheitliche Streitmacht zu formen.

Ravis durchquerte den Raum und stellte sich neben Tessa. Irgendwann während des Gesprächs hatte sie sich einen weiteren Becher von Marcels Berriac eingeschenkt, und nun bot sie ihn ihm an. Ravis war ihr dankbar dafür. Er fühlte sich plötzlich unendlich müde. Dieses Treffen dauerte schon viel zu lange.

Als er den Becher an die Lippen hob, bemerkte er,

daß Tessa ihn beobachtete. Was dachte diese Frau, die nicht hierher gehörte? Woher war sie gekommen? Und warum war sie hier?

Der Berriac erzeugte ein wohliges Gefühl auf der Zunge. Erwärmt von Tessas Händen löste er fünfzehn Jahre der Starre mit einem flüchtigen Schluck. Er reizte Ravis' Nase und Gaumen und erinnerte ihn an all das, was gut in Rhaize war. Während er die goldene Flüssigkeit die Kehle hinunterfließen ließ, erschienen vor seinem geistigen Auge üppige Weinberge, kalkhaltige Erde und steile Kreidefelsen.

Dann senkte Ravis den Blick wieder auf Camron. Es würde ihn nicht überraschen, wenn der Weinberg Berick von Thorn gehörte, aus dem dieser Berriac stammte. Es war weithin bekannt, daß der Familie derer Von Thorn weite Landstriche entlang der Vorce-Berge und in den Ausläufern des Boralgebirges gehörten.

Vielleicht dachte Camron an etwas Ähnliches, denn er sagte: »Ich kann und werde dich fürstlich für deine Dienste entlohnen.«

Ravis lächelte – die typische Wirkung, die ein in Eichenfässern gereifter Berriac auf ihn hatte. »Ich werde mich an keinem Mordkomplott beteiligen, Thorn. Ich mag ja vielleicht Izgards Armee zusammengestellt haben, aber ich weiß nichts über seine Pläne. Was er tut und wohin er sich wendet, geht ausschließlich ihn etwas an, nicht mich. Ich kann dir nicht helfen. Ich besitze weder die Informationen noch die Fähigkeiten, nach denen du verlangst.«

»Du lügst. Du hast zwei Jahre an seiner Seite verbracht. Du weißt, welche Maßnahmen er zu seinem Schutz getroffen hat, denn du hast seine Leibgarde ausgebildet. Steh nicht einfach nur so da und versuch mir weiszumachen, daß du nichts über Izgard von Garizon wüßtest, wenn ...«, in seinem Zorn fielen Camron nicht sofort die richtigen Worte ein, »... wenn du die letzten sechsunddreißig Monate in seinen Diensten verbracht hast.«

Ravis atmete langsam ein. Einen Augenblick lang hatte er befürchtet, Camron würde etwas völlig anderes sagen: etwas, von dem selbst Marcel mit seinen neugierigen Bankiersohren noch nichts gehört hatte.

Entspannt von dem Berriac und der Erkenntnis, daß er zumindest noch ein Geheimnis für sich hatte bewahren können, erwiderte Ravis: »Izgard zu ermorden ist vollkommen unmöglich. Kein Außenseiter wird jemals nahe genug an ihn herankommen. Er hat genug Männer, die ihr Leben für ihn opfern und sich jedem Pfeil und jeder Klinge in den Weg werfen würden, die auf ihn gerichtet wäre. Er unterhält mehr Vorkoster als die meisten Könige Küchenpersonal; seine Festungen und Burgen sind unmöglich einzunehmen, und die Hetzer sind ausschließlich ihm gegenüber loyal.«

Ravis' Gedanken eilten zu einem Zeitpunkt zurück, als er Izgard einst bei einem Gespräch mit seinem Schreiber unterbrochen hatte:

›Ich mache mir Sorgen um die Armee. Die Hetzer sind loyal; aber die Männer, die wir aus Istanien und dem Norden hereinholen, dürfen wir keine Sekunde aus den Augen lassen.‹

Izgard warf einen Blick über die Schulter des Schreibers. Muster. Muster auf dem Tisch des Schreibers. Ineinander verschlungenes Rot, Blau und Gold, das sich in Izgards Augen spiegelte, als er erwiderte: ›Deine Aufgabe ist nur, die Männer auszubilden, Ravis. Meine ist es, ihre Loyalität zu gewinnen.‹

»Ich weigere mich zu akzeptieren, daß es unmöglich ist, Izgard zu schlagen«, unterbrach Camron Ravis' Verbindung zur Vergangenheit.

»Ihn zu schlagen?« entgegnete Ravis mit leiser

Stimme. »Ich glaube nicht, daß ich gesagt habe, es gäbe keine Möglichkeit, Izgard zu schlagen. Ich habe gesagt, es sei unmöglich, einen Anschlag auf ihn zu verüben.«

»Ihn schlagen! Einen Anschlag auf ihn verüben! Laß die Wortspielereien, Ravis von Burano. Ich will Izgard vom Thron stoßen. Ich will ihn tot sehen.«

»Die beiden Dinge sind aber nicht ein und dasselbe. Ich will dir mal etwas sagen, Thorn: Es wäre leichter, Izgards Armee hier zu besiegen, hier in Rhaize, auf heimischer Erde, anstatt zu versuchen, den Mann selbst in Garizon umzubringen.«

Camron schlug mit der flachen Hand gegen eine Regalwand, daß es klapperte und klirrte. Eine einsame Flasche rollte über ein Regalbrett, fiel zu Boden und zerbarst. »Mir ist scheißegal, was du denkst. Izgard wird noch vor Jahresende in der Hölle schmoren.«

»Warum?« schrie Ravis, den irgend etwas in Camrons Stimme verärgert hatte. »Warum bedeutet dir Izgards Tod soviel?«

Marcel trat einen Schritt vor. »Ravis ...«

»Schweig, Bankier. Es ist nicht an dir, ihm diese Geschichte zu erzählen.« Camron blickte Ravis in die Augen. Camrons Iris war wie flüssiges Metall. In seinem Mundwinkel zuckte es. »Nachdem die Hetzer gestern morgen das Bordell verlassen haben, sind sie nach Burg Bess gezogen. Dort haben sie sich bis Sonnenuntergang zwischen den Felsen versteckt; dann sind sie über einen Müllschacht in die Burg eingedrungen. Wir glauben, daß es insgesamt weniger als ein Dutzend Männer waren; trotzdem ist es ihnen gelungen, die gesamte Nachtwache abzuschlachten. Als ich sie schließlich aufspürte, hatten sie meinen Vater bereits getötet.«

Tessa riß erschrocken den Mund auf.

Ravis schloß die Augen. Er fühlte Camrons Schmerz, als wäre es sein eigener. Er wußte, wieviel Kraft es sein

Gegenüber kostete, so ruhig und gefaßt über den Tod des Vaters zu sprechen. Er wußte, welchen Preis Camron tief in seinem Innersten dafür zahlte. »Camron, ich …«

Camron hatte ihnen den Rücken zugekehrt. Er schlug mit der Faust warnend gegen den Schenkel, während er mit dem Gesicht zur Wand den Kopf schüttelte. »Wage es ja nicht zu sagen, es täte dir leid. Sag es nicht. Denk es nicht. *Fühl* es noch nicht einmal. Dein Mitleid bedeutet mir gar nichts.«

Die Worte trafen Ravis wie Nadelstiche. Das hätten sie nicht tun sollen – immerhin hatte er in seinem Leben schon weit Schlimmeres gehört –, doch sie taten es. Indem er an den Schnüren seiner Tunika spielte, täuschte er eine Gelassenheit vor, die er nicht empfand.

»Hier.« Tessas seltsame, singende Stimme durchbrach das Schweigen. Sie reichte Camron einen Becher Berriac. »Trink das. Dann wirst du dich besser fühlen.«

Ravis bemerkte, wie Camron Tessa betrachtete, so als sähe er sie gerade zum ersten Mal. Seine Augen leuchteten, und trotz der tiefen Schatten und Falten in seinem Gesicht wirkte er mit einemmal sehr jung. Sie beide wirkten jung.

Unvermittelt ergriff Ravis das Wort. »Du sagst, die Männer hätten zu Izgards Hetzern gehört. Wie kannst du so sicher sein?«

Camron trank den Berriac aus, und ohne Tessa anzusehen, hielt er ihr den leeren Becher entgegen, damit sie ihn ihm wieder abnehmen konnte. Aus irgendeinem Grund ärgerte sich Ravis darüber.

»Sie trugen nicht Izgards Farben, wenn es das ist, was du meinst«, antwortete Camron. »Sie wußten von dem Müllschacht, und sie kannten den Lageplan der Burg – Izgard könnte Kenntnis von beidem haben. Seine Vorfahren haben die Burg erbaut. Einst gehörte sie König

Hierac höchstpersönlich. Die Baupläne befinden sich vermutlich noch immer in Veizach.«

Ravis nickte. Es war typisch für Izgard, jedweden Vorteil auszunutzen, der sich ihm bot. »Wie haben diese Männer ausgesehen?«

»Wie haben sie *ausgesehen?*« Camron spie das letzte Wort förmlich aus. »Sie sahen wie Tiere aus. *Wie Tiere.* Gefletschte Zähne, hochgezogene Schultern.« Er schauderte. »Sie hatten nichts Menschliches mehr an sich.«

Tessa warf einen Blick zu Ravis, um ihn zu ermahnen, Camron nicht noch mehr herauszufordern. Ravis ignorierte sie. »Ich habe die Hetzer nie dazu ausgebildet, sich wie Tiere zu verhalten. Ich habe sie ausgebildet, ihren Geist und ihre Waffen möglichst gut auszunutzen, um selbst einen scheinbar übermächtigen Feind niederringen zu können. Ich habe sie ausgebildet, stets auf dem Boden der Tatsachen zu bleiben und so praktisch wie möglich zu denken.« Er trat auf Camron zu. Glassplitter knirschten unter seinen Stiefeln. »Die Hetzer sind Izgards Elite. Sie werden aufgrund ihrer Fähigkeiten und ihrer Loyalität ausgewählt. Für mich hört sich das eher an, als hätte euch ein Haufen tollwütiger Hund angegriffen.«

»Würde ein Hund einen Menschen aufschlitzen?« Camrons Stimme klang scharf, beinahe hysterisch. »Würde ein Hund die Haut zurückziehen, um das Herz offenzulegen?«

Ravis biß sich auf die Narbe. Die Praxis, das Herz eines Menschen offenzulegen, war seit Jahrhunderten gang und gäbe in Garizon. Ravis wußte aus Erfahrung, daß Izgard eine besondere Vorliebe für diese alte und blutige Tradition hegte. Während seines zweijährigen Aufenthalts in Veizach hatte Ravis mehrere Leichen gesehen, die man als abschreckendes Beispiel solcherart zugerichtet hatte. Einmal hatte er sogar einen Mann gesehen, den man lebendig, während das Herz offen in seiner Brust schlug, zur Schau gestellt hatte. Mehr als jeder andere auf diesem Kontinent kannte Izgard den Wert von Furcht.

Ravis strich sich über die Brust und seine lederne Tunika und versuchte, Camrons Worten einen Sinn zu geben. Tiere? Weniger als ein Dutzend Männer hatten die komplette Nachtwache einer großen Burg besiegt? Und dann war da noch die Sache mit dem Bordell. Ein leeres Bett in Stücke gehauen? Kein Mann, den *er* ausgebildet hatte, würde seine Zeit damit verschwenden, Möbelstücke in einer feindlichen Stadt zu zerstören, wenn er fürchten mußte, jederzeit entdeckt zu werden.

Mit welcher bösen Macht stand Izgard nun wieder im Bunde?

»Hast du geplant, Bay'Zell zu verlassen, bevor dein Vater ermordet wurde?« Es war Tessa, die Camron diese wichtige Frage stellte. Ravis verfluchte sie innerlich. Er hatte vergessen, warum er sie überhaupt mit hierher genommen hatte.

Camron atmete tief durch und antwortete – zum ersten Mal mit sanfter Stimme: »Ja, ich habe geplant, die Stadt zu verlassen. Heute.«

Tessa nickte. Weiter sagte sie nichts.

Schweigen legte sich auf den Raum. Camrons Hände, die er während des Gesprächs zu Fäusten geballt hatte, hingen nun schlaff herab. Muskeln zuckten an seinem Hals. Ravis war versucht, ihm die Hand auf die Schulter zu legen, tat es aber nicht.

Marcel nutzte die Pause. »Nun, ich denke, wir wissen alle, warum Berick ermordet worden ist.«

»Ach ja?« entgegnete Ravis leise.

»Natürlich.« Marcel warf einen raschen Blick auf Camron – vermutlich rechnete er damit, unterbrochen zu werden. Der junge Adlige richtete die Augen jedoch zu Boden und schwieg. Marcel fuhr fort: »Izgard hat sich für die Niederlage am Bekenntnisberg gerächt. Wäre Berick von Thorn nicht gewesen, würde Rhaize heute wahrscheinlich zu Garizon gehören.«

Ravis ließ Camron unterdessen keine Sekunde aus den Augen. Er wartete auf eine Reaktion. Als nichts geschah, beschloß er, das Thema mit Marcels Erklärung als beendet zu betrachten. Wenn mehr hinter dem Mord steckte, dann war es zumindest nicht an ihm, sich darüber auszulassen.

»Nun, Ravis«, sagte Marcel. »Wirst du den Auftrag annehmen? Ich kann dir noch heute fünfzig Kronen im voraus zahlen.«

Camron fuhr herum. Seine Augen strahlten heller denn zuvor, und die Lippen waren nur noch ein Strich. Ravis war froh, daß Camron schwieg.

Ravis boten sich nur wenige Auswahlmöglichkeiten. Camrons Armbrustschützen würden ihn im selben Augenblick über den Haufen schießen, da er den Fuß über Marcels Schwelle setzte, und selbst wenn sie wundersamerweise ihr Ziel verfehlen sollten, wäre bis Sonnenuntergang die gesamte Stadt hinter ihm her. Camron mußte sich nur an die Behörden wenden und ihnen alles erzählen, was er von Marcel erfahren hatte – natürlich ohne Marcels Rolle bei dem Ganzen zu erwähnen. Vergangene Nacht mußten sie irgendeine Abmachung getroffen haben. Vermutlich hatte Camron die Verhandlungen mit der Drohung begonnen, Marcel die Verwaltung des Familienvermögens derer von Thorn zu entziehen und das Gold und den Besitz einem anderen anzuvertrauen. Unter diesen Umständen hätte der Bankier allem zugestimmt. Schließlich hatte Marcel von Vailing sogar sein eigenes Land für Gold verkauft.

Ravis strich sich mit dem Finger über die Lippe. *Er* hatte keine Heimat mehr: Drokho hatte er vor vierzehn Jahren verloren. Nie wieder würde er den Fuß auf Drokhos fruchtbare Erde setzen können, ohne fürchten zu müssen, auf der Stelle getötet zu werden.

Er besaß nichts: keine Familie, keine Heimat, kein Gold.

Izgard hatte bereits einmal versucht, ihn umzubringen, und er würde es erneut versuchen. Der König durfte nicht riskieren, daß sich irgend jemand Ravis' Wissen zunutze machte, um es im kommenden Krieg gegen ihn zu verwenden. Ravis' Finger fanden die Narbe. Allerdings war das nicht der wahre Grund, warum Izgard ihn tot sehen wollte. Das eine hatte mit dem anderen nichts zu tun ... Ravis blickte zu Marcel. Der Bankier blinzelte langsam in dem Versuch, so gelassen wie möglich zu wirken. Ravis konnte nicht anders, als Verachtung für ihn zu empfinden. Der Mann verstand *nichts* von Treue und Hingabe – er besaß noch nicht einmal den Anstand, so zu tun, als wisse er, wovon die Rede war. Für ihn zählte nur, was ihm selbst zum Vorteil gereichte. Keine Fragen, keine Gewissensbisse, keine Zweifel.

Und Izgard war genau die gleiche Art Mann, nur schlimmer.

Ravis' Finger folgte dem Verlauf der Narbe. Das Fleisch war kalt und rauh. Ein Hauch von Schmerz machte sich bemerkbar und erinnerte ihn an den Tag, da seine Lippe gespalten worden war.

Er schauderte.

So wenige Menschen, denen er in seinem Leben vertraut hatte, und soviel Schmerz und Verrat.

Ravis traf eine Entscheidung.

»Ich nehme den Auftrag an«, sagte er und blickte Camron von Thorn in die Augen. »Ich werde dir helfen, den König von Garizon auf die Knie zu zwingen.«

Kapitel sieben

Tessa steckte sich ein Stück Hering in den Mund und spülte es mit einem Schluck Arlo hinunter. Seltsam, aber der kleine Fisch schmeckte bei weitem nicht so schlecht, wie sie erwartet hatte. Tatsächlich schmeckte er sogar ausgesprochen gut. Mit was war er wohl gefüllt? Fast wollte sie Ravis danach fragen, doch sie entschied sich dagegen. Es war besser, einige Dinge nicht zu wissen.

Sie saßen in dem niedrigen Schankraum eines kleinen Gasthofs in der Nähe des Feuers. Binsenfackeln an den Wänden warfen tiefschwarze Schatten auf den Boden. In der Küche flackerte bisweilen Licht auf, das durch die Tür in den Schankraum drang und ihn für kurze Zeit aufhellte, bevor er wieder im Dämmerlicht versank. Der Gastwirt, ein traurig dreinblickender Mann mit Namen Stade, war damit beschäftigt, jeden Quadratzentimeter ihres Tisches mit Speisen zu bedecken: Terrinen mit dampfender Suppe und duftenden Muscheln, Teller mit Weißfisch in Sahnesauce, gegrillten Würsten, hauchdünnen Scheiben Entenfleisches, hartgekochten Eiern und Fruchtkuchen. Und Käse. Überall stand Käse: weich, hart, trocken, rot, gelb und weiß. Tessa wußte nicht, wo sie anfangen sollte.

Ravis saß schweigend neben ihr. Sie hatten Marcels Haus verlassen, kurz nachdem er zugestimmt hatte, für Camron von Thorn zu arbeiten. Zum Schluß hatten sie noch ein paar private Worte ausgetauscht und ein zweites Treffen vereinbart; dann hatte Marcel sie beide zur

Tür begleitet. Obwohl Tessa nicht gesehen hatte, wie der Bankier Ravis das Geld zusteckte, war auf der Tunika ihres Begleiters, unmittelbar oberhalb des Herzens eine verräterische Ausbuchtung zu erkennen. »Mylord Ravis«, sagte Stade und schwebte um den Tisch herum, als nehme er an einer Beerdigung teil, »Ihr eßt ja gar nichts. Stimmt etwas nicht mit dem Essen?«

»Nein, Stade. Das Essen sieht nicht nur gut aus, es riecht auch hervorragend.«

Stade strich mit der Hand über seine strahlendweiße Schürze. »Gibt es vielleicht ein anderes Problem?«

»Vielleicht.«

»Aaah.« Stade nickte betrübt. »Eine Frau, nehme ich an, nicht wahr?«

Ravis warf Tessa ein freundliches Lächeln zu, dann nickte er. »Ihr kennt mich wirklich gut, Stade.«

Stade lächelte mit tragischer Befriedigung. »Frauen und Essen.« Er schüttelte den Kopf. »Das einzige, was im Leben zählt.« Nachdem er Tessa einen vorwurfsvollen Blick zugeworfen hatte, legte er einige Pfefferminzblätter auf den Tellern zurecht und stolzierte feierlich davon.

Tessa widmete sich ihrem Essen. Dies war ihr erstes Mahl seit zwei Tagen, und sie beabsichtigte, sich durch nichts den Appetit verderben zu lassen. Nachdem sie den Hering vertilgt hatte, richtete sie ihre Aufmerksamkeit auf die Ente, tunkte die dünnen Scheiben in Apfelmus und legte sie auf kleine Brötchen. Während sie aß, beobachtete sie Ravis aus den Augenwinkeln. Stade hatte recht: Ravis aß nicht. Allerdings trank er ... und zwar einen randvollen Becher nach dem anderen.

Seit dem Treffen in Marcels Keller sah er irgendwie älter aus, abgehärmter. Selbst im Licht des Kaminfeuers wirkten seine Augen trübe.

Nachdem sie noch etwas gegessen, aber nichts mehr getrunken hatte, beschloß Tessa, das Wort zu ergreifen.

Etwas ging ihr schon seit geraumer Zeit im Kopf herum: ein Gedanke, der ihr gekommen war, während Camron und Ravis sich in Marcels Keller unterhalten hatten. »Als wir in Marcels Haus ankamen, hast du von deinem Schiff gesprochen. Du sagtest, du hättest es versäumt. Später dann, als Camron vom Tod seines Vaters berichtete, hat er erwähnt, er habe die Stadt gestern nacht verlassen wollen.«

»Ja.« Ravis blickte ins Feuer. »Worauf willst du hinaus?«

»Wir alle drei, du, ich und Camron, sind gestern überfallen worden. Niemand von uns hat geplant, heute in Bay'Zell zu sein – ich ganz besonders nicht –, und doch sind wir hier.« Ravis zeigte nur wenig Interesse, und so wurde Tessa deutlicher. »Es scheint beinahe, als seien wir hier zusammengeführt worden – wie die Linien in einem Muster.«

»Ein Muster«, murmelte Ravis.

Tessa glaubte, er hätte nun endgültig das Interesse verloren, doch nur Sekunden später beugte er sich aufmerksam vor. »Vergangene Nacht habe ich einige Illuminationen in Marcels Arbeitszimmer gesehen. Es waren die erlesensten und kompliziertesten Muster, die ich jemals gesehen habe. Der Mann, der sie geschaffen hat, ist gestern morgen gestorben.«

Erregt zog Tessa den Ring aus ihrem Mieder. »Den hier habe ich gestern morgen gefunden, und du hast dein Schiff versäumt.«

Ravis streckte die Hand nach dem Ring aus, berührte ihn aber nicht. »Und Izgard hat gestern morgen seine Männer ausgesandt, mich zu töten«, sagte er leise und ohne den Blick von dem goldenen Schmuckstück abzuwenden.

Stade wählte just diesen Augenblick, um die leeren Teller und noch halbvollen Terrinen und Tabletts abzuräumen. Verdrießlich schüttelte er den Kopf ob all des übriggebliebenen Fischs und Käses. »Frauen. Essen.« Mit einem Seufzer auf den Lippen stolzierte er davon.

Ravis wartete, bis der Wirt außer Hörweite war, dann sagte er: »Warum hast du gestern nacht den Ring gezeichnet?«

»Ich weiß es nicht. Da war etwas an der Art, wie das Gold ineinander verschlungen ist ... und als ich sah, wie mein Blut sich in den Fäden verfangen hatte, wollte ich das Muster einfach kopieren.«

Ravis betrachtete eine Weile den Ring. Dann stand er auf. »Komm. Pack etwas von dem Brot und dem Käse ein. Wir werden den Gehilfen eines toten Mannes in Fale besuchen.«

Witwe Furbish polierte das Goldstück an ihrem Ärmel und biß anschließend hinein. Nichts schmeckte auch nur annähernd so gut wie Gold. Und das hier war *pures* Gold. Weder Kupfer noch Silber waren unter die Legierung gemischt worden, und im Inneren verbarg sich kein Blei und kein Messing.

Ja, dachte Witwe Furbish, während sie die Fensterläden öffnete, um nach ihrem nichtsnutzigen Bruder Swigg Ausschau zu halten, Lord Ravis und seine seltsame kleine ›Dame‹ hatten sich als lohnende Bekanntschaft erwiesen. Der verstorbene Herr Furbish – hätte es ihn denn gegeben – wäre vor Freude im Grabe gehüpft.

Imsipia Rodrina Mullet, heutzutage eher bekannt unter dem Namen Witwe Furbish, hatte schon früh im Leben gelernt, daß man es in dieser Zeit und in dieser Stadt als alleinstehende Frau nicht allzu weit bringen konnte – vor allem nicht, wenn man klug und ehrgeizig war. Ihr Vater, ein Mann, der sprach, roch und sich bewegte wie der Fisch, den er jeden Tag fing, hatte sie schon früh verheiraten wollen.

Da er selbst Fischer war, hatte er selbstverständlich angenommen, ein anderer Fischer sei die ideale Partie für seine Tochter. Imsipia hatte sich rundheraus geweigert. Seit frühester Kindheit hatte sie Tag für Tag die Schuppen und Gräten von Fischen entfernen müssen, und das, obwohl sie Fisch *haßte*. Der Weigerung war ein heftiger Streit gefolgt, in dessen Verlauf so mancher Fischerfluch und so manche Fischerdrohung ausgesprochen worden waren. »Entweder heiratest du ihn jetzt, oder du verläßt auf der Stelle das Haus mit nichts weiter als den Kleidern an deinem Leib und dem Korb mit den Resten des gestrigen Fangs.«

Imsipia Rodrina hatte den Fisch genommen und war davongerannt.

Schon bald hatte sie erkannt, daß man in einer großen Stadt als alleinstehende Frau entweder als Hure oder als Gottesschwester galt. Da sie weder eine Vorliebe für Gott noch für schwarze Kleidung besaß, hatte sie sich widerwillig entschlossen, ihren Lebensunterhalt auf der Straße zu verdienen. Aber sie war von Natur aus übellaunig und besaß einen Hang zum Sarkasmus, weshalb sie als Hure nicht sonderlich viel Erfolg und somit auch keine Stammkunden hatte, die der Rede wert gewesen wären. Tatsächlich hatte es sechs Jahre gedauert, bis sie sich auch nur eine einzige Goldkrone zusammengespart hatte.

Doch nachdem sie sich diese Goldkrone erst einmal verdient hatte, war sie nicht mehr aufzuhalten gewesen. Sofort mietete sie sich ein Haus und bezahlte die Miete für ein Jahr im voraus. Anschließend kaufte sie sich eine Kristallkugel und eine Augenklappe, entführte ihren jüngeren Bruder aus dem Haus ihres nach Fisch stinkenden Vaters und bestach den örtlichen Priester, der daraufhin eine erfundene Hochzeit in das Kirchenbuch eintrug, und gleichzeitig die Sterbeurkunde für Imsipias ›Ehemann‹ ausstellte. Eine Woche später hatte Witwe Furbish, Wahrsagerin der Kaufmannsgilde, ihre Geschäft eröffnet. Der Zusatz ›Näherin der Heiligen Liga‹ war später hinzugekommen.

Imsipia Rodrina hatte nie wieder zurückgeblickt. Als Witwe wurde sie respektiert, bewundert und manchmal bemitleidet. Sie konnte gehen, wohin sie wollte und wann sie wollte. Solange es zumindest so *aussah,* als würde ein männlicher Geist sie durchs Leben führen – Swigg als Bruderfigur trug sein Übriges dazu bei –, so lange konnte sie leben, wie es ihr gefiel, ohne daß jemand etwas dagegen einzuwenden gehabt hätte.

Alles verlief nach Plan. Zwar konnte man mit Wahrsagen und Näharbeiten nicht so viel verdienen, wie Witwe Furbish gehofft hatte, aber eine kluge Frau verließ sich niemals nur auf eine Sache.

Witwe Furbish beugte ihren massigen Oberkörper aus dem Fenster. Wo war Swigg? Er war nun schon vier Stunden fort. Inzwischen mußte er die Fremden doch gefunden haben.

Kurz nachdem Lord Ravis und seine seltsam sprechende Dirne heute morgen gegangen waren, war Bernice erschienen, Witwe Furbishs Magd, Köchin und Näherin, und hatte von zwei geheimnisvollen Fremden berichtet, die sich nach einem Mann erkundigten, der gestern morgen zwei Männer in einer dunklen Gasse ermordet habe. Es gäbe auch eine Belohnung, hatte Bernice betont. Dem Akzent nach würden die Männer aus Garizon stammen, hatte sie weiter erklärt, und sie seien ebenso freigebig mit ihrem Gold wie ein Hafenmädchen mit seinen Reizen.

Witwe Furbish hatte ihren Bruder sofort auf die Suche nach den beiden Männern geschickt. Lord Ravis mochte ja vielleicht noch einen Beutel voll Silber mit sich führen, doch Witwe Furbish bezweifelte, daß sie je etwas davon sehen würde. Und sie wollte doch so gerne vom Fluß fortziehen. Sie war den Dreck, die Fliegen und den Gestank allmählich leid.

In diesem Augenblick entdeckte Witwe Furbish ihren Bruder auf der Brücke. Zwei große, dunkle Gestalten folgten nur wenige Schritte hinter ihm. Als er seine Schwester am Fenster sah, winkte er aufgeregt, rieb sich die Hände und deutete mit dem Daumen in Richtung der beiden Männer.

Witwe Furbish lächelte. Manchmal hatte sie ihren kleinen Bruder richtig gern.

Sofort setzte sie sich in Bewegung. Sie wischte hier und dort über einen Tisch oder Regal und schloß sämtliche Fenster mit Ausnahme jener, durch die ein vorteilhaftes Licht auf ihre Nußbaumschränke und seidenen Wandteppiche über dem Ofen fiel. So. Niemand würde je Witwe Furbishs Heim mangelnden Luxus vorwerfen können.

Zu guter Letzt schob sie die Augenklappe über ihr linkes Auge und wartete neben der Tür, bis sie drei Paar Füße auf der Treppe hörte.

»Willkommen, meine Herren. Willkommen.« Witwe Furbish riß die Tür auf.

Swigg lächelte ihr entgegen.

Ein Knirschen ertönte unmittelbar hinter ihm. Sein Lächeln gefror; seine Augen weiteten sich verwirrt, dann drang ein leises Zischen aus seinem Mund. Swigg stolperte vorwärts und brach auf der Türschwelle zusammen.

Witwe Furbish fing ihn mit ihren kräftigen Armen auf. Im selben Augenblick spürte sie etwas Feuchtes zwischen den Fingern, und dann sah sie in der Hand des in Schwarz gehüllten Mannes das Messer.

Die Klinge war rot von Blut.

Witwe Furbish schrie.

Der Mann drang auf sie ein. Die Haut auf seiner Nase war gespannt, und hinter seinen zurückgezogenen Lippen kamen strahlendweiße Zähne zum Vorschein. Ein starker, wilder Geruch von Erde, Blut und Tierfellen stieg Witwe Furbish in die Nase. Sie ließ Swigg zu Boden fallen. Unausgesetzt schreiend wich sie ins Zimmer zurück und hob die Arme, um ihr Gesicht zu schützen.

Die Tür fiel ins Schloß.

Der zweite Mann trat Swigg ins weiche Fleisch zwischen Rippen und Hüfte. Swigg reagierte nicht.

Als Witwe Furbishs Blick von ihrem Bruder zu dem Messermann zurückkehrte, spürte sie einen warmen Luftzug im Gesicht. Ein fürchterlicher Schmerz schoß durch ihren Kiefer. Ihre Zähne schlugen aufeinander, was sie die Zungenspitze kostete. Ihr Mund war voller Blut. Ein stechender Schmerz durchdrang ihre Zunge. Tränen strömten aus dem ungeschützten rechten Auge. Sie konnte nichts mehr *sehen.*

Dumpfe Klopfgeräusche drangen von der Tür zu ihr herüber. Witwe Furbish blinzelte hektisch. Als sie wieder halbwegs klar sehen konnte, erblickte sie eine schattenhafte Gestalt, die sich über Swigg beugte. Witwe Furbish konnte nicht erkennen, was geschah; doch etwas Grobes, Unförmiges wie eine Keule bewegte sich so schnell, daß das Auge ihm kaum folgen konnte.

Witwe Furbish versuchte, den Namen ihres Bruders zu rufen. Das Blut spritzte aus dem Mund, doch sie formte keine Worte. Da stieß das Messer nach ihrer Kehle. Zischend sog sie die Luft ein. In ihrer Zunge hämmerte der Schmerz. Mit einem kräftigen Tritt versuchte sie, sich von was auch immer an ihrer Kehle war zu lösen. Witwe Furbish war nicht länger sicher, daß es sich um einen Menschen handelte. Eine Hand krallte sich in ihren Arm. Der fleischige, tierische Gestank war überwältigend.

Witwe Furbish geriet in Panik und schlug um sich. Eine Faust traf sie in den Magen, und sie brach zusammen. Dann erschien eine dunkle Gestalt in ihrem Gesichtsfeld, die sich langsam über sie beugte. Irgend etwas Feuchtes tropfte auf ihre Hand. Sie glaubte, es sei Blut, und wollte es wegwischen. Die Flüssigkeit war klar – wie Speichel.

Witwe Furbish stieß ein leises, verzweifeltes Stöhnen aus, als der Schatten sich näherte, um sie zu töten.

Funkelnde Zähne und das Grunzen eines Tieres. Verzweifelte Finger kratzen über harte Muskeln, rauhes Leder. Fingernägel reißen an einer Schlagader. Schrecklicher Schmerz in Bauch und Brust. Warmes, Feuchtes dringt durch das Kleid. Und Gold. Goldmünzen wie Regentropfen auf Gesicht und Schultern. Ein verführerisches Glitzern ... dann Dunkel.

Der Ritt nach Fale dauerte drei Stunden. Sie folgten dem Lauf des Chase landeinwärts, vorbei an sanften Hügeln und durch enge, bewaldete Schluchten hindurch. Buchen- und Eichenwälder erstreckten sich zu beiden Seiten des Flusses. Nur gelegentlich wichen sie kleineren Lichtungen, die mit gelbem Gras bewachsen waren, oder dichten Buschreihen und steilen Hängen aus brüchigem, weißem Felsgestein. Schwarz-weiße Häuser drängten sich auf den wenigen Lichtungen aneinander, und dünne graue Rauchfahnen stiegen zwischen den Bäumen empor und vermischten sich mit den Wolken. Kapellen aus weißem Stein mit hohen Türmen und steilen Dächern schmiegten sich ans Ufer. Ihre Fundamente waren dunkel von Feuchtigkeit.

Aus dem Osten wehte eine frische Brise, so daß sich

das Wasser des Flusses kräuselte und Tropfen wie schillernde Juwelen emporwarf.

Ravis erzählte Tessa, daß es in Rhaize nur zwei wichtige Flüsse gebe: den Chase und den Faden. Der Faden durchquerte das gesamte Königreich. Von den fruchtbaren Feldern des Südens floß er nach Norden zu den Steinbrüchen und Salinen von Bay'Lis. Der Chase war eine andere Art von Fluß: tiefer, langsamer, grüner. Er floß durch die Moore des Nordens und verband Bay'Zell mit über hundert Städten und Dörfern zwischen den Vorce-Bergen und dem Meer.

»Falls Izgard Bay'Zell einnimmt«, erklärte Ravis, während er sein Pferd an einer Buschreihe vorbei dirigierte, »wird er nicht nur die Bucht des Überflusses kontrollieren und so den Nord-Ost- Seehandel beherrschen, sondern er wird Macht über den gesamten Norden haben. Der Chase wird ihm gehören. Er wird Waffen und Güter aus Garizon heranholen, Runzy belagern und die Ländereien nördlich von Grunt plündern können ...« Ravis schüttelte den Kopf. »Innerhalb eines Jahres wird er ganz Rhaize unterworfen haben.«

Tessa nickte einfach nur. Sie war voll und ganz mit ihrem Pferd beschäftigt. Obwohl sie vor einigen Jahren während ihres Studiums in New Mexico Reiten gelernt hatte, war sie nicht gerade eine erfahrene Reiterin. Das Zaumzeug und der Sattel, die man hierzulande verwendete, unterschieden sich deutlich von jenen, die sie gewöhnt war, und als wäre das alles noch nicht genug, verfing sich auch noch ihr Rock ständig in irgend etwas. Sie hätte ihre Kleider nicht an Witwe Furbish verkaufen sollen.

Ravis hatte noch immer kein Wort über das Abkommen verloren, das er mit Camron getroffen hatte, doch offensichtlich dachte er an nichts anderes. Wann immer Tessa ihm eine Frage über Rhaize stellte, erging er sich in weitschweifenden militärischen Erklärungen: Der Hügel im Westen war eine hervorragende Ausgangsposition für einen Angriff auf die Stadt; die Burg am Horizont gehörte zu einer Reihe von Festungsanlagen, die vor Jahrhunderten von Garizons Herrschern errichtet worden waren, und somit stellten sie sowohl einen Nach- als auch einen Vorteil für die Verteidigung des Landes dar. Und jetzt war selbst der Fluß, an dem sie entlangritten, ein idealer Nachschubweg, der nur darauf wartete, eingenommen zu werden.

»Denkt Izgard genauso wie du?« fragte Tessa, der das Reiten inzwischen leichter fiel, nachdem sie festgestellt hatte, daß dem steilen Anstieg, den sie gerade hinter sich gebracht hatten, ein sanfter Abstieg folgte. Wenn dieser Sattel doch nur etwas bequemer wäre …

»Izgard denkt an nichts anderes. Er ist ein Garizon. Krieg liegt ihm im Blut.«

»Kennst du ihn gut?«

»Ich kenne die Könige von Garizon. Sie leben, um zu erobern: Nur so können sie ihre Position sichern und ihre Kriegsherren bei der Stange halten. Sie werden an ihren Kriegserfolgen gemessen.«

Da ihr Pferd im Augenblick ganz gut zurechtkam, riskierte Tessa, einen Blick auf Ravis zu werfen. Er lächelte verschmitzt. Daß er ihrer Frage ausgewichen war, wußte er; doch Tessa gab sich nicht so schnell geschlagen. »Und Izgard ist ein typischer König von Garizon?«

»Noch bevor er sich die Krone aufs Haupt gesetzt hat, hat er die Eroberung von Bay'Zell geplant. Also, ja, man könnte sagen, er ist ein typischer König von Garizon.« Ravis zog kurz an den Zügeln, als sein Pferd sich zu einem Grasbüschel hinunterbeugte. »Aber andererseits … Es ist schon fünfzig Jahre her, seit Garizon zum letzten Mal einen König gehabt hat. Viele sagen, die alten Geschichten seien genau das: alte Geschichten.«

»Und was sagst du?«

»Ich sage, daß Rhaize seine Grenzen im Auge behalten sollte.«

Tessa runzelte die Stirn. Ravis spielte ein Spiel mit ihr: ein Spiel, bei dem es unter anderem darum ging, unangenehmen Fragen aus dem Weg zu gehen. »Warum hatte Garizon seit fünfzig Jahren keinen König mehr? Wer hat das Land an seiner Statt regiert?«

Ravis hob eine Augenbraue. Wider Erwarten beantwortete er die Frage, ohne um den heißen Brei herumzureden. »Nachdem Berick von Thorn Garizons Armee am Bekenntnisberg geschlagen hat, haben die angrenzenden Mächte – Rhaize, Drokho, Balgedis und die anderen – eine Allianz gebildet. Sie haben eine gewaltige Streitmacht ins Herz Garizons geschickt, Veizach dem Erdboden gleichgemacht und den König und seine beiden Söhne getötet. Anschließend haben sie öffentlich verlauten lassen, sollte je wieder jemand versuchen, den Thron von Garizon zu besteigen, würden sie erneut einmarschieren, eine Stadt nach der anderen niederbrennen und jedem waffenfähigen Mann die Arme abschlagen.«

Die Sonne verschwand hinter einer Wolke, und tiefe Schatten legten sich über die Straße. Tessa schauderte. »Das klingt so grausam.«

»Es war grausam, aber Garizon hat es verdient. Über Jahrhunderte hinweg hat Garizon einen Krieg nach dem anderen geführt. Seine Herrscher sind in jedes angrenzende Land eingefallen, haben Städte und Dörfer geplündert, kleine und große Gebiete annektiert und ihre Grenzen immer weiter ausgedehnt. Vor fünfhundert Jahren war Garizon nur ein kleines Herzogtum im Osten mit trockenen Feldern und ohne nennenswerten Wasserweg. Doch als seine Männer zu den Waffen griffen, waren sie nicht mehr aufzuhalten. Auf dem Höhepunkt seiner Macht reichte Garizon von Maribane im Norden bis zum Medi im Süden. Garizons Könige führten einen blutigen Krieg nach dem anderen, und solange der Sieg auf ihrer Seite war, scherten sie sich einen Dreck darum, wie viele Männer ihr Leben ließen – egal ob ihre eigenen oder die des Feindes.

Denk nur mal an die Schlacht am Bekenntnisberg: Bericks Männer mußten das *gesamte* Garizonheer niedermetzeln, bis der König seine Niederlage eingestand. Jeder andere Heerführer hätte sich weit früher zurückgezogen oder gar ergeben. Nicht so ein König von Garizon. Die Herrscher dieses Landes sind wie tollwütige Hunde. Niemand vermag sie aufzuhalten.«

Tessa lief ein Schauder nach dem anderen über den Rücken. Sie kam sich unendlich klein und unbedeutend vor. Diese Welt, in die es sie so plötzlich verschlagen hatte, war soviel wilder als die, die sie hinter sich gelassen hatte. Die Ereignisse entwickelten sich hier mit gefährlicher Geschwindigkeit, und die Menschen waren wesentlich emotionaler, bedrohlicher, *realer*. Sie hatte das Gefühl, als würden alle Aspekte des Lebens in diesem Land zu einem konzentrierten Extrakt gemischt. Ja, das Land selbst, der Boden über den sie ritt, schien irgendwie ›reicher‹ zu sein als die Erde ihrer Heimat: so viele Schattierungen von Grün und Gelb, so viele Halbtöne dazwischen ... Tessas eigene Welt war unendlich weit entfernt: eine Traumlandschaft hinter einem Dunstschleier aus den Farben des Regenbogens, ein Aquarell im Vergleich zu einem Ölgemälde.

Tessa klopfte ihrem Pferd den Hals. Die Wärme des Tieres wirkte vertraut, sie strahlte etwas Beruhigendes aus; dennoch vermochte dies nichts gegen das Gefühl auszurichten, daß ihre Vergangenheit langsam in der Ferne verschwand. Verstört konzentrierte sie sich auf Ravis' letzte Worte. »Wenn die Könige von Garizon wirklich so schlimm sind, wie du sagst, warum haben Rhaize und die anderen dann zugelassen, daß Izgard den Thron besteigt?«

»Fünfzig Jahre sind eine lange Zeit. Die Menschen vergessen.«

Das Blut pochte in Tessas Stirn. Ravis' Worte klangen endgültig, wie der Urteilsspruch eines Richters. Die Menschen vergaßen in der Tat nur allzuleicht. Das war eine einfache Wahrheit. Hier war sie nun: Sie hockte in einem schmalen, unbequemen Sattel, ritt durch ein ihr unbekanntes Land; ihr ganzes bisheriges Leben hatte sie hinter sich lassen müssen, und doch waren all die Dinge, die ihr noch vor zwei Tagen alles bedeutet hatten, mit einemmal unwichtig geworden. Tessa hatte sich nicht ein einziges Mal gefragt, was wohl die Leute auf der Arbeit sagen würden, wenn sie am Montag nicht erschien, oder was ihre Vermieterin tun würde, wenn niemand die Miete bezahlte. Rechnungen, Verpflichtungen, Menschen und Beziehungen: All das rückte in immer größere Ferne.

Tessa tastete nach dem beruhigenden Gewicht des Ringes. Die Dornen stachen diesmal nicht. Beinahe wünschte Tessa, sie hätten es doch getan.

Deverics Haus war von Bäumen umgeben. Hinter einer Wegbiegung kam es zum Vorschein: ein großes, zweistöckiges Haus aus Stein mit blauem Schieferdach und schmalen Fenstern. Ein Amselpärchen auf dem Türsturz beobachtete, wie Tessa und Ravis um die Biegung ritten.

Auf dem freien Platz vor dem Haus belud ein kleiner, graublonder Mann einen Karren. Seltsam geformte Stühle, Truhen, Tische und zusammengerollte Teppiche und Decken lagen auf dem Boden und warteten darauf, aufgeladen zu werden.

Ravis stieg vom Pferd und winkte Tessa, es ihm gleichzutun. Kurz bevor er die Hand ausstreckte, um ihr beim Absteigen zu helfen, glitten seine Finger an die Hüfte – zu seinem Messer. Tessa gab vor, es nicht bemerkt zu haben, doch konnte sie nicht verhindern, daß ihr Herz mit einemmal schneller schlug.

Als sie die Pferde an den letzten Bäumen vorbeiführten, kam ein zweiter Mann aus dem Haus heraus. Er verschränkte die Arme vor der Brust, lehnte sich gegen den Türrahmen und wartete darauf, daß Tessa und Ravis näherkamen. Er hatte sandfarbenes Haar und ein breites Kinn. nachdem sie nahe genug herangekommen waren, sagte er:

»Wenn ihr für die Auktion gekommen seid, dann seid ihr einen Tag zu früh. Morgen bei Sonnenaufgang könnt ihr ja wiederkommen.«

»Wir kommen nicht wegen der Auktion«, erwiderte Ravis. »Wir kommen, um mit Deverics Gehilfen zu sprechen.«

Der kleine Mann begann damit, die Decken auf den Karren zu laden.

»Was wollt ihr von Emith?« Der Mann in der Tür musterte Ravis von Kopf bis Fuß. Auf Tessa verschwendete er kaum einen Blick.

»Das ist persönlich.«

»*Persönlich*, hm?«

»Du hast mich doch gehört. Wirst du mir jetzt sagen, ob er hier irgendwo ist« – Ravis' zunächst freundlicher Tonfall war von einem Augenblick auf den anderen verschwunden –, »oder muß ich es selbst herausfinden?«

Während Ravis sprach, stocherte der Mann an der Tür mit dem Fuß in den übriggebliebenen Decken und Teppichen herum. Offensichtlich mißfiel ihm irgend etwas. Er beugte sich vor und riß einen kleinen Teppich aus dem Stapel. »Das da ist Emith«, sagte er und deutete auf den Mann, der den Karren belud. »Was du ihm zu sagen hast, kannst du ihm auch hier sagen, in aller Öffentlichkeit.«

Der kleine Mann zeigte keine Reaktion. Er fuhr fort, den Karren zu beladen. Tessa bemerkte, daß seine Hände zitterten.

Ravis kaute auf der Narbe. »Was ich ihm zu sagen habe, geht dich nichts an.« Sein Blick wanderte zu dem kleinen Teppich in der Hand des Mannes. »Warum rennst du nicht ins Haus zurück, machst dein Bett und legst dich rein?«

Das Gesicht des Mannes wurde hart. Er trat aus der Tür und schlug gegen den Karren, so daß Pfannen und Töpfe scheppernd zu Boden fielen. »Hau ab! Mach, daß du von meinem Grund und Boden verschwindest! Sofort! Das gilt für euch alle!« Er wischte sich den Speichel vom Mund und blickte zu Emith. »Und daß du ja den Mund hältst. Wenn ich rausfinde, daß du in Bay'Zell irgendwas über das Testament herumerzählst, dann reiß ich dir die Zunge raus.« Und schlug noch einmal gegen den Karren. »Und jetzt weg von hier!«

Emith packte die Deichsel und setzte sich in Bewegung. Vor lauter Eile zog er zu kräftig, und die Ladung verschob sich, so daß sich der Karren gefährlich nach einer Seite neigte und umzustürzen drohte. Holz knarrte, und ein zusammengerollter Teppich fiel wie ein gefällter Baum zu Boden.

Ravis sprang vor. Einen Augenblick lang fürchtete Tessa, er wolle einfach zuschlagen – sein Blick war finster und die Halsmuskeln angespannt –, doch neben dem Karren blieb er stehen und begann, ihn wieder auszurichten.

Ein unübersehbarer Ausdruck der Erleichterung huschte über das Gesicht des Mannes, der wieder zur Tür zurückgekehrt war. Als er bemerkte, daß Tessa ihn beobachtete, schob er die Brust vor und ballte die Fäuste. »Los jetzt! Ihr sollt abhauen! Und kommt ja nicht wieder!«

»Komm«, sagte Ravis zu Emith, nachdem der Karren wieder im Gleichgewicht war. »Wir wollen mal versuchen, ob wir mein Pferd nicht davorspannen können.«

Als Tessa sich Emith näherte, sah sie, daß er älter war, als es zunächst den Anschein gehabt hatte. Er trug eine gepflegte Tunika und eine Überjacke, doch wenn man die Kleidung genauer betrachtete, fielen vereinzelte Flicken und sorgfältig angelegte Stopfnähte auf. Emith mied Tessas Blick, während Ravis das Pferd anspannte; statt dessen starrte er auf seine Füße.

Der Mann in der Tür beobachtete das Geschehen. Der kleine Teppich, den er aus Emiths Stapel gezogen hatte, lag gleichgültig beiseite geworfen im Staub.

Nachdem Ravis dem Pferd das improvisierte Zuggeschirr angelegt hatte, reichte er Tessa die Zügel und sagte ihr, sie solle schon vorgehen. »Ich werde in ein paar Minuten nachkommen.«

Tessa blickte zu dem Mann in der Tür. »Was hast du vor?« flüsterte sie.

Ravis zuckte mit den Schultern. »Ich habe mich noch nicht entschieden.«

Er log. Er hatte sich schon längst entschieden. Tessa erkannte das an der Art, wie er auf seiner Narbe kaute. Er würde sich den Mann in der Tür vornehmen. Tessa verstand nicht, warum Ravis so wütend war. Der Mann war nur ein einfacher Rüpel, wie man sie überall fand – das war alles. Wie alles andere auch, was in den vergangenen zwei Tagen geschehen war, ergab Ravis' Verhalten keinen Sinn.

»Geht jetzt«, zischte Ravis und schlug seiner Stute mit der flachen Hand auf die Flanke, damit sie sich in Bewegung setzte.

Tessa wendete die Pferde, während Emith darauf achtete, daß die Ladung nicht wieder verrutschte und den Karren erneut aus dem Gleichgewicht brachte. Schweigend machten sie sich auf den Weg zwischen den Bäumen hindurch. Das Gras unter ihren Füßen war weich und feucht, und langgliedrige Insekten flogen vor ihnen auf.

Tessa blickte nicht zurück. Sie kannte Ravis inzwischen gut genug, um zu wissen, daß er nichts unternehmen würde, bevor sie nicht außer Sichtweite waren. Um sich davon abzulenken, was Ravis tun würde und warum, suchte sie nach etwas, um mit Emith ein Gespräch zu beginnen. Sie blickte auf den vollbeladenen Karren und fragte: »Willst du in die Stadt?«

Beim Klang ihrer Stimme erwachte Emith zum Leben. »Es tut mir ja so leid wegen Meister Rance. So leid. Seit sein Vater gestorben ist, ist er einfach nicht mehr er selbst.« Er sprach sanft und erschien ein wenig verwirrt. »Er nimmt es sich sehr zu Herzen. Ja, das tut er.«

»Und was ist mit dir? Wie kommst du damit zurecht?«

»Ich, Fräulein?« Emith wirkte ehrlich überrascht, daß jemand *ihn* nach seinen Gefühlen befragte. »Ich war sehr beschäftigt. Wirklich sehr beschäftigt. Alles mußte geputzt und in Ordnung gebracht werden. Meister Deveric hat immer gesagt: ›Emith, du bist hier, um alles in Ordnung zu halten. Das ist deine Aufgabe‹.«

Tessa lächelte. »Und weil jetzt alles in Ordnung ist, kannst du gehen?«

»Ja, Fräulein. Meister Deverics Schreibutensilien sind sicher verstaut, und all seine Pinsel und Farbschalen sind sauber. Alles ist genau so, wie er es gemocht hat.« Emith lächelte Tessa an – es war ein freundliches, trauriges Lächeln.

Als sie die Straße erreichten, mußten sie beträchtlich langsamer laufen, da eine Reihe von Schlaglöchern den

Karren hin und her schwanken ließen. Zum ersten Mal an diesem Tag war Tessa kalt. Die Sonne würde gleich untergehen. Die Bäume warfen bereits lange Schatten über die Straße, und der Mond, der stundenlang nicht mehr als nur ein blasser Fleck gewesen war, stand nun strahlendhell am Himmel.

»Hier, Fräulein.« Tessa erschrak, als Emith sie am Arm berührte. Der kleine Mann hielt ihr eine Wolldecke hin. »Euch scheint kalt zu sein. Ihr solltet Euch das hier um die Schultern legen, sonst erkältet Ihr Euch noch.«

Tessa nahm die Decke dankbar an. Plötzlich fühlte sie sich unendlich traurig. Es war schon so lange her, seit jemand so freundlich und fürsorglich zu ihr gewesen war – länger als nur zwei Tage. »Danke«, erwiderte sie und schlang sich die Decke um die Schultern wie einen Schal. »Ich habe nicht daran gedacht, daß es so kalt werden könnte.«

»Ihr müßt vorsichtig sein, Fräulein. Mutter sagt immer, außer im Hochsommer solle man das Haus nicht ohne Umhang verlassen.«

Tessa lächelte. Emiths Mutter mußte sehr alt sein. Sie deutete auf die Matratze auf dem Karren. »Wirst du bei deiner Mutter bleiben?«

Emith nickte energisch. »Ja, Fräulein. Mutter lebt in der Stadt. Seit Monaten leidet sie schon unter der Gicht. Sie wird sich freuen, wenn ich wieder zu Hause bin.«

Sie wird sich freuen, wenn ich wieder zu Hause bin. Etwas Leichtes wie eine Spinnwebe oder ein Insektenflügel strich über Tessas Wange. Was dachte ihre eigene Mutter wohl im Augenblick? würde sie überhaupt je erfahren, daß ihre Tochter vermißt wurde? Würde die Polizei sie in Arizona aufsuchen? *»Wir haben den Honda Civic Ihrer Tochter verlassen im Cleveland National Forest gefunden. Wir wissen, daß sie über die gestohlenen Schließfachboxen aus der La Havra Bank* *gestolpert ist; aber gegenwärtig können wir keinerlei Aussagen darüber machen, was anschließend geschehen ist.«*

Tessa schlug die Hände vor den Mund. Ihre Eltern würden krank vor Sorge sein …

»Fräulein, Fräulein …« Erneut berührte Emith ihren Arm. »Fühlt Ihr Euch nicht wohl? Ihr seht ein wenig blaß aus. Laßt uns ein paar Minuten anhalten und uns ausruhen.«

»Nein.« Tessa schüttelte den Kopf. »Mir geht's gut. Ich habe nur … Ich habe nur an meine Familie gedacht.« Sie schämte sich, weil sie bisher eben *nicht* an ihre Familie gedacht hatte.

Plötzlich erklangen Schritte hinter ihnen. Ein Zweig brach, dann trat Ravis aus den Schatten der Bäume. Tessa war überrascht, daß sie so erleichtert war, ihn zu sehen.

Er lächelte. »Wenn ihr zwei weiter so langsam geht, dann können wir froh sein, wenn wir die Stadt bis Mitternacht erreichen.«

Während Ravis näherkam, suchte Tessa in seinem Gesicht nach Hinweisen darauf, was bei dem Haus geschehen war. Er wirkte ruhig und entspannt. Nur ein paar Haarsträhnen hatten sich aus seinem Zopf gelöst.

»Herr …«, begann Emith, doch Ravis fiel ihm ins Wort.

»Mach dir keine Sorgen, mein Freund. Ich habe deinem Meister Rance nichts angetan, was ein paar Tage Bettruhe nicht kurieren könnten.«

»Er ist nur so erschüttert über den Tod seines Vaters, Herr. Das ist alles. Er hat es bestimmt nicht böse gemeint.«

Ravis fing an, die Ladung des Karrens neu zu ordnen. Alles, was größer und schwerer war, räumte er nach unten. »Emith, du bist ein rücksichtsvoller Mann; aber ich glaube, wir beide wissen ganz genau, warum Rance und sein Bruder so erregt sind …«

»Aber Herr, Meister Rance hat einige fürchterliche Tage hinter sich. Er hat nicht geschlafen …«

»Darauf könnte ich wetten. Er hat soviel Angst, daß jemand vorbeikommen und ihm wegnehmen könnte, was er als sein rechtmäßiges Eigentum betrachtet, daß er in letzter Zeit vermutlich noch nicht einmal geblinzelt hat.« Ravis war mit dem Karren fertig. »Ich nehme an, es hat ihm nicht sonderlich gefallen, daß dir Deveric so viele seiner Illuminationen vermacht hat.«

»Vielleicht war er am Anfang ein wenig wütend, Herr, aber das war zu erwarten.« Emith senkte den Kopf. »Es ist das Testament, wißt Ihr? Es ist sehr verwirrend. Meister Deveric war so großzügig. Er wollte sichergehen, daß jeder etwas bekommt, und Meister Rance und Meister Boice sind nur ein wenig enttäuscht – das ist alles.«

»Ja, deswegen verkaufen sie morgen früh auch die Hauseinrichtung. Sie wollen nicht noch mehr ›enttäuscht‹ werden.«

Tessa trat Ravis gegen das Schienbein. So wie er sich ausdrückte, hörte es sich an, als würden Deverics Söhne das Testament zurückhalten und alles verkaufen, bevor jemand Einspruch erheben konnte. Doch selbst wenn dem so sein sollte, war es vollkommen unnötig, Emith damit zu belasten. Der Mann war offensichtlich eifrig bemüht, von seinem verstorbenen Herrn und dessen Söhnen nur das Beste zu denken.

Bevor Ravis Gelegenheit hatte, auf Tessas Angriff zu reagieren, sagte sie: »Emith, wir sind hierhergekommen, um dich zu Deverics Werk zu befragen – zu seinen Illuminationen. Ravis hat sie letzte Nacht gesehen. Er sagt, sie seien wunderschön.«

»Marcel von Vailing hat sie mir gezeigt«, fügte Ravis hinzu. »Er glaubt, sie seien eine Menge wert.«

Emith schüttelte den Kopf. »Deswegen hat sie Meister

Deveric mir nicht hinterlassen. Ich würde sie niemals verkaufen.«

»Warum nicht?« Ravis nahm Tessa die Zügel ab, und die kleine Reisegruppe setzte sich wieder in Bewegung. »Du könntest dir ein bequemes Leben machen, wenn du sie verkaufen würdest.«

»Meister Deveric hat gesagt, ich solle sie aufbewahren, bis sie gebraucht würden.«

Der Ruf einer Eule hallte durch den Wald. Tessa schlang die Decke noch ein wenig enger um die Schultern. Es wurde rasch dunkler, und der Wind wurde immer kälter.

»Gebraucht für was oder von wem?« fragte Ravis.

»Von dem, der nach ihm kommt.« Emith stützte den Karren, als die Räder abermals durch eine Reihe von Schlaglöchern rumpelten. »Meister Deveric hat immer gesagt, jemand würde ihm nachfolgen – jemand, der Illuminationen genauso gut wie er malen könne, jemand, der seine Arbeit fortsetzen würde.«

Tessa nahm ihren Ring zwischen die Finger. Er war warm, als hätte sie ihn erst kurz zuvor in der Hand gehabt. »Und Deveric wollte, daß du seine Illuminationen für diesen Jemand aufbewahrst?«

»Nein, Fräulein. Nicht alle. Meister Deveric hat mir nur einen einzigen Satz anvertraut.« Emith sprach leise, doch jedes Wort betonte er sorgfältig, als wolle er auf keinen Fall etwas Falsches sagen. »Er hat mir den Satz überlassen, den er vor einundzwanzig Jahren begonnen hat. Es ist zwar nicht seine schönste Arbeit – die hat er seiner Frau hinterlassen –, aber es ist seine ...«

»...seine vielschichtigste«, beendete Ravis den Satz.

»Ja, Herr. Seine vielschichtigste.«

Ravis und Tessa blickten sich an.

Emith fuhr fort: »Meister Deveric hat sie manchmal jahrelang nicht angerührt, doch dann sagte er plötzlich wie aus heiterem Himmel: ›Emith, bring mir den alten Satz. Ich glaube, ich sollte mal wieder daran arbeiten. Nun scheint genau die richtige Zeit zu sein, um eine neue Seite hinzuzufügen‹.«

Tessa zitterte. »Hat Deveric an einer neuen Seite für diesen Satz gearbcitet, als er gestorben ist?«

»Ja, Fräulein.« Während er sprach, richtete Emith die Decke um Tessas Schultern, so daß kein nacktes Stück Haut mehr der Kälte ausgesetzt war. »Vor ungefähr fünf Tagen hat er begonnen an der Seite zu arbeiten, hat die Struktur festgelegt und erste Skizzen angefertigt. Am ersten Tag hat er zwei Schleifen geschafft, und danach hat er jeden Tag ein, zwei Stunden daran gearbeitet. Dann, in der Nacht vor seinem Tod, hat er mich kurz nach Mitternacht geweckt. ›Emith‹, hat er gesagt, ›misch meine Farben, und bereite die Pinsel vor. Ich will arbeiten‹.«

Emiths Worten folgte ein langes Schweigen. Tessa wußte nicht, was sie sagen sollte, und sie wollte auch nicht die erste sein, die wieder das Wort ergriff. Die Wagenräder knarrten; das Zaumzeug der Pferde klapperte und das gewachste Leder von Ravis' Tunika gab leise, schleifende Geräusche von sich. Der Tag schien Tessa plötzlich unendlich lang gewesen zu sein – der längste ihres Lebens.

Ravis durchbrach das Schweigen. »Emith, ich habe solche Muster, wie Deveric sie gemalt hat, erst ein einziges Mal in meinem Leben gesehen: in einer Festung, die ich nie wieder betreten will, und in Auftrag gegeben von einem Mann, den ich niemals wiedersehen möchte. Zu jener Zeit hat mir dieser Mann gesagt, ich solle mich nicht länger um etwas sorgen, was mich zuvor monatelang nicht hat zur Ruhe kommen lassen – er habe einen besonderen Weg gefunden, alles in Ordnung zu bringen.« Ravis' Stimme klang in der Dunkelheit wunderschön; sein Tonfall verriet Freundlichkeit gegenüber Emith, aber eine gewisse Härte gegenüber sich selbst. »Ich habe über diesen Vorfall nicht weiter nachgedacht, bis ich vergangene Nacht die Manuskriptpresse geöffnet und frisch getrocknetes Blut auf den Mustern gesehen habe.

Ich war schon an vielen Orten und habe viel gesehen. Bereits vor langer Zeit habe ich das Recht verwirkt, irgend jemandes Richter zu sein. Falls dein Meister in irgend etwas verwickelt war, was man als ›unheiliges Tun‹ bezeichnen könnte, dann werde ich ihn weder verdammen noch schlecht über ihn sprechen.«

Im hellen Schein des Mondes konnte Tessa deutlich erkennen, wie sich Emiths Schultern auf und ab bewegten. Ihr Blick wanderte von Emith zu Ravis und wieder zurück. Sie hatte plötzlich das Gefühl, daß sie alle – Ravis, Emith und sie selbst – in etwas verstrickt waren, das zu groß war, als daß auch nur einer von ihnen es hätte verstehen können. Wie zuvor in Marcels Keller, so glaubte sie auch jetzt, daß, wenn sie nur einen Schritt *zurück* machen und das Ganze aus der Ferne betrachten könnte, sie dann in der Lage wäre, das Muster in einer scheinbar sinnlosen Anordnung von Linien zu erkennen.

»Emith ...« Tessa sprach in die Dunkelheit hinein, die zwischen ihr und dem Gehilfen des toten Schreibers lag. »Gestern morgen bin ich hierhergezogen worden, hierher nach Bay'Zell. Vorher war ich an einem anderen Ort – an einem *vollkommen anderen Ort* –, und jetzt habe ich das Gefühl, als sei ich Teil von etwas sehr Wichtigem, aber ich weiß nicht, *was es ist*, und warum ich hier bin.«

Emith antwortete nicht. Tessa hörte ihn atmen.

»Zeig ihm die Zeichnung, Tessa.« Ravis war plötzlich so dicht neben ihr, daß sie seinen Atem auf ihrer Wange spüren konnte. Und im selben Moment strebten sie auseinander: Ravis ging zu seinem Pferd, um etwas aus den

Satteltaschen zu holen, und auch Tessa widmete sich ihrem Gepäck.

Nach einem dumpfen Klopfgeräusch flogen Funken durch die Luft und eine goldene Flamme erhellte Ravis' Gesicht. Tessa hielt mitten im Schritt inne, nur um ihn anzusehen. Die Narbe auf seiner Lippe wirkte wie eine wertvolle Metallader im harten, rauhen Felsgestein. Das Licht der Flamme verwandelte den Makel in etwas Edles. Tessa verspürte das Verlangen, die Narbe zu berühren.

Sie schob den Gedanken als Torheit beiseite. Dann holte sie das Pergament aus ihrer Satteltasche, entrollte es und hielt es ins Licht.

Emith hielt den Atem an.

Tessa, die die Zeichnung seit ihrer Fertigstellung nicht mehr betrachtet hatte, spürte, wie ihr das Blut ins Gesicht stieg. Die Zeichnung war anders als sie es in Erinnerung hatte, viel *detaillierter*. Sie blickte auf ein Labyrinth, in dem die Linien sich auf subtilste Art und Weise umeinander schlangen, doch ohne ihren Weg zu verlassen. Fäden, die sich auf den ersten Blick zu kreuzen schienen, erwiesen sich bei näherer Betrachtung als eine Täuschung und waren in Wirklichkeit der Knoten nur *eines* Fadens. Zwar war der Ring als solcher erkennbar, doch die Zeichnung war wesentlich mehr als nur die Abbildung eines Schmuckstücks. Sie schien etwas zu *bedeuten*.

Ungläubig schüttelte Tessa den Kopf. Hatte sie das wirklich gezeichnet? Gestern nacht war sie so müde gewesen. In Witwe Furbishs Lagerraum gab es nur trübes Licht, der Rauch der Talgkerze war ihr in die Augen gestiegen und die Holzkohle, mit der sie gezeichnet hatte, war ständig gebrochen.

Aber andererseits …

Mit zitternden Händen hielt sie das Pergament. Sie erinnerte sich an das Gefühl, frei zu sein. Ihr Tinnitus, der sie nun beinahe ihr ganzes Leben lang geplagt hatte, war auch gestern nacht ausgeblieben. Nichts hatte sie davon abgehalten, zu weit zu gehen. Es gab gar kein zu weit mehr. Kein dumpfer Druck in der Stirn hatte zur Zurückhaltung gemahnt. Kein Schmerz. Kein Lärm. Nach der ersten Stunde Zeichnen hatte sie noch nicht einmal mehr *befürchtet*, der Tinnitus könne sich melden.

Das Pergament wirkte buttergelb im Licht der Laterne, während die Striche der Zeichnung fast vollkommen schwarz waren. Tessa musterte die Abbildung des Ringes, als blicke sie in das Gesicht eines Fremden. War es das, wozu sie fähig war, wenn man die Last des Tinnitus von ihr nahm?

»Habt Ihr das gezeichnet, Fräulein?« fragte Emith und richtete wieder die Decke um Tessas Schultern.

»Ja. Vergangene Nacht.«

»Ich verstehe«, murmelte Emith.

Tessa sah von der Zeichnung auf und bemerkte, daß Ravis sie betrachtete. Seine dunklen Augen wirkten wissender als ihr lieb war. »Emith«, sagte er, ohne den Blick von Tessa abzuwenden, »sag uns, was du über Deverics Illuminationen weißt.«

Er löschte das Licht, und Emith erzählte: »Ich war Deverics Gehilfe. Ich habe Pergament hergestellt, Farben und Lasuren gemischt. Ich habe Pinsel gebunden, Eierschalen gemahlen, Kiele gespitzt und ausgekocht. Was auch immer mein Meister von mir verlangt hat, habe ich getan. Meine einzige Aufgabe war, ihm zu helfen. An keiner seiner Arbeiten habe ich Anteil; ich habe meinem Meister lediglich Zeit gespart. Es stand mir nicht an, Fragen zu stellen. Daß ich bei ihm sein durfte, war Privileg genug. Er war ein großer Mann, der viele gute Dinge erschaffen hat. Ich bin für etwas bezahlt worden, was ich geliebt habe.

Auch mein Meister tat das, was er liebte: Er fühlte die Formen in seinem Herzen und sah die Farben in seinen

Träumen. Er war ein guter Schreiber. Er hatte eine Vision, und er hätte nie einem anderen Lebewesen ein Leid zugefügt. Er liebte das Leben und den einen wahren Gott.«

Emiths Stimme drückte Stolz und Treue zu Deveric aus; doch obwohl er unübersehbar glaubte, was er sagte, bezweifelte Tessa, daß er ihnen die ganze Wahrheit erzählte. Der Mann war zu sehr darauf bedacht, stets das Beste in seinen Mitmenschen zu sehen.

»Was hat Deveric über den gesagt, der nach ihm kommen wird?«

»Der Meister sagte, seine Arbeit sei sehr hart, und es bedürfe eines wirklich außergewöhnlichen Menschen, um sie richtig auszuführen. Vor über einem halben Jahrhundert hat er seine Kunst von den Mönchen auf der Insel der Gesalbten gelernt, und er hoffte, dieses Wissen eines Tages an jemand anderen weitergeben zu können.« Emith seufzte und schüttelte den Kopf. »Doch er fand niemanden, der geeignet dafür gewesen wäre. Weder Meister Rance noch Meister Boice besaßen ein Gefühl für die alten Muster. Jungen, die er als Schüler aufgenommen hatte, erwiesen sich ebenfalls als ungeeignet. Am Ende gelangte Meister Deveric zu der Überzeugung, daß er zu seinen Lebzeiten keinen Nachfolger finden würde. Eines Tages kam er zu mir – ich erinnere mich gut, denn es war der Tag, an dem er das dritte Muster in seinem Satz fertigstellte – und sagte: ›Emith, wenn ich nicht mehr bin, möchte ich, daß du wartest und nach jemandem Ausschau hältst, der ein Gefühl für Muster wie dieses hier hat. Wenn du ihn findest, dann bring ihm alles bei, was du weißt.‹«

Ihm? Tessa runzelte die Stirn. »Und was wäre, wenn es sich um eine Frau handeln würde?« Ravis lächelte – Tessa konnte sein Gesicht in der Dunkelheit zwar nicht erkennen, aber sie wußte, daß er es tat. »Hat dein Meister auch an diesen Fall gedacht?«

»Nein, Fräulein. Aber ich habe schon Arbeiten von weiblichen Schreibern gesehen, wunderbare Arbeiten, und ich bin sicher, daß mein Meister niemanden beleidigen wollte.«

Ravis lachte, und ein Geräusch, als hätte er jemandem auf die Schulter geschlagen, begleitete sein Lachen. »Emith, aus dir wäre ein exzellenter Diplomat geworden. Käme uns in diesem Augenblick der Teufel höchstpersönlich entgegen, würdest du stehenbleiben und uns erklären, er sei nur ein wenig mißverstanden – das sei alles.«

»Aber Herr …«

»Ravis. Nenn mich Ravis. Und meine gute, wenn auch ein wenig entrüstete weibliche Begleiterin heißt Tessa.« Er schien sich königlich zu amüsieren. Auch Tessa konnte ein Lächeln nicht unterdrücken. Was er über Emith gesagt hatte, entsprach der Wahrheit. Außerdem hatten sie beide einen langen, harten Tag hinter sich, und sie war zu müde, um wütend zu sein. Lachen tat ihr gut.

Als sie den Punkt erreichten, wo sie die Straße verlassen und querfeldein über frisch gepflügte Äcker weiterziehen mußten, reichte Ravis Tessa die Zügel und kümmerte sich gemeinsam mit Emith um den Karren. Der Mond stand hoch am Himmel, doch strahlte er nicht mehr ganz so hell. Tessa sah den Weg nur durch einen grauschwarzen Schleier, und obwohl ihr der salzige Geruch des Flusses in die Nase stieg, so konnte sie doch nirgends das Glitzern von Wasser entdecken.

Nachdem der Karren erst einmal Halt in den Ackerfurchen gefunden hatte, gesellte sich Ravis wieder zu Tessa. Emith blieb ein paar Schritte zurück und achtete darauf, daß die Ladung nicht verrutschte.

»Warum reitest du nicht eine Weile?« fragte Ravis. »Ich werde das Pferd führen und aufpassen, daß es nicht stolpert.«

Tessa schüttelte den Kopf. Sie war müde, doch in der

Dunkelheit zog sie es vor zu gehen. »Wie lange dauert es noch, bis wir die Stadt erreichen?«

Ravis zuckte mit den Schultern. »Eine Stunden, vielleicht auch länger.«

»Ihr könnt mich gerne zu meiner Mutter begleiten und mit uns zu Abend essen. Ich bin sicher, daß sie auch noch ein, zwei Becher Arlo übrig hat.« Emith klang ein wenig schüchtern. »Sie kocht die beste Fischsuppe in ganz Bay'Zell.«

In der Folge dieses Angebots begann Ravis überraschenderweise ein längeres Gespräch mit Emith. Sie sprachen über den besten Fisch für eine Suppe und diskutierten die Frage, ob man ihn vorher besser in Fleischbrühe oder in Arlo dünsten solle. Emith plapperte munter vor sich hin. Beinahe jeden Satz begann er mit: »Mutter sagt immer ...«

Tessa war es zufrieden zuzuhören. Während sie dem Lauf des Flusses folgten, durch dunkle Senken, wo die Bäume streifige Schatten warfen, über nächtlich duftende Äcker und neblige Marschen, die an ihren Füßen saugten, wechselte das Gesprächsthema von Gerüchten über steigende Preise zu Geschichten über alte Fürsten und Könige. Niemand erwähnte mehr Deveric und seine Illuminationen; doch von Zeit zu Zeit ertappte Tessa Ravis dabei, wie er zu ihr hinüberblickte, wenn er glaubte, sie würde es nicht bemerken. Auch wenn er mit Emith darüber sprach, wo man das beste istanische Leder kaufen konnte und warum der Herr von Rhaize niemals gegen Drokho gezogen war, wußte Tessa, daß seine Gedanken sich um das gleiche drehten wie die ihren.

Könnte sie diejenige sein, die Deverics Werk fortsetzen würde? Und wenn ja, was hatte das mit all dem zu tun, was heute geschehen war?

Kapitel acht

Tessas Füße schmerzten, als sie schließlich an der gewölbten Holzbrücke ankamen. Sie war so müde, daß sie nicht mehr denken konnte. Es kostete sie alle Kraft, einen Fuß vor den anderen zu setzen und ihr Kinn davon abzuhalten, auf die Brust zu sinken. Ihr Instinkt war das einzige, was sie noch auf den Beinen hielt, obwohl er ihr gleichzeitig sagte, es sei an der Zeit schlafenzugehen.

Sie kamen gerade von dem Stall, wo sie die Pferde untergebracht hatten. Vorher hatten sie Emith zum Haus seiner Mutter begleitet – einem kleinen, schwarzen Holzhaus, das zwischen einem Badehaus und einem öffentlichen Stall eingekeilt war. Emith wünschte sehr, daß sie hereinkommen und sich etwas ausruhen würden, auch um seine Mutter kennenzulernen, doch sowohl Ravis als auch Tessa hatten abgelehnt. Tessa wollte nur noch zurück in Witwe Furbishs Lagerraum, sich mitsamt den umherhuschenden Kakerlaken in eine Decke einrollen und schlafen. Sie hatten noch nicht einmal lange genug gewartet, bis Emiths Mutter an die Tür gekommen war, aber Ravis hatte Emith ausdrücklich gebeten, ihr seine besten Grüße zu übermitteln.

Die Wolken hatten den Mond schon lange verschlungen, doch die Stadt schuf ihr eigenes, trübes Licht. Der Fluß stank. Während Tessa die Brücke überquerte, hörte sie von den Ufern das Krabbeln kleiner Tierfüße.

Witwe Furbishs Haus glich den anderen auf der

Brücke: Es beugte sich über die Straße, als hätte der Erbauer beschlossen, daß seine Schöpfung, müßte sie dereinst umfallen, zumindest nicht ins Wasser fallen sollte. Angesichts des ekelhaften Gestanks, der ihr vom Fluß in die Nase stieg, und der unangenehmen Geräusche, die von dort kamen, war Tessa geneigt, dem Mann zuzustimmmen.

Blasse Lichtstrahlen markierten die kleine Treppe zu Witwe Furbishs Tür. Ravis tastete nach seinem Messer. Tessa setzte den Fuß auf die erste Stufe, doch Ravis packte sie am Arm und hielt sie zurück. »Ich gehe als erster«, sagte er.

Tessa war verärgert über Ravis' theatralisches Verhalten. Warum mußte er jede Ankunft an einem neuen Ort in einen bewaffneten Überfall verwandeln? Sie riß sich los und entgegnete: »Falls jemand hinter der Tür auf mich lauert, dann soll er mich ruhig haben. Ich bin zu müde, um mir darüber Sorgen zu machen.«

Ravis' Finger griffen energisch zu, so daß Tessa erschrocken zusammenzuckte.

»Du wirst bleiben, wo du bist.« Ravis strahlte eine kalte, tödliche Autorität aus, wie Tessa es noch nie bei ihm erlebt hatte. Doch plötzlich fiel ihr wieder ein, was Camron über Ravis gesagt hatte: Ravis war ein Söldner, ein Mann, der andere zum Töten ausbildete. Könige bezahlten ihn für seine Dienste.

Sie trat beiseite.

Ravis verzichtete darauf, die drei Stufen emporzusteigen. Er blieb auf der Straße stehen und beugte sich vor, um anzuklopfen. Niemand antwortete.

Ravis kaute auf seiner Unterlippe.

Nach einigen Sekunden rief er: »Swigg! Mach auf! Ich habe die Hände voll und kann nicht selbst aufmachen!«

Nichts.

Ravis und Tessa blickten sich an. Die Brücke, die

noch vor wenigen Minuten voller Geräusche gewesen war, wirkte plötzlich so still wie ein Grab. Niemand war zu sehen. Alle Türen waren geschlossen und alle Fenster verriegelt. Das Schild eines Stellmachers schwang im Wind hin und her, doch falls es knarrte, so drang das Geräusch nicht herüber.

Tessas Herz schlug immer schneller. Die Erschöpfung verwandelte sich allmählich in etwas anderes, und ihre schmerzenden Muskeln begannen zu kribbeln.

Ravis stieg auf die erste Stufe und trat gegen die Tür. Die Tür schwang auf. Ravis zog das Messer und rief erneut Swiggs Namen. Da stieg Tessa ein seltsamer Geruch in die Nase.

Ein tierischer Geruch – ähnlich dem eines nassen Hundes.

Und dann sah sie das Blut. Rotes Blut, blaues Fleisch, weiße Knochen.

Sie mußte würgen.

Die Lichter verloschen.

Zwei dunkle Gestalten erschienen an der Tür. Mit erhobenen Messern stürzten sie auf Ravis zu. Ravis' linker Ellbogen schoß hoch, während er mit der rechten Hand, die das Messer hielt, ein X in die Luft schrieb, nicht um die Angreifer zu verletzen, denn sie waren noch nicht in Reichweite, sondern als Schutz, damit er genug Zeit hatte, um zurückzuweichen.

Tessa wußte nicht, ob sie zu müde oder zu verängstigt war, um zu schreien. Ihr Atem ging schnell und flach, doch zum ersten Mal in ihrem Leben fürchtete sie sich nicht davor, dem Streß nachzugeben. Egal, was sie nun tun würde – schreien, weglaufen oder kämpfen –, der Tinnitus würde nicht wiederkehren. Es stand ihr frei zu tun, was sie wollte.

Ravis' Fuß berührte die Straße. Ihm blieb nur eine Sekunde, vielleicht auch zwei, um sich von der Treppe zu entfernen, bevor die Gestalten die Stufen hinunterstürmten.

Der tierische Gestank wurde immer intensiver. Tessa konnte die beiden Angreifer kaum sehen – es war dunkel, und sie bewegten sich zu schnell. Als der erste mit dem Messer nach Ravis hieb, bemerkte sie sein Profil. Nur daß es nicht sein Profil sein konnte; es war irgendwie falsch. Irgend etwas an seiner Nase: Sie war zu flach.

Tessa schauderte. Sicher spielten ihr ihre Sinne einen Streich.

Die Angreifer bewegten sich ohne das geringste Geräusch. Ihre Umhänge wirbelten um die Körper wie Schatten. Einer stand bereits auf der Straße vor Ravis, der andere auf der untersten Treppenstufe. Tessa begriff, daß er nur auf eine Gelegenheit wartete, Ravis von hinten zu erwischen. Ravis, dem durchaus bewußt war, daß die beiden versuchten, ihn einzukreisen, unternahm einen Scheinangriff nach dem anderen, um sich möglichst viel Platz zu verschaffen. Beide Männer hatten ihre langen, dünnen Messer auf Schulterhöhe erhoben. Ravis wiederum hielt seine Waffe in Hüfthöhe.

Der erste Mann grunzte und hieb nach Ravis, der die Attacke abwehrte und zu beschäftigt war, um zu bemerken, daß sich ihm der zweite Angreifer von hinten näherte.

»Ravis!« schrie Tessa.

Ravis wirbelte herum. Er war nicht schnell genug. Das Messer traf ihn am Arm unmittelbar unter der Schulter. Noch bevor er sich zurückziehen konnte, war der erste Mann über ihm.

Tessas Beine setzten sich in Bewegung. Mit erhobenen Fäusten rannte sie auf den ersten Mann zu. Etwas ungeheuer Lautes ließ ihre Trommelfelle erbeben: der Lärm ihrer eigenen Schreie. Der Mann riß den Kopf herum. Tessa wurde kaum gewahr, was sie tat, als sie ihm mit voller Wucht gegen den Kiefer schlug. Bereits bevor der Schlag sein Ziel traf, wurde Tessa sich seines Geruchs und Aussehens bewußt. Irgend etwas tief in ihrem Inneren warnte sie, kehrtzumachen und davonzurennen.

Tessa kämpfte gegen den Impuls an. Sie wich keinen Zentimeter zurück, hob die Fäuste, um ihr Gesicht zu schützen und schrie sich die Kehle wund. Das Blut pochte in ihren Schläfen, und ihre Lungen brannten.

Sie fühlte sich verängstigt und belebt zugleich.

Der Schlag hatte den Mann kaum zusammenzucken lassen. Ein Zischen drang zwischen seinen Zähnen hervor, als er Tessas Blick erwiderte. Seine Augen besaßen einen goldenen Schimmer. Die Lippen hatte er zurückgezogen, die Zähne gefletscht. Plötzlich schoß er auf Tessa zu. Sein Umhang peitschte hinter ihm hin und her wie der Schwanz eines großen Hundes.

Tessa wich zurück und stolperte.

Ravis schien irgendwie mit dem zweiten Mann *verbunden* zu sein. Schwer atmend warf er einen Blick über die Schulter zu Tessa.

Tessas Angreifer umkreiste sein Opfer. Das auf Schulterhöhe erhobene Messer wirkte wie der Schnabel eines gierigen Raubvogels. Sein Atem stank nach ranzigem Fett. Die Konturen seines Gesichts wirkten ungewöhnlich glatt. Mit einer raschen Bewegung verschwand er aus Tessas Blickfeld.

Tessa bemühte sich, ihn nicht aus den Augen zu verlieren. Es war so dunkel.

Krach!

Tessa hörte ihr Genick krachen, als etwas gegen ihren Schädel schlug. Sie empfand keinen Schmerz, nur ein Gefühl zorniger Überraschung: *Sie hatte den Angriff nicht kommen gesehen!* Ihre Beine gaben nach, und es gab nichts, absolut gar nichts, was sie dagegen tun konnte. Die Welt verschwamm. Tessas letzter Gedanke galt ihrem Tinnitus: Sie hatte recht gehabt. Er würde niemals wiederkommen.

Das war das Geschenk dieser Welt an sie.

Tessa öffnete die Augen. Sie hatte genug Abenteuerromane gelesen, um zu wissen, daß man von Heroinen, die in brenzligen Situationen das Bewußtsein verloren, erwartete, daß sie Stunden, manchmal auch Tage später in einem großen Federbett aufwachten, nur um festzustellen, daß überall wieder Glück und Frieden herrschten. Eine kräftige Hühnerbrühe, eine warmherzige Matrone und ein prasselndes Kaminfeuer gehörten ebenfalls zu diesem Bild.

Tessa blieb solch ein Glück jedoch verwehrt.

Als sie erwachte, fand sie sich unter demselben Himmel wieder, unter dem sie das Bewußtsein verloren hatte. Und ausgehend von den Kampfgeräuschen in der Nähe waren erst Minuten vergangen, nicht Stunden.

Die Holzbohlen der Brücke bebten unter den Schritten und Sprüngen der beiden kämpfenden Männer. Als Tessa den Kopf ein wenig drehte, um zu sehen, was vor sich ging, brach eine Welle der Übelkeit über sie herein. Ein stechender Schmerz in ihrem Kopf bahnte sich seinen Weg bis zu ihrem Magen hinab. Mit Tränen in den Augen erbrach sie sich auf die Brücke.

Ein hohes Heulen erfüllte die Luft. Tessa stellten sich die Nackenhaare auf. Sie wischte sich mit der Hand über den Mund, blinzelte heftig und versuchte sich auf den einzelnen Schatten in ihrem Sichtfeld zu konzentrieren.

Der Schatten war riesig. Er rang mit sich selbst wie von einem Krampf geschüttelt; dann brach er auseinander. Tessa hörte, wie jemand zischend die Luft einsog, gefolgt von einem Gurgeln. Aus dem Schatten waren inzwischen deutlich zwei geworden. Der größere wankte einen Augenblick lang hin und her, bevor er zusammenbrach und aus Tessas Gesichtsfeld verschwand. Die Bohlen bebten, als der Schatten zu Boden krachte.

Plötzlich war Ravis an ihrer Seite. Sein Gesicht war voller Blut; sein Atem ging flach und schnell, und er roch nach dem Mann, den er soeben getötet hatte. Er zog Tessa auf die Beine. »Komm. Beeil dich!«

Tessa hätte eine sanftere Behandlung vorgezogen. Ihr Kopf pochte, und ihre Beine schienen bei weitem zu schwach zu sein, um sie zu tragen. Ravis kümmerte das alles offensichtlich nicht. Seine Augen waren auf das näher gelegene Ende der Brücke gerichtet. Er säuberte das Messer, indem er es mehrmals durch die Luft schlug und anschließend an seinem Hosenbein abwischte.

Tessa kämpfte gegen die Übelkeit und die Schmerzen an, die sich zwischen Magen und Kopf breitgemacht hatten. Ravis stützte sie. Er rückte näher an sie heran und flüsterte: »Am Ende der Brücke wartet jemand.«

Tessa starrte blinzelnd in die Dunkelheit. Das Wechselspiel von Licht und Schatten auf der Brücke verwirrte ihre von Tränen erfüllten Augen. Sie konnte nichts erkennen.

»Dort drüben.« Ravis deutete kaum wahrnehmbar mit dem Messer in die entsprechende Richtung. Er blutete an der Schulter. »In den Schatten.«

Tessa beschloß, daß sein Wort ihr genügte. »Laß uns auf der anderen Seite abhauen.«

Ravis fletschte die Zähne. »Ich glaube nicht«, sagte er, »daß das eine so gute Idee wäre.«

»Glaubst du, es gibt noch mehr von ihnen?« Von ihrem Standort aus konnten sie nur ein Ende der Brücke erkennen; das andere war aufgrund der Wölbung nicht zu sehen.

Ravis nickte. »Männer zu beiden Seiten. Zumindest ist es das, was ich getan hätte.«

Und das, vermutete Tessa, bedeutete weit mehr als alles, woran sie im Augenblick denken wollte. »Nun, einen Weg werden wir ja wohl einschlagen müssen«, sagte sie. »Such dir einen aus.« Sie klang wie eine Betrunkene.

Hoch oben, an einem Haus auf der gegenüberliegenden Seite, flog krachend ein Fensterladen auf, und in der Ferne bellte ein Hund.

Ravis zog Tessa am Arm herum und erklärte: »Ich wähle diesen Weg.«

Zunächst glaubte Tessa, er deute auf das entferntere Ende der Brücke, dann jedoch erkannte sie, daß er sie zur Tür von Witwe Furbishs Haus führte. Auf den Stufen lag die Leiche des zweiten Angreifers. Ravis hatte ihm das Messer in den Rücken gerammt. Nur wenig Blut war zu sehen. Als Tessa nahe genug herangekommen war, um das Gesicht erkennen zu können, stellte sie überrascht fest, daß er vollkommen normal aussah. Kein Tier, kein Monster: Er war einfach nur ein Mann. Ihre Phantasie mußte mit ihr durchgegangen sein.

»Sieh nach oben«, zischte Ravis, als sie den Fuß auf die erste Stufe setzte. »Ich sage dir, wann du wieder nach unten schauen kannst.«

Tessa gehorchte dem Befehl sofort, obwohl es eine Sekunde dauerte, bevor ihr der Grund für die seltsame Aufforderung bewußt wurde. Ravis wollte nicht, daß sie Swiggs Leichnam sah. *Zu spät,* dachte sie. *Ich habe ihn schon gesehen.* Aber sie blickte nicht noch einmal nach unten.

Im Haus war es kalt und dunkel. Der Blutgeruch stieg ihr in die Nase: Sie wollte ihn nicht einatmen. Sie starrte an die dunkle Decke und wartete, bis Ravis die Tür verriegelt hatte. Anschließend nahm er sie beim Arm und führte sie in den Lagerraum, wo sie die letzte Nacht verbracht hatte. »Bleib einen Augenblick hier«, sage er, während er selbst in die gute Stube zurückkehrte. Sekunden später drang goldenes Licht durch die Tür.

Draußen wurde das Bellen lauter. Schritte hallten über die Brücke.

Tessa fuhr zusammen, als Ravis in den Lagerraum zurückkehrte. Im Gegenlicht sah er wie einer der Angreifer aus, und deren Geruch hing ihm noch in den Kleidern und ging von ihm aus. Roch sie selbst vielleicht genauso?

»Los jetzt«, sagte Ravis. »Uns bleibt nicht viel Zeit. Es wird nicht mehr lange dauern, bis wer auch immer uns da draußen erwartet und bemerkt, daß wir nicht wieder herauskommen. Ich zähle darauf, daß sie glauben, wir hätten sie noch nicht entdeckt, und daß wir nur hier hineingegangen sind, um unsere Sachen zu holen.« Er wartete, bis Tessa nickte, dann kniete er sich vor sie, wischte sein Messer noch einmal an der Hose ab und sagte: »Es dauert nur eine Minute.«

Besorgt wich Tessa einen Schritt zurück. Ravis ergriff den Rocksaum, so daß sie sich nicht weiter zurückziehen konnte. »Ich werde ihn nur bis zu den Knien kürzen. Keine Sorge: Ich werde darauf achten, daß alles sittsam vonstatten geht.«

Bis zu den Knien kürzen? Wovon zum Teufel redete er überhaupt? Tessa wünschte, in ihrem Kopf würde es nicht so hämmern, dann könnte sie klar denken.

Ravis bemerkte die Verwirrung auf Tessas Gesicht. Er lächelte. »Wenn wir in den Fluß gehen, dann will ich nicht riskieren, daß sich deine Beine im Rock verfangen. Und jetzt halt still.« Er zog den Rock straff und begann mit kurzen Hieben, den Stoff zu durchtrennen.

»In den Fluß?«

Ravis nickte. »Das ist der beste Weg. Ich werde dich

zuerst aus dem Fenster hinunterlassen und dir dann folgen. Keine Angst, um diese Jahreszeit ist der Fluß nicht allzu kalt. Außerdem bin ich ziemlich sicher, daß uns dort unten mehr Schlamm als Wasser erwartet.« Er durchschnitt die letzten Zentimeter, und der untere Teil von Tessas Rock fiel zu Boden. »Allerdings will ich, wie gesagt, kein unnötiges Risiko eingehen.« Er dachte einen Augenblick lang nach; dann fragte er: »Du kannst doch schwimmen, oder?«

Tessa nickte.

Ravis stand auf und blickte auf ihre nackten Beine. »Na, dann los.«

Lächerlicherweise war ihr seine Aufmerksamkeit peinlich. Sie zeigte doch nur ihre Knie, sagte sie sich. Es war ja nicht so, daß sie halbnackt gewesen wäre oder so was.

Ravis öffnete die Fensterläden. Geräusche, die vorher nur vage Echos gewesen waren, wurden mit einemmal beängstigend laut: Bellen, Schreien, dumpfes Klopfen. Tessa blickte zu Ravis. »Ist schon gut«, sagte er. »Je mehr Lärm, desto besser. Dann wird man die Geräusche, die wir verursachen, um so schlechter hören.«

Er streckte die Hand aus. »Der Fall ist nicht tief – nur ungefähr fünfzehn Fuß.«

Tessa trat neben ihn ans Fenster. Inzwischen war sie froh, daß sie sich aufgrund des Pochens in ihrem Kopf nicht konzentrieren konnte. Hierbei handelte es sich um eine Situation, in der intensives Nachdenken nicht nur nichts nützte, sondern eher hinderlich war.

Der Geruch des Flusses stieg langsam in Witwe Furbishs Lagerraum wie der Rauch eines brennenden Hauses. Nach dem Gestank von Blut und Tieren stellte der Fäulnisgeruch des Wassers eine willkommene Abwechslung dar. Tessa spähte aus dem Fenster und sah das Wasser glitzern. Graue Schlickbänke säumten seine

Ufer, und hinter der schwarzen Silhouette des Uferdamms drängten sich die Häuser der Stadt.

Rumms! Rumms!

Die Tür. Irgend jemand versuchte, sie aufzubrechen. Tessa sah erschrocken zu Ravis. Er wirkte äußerlich ruhig, aber seine innere Anspannung war deutlich zu spüren. Er kaute wieder auf seiner Narbe.

Ravis half ihr auf den Fenstersims. Seine Berührung war überraschend sanft, und er hielt einen Augenblick inne, um ihr ein Haar aus dem Gesicht zu streichen. »Keine Angst«, sagte er mit leiser Stimme und blickte ihr in die Augen. »Ich folge dir nur eine Sekunde später. Spreiz die Arme; kämpf nicht gegen die Strömung an, und versuch, in Richtung des westlichen Ufers zu steuern.«

Tessa nickte kaum merklich. Plötzlich war ihr wieder übel. Das Gesicht des Mannes, der sie angegriffen hatte, erschien vor ihrem geistigen Auge. Sie sah blitzende Zähne und leuchtende Augen. Sie befand sich in einer Welt, wo jede Wahl, die sie treffen mußte, entweder verrückt oder gefährlich war – oder beides.

Rumms! Rumms! Weiteres Hämmern gegen die Tür.

Ravis ergriff Tessas Hände, und sie kletterte aus dem Fenster. Ein kühler Windzug wehte über ihre nackten Beine, während er sie zum Wasser hinunterließ. Dabei blickte er ihr unverwandt in die Augen. Sein Griff war felsenfest. Er wollte sie nicht loslassen: Tessa fühlte das selbst durch all ihre Furcht, ihren Schmerz und ihre Verwirrung hindurch.

»Ich komme sofort hinterher«, murmelte er und ließ los.

Tessa fiel in die Tiefe. Ihr Magen verlagerte sich in die Brust, und ihr Herz schlug bis zum Hals. Die Kälte schüttelte ihren Körper; dann traf sie auf das zähe Wasser auf.

Seltsamerweise war das Wasser nicht so kalt, wie sie

erwartet hatte, und daß es so dick war, half ihr, sich an der Oberfläche zu halten. Als sie nach oben blickte, sah sie eine dunkle Gestalt, die gerade aus dem schwach beleuchteten Fenster von Witwe Furbishs Haus sprang. Ravis. Tessa hob den Arm, winkte, dachte darüber nach, ihm zuzurufen, doch entschied, es sei klüger, sich aufs Winken zu beschränken. Sie erinnerte sich an Ravis' Rat und hielt aufs Westufer zu. So schnell sie konnte paddelte sie mit den Beinen; aber das Wasser war so zähflüssig, daß sie das Gefühl hatte, durch Schlamm zu schwimmen.

Über den Gestank wollte sie gar nicht erst nachdenken und ebensowenig über das seltsame Treibgut, das an ihr vorüberglitt. Die Wasseroberfläche war von einer Schleimschicht bedeckt, die das Licht in alle Farben des Regenbogens brach. Tessa glaubte, Muster darin erkennen zu können: verschlungene, farbige Linien, die an die Jahresringe eines Baumes erinnerten – und an die goldenen Fäden des Ringes.

Der Ring! Von plötzlicher Panik erfüllt tastete Tessa nach dem Band um ihren Hals. Mit klammen Fingern schob sie die durchnäßte Wolle beiseite auf der Suche nach der weichen Seide. Schließlich fand sie das Band und ließ es durch die Finger gleiten, bis sie die Dornen des Ringes spürte. Mit einem Seufzer der Erleichterung ließ sie das Band wieder los. Sie hatte den Ring nicht verloren.

Das Gewicht ihres durchnäßten Kleides machte Tessa immer mehr zu schaffen, und so verstärkte sie ihre Anstrengungen, ans Ufer zu kommen. Arme und Beine gehorchten ihr, so gut sie konnten, doch Tessa hatte einen anstrengenden Tag hinter sich, und sie spürte die Müdigkeit in den Knochen. Seltsam, ihr Kopf war wieder vollkommen klar. Zwar schmerzte die Stelle noch immer, wo sie der Schlag getroffen hatte; aber jetzt war es mehr ein stechender, aufweckender Schmerz als ein dumpfes Pochen, welches Schlaf und Erholung forderte.

Schreien und Heulen hallte über den Fluß. Es schien unendlich weit weg zu sein.

»Tessa«, rief jemand ganz in der Nähe.

Sie drehte den Kopf und entdeckte Ravis nur wenige Meter hinter sich. Sie streckte die Hand nach ihm aus, und kurz darauf ergriff er sie.

»Normalerweise führe ich meine Damenbekanntschaften nicht hierher aus«, scherzte Ravis und schwamm neben Tessa, »aber es hat auch seine Vorteile.« Mit diesen Worten schlang er den Arm um ihre Hüften und zog sie zu sich heran. »Und jetzt zum Ufer.«

Gemeinsam kamen sie gut voran. Tessa spürte, wie hart seine Muskeln arbeiteten, um sie über Wasser zu halten. Er schwamm nicht durchs Wasser, er *griff es an*: Er schlug, hieb, trat. Wenig später stieß Tessa mit den Füßen auf Grund. Doch als sie bemerkte, wie schlammig der Boden war, beschloß sie, noch ein wenig weiterzupaddeln. Nach und nach jedoch zwang sie die Erschöpfung zu gehen. Bei jedem Schritt versank sie bis zu den Knöcheln im Schlamm. Das allein war schon schlimm genug, aber dann befahl ihr Ravis, sich zu ducken. Nun, da sie das Wasser beinahe hinter sich gelassen hatten, wollte er nicht riskieren, daß ihre Verfolger vielleicht doch noch einen Blick auf sie erhaschten.

Fluchend fiel Tessa auf alle viere. Das Wasser sah geradezu einladend aus verglichen mit dem zähen Uferschlick, in dem ihre Knie und Hände nun steckten. Das nasse Kleid hing an ihrem Körper wie ein Bleigewicht. Sie fluchte und versuchte, flach und schnell zu atmen, um so wenig wie möglich von dem ekelhaften Gestank in sich aufzunehmen, doch ihre Lunge kämpfte vehement gegen sie. Sie benötigte alle Luft, die sie bekommen konnte.

Als sie gemeinsam zum Uferdamm emporkletterten, riskierte Tessa einen Blick zurück. Es war zu dunkel, um zu erkennen, ob ihnen jemand ins Wasser gefolgt war, aber sie glaubte, in der Ferne ein Platschen zu hören.

Der Schlick war mit den aufgedunsenen Kadavern von Ratten und Vögeln, Treibholz und Abfall übersät. Je näher die beiden Gefährten dem Uferdamm kamen, desto schlimmer wurde es. Den Ekel hatte Tessa schon lange überwunden. Sie verspürte das Bedürfnis zu lachen. Was war sie doch für eine Heldin? Sie rannte um ihr Leben und kroch bis auf die Haut durchnäßt durch Müll und Schlamm, der wie eine Kloake stank. Abenteuer hatte sie sich immer anders vorgestellt.

Der Uferdamm war ein Muster, das nur darauf wartete, gelesen zu werden. Die Steine an der Basis waren groß und gleichmäßig behauen. Weiter oben hatte die Sorgfalt der Erbauer sichtlich nachgelassen: Ohne Rücksicht auf Langlebigkeit und Ästhetik waren Kiesel und Felssplitter unter die Mauersteine gemischt worden. Die oberste Schicht war bereits vollständig abgebröckelt. Gelbe Mörtelstreifen zogen sich durch die Mauer wie Fettadern durchs Fleisch. Tessa nahm den Anblick in sich auf, dann zuckte sie mit den Schultern. Wo auch immer sie hinblickte, in dieser seltsamen Welt waren überall Muster.

Auch nachdem sie den Damm überwunden hatte, wagte Tessa es nicht aufzustehen. Mit klappernden Zähnen kauerte sie sich nieder. »Und wohin jetzt?« fragte sie.

Ravis' Blick schweifte über die Stadt. Eine Zeitlang kaute er auf seiner Narbe, dann ergriff er Tessas Hand. »Weißt du was?« sagte er und lächelte halbherzig. »Ich glaube, wir haben einen Fehler gemacht, als wir Emiths Einladung abgelehnt haben. Vielleicht sollten wir seiner Mutter doch unsere Aufwartung machen.«

»Morgen bei Morgengrauen werden wir die Grenze überschreiten. Geht, und erteilt euren Männern die entsprechenden Befehle.« Izgard von Garizon betrachtete die Gesichter seiner Kriegsherren und Generäle. Er suchte nach Zeichen von Schwäche. Ein Blinzeln, ein Muskelzucken, ein gesenkter Blick: alles, was auf Furcht oder Zweifel hinweisen könnte. Nicht einer von ihnen rührte sich. Izgard war zufrieden. Mit einer beiläufigen Geste bedeutete er ihnen zu gehen und kehrte ihnen den Rücken zu.

Er wollte vermeiden, daß irgend jemand ihm seine Gefühle vom Gesicht ablas.

Erst nachdem die Tür geschlossen war, gestattete er sich, die Steifheit abzuschütteln. Sein Blut kochte vor Erregung.

Wie immer in diesen Tagen, wenn er sich mit Schlachtplänen beschäftigte, begann er zu zittern und geriet außer Atem. Izgard schritt durch den großen Kriegsraum im granitenen Herzen der Festung Sern. Er ging vorbei an Eichentruhen voller Karten, breiten Tischen, die mit Schriftrollen übersät waren und nackten Steinwänden, an denen Waffen hingen. In einer Ecke lehnten ein Dutzend Gemälde, die mit Tüchern verhängt waren, sie waren erst vor kurzem aus Veizach eingetroffen. Izgard hatte darauf bestanden, daß man sie aus Burg Vaize entfernte und hierherbrachte: Es verlangte ihn nach Kriegsbildern.

Nachdem er das Tuch vom ersten Rahmen gerissen hatte, hielt er das Bild ins Licht. Es handelte sich um eine Schlachtszene, Hiercas großen Sieg bei Balinoc. Das Bild war voller Leben, in unzähligen Rottönen stellte es die Schrecken des Krieges dar: gebrochene Knochen, klaffende Wunden, schreiende Münder und vor Entsetzen aufgerissene Augen.

Izgard fand die dunkelrote tödliche Wunde von Alroy,

Herzog von Rosney. Seine offenliegenden Eingeweide schienen aus dem Bild herauszuquellen.

Izgard leckte sich die Lippen. Niemand konnte Blut malen wie ein Garizon. Die Veizach-Meister hatten fünfhundert Schattierungen von Rot benannt.

Izgard stellte das Bild wieder ab und ging zum nächststehenden Tisch. Er griff nach einem der noch halbvollen Krüge und tat etwas, woran er normalerweise noch nicht einmal dachte, wenn er allein war. Er schenkte sich ein Glas Wein ein. Der Wein war dunkelrot wie das Blut auf den Gemälden, und stark genug, um es mit dem Klopfen von Izgards Herz aufzunehmen. Izgard machte sich nicht die Mühe, nach seinem Vorkoster zu rufen. Er wußte, daß der Wein in Ordnung war, denn zwei seiner Kriegsherren hatten vorhin aus demselben Krug getrunken. Er achtete stets auf solche Dinge.

Er atmete tief durch. Der morgige Tag würde den wahren Beginn seiner Herrschaft markieren. Erst wenn seine Männer das Blut der Feinde vergossen und das Banner der Dornenkrone über erobertem Land gehißt hatten, würde er sich einen König nennen können.

Izgards Zunge spielte mit dem Wein. Er schmeckte ihm nicht. Er hatte nie etwas in seinem Leben geschmeckt. Jene, die dazu geboren waren, die Dornenkrone zu tragen, kamen stets mit einem Makel zur Welt. Evlach I. besaß von Geburt an zwei Finger weniger als normale Menschen. Sein Sohn Evlach II. war mit einem Klumpfuß geboren worden, und dessen Sohn wiederum litt unter einer Krankheit, die Fleisch und Knochen in seinem Gesicht unkontrolliert wuchern ließ. Er hatte wie ein Monster ausgesehen, doch Kriege gewonnen wie ein König. Solcherart waren die Herrscher von Garizon. Auch Hierac hatte einen Geburtsfehler besessen: Er war auf einem Auge blind gewesen. Dennoch sah er mit dem einen Auge mehr als die meisten anderen Männer mit zweien, und es war eben dieser Blick für das große Ganze, was alle Träger der Dornenkrone gemeinsam hatten. Es war ein Merkmal, wenn auch nicht das einzige, das alle vergangenen und gegenwärtigen Könige von Garizon miteinander verband, der Dornenkrone zusätzliches Gewicht verlieh und Teil ihres Mysteriums war.

Kein *ganzer* Mann konnte sie tragen.

Izgard schluckte den Wein hinunter. Für ihn war er nur eine beliebige lauwarme Flüssigkeit. Weich oder trocken: Das war alles, was ihm seine Zunge verraten konnte. Izgard erfreute sich auch nicht an guten Speisen. Für ihn war essen eine körperliche Notwendigkeit wie urinieren oder die Nägel schneiden, nichts weiter. Izgard aß, weil er mußte, denn tat er es nicht, würde er sterben.

Als Kind wäre er einmal beinahe gestorben, weil er sich geweigert hatte zu essen, was man ihm vorsetzte. Die Trottel in der Küche hatten beschlossen, ihm nur das beste Wild zu geben, damit er groß und stark werden würde. Fleisch war jedoch die schlimmste Speise, wenn man nichts schmecken konnte. Zäh und faserig: Man mußte es unendlich lang kauen, bevor man es hinunterschlucken konnte. Und wenn man währenddessen nichts schmeckte, war der Effekt ›enttäuschend‹, um es vorsichtig auszudrücken. Der vier Jahre alte Izgard hatte es einfach ausgespuckt. Nach acht Tagen des Spuckens hatte man die Ärzte gerufen. Sie hatten ihn gepikt, gezwickt, mit ihren Instrumenten traktiert und sich gewundert. »Was ist los mit dir, Junge?« hatten sie gerufen. »Schmeckst du denn nicht, wie gut das Fleisch ist?« Erst als Izgard den Kopf geschüttelt und geantwortet hatte, »ich weiß nicht, wovon ihr redet«, hatten sie endlich die Wahrheit vermutet. Eine Reihe von Tests war die Folge dieser Erkenntnis gewesen. Man hatte Izgard alle möglichen ekelerregenden Substanzen auf die Zunge getträufelt – Jod, Rizinusöl und Essig – und seine Reaktion beobachtet, als sei er ein Versuchstier in einem Alchimistenlabor.

Als die Ärzte schließlich erkannt hatten, daß er schlicht und ergreifend nichts schmecken konnte, hatten sie wissend genickt und sich gegenseitig zugeflüstert, daß dieser seltsame Knabe dereinst die Dornenkrone tragen würde.

Er besaß den richtigen Makel.

Nachdem er zum Mann gereift war, konnte Izgard nirgendwo in Veizach mehr hingehen, ohne daß die Menschen hinter seinem Rücken flüsterten: »Das ist Izgard, Sohn von Abor. Man sagt, er schmecke nichts außer Blut.« In jeder anderen Stadt des westlichen Kontinents wäre das eine Beleidigung gewesen; in Veizach jedoch war es ein großes Lob.

Izgard trank noch einen zweiten Schluck Wein. Dabei ließ er es bewenden. Er stellte das Glas auf den Tisch und ging zur Tür. Er mußte sich jetzt anderen Dingen widmen. Er hatte Ederius heute morgen schlecht behandelt, und das war ihm den ganzen Tag nicht mehr aus dem Kopf gegangen. Der Schreiber bedeutete ihm alles. Er war der einzige Mann in ganz Garizon, dem er die Dornenkrone anvertraute. Dennoch verlor er jedesmal die Beherrschung, wenn sie zusammen waren.

Mit der Absicht, sein barsches Verhalten wiedergutzumachen, trat Izgard ins Scriptorium. Zwei Gestalten erstarrten ob seines plötzlichen Erscheinens: Ederius, der an seinem Schreibtisch saß und sich in seinem Stuhl zurückgelehnt hatte; und Angeline, die hinter ihm stand und deren manikürte Finger auf Ederius' Schulter ruhten. Die Dornenkrone lag hinter ihnen auf einem Sockel, und ihr Gold schimmerte im Licht der Fackeln blutrot.

Ederius und Angeline rissen erschrocken die Augen auf; dann trat Angeline hastig beiseite.

»Izgard«, keuchte sie mit ihrer hohen Mädchenstimme. »Dem armen Ederius hat die Schulter so weh getan. Er hat so hart gearbeitet, und seine Muskeln haben sich verkrampft, und der Knochen ist gebrochen …«

»Schschsch«, zischte Izgard.

Angeline schloß den Mund. Ihre rechte Hand hing zitternd herab, während die linke auf den Schreibtisch wanderte, wo sie sich ein kleines Stück Pergament schnappte.

Izgard sprang augenblicklich neben sie und packte das Handgelenk seiner Frau. »Gib mir das.«

Angeline verzog das Gesicht. Tränen standen in ihren blauen Augen. »Das gehört mir. Ich will es dir nicht zeigen.«

Wütend schlug Izgard ihr ins Gesicht, und sie stürzte rücklings auf den nackten Steinboden.

Ederius sog zischend die Luft ein.

Izgard hob die Hand, um ein weiteres Mal zuzuschlagen. Im letzten Augenblick hielt er sich zurück und riß statt dessen seiner Frau das Pergament aus der Hand. Während er versuchte, seinen Zorn zu unterdrücken, zerknüllte er es in der Faust. Minuten vergingen, bevor er sich wieder beruhigt hatte. Niemand rührte sich oder sagte ein Wort.

Dann pochte das Blut plötzlich nicht mehr ganz so heftig in seinen Schläfen. Er öffnete die Faust und glättete das Pergament. Ein Hund war darauf zu sehen, dessen Gliedmaßen in verschiedenen Farben ausgemalt waren; Kopf und Schwanz des Tieres schimmerten golden. Er sah aus wie aus einem Kindermalbuch.

»Euer Majestät«, sagte Ederius mit sanfter Stimme, »ich habe der Königin nur eine Kleinigkeit gezeichnet, um ihr Herz zu erfreuen. Ihre Hoheit genießt es, mit mir gemeinsam zu malen.«

Izgard nickte geistesabwesend. Er kniete sich neben seine Frau und bot ihr die Hand an. »Komm, meine Liebe«, sagte er in seinem freundlichsten Tonfall. »Nimm meine Hand. Laß mich dir aufhelfen.«

Angeline bewegte sich nicht. Ein dicker Blutstropfen erschien auf ihrer Lippe. Als Izgard ihr liebevoll mit den Fingern über den Mund strich, rührte sich etwas tief in seinem Inneren. Angeline zitterte. Ihre zarten Finger krallten sich in den Stoff ihres Kleides. Was war nur in ihn gefahren, daß er sie geschlagen hatte? Sie hatte Ederius die Arbeit nur ein wenig angenehmer machen wollen, das war alles. Verwirrt durch das plötzliche Aufwallen solch ungewohnter Gefühle zog Izgard die Hand zurück. »Geh jetzt, Angeline«, befahl er und richtete sich zu seiner vollen Größe auf. »Ich will mit meinem Schreiber unter vier Augen sprechen.«

Angeline kannte ihren Mann und seine Launen gut genug, um zu wissen, wann sie besser tun sollte, was man ihr befahl. Sie stand auf, richtete ihr Kleid und verließ den Raum. Sie schloß die Tür so leise wie ein gescholtenes Kind.

Izgard richtete seine Aufmerksamkeit auf Ederius. Die linke Schulter des Schreibers wirkte aufgrund des dicken Verbandes unter der Tunika wie geschwollen. Izgard verspürte das Bedürfnis, sie zu berühren und Ederius' Schmerzen zu lindern. Statt dessen sagte er: »Ich will dich und meine Frau nie wieder allein zusammen sehen. Ist das klar?«

»Aber, Euer Majestät, die Königin ist für mich wie meine eigene Tochter. Ich würde niemals ...«

Izgard schlug mit der Faust auf den Schreibtisch. Papiere flogen auf, und Glastöpfe schwankten hin und her. Ein kleiner Krug stürzte um, und das Wasser floß über Ederius' letzte Arbeit. »Ich habe gesagt: Ist das klar?«

Ederus ließ den Kopf hängen. Wasser tropfte vom Tisch auf seinen Schoß. »Vollkommen klar, Euer Majestät.«

»Gut.« Izgard nickte. Sich zu beherrschen hatte ihn viel Kraft gekostet. Nun, da sein Zorn verflogen war, erkannte er, daß Angeline und der Schreiber nichts Unmoralisches miteinander zu tun hatten. Nachdem sie die Arbeiten des Schreibers gesehen hatte, hatte Angeline ohne Zweifel lediglich den Wunsch verspürt, es auch einmal zu versuchen. Der alte Schreiber wiederum war ihr vermutlich in dem Wunsch entgegengekommen, seiner Königin zu Gefallen zu sein, und Angeline war stets dankbar, wenn jemand ihr mit Freundlichkeit begegnete. Hier in der Festung Sern, weit weg von ihren Freunden, und nach dem Tod ihres Vaters und Bruders besaß sie keine Familie mehr.

Das ewige kleine Mädchen Angeline hatte ihren versoffenen Bruder und pockennarbigen Vater abgöttisch geliebt. Izgard konnte sich noch gut an jenen Tag erinnern, da er sie zum ersten Mal gesehen hatte. Sie hatte vor den Füßen ihre Vaters gekniet und sie mit den Händen gewärmt, um seinen Kreislauf anzuregen. Während dieses Treffens mit ihrem Vater hatte Izgard kaum den Blick von ihr wenden können. Sie war die ideale Garizon-Schönheit: blaß, mit vollen Hüften und frischem Gesicht. Wenn sie sprach, enthüllte sie noch eine weitere liebenswerte Eigenschaft: ihre süße, unkultivierte Natur.

Izgard schüttelte den Kopf, um diese rührseligen Gedanken aus seinem Geist zu vertreiben. Angeline war eine Närrin. Mit jedem Tag bedeutete sie ihm weniger. Der Krieg und die Dornenkrone waren alles, was jetzt noch zählte.

Izgard ließ den Blick durch das Scriptorium schweifen, bis er schließlich zu seiner Krone kam. Die Dornenkrone schimmerte rotgold im Kerzenlicht. Bei ihrer Herstellung hatte man das Gold in weißglühendem Feuer zum Schmelzen gebracht, so wie es ansonsten nur bei der Fertigung von schweren Bihändern gemacht wurde. Dann hatte man Bänder aus Platin und Eisen in das Gold eingearbeitet, und nachdem das Metall abgekühlt und tausendmal gefaltet worden war, hatte man es auf eine schier unglaubliche Länge gewalzt und anschließend in seine Form geflochten, so daß sie sich ein Mann aufs Haupt setzen konnte. Das Gold der Krone glich keinem anderen Metall, das Izgard je gesehen hatte. Seine Farbe und die Struktur seiner Oberfläche änderten sich von einem Augenblick zum anderen. Und obwohl Experimente ergeben hatten, daß die Dornenkrone zu neun Zehnteln aus Gold bestand, war sie härter als Stahl.

Solcherart gearbeitet, reflektierte die Krone mehr sich selbst als ihre Umgebung; sie schien von innen heraus zu leuchten. Jedes Goldband war mit eigenen Mustern verziert worden. Die Verzierungen hatte man tief in das Metall eingeritzt, damit die verschiedenen Bestandteile der Legierung nach außen hin sichtbar wurden. Vor kurzem hatte Ederius damit begonnen, die Muster der Krone in seine Illuminationen einzuarbeiten. Das hatte aus den Hetzern mehr als nur einfache Männer gemacht.

Izgard drehte sich zu Ederius um und sagte: »Laß uns nicht weiter über meine Frau nachdenken. Sag mir: War deine Arbeit heute nacht von Erfolg gekrönt?« Während er sprach, streichelte er Ederius über das dünne weiße Haar. Es gefiel ihm, jene zu berühren, die ihm nahestanden.

Ederius bemühte sich nach Kräften, nicht zusammenzuzucken. »Ich habe versagt, Eure Majestät. Lord Ravis ist uns erneut entkommen.«

Izgard schüttelte traurig den Kopf. Ederius hatte keinen Grund, sich zu fürchten. Als der König eine Locke auf der Schläfe des Schreibers entdeckte, die sich aus dem Zopf gelöst hatte, strich er sie zärtlich zurück. »Was ist diesmal dazwischengekommen?«

Schweißperlen zeigten sich am Haaransatz über dem Ohr. »Ich bin nicht sicher. Alles in allem waren es sechs Männer: Ein Paar wartete im Haus und jeweils ein weiteres Paar zu beiden Seiten der Brücke. Wie Ihr befahlt, hat niemand etwas unternommen, bevor Lord Ravis das Haus betreten wollte.« Ederius' Stimme klang mit jedem Wort höher. »Soweit ich sagen kann, überwältigte Lord Ravis die beiden Hetzer im Haus und entkam den anderen, indem er in den Fluß sprang.«

»Und die verbliebenen Hetzer?« Izgard strich mit dem Finger über die Wange des Schreibers. »Sind sie ihm nicht in den Fluß gefolgt?«

Ederius nickte eifrig. »Doch, doch, Euer Majestät. Zwei Hetzer sind ihm hinterhergesprungen; aber auf Wasserhöhe war es sehr dunkel, und niemand vermochte zu sagen, ob sie ans westliche oder ans östliche Ufer geschwommen sind, oder ob sie sich von der Strömung haben flußabwärts treiben lassen.«

»Sie?« Izgards Finger wanderte von Ederius' Braue zur Nase.

»Lord Ravis hatte eine Dame bei sich.«

»Eine *Dame*.« Izgard spie das Wort förmlich aus. Er wandte sich von Ederius ab und stolzierte zu seiner Krone. Hinter seinem Rücken stieß Ederius einen kaum hörbaren Seufzer der Erleichterung aus. Izgard war die Reaktion nicht entgangen. Da ihm von Geburt an einer seiner fünf Sinne fehlte, war er stets bemüht, die übrigen vier zu schärfen. Izgard besaß das Gehör einer Fledermaus.

Er berührte die goldenen Bänder der Dornenkrone

und sagte: »Ich glaube nicht, daß eine Frau, die mit Ravis von Burano umherzieht, es wagen darf, sich eine Dame zu nennen. Wahrscheinlich ist sie eine Hure; vielleicht auch nur eine verführte Närrin oder womöglich eine unglückliche Seele, die gegen ihren Willen verschleppt worden ist.« Als Izgard bemerkte, wohin ihn diese Gedanken führten, beschloß er, rasch das Thema zu wechseln. »Ich will Ravis von Burano tot sehen. Ich werde mehr Hetzer nach Bay'Zell befehlen, und ich will, daß du dafür sorgst, daß sie ihre Aufgabe rasch und gründlich erfüllen.«

Er fuhr mit dem Daumen über eine Gruppe goldener Dornen. Entgegen seiner Absicht hatte er doch nicht das Thema gewechselt; er hatte es nur auf den Punkt gebracht.

In seinem Zorn preßte Izgard den Handteller auf die Krone. Als die Dornen in sein Fleisch eindrangen, schloß er die Augen.

Der Schmerz war rein und durchdringend wie ein Gebet, und Izgard fühlte sich gestärkt. Sofort konzentrierte sich sein Geist auf das wirklich Wichtige: den Sieg im kommenden Krieg.

Er richtete seine Aufmerksamkeit wieder auf Ederius. Izgard trat dicht neben den alten Schreiber und stellte den Krug wieder auf, den er vorhin umgeworfen hatte. Das Muster auf dem darunterliegenden Pergament war ruiniert. Verschiedene Farben waren ineinander gelaufen und bildeten nun einen wässerigen, blutroten Fleck.

Izgard berührte Ederius' verletzte Schulter mit der gleichen Zärtlichkeit wie vorhin Angeline und sagte: »Komm, alter Freund. Du mußt schlafen. Du hast eine lange, harte Nacht hinter dir, und nun ist es an der Zeit, sich auszuruhen. Morgen bei Tagesanbruch brauche ich dich wieder an deinem Schreibtisch. Noch vor der Schlacht muß ein neues Muster begonnen werden.«

Der Schreiber tätschelte Izgards Hand. »Ja, Euer Majestät. Ihr habt recht. Ich muß mich ausruhen.«

Izgard lächelte, während er Ederius aus dem Stuhl half. Er liebte den alten Mann wirklich sehr.

Kapitel neun

Quecksilberhaltiges Zinnoberrot floß auf die Seite, tausendmal tödlicher als die Summe seiner giftigen Bestandteile. Ihm folgte Honiggold wie eine schimmernde Viper. Rote Bleitropfen spritzten auf das Pergament wie Schlangengift. Weißes Blei würde später hinzukommen; Rots tödliche Schwester sparte man sich stets bis zuletzt auf.

Eine komplexe Mischung aus Fliederfarben und Kupferblau kam als nächstes. Wenn das Zinnoberrot die Arterien bildete, dann formte das Kupferblau die Venen. Amethystfarbene Tinte floß aus dem Pinsel des Schreibers. Daraus entstanden die Krampfadern. Gelbes Arsen war als nächstes an der Reihe. Dick angerührt tropfte es wie Eiter auf die Seite. Und durch all das – durch das Rot, das Blau, Violett und Gelb – schlängelte sich Gold wie die Schlange, die es war. In dick aufgetragenen Bändern schlang es sich um die purpurfarbenen Gefäße und verhinderte den Pigmentfluß in die obere linke Ecke des Pergaments. Bestehend aus pulverisiertem Gold, Honig und Eiweiß schnitt die goldene Tinte durch alle Linien in ihrem Weg wie das Messer eines Meuchelmörders durch den Hals des Opfers.

Der Schreiber spürte jeden einzelnen tödlichen Streich. Er spürte sie in seinen Schläfen, in dem langsam heilenden Schlüsselbein und in den Muskeln um sein Herz herum. Die Augen taten ihm weh. Sein Gewand war schweißnaß; doch obwohl die Muskeln in seinem

Unterarm sich schon längst verkrampft hatten, zitterten seine Finger bei keinem einzigen Strich.

Niemand, noch nicht einmal ein Meuchelmörder, brauchte eine so ruhige Hand wie ein Schreiber.

Der Schreiber verschwendete keine Kraft auf ein Lächeln, doch seine Bitterkeit ließ er in das Muster mit einfließen, wo er sicher sein konnte, daß sie etwas Gutes bewirken würde.

Er *war* ein Meuchelmörder. Eine sichere Hand, ein kluges Auge und das Wissen um giftige Substanzen: Beide Berufe glichen sich wie ein Ei dem anderen. Hier, in seinen Händen und auf dem Blatt darunter, befanden sich seine Waffen und die von ihm gewählten Gifte: Pinsel, Pergament, Farben. Seine Opfer warteten sechzig Meilen westlich von hier, und wie bei jedem sorgfältig geplanten Attentat ahnten sie nicht, was auf sie zukam. Sie sahen nur eine kleine Gruppe Bewaffneter näherkommen – zu wenig, um als Einheit bezeichnet oder als Bedrohung wahrgenommen zu werden –, und somit sahen sie keinen Grund, sich den Männern entgegenzustellen. »Sieh mal, sie sind nicht schwer bewaffnet«, sagten sie. »Sicherlich wollen sie uns nichts Böses antun.«

Ederius sah durch die Augen der Kreaturen, in die er die Männer verwandelt hatte: Sein Herzschlag war ihr Herzschlag, und was sie fühlten, das empfand auch er. Doch obwohl er selbst ihnen die Lust am Töten eingepflanzt hatte, ließ ihn die Wildheit ihrer Leidenschaft das Blut in den Adern gefrieren. Sie nahmen den Atem ihrer Opfer in sich auf wie ein hungriger Mann den Duft von Essen. Ebenso wie seinen Geschöpfen so lief auch Ederius das Wasser im Mund zusammen, und er konnte nichts dagegen tun.

Kurz blickte Ederius auf. Die Dornenkrone ruhte auf einem Sockel vor ihm, und ihre goldenen Bänder wanden sich zu einem Labyrinth, das nur für sein Auge allein bestimmt war. Das Licht- und Schattenspiel auf dem seltsamen Metall brannte ihm sein Muster in die Netzhaut. Und indem er wieder auf das Pergament blickte, legte sich das Muster der Krone darüber, und die beiden Muster paßten zueinander wie die Teile eines Puzzles. Plötzlich wußte Ederius, was er zu tun hatte.

Der Pinsel verwandelte sich in einen zusätzlichen Finger, und die Tinte floß aus ihm heraus wie Blut aus einer Wunde. Die Farben, die er anrührte, waren intensiver als alle, die er je zuvor gemischt hatte. Die Pinselstriche, die er machte, waren geschickt und verwegen, ausgeführt mit der sorglosen Eleganz des Teufels und der Zielgenauigkeit eines Meisterschützen.

Die Männer näherten sich ihren Opfern – den Bewohnern eines Dorfes in Rhaize mit Namen Chalce. Die Klingen der Mörder ruhten warm an ihren Hüften. Ihr Geist war klar, die Sinne scharf, und während die Illumination sich ihrer endgültigen Form näherte, überkam die Gruppe ein Gefühl der Einheit. Ohne die Dornenkrone waren sie alle unterschiedliche Personen gewesen; nun jedoch dachten und handelten sie wie ein Mann.

Ederius war ein Meistermagier, der seine Schau mit geschickter Hand und sicherem Auge orchestrierte und der eine klare Vorstellung davon besaß, was er erreichen konnte und wollte. Purpurfarbene Tinte spritzte auf die Seite, als die Männer über die Dörfler herfielen. Der Schreiber hörte die Schreie der Opfer, sah das Entsetzen in ihren Augen ob des Schreckens, der über sie gekommen war, und ohne auch nur mit der Wimper zu zucken, arbeitete er ihr Entsetzen in die Seite mit ein. Damit band er die Tinte.

»So wenige«, hörte er einen jungen Mann flüstern. »Wer hätte gedacht, daß so wenige …«

Eine goldene Speerspitze stach durch eine purpurne Ader, und der Mann tat, sah und sagte nichts mehr. Ederius verteilte Tropfen roten Bleis um die zerfetzte Stelle herum, denn dies zu tun, fühlte sich richtig an. Pinselstriche folgten Messerstichen; Knoten wurden zu Strategien, und Spiralen verwandelten sich in die Bewegungen der Beteiligten an dem Drama weit im Westen. Die Dornenkrone war der Geist der Seite. Eine schreckliche, blutrünstige Muse.

Neun Männer waren es insgesamt. Neun Hetzer, von Izgard persönlich ausgewählt aufgrund ihrer Fähigkeiten und Intelligenz, und irgendwie ließ sie die Illumination auf dem Tisch eins werden. So wurde ein Wesen geschaffen, das weit mehr war als nur die Summe seiner neun Teile.

Ederius wollte mehr. Er konnte zwanzig, dreißig, hundert Männer kontrollieren – eine ganze *Armee*! Er wußte alles, was sie wußten; ihre Stärken waren seine Stärken, und ihre Schwächen sanken zu Boden wie das Pigment in der Farbe.

Strich auf Strich brachte der Schreiber aufs Pergament. Den ursprünglichen Entwurf, an dem er vorher so lange gearbeitet hatte, ignorierte er. Alle Regeln von Symmetrie und Wiederholung waren vergessen. Nichts war mehr von Bedeutung, nur noch die Vision der Krone. Während ein Dörfler nach dem anderen das Leben verlor, entstanden neue Muster aus der Flut der Farben, die auf das Pergament bluteten. Komplex, schön, faszinierend: Sie forderten den Verstand, erfreuten das Herz und ließen den Körper vor Erregung erbeben.

Das Gemetzel dauerte an. Als keine Männer mehr übrig waren, stürzten sich die Hetzer auf Frauen und Kinder. Wirbelsäulen und Schädel brachen, und Eingeweide ergossen sich in den Staub der Straße. Ederius nutzte jeden Entsetzensschrei und jedes Flehen um Gnade, um seine Meisterleistung zu vervollkommnen. Er nährte sich von der Furcht der Dörfler. Als schließlich kein Mensch mehr lebte, richtete sich der Zorn der Hetzer gegen die Tiere. Hunde, Hühner, Schweine, Kälber: Alles, was sich bewegte, wurde abgeschlachtet.

Es waren neun Mann. Neun leicht bewaffnete Männer. Dennoch metzelten sie ein gesamtes Dorf nieder, dessen Einwohnerschaft mehr als das Zehnfache zählte, und das in weniger als einer Stunde.

Als es schließlich nichts mehr zu töten gab und Nachrichten an die Armee gesandt wurden, die auf dem Paß in der Nähe wartete, fühlte Ederius, daß er begann, Fehler zu machen. Mit seinen rotgoldenen Händen brachte er die letzten Pinselstriche an und folgte ihnen bis zu ihrem endgültigen Ende. Er stand kurz davor, die Hetzer zu verlieren; doch wahrscheinlicher würde er vorher die Kontrolle über sich selbst verlieren. Ein wohliges Gefühl überkam ihn. Er hatte ein großartiges Muster erschaffen. Die Dornenkrone war eine Welt voller Geheimnisse, und sie hatte ihm eine Zeitlang einen Blick in ihr Innerstes gewährt.

Ederius nahm gerade noch wahr, wie sich seine Augen schlossen. Der Pinsel fiel ihm aus der Hand und rollte über den Tisch zu Boden. Aber das hörte der Schreiber schon nicht mehr.

Er erwachte. Blinzelnd strich er mit der Hand über den Rand der Seite. Es war der typische Reflex eines Schreibers: *Wie trocken ist die Farbe? Wie lange habe ich geschlafen?* Die Farbe war fast trocken. Eineinhalb Stunden, vielleicht zwei waren vergangen.

Ederius wischte sich über die alten Augen, schüttelte den rechten Arm, um den Krampf zu lösen und rieb sich die schmerzende Schulter. Dann blickte er auf die Illumination, die er geschaffen hatte.

Ein stechender Schmerz durchfuhr sein Herz. Er sah

nur zufällige Linien und Farbspritzer. Er suchte und suchte, doch er konnte kein Muster erkenne. Es *gab* keines! Es war das reine Chaos.

Ederius senkte den Kopf und weinte.

»Emith! Emith! Komm, und dreh meinen Stuhl! Die junge Dame bewegt sich!«

Tessa öffnete die Augen. Sie sah einen Dachbalken, von dem getrocknete Kräuter herabhingen. An einem zweiten Balken hingen Schinken und an einem dritten blankpolierte Kupfertöpfe. Gerüche, *gute* Gerüche, drangen ihr gemeinsam mit Hitze, Dampf und Rauch in die Nase. Als sie sich aufrichtete, erkannte Tessa, daß sie sich in einer großen, hellen Küche voller Pfannen, Teekessel, Schüsseln und allen möglichen anderen Dingen befand, von denen sie noch nicht einmal die Hälfte benennen konnte. Eine große Frauengestalt dominierte den Raum. Sie saß auf einem robusten Eichenstuhl vor dem Herdfeuer.

Sie drehte den Kopf und nickte. »Guten Morgen, meine Liebe. Emith wird in einer Minute hier sein. Dann kann ich dich mal genauer ansehen.«

Tessa schwang die Beine herum. Sie hatte auf einer Holzbank geschlafen, mit einer Strohmatratze darauf. Decken, die nach Pökel- und Räuchersalz rochen, rutschten ihr von den Knien, und ein haselnußbraunes Nachtgewand fiel auf den Boden. Ihre Muskeln fühlten sich steif an; ihre Füße schmerzten, und sie hatte einen dicken Kopf.

»Fräulein!« rief Emith von der Tür her. »Ich warte hier, bis Ihr wieder schicklich seid!«

Tessa drehte sich um. Emith starrte intensiv auf den Türrahmen. Sie blickte prüfend an sich hinunter und konnte ein Lächeln nicht unterdrücken. *Schicklich?* Sie konnte sich gar nicht mehr daran erinnern, wann sie zum letzten Mal etwas derart ›Schickliches‹ getragen hatte: Die Ärmel des Nachtgewandes reichten bis zu ihren Handgelenken; der Saum bedeckte ihre Zehen, und der Kragen war hoch genug, um sie zu erwürgen – angesichts der wunden Haut an ihrem Kinn hatte er in der Nacht vermutlich *noch* höher gesessen.

»An der Speisekammertür hängt ein Umhang, meine Liebe. Bist du so lieb und holst ihn dir selbst? Meine Beine schmerzen heute ein wenig.« Die Frau drehte sich noch ein Stück weiter herum. »Und was dich betrifft, Emith: Geh in die Speisekammer, bis ich dich rufe. Niemand soll sagen, daß in meinem Haus ungehörige Dinge vor sich gehen. Also wirklich! Einen Raum zu betreten, wo sich eine Dame im Nachtgewand befindet. Was hätte wohl dein seliger Vater dazu gesagt?«

»Es tut mir leid, Mutter«, murmelte Emith und tat, wie ihm geheißen.

Mit dem Gefühl, einen schweren Fehler begangen zu haben, eilte Tessa zur Speisekammertür. Sie ermahnte sich, daß dies hier nicht ihre Welt war: Dinge, die ihr nur wenig oder gar nichts bedeuteten, waren für diese Leute von außerordentlicher Wichtigkeit. Nicht die Einstellung an sich unterschied sich von der in ihrer Heimat – ihre Mutter hätte auch nicht für gut befunden, wenn sie im Nachtgewand vor Fremden erschienen wäre –, aber in dieser Welt war alles irgendwie … ›komprimiert‹.

»Es tut mir leid«, sagte Tessa zu Mutter Emiths Hinterkopf, während sie den Umhang über die Schulter warf. »Ich wollte niemanden in Verlegenheit bringen.« Sie entdeckte eine Schleife am Kragen, die sie sicherheitshalber zuzog; dann trat sie ins Sichtfeld der alten Frau.

Tessa schaute in ein Gesicht, das bemerkenswert rund und zugleich lang war. Zwei dunkelblaue Augen strahlten ihr entgegen. »Mach dir keine Vorwürfe, meine

Liebe. Es war mein Fehler. Wären da nicht meine alten Beine, hätte ich dir den Umhang selbst gebracht.«

Tessa blickte an Mutter Emiths Beinen hinunter. Unter dem Kleid schauten die Füße bis zum Knöchel hervor, sie waren purpurrot und geschwollen. Mutter Emith klopfte sich auf die Knie. »Komm näher, meine Liebe, damit ich dich besser sehen kann.« Dann rief sie über Tessas Kopf hinweg: »Du kannst jetzt zurückkommen, Emith! Schenk uns allen einen Becher warme Milch ein!«

Tessa trat näher. Mutter Emith beugte sich vor und legte ihr eine warme Hand auf die Stirn. »Hmmm. Kein Fieber. Mach mal deinen Mund auf, meine Liebe. Weiter.« Tessa tat, was man ihr gesagt hatte. »Keine Schwellung. Gut, gut. Und jetzt dreh dich herum, damit ich deinen Hinterkopf untersuchen kann.«

Mutter Emith *hmmm*te noch ein wenig, dann spürte Tessa einen stechenden Schmerz über ihrem Ohr, als die alte Frau die Verletzung berührte. »Schon gut, meine Liebe«, beruhigte sie Mutter Emith mit sanfter Stimme. »Du hast da eine Beule so groß wie ein Apfel.«

»Hier, Fräulein«, sagte Emith und näherte sich mit zwei Schüsseln voll dampfender Milch. Mit einem schüchternen Lächeln auf den Lippen reichte er eine davon Tessa. »Ich habe ein bißchen Zimt hineingetan.«

»Hast du den Zimt auch hineingetan, während die Milch noch auf dem Herd stand, Emith?« fragte seine Mutter. Emith nickte. Befriedigt klopfte die alte Frau Tessa auf die Schulter als Zeichen, daß sie sich wieder fortbewegen könne. »Darauf muß man ein wenig Zaubernuß tun, meine Liebe, und vielleicht solltest du auch eine Kanne Lebermoostee aufgießen – nur um sicherzugehen.«

»Soll ich das für sie tun, Mutter?« fragte Emith und stellte die zweite Schüssel auf den kleinen Beistelltisch neben dem Stuhl seiner Mutter.

Mutter Emith tätschelte ihrem Sohn den Arm und lächelte. Sie war wirklich sehr alt. »Du bist ein guter Junge, Emith. Ich bin froh, daß du wieder zu Hause bist. Wenn du meinen Stuhl nur ein wenig mehr in den Schatten drehen könntest. Mit dem Gesicht zum Feuer wird mir doch recht warm.«

Tessa beobachtete, wie Emith sich daranmachte, den Stuhl zu drehen, während seine Mutter darin saß. Wie hatte eine solch große Frau nur einem solch schmächtigen Sohn das Leben schenken können? Doch die beiden wiesen auch eine Reihe von Ähnlichkeiten auf: Unter anderem besaßen beide die gleichen dunkelblauen Augen, und beide waren extrem korrekt gekleidet. Kammlinien konnte man sowohl in Emiths ergrauendem Haar erkennen als auch in den wenigen verbliebenen schneeweißen Büscheln seiner Mutter.

Während Tessa den Blick durch den Raum schweifen ließ, wuchs in ihr das Gefühl, daß der schwere Eichenstuhl, auf dem Mutter Emith saß, nicht nur das geographische Zentrum des Zimmers bildete; er war zugleich das Herz des gesamten Hauses. Vor ihrem geistigen Auge sah Tessa das seltsame Bild von Mutter Emith, deren Stuhl sich je nach Tageszeit und anfallender Aufgabe in die entsprechende Richtung drehte wie die Zeiger einer Uhr.

»Wo ist Ravis?« fragte Tessa und schob die Schüssel mit warmer Milch beiseite. Als Kind hatte sie immer warme Milch trinken müssen, wenn sie krank gewesen war.

Emith wischte sich den Schweiß von der Stirn. Seine Mutter war nun genauso ausgerichtet, wie sie es sich gewünscht hatte. Nachdem Emith ihre Füße noch auf eine Fußbank gestellt hatte, antwortete er: »Lord Ravis ist heute morgen schon früh hinausgegangen, Fräulein. Er hat mich gebeten, Euch zu sagen, Ihr sollt Euch keine Sorgen machen. Er würde später wieder zurückkehren.«

»Oh.« Tessa versuchte, nicht allzu enttäuscht zu klingen; sie versuchte, nicht allzu enttäuscht zu *sein.* An irgendeinem Punkt im Laufe des gestrigen Tages hatte sie begonnen, von sich und Ravis als Team zu denken. Das war dumm, schalt sie sich selbst. Was konnte sie einem Mann schon nutzen, der in solchen Schwierigkeiten steckte wie Ravis?

Tessa schauderte, als sie sich an all die Einzelheiten der Ereignisse der vergangenen Nacht erinnerte: Ravis, der gegen die beiden Männer vor der Tür von Witwe Furbishs Haus kämpfte, das Funkeln gelber Zähne, Swiggs verunstaltete Leiche, der verrückte Sprung in den Fluß. An ihren darauffolgenden Marsch durch die Stadt hatte sie nur verschwommene Erinnerungen.

Tessa hatte sich nie für körperlich schwach gehalten; doch nachdem sie sich vom schlammigen Ufer auf die Straße geschleppt hatte, hatte sie kaum mehr stehen können. Sie erinnerte sich daran, sich zunächst auf Ravis gestützt zu haben, bis sie schließlich noch nicht einmal dazu fähig war. Ravis hatte sie hochgehoben und durch die dunklen, stillen Straßen von Bay'Zell getragen. Als sie an Mutter Emiths Haus angelangt waren, hatte Tessa mit letzter Kraft den Kopf von Ravis' Schulter gehoben, aber was geschehen war, nachdem sie über die Schwelle und in den warmen, duftenden Raum getreten waren, daran konnte sie sich nicht mehr erinnern. Sie und Ravis waren verdreckt und zerschunden vor Mutter Emiths Tür erschienen, und doch hatten die alte Frau und ihr Sohn sie aufgenommen.

»Ich möchte euch danken«, sagte Tessa. »Euch beiden. Ihr seid sehr freundlich zu mir gewesen, und ich ...«

»Schchssch, meine Liebe«, unterbrach sie Mutter Emith. »Du mußt mir und Emith nicht danken. Emith hatte mich darauf vorbereitet, daß ihr vermutlich vorbeikommen würdet, um die Nacht hier zu verbringen.«

»Hat er das?« Tessa war mißtrauisch.

»Ja, Fräulein.« Emith war gerade dabei, Tessas Schüssel mit warmer Milch durch eine Schüssel mit etwas anderem zu ersetzen. »Nachdem wir uns gestern auf dem Weg von Fale hierher über Meister Deverics Illuminationen unterhalten haben und nachdem Ihr mir Eure Zeichnung gezeigt habt, habe ich gedacht, daß Ihr vielleicht diejenige seid, von der mein Meister gesprochen hat – diejenige, die seine Arbeit fortsetzen soll.«

»Trink deinen Tee, meine Liebe«, warf Mutter Emith ein. »Es gibt nichts Besseres gegen schmerzende Muskeln als Lebermoostee.«

Tessa griff nach der Schüssel. Seltsame, dunkle Flocken trieben auf der Oberfläche und färbten die Flüssigkeit grün. »Du kannst nicht wissen, ob ich es bin, Emith. Ich habe lediglich einen Ring gezeichnet.«

Emith nickte. »Da habt Ihr recht, Fräulein. Aber der Gedanke ist mir auf dem ganzen Weg nicht mehr aus dem Kopf gegangen.« Während er sprach, räumte er den großen Tisch frei, der eine Ecke des Raumes dominierte. Mehl- und Gewürzbeutel wurden beiseite geschoben, zusammen mit Töpfen, Pfannen, Fleischmessern und Wurzelgemüse. »Eure Zeichnung hatte etwas an sich, Fräulein ... Die Art, wie Ihr zeichnet, erinnert mich an meinen Meister.«

»Du solltest auf Emith hören, meine Liebe.« Mutter Emith drehte sich in ihrem Stuhl, um Tessa anblicken zu können. »Er fällt niemals vorschnell ein Urteil.« Dann schlug sie sich mit der flachen Hand auf den Schenkel und fügte hinzu: »Warum schauen wir uns die Zeichnung nicht einfach noch mal an? Hier, im Licht von Gottes schönem Tag.«

Die Zeichnung? Das Letzte, woran Tessa sich erinnerte, war, daß sie sie auf dem Weg zurück nach Bay'-Zell in ihr Mieder gesteckt hatte. »Ich muß mit ihr in den Fluß gesprungen sein«, sagte sie und trat wieder in Mutter Emiths Sichtfeld. Daß die weißhaarige Dame den Kopf drehen mußte, um sie zu sehen, war ihr peinlich.

»Es war eine Kohlezeichnung, Fräulein. Es besteht die Möglichkeit, daß sie das Wasser überlebt hat; Tinte wäre sofort verlaufen.« Nachdem er eine ausreichend große Fläche auf dem Tisch freigeräumt hatte, holte Emith einige Dinge aus einer Truhe: kleine Glastöpfchen, Pinsel, Pergamentrollen, Stofftücher, Federn und eine Rolle Kork. »Eure Kleider sind in dem Korb am Feuer, Fräulein.«

»Wenn es dir nichts ausmacht, meine Liebe«, sagte Mutter Emith, »wäre es mir recht, wenn du dir den Korb selbst holen würdest. Ich fürchte, ich habe heute einen schlechten Morgen erwischt. An jedem anderen Tag wäre ich durch die Küche gehuscht wie eine Ameise, die sich verirrt hat. Habe ich nicht recht, Emith?«

Emith nickte. Mit gedämpfter Stimme antwortete er: »Ja, Mutter.«

Tessa ging an Mutter Emith vorbei, wobei sie darauf achtete, nicht auf die geschwollenen Knöchel der alten Frau zu blicken. Der Korb am Feuer enthielt die Überreste von Tessas Kleid und ihre Schuhe, sonst nichts. Das Pergament mit der Zeichnung mußte aus ihrem Mieder gerutscht und im Fluß verlorengegangen sein. »Ich kann sie nicht finden.«

»Das macht nichts, Fräulein«, sagte Emith, der in einer Schüssel mattschwarzes Pulver mit Wasser mischte. »Ich habe gleich alles fertig, damit Ihr etwas anderes ausprobieren könnt.«

»Ja«, fügte Mutter Emith hinzu. »Mach dir keine Gedanken wegen der Zeichnung, meine Liebe. Einige Dinge sind einfach dazu bestimmt, verloren zu werden.«

Tessa hielt das für eine recht merkwürdige Bemerkung. Verwirrt blickte sie zu Mutter Emith. Die alte Frau zwinkerte ihr zu.

»Kommt, Fräulein«, sagte Emith mit Messer und Feder in der Hand. »Ich habe Euch eine neue Spitze geschnitten. Wir wollen doch mal sehen, ob Ihr nicht etwas zeichnen könnt, was der verlorenen Zeichnung nahekommt.«

Tessa schaute noch einen Augenblick länger auf Mutter Emith, dann ging sie zu deren Sohn hinüber. Die Küche war ein großer Raum mit niedriger Decke, und von den Dachbalken hingen derart viele Gegenstände herab, daß Tessa sich ständig ducken mußte. Der Boden bestand aus gutem, solidem Stein, wie Tessa ihn auf ihrem Ritt nach Fale häufig gesehen hatte. Hauptsächlich wurde der Raum durch das Kaminfeuer erhellt, doch durch zwei Fenster fielen auch Sonnenstrahlen herein.

»Hier, Fräulein«, sagte Emith, nahm Tessa die Schüssel mit Lebermoostee ab und reichte ihr die Schreibfeder. »Ich habe Euch eine gute Spitze geschnitten, wie man sie für feine Arbeiten braucht. Sie ist auch sehr hart. Vor einer Woche habe ich sie selbst gekocht, und seitdem hat sie in Sand gesteckt.«

Tessa strich mit dem Finger über die Spitze. »Gekocht? Sand?« Sie wußte nicht, wovon Emith sprach.

Freundlich korrigierte Emith Tessas Griff, bis sie die Feder wie einen Füllfederhalter hielt. »Ja, Fräulein. Man kann einer Gans nicht einfach eine Feder ausrupfen und sofort losschreiben. Man muß die Feder erst kochen, damit sie sauber und weich genug wird, daß man sie zurechtschneiden kann. Solange sie noch heiß ist, nehme ich mein Messer und flache sie ab. Seht Ihr?« Er deutete auf jene Teile der Feder, die er bearbeitet hatte. »Und wenn das getan ist, vergrabe ich sie im Sand, damit sie gut und hart wird. Je länger man die Federn im Sand läßt, desto härter werden sie.«

Der Federkiel fühlte sich so hart und glatt an wie ein Fingernagel. Er besaß auch beinahe die gleiche Farbe. Als Tessa Emiths erwartungsvollen Gesichtsausdruck bemerkte, glaubte sie, ihm ein Kompliment machen zu müssen. »Die fühlt sich gut an«, sagte sie und wog das ungewohnte Schreibgerät in der Hand. »Ich bin sicher, sie wird lange halten.«

Emith schüttelte den Kopf. »Meister Deveric hat immer gesagt, die besten halten nie sehr lange.«

Tessa kam sich allmählich wie ein Idiot vor. »Warum?«

»Weil, je besser die Feder ist, Fräulein, desto häufiger wird der Schreiber sie benutzen, und desto öfter muß man die Spitze schneiden. Ich habe gesehen, wie Meister Deveric drei Federn an nur einem Tag verbraucht hat.«

»Also nutzt sich die Spitze ab?« Angesichts der Härte des Kiels in ihrer Hand konnte sie das kaum glauben.

»Ja, Fräulein.« Emith sprach leise. Nicht ein Hauch von Ungeduld zeigte sich in seiner Stimme. »Aber darüber braucht Ihr Euch keine Sorgen zu machen. Ich bin ja hier, um Euch eine neue zu schneiden, wenn die Striche zu dick werden.«

»Hör gut zu, was Emith dir zu sagen hat«, warf Mutter Emith ein. »Niemand in Bay'Zell weiß mehr über die Schreibkunst als mein Sohn.«

Emith errötete. Eilig holte er einen Stuhl herbei, auf den Tessa sich setzen konnte. »Hier, Fräulein«, sagte er und führte ihre Hand zu einem Tintenfäßchen. »So könnt Ihr genau die richtige Menge Tinte aufnehmen. Ihr müßt die Feder in einem bestimmten Winkel eintauchen. Seht Ihr?« Tessa nickte. »Und dann müßt Ihr Euer Handgelenk einknicken, damit die Tinte nicht hinausläuft, wenn Ihr die Feder bewegt.«

Tessa tat, was Emith gesagt hatte; dennoch fiel ein großer Tropfen Tinte auf den Tisch. Emith hatte sofort ein Tuch bereit. Als sie die Feder zum ersten Mal über das Pergament zog, war Tessa überrascht, wie schwierig das war. Offensichtlich ähnelte es doch nicht der Arbeit mit einem Füllfederhalter. Die Spitze kratzte eine Kerbe in das Pergament, in der sich die Tinte zunächst sammelte und von da aus anschließend in alle Richtungen floß.

»Emith, könntest du mir das Wurzelgemüse bringen? Ich muß es für den Heringskuchen schälen.«

Während Emith seiner Mutter Gemüse, Schüssel und Messer brachte, konzentrierte sich Tessa darauf, die Feder dazu zu bringen, das zu tun, was sie von ihr wollte. Dabei stellte das Pergament das erste Problem dar, denn es war viel rauher als das Papier, an das Tessa gewöhnt war. Als Emith wieder zu ihr zurückkehrte, hatte sie bereits die gesamte Seite verunstaltet.

»Ihr dürft nicht so hart drücken, Fräulein«, erklärte Emith, als er Tessa über die Schulter blicke. »Laßt die Tinte die Arbeit tun, nicht die Feder.«

»Die Tinte?« fragte Tessa. Mutter Emith begann, ein Lied zu summen und machte sich ans Schälen.

»Ja, Fräulein«, sagte Emith. »Ihr dürft die Seite nur ganz leicht berühren. Die Tinte wird von selbst einziehen. Sie besteht aus Gallsäure, wißt Ihr? So brennt sie sich in die Seite ein. Kratzt zu hart, und die Tinte wird ein Loch in die Seite brennen.«

»Das ist Säure?« Tessa war zunehmend daran interessiert, was Emith ihr zu sagen hatte.

Emith nickte. »Gallsäure, Kautschuk und Lampenruß. Ich mache sie selbst. Natürlich werde ich hier in der Stadt keine Galläpfel finden. Ich werde sie auf dem Markt kaufen müssen, obwohl sie nicht so gut sind wie frisch gepflückte.« Tessa blickte ihn verwirrt an, und so fuhr Emith fort: »Galläpfel wachsen an Eichenstämmen, nachdem diese von Insekten gestochen worden sind, die dort ihre Eier ablegen. Hinter dem Haus meines Meisters liegt ein kleines Eichenwäldchen. Wenn ich Tinte brauchte, mußte ich nur hinausgehen und mir die Galläpfel holen. Ich habe sie abgeschnitten, über Nacht in Wasser eingelegt, und am folgenden Morgen konnte ich den Lampenruß hinzufügen.«

Tessa hob eine Augenbraue.

»Kohlepulver«, erklärte Emith, ohne danach gefragt worden zu sein. »Das, was sich bei Öllampen auf dem Lampenglas ablagert.«

»Emith, könntest du das Gemüse zum Kochen aufsetzen?« Mutter Emith hielt ihm eine Kupferpfanne hin. »Und wenn du schon dabei bist, bring mir bitte den Fisch, damit ich ihn ausnehmen kann.«

Tessa fragte sich, wie Mutter Emith vor der Rückkehr ihres Sohnes zurechtgekommen war. Allmählich gelangte sie zu der Überzeugung, daß die alte Frau nicht aus dem Stuhl aufstehen *konnte*. Dennoch war die Küche sauber; überall duftete es, und auf dem Herd kochte ein schmackhaftes Essen. Tessa lächelte. Emiths Mutter besaß das seltene Talent, Menschen um Gefälligkeiten zu bitten, ohne dabei herrisch oder aufdringlich zu wirken. Vermutlich war das ihr Geheimnis.

Während sie mit Feder und Tinte herumexperimentierte, staunte Tessa über all das, was Emith ihr gesagt hatte. Es gefiel ihr, mehr über die Schreibkunst zu erfahren, über die Herstellung von Tinte und Feder. Auch mochte sie das Gefühl des ungewohnten Schreibgeräts in ihrer Hand. Vorsichtig begann sie, Spiralen zu malen, die dem verschlungenen Muster des Ringes ähnelten, und fügte hier und da Dornen hinzu. Tessa genoß es, hier zu sein, in einer warmen Küche und umsorgt von Emith und seiner Mutter. Nach all dem Wahnsinn, den der gestrige Tag gebracht hatte, waren ihr Ruhe und Frieden sehr willkommen. Doch seltsamerweise konnte sie sich nicht entspannen. Sie war entschlossen, die Feder dazu zu bringen zu tun, was sie von ihr verlangte, und die Tinte dort aufzutragen, wo sie aufgetragen werden sollte. Während Emith seine Mutter um ein weiteres Grad drehte und das Gemüse aufsetzte, widmete Tessa all ihre Aufmerksamkeit dem Pergament. Sie würde ein besseres Muster zeichnen als jenes, das sie im Fluß verloren hatte – eines, das nicht dazu bestimmt sein würde, verlorenzugehen.

Ravis wanderte durch die Straßen von Bay'Zell. Er wußte, daß Camron von Thorn in Marcels Haus auf ihn wartete, doch er verspürte nicht das geringste Bedürfnis, pünktlich zu sein. Camron und sein frisch geerbtes Vermögen konnten ruhig warten.

Zur Mittagszeit war Bay'Zell eine langsame Stadt. Ravis ging die Glücksstraße hinunter an den eleganten Geschäften und diskreten Pfandleihen vorbei; dann bog er nach Norden ins Schneiderviertel ein, wo die wohlhabenderen Bürger und die besseren Prostituierten ihre Einkäufe erledigten.

Huren in Spitzenumhängen und dezenten grau-braunen Kleidern grüßten Ravis mit einem Heben der Augenbrauen oder einem leichten Senken des Kopfes. Die Bürgerfrauen ignorierten ihn. Sie saßen unter schattigen Arkaden, nippten an einem warmen Arlo mit Honig und knabberten an mit Schlehenlikör gefüllten Apfelkuchen. Später am Tag würden sie in die Glücksstraße ziehen und die Pfandleihen auf der Suche nach Wertsachen durchstöbern, die verarmte Adelige dort versetzt hatten.

Die Bürgerfrauen wußten, daß ihre Männer regelmäßig zu Prostituierten gingen, doch es bereitete ihnen eine gewisse Befriedigung, sagen zu können: »Zumindest ist es kein Mädchen vom Hafen.« Aber egal mit welch stoischer Ruhe sie das Treiben ihrer Männer auch betrachten mochten, einer der Hauptgründe, warum die Bürgerfrauen das Schneiderviertel besuchten, war, daß sie die Prostituierten im Auge behalten wollten, damit die ›Damen‹ keine Vorliebe für vornehmes Auftreten entwickelten und somit den Frauen keine Konkurrenz machten. Die Huren wiederum hielten es für angebracht mitzuspielen. Auch wenn sie nachts feine rote Seide und üppigen Goldschmuck trugen, wie er einer Königin angestanden hätte, so kleideten sie sich bei Tag um so schlichter. Das waren die moralischen Prinzipien von Bay'Zell.

Ravis war sich durchaus bewußt, wie er auf die Bürgerfrauen wirkte: Seine dunkle Hautfarbe wies ihn als Fremden aus, und seine dunkle Kleidung zeigte seine Gefährlichkeit. *Trotzdem,* dachten die Frauen, wenn er sich den zierlichen Arkaden näherte, *er bewegt sich wie ein Adeliger, und seine Kleidung ist zwar schwarz, aber von feinem Schnitt.* Wenn er dann näherkam, so daß sie seine Narbe erkennen konnten, wandte sich jede einzelne von ihnen ab.

Normalerweise würde Ravis sie zwingen, ihn anzusehen, indem er sich verneigte und sie laut mit ›Meine Damen‹ grüßte. Heute jedoch ging er achtlos an ihnen vorüber.

Die Töpferstraße hinunter mit ihren kleinen, schäbigen Ladenfronten, angeberischen Gold- und Silberschmieden, Schreibern, Geldverleihern und Juwelieren marschierte er hinaus zum Nordkai, wo die Straßen nicht mehr gepflastert waren, und wo eine frische Brise aus dem Osten den Gestank von geschmolzenem Metall und verfaultem Holz vertrieb.

Auf seinem Weg bemerkte Ravis gelegentlich aus den

Augenwinkeln heraus einen Mann in dunkelgrüner Tunika mit silbernem Wappen auf der Brust: den Farben von Thorn. Der Mann bemühte sich, das Sonnenlicht zu meiden – was ihm jedoch nicht immer gelang –, und wenn er einmal entdeckt wurde, löste er sich nur langsam aus dem Blickfeld. Da er einen Winterumhang trug, um seine Armbrust zu verbergen, zog er die Aufmerksamkeit der Passanten eher auf sich, anstatt sie zu vermeiden. Niemand in Bay'Zell trug im Spätfrühling noch einen Umhang. Alles in allem betrachtet, erfüllte der arme Mann seinen Auftrag nicht gerade gut. Camron hatte ihn offenbar ausgesandt, seinen neuen Diener aufzuspüren. Ravis vermutete, daß der Mann ihm seit heute morgen folgte, nachdem er aus dem Bordell gekommen war, wo er die vorletzte Nacht verbracht hatte. Im Augenblick beschäftigte Ravis jedoch nur eines: die entsetzliche Möglichkeit, daß es sich bei diesem Mann um einen von Camrons Besten handeln könnte.

Ravis kaute auf seiner Narbe. Wenn er das tun wollte, worauf er sich mit Camron in Marcels Weinkeller geeinigt hatte, dann brauchte er fähige Männer um sich herum. Doch angesichts der armseligen Vorstellung seines Verfolgers würde er diese Männer vermutlich selbst ausbilden müssen.

Ravis beschleunigte sein Tempo und wanderte über den Kai. Der Nordhafen war kleiner und weniger bedeutend als der Westhafen. Hier ankerten keine großen Kauffahrteischiffe und keine Gewürzkähne und Vergnügungsboote. In den hiesigen Trockendocks wurden auch keine Handelsschiffe gebaut, und auf den Kais war nirgends ein Steuereintreiber zu sehen, der eifrig alle ein- und auslaufenden Schiffe mitsamt ihrer Ladung und Besatzung notierte. Wenn man nicht über die Schulter zurück nach Bay'Zell blickte, hätte man fast meinen können, dies sei der Hafen zu einem kleinen Fischerdorf und nicht zur bedeutendsten Hafenstadt des Westens.

Zwischen Taurollen und Fischkörben hindurch bahnte sich Ravis einen Weg über den hölzernen Kai. Im Nordhafen ging es geschäftig zu, doch nicht übertrieben lebhaft. Fischer, die ihr ganzes Leben lang mit Zweimastern auf die Suche nach Scholle und Steinbutt gingen, hatten keine Zeit für ausschweifendes Gehabe. Sie arbeiteten viele Stunden am Tag, tranken bis nach Sonnenuntergang und standen schon vor Morgengrauen wieder auf. Solange ihre Netze voll und ihre Schiffe ohne Leck waren, bezeichneten sie sich als glücklich, und jeden Morgen segelten sie aufs neue zum Horizont hinaus.

Der Nordhafen war kein Ort, an den man ging, wenn man auf der Suche nach gepflegter Konversation, einer schönen Kulisse oder extravaganten Speisen war, doch Ravis gefiel es hier draußen. Es war ein nützlicher Ort, wenn man hier Freunde hatte. Die Fischer, die ihren Fang an Land brachten, waren Bay'Zells wichtigste Informationsquelle, die stets auf dem neuesten Stand war.

Die Welt war voller Organisationen – Bruderschaften, Ritterorden, Ligen und Gilden –, doch keine von ihnen bewegte sich so frei über Grenzen hinweg wie die Fischer. Handelsschiffer wechselten ihre Kojen zu oft, um langfristige Beziehungen aufzubauen. Die Mannschaft eines Handelsschiffes wurde bisweilen von einem Tag auf den anderen komplett ausgetauscht. Fischer segelten jedoch jahraus, jahrein stets auf derselben Route und in demselben Boot. Ihre kleine Besatzung wechselte niemals, und Freundschaften hielten ein Leben lang. Auch wenn die Fischer von Rhaize, Balgedis, Istania und Maribane Konkurrenten waren, so hingen sie doch voneinander ab. Ständig tauschten sie im Niemandsland hinter den Küstengewässern Sturmwarnungen, Informationen über gefährliche Strömungen und Sichtungen von Piraten und unheilverkündende Prophezeiungen aus. Wenn ein Fischerboot auf Grund lief, fragte kein Fischer danach, unter welcher Flagge es segelte. Ohne zu zögern, segelten sie so nahe wie möglich heran und halfen nach besten Kräften.

Natürlich war nicht jeder Austausch zwischen den Fischern eine Frage von Leben und Tod. Auch manches Gerücht wanderte von Boot zu Boot. Fischer waren notorische Klatschmäuler. Fischers*frauen* lebten dafür, die Geschichten zu hören, die ihre Ehemänner mit dem Fang nach Hause brachten.

Ravis hatte es sich zur Aufgabe gemacht, sich in jeder Hafenstadt, die er besuchte, Freunde unter den Fischern zu suchen. Schließlich wußte man nie, ob einer der alten Seebären nicht vielleicht einen wahren Schatz mit an Land brachte.

Als er eine wohlvertraute, dunkelhaarige Gestalt erspähte, die ein Tau am Schanzkleid ihres Bootes befestigte, marschierte Ravis geradewegs auf sie zu. Später würde er sich in Marcels Stadthaus mit Camron von Thorn treffen; doch vorher wollte er noch so viele Informationen einholen wie irgend möglich, bevor er Dinge in Gang setzte, die nicht mehr rückgängig gemacht werden konnten.

»Pegruff!« rief Ravis und hob die Hand zum Gruß. »Wie hat dich die See in letzter Zeit behandelt?«

»Besser als meine Frau!« erscholl die Antwort. Pegruff zog das Tau fest und wartete, bis Ravis nähergekommen war. Die Fischer von Bay'Zell bewegten sich nie mehr, als sie mußten.

Die beiden Männer schüttelten sich die Hände und tauschten einen kurzen, prüfenden Blick aus. Pegruffs Gesicht war ein Tribut an das Leben auf dem Meer: Seine Haut war rot, seine Lippen trocken, und von seinen Augenbrauen war nur ein kläglicher Rest übriggeblieben.

»Wo ist Jemi?« fragte Ravis.

»Ich habe ihn auf den Markt geschickt, um Wachs zu holen.«

Ravis nickte. Jemi war Pegruffs einziger Sohn, und als er ihn zum ersten Mal in einer kleinen Straße am Osthafen getroffen hatte, hatte Jemi ihn angebettelt, ihn als Söldner anzunehmen. Er sei des Netzflickens und Deckbohnerns müde, hatte der Junge erklärt. Ravis hatte dem sanftmütigen Jungen sein Vorhaben ausgeredet. Einige Männer waren einfach nicht zum Soldaten geboren. Ravis hatte Jemi wieder zurück zu seinem Vater geschickt – nicht mit barschen Worten, sondern mit der simplen Wahrheit, daß das Söldnerleben weder ruhmreich noch sonderlich profitabel sei. Er hätte nur eine Form harter Arbeit gegen eine andere eingetauscht. Es war keine Freundlichkeit gewesen, die Ravis so hatte sprechen lassen – er rekrutierte nur Männer, denen er das Töten auch beibringen konnte –, aber Pegruff glaubte, er habe es aus Gefälligkeit getan, und Ravis verschwendete keine Luft, um solch unwichtige Dinge zu leugnen.

»Er hat jetzt ein Mädchen, wißt Ihr?« berichtete Pegruff, holte einen Krug Arlo aus einer Kiste neben dem Boot und reichte ihn Ravis. »Ein kräftiges kleines Ding, ja, das ist sie. Genau das richtige Mädchen, um eine Familie zu gründen.«

Ravis nahm den Arlo dankbar an. Pegruff mochte vielleicht nicht so reich sein wie Marcel, aber seine Krüge waren stets mit dem besten Arlo von Bay'Zell gefüllt. Nachdem er sich über den Mund gewischt hatte, fragte Ravis: »Was gibt es Neues auf dem Meer, Pegruff?«

Pegruff nahm seinen Krug wieder zurück und wischte über das Mundstück, bevor auch er einen Schluck trank.

»Eine Brigg aus Maribane liegt vor Balinoc. Gillif, ein Freund von mir, der dort in der Nähe Hummer fängt, schwört, er habe vergangene Woche eine Gruppe Garizon gesehen, die mitten in der Nacht zu der Brigg hinausgerudert sind.«

»Woher wußte er, daß es Garizon waren?«

»Ihr meint, außer daß sie hundsmiserabel gerudert haben?« Das Lächeln des Fischers war nicht so breit, wie es hätte sein sollen. Als Land ohne Zugang zum Meer wurde Garizon von Seemännern wie Pegruff mit Mißtrauen betrachtet. Sie glaubten, daß jedes Land ohne Küste alles in seiner Macht Stehende tun würde, um eine zu bekommen, und im Fall von Garizon lagen sie gar nicht mal so falsch. »Gillif sagt, sie hätten diese neumodischen Piken dabeigehabt, und nicht einer von ihnen trug einen Bart.«

Ravis nickte. Er selbst hatte die neuartigen, breiten Piken bei Izgards Hetzern eingeführt. »Sonst noch etwas?«

Pegruff wirkte ein wenig verstimmt, daß sein Gegenüber solch eine aufregende Neuigkeit einfach so beiseite schob. Er spülte seinen Ärger mit einem kräftigen Schluck Arlo hinunter; dann fuhr er fort: »Medran und Istania streiten sich wegen der Ostdurchfahrt. Allein in diesem Monat sind ein Dutzend Barken der Medrani gekapert worden. Medran schwört, dies sei das Werk der Istani, und sie reden davon, Galeonen in den Golf zu schicken.«

»Es hat keine Kriegsschiffe mehr im Golf gegeben seit ...« Ravis hielt inne und dachte nach.

»Seit fünfzig Jahren«, beendete Pegruff den Satz. »Ich sage Euch, Lord Ravis: Vom Meer aus betrachtet sehen die Dinge gar nicht so rosig aus. In letzter Zeit scheint es überall Ärger zu geben. Seit Bay'Zell vergangene Woche die Hafengebühren verdoppelt hat, ist die Bucht voller

Piraten und Kriegsschiffe. Überall kommt es zu kleinen Gefechten und geheimen Verhandlungen. Drokho ist so bissig wie eine Krabbe im Fangkorb. Sie haben bewaffnete Schaluppen in die Bucht gesandt. Natürlich ist Maribane verrückter als alle anderen zusammengenommen. Wegen der hohen Gebühren in Bay'Zell gehen ihre Ausfuhren zurück, und sie fürchten, daß Drokho und Istania es Bay'Zell gleichtun könnten. Maribane hat sogar seine beiden größten Galeonen von Kurzhafen nach Hayle verlegt. Offiziell sagen sie, sie wollten die Schiffe so vor den Nordstürmen schützen, aber jeder Trottel weiß, daß es noch einen Monat dauert, bevor die Stürme das Land erreichen.«

Pegruff trank einen weiteren Schluck. »Ich fische nun seit dreißig Jahren in diesen Gewässern, und ich kann mich an keinen Morgen erinnern, an dem ich je die Segel so unwillig gesetzt hätte wie in den vergangenen paar Monaten. Ärger steht vor der Tür – die See weiß das.«

Pegruff schüttelte den Kopf und trank den letzten Rest Arlo. Nachdem er den Krug wieder hatte verschwinden lassen, wandte er sich wieder seinen Tauen zu. Auf seine typische Fischerart gab er Ravis zu verstehen, daß das Gespräch beendet sei.

Ravis bedankte sich bei ihm und machte sich auf den Rückweg.

Kapitel zehn

»Die Hetzer, die deinen Vater getötet haben … Ist dir irgend etwas Unnatürliches an ihnen aufgefallen?« Ravis kehrte Camron von Thorn den Rücken zu, während er auf die Antwort wartete.

Sie saßen in Marcels Arbeitszimmer. Buchenscheite brannten im Kamin; erlesener Berriac wartete in großen Gläsern, und der Ostwind rüttelte an den Fensterläden, die Marcel geschlossen hatte. Trotz des flackernden Kaminfeuers war der Raum nicht gut beleuchtet. Ein bronzenes Kaminblech hinderte die Funken daran, auf den Seidenteppich zu fallen, und sämtliche Lampen im Zimmer waren in Buntglas eingefaßt.

Marcel hatte eine panische Angst vor Feuer und daß seine wertvollen Papiere ein Raub der Flammen würden. Obwohl er kein Gold während des großen Feuers im Bankenviertel verloren hatte, so war doch ein Vermögen an Rechnungen und anderen Schriftstücken den Flammen zum Opfer gefallen: Kodizille, Zahlungsbefehle, Schuldscheine, Bürgschaften, Handelsverträge und Wechsel. Nun war Marcel besessen davon zu verhindern, daß sich eine solche Katastrophe wiederholte.

Kurz spielte Ravis mit dem Gedanken, eine Lampe umzustoßen und zuzusehen, wie das brennende Öl die Papiere auf dem Schreibtisch verschlingt. Nach allem, was der Bankier ihm gestern angetan hatte, wäre es eine gewisse Befriedigung gewesen zu beobachten, wie Marcel verzweifelt versuchen würde, den Brand zu löschen.

Doch Ravis tat nichts dergleichen. Er hatte schon vor vielen Jahren gelernt, daß Rache zu nehmen nicht wirklich Freude bereitet; zumeist fiel sie sogar auf einen selbst zurück.

Statt dessen blickte er wieder zu Camron und zwang sich, an Wichtigeres zu denken. Er mußte einige Dinge klären, bevor er seine Gedanken offenlegte.

Camron antwortete: »Als ich die Hetzer zum ersten Mal im Arbeitszimmer meines Vaters erblickte, habe ich sie zunächst für Monster gehalten.« Er zuckte mit den Schultern. »Es ist alles so schnell geschehen. Mein Herz raste, und meine Hände haben gezittert. Ich konnte nicht klar denken. Und dann habe ich ...« Er schüttelte den Kopf und fuhr sich mit den Fingern durchs Haar. »Und dann habe ich meinen Vater gesehen. Von diesem Augenblick an war alles andere vergessen.«

Camron von Thorn sah weit schlechter aus, als Ravis ihn von ihrem letzten Treffen in Erinnerung hatte. Sein Haar war matt; dunkle Ringe hatten sich unter seinen Augen gebildet, und seine Kleidung hing schlaff am Körper herunter. Ravis sah, wie sehr der Mann litt, aber er brachte nur wenig Mitgefühl für ihn auf. Sie lebten nun einmal in einer harten Welt: Menschen starben, von Freunden wurde man belogen und von Familien verraten. Camrons Vater mochte auf bestialische Art und Weise in seinem eigenen Heim ermordet worden sein, doch in vielerlei Hinsicht war er einen sauberen Tod gestorben. Camron war der einzige Sohn eines einzigen Sohnes. Er besaß weder Brüder, Halbbrüder noch Onkel oder Stiefmütter, die ihm sein Erbe streitig machen konnten. In dieser Hinsicht hatte Camron mehr Glück, als ihm vermutlich klar war.

Ravis kaute auf seiner Narbe. Mit absichtlich harter Stimme forderte er: »Ich muß alles wissen, woran du dich in bezug auf die Hetzer erinnern kannst: wie sie ausgesehen haben, wie sie sich verhalten haben, und wie sie rochen.«

Bei dem Wort ›rochen‹ hob Camron den Kopf.

»Also wirklich!« mischte sich Marcel ein, der hinter seinem Schreibtisch saß. »Ich sehe keinen Grund, warum wir hier solch wenig delikate Details diskutieren müssen. Lord Camron leidet auch so schon genug.«

Ravis' Lederhandschuhe knarrten, als er die Fäuste ballte. »Zähl du nur brav dein Geld, Marcel.«

Marcel wollte protestieren, doch Camron hielt ihn davon ab. »Es ist schon gut, Marcel. Ich bezweifle zwar nicht, daß unser Freund bisweilen zur Neugier neigt, aber jetzt ist das wohl nicht der Fall.« Er blickte zu Ravis. »Habe ich recht?«

Ravis gefiel Camrons Tonfall nicht, aber er beschloß, es vorläufig zu ignorieren. »Gestern hast du gesagt, die Hetzer seien wie Tiere gewesen. Was hast du damit gemeint?«

Camron rieb sich mit der Hand übers Gesicht und sagte: »Ich sah Zähne, Lippen ...« Er versuchte, sich an Einzelheiten zu erinnern. Als ihm nichts einfiel, schüttelte er den Kopf. »Es waren schattenhafte Gestalten. Man konnte sie kaum erkennen ... aber da war dieser Geruch ...«

»Was für ein Geruch?«

»Tiergeruch. Wie der Gestank im Stall, wenn eine Stute fohlt: Blut, Schweiß, feuchtes Pferdehaar. Jener durchdringende Geruch, wie ihn Tiere ausstrahlen, wenn sie erregt sind.« Camron sah Ravis mit trüben grauen Augen an. »Warum ist das so wichtig?«

Ravis blickte zu Marcel. Der Bankier war eifrig damit beschäftigt, *so zu tun*, als sei er beschäftigt: Er schob Papiere hin und her, tauchte seine Feder ins Tintenfaß und runzelte die Stirn, als gefielen ihm die Zahlen nicht, auf die er hinabblickte. Er wäre wirklich ein guter Schauspieler geworden.

Ravis beugte sich in seinem Stuhl vor und sagte so leise, wie es ihm möglich war: »Vergangene Nacht, nachdem wir uns von Emith verabschiedet haben, sind Tessa und ich auf der Parso-Brücke angegriffen worden. Zwei Männer haben sich auf uns gestürzt, und mindestens noch ein weiteres Paar wartete an beiden Enden der Brücke. Wären wir nicht in den Fluß gesprungen, um ihnen zu entkommen, säßen wir beide jetzt vermutlich nicht hier.«

Camron nickte. Er schien nicht überrascht.

Marcel hatte seine Vorstellung unterbrochen, doch er nahm sie sofort wieder auf, als er bemerkte, daß Ravis ihn beobachtete.

»Ich bin noch nie Männern mit solch tierischer Kraft begegnet«, fuhr Ravis fort. »Ich mußte all mein Können aufbieten, um mit ihnen fertig zu werden. Wieder und wieder griffen sie an. Sie ließen sich nicht aufhalten. Den ersten Mann habe ich zwölfmal in die Brust gestochen, bevor er zusammengebrochen ist. Als ich dann in sein Gesicht blickte, haben sich seine Züge verändert. Sie verwandelten sich. Von Sekunde zu Sekunde sah er immer mehr wie ein Mensch aus. Beide Männer haben genauso gerochen, wie du es gerade beschrieben hast: wie Tiere.«

»Du hast sie ausgebildet«, sagte Camron und verzog die Lippen zu einem verächtlichen Lächeln. »Es sind deine Männer.«

Ravis kaute aus dem gleichen Grund auf seiner Narbe, warum andere Menschen auf ihren Lippen kauten: um nicht vorschnell etwas zu sagen, was er später bereuen würde. Nach einer Sekunde, die er benötigte, um seine Wut zu zügeln, entgegnete er: »Ja, ich habe sie ausgebildet. Und sie haben den Hinterhalt genauso gelegt, wie ich ihn gelegt hätte – zwei Mann auf der Lauer und andere, die den Fluchtweg abschneiden –

aber das *waren* nicht meine Männer. Ich bilde Männer dazu aus, rasch und ohne Lust zu töten, sich zurückzuziehen, wenn sie verwundet sind und niemals etwas ihren Opfern gegenüber zu empfinden. Diese Männer jedoch wollten Blut sehen, und sie hätten nicht aufgehört, bevor sie ihr Ziel nicht erreicht hätten.« Trotz seines gelassenen Tonfalls lief Ravis ein Schauder über den Rücken.

»Worauf willst du hinaus?« Camron verbarg sein Interesse unter einer Maske aus Verachtung.

»Ich will darauf hinaus, daß diese Männer auf irgendeine Art verändert worden sind ... vermutlich durch Zauberei.«

Marcel verschluckte sich an seinem Berriac.

Camron nickte einfach nur.

Einige Sekunden vergingen, während derer Marcel von Vailing hustete und Wein spuckte und Ravis von Burano und Camron von Thorn einander schweigend anstarrten. Eine der Lampen erlosch. Dunkler Rauch füllte die Glaseinfassung und entkam schließlich in einem schwarzen Faden Richtung Decke. Scheppernd schlug Marcels Quecksilberuhr die Stunde.

Schließlich ergriff Camron wieder das Wort. »Laß mich dir sagen, was ich gefunden habe, nachdem ich für den Leichnam meines Vaters Sorge getragen habe und in die Kasernen gegangen bin, um zu sehen, wie viele überlebt haben.« Noch immer blickte er Ravis in die Augen, und obwohl sein Blick hart war, klang seine Stimme unsicher. »Doch statt Überlebender habe ich Leichen gezählt. Zwei Dutzend Männer waren niedergemetzelt worden. Gute Männer, die meine Freunde waren. Einige waren für mich sogar wie Brüder. Einer von ihnen hatte mich einst das Reiten gelehrt. Und sie alle, jeder einzelne von ihnen, haben in jener Nacht den Kampf ihres Lebens gekämpft. Ihr Blut sammelte sich nicht in kleinen Lachen, und sie waren nicht mit nur einem Schlag gefällt worden. Ihre Eingeweide, Finger, Haare und Zähne waren an die Wände geschmiert. Ich habe schon in vielen Schlachten gekämpft, und ich weiß, was Tod bedeutet, aber das ...« Nun wandte Camron doch den Blick ab. »Das war ein Gemetzel.«

Ravis schloß die Augen. An irgendeinem Punkt während Camrons Bericht hatte er tatsächlich begonnen, Mitleid für den Mann zu empfinden. Er kannte das Gefühl, gute Männer zu verlieren. Doch als er sprach, achtete er darauf, daß man ihm sein Mitgefühl nicht anmerkte. Seine Erfahrung sagte ihm, daß Camron es nicht wollte. »Vergangene Nacht habe ich etwas Ähnliches gesehen. Die Menschen, denen das Haus gehörte, wo ich gewohnt habe, sind ebenfalls auf grausame Art von den Hetzern abgeschlachtet worden.«

»Das bedeutet aber nicht, daß das alles etwas mit Zauberei zu tun hat«, warf Marcel ein. »Jeder weiß doch, daß die Garizon Tiere sind.«

»Das hat dich aber nicht davon abgehalten, ihr Geld anzunehmen«, sagte Camron und kam damit Ravis zuvor.

Marcel stand auf. »Meine Herren«, sagte er mit all seiner Bankierswürde, »wie ich sehe, gehen Eure Gefühle und Phantasie mit Euch durch. Ich glaube, es ist das beste, wenn ich Euch eine Weile allein lasse. Wenn ich wieder zurückkehre, können wir uns vielleicht erneut zusammensetzen und wie vernünftige Menschen miteinander reden.« Mit diesen Worten verneigte er sich – erst vor Camron, dann vor Ravis –, sammelte seine Papiere ein und stolzierte hocherhobenen Hauptes aus dem Raum.

Nachdem die Tür ins Schloß gefallen war, fragte Ravis Camron: »Wie hoch ist seine Kommission bei diesem Handel?«

»Vierzig Prozent.«

»Vierzig?« Ravis warf den Kopf zurück und lachte laut. »Izgard hat ihm zehn gezahlt.«

Camron wirkte im ersten Augenblick, als hätte man ihm ins Gesicht geschlagen, doch dann lächelte auch er.

Ravis beugte sich über Marcels Schreibtisch, griff nach der Karaffe mit dem Berriac des Bankiers und füllte ihre Gläser bis zum Rand. »Sieh mal«, sagte er und reichte Camron ein Glas. »Ich weiß nicht, mit was wir es hier zu tun haben, und das macht mir angst. Ich habe Izgards Männer ausgebildet und Söldner für ihn rekrutiert, aber mit dem, was in den vergangenen zwei Tagen geschehen ist, habe ich nichts zu tun. Während meines Aufenthalts in Veizach habe ich Dinge gesehen, die ich nicht verstand, und im Augenblick bin ich damit beschäftigt, mir aus allem einen Reim zu machen.«

Camron nickte. »Wann, glaubst du, wird Izgard gegen Rhaize marschieren?«

»Sobald er kann.« Ravis nahm einen tiefen Schluck. Nun, da Marcel gegangen war, fühlte er sich schon wesentlich entspannter – auch wenn durchaus die Möglichkeit bestand, daß der Bankier an der Tür lauschte. »Er kann es sich nicht leisten zu warten. Die Barone und Kriegsherren erwarten, daß er etwas unternimmt. Er muß erobern, und man muß ihn dabei *sehen*: Nur so kann sich ein König von Garizon auf dem Thron halten.«

Camron machte sich nicht länger die Mühe, Desinteresse oder Verachtung vorzutäuschen. Er beugte sich vor. »Wie kannst du so sicher sein, daß er sich nicht zuerst gegen Balgedis wendet? Wenn Izgard einen Salzwasserhafen haben will, dann hat er die Auswahl unter rund einem Dutzend.«

»Zwei Gründe«, antwortete Ravis. »Erstens gibt es in Balgedis keinen Hafen, über den er Zugang zur Bucht des Überflusses oder zum Golf hätte. Wenn er Bay'Zell einnimmt, kann er nicht nur die Durchfahrten nach Norden kontrollieren, sondern hätte auch Zugriff auf die Warmwasserhäfen im tiefen Süden und Osten. Zweitens glaube ich, daß Izgard und der Herzog von Balgedis bereits dahingehend ein Abkommen getroffen haben, daß Izgard nicht in Balgedis einfällt, solange sich das Land neutral verhält.«

»Wie kommst du darauf?«

»Eine Brigg aus Maribane ankert vor der Küste von Balgedis. Man hat gesehen, wie Garizons zwischen ihr und dem Festland hin und her gerudert sind.«

Camron schob sich eine Haarsträhne aus der Stirn. »Und es ist unmöglich, daß Balgedis nichts davon weiß?«

»Sie müssen es wissen.« Ravis stellte sein Glas ab. Er stand auf und begann auf und ab zu laufen. »Balgedis *weiß*, daß sie da sind. Mehr Sorgen macht mir allerdings, daß das Schiff offen unter der Fahne von Maribane segelt. Das bedeutet, daß Izgard auch mit den Maribani in Verhandlungen steht. Und irgendwie bezweifele ich, daß Maribane es damit bewenden lassen wird, neutral zu bleiben. Sie wollen Rhaize bluten sehen. Maribane hat immer schon Abgaben an Rhaize zahlen müssen, um seine Waren auf den Kontinent verschiffen zu können. Erst vergangene Woche hat Bay'Zell die Hafengebühren verdoppelt, und kein Schiff aus Maribane kann in die Bucht des Überflusses segeln, ohne sie zu zahlen. Also sucht Maribane im Augenblick nach einer Möglichkeit, es Rhaize heimzuzahlen. Izgard muß nichts weiter tun, als Maribane zu versprechen, die Zölle drastisch zu senken, sobald er Bay'Zell erobert hat, und von Hayle bis Kilgrim werden alle aufmarschieren, um ihm zu helfen. Einfacher könnte es gar nicht sein.«

Während er sprach, öffnete Ravis ein Fenster und blickte hinaus auf die Straße. Zwei von Camrons Männern in dem Grün und Silber von Thorn standen an der gegenüberliegenden Straßenecke und beobachteten Marcels Haus. Ravis schaute in alle Richtungen: Gebäude, Türen, Gassen, eine Schlangengrube aus Schatten bildete sich in der Abenddämmerung. Obwohl er nichts Verdächtiges entdecken konnte, beschloß er, kein Risiko einzugehen und später über Umwege zu Mutter Emiths Haus zurückzukehren. Er wollte keine Hetzer zur Tür der alten Dame führen. Außerdem befand sich auch Tessa dort, und im Laufe der letzten Stunden war ihre Sicherheit für Ravis immer wichtiger geworden. Er bereute bereits, Marcel gegenüber erwähnt zu haben, daß sie sich gestern mit Emith getroffen hatten.

Ravis schloß das Fenster. »Hat Marcel dir die Illuminationen gezeigt, die er für Deverics Gehilfen aufbewahrt?«

»Ja«, antwortete Camron. »Ich habe einen Blick darauf geworfen, kurz nachdem ich angekommen bin.« Das zweite Glas Berriac hatte etwas Farbe in Camrons Gesicht gebracht, aber keinen Glanz in seine Augen. Er sah müde aus, und die Hand, die das Glas hielt, zitterte. Vermutlich hatte er schon seit Tagen nicht mehr geschlafen.

»Was hältst du von ihnen?« Ravis bemerkte, daß er ganz gegen seine Absicht mit beinahe sanfter Stimme gesprochen hatte.

Camron warf ihm einen ärgerlichen Blick zu, und Ravis bereute sofort, daß er einen Hauch von Sympathie hatte durchscheinen lassen.

»Ich halte sie für wunderschön«, antwortete Camron in kaltem Tonfall. »Ich habe schon vorher Illuminationen von der Insel der Gesalbten gesehen, aber keine war so detailliert wie diese hier.«

»Wo hast du sie gesehen?«

»Mein Vater besitzt ...«, er schluckte, »...*besaß* eine. Sie hing an der Wand seines Arbeitszimmers. Ein alter Schreiber, der vor Jahrhunderten eine Zeitlang auf Burg

Bess gelebt hat, hat sie aus Dankbarkeit angefertigt. Es ist eine weitaus einfachere Arbeit als die Muster, die ich letzte Nacht gesehen habe. Die Farbe ist so dick aufgetragen, daß sie fast so viel Staub fängt wie eine Statue; aber mein Vater hat sie geliebt.«

Ravis atmete tief durch und sagte: »Ich glaube, Deverics Illuminationen haben irgend etwas damit zu tun, was in den vergangenen Tagen geschehen ist. Es sieht so aus, als hätte Izgard einen neuen Trick gefunden, aber wenn wir Glück haben, haben wir schon das Schlimmste hinter uns.«

»Und wenn nicht?«

»Dann gnade uns Gott.«

Ravis ging zur Tür. Plötzlich wollte er so schnell wie möglich zurück zu Tessa. »Entschuldige«, sagte er zu Camron und legte zugleich die Hand auf die Türklinke, »ich muß dringend weg ...«

»Zurück zu der Frau mit dem rotgoldenen Haar?« unterbrach ihn Camron. »Und der seltsamen, singenden Stimme?«

Ravis verbarg seine Überraschung. »Vielleicht statte ich ihr einen Besuch ab. Was geht dich das an?«

»Sie hat etwas mit all dem hier zu tun, nicht wahr?« Camrons abgehärmtes Gesicht nahm einen neuen, listigen Ausdruck an. Ravis vermutete, daß ihm seine Gefühle trotz der vorgetäuschten Gelassenheit am Gesicht abzulesen waren, denn Camron fügte hinzu: »Komm schon, Ravis. Es ist offensichtlich, daß sie nicht aus Bay'Zell stammt.«

Verärgert, ohne zu wissen warum, entgegnete Ravis: »Im Augenblick gibt es zu viele Dinge, die ich nicht verstehe. Wenn wir zusammenarbeiten wollen, um Izgard zu stürzen, dann müssen wir soviel Informationen wie möglich sammeln und dürfen nichts dem Zufall überlassen. Marcel mag bei dem Gedanken an Zauberei vielleicht die Nase rümpfen, aber du und ich, wir haben Dinge gesehen, die er nicht gesehen hat. Und während Marcel in Sicherheit hinter seinem Schreibtisch bleiben und Mahnungen ausschreiben wird, werden du und ich uns gegen Izgard von Garizon stellen – nicht Marcel und seine vierzig Prozent.«

Während Ravis sprach, klopfte Camron mit den Fingern auf die Lehne von Marcels wertvollem Orangenholzstuhl. Im selben Augenblick, da Ravis seine Rede beendete, hörte er auf zu trommeln. »Ich will Izgard tot sehen, nicht ihn stürzen. Das haben wir gestern in Marcels Weinkeller vereinbart.«

»Du wirst Izgard nicht töten können, solange er die Krone trägt. Ich habe seine Leibgarde höchstpersönlich ausgebildet, und ich …«

»Dann kennst du auch ihre Schwächen.«

»Sie haben aber keine Schwächen.« Ravis verlor allmählich die Geduld. Er wollte fort von hier. Während er hier herumtrödelte und mit Camron von Thorn Taktik diskutierte, entstand draußen eine Welt der Schatten. Wäre *er* an Izgards Stelle gewesen, hätte er den Hetzern als erstes befohlen, Marcels Stadthaus zu überwachen. »Im Augenblick befindet sich Izgard entweder in der Festung Sern oder auf dem Weg hierher. Von allen Festungen der Garizon, die ich gesehen habe, ist Sern die beeindruckendste. Sie ist uneinnehmbar. Es gibt nur einen Zugang, und wenn Izgard dort residiert, wird dieser Zugang so gut bewacht werden, daß noch nicht einmal der Geist seiner Mutter eine Chance hätte, unbemerkt hineinzukommen.«

»Wenn seine Armee dort lagert, können wir doch sicher ein paar Diener einschmuggeln, oder Frauen.«

Ravis biß sich erneut auf die Narbe. Dann lächelte er.

»Keine Diener, keine Huren. Ich selbst habe diese Streitmacht aufgestellt. Das ist kein Rudel edler Ritter mit ihrem ganzen nutzlosen Gefolge. Dort wird niemand bezahlt, um Rüstungen zu polieren, oder feine Speisen aufzutragen. Die Männer erledigen alles selbst. Jemanden in Izgards Armee einzuschleusen, kommt nicht in Frage: Ich habe den Männern beigebracht, jeden Spion auf der Stelle zu erkennen. Außerdem wird das Lager von genug Soldaten bewacht werden, um eine Festung zu bemannen.«

Camron war nicht zufrieden. Ravis sah, wie er nach einer Alternative suchte. »Was ist mit den Dienern in der Festung?« fragte er schließlich und stand auf. »Sicherlich läßt sich doch jemand finden, den wir dafür bezahlen können, Izgard zu vergiften.«

»Izgard *vergiften*!« Ravis warf den Kopf zurück und lachte lauthals auf. Er amüsierte sich nicht wirklich; aber er ärgerte sich zunehmend über Camron, und er wußte, daß man einen Mann am ehesten zum Schweigen bringen konnte, indem man ihm ins Gesicht lachte. Zu Tessa zurückzukehren wurde von Minute zu Minute wichtiger für ihn. »Niemand auf diesem Kontinent könnte sich Izgard mit Gift im Gepäck nähern. Der Mann ist ohne Geschmackssinn geboren worden. Mehr als alles andere fürchtet er, vergiftet zu werden und es noch nicht einmal zu bemerken. Er könnte pures Belladonna trinken, ohne etwas zu schmecken. Er ist so besessen von dieser Furcht, daß er nichts, *gar nichts* trinkt oder ißt, was vorher nicht von einem Dutzend Männern vorgekostet worden ist.«

Ravis schüttelte den Kopf. »Nein, mein Freund. Wenn du Izgard töten willst, dann mußt du dich schon schlauer anstellen – sehr viel schlauer.«

Camron errötete. Sein goldenes Haar fiel ihm ins Gesicht. Als er sprach, zitterte er am ganzen Leib. »Da du offensichtlich soviel über Izgard weißt, dann sag du mir doch, wie man ihn töten kann. Oder hast du soviel Angst vor ihm, daß du es lieber mit einem Rhaize-Henker aufnehmen willst?«

Obwohl Ravis wußte, daß er Camron zu diesen barschen Worten provoziert hatte, schmälerte das seinen Zorn nicht im mindesten. »Du«, sagte er mit kalter Stimme, »du weißt nichts von dem, womit wir es hier zu tun haben. Wenn ich dir sage, es gibt keine Möglichkeit, sich Izgard zu nähern, solange er auf dem Thron sitzt, dann tue ich das nicht, weil mir der Klang meiner eigenen Stimme so gut gefällt. Ich kenne den Mann; ich kenne seine Armee, und ich weiß, wie die Garizon über ihre Könige denken. Izgard ist nun mehr als nur der Führer seines Landes. Er ist das Land selbst, und bis er nicht in der Schlacht unterliegt oder sonst irgendwie einen Fehler begeht, wird jeder Bürger mit Freuden sein Leben für ihn geben. Wenn man es mit Izgard aufnehmen will, muß man sich ihm auf eine Art stellen, die er und sein Land verstehen. Wir müssen bereit sein, wenn er hier einfällt. Wir müssen seine Armee zerschmettern, ihn zurückdrängen und es mit jeder Form von Zauberei aufnehmen können, die er uns entgegenwirft. Dann – und nur dann – werden wir nahe genug an ihn herankommen, um ihm den tödlichen Stoß zu versetzen.«

Camron betrachtete Ravis, als sei er plötzlich verrückt geworden. »Seine Armee zerschmettern? Rhaizes Armee ist der von Garizon mehr als ebenbürtig. Wir haben die tapfersten und bestausgebildeten Ritter des Kontinents. Izgard hat nicht den Hauch einer Chance.«

»Ritter!« Ravis legte all seine Verachtung in das Wort. »Glaubst du allen Ernstes, Izgard gibt einen Dreck auf deine Ritter, wenn er fünf Kompanien Langbogenschützen aus Maribane unterhält, die deine Ritter und ihre Pferde auf fünfhundert Fuß Entfernung niedermähen können? Sie benutzen Pfeilspitzen, die selbst den härtesten Panzer durchdringen. Die Ritter von Rhaize werden in den Tod reiten, ohne ihre Mörder überhaupt zu *sehen.* Und Gott helfe jenen, die nicht durch die Pfeile sterben, denn sie werden nicht in die Augen anderer Edler blicken, die sich ihnen Mann gegen Mann stellen und nach Etikette kämpfen. Wenn die Langbogenschützen ihre Arbeit getan haben, wird Izgard seine Pikeniere ausschicken, und glaub mir: Diese Männer haben nichts mit Ehre am Hut. Ihre Klingen sind dazu geschmiedet, einem Mann die Gedärme aus dem Leib zu reißen. Wenn Rhaizes Ritter nach ihren veralteten Regeln in die Schlacht stürmen, werden sie für Izgards Männer nicht mehr als nur bewegliche Zielscheiben sein.«

Camron kochte vor Wut. »Kein gemeiner Fußsoldat mit Pike oder Langbogen kann jemals hoffen, es mit einem Ritter von Rhaize aufnehmen zu können!«

Ravis' Hand schwebte noch immer über der Türklinke. »Das ist genau die Art Denken, die diesen Krieg verlieren wird.« Er drückte die Klinke herunter.

Die Tür schwang auf, und Marcel fiel in den Raum.

»Marcel«, sagte Ravis und neigte den Kopf ein wenig zur Seite. »Ich vermute, du wolltest nur das Schloß ölen.«

»Nichts dergleichen«, erwiderte Marcel und versuchte, so würdevoll wie möglich auszusehen, während er sich mühsam wieder aufrappelte. »Ich bin nur gekommen, um den Herren ein Abendessen anzubieten.«

»Nun, es tut mir leid, aber ich muß ablehnen.« Ravis drehte sich zu Camron um und deutete eine Verbeugung an. Er gab vor, den Ausdruck tiefen Hasses auf dem Gesicht des jungen Adeligen nicht zu bemerken. »Ich sehe dich dann morgen auf dem Fischmarkt, bei Sonnenaufgang.« Anschließend erklärte er an Marcel gewandt: »Ich will dich nicht beleidigen, mein Freund, doch ich werde eine Zeitlang nicht mehr hierherkommen. Aus irgendeinem Grund, den ich beim besten Willen nicht verstehe, habe ich das dumpfe Gefühl, ich werde hier ständig überwacht.« Ein charmantes Lächeln, eine letzte Verbeugung, und Ravis war auf und davon. Er stürmte hinaus auf die Straße und in die Dunkelheit. Die Hand auf dem Messer und den Blick nach allen Seiten, schlug er die am wenigsten offenbarende Richtung ein.

Angeline, die einstige Lady von Halmac und jetzige Königin von Garizon, saß auf der Bettkante und streichelte den Bauch ihres kleinen Hundes. Schneemann liebte es, wenn man ihm den Bauch kraulte. Er lag auf dem Rücken, spreizte die Beine und wedelte wild mit dem Schwanz.

Mehr. Mehr.

»Dummer Schneemann«, kicherte Angeline. »Mein dummer, dummer Schneemann.«

Schneemann wedelte zustimmend mit dem Schwanz.

Dummer Schneemann. Dummer Schneemann.

Schneemann war ein nichtsnutziger Hund. Das war es zumindest, was Angelines Vater gesagt hatte, als er ihn zum ersten Mal gesehen hatte. Schneemann war der letzte gewesen, der den Bauch seiner Mutter verlassen hatte, und der letzte, den sie sauber geleckt hatte. Er war dazu bestimmt gewesen, ertränkt zu werden, noch bevor sein Fell trocken war. »Dieser Hund ist zu nichts nütze«, hatte Angelines Vater zu seinem Hundeführer gesagt. »Wickle ihn in eine Decke, und wirf ihn in den Veize.«

Wie stets in jenen Tagen, so war Angeline auch diesmal an der Seite ihres Vaters gewesen. Obwohl ihr der Gedanke, Welpen zu ertränken, zuwider war, hatte ihr der Vater mehrfach erklärt, daß es im Endeffekt besser so sei.

Dann hatte dieser kleine Hund seinen viel zu großen

Kopf gehoben, und obwohl seine Augen noch geschlossen waren, hatte Angeline das Gefühl gehabt, er schaue sie an. Angeline war zutiefst gerührt gewesen und hatte alle Vernunft vergessen. Er war ein nichtsnutziger Hund, und er wußte es. Zwischen ihm und Angeline war es Liebe auf den ersten Blick.

Vater hatte stets gewußt, wann Angeline nur *glaubte*, etwas besitzen zu müssen, weil es einfach nur schön anzuschauen war, und wann sie etwas wirklich *wollte* – wie Schneemann. Obwohl er seinem Hundeführer eine entsprechende Anweisung erteilt hatte, und obwohl er nur ungern einen einmal gegebenen Befehl wieder zurücknahm, hatte er in diesem Fall eine Ausnahme gemacht und den nichtsnutzigen Hund leben lassen.

Angelines Augen begannen zu schmerzen. »O mein lieber kleiner Schneemann«, sagte sie und kraulte den Hund unter dem Kinn. »Vater war so gut zu uns, nicht wahr? Er hat uns sehr geliebt.«

Schneemann ließ den Schwanz hängen.

Habe ihn auch geliebt.

Und das Seltsame war, daß Schneemann und Vater sich am Ende wirklich geliebt hatten. Natürlich nicht so wie Angeline und Schneemann, sondern so, wie man es von einem nichtsnutzigen Hund und einem großen Herrn erwarten konnte. Seit ihrer Hochzeit hatte Angeline genug gelernt, um zu wissen, daß es verschiedene Arten von Liebe gab.

»Jetzt liebt uns Izgard«, flüsterte sie und kitzelte Schneemann hinter den Ohren. »Er liebt uns genauso sehr wie Vater.«

Schneemann knurrte.

Nicht genauso sehr.

Angeline lachte. Sie versuchte nicht daran zu denken, wie sehr sich Izgard seit ihrer Hochzeit verändert hatte.

»Schneemann, du bist ein nichtsnutziger Hund. Du kannst nicht alles wissen.«

Schneemann sprang von Angelines Schoß und wedelte mit dem Schwanz.

Nichtsnutziger Hund. Nichtsnutziger Hund.

Angeline stand auf und blickte aus einer Schießscharte hinaus, wie man sie überall in den unteren Stockwerken der Festung Sern anstelle von Fenstern fand. Der Himmel war dunkel, und die Sterne funkelten am Firmament. Izgard würde bald wieder zurückkehren, und Angeline wußte, daß sie sich für ihn schön machen sollte. Sie sollte das Knochenmieder anlegen und Gerta rufen, um die Bänder straffzuziehen. Gerta war vermutlich bereits auf dem Weg hierher, mit Haarnadeln zwischen den Zähnen und bewaffnet mit Bürsten, Puderdosen und Schminkutensilien. Angeline zog es vor, wenn die Nadeln in Gertas Mund waren, denn sobald sie sie herausnahm, hieß es: »Eure oberste Pflicht gilt Garizon, Mylady. Ihr müßt ihm einen Erben schenken.« Nach dieser immer wiederkehrenden Einleitung erging sich Gerta stets in Kommentaren und Ratschlägen zum Thema Liebemachen, die Angeline entweder als amüsant oder entnervend empfand – je nachdem, wie sehr ihr Wein beim Abendessen gewässert gewesen war.

Nun, zumindest heute nacht verspürte sie keine Lust, sich Gertas Geplapper übers Liebemachen anzuhören. Außerdem war sie nicht sicher, ob Gerta überhaupt wußte, wovon sie sprach. Einige der Dinge, die sie vorschlug, um eine ›befruchtende Leidenschaft‹ in Angelines Ehemann zu erzeugen, waren ausgesprochen seltsam. Oh, Izgard schienen all diese Vorschläge zu gefallen – zunächst jedenfalls –, aber in letzter Zeit wurde er hinterher immer ungehaltener, und meist marschierte er einfach wortlos aus dem Raum und warf die Tür mit lautem Knall ins Schloß. Angeline zog es vor, wenn Izgard erschöpft von der Arbeit des Tages in seinem Stuhl einschlief. Sie hegte den Verdacht, daß auch Izgard solche Abende bevorzugte. Aber auch sie wußte, wie wichtig es war, dem Land einen Erben zu schenken.

Angeline seufzte. Sie schlug sich auf die Schenkel, und Schneemann eilte herbei. »Als es nur dich, mich, Vater und Bors gab, war alles viel einfacher. Stimmt's nicht, Schneemann?«

Schneemann wedelte zustimmend mit dem Schwanz.

Damals besser.

»Das weiß ich, Schneemann«, sagte Angeline. Ein Gedanke nahm in ihrem Kopf Gestalt an. »Ich werde Ederius besuchen gehen.« Gerta hatte ihr erzählt, Izgard sei heute auf den Paß hinaufgeritten, und vermutlich würde er erst sehr spät wieder zurückkehren. Izgard hatte Angeline zwar befohlen, Ederius nicht wieder aufzusuchen, aber wenn sie es geschickt anstellte, würde er es nie erfahren. »Was denkst du, Schneemann?«

Schneemann neigte den Kopf zur Seite und wedelte halbherzig.

Nicht sicher.

Angeline lachte. »Du bist nur traurig, weil du nicht mitkommen kannst. Nichtsnutzige Hunde müssen in ihren Zimmern bleiben.«

Schneemann entdeckte seinen Schwanz, erstarrte und beäugte mißtrauisch das seltsame Gebilde; dann ging er zum Angriff über. Als die verlockende Beute daraufhin aus seinem Sichtfeld verschwand, sprang er ihr in verrückten, glücklichen Kreisen hinterher.

Nichtsnutziger Hund. Nichtsnutziger Hund.

Lächelnd öffnete Angeline die Tür. Bei ihrer Rückkehr würde Schneemann friedlich vor dem Feuer schlafen. Seinem Schwanz hinterherzujagen, erschöpfte ihn jedesmal.

Die Wachen nahmen Haltung an, während Angeline

durch die engen, rauhen Korridore der Festung Sern wanderte. Obwohl es mitten im Frühling war und es schon seit Wochen nicht mehr geregnet hatte, war die Luft im Innern der Festung noch immer feucht und kalt. Als Angeline zum ersten Mal hierhergekommen war, hatte sie die kahlen Steinwände als hübsch empfunden, denn sie waren nur auf den ersten Blick kahl. Wenn man genauer hinsah, entdeckte man unzählige Muster und Formen, die mit feinem Meißel in den Stein gehauen worden waren. Nun jedoch haßte die Königin die Wände der Festung. Sie fühlten sich klamm an, und was auch immer hinter ihnen geschah, kein Geräusch drang durch sie hindurch.

Über eine Treppe, die aus dem Fels gehauen worden war, auf dem die Festung ruhte, machte sich Angeline auf den Weg in die Spitze von Sern. Als sie die Mitte der Treppe erreicht hatte, blieb sie stehen. Sie hätte für Ederius etwas zu essen mitnehmen sollen! Er arbeitete den ganzen Tag über so hart, daß er keine Zeit für eine Pause zum Essen oder Trinken hatte. Er konnte hungrig, durchgefroren und hundemüde sein, ohne es zu bemerken. Genau wie Vater, bevor er krank geworden war. Aber … Angelines Fuß schwebte über der nächsten Stufe, während sie die Risiken abwägte. Sie wagte es nicht, in die Küche zu gehen; das würde sie zuviel Zeit kosten. *Ich weiß*, dachte sie. *Nach dem Besuch bei Ederius werde ich Gerta bitten, ihm etwas zu essen zu bringen.* Nachdem das geklärt war, eilte sie die verbliebenen Stufen hinauf.

Niemand antwortete, als sie an die Tür des Scriptoriums klopfte. Als Hausherrin besaß sie zwar das Recht, jeden Raum ohne Ankündigung zu betreten, doch irgendwie kam ihr das nicht richtig vor – jedenfalls nicht auf die Art, wie Izgard es tat. Sie ballte die Faust und hämmerte gegen die Tür.

»Ederius! Ich bin's! Angeline! Bist du da?« Angeline mochte den Klang ihrer eigenen Stimme nicht. Bevor sie Izgard geheiratet hatte, war sie deswegen von anderen Frauen gehänselt worden. Sie fanden, ihre Stimme sei zu hoch; sie klinge zu kindlich. Nun, da sie Izgards Frau war, wagte niemand mehr, etwas zu sagen. Seltsamerweise befriedigte sie das Schweigen der Frauen bei weitem nicht so sehr, wie sie es erwartet hatte, im Gegenteil: Sie war eher traurig darüber.

Ein leises Kratzen war hinter der Tür zu hören. Dann hustete jemand, und eine dünne Stimme sagte: »Mylady, bitte geht weg.«

Besorgt über das, was sie hörte, stieß Angeline die Tür auf und stand Ederius gegenüber. Entsetzt riß sie den Mund auf. Ederius sah krank aus, sehr krank. Seine Augen waren blutunterlaufen und sein Gesicht schweißgebadet.

»O mein Gott«, flüsterte Angeline. Sie sprach es zwar nicht aus, aber Ederius sah genauso aus wie ihr Vater, wenn er unter einem Anfall von Sumpffieber gelitten hatte.

»Mylady«, sagte Ederius, ohne seiner Königin in die Augen zu blicken, »Ihr müßt gehen. Der König hat mir verboten, Euch wiederzusehen.« Die letzten Worte wurden von einem Hustenanfall begleitet.

Angeline wußte alles über Husten. Vater war stets davon heimgesucht worden, bevor ihn ein Fieberanfall niedergeworfen hatte. Jeder in Burg Halmac – Stallburschen, Diener und arme Verwandte – hatte in Furcht davor gelebt, ihren Vater husten zu hören. Husten bedeutete Krankheit und Krankheit Tod. Wenn Angeline ihren Vater husten gehört hatte, war sie sofort in die Küche gerannt und hatte Bittermandeltee mit Honig und Milch aufgegossen. Obwohl auch die Diener und Ärzte alles mögliche unternahmen, hatte sich Baron Halmac stets geweigert, ihre Medizin anzunehmen. »Ich nehme einen Schluck von Angelines Tee«, hatte er immer gesagt, »mehr nicht.« Angeline hatte sich jedesmal aufs neue über diese Worte gefreut. Nur sie hatte ihrem Vater helfen können.

Die Königin ignorierte den Protest des Schreibers und betrat den Raum. Irgend jemand mußte sich um Ederius kümmern, und sie war genau die richtige Person dafür. »Mir ist egal, was Izgard sagt«, erklärte sie, obwohl sie wußte, daß sie log, aber der Satz gefiel ihr. »Er kann mich nicht davon abhalten zu tun, was ich will.« Mit diesen Worten ergriff sie Ederius' Arm und führte ihn zum Schreibtisch.

Für Angelines Geschmack war das Scriptorium zu weiträumig; zudem herrschte hier eine ungewöhnliche Kälte. Die Decke war hoch genug, daß Fledermäuse dort nisten konnten, und durch die großen Fenster wehte der Wind ständig Staub und Insekten herein. Angeline mochte aber all die winzigen Pigmenttöpfchen auf Ederius' Schreibtisch. Die regenbogenfarbenen Pulver darin waren wunderschön anzusehen, doch einige der leuchtendsten rochen ausgesprochen seltsam, und Angeline wußte aus Erfahrung, daß sie Kopfschmerzen bekommen würde, wenn sie die Dämpfe zu lange einatmete.

Vorsichtig half sie Ederius, sich zu setzen. Der alte Schreiber bewegte sich unendlich langsam. Er fühlte sich kalt und steif an. Angeline sah ihm an, daß er nervös war. Nachdem er jedoch erst einmal akzeptiert hatte, daß sie sich um ihn kümmerte, schien er seltsam gerührt davon zu sein, denn er berührte ständig ihre Hände, als wolle er sich vergewissern, daß sie wirklich war.

»So«, sagte Angeline und klopfte Ederius auf die gesunde Schulter. »Du ruhst dich erst mal aus, während ich uns etwas Tee besorge.«

Ederius schüttelte den Kopf. »Nein, Mylady. Bitte. Es wird mir gleich wieder bessergehen. Ich habe nur einen sehr anstrengenden Tag hinter mir.« Während er sprach, bemerkte Angeline, daß er unauffällig ein Stück Pergament über ein leuchtendes Bild auf seinem Schreibtisch schob.

»Du hast zu lange an deinen Mustern gearbeitet.« Angeline versuchte nach besten Kräften, so streng zu klingen wie Gerta. »Izgard hat dich zu sehr gefordert.« Sie streckte die Hand aus, um das Bild unter dem Pergament hervorzuziehen.

»Nein!« Ederius schlug mit der Hand auf den Tisch.

Erschrocken sprang Angeline zurück.

Ederius erkannte, wie barsch er gewesen war, und fügte eilig hinzu: »Verzeiht mir, Mylady. Ich wollte Euch nicht erschrecken. Das Bild ist noch nicht gut genug, als daß ich es irgend jemandem zeigen könnte. Ich ... Ich schäme mich dafür.«

Angeline war nicht sicher, wie sie darauf reagieren sollte. Sie hätte das Bild nur allzu gerne gesehen, doch Ederius wirkte ehrlich verzweifelt. Dann begann der Schreiber zu husten, und die Angelegenheit war erledigt. Hier waren Angelines hervorragende Fähigkeiten als Heilerin gefordert. Sie konnte nicht in die Küche gehen, um Bittermandeltee mit Honig und Milch aufzugießen – es würde zu lange dauern, und Izgard konnte jeden Augenblick zurückkehren –, aber sie konnte Ederius zumindest ein Glas Wasser besorgen und seinen Rücken klopfen, bis der Hustenanfall vorüber war.

Das Bild hatte sie vollkommen vergessen, so beschäftigt war sie damit, Krankenpflegerin zu spielen. Angeline sah sich in dem Raum um auf der Suche nach einem Krug Wasser. Sie fand, wonach sie suchte, auf einem Beistelltisch an der Wand hinter Ederius' Stuhl. Auf dem Weg dorthin entdeckte sie auf einem anderen Tisch einige Gläser. Sie wählte eines davon aus und füllte es bis zum Rand mit klarem Wasser.

Ederius hatte sich über den Schreibtisch gebeugt. Er hustete nicht länger, doch sein Gesicht war blutrot.

»Hier«, sagte Angeline und hob das Wasserglas. »Ich habe dir das gebracht. Ich werde erst mal einen Schluck trinken, um sicherzustellen, daß es nicht zu kalt ist.« Zufrieden mit sich selbst, weil ihr so etwas Pflegerisches eingefallen war, setzte sie das Glas an die Lippen.

»Stop!«

Angeline erstarrte. Sie schaute Ederius über den Rand des Glases an.

»Trinkt nicht aus diesem Glas«, sagte der alte Schreiber, stand auf und ging zu seiner Königin. »Ihr dürft niemals, *niemals*, aus irgend etwas trinken, was sich in diesem Raum befindet.« Er nahm ihr das Glas ab. »Ich mische meine Pigmente in diesen Gläsern, und einige sind ausgesprochen gefährlich. Sie könnten Euch innerhalb einer Sekunde töten, wenn Ihr nur einen winzigen Schluck davon trinkt. Versteht Ihr das?«

Angeline nickte, obwohl sie nicht sicher war, ob sie ihn wirklich verstanden hatte. Sie war erschüttert. Ederius hatte noch nie so mit ihr gesprochen. Sie hatte doch nur eine gute Krankenpflegerin sein wollen.

Als Ederius ihren Gesichtsausdruck sah, beruhigte er sich wieder ein wenig. Er stellte das Glas auf den Tisch und streckte die Hand nach ihr aus; allerdings wagte er nicht, sie zu berühren, obwohl er es wollte. »Es tut mir leid, Mylady. Als ich gesehen habe, daß Ihr aus dem Glas trinken wolltet, habe ich Angst bekommen. Ich will nicht, daß Euch ein Leid geschieht. Einige der Pigmente, die ich zur Farbherstellung verwende, sind starke Gifte. Das hätte ich Euch schon früher erklären sollen.«

»Gifte«, wiederholte Angeline. Nun verstand sie genau, wovon Ederius sprach. Sie wußte alles über Gifte: Sowohl Vater als auch ihr Bruder Bors hatten sich davor gefürchtet, und Izgard war so besessen von seiner Angst vor Gift, daß er nichts aß oder trank, was nicht vorgekostet worden war. Manchmal ließ er sogar Angeline den Vorkoster spielen.

»Ja, Mylady«, sagte Ederius mit sanfter Stimme. »Ihr müßt sehr vorsichtig sein, wenn Ihr etwas berührt, was Ihr hier drin findet. Natürlich ist nicht alles gefährlich. Die Pflanzenfarben, mit denen Ihr gestern gemalt habt – das Safrangelb und Blütenblau –, sie sind beide harmlos.«

Ederius bemühte sich, ein Husten zu unterdrücken, und Angeline war nicht länger wütend auf ihn. Er hatte nur versucht, sie zu beschützen; das war alles. Vater hätte genau das gleiche getan.

»Und das Rot?«

»Ja, Karmesinrot ist ebenfalls ungefährlich, obwohl es von Insekten stammt und nicht von Pflanzen.«

Angeline empfand den Gedanken ausgesprochen unangenehm, daß man Farben aus Insekten gewann. »Welche sind denn gefährlich?« fragte sie und trat hinter Ederius' Stuhl. Sie legte die Hand auf die gesunde Schulter des Schreibers und zwang ihn, sich wieder hinzusetzen.

Ederius tätschelte ihre Hand und antwortete: »Die strahlendweiße Farbe dort auf dem Regal.« Er deutete in die entsprechende Richtung. »Das ist weißes Arsen, und das Scharlachrot daneben besteht aus Quecksilbersulfid. Beide sind sehr gefährlich.«

»Aber du hast doch noch andere rote und weiße Farben, die du benutzen könntest«, sagte Angeline und massierte sanft die gebrochene Schulter des alten Mannes. »Warum verwendest du dann zusätzlich die gefährlichen?«

»So wie sich meine Arbeit verändert, so ändern sich

auch meine Farben.« Ederius erregte sich wieder. Er schüttelte Angelines Hand ab und blickte zu den großen Fenstern. »Ihr müßt jetzt gehen, Mylady. Man macht sich sicher schon Sorgen um Euch.«

Angeline öffnete den Mund, um ihm zu widersprechen, doch sie wußte, daß Ederius recht hatte. Gerta würde sie sicherlich schon überall suchen, und Izgard war vielleicht schon vom Paß zurückgekehrt. Widerwillig nickte sie. »Ich werde Gerta mit etwas Bittermandeltee mit Milch und Honig zu dir schicken.«

»Du bist so ein liebes Mädchen, Angeline«, erwiderte Ederius. Das war das erste Mal, daß er ihren Namen aussprach. »Es tut mir leid, daß ich Euch vorhin erschreckt habe. Ich weiß nicht, was ich getan hätte, wenn Euch etwas geschehen wäre.«

Angeline standen die Tränen in den Augen. Vater hatte einst etwas Ähnliches zu ihr gesagt, nachdem er sie von einem als besonders wild verrufenen Pferd heruntergeholt hatte. »Das Pferd ist unberechenbar«, hatte er gesagt. »Ich darf nicht zulassen, daß es seine Launen an dir ausläßt, sobald du außer Sichtweite bist. Ich weiß nicht, was ich tun würde, wenn meiner Lieblingstochter etwas zustoßen sollte.«

Traurig beugte sich Angeline vor und küßte den alten Schreiber auf die Wange. Seine Haut war so zart und zerbrechlich. Sie erinnerte Angeline an das alte Seidenkleid ihrer Mutter: Obwohl es in einer Holztruhe aufbewahrt wurde, wo es vor Insekten und Wettereinflüssen sicher war, war es in den vergangenen zwanzig Jahren zunehmend verblaßt.

Als die Königin sich wieder aufrichtete, strich ein kalter Luftzug durch den Raum und hob das Pergament an, so daß sie einen kurzen Blick auf das darunterliegende Bild werfen konnte. Was sie sah, jagte ihr einen Schauder über den Rücken.

Die Seite zeigte eine Monstrosität.

Ein schreckliches, unnatürliches Muster.

Dann ließ der Wind wieder nach, und das Pergament sank an seinen Platz zurück. Angeline bezweifelte, überhaupt ein Muster gesehen zu haben – nur ein gedankenloses Durcheinander an Farbflecken.

»Fühlt Ihr Euch wohl, Mylady?« fragte Ederius, der nicht wußte, was sie gesehen hatte.

»Mir geht es gut. Ich muß jetzt gehen.« Angeline machte sich auf den Weg zur Tür. Sie zitterte, doch sie wußte nicht warum. Der Gedanke, wieder in ihre Gemächer zurückzukehren, sich von Gerta zurechtmachen zu lassen und dem nichtsnutzigen Hund zuzuschauen, wie er seinem eigenen Schwanz hinterherjagte, erschien ihr plötzlich ausgesprochen verlockend, und sie nahm zwei Stufen auf einmal. Sie mußte sofort wieder zu der geordneten Langeweile ihres Lebens zurückkehren.

»Und dieses fein gemahlene Pulver bezeichnen wir als Bleiche«, erklärte Emith und zog den Finger durch die Schale mit weißem Pulver. »Ich verwende zumeist Kreide, um die Tierhaut zu bleichen; andere wiederum benutzen Asche oder Brotkrumen und manche gemahlene Knochen. Manchmal, wenn die Haut nicht lange genug gekocht hat und noch nicht sauber genug ist, reibe ich sie zusätzlich mit Bimsstein ab.« Während er sprach, nahm Emith eine Handvoll des weißen Pulvers aus der Schale und rieb es mit einem Holzblock in das Pergament. »Kurz bevor Meister Deveric mit einer neuen Illumination begann, hat er stets darauf bestanden, daß ich das Pergament ein letztes Mal einreibe, um den Flor zu heben, damit es die Tinte besser aufnimmt.«

Tessa nickte. Sie versuchte, sich alles zu merken, was Emith ihr erzählte.

Sie saßen an dem großen Tisch in Mutter Emiths Küche. Seit dem Morgen hatten sich Mutter Emith und ihr Stuhl einmal um die eigene Achse gedreht, und nun saß sie wieder mit dem Gesicht zum Feuer. Die alte Frau hatte den Kopf auf die Schulter gelegt, und ein leises Schnarchen ging von ihr aus. Doch laut Emith schlief sie nicht; sie ruhte sich nur ein wenig aus.

Auf dem Herd kochten hervorragend riechender Eintopf, Braten und Saucen. Tessa hatte bereits zwei Mahlzeiten zu sich genommen; dennoch freute sie sich schon auf die dritte. Mutter Emith kochte wie der Teufel. Nun, eigentlich übernahm Emith das Kochen, doch seine Mutter war stets Herr der Lage: Von ihrem Stuhl aus überwachte sie das Würzen, Kochen und Blanchieren und auch sonst jede Bewegung ihres Sohnes.

Emith hatte Tessa erzählt, daß er vor Deverics Tod zwei von sieben Tagen bei seiner Mutter in der Stadt verbracht habe. Deveric hatte darauf bestanden. Während der restlichen fünf Tage ging ein Mädchen aus der Nachbarschaft der alten Dame zur Hand.

Tessa hatte noch nicht gesehen, daß Mutter Emith sich aus ihrem Stuhl erhoben hatte. Und nun, da es draußen dunkel und die Fenster für die Nacht geschlossen waren, hatte sie das Warten aufgegeben. Vielleicht verhielt es sich mit Mutter Emith ähnlich wie mit den Spielzeugen in Kindermärchen: Vielleicht erwachte sie erst zum Leben, wenn alle anderen tief und fest schliefen.

Tessa mochte Emith und seine Mutter. Beide waren sehr freundlich, wenn auch ein wenig seltsam, und sie waren eifrig bemüht, ihr zu Gefallen zu sein. Wenn Tessa zitterte, lief Emith auf der Stelle los und holte eine Decke. Wenn ihr Magen knurrte, wurde sofort ein Brot geschmiert. Wenn das Licht nicht hell genug zum Zeichnen war, wurden augenblicklich genug Talgkerzen herbeigeholt, um eine Kirche auszuleuchten, und wenn Tessa die Beule an ihrem Kopf berührte, wurde sie fast im selben Augenblick mit Salben, Kräutertee und guten Ratschlägen versorgt.

Obwohl Tessa noch nie derart verwöhnt worden war, hatte sie sich rasch daran gewöhnt. Es war schön, hier zu sein, in dieser warmen, gemütlichen Küche, die so ganz anders war, als die sterilen Einbauküchen daheim. Tessa genoß es, einfach nur dazusitzen, zuzuhören und zu lernen.

Es war eine neue Erfahrung für sie, sich ganz und gar auf etwas konzentrieren zu können, ohne ständig die Angst vor dem Tinnitus im Nacken zu spüren. So war sie zum ersten Mal in ihrem Leben fähig, sich Details zu widmen, was sie früher immer vermieden hatte. Für Tessa war Arbeit stets eine Abfolge von Reflexhandlungen gewesen: etwas hören, registrieren, mit seltsamen Fragen konfrontiert werden und ihnen ausweichen. Ihr Job in der Teleshopping-Firma war einfach: Sie konnte sagen, was sie wollte, aber auf eine Art, die ihr Gegenüber von ihr erwartete. Tessa beherrschte das im Schlaf. Ihre Arbeit hatte sie niemals geistig gefordert – deswegen gefiel sie ihr. So war es schon immer in ihrem Leben gewesen: keine Verpflichtungen, keine Details, kein Nachdenken.

Tessa war in der Teleshopping-Firma gelandet, nachdem sie das College abgebrochen hatte. Wie immer, so stand auch diese Veränderung in ihrem Leben in Zusammenhang mit dem Tinnitus. Ihr erstes Jahr an der New Mexico State University war einigermaßen glatt verlaufen. Tessa hatte all die üblichen Kurse besucht, ein paar Freundschaften geschlossen und war mit ihrer Arbeit gut vorangekommen. Alles war vollkommen in Ordnung gewesen, bis das zweite Jahr begann.

Kunstgeschichte war Tessas Hauptfach. Sofort nach den Sommerferien begannen die Probleme. Sie konnte sich während der Vorlesungen und Seminare nicht mehr konzentrieren. Das leiseste Geräusch lenkte sie ab; das Dröhnen der Klimaanlage, ein Auto, das vor dem Fenster eingeparkt wurde, jemand in den hinteren Reihen, der sich räusperte. Auch stritt sie sich immer häufiger mit ihrer Zimmergenossin. Sie konnte ihr unaufhörliches Geplapper am Telefon ebensowenig ertragen wie die laute Musik, die sie ständig hörte. Tessas Arbeit begann zu leiden. Bücher stapelten sich auf ihrem Schreibtisch und warteten darauf, gelesen zu werden. Wann immer Tessa versuchte, sich zu konzentrieren, plagte sie der Tinnitus.

Ausgewachsene Anfälle kamen nun häufiger vor. Sie gewöhnte sich das Nägelkauen an. Sie wartete. Sie wartete ständig auf den nächsten Anfall.

Dann begann sie, Veranstaltungen zu schwänzen. Bald war Professor Yarbacks Kurs über das Byzantinische Reich und die koptische Kunst das einzige Seminar, zu dem sie sich überwinden konnte. Es waren die Muster, die sie jeden Morgen dazu veranlaßten aufzustehen, sich anzuziehen und die Zähne zu putzen. Die Architektur dieser Epoche war mit Ornamentik reich gesegnet.

Tessa verbrachte Stunden in der Bibliothek und kopierte und erforschte die Kunst der byzantinischen Meister. Und während der langen Nachmittage, in denen Professor Yarback über den ›Naturalismus der menschlichen Gestalt‹ und ›die Bedeutung religiöser Ikonographie‹ referierte, ertappte sie sich immer wieder dabei, wie sie in Gedanken den Linien eines Ornaments folgte, das sie als letztes in der Bibliothek gesehen hatte.

Die Kompositionen ergaben für sie stets einen Sinn. Immer entdeckte sie das Grundmuster, das in den meisten Fällen überraschend einfach war.

Es war während einer der letzten Vorlesungen von Professor Yarback, ›Koptische Einflüsse auf die Inselkunst von Irland und Britannien‹, als sie ihren bis dahin schwersten Anfall von Tinnitus erlitt. Professor Yarback zeigte Dias in seinem typischen Schneckentempo – ägyptische Manuskripte, Grabplatten und Steinreliefs –, als er schließlich zu einer Detailaufnahme des Meßbuchs von Lindisfarne kam.

»Sehen Sie, wie sich hier die Grundmuster der koptischen Kunst widerspiegeln?«

Das waren die letzten Worte, die sie von Professor Yarback hörte. Während sie das Muster auf dem Dia studierte, begann die Welt um sie herum sich aufzulösen. Es war so voller Leben und Bewegung. Seltsam langgestreckte Vögel mit leeren Augen jagten ihre eigenen Schwänze, während sie einander umschlangen, mit Klauen, schuppigen Flügeln und Schnäbeln, eine brodelnde Rinne, und darüber Bänder voller geometrischer Muster: Gitter und Ranken, Spiralen und Schleifen, die sich miteinander verflochten.

Sie bekam Kopfschmerzen.

Die beherrschende Hand des Schreibers war eine greifbare Kraft über dem Raum. Sie war das einzige, was die Vögel davon abhielt, sich im Chaos aufeinander zu stürzen und die perfekte Symmetrie der Seite zu durchbrechen.

Leicht, ganz leicht, begannen Tessas Ohren zu brennen. Ein hohes, kreischendes Geräusch ließ ihre Trommelfelle erbeben, und ihre Schläfen begannen zu pochen.

Das Dia dominierte den gesamten vorderen Teil des Raumes. Seine Farben spiegelten sich auf den Gesichtern der Studenten. Der Hörsaal roch nach Schweiß, Holzpolitur und Reinigungsmittel. Dann stieg ihr ein unerwarteter Duft in die Nase – wie Farbe, nur würziger, stärker.

Der Lärm war kaum noch zu ertragen.

Sie konnte den Blick nicht von dem Dia abwenden. Es zeigte ein verzaubertes Gewirr aus Linien, Kurven und Formen; sie versuchte verzweifelt, ihm einen Sinn zu entnehmen. Ihr Blick fiel auf einen einzelnen Vogel in der linken oberen Ecke des Bildes. Seine Flügel waren gestreift und nicht geschuppt wie die der anderen. Er war der einzige seiner Art.

Professor Yarback redete, ging auf und ab und deutete gelegentlich auf das Bild. Offenbar hatte er es nicht eilig, zum nächsten Bild weiterzuschalten.

Tessas Kopf dröhnte. Sie nahm die Welt nur noch verschwommen wahr. Die Tränen standen ihr in den Augen, und sie vermochte die Muster auf dem Bild nur noch verzerrt zu erkennen. Die Vögel starrten sie mit leeren Augen an; ihre Schnäbel setzten sich in Bewegung und nagten an Flügeln und Gliedmaßen in ihrer Reichweite.

Tessa spürte mehr, als daß sie hörte, wie ihr Stift zu Boden fiel. Professor Yarback blieb stehen. Sein Kopf befand sich im Zentrum des Dias. Vogelbilder legten sich über sein Gesicht wie eine Maske, so daß er aussah, als wäre er tätowiert.

Tessa war sich kaum bewußt, was sie tat, als sie die Finger auf die Schläfen preßte, um den Lärm herauszuquetschen. Er war inzwischen unerträglich geworden: ein Stahldraht, der mitten durch ihre Gedanken schnitt. Es gab nur noch das Muster und den Schmerz, nichts weiter.

Ihre Bücher rutschten vom Tisch und auf ihren Schoß. Vage registrierte sie die Menschen um sich herum. Sie hatten die Münder geöffnet, die Hände erhoben, und ihre Augen waren so leer wie die der Vögel. Tessa wünschte sich, sie würden verschwinden. Sie behinderten ihre Sicht auf das Muster, verhinderten, daß sie es grundlegend erkannte.

Ein hohes Kreischen, wie der Schrei eines Seevogels zerriß ihren Kopf. Dann wurde die Welt schwarz.

Kurze Zeit später erwachte Tessa auf der Krankenstation des Campus. Der Tinnitus war zwar noch da, doch war er inzwischen nicht mehr als nur ein Hintergrundgeräusch unter vielen. Damit konnte sie leben. Die Krankenschwester, eine große Puertoricanerin in einem frisch gebügelten weißen Kittel, erklärte ihr, daß sie wohl einen Kreislaufkollaps erlitten habe und an ihrem Tisch zusammengebrochen sei. Sie gab Tessa zwei Percodan und rang ihr das Versprechen ab, sofort einen Arzt aufzusuchen.

Tessa nahm die Percodan, trank ein Glas Soda und ging ohne Umwege in ihr Zimmer, um es eine Woche lang nicht mehr zu verlassen. Während dieser Zeit wurde der Tinnitus immer schlimmer. Jedesmal, wenn sie versuchte, liegengebliebene Arbeit aufzuholen oder auch nur ein Magazin zu lesen, begann das Hämmern erneut. Jede Nacht träumte sie von dem Dia im Vorlesungssaal, und jeden Morgen erwachte sie erschöpft und schweißgebadet.

Am fünften Tag erkannte Tessa, daß der Tinnitus nicht von selbst verschwinden würde. Solange sie blieb, wo sie war, würde er sie nicht in Ruhe lassen. Das akzeptierte sie als Tatsache. Also mußte sie fort von hier.

Am nächsten Tag packte sie Matratze, Bettzeug, Kleider, ihre Topfpflanze, der sie sogar einen Namen gegeben hatte, und ein paar Bücher in den Wagen, besorgte sich einen Rand-McNally-Straßenatlas und fuhr über die I-8 Richtung Westen. Zu diesem Zeitpunkt hatte sie noch die feste Absicht zurückzukehren. *Nur ein paar Wochen,* sagte sie sich. Sie kehrte aber nie zurück.

Ihr ursprüngliches Ziel war Los Angeles gewesen, doch irgendwie landete sie in San Diego und verkaufte Bürobedarf über das Telefon. Der Job paßte ihr ausgezeichnet. Keine Verantwortung, keine Kleidervorschriften, flexible Arbeitszeiten und wenig Papierkram: Nachdem sie sich erst einmal einen Stammplatz erarbeitet hatte, mußte sie noch nicht einmal denken. Teleshopping war ein reines Zahlenspiel. Ruf genug Leute an, und ein gewisser Prozentsatz wird schon ja sagen. Tessa war gut darin. Meist konnte sie sogar mehr Abschlüsse vorweisen, als die Vorgaben von ihr verlangten. Nach zwei Monaten bei First Stop Telesales wurde sie davon befreit, alte Listen abzuarbeiten und durfte ihre eigenen erstellen. Im Teleshopping-Geschäft bedeutete das, daß sie fest im Sattel saß.

Der Tinnitus verschwand beinahe vollständig. Wenn sie doch einmal einen Anfall bekam, dann stets nur einen leichten, nichts, was sich mit der schrecklichen Attacke vergleichen ließ, die sie in dem Hörsaal erlitten hatte. Allerdings erinnerte sich Tessa ständig an dieses Ereignis. Sie mußte nur eine Buchhandlung betreten, eine Kunstausstellung besuchen oder zu lange auf ihrem gelben Notizblock zeichnen, und das Klingeln begann erneut. Nun jedoch achtete sie darauf, es niemals zu weit zu treiben. Bei dem kleinsten Anzeichen eines drohenden Anfalls hörte sie auf mit was auch immer sie tat und entspannte sich. Sie ging viel spazieren, legte sich auf die Couch und hörte Musik oder fuhr mit dem Auto hinaus ins Grüne …

Tessa spürte einen stechenden Schmerz im Daumen. Als sie hinunterblickte, sah sie, daß sie den Ring in der Hand hielt. Sie konnte sich nicht daran erinnern, ihn aus ihrem Mieder geholt zu haben. Rasch blickte sie zu Emith. Der alte Diener bereitete das Abendessen vor. Mutter Emith saß noch immer in ihrem Stuhl und schnarchte.

Tessa betrachtete den Ring und erinnerte sich an die Ereignisse, die zu diesem Fund geführt hatten: der Telefonanruf, die Fahrt, der Pickup-Fahrer, der Tinnitus. Warum nur endete sie nach jedem ungewöhnlich heftigen Tinnitusanfall an einem anderen Ort?

»Die Suppe ist jetzt fertig, Fräulein«, verkündete Emith und riß Tessa aus ihren Gedanken. »Möchtet Ihr eine Schüssel?«

»Hast du auch daran gedacht, Pfeffer und Sahne dazuzutun?« meldete sich Mutter Emith und bewies damit, daß sie in der Tat nicht geschlafen, sondern sich nur ein wenig ausgeruht hatte.

»Ja, Mutter.«

Tessa steckte den Ring ins Kleid. »Ich könnte für eine Schüssel sterben«, erwiderte sie, obwohl sie nicht wußte, um was für eine Suppe es sich handelte; doch der Duft sagte ihr, daß sie irgend etwas mit Rindfleisch zu tun haben mußte.

Tessa stand auf und begann, den Tisch aufzuräumen. Emiths Pigmenttöpfchen klirrten, als sie sie zu ordentlichen Reihen zusammenschob, aber die Pinsel, Federn, Bleistifte und Schaber widersetzten sich jedem Versuch, sie auf einen Haufen zusammenzulegen. Tessa war überrascht, wieviel sie an nur einem Tag über die verschiedenen Instrumente gelernt hatte. Die Schaber waren aus Kupfer oder Knochen und dazu bestimmt, Linien im Wachs zu ziehen. Emith hatte ihr erklärt, daß Pergament zu teuer sei, um es für Entwürfe zu verschwenden. Daher benutzten die meisten Schreiber Wachstafeln, wenn sie etwas Neues ausprobieren wollten. Eine Wachstafel konnte man immer wieder verwenden, denn das Wachs wurde erhitzt und anschließend mit der Rückseite des Schabers glattgestrichen.

Bleistifte waren hierzulande genau das, was der Name sagte: lange, spitze Bleistangen. Sie dienten dazu, die

Umrisse einer Illumination oder Fixpunkte auf der Seite festzulegen. Das Blei konnte man einfach so einsetzen, oder es vorher in eine Hülle stecken, was Tessas heimischen Bleistiften nahegekommen wäre; doch Emith hatte erklärt, die besten Schreiber würden auf die Hülle verzichten, weil sie so mehr Gefühl hätten.

Was Tessa bei alledem jedoch am meisten verblüffte, war der enorme Aufwand, der die Arbeit begleitete. Kaum etwas wurde fertig gekauft: Tinte, Pigment, Federn, Pergament, Wachstabletts, Leim, Verdünner – alles machte Emith selbst. Tessa verstand allmählich, warum ein Mann wie Deveric einen Gehilfen gebraucht hatte. Hätte er die meiste Zeit des Tages damit verbringen müssen, Gänsefedern im Sand zu vergraben, wäre er wohl kaum zum Zeichnen gekommen.

Allein die Herstellung von Pergament war eine Vollzeitbeschäftigung. Dazu kaufte Emith auf dem Markt unbehandelte Tierhäute – er hatte erklärt, Ziegen- und Schafshaut seien am billigsten, doch die Haut totgeborener Kälber sei am besten. Diese brachte er dann nach Hause und tränkte sie in mit Löschkalk angereichertem Wasser, um das Fleisch zu lösen. Dann spannte er sie noch feucht auf einen Rahmen und kratzte sie mit etwas sauber, das er ein ›Schabmesser‹ nannte.

Am Morgen, als Tessa in den Hof gegangen war, um sich zu erleichtern, hatte sie eine Reihe hölzerner Rahmen und mehrere Bottiche gesehen und sich gefragt, wozu sie wohl gut waren. Nun wußte sie es. Emith hatte ihr weiter erklärt, daß das Reinigen der Tierhäute ein äußerst übelriechender Prozeß sei, und daß Deveric ihn angewiesen habe, dies in der Stadt zu erledigen. Das war vermutlich der wahre Grund dafür, warum Deveric so großzügig gewesen war, seinen Diener zwei Tage pro Woche in Bay'Zell verbringen zu lassen. Allerdings behielt Tessa diese Vermutung für sich. Sie kannte Emith inzwischen gut genug, um zu wissen, daß er nicht zulassen würde, daß man über irgend jemanden schlecht sprach – besonders nicht über seinen kürzlich verstorbenen Meister.

»Hier, Fräulein«, sagte Emith und reichte ihr eine Schüssel mit etwas, das viel zu dick war, um als Suppe bezeichnet zu werden. »Setzt Euch, und ich werde Euch noch etwas Brot bringen.«

»Und einen Becher Arlo«, fügte Mutter Emith hinzu. »Ich glaube, wir können unserem Gast nun reinen Gewissens einen Becher anbieten. Schließlich ist es schon dunkel, und die Priester sind bereits nach Hause gegangen.« Sie zwinkerte Tessa zu. »Und ich glaube, ich werde mir auch einen Becher genehmigen.«

Tessa lächelte. Sie hatte das unbestimmte Gefühl, daß Mutter Emith jeden Abend ein oder zwei Gläser zu sich nahm.

»Seid vorsichtig, Fräulein«, sagte Emith, als Tessa die Schüssel auf den Tisch stellen wollte. Er sprang neben sie und legte die Zeichnung beiseite. »Wir wollen doch nicht, daß ein Fleck darauf kommt.«

»Nein. Natürlich nicht.« Tessa setzte sich an den Tisch und begann, in der Suppe nach etwas zu suchen, das man als Fleisch bezeichnen konnte. Sie hörte Emith davontappen. »Ist die Zeichnung wirklich so gut, wie du sagst?« fragte sie, als er mit einem Becher Arlo in der Hand wieder neben ihr erschien.

Zum ersten Mal an diesem Tag setzte sich Emith. »Ich glaube schon«, antwortete er und rückte seinen Stuhl so nahe an Tessa heran, wie es die Höflichkeit gestattete. »Ich bin kein Experte in solchen Dingen wie mein Meister, aber ich habe schon die Arbeiten von vielen Schreibern gesehen, und was den Guten vom Mittelmäßigen unterscheidet, ist das Auge fürs Detail. Mein Meister hat immer gesagt: ›Jeder kann eine Illumination anfertigen, aber man braucht ein Auge fürs Detail, um sie strahlen zu lassen‹.«

Detail. Tessa legte den Löffel ab. Ihr war der Appetit vergangen. Noch vor drei Tagen war sie unfähig gewesen, sich mit Details zu beschäftigen. Seit Jahren hatte es keine längerfristigen Beziehungen mehr in ihrem Leben gegeben, keine Karrierepläne, Geldanlagen oder was sonst von ihr verlangt hätte, über einen längeren Zeitraum hinaus ein Ziel zu verfolgen, oder sich ausgiebig mit Einzelheiten zu beschäftigen.

Es *gab* in ihrem Leben keine Details. Wenn sie eines in ihrem Leben vermieden hatte, dann war es, auf Details einzugehen. Wenn man ihr eine Beförderung anbot, lehnte sie ab, weil mehr Verantwortung zugleich mehr Papierkram bedeutete. Wenn männliche Bekanntschaften drohten, ernst zu machen, distanzierte sie sich von ihnen. Wenn Bankangestellte sie überreden wollten, ihr Geld in Wertpapieren oder langfristig festgelegten Sparguthaben anzulegen, wurde sie ausfallend und drohte, ihre Einlagen zu einer anderen Bank zu bringen, falls sie noch einmal die Phrase ›ein halbes Prozent über Durchschnitt‹ hören sollte. Sie besaß keinen Computer, keinen Planer oder auch nur ein Adreßbuch. Noch nie hatte sie etwas über die Post bestellt, weil das bedeutete, ein Formular ausfüllen zu müssen.

Und nun erzählte ihr dieser ruhige, bescheidene Mann, der nur drei Fuß von ihr entfernt saß, daß sie ein Auge fürs Detail habe.

Tessa lachte. Sie hielt Emiths Bemerkung zwar nicht für sonderlich komisch, aber sie hatte das Gefühl, irgendwie reagieren zu müssen.

Emith wirkte verletzt. »Ich sage nur die Wahrheit, Fräulein. Um solche Muster zu malen wie Meister Deveric, muß man Dinge sehen, die andere nicht sehen. Ich habe den Ring, den Ihr kopiert habt, nur kurz gesehen, aber es reichte aus, um zu erkennen, daß ihr ihn gut eingefangen habt. Es ist Euch gelungen, seine komplexe Form aufs Pergament zu bannen. Aber nicht nur das: Ihr habt das Muster in seinem Herzen gefunden.«

»Der Ring *hat* ein Muster«, sagte Tessa und zog das Band heraus. »Ich habe nichts gefunden, was nicht für jeden sichtbar wäre.«

»Darf ich?« Emith rückte ein wenig näher und griff nach dem Ring. Der alte Diener roch nach Minze und Farben. »Ich erkenne kein Muster, wenn ich ihn so ansehe«, sagte er leise und drehte den Ring in der Hand. »Ich sehe nur zusammengelegte Goldfäden. Eine Schicht Metall auf der anderen, weiter nichts. Ihr jedoch erkennt sofort ein Muster und besitzt auch noch die Fähigkeit, es auf Pergament zu bannen. Wenn ich Eure Zeichnung betrachte, sehe ich den Ring durch Eure Augen – ich sehe das gleiche Muster wie Ihr –, doch wenn ich den Ring direkt ansehe, sehe ich nichts als Linien.« Er ließ den Ring wieder auf Tessas Brust fallen.

Plötzlich fühlte sich Tessa unendlich müde. Sie wußte nicht, wie sie darauf reagieren sollte. Emith glaubte, was er sagte – dessen war Tessa sicher –, doch das bedeutete noch lange nicht, daß er sich nicht irrte. »Was wäre, wenn ich ein Muster erfunden hätte? Eines, das überhaupt nicht da ist? Wie willst du den Unterschied erkennen?«

Emiths Lächeln war tadelnd, aber freundlich. »Das Muster fühlte sich richtig an, Fräulein. Es war nicht erfunden, denn als ich den Ring in der Hand hielt, habe ich genau gewußt, worauf Ihr hinauswolltet.«

»Hör gut zu, was Emith dir zu sagen hat, meine Liebe. Es gibt nichts, was mein Sohn nicht über die Schreibkunst weiß.« Mutter Emith klopfte mit ihrem inzwischen leeren Becher gegen die Stuhllehne und strahlte die beiden an. »Ich nehme noch einen Schluck, Emith. Es wäre ausgesprochen unhöflich, wenn ich unseren Gast allein trinken ließe.«

Emith errötete bei den Worten seiner Mutter. Offensichtlich war er froh, einen Grund zu haben, um sich entfernen zu können. Er eilte hinaus in den Hof, wo die Familie ein Faß Arlo lagerte, weil es dort angenehm kühl blieb.

Tessa prostete Mutter Emith zu. Die alte Dame erwiderte den Toast mit einer königlichen Handbewegung, schloß die Augen und sank wieder in ihrem Stuhl zurück.

Tessa trommelte mit den Fingern auf dem Tisch und dachte darüber nach, was Emith gesagt hatte. Sie *hatte* ein Muster in dem Ring gesehen; damit hatte er recht. Das war auch der Grund gewesen, warum sie ihn überhaupt hatte zeichnen wollen – um Sinn hineinzubringen. Ihr ganzes Leben über hatte sie in allem Muster gesehen: in Blumenarrangements, in den Stühlen eines Konzertsaals, in Kleidern in einem Schrank, in Buchhüllen, Kissenbezügen, Dachschindeln. Als Kind hatte sie stets alles zeichnen wollen, was sie sah; doch irgendwann hatte sie das aufgegeben. Das hing wohl mit dem Erwachsenwerden zusammen. Oder hatte das auch damals schon an ihrer Angst vor dem Tinnitus gelegen?

Emith öffnete die Tür, und eine Windbö wehte in die Küche hinein.

Tessa erzitterte.

Gerade als Emith die Tür wieder schließen wollte, erschien eine behandschuhte Hand im Eingang und packte die Türkante. Etwas tropfte von den Fingern auf den Boden. Einen Augenblick später stand Ravis im Raum.

»Guten Abend«, sagte er und nickte zuerst Mutter Emith, dann Tessa und Emith zu. »Ich hoffe, ich komme nicht zu spät zum Abendessen.« Als er bemerkte, daß

Tessa auf seinen Handschuh starrte, zog er ihn aus und steckte ihn in die Tunika. Gleichzeitig rieb er unauffällig mit dem Fuß über den feuchten Fleck auf dem Boden.

»Kommt zum Feuer, Lord Ravis«, sagte Mutter Emith. »Emith wird Euch eine Schüssel Markknochensuppe und einen Becher Arlo bringen.«

Ravis trat zu der alten Frau und küßte sie auf beide Wangen. »Markknochensuppe! Ich könnte schwören, Madame, daß Ihr Gedanken lesen könnt. Den ganzen Abend habe ich an nichts anderes gedacht. Zeigt mir den richtigen Topf, und ich werde mich selbst bedienen.« Zu Emith sagte er: »Gib mir den Krug, mein Freund, damit ich den Becher deiner Mutter wieder auffüllen kann.«

Mutter Emith strahlte Ravis von ihrem Stuhl aus an, während dieser durch die Küche eilte, Becher auffüllte, Holz aufs Feuer legte, Saucen kostete und über Gewürze referierte.

Weder Emith noch seine Mutter schienen zu bemerken, wie schnell sich seine Brust hob und senkte, während er sprach. Auch der Schweiß auf seiner Stirn und der weinrote Fleck auf seiner Tunika schienen ihnen entgangen zu sein. Tessa entging jedoch nichts davon. *Details*, dachte sie und lächelte humorlos.

Ravis entbot Mutter Emith einen Toast. Dann trank er auf ihre Küche und schließlich auf die Nacht. Tessa bemerkte nicht, was er im Sinn hatte, bis er schließlich in seinen leeren Becher starrte und sagte: »Ich glaube, das war's. Ich gehe raus in den Hof und hole noch etwas. Tessa, könntest du mich mit einer Kerze begleiten? Nachdem ich Mutter Emiths hervorragende Markknochensuppe gegessen habe, fühle ich mich zwar stark genug, um zehn Krüge zu schleppen, aber im Dunkeln sehen kann ich leider immer noch nicht.« Er lächelte Mutter Emith charmant an, welche sein Lächeln ebenso charmant erwiderte.

»Ich werde den Krug füllen, Lord Ravis«, sagte Emith und trat vor.

»Nichts da, mein Freund. Du hast schon genug für uns getan.« Ravis zog einen Stuhl an den Tisch. »Warum setzt du dich nicht hin und läßt zur Abwechslung mal jemand anderen die Arbeit erledigen?« Emith erlag der beachtlichen Macht von Ravis' Charme und tat, wie ihm geheißen. »Komm, Tessa. Du kannst mir zeigen, wo das Faß ist.«

Sofort nachdem sich die Tür hinter ihnen geschlossen hatte, drehte sich Ravis zu Tessa um und sagte: »Nach heute abend werde ich nicht mehr hierher zurückkehren. Es ist zu gefährlich. Drei von Izgards Hetzern sind mir von Marcels Haus aus gefolgt. Zwei habe ich abgehängt, aber der dritte ...« – er klopfte auf die Stelle, wo er den Handschuh verstaut hatte – »...den dritten ›abzuhängen‹, war ein wenig schwierig. Ich darf nicht riskieren, sie hierherzuführen. Sie wissen nichts von diesem Ort, und deshalb solltest du hier einigermaßen sicher sein. Bleib im Haus, und sorg dafür, daß Emith und seine Mutter niemandem etwas von deiner Anwesenheit erzählen. Öffne niemandem die Tür – besonders nicht Marcel –, und nimm das hier.« Er zog das Messer aus seinem Gürtel und reichte es Tessa.

Ohne darüber nachzudenken, nahm Tessa das Messer an. In ihrem Kopf drehte sich alles. *Ravis wollte sie verlassen?*

Ravis' Finger berührten die ihren, als sie die Hand auf das Heft des Messers legte. Seine dunklen Augen waren so schwarz wie die Nacht. Das Licht, das aus dem Haus nach draußen schien, fing sich an der Narbe und warf einen Schatten auf seine rechte Gesichtshälfte. »Ich weiß nicht, wie lange ich fort sein werde. Ich muß für Camron von Thorn eine Armee aufstellen und ausbilden, und im Augenblick ist Bay'Zell nicht der geeignete Ort dafür. Aber ich *werde* zurückkehren. Und dann werde ich dich mitnehmen, und gemeinsam werden wir den Grund dafür herausfinden, warum du hier bist.«

Tessa nickte wie ein gehorsames, kleines Kind. Sie kam sich dumm vor, aber was sollte sie sagen? Sie konnte ihm nicht widersprechen. Dieser Mann schuldete ihr gar nichts. Er war nicht verpflichtet, sich um sie zu kümmern.

Ravis beugte sich vor und küßte sie auf den Mund. Tessa spürte das rauhe Fleisch seiner Narbe und dann die weichen Lippen. Er roch nach Blut und Schweiß und Arlo. Ravis drückte sie an sich, doch nur drei Sekunden später ließ er sie wieder los.

Bevor sie sich zurückhalten konnte, trat Tessa einen Schritt auf ihn zu. Ihr Mund war geöffnet; sie wollte mehr. Verlegen unterdrückte sie den Impuls. Sie war froh, daß Ravis sich bereits umgedreht und ihre Reaktion nicht gesehen hatte.

»Komm«, sagte er. Seine Ledertunika knirschte, als er sich über das Faß beugte. »Laß uns wieder reingehen. Mutter Emith erwartet uns, und ohne Zweifel freut sie sich schon darauf, daß ich einen neuen Toast ausspreche – diesmal wird es ein Abschiedstoast sein.«

Tessa traute ihrer Stimme noch nicht, und so folgte sie Ravis schweigend zurück ins Haus.

Kapitel elf

Am frühen Morgen bildete der Fischmarkt das Zentrum von Bay'Zell. Ein Fremder brauchte weder die Hilfe von Passanten noch Hinweisschilder, um hierherzufinden. Der Geruch reichte zur Orientierung aus, und der Lärm der plappernden, streitenden und feilschenden Fischhändler war ein zuverlässigerer Wegweiser als jedes Leuchtturmfeuer.

Generell mochte Ravis die frühen Morgenstunden nicht, doch diese hier waren gar nicht mal so schlecht. Der Himmel war klar, und der Tag versprach, schön und warm zu werden. Seemöwen kreisten über den Dächern der Stadt, und aus dem Osten wehte eine lebendige, nach Algen riechende Brise.

Von der obersten Stufe der Marmortreppe, die zu dem alten Schrein hinaufführte, konnte Ravis den gesamten Fischmarkt überblicken. Seit der neue Schrein mit seinen hochaufragenden, messingbeschlagenen Türmen vor fünfzig Jahren vollendet worden war, hatten die Fischhändler den Vorhof des alten übernommen. Ravis hielt dies für ausgesprochen passend: Schließlich waren beide Schreine von dem Geld bezahlt worden, das die Bewohner der Stadt aus dem Meer holten.

Ravis ließ seinen Blick von einem Stand zum anderen wandern, von einem Gesicht zum nächsten und von Hand zu Hand: Er suchte etwas. Camrons goldenen Schopf hatte er bereits in der Menge entdeckt. Der Mann stand in der Nähe eines Muschelhändlers, begleitet von zwei seiner Wachen, die jedoch ein paar Fuß Abstand zu ihm hielten. Ravis war noch nicht bereit, Kontakt zu ihm aufzunehmen. Zunächst wollte er sich vergewissern, daß der Markt auch sicher war. Nach dem Zusammenstoß mit den Hetzern in der vergangenen Nacht, war er nicht in der Stimmung, unnötige Risiken einzugehen.

Unmittelbar nachdem er Marcels Haus verlassen hatte, war ihm ein Mann gefolgt. Ein zweiter und dritter hatten sich dazugesellt, als die Straßen enger und das Viertel schlechter geworden war. In Erinnerung an die Ereignisse auf der Parso-Brücke hatte Ravis beschlossen, es sei klüger, seinen Verfolgern auszuweichen, als sich ihnen zum Kampf zu stellen. Zwei oder drei Männer hatte er rasch abgehängt, doch eine Konfrontation mit dem dritten war unvermeidbar gewesen. Überraschenderweise hatte der Kampf ein schnelles Ende gefunden. Der Hetzer war einfach nur ein gut ausgebildeter Kämpfer gewesen, weiter nichts: keine Blutlust, keine übermäßig schnellen Reflexe und keine Bereitschaft, bis zum Tod zu kämpfen. Ravis bezweifelte, daß der Mann durch Zauberei verändert worden war. Nachdem er ihn einmal am Arm verwundet hatte, war der Hetzer klug genug gewesen zu fliehen. Das war zwar einerseits sehr erfreulich, doch andererseits bereitete es Ravis auch zusätzlichen Grund zur Sorge.

Er kannte Izgard. Wenn der König von Garizon nicht seinen neuen Trick anwendete, um ihn zur Strecke zu bringen, dann nutzte er ihn im Augenblick für etwas weitaus Schlimmeres. Wie viele Tage waren inzwischen seit der Krönung vergangen? Drei? Vier? Zeit genug jedenfalls, um die Kriegsherren der Garizon ungeduldig werden zu lassen. Sie erwarteten von Izgard, daß er etwas unternahm – und zwar so schnell wie möglich.

Ravis kaute auf seiner Narbe. In diesem Augenblick, da er hoch über dem Fischmarkt stand und nach potentiellen Verfolgern Ausschau hielt, könnte die Invasion im Osten schon begonnen haben. Seltsam, noch vor vier Tagen hatte Ravis geglaubt, er würde nie wieder etwas von Izgard sehen oder hören. Sein Vertrag war ausgelaufen; man hatte ihn bezahlt, und er hatte eine Passage auf einem Schiff gen Süden gebucht. Kurzfristig hatte er geplant, den kommenden Krieg in Mizerico an der Seite einer gewissen dunkelhaarigen Schönheit einfach auszusitzen. Nun jedoch hatte sich alles verändert. Izgard war ihm auf den Fersen; Marcel hatte ihn verraten, und Camron von Thorn hatte ihn am Kragen.

Oder besser: Camron *glaubte*, ihn am Kragen zu haben.

Es gab mindestens hundert verschiedene Wege, um Bay'Zell zu verlassen, und Ravis bezweifelte, daß Camron auch nur die Hälfte davon kannte. Wenn er wollte, hätte er die Stadt jederzeit verlassen können, ohne auch nur die geringste Spur zu hinterlassen. Pegruff war nicht der einzige Fischer im Nordhafen, der ihm einen Gefallen schuldete; Ravis konnte jederzeit ein Schiff finden, das ihn nach Maribane oder Balgedis bringen würde. Aber aus den unterschiedlichsten Gründen hatte er sich entschlossen, hier zu bleiben.

Gold war einer dieser Gründe.

Izgards Anschlag auf sein Leben ein anderer.

Und nicht zuletzt gab es da noch eine ausgesprochen eigensinnige Frau mit rotgoldenem Haar …

Ravis ließ ein letztes Mal den Blick über die Menge schweifen; dann stieg er die Stufen hinunter. Falls sich irgendwo auf dem Markt Hetzer herumtreiben sollten, dann mußten sie in die Fässer zu den Makrelen und Schollen geklettert sein, denn er hatte über eine Stunde dort oben gestanden und nichts Verdächtiges bemerkt.

Die Gerüche auf dem Markt waren gewissermaßen ›atemberaubend‹. Auf den Tischen stapelten sich Fisch und Meersalz, und Männer, die genauso verkrustet und wettergegerbt waren wie ihr Fang, priesen lautstark die Qualität ihrer Waren. Eine Scholle war nicht einfach nur eine Scholle; sie war ›so weich und zart, daß sie selbst der Oma schmeckt, und so frisch, daß sie fast von allein in die Pfanne hüpft‹.

Camron erspähte Ravis, der sich ihm von der anderen Seite des Platzes her näherte; seinen Männern war der Söldner jedoch entgangen. Sie ließen sich von der Menge hierhin und dorthin treiben und von den Gerüchen und Geräuschen des Marktes ablenken – daß sich just in diesem Augenblick die hübsche Tochter eines Fischhändlers verführerisch über ein Heringsfaß beugte, trug ein übriges dazu bei, daß sich die Männer auf alles mögliche konzentrierten, nur nicht auf ihre Aufgabe. Nachdem Ravis erfahren hatte, daß die meisten Gardisten von Camrons Vater mit ihm gemeinsam getötet worden waren, war er geneigt, Camrons Leute weniger streng zu beurteilen. Dennoch machte ihre Unfähigkeit die vor ihm liegende Aufgabe nicht gerade leichter. Camron wäre besser beraten gewesen, sich auf sich selbst zu verlassen als auf unausgebildete Männer, die unfähig waren, sich in einer größeren Menschenmenge auf ihre Aufgabe zu konzentrieren.

Während Ravis den Marktplatz überquerte, hielt er die Hand auf dem Heft seines Messers – eines neuen, dank der Tatsache, daß er sein altes vergangene Nacht Tessa gegeben hatte. Die neue Waffe besaß weder eine verzierte Klinge wie die alte, noch ein mit Silberfäden durchzogenes Heft, doch ihm machte das nichts aus. Ein Teil von ihm fand noch immer Gefallen an romantischen Gesten – wie dem Verschenken einer fünfzig Goldkronen teuren Waffe an eine Dame. Im Notfall hätte sich Tessa natürlich auch mit jedem beliebigen Fleischmesser aus Mutter Emiths Küche verteidigen können, aber Ravis hatte ihr gerne seine Waffe gegeben. Er wollte nicht, daß ihr etwas zustieß, solange er fort war.

»Ravis«, sagte Camron von Thorn und ging ihm entgegen, um ihn zu begrüßen, »wie ich sehe, hast du eine etwas andere Vorstellung vom Tagesanbruch als ich.«

Ravis lächelte. Zufrieden stellte er fest, daß Camron weit besser aussah als noch in der Nacht zuvor: er wirkte sauber und gepflegt, und seine Hand tanzte um ein Messer, das nicht mehr von Blut verschmiert war. Die Art und Weise, wie sich Camrons Hand und Auge im Einklang miteinander bewegten, veranlaßte Ravis dazu, seine Meinung über den Mann zu ändern: Offenbar verließ sich Camron doch nicht ausschließlich auf seine Leibwache.

»Begleite mich ein Stück«, sagte Ravis und ließ dabei den Blick über die Menge schweifen.

Camron trat neben ihn. »Was ist letzte Nacht geschehen?«

Erneut mußte Ravis seine Meinung über Camron korrigieren. Der Mann war klug und erfahren genug, um zu vermuten, daß ein Grund hinter Ravis' Vorsicht steckte. »Drei von Izgards Hetzern sind mir vergangene Nacht gefolgt, nachdem ich Marcels Haus verlassen habe. Sie haben mir einige Schwierigkeiten bereitet – keine großen zwar, aber das bedeutet, daß ich nicht länger in Bay'-Zell bleiben kann. Solange ich hier bin, wird Izgard mir immer neue Männer auf den Hals hetzen, und früher oder später werden sie mich auch erwischen.«

»Am Ende erwischt es jeden von uns.« Camrons Stimme klang harsch. Mit der linken Hand winkte er seinen beiden Leibwächtern, ihm zu folgen.

Ravis beschloß, die Bemerkung zu ignorieren. Er bahnte sich einen Weg an Fässern mit Hummern und übellaunigen Krabben vorbei und sagte: »Wir müssen uns beeilen. Bay'Zell ist nicht gerade der ideale Ort, um eine Streitmacht aufzustellen und auszubilden. Ich brauche einen Ort, wo ich nicht ständig fürchten muß, von irgend jemandem in den Rücken gestochen zu werden. Einen unauffälligen Ort mit Kasernen und genug Land drumherum, vorzugsweise in der Nähe des Chase.«

Camron nickte. »Wie weit den Chase hinauf?«

»Irgendwo zwischen Runzy und Gornt. Ich will relativ schnell Männer und Ausrüstung heranschaffen können, die Entwicklungen in Bay'Zell im Auge behalten und nahe genug an den Vorce-Bergen bleiben, um jederzeit zuschlagen zu können.«

»Mein Vater besitzt …« Camron korrigierte sich. »Ich besitze ein kleines Gutshaus unmittelbar nördlich von Runzy. Dort gibt es Land und jede Menge Nebengebäude, die wir als Kasernen verwenden können. Und der Chase fließt durch das Nachbargut im Osten.«

»Wie lange brauchen wir zu Pferd bis dorthin?«

»Drei Tage. Zwei, wenn wir unterwegs die Pferde wechseln.«

»Gut.«

Als sie den Rand des Marktplatzes erreichten, wo Pökel- und Räucherfisch verkauft wurde, hielt Ravis an, um eine Handvoll Räucherheringe zu erwerben. Er wartete, während der Fischhändler die Heringshälften über einem Holzkohlebecken briet, dann bat er den Mann, die Portion durch zwei zu teilen. Der Fischhändler kam seinem Wunsch mit Vergnügen nach. »Viel Salz und Pfeffer«, fügte Ravis hinzu, bevor der Händler den Fisch in Schilfblätter wickeln konnte, »und obendrauf noch ein wenig Butter.«

Der Fischhändler nickte enthusiastisch; es freute ihn, einen Kunden zu haben, der genau wußte, was er wollte. »Wie wäre es noch mit etwas Schnittlauch und Petersilie, mein Herr?«

Ravis strich sich mit dem Finger über die Narbe und

überlegte kurz, bevor er antwortete: »Nur etwas Petersilie. Schnittlauch verdirbt das Räucheraroma.«

»Der Herr kennt seinen Räucherfisch«, bemerkte der Fischhändler, verneigte sich und reichte Ravis die beiden Räucherheringe.

Ravis dankte ihm und zahlte. Anschließend drehte er sich um und winkte die beiden Leibwächter zu sich heran. »Meine Herren«, sagte er, als sie sich näherten, »ich habe mir die Freiheit genommen, Euch ein Frühstück zu kaufen.« Mit einem Lächeln auf den Lippen bot er den beiden Männern die Heringe an. Die Soldaten blickten verwirrt zu Camron, doch der Duft des Räucherfisches machte es ihnen unmöglich, dem Angebot zu widerstehen. Bevor Camron etwas sagen konnte, nahmen sie das Essen an.

Camron wirkte nicht gerade erfreut.

Ravis ignorierte ihn, und lächelnd sagte er zu den beiden Männern: »Ihr zwei bleibt jetzt hier, genießt Euer Frühstück, und besorgt Euch einen Krug Bier.« Er steckte ihnen je eine Silbermünze zu. »Bevor Ihr Euch verseht, sind Camron und ich wieder zurück. Wir haben etwas unter vier Augen zu besprechen.«

»Herr …«, setzte einer der Männer an.

»Ist schon gut, Scrip«, unterbrach ihn Camron. »Tut, was er sagt. Ich bin in einer Stunde wieder zurück.«

Die beiden Soldaten nickten. Der Zweite kaute bereits auf seinem Fisch.

Ravis verneigte sich leicht gegenüber den beiden Männern, verabschiedete sich von dem Räucherfischhändler und führte Camron vom Markt herunter.

»Wärst du vielleicht so nett, mir zu erklären, was das alles soll?« fragte Camron, während sie unter schattigen Arkaden hindurch Richtung Westhafen wanderten.

»Deine Männer machen mich nervös.« Salzkristalle und Muschelschalen knirschten unter Ravis' Stiefeln.

»Wir hätten genausogut einen Marktschreier engagieren können, der mit einer Glocke hinter uns herläuft. Zwei Zusammenstöße mit Izgards Hetzern in nur zwei Tagen reichen mir. Mir gefällt mein Kopf da, wo er ist.«

Als sie den Hafen erreichten, löste sich Ravis aus der Menschenmenge am Ufer und hielt auf ein paar kleine Hütten zu, die sich am Rande des Kais aneinander drängten. »Du solltest auch auf dich aufpassen. Nur weil Izgard dich in jener Nacht am Leben gelassen hat, bedeutet das noch lange nicht, daß er nicht seine Meinung ändert. Sobald er erfährt, daß du hinter der Streitmacht steckst, die wir aufstellen werden, wird er seine Hetzer schicken, um die Arbeit zu beenden.«

Camron blieb stehen und drehte sich zu Ravis um. »Ich habe keine Angst vor Izgard und seinen Männern. Wenn er kommt, werde ich mich nicht unter der Bettdecke verkriechen wie ein Kind, das Angst vorm Dunkeln hat.«

Ravis sah Camron eindringlich an, und nebenbei stellte er fest, daß Camron hier draußen mindestens fünf Jahre jünger wirkte als in dem trüben Licht von Marcels Weinkeller. Eigentlich hatte er beabsichtigt, ihm zu sagen, daß nur ein Dummkopf keine Angst vor Izgard von Garizon habe; doch statt dessen fragte er: »Du weißt, daß er denken wird, du seist hinter seiner Krone her, oder?«

»Laß ihn denken, was er will. Mein Vater hat nie Anspruch auf den Thron erhoben, und ich werde es auch nicht tun.« Camron setzte sich wieder in Richtung auf die Hütten in Bewegung. »Das hier hat nichts mit Macht zu tun, sondern mit Rache.«

»So, so«, erwiderte Ravis und folgte ihm. »Bevor dein Vater ermordet wurde, warst du also damit zufrieden, Izgard tun zu lassen, was er will?«

Camron ballte die Fäuste. »Jemanden beseitigen zu

wollen, bedeutet nicht unbedingt, daß man beabsichtigt, auch seine Macht an sich zu reißen. Mein Vater besaß einen Anspruch auf den Thron, der mindestens so groß war wie Izgards – manche würden sogar behaupten *größer*. Berick von Thorn war der Vetter zweiten Grades des alten Königs. Sein Blut war genauso rein wie Izgards, und doch hat er nie nach der Macht gestrebt. Er wollte immer nur eines für Garizon: Frieden.«

Ravis leckte sich über die Narbe. »Wie dem auch sein mag: Ich bezweifle ohnehin, daß die guten Bürger von Garizon den Helden des Bekenntnisberges auf dem Thron geduldet hätten. Wie viele Garizon sind in der Schlacht gefallen?« fragte er in beiläufigem Tonfall. Er wußte ganz genau, wovon er sprach, auch wenn er Unkenntnis vortäuschte. »Fünfzehntausend? Zwanzigtausend?«

Camron wirbelte herum und schlug Ravis aufs Kinn. Obwohl Ravis den Schlag erwartet hatte – provoziere einen Mann lange genug, und er *wird* zuschlagen –, so war er doch von seiner Wucht überrascht.

Zwei alte Damen mit breiten, dunklen Sonnenhüten, die Zeuge der Szene geworden waren, huschten eilig davon, während ein schnurrbärtiger Schauermann stehenblieb, die Arme vor der Brust verschränkte und darauf wartete, was als nächstes geschehen würde. Als Ravis keinerlei Anstalten machte zurückzuschlagen, spie er auf den Boden und ging weiter.

»Wage nicht noch einmal, in meiner Gegenwart über den Bekenntnisberg zu sprechen«, zischte Camron und funkelte Ravis an. »Du hast ja keine Ahnung, was mein Vater auf diesem Berg durchgemacht hat. Du weißt nicht, wie sehr ihn die Erinnerung daran bis zu seinem Ende geplagt hat. Er hat gekämpft, weil er keine andere Wahl gehabt hat, weil niemand anderes es getan hat und weil er dem König von Rhaize die Treue geschworen hatte. Er hat nicht gekämpft, weil er nach *Macht* gestrebt hat. Schon damals hatte er allen Ansprüchen auf den Thron von Garizon abgeschworen. Er hatte nicht das geringste Interesse, Garizon zu regieren.«

Ravis schmeckte Blut. Das erinnerte ihn an jenen Tag vor sieben Jahren, als seine Lippe gespalten worden war. Der bittere Geschmack war der gleiche. Er wischte sich über den Mund und sagte: »Du hast recht. Ich hätte den Bekenntnisberg nicht erwähnen sollen. Ich entschuldige mich.« Die Angelegenheit war ihm nicht wichtig genug, um deswegen mit Camron zu kämpfen.

Camron blickte ihm in die Augen; Verachtung, Vorwurf und Zorn reichten nicht aus, um seinen Schmerz zu verbergen. Ravis sah und erkannte es, denn er kannte dieses Gefühl. Trotz all dieser Zeit und nach allem, was seitdem geschehen war, erinnerte er sich sehr gut an die Trauer, die er damals empfunden hatte.

Über ihren Köpfen kreischten Möwen in einem wolkenlosen Himmel. Die See funkelte bis zum Horizont, und Schiffe in allen Größen bevölkerten die Bucht. Ein frischer Wind von Osten, ein klarer Himmel und eine geschäftige See: ein perfekter Tag für Bay'Zell.

Ravis bemerkte aus den Augenwinkeln heraus eine Bewegung. Sofort wandte er sich wieder Camron zu. Würde der junge Adlige ihn noch ein zweites Mal schlagen? Doch im selben Augenblick, da Ravis die Faust ballte, erkannte er, daß Camron ihm die Hand anbot.

Ravis schämte sich für seinen Reflex, doch falls Camron ihn bemerkt hatte, dann zeigte er es zumindest nicht. Er blickte Ravis einfach nur mit seinen grauen Augen an und sagte: »Ich akzeptiere deine Entschuldigung, Ravis von Burano. Und ich gebe sogar zu, daß ich ein wenig übereilt gehandelt habe.«

Eine leise, verbitterte Stimme tief in seinem Inneren sagte Ravis, daß vermutlich noch nie jemand Camron von Thorn die Hand verweigert hatte und daß, wann immer der junge Mann sie ausstreckte, er der festen Überzeugung war, etwas Ehrenhaftes zu tun. Es verlangte ihn, Camron eine Lektion zu erteilen, ihn einfach stehenzulassen und so die blinde Arroganz des jungen Adeligen zumindest anzukratzen.

Aber etwas anderes drängte ihn, diese Hand zu ergreifen. Es war jener kleine, alte, unheilbar verletzte Teil von ihm, den das Leid in Camrons Augen wieder zum Leben erweckt hatte. Ravis würde nichts dadurch gewinnen, wenn er dem Mann noch weiteren Schmerz zufügte.

Also hob auch Ravis die Hand und sagte sich, daß er auf das Gold dieses Mannes angewiesen sei, was in seinen Augen ein ebenso guter Grund war, Camron nicht weiter zu provozieren, wie jeder andere auch. Doch als sich Camrons Finger um seinen Unterarm schlossen, und der Blick der grauen Augen den seinen traf, bedeutete Ravis die kleine Lüge immer weniger. Er genoß es, einem anderen die Hand zu schütteln, denn es bedeutete, daß man ein gemeinsames Ziel verfolgte und schon bald Seite an Seite kämpfen würde.

Der Hauch einer Erinnerung, fein wie istanische Seide, nahm in Ravis' Gedanken Gestalt an: zwei junge Brüder, die vereint in leidenschaftlicher, brüderlicher Liebe beobachteten, wie der kreidebleiche Leichnam ihres Vaters in die Krypta getragen wurde. *»Malray und Ravis von Burano«*, flüsterten die Menschen einander zu, während die graugewandeten Priester ihre Choräle sangen. *»Sicherlich hat die Welt noch nie zwei Brüder gesehen, die einander so treu ergeben sind wie diese hier.«*

Unvermittelt ließ Ravis los. Die Erinnerung ließ sich nur schwer wieder verdrängen. Noch während seine Finger sich von Camrons Arm lösten, roch er den Duft der Weihrauchkerzen in der Krypta, spürte den warmen

Körper seines Bruders und schmeckte das Salz der Tränen auf Malrays Lippen.

Camron sagte etwas, und obwohl Ravis die Worte nur wie aus weiter Ferne wahrnahm, so wußte er doch, wie wichtig es für den jungen Adeligen war, sie auszusprechen.

»In all den Jahren, da ich und mein Vater zusammengelebt haben, hat er mir gegenüber niemals seinen Anspruch auf den Thron von Garizon erwähnt. Nicht ein einziges Mal – sei es durch Worte oder Taten – hat er mich ermutigt, meinerseits einen Anspruch zu erheben. Ich will die Krone nicht. Ich will Izgard nur ein für allemal loswerden. Zuerst habe ich das nur gewollt, weil er ist, was er ist und wofür er steht; nun jedoch will ich es auch für das, was er getan hat. Izgard hat den falschen Mann getötet und sich noch dazu den falschen Zeitpunkt ausgewählt. Er hätte nicht den Vater töten sollen, sondern die wahre Bedrohung: den Sohn.«

Camrons Worte hallten klar und hell durch die frische Morgenluft. Ihnen zuzuhören reichte aus, um auch die letzten Kindheitserinnerungen aus Ravis' Kopf zu vertreiben. Die Dinge würden niemals wieder so sein wie früher. Und außerdem war nicht er derjenige, der im Augenblick auf diesem Kai stand und mit Leid und Schmerz zu kämpfen hatte.

»Komm«, sagte er zu Camron und deutete auf das Ende des Kais. »Dort drüben in der Hütte lebt ein Mann, der extra aufgeblieben ist, um mit uns zu sprechen, und jede Minute, die wir ihn vom Bett fernhalten, wird *dein* Gold kosten.« Ravis setzte sich in Bewegung. Camron folgte ihm in zwei Schritt Entfernung.

Segwin der Trinker schüttelte seinen großen, fleischigen Kopf. »Ravis, du hast gesagt, bei Morgengrauen.« Mit Fingern, die für einen derart fetten Mann überraschend schlank waren, klopfte er auf den Fensterrahmen und deutete auf den strahlendblauen Himmel. »Wie nennst du das hier?«

Ravis zuckte mit den Schultern. »Deinen Gewinn.«

Ein Geräusch, das sowohl Befriedigung als auch Ärger hätte ausdrücken können, ging von Segwin aus. Mit einer geübten Bewegung schloß er die Fensterläden, verriegelte sie und sperrte das Licht aus. Segwin der Trinker mochte kein Tageslicht. Er schwor, es würde seine Nachtsicht ruinieren, ihn seines besonderen Talents berauben, das er ein halbes Leben lang geschult hatte, um ungesetzliche Aktivitäten bei Nacht beobachten zu können.

Segwin der Trinker war einer der Hafenaufseher von Bay'Zell, und doch konnte man seinen Namen auf keiner offiziellen Liste finden. Segwin beobachtete den Hafen bei Nacht. Jeden Abend bei Sonnenuntergang öffnete er die Fensterläden, machte es sich in seinem mit dicken Kissen gepolsterten Stuhl bequem, hob sein selbstgemachtes Fernglas vor die Augen und blickte hinaus aufs Meer. Anders als die Büttel, die normalen Hafenaufseher und Steuereintreiber, deren Aufgabe es war, die Bucht zu überwachen, verspürte Segwin nicht den Wunsch, Schmuggler, Schwarzmarkthändler und Verbrecher zu stellen, die in die Stadt kommen wollten. Seine Aufgabe bestand lediglich darin, alles genau zu notieren.

Die Obleute der Kaufmannsgilde von Bay'Zell wußten, daß es bisweilen besser war, einen Schmuggler oder ausländischen Kaufmann davonkommen zu lassen, der keine Gebühren zahlen wollte, denn so hielten sie stets ein Druckmittel für zukünftige Verhandlungen in der Hand. Würden sie jedermann dazu zwingen, die fälligen

Gebühren und Steuern zu zahlen oder ihn für seine ungesetzlichen Aktivitäten bestrafen, könnte sich ein potentieller Freund oder Wohltäter rasch in einen unnachgiebigen Feind verwandeln.

Natürlich würde ein solch freies Denken den anderen ehrbaren Kaufleuten und Beamten von Bay'Zell nicht gefallen – ganz zu schweigen von dem Herrn von Rhaize, der die Oberhoheit über die Stadt besaß und sich einen erklecklichen Anteil an den anfallenden Abgaben gesichert hatte. Also blieb alles im Dunkeln. Wenn irgend jemand fragte, war Segwin nur ein alter Trunkenbold, dessen Frau ihn einst voller Zorn verlassen hatte, weil er nie vor Sonnenuntergang aufstand. Um diese Lüge zu bekräftigen, hatte er sich einen entsprechenden Beinamen zugelegt, und vor der Tür stapelten sich leere Bierfässer und Arlokrüge.

Obwohl es nun in der Hütte geradezu finster war, machte Segwin keinerlei Anstalten, eine Kerze zu entzünden. Er genoß es, wenn seine Besucher im Nachteil waren, denn während sie kaum seine Silhouette sehen konnten, vermochte er jede Einzelheit auf ihrem Gesicht zu erkennen. Dadurch beeinflußte er Verhandlungen zu seinen Gunsten, und obwohl es noch weitere seiner Art in der Stadt gab, die ebenso gerissen waren wie er, so war doch keiner ein zäherer Verhandlungspartner als Segwin der Trinker.

»Meine Herren«, sagte er und seufzte ungeduldig, »zuerst haltet ihr mich vom Schlafen ab, und nun habt ihr mich auch noch warten lassen. Darf ich davon ausgehen, daß ihr beabsichtigt, mich für meine Mühen angemessen zu entschädigen?«

»Mühen?« begann Camron. »Ich sehe nicht ein, warum ...«

Ravis brachte ihn mit einem Stoß in die Rippen zum Schweigen. »Selbstverständlich werden wir dich angemessen entschädigen, Segwin. Mein Freund hier hat mir versichert, daß er zu schätzen weiß, daß du soviel deiner Zeit für uns opferst, und er wird dafür sorgen, daß du für jede Minute, die wir dich seit Sonnenaufgang vom Bett ferngehalten haben, ein Silberstück erhältst – zusätzlich zu was auch immer wir in anderer Hinsicht vereinbaren werden.«

Segwin nickte befriedigt. Aus irgendeinem Grund waren die Fettrollen unter seinem Kinn das einzige an ihm, was das wenige Licht reflektierte. Der Rest seines Gesichts blieb im Dunkeln. »Sprich weiter.«

Ravis konzentrierte sich auf das, was von Segwins Kinn sichtbar war. »Mein Freund und ich benötigen deine Hilfe. Männer, Waffen und andere Dinge: das Übliche eben. Nur diesmal wird es notwendig sein, alles flußaufwärts nach Runzy zu schicken. Ich werde nicht hier sein, um die Männer persönlich in Empfang zu nehmen und sie und ihre Ausrüstung weiterzuleiten. Daher muß ich mich auf dich und Thrice verlassen.«

Erneut machte Segwin jenes Geräusch, das sowohl Befriedigung als auch Ärger hätte ausdrücken können. Die Fettrollen unter dem Kinn bebten. »Thrice erledigt im Augenblick schon sehr viel für mich.«

Thrice war Segwins Gehilfe. All die unterschiedlichen Nebengeschäfte, mit denen Segwin sein Einkommen aufbesserte, führte Thrice aus: den Verkauf konfiszierter Waren, Erpressungen, Waffenhandel, Söldnervermittlung und gelegentlich Sklavenhandel. Ravis hatte noch nie direkt mit Thrice gesprochen – er hatte ihm höchstens über Kisten mit istanischen Helmen oder die Köpfe von Maribani-Söldnern hinweg zugenickt –, aber angesichts der Qualität an Männern und Material, die er auswählte, verstand der Mann offenbar etwas von seinem Handwerk. Thrice von Culling hatte einige von Ravis' besten Söldnern ausgesucht.

»Auch wenn ihr beiden im Augenblick so beschäftigt seid, bin ich sicher, daß ihr ein wenig Zeit erübrigen könnt, um uns zur Hand zu gehen.« Erneut stieß Ravis Camron in die Rippen. Er benötigte etwas Unterstützung.

»Wir wären Euch sehr dankbar«, sagte Camron.

»Ganz zu schweigen von großzügig«, fügte Ravis sicherheitshalber hinzu.

Einen Augenblick lang stand Segwin der Trinker wie erstarrt da; dann stieß er einen lauten Seufzer aus. »Also gut. Ihr wollt Männer? Waffen und andere Versorgungsgüter? Ich werde sehen, was ich tun kann.«

»Ich brauche vor allem Schützen – Langbogenschützen, wenn du welche bekommen kannst, aber Armbrustschützen reichen auch. Ferner benötige ich fünf Dutzend Langbögen aus Eibenholz und das Doppelte an Drokho-Piken – nicht die aus dem Tiefland, merk dir das, sondern die aus den Bergen mit den breiten Klingen und Haken. Außerdem brauche ich noch gehärtete Lederharnische, keine Platten ...«

»Keine Platten?« unterbrach ihn Camron. »Willst du die Männer in den sicheren Tod schicken?«

Ravis verspürte nicht übel Lust, Camron mitten ins Gesicht zu schlagen. Jetzt war nicht die richtige Zeit, um über Taktik zu diskutieren. Hier wurden Geschäfte gemacht. Doch es gelang ihm, seinen Zorn zu beherrschen. Während er sorgfältig darauf achtete, keine Miene zu verziehen – keine noch so kleine Einzelheit würde den alles sehenden Augen von Segwin dem Trinker entgehen –, antwortete er Camron mit ruhiger Stimme: »Jede Streitmacht, die ich aufstelle, ist beweglich. Ich habe schon zu viele Männer sterben sehen, nur weil sie Vollrüstungen trugen und sich nicht wieder aufrappeln konnten, nachdem sie vom Pferd gefallen waren. Der Feind braucht nur eine Sekunde, um sich dem Gestürzten mit der Klinge in der Hand zu nähern.«

»Zumindest wären sie gut geschützt, sollten sie in eine solch prekäre Lage geraten.«

Ravis verlor allmählich die Geduld. »Ein Mann in Leder kann bereits wieder auf dem Pferd sitzen, bevor der Feind überhaupt *bemerkt*, daß er gestürzt ist. Geschwindigkeit und Geschicklichkeit sind alles, was er an Rüstung braucht.« Um das Thema ein für allemal zu beenden, wandte er sich wieder Segwins Kinn zu und fragte: »Wieviel Gold brauchst du für den Anfang?« Das war zwar eine ungewöhnlich direkte Art, die eigentlichen Verhandlungen zu beginnen, doch Ravis sah keine andere Möglichkeit, Camron zum Schweigen zu bringen.

Die Frage zeigte die erwünschte Wirkung. Camron entspannte sich wieder und beugte sich in Erwartung von Segwins Antwort vor.

Segwin der Trinker verhielt sich, als sei die unverblümte Frage nichts Besonderes. Mehrere unverbindliche Geräusche gingen von dem Schatten über seinem Kinn aus. Nach einigem Nicken und Fingertrommeln verkündete er: »Nun, ich kann zwar keine bestimmte Anzahl Männer garantieren, aber ich werde sehen, was ich tun kann. Was die anderen Dinge betrifft, so sollte das nicht allzu schwierig sein. Thrice ist allerdings *wirklich* sehr beschäftigt, und auch ich habe viel zu tun.« Segwin hielt inne und wartete auf angemessene Worte des Verständnisses und Mitgefühls.

»Du arbeitest zu hart, Segwin«, erwiderte Ravis erwartungsgemäß. »Niemand in Bay'Zell arbeitet so hart und lange wie du.«

Die Fettrollen unter dem Kinn wackelten auf eine Art, die Ravis als Zustimmung interpretierte. Nur eine Sekunde später erklärte Segwin: »Die Kosten werden fünfhundert Goldstücke betragen. Zweihundertfünfzig verlange ich im voraus zuzüglich der Silberstücke, die du mir für meine Umstände versprochen hast. Die Bezahlung muß in Münzen erfolgen und nicht später als heute bei Sonnenuntergang.« Er stand auf. »Wenn die Herren mich jetzt bitte entschuldigen würden. Ihr habt mich nun schon zwei Stunden wachgehalten. Das macht hundertzwanzig Silberstücke und nicht ein einziges weniger.« Das Kinn bewegte sich zur Tür.

Da er fühlte, daß Camron etwas darauf erwidern wollte – vermutlich, um sich über den Preis zu beschweren –, sagte Ravis mit lauter Stimme: »Wir würden nicht im Traum daran denken, dich auch nur einen Augenblick länger vom Schlaf abzuhalten, Segwin. Da wir uns jetzt über den Preis geeinigt haben, können wir die Einzelheiten ruhig später besprechen. *Nach* Sonnenuntergang.« Jeder Versuch, Segwin herunterzuhandeln, würde durch das Silber wieder ausgeglichen werden, mit dem er sich seine Zeit bezahlen ließ – wenn man ihn denn überhaupt noch herunterhandeln *konnte*. Außerdem verspürte Ravis keine Lust, Camrons Geld zu sparen. Als einer der reichsten Männer in Rhaize konnte er sich Segwins Preise leisten.

Camron schwieg, doch nach der Art zu urteilen, wie der Schatten seiner Hand über die Haare strich, war er alles andere als zufrieden.

»Nach Sonnenuntergang, meine Herren, und keine Sekunde früher.« Segwin der Trinker öffnete die Tür. Das Tageslicht strömte in die Hütte und blendete Ravis. Als er endlich wieder klar sehen konnte, hatte Segwin ihn bereits über die Schwelle geschoben, und bevor er Gelegenheit hatte, sich zu verabschieden, fiel die Tür mit lautem Knall ins Schloß.

»Fünfhundert Goldkronen!« rief Camron und sprang in Ravis' Blickfeld. »Fünfhundert Goldkronen für Lederrüstungen, Piken und Söldner! Bist du noch ganz bei Sinnen?«

Ravis war mehr als nur ein wenig verärgert über die Tatsache, daß Camron sich schneller vom Schock des Tageslichtes erholt hatte als er. Er drehte sich um und machte sich auf den Weg den Kai hinunter. »Du hast die Langbögen vergessen.«

»Langbögen! Schützen! Was kann ein Mann mit Pfeilen gegen eine Formation gut ausgebildeter Ritter ausrichten?« Obwohl Ravis sehr schnell ging, hatte Camron kein Problem, mit ihm Schritt zu halten.

»Offenbar hast du einen Langbogen aus Maribane noch nie in Aktion gesehen. Damit kann man eine Reiterformation schneller niedermähen als mit jeder anderen Waffe, die ich je gesehen habe.«

»Ich habe durchaus schon Bogenschützen im Einsatz gesehen. Sie sind nur dazu gut, ihr Gegenstück niederzustrecken: Bogenschützen gegen Bogenschützen.«

»Die neuen Langbögen können dreimal so weit schießen wie Kurzbögen. Ihre Pfeilspitzen vermögen eiserne Rüstungen zu durchschlagen, und für jeden Pfeil, den ein Kurzbogenschütze abfeuert, feuern sie zwei. Bogenschützen töten schon lange nicht mehr ausschließlich nur andere Bogenschützen: Sie halten Reiterangriffe auf, durchbrechen Verteidigungslinien und gewinnen Kriege.«

Nachdem sie die Hauptstraße des Hafenviertels erreicht hatten, schlug Ravis den direkten Weg Richtung Markt ein. Ob Camron ihm folgte, kümmerte ihn nicht. Der Mann war ein typischer Rhaize-Lord: Er lebte von den Erinnerungen an eine glorreiche Vergangenheit, in der Ritter in scheinender Rüstung gegen andere, ebenso prächtig gerüstete Ritter gekämpft hatten, während die gemeinen Fußsoldaten und Bogenschützen es noch nicht einmal wert gewesen waren, das Schwert gegen sie zu erheben. Damals war Krieg die Angelegenheit der Adeligen gewesen.

Izgard spielte allerdings nicht nach diesen veralteten Regeln. Das konnte er sich auch nicht leisten, ebenso wenig wie jeder andere, der auf dem Schlachtfeld überleben wollte.

Camron holte Ravis auf den Stufen ein, die zum Markt hinaufführten. Einige Fischhändler hatten bereits ihre Stände abgebaut und wanderten nun die Stufen hinunter, Kisten auf dem Kopf, Eimer in den Händen und die Beutel voller Münzen. Kinder, Hunde und Möwen stritten sich um die Reste. Auf den salzbedeckten Stufen kämpften sie um Sprotten, Witten und Herzmuscheln. Die Schuppen, Flossen und Gräten, die diese Räuber übriglassen würden, waren Futter für die Ratten.

Ravis hörte, wie Camron ihm befahl stehenzubleiben, damit er von Angesicht zu Angesicht mit ihm reden könne; doch Ravis wollte verdammt sein, wenn er zum wiederholten Mal seine Strategie einem Mann erklären würde, der ihn weder verstand noch ihm zuhörte. Er eilte die Stufen hinauf, drängte sich zwischen den ihm entgegenströmenden Menschen hindurch, fixierte sie mit seinen dunklen Drokho-Augen, und nur die Kurzsichtigen oder Dummen machten ihm nicht sofort den Weg frei.

»Ich habe gesagt: *Bleib stehen!*« rief Camron und packte Ravis' Tunika.

Ravis rammte den Handballen auf Camrons Knöchel und zwang ihn damit, loszulassen. »Ich will dir aber nicht zuhören.«

»Das solltest du von jetzt an aber besser tun.« Obwohl Ravis wußte, daß er dem Mann einen kräftigen Schlag versetzt hatte, machte Camron keinerlei Anstalten, sich die Hand zu reiben. Seine tiefe, wohlerzogene Stimme zitterte vor Wut, als er fortfuhr: »Du arbeitest für mich. Ich finanziere diese Streitmacht. Ich bin derjenige, der entscheidet, wer in ihr dient, was sie tragen und wie sie kämpfen wird. Ich beabsichtige, Männer aus Thorn und Runzy zusammenzuziehen – ausgebildete Ritter, exzellente Reiter: gute, solide Rhaize-Kämpfer, nicht irgendeinen zusammengewürfelten Haufen aus fremden Söldnern und gemeinen Fußsoldaten. Ich werde dem fetten Mann seine fünfhundert Goldkronen bezahlen, aber ich warne dich: Ich will von den Männern, die du nach Runzy bringst, weder etwas sehen noch hören, und erst recht will ich nicht an ihrer Seite kämpfen. In der Schlacht brauche ich Männer, auf die ich mich verlassen kann, und nicht Leute, die Verwundete auf dem Feld zurücklassen oder bei dem kleinsten Anzeichen von Schwierigkeiten die Flucht ergreifen.«

Camron trat neben Ravis und beugte sich vor, so daß sich ihre Nasen fast berührten. »Du bist hier, um mir zu helfen, Izgard in die Finger zu bekommen, nicht um mir zu sagen, wie man kämpft. Ist das klar?«

Ravis kaute auf seiner Narbe. Die unterschiedlichsten Antworten kamen ihm in den Sinn: Mal wollte er den arroganten Lord mit einer sarkastischen Bemerkung noch weiter provozieren, dann wiederum wollte er ihm erneut einen Vortrag über Strategie und Taktik halten; doch er tat nichts dergleichen. Er arbeitete schon lange genug als Söldner, um zu wissen, daß Zorn und Geschäft schlecht zusammenpaßten. Camron war nicht der erste seiner Auftraggeber, der ihn daran erinnerte, wer der Herr war, und vermutlich würde er auch nicht der letzte sein. Ein Mann, der weder Besitz noch Familie sein eigen nennen konnte, mußte damit rechnen, in seinem Leben den unterschiedlichsten Herren dienen zu müssen. Ravis hatte schon sehr früh gelernt, zu tun und zu sagen, was man von ihm erwartete, und er wußte stets, wann er sich besser auf die Zunge, oder in seinem Fall *auf die Narbe* beißen sollte.

Camron war zornig. Sein Stolz war verletzt, und einiges, woran er von ganzem Herzen glaubte, war in Frage gestellt worden. Jemanden wie ihn konnte man nicht an nur einem Tag bekehren.

Mit einer raschen Bewegung griff Ravis in seine Tunika. Camron verspannte sich einen Augenblick lang, bevor er erkannte, daß Ravis lediglich seine Handschuhe herausholte. Langsam und bedächtig zog Ravis die Handschuhe an. Sorgfältig achtete er darauf, daß das Leder jeden einzelnen Finger korrekt einhüllte. Erst als er zufrieden war, blickte er Camron in die Augen und sagte: »Ich werde genau das tun, was du sagst.«

Man mußte Camron zugute halten, daß er daraufhin weder Verachtung noch Schadenfreude zeigte. Er nickte kurz, dann stieg er die Stufen empor. Ravis folgte ihm, und gemeinsam kehrten sie auf den Marktplatz zurück, wo Camrons Leibwächter, die nach Bier und Fisch stanken, herbeieilten und berichteten, daß ein Gerücht in der Stadt die Runde mache, wonach Izgard im Osten von Rhaize einmarschiert sei.

»Was ist gestern bei Sonnenaufgang geschehen? Was hast du getan?« Izgard von Garizon war es leid, keine klare Antwort zu erhalten. Er konnte das Kopfschütteln und Schulterzucken seines Schreibers nicht mehr sehen. Die Kriegsherren drängten ihn, tiefer nach Rhaize vorzurücken. Sie wollten Pläne sehen und ihre Armeen in Marsch setzen. Sie wollten kämpfen.

»Ich habe es Euch bereits gesagt, Euer Majestät. Ich habe mein übliches Muster gezeichnet, weiter nichts.« Ederius verschränkte die purpurfarbenen Finger ineinander. Die Sehnen auf seinem Handrücken waren gespannt wie die eines Berglöwen vor dem Sprung. Izgard hätte schwören können, daß er das Herzklopfen des Mannes selbst durch den dicken Stoff des Umhangs hindurch hören konnte.

Der Raum stank leicht nach Urin, als hätte jemand einen vollen Nachttopf im Schrank versteckt oder das Bett genäßt. Für gewöhnlich bemerkte Izgard solche Dinge nicht – in einer Festung, die so groß und alt war wie diese hier, urinierten die Männer, wo immer sich ihnen eine Möglichkeit dazu bot, anstatt unzählige Stufen zur nächsten Latrine hinaufzusteigen –, aber Ederius war anders. Einst war er ein Mönch auf der Insel der Gesalbten gewesen, und somit war er es gewöhnt, seinen Raum und auch sich selbst sauber zu halten. Im Augenblick allerdings wirkten sowohl der Schreiber als auch sein Scriptorium ein wenig ungepflegt, und obwohl es bereits eine Stunde nach Mittag war, hatte der alte Mann erst eines der großen Fenster geöffnet, um Licht hereinzulassen.

Der Himmel über den Bergen war von dicken weißen Wolken bedeckt, die der Wind von Zeit zu Zeit vor die Sonne trieb, so daß das Scriptorium bisweilen für Minuten in grauen Schatten versank. Als die Sonne wieder einmal hinter einer Wolkenbank hervorkam und auf Ederius, seinen Tisch und die Schreibutensilien schien, nutzte Izgard die Gelegenheit, um die Hände des alten Schreibers eingehend zu betrachten. Die purpurnen Flecken waren nicht das, was sie auf den ersten Blick zu sein schienen. Die Haut war wund und hatte sich an einigen Stellen gelöst. Beinahe sah es so aus, als hätte der Schreiber zunächst versucht, rote Farbe abzureiben und sie dann, als das nicht gelungen war, mit Blau zu übertünchen.

Erregt, doch ohne zu wissen, warum, leckte sich Izgard über die Lippe. Er trat ins Sonnenlicht, so daß sein Schatten auf Ederius und den Schreibtisch fiel; dann flüsterte er: »Zeig mir das Muster, das du gestern gezeichnet hast.«

Ederius' Blick huschte von den rotblauen Händen zu den Augen seines Königs. »Ich habe es ins Feuer geworfen.«

»Warum?« Als Izgard sprach, hing sein Atem als weiße Wolke zwischen ihm und dem Schreiber. Es war zwar nicht kalt, nur ein wenig kühl, aber Izgard hatte es schon häufig erlebt, daß sein Atem weit früher kondensierte als der jedes anderen: Bisweilen schien es so, als würde sich plötzlich die Luft in seinen Lungen irgendwie verändern.

»Nachdem ich das Muster vollendet hatte«, antwortete Ederius, »habe ich eine Flasche mit Gerbsäure umgestoßen ... Sie ist auf das Pergament gelaufen. Das Muster war ruiniert.«

Izgard nickte. »Ich verstehe.«

Ederius wartete darauf, daß sein König noch etwas hinzufügen würde, doch Izgard beugte sich lediglich vor und stützte sich auf die Tischkante. Nach einem Augenblick des Schweigens fühlte Ederius sich genötigt, eine Erklärung abzugeben. »Verzeiht mir, Euer Majestät. Ich habe nicht aufgepaßt. Die Säure war überall. Ich fürchtete, sie würde sich durch das Pergament ätzen und die darunterliegenden Muster verbrennen, an denen ich ebenfalls arbeitete – Muster, die sich in den kommenden Monaten als ausgesprochen nützlich erweisen könnten ...«

Izgard hob den Zeigefinger, um den Mann zum Schweigen zu bringen. »Was für ein Feuer?«

»Ich ... Ich verstehe nicht, Euer Majestät.« Ederius wirkte besorgt.

Dazu hatte er auch allen Grund. Izgards Hand knackte leise, als dieser sich noch ein wenig mehr vorbeugte, so daß er Ederius aus unmittelbarer Nähe ins Gesicht schaute, und seine Stimme war nur ein Flüstern. »In was für ein Feuer hast du die Zeichnung geworfen? Der

Kamin hier drin hat schon seit einer Woche nicht mehr gebrannt.«

Ederius blickte zu dem großen Kamin. Er war kalt, schwarz und geputzt.

»Vielleicht in das Feuer in deinem Schlafgemach?« Izgards Lippen verzogen sich zu etwas, das man nur mit viel gutem Willen als Lächeln hätte deuten können. »Willst du, daß ich dorthin gehe und selbst einmal nachsehe?«

»Nein! Nein, Euer Majestät«, antwortete Ederius rasch und streckte die zitternden Hände seinem König entgegen. Ein Schweißtropfen löste sich vom Haaransatz und floß ihm die Schläfe hinunter. »Ich habe sie einer der Dienerinnen gegeben und ihr gesagt, sie solle sie für mich verbrennen.«

Izgard schlug ihm mit der Faust ins Gesicht. Ederius schlug mit dem Kopf gegen die Stuhllehne, und der Stuhl neigte sich gefährlich nach hinten. Izgard hielt ihn davon ab umzustürzen, indem er die Armlehne packte. Der Stuhl fiel wieder zurück auf alle vier Beine und schleuderte Ederius nach vorne, so daß er sich abermals in Reichweite seines Königs befand.

»Wo ist das Muster?« Das Verlangen, erneut zuzuschlagen war stark, und Izgard zwang sich, die Armlehne zu umklammern, um es zu unterdrücken. Deutlich war der Abdruck seiner Hand im Gesicht des Schreibers zu erkennen, und einen Augenblick lang fragte sich Izgard, seit wann es für ihn zur Gewohnheit geworden war, den alten Mann zu schlagen.

Ederius schluckte, während er sich bemühte ein Husten oder Keuchen zu unterdrücken. Eine Träne, aber nur eine einzige, erschien in einem Augenwinkel.

Izgard nahm die Hand von der Armlehne. Er hatte so fest zugedrückt, daß sich ein Splitter in seine Fingerspitze gebohrt hatte. Er empfand jedoch keinen

Schmerz. Er streckte die Hand aus, um Ederius zu berühren. Der Schreiber war so alt, sein faltiges Gesicht so wunderschön und sein Haar so vollkommen weiß. Als sie sich vor fünf Jahren kennengelernt hatten, war es noch grau gewesen.

Izgard strich mit den Fingern über Ederius' Wange, und der alte Mann zuckte unwillkürlich zusammen. Er hielt den Atem an und riß die Augen auf. Izgard hielt sich zurück. Ederius fürchtete sich doch nicht vor ihm, oder? »Hab keine Angst«, sagte er. »Ich werde dir nicht noch einmal weh tun.«

Ederius zögerte, blickte Izgard in die Augen und beugte sich wieder vor. Der Handabdruck auf seinem Kinn war leuchtendrot.

Izgards Berührung war sanft. »Erinnerst du dich an die Zeit, als ich noch kein König war, Ederius? Als es nur dich, mich und den alten Gamberon gab? Erinnerst du dich daran, wie nah wir uns standen und wie wir uns geschworen haben, uns immer zu helfen? Wie wir alle in dem Wunsch vereint waren, daß ich eines Tages König werden sollte? Das war eine schöne Zeit, nicht wahr? Du, ich, Gamberon: Freunde und Gelehrte an erster Stelle und erst an zweiter Herr und Diener. Ich vermisse diese Zeit, Ederius. Ich vermisse Gamberons Weisheit und unsere enge Beziehung. Ich vermisse die Träume, die wir des nachts in Veizach gemeinsam geträumt haben.«

Während Izgard sprach, rührte Ederius sich nicht; er akzeptierte die Berührung des Königs, reagierte aber nicht darauf. Er vermittelte weniger den Eindruck, als habe er Angst, sich zu bewegen, als vielmehr, daß er körperlich nicht dazu in der Lage war. Er wirkte, als hätte ihn jemand in Trance versetzt oder die Gewalt über seinen Körper übernommen.

Izgard lächelte seinen Schreiber freundlich an. Sein

Herz quoll über vor sentimentalen Gefühlen. »Oh, wenn wir doch nur zu jenen Tagen zurückkehren könnten, da es nur uns drei gegeben hat. All die Gespräche, die wir geführt, und die Bücher, die wir studiert haben! Das Band aus Liebe, Freundschaft und Pflichtbewußtsein, das uns verband!« Die Haut des Schreibers fühlte sich trotz der Falten glatt an, und dort, wo ihn der Schlag getroffen hatte, war sie ein wenig wärmer. Izgard genoß es, das alte Fleisch unter seinen Fingern zu spüren. Berührungen bedeuteten ihm viel. »Vermißt du diese Zeit auch, Ederius? Vermißt du Gamberon?«

Die Fragen waren ein verzauberter Kuß. Sie brachen den Zauber, der den alten Schreiber gefesselt hatte. Ederius bewegte sich. Aber er löste sich nicht von Izgards Berührung, sondern neigte sich ihr entgegen. Auch ihm bedeutete die Berührung seines Königs sehr viel. »Ja, auch ich vermisse die alten Zeiten, Euer Majestät. Ich vermisse Gamberon mehr, als ich in Worte fassen kann.«

Eine zweite Träne glitzerte im Auge des Schreibers. Auch Izgard stand das Wasser in den Augen. Seine Brust verkrampfte sich. »Gamberon hätte nicht sterben müssen, habe ich nicht recht, mein Freund? Er hätte sich nicht gegen mich stellen sollen.«

Die Träne floß Ederius die Wange hinab auf Izgards Finger. Das Gefühl der kalten Träne und des warmen Fleisches rührte Izgard zutiefst. Da ihm von Geburt an einer seiner fünf Sinne fehlte, wußte er die übrigen vier um so mehr zu schätzen. Mit den Fingerspitzen vermochte der Mensch eine Welt voller Schönheit zu erkunden: das Schlagen eines Herzens, die wunderbare Haut eines alten Menschen, die sich über glatten Knochen spannt, und der stechende Schmerz, wenn man eine Kerze mit den Fingern löscht. Manchmal glaubte er, doch mit einem Geschmackssinn geboren worden zu sein, nur daß seine Geschmacksnerven in den Fingern statt in der Zunge saßen.

Ederius schmiegte seine feuchte Wange an Izgards Finger, während er den Kopf schüttelte. »Gamberon hätte nicht tun sollen, was er getan hat, Euer Majestät. Er hat voreilig gehandelt, ohne vorher darüber nachzudenken ... Er hätte mit Euch über seine Ängste sprechen sollen.«

Izgard beugte sich vor und küßte seinen Schreiber auf die Stirn. Der Mann mochte vorhin gelogen und Ausflüchte gemacht haben, doch jetzt sprach er sicherlich die Wahrheit... oder? Gamberon hätte *wirklich* zu ihm kommen sollen. Er hätte mit seinem Herrn und engsten Freund über seine Ängste in bezug auf die Dornenkrone reden sollen. Statt dessen jedoch hatte er sie aus dem Kloster von Sirabayus, wo sie seit fünfzig Jahren von den heiligen Schwestern der Märtyrerin Ehlise aufbewahrt worden war, gestohlen, um sie mit eigenen Händen zu zerstören. Als Izgard ihn auf einem sturmgepeitschten Hügel drei Meilen östlich des Klosters gestellt hatte, waren seine Arme und seine Brust in Fetzen gerissen; das Fleisch war den Dornen der Krone zum Opfer gefallen.

Obwohl Gamberon geschwächt und dem Wahnsinn nahe war und viel Blut verloren hatte, wäre er am Leben geblieben. Doch Izgard stieß ihm im selben Augenblick das Messer ins Herz, da er die Dornenkrone losließ.

Zwar waren sie Freunde gewesen, doch ein Verräter war ein Verräter, und in Izgards Augen war jeder Mann, der nach der Krone strebte, entweder ein Rivale oder ein Feind.

Izgard zog sich ein Stück zurück und fragte: »Du willst doch, daß ich den kommenden Krieg gewinne, oder?«

Ederius bemerkte die Stimmungsänderung seines Königs sofort, und so nickte er eifrig. »Jawohl, Euer Majestät.«

»Und du wirst dich doch nicht gegen mich stellen wie Gamberon und zu zerstören versuchen, was mir gehört?«

Ederius atmete schnell und flach. Einen Augenblick lang wirkte er älter und abgehärmter, als drücke ihm ein unsichtbares Gewicht auf Augenlider, Nase und Wangen. »Nein, Euer Majestät. Alles, was Euch gehört, halte ich in Ehren. Ich würde nie etwas zerstören wollen, was meinem König zu eigen ist.«

»Schwöre es.« Izgards Atem bildete kleine weiße Wolken.

Noch bevor die Wasserkristalle sich auflösten, flüsterte der alte Schreiber: »Ich schwöre es.«

Izgard nickte befriedigt. Und wieder überkam ihn das Verlangen, Ederius' Wange zu berühren, aber er hielt sich zurück. Die Angelegenheit, weswegen er hergekommen war, war noch nicht erledigt. Der König richtete sich zu seiner vollen Größe auf und begann, auf und ab zu laufen, bevor er schließlich das Wort ergriff. »Du weißt, daß ich in den nächsten Wochen die Überfälle nicht nur auf die unmittelbar an der Grenze gelegenen Städte und Dörfer beschränken will. Ich beabsichtige, über die Berge ins Herz von Rhaize vorzustoßen, und wenn ich erst einmal ebenen Grund erreicht habe, werde ich mich nach Norden zum Meer des Mutes wenden und Garizons Anspruch auf Bay'Zell erneuern. Ich vertraue meiner Armee. Ich weiß, daß wir siegen werden. Dennoch steht uns monatelanges Blutvergießen bevor. Viele Männer werden den Tod finden – *unsere* Männer. Die Söhne von Garizon, deine und meine Brüder, die Ehemänner unserer Frauen und Väter unserer Kinder werden in der Blüte ihres Lebens dahingerafft werden.

Und obwohl ihren Seelen ewiger Ruhm zuteil werden wird, werden ihre Körper in unscheinbaren Gräbern verrotten, und ihre sterblichen Überreste werden ein Teil von Rhaizes Erde werden.«

Izgard drehte sich energisch zu seinem Schreiber um. »Doch du und ich, wir beide wissen, daß nicht so viele unserer Männer sterben müssen. Gestern bei Morgengrauen in einem kleinen Bergdorf mit Namen Chalce, unmittelbar hinter der Grenze, habe ich gesehen, wie neun meiner tapferen Männer gegen eine zehnmal so große Streitmacht den Sieg errungen haben.«

»Eine Streitmacht! Euer Majestät, das waren wehrlose Bauern, keine Streitmacht.« Ederius stand auf. »Das war ein Gemetzel, keine Schlacht. Frauen und Kinder sind dort getötet worden.«

»Setz dich, Ederius.« Izgards Stimme klang nach wie vor freundlich, doch in Wahrheit war er verärgert. Er spürte den Zorn in sich aufsteigen, und da er den alten Mann nicht noch einmal schlagen wollte, entfernte er sich ein wenig. Als der Schreiber außer Reichweite war, sagte der König: »Du warst dort, nicht wahr? Du warst der Geist hinter diesen Männern. Du hast gesehen, was sie gesehen haben, und du hast sie tun lassen, was sie getan haben.«

Ederius wollte etwas darauf erwidern, doch Izgard bedeutete ihm zu schweigen.

»Es war anders als all die Male zuvor, habe ich recht? Die Männer handelten wie ein Mann, wie eine geschlossene Einheit. Sie warnten einander vor Gefahren und wachten über die Rücken der Kameraden. Ihr Verlangen nach Zerstörung war zwar noch immer das gleiche, und ihre Körper waren auf die übliche Art verwandelt worden, aber ihre Methoden hatten sich verändert. Sie gingen berechnender zu Werke.«

Izgard strich mit den Fingern über die kühle, rauhe Wand des Scriptoriums. Keine Burg und keine Festung, die er je betreten hatte, fühlte sich so gut an wie Sern. Sie besaß die Struktur von versteinertem Wildleder.

Nun, da Ederius Gelegenheit hatte zu sprechen,

beschloß er zu schweigen. Er saß einfach nur da und verschränkte die purpurnen Finger. Mal schloß er die Augen, dann wieder blickte er in eine unbestimmte Ferne. Die Lippen hatte er fest aufeinander gepreßt, als fürchte er, seine Zunge könne sich gegen ihn wenden und ihn zum Sprechen zwingen.

Izgard nickte, als sei das Schweigen des Schreibers die Antwort, die er erwartet hatte; dann sagte er: »Als ich gesehen habe, was diese Männer getan haben und wie schnell und gründlich, da habe ich zu mir gesagt, Ederius hat mit der Krone gearbeitet. Er hat nicht länger nur die äußeren Muster abgeschrieben, sondern er hat die Struktur der Dornenkrone als Grundlage für sein Muster genommen. Ganz so, wie wir es vor all diesen Wochen in Veizach besprochen haben – ganz so, wie er es mir versprochen hat.«

Izgard stieß sich von der Wand ab, an die er sich gelehnt hatte, und wanderte um den Schreiber herum. Mit jedem Wort rückte er näher an den Schreibtisch heran. »Das war es doch, was du gestern morgen getan hast, nicht wahr? Du hast mit der Dornenkrone selbst gearbeitet.« Izgard blieb vor dem Podest mit der Krone stehen, die von einem dicken Leinentuch verhüllt wurde. Rote Fingerabdrücke waren am Saum zu sehen. *Tinte*, dachte Izgard; doch es sah aus wie Blut.

Langsam und vorsichtig hob er das Tuch von der Krone. Als sie unverhüllt dalag, tauchte die Sonne hinter einer Wolke auf und ließ das Gold aufflammen und funkeln wie ein prasselndes Feuer und Lichtflecken durch den Raum tanzen.

Ederius bedeckte die Augen mit den Händen.

Izgard rieb sich mit der Faust über den Mund. Seine Lippen waren feucht von Speichel. »Zeig mir das Muster«, forderte er mit leiser Stimme. »Du darfst keine Geheimnisse vor mir haben. Du gehörst mir, aber ich respektiere dich. Solange du tust, was ich sage, schwöre ich, wird dir kein Leid geschehen. Und jetzt zeig mir, was ich sehen muß, und hilf mir, den Krieg zu gewinnen.«

Izgard hörte den Stuhl über den Steinboden schaben und sah aus dem Augenwinkel, wie der Schreiber sich erhob, durch den Raum ging und sich schließlich bückte, um eine Truhe zu öffnen.

»Du solltest dich nicht darüber aufregen, was gestern geschehen ist, mein Freund!« rief Izgard ihm hinterher. Er wollte etwas Freundliches sagen, nachdem er nun endlich bekam, wonach ihn verlangte. »Krieg birgt viele Schrecken. Unschuldige kommen dabei häufig zu Tode. Wir sind nicht die erste Armee, die solch einen tragischen Fehler begeht. Doch wenn wir diesen Krieg möglichst schnell gewinnen, dann werden wir sogar viele Leben *retten* – und nicht nur die der Söhne Garizons. In einem langen Krieg sterben Menschen auf beiden Seiten einen nutzlosen Tod. Je kürzer der Krieg und je entscheidender der Sieg, desto weniger Tote.«

Ederius nahm etwas aus der Truhe, betrachtete es kurz, murmelte einige Worte zu seinem Gott, dann kehrte er zum König zurück. In den Händen trug er das Pergament, es war nicht größer als zwei Handspannen, und er hielt es an seine Brust gedrückt.

Izgard dachte: *Wie wunderschön er aussieht – wie ein heiliger Mann, der eine Reliquie seines Erlösers trägt.* Allein ihn anzuschauen, erregte Izgard. »Knie nieder«, befahl er, denn instinktiv wußte der König, daß nun der Augenblick gekommen war, da Ederius sich ihm vollends unterwerfen mußte.

Ederius tat, wie ihm geheißen. Als seine Knie den Boden berührten, wich das Sonnenlicht und ließ die Schatten an seiner Statt über den Raum gleiten. Es wurde kalt, und die Luft rauschte einen Augenblick lang, dann wurde es still.

Der Schreiber reichte dem König das Pergament.

Dabei kamen ihm wie von selbst Izgards Worte über die Lippen. »Je kürzer der Krieg und je entscheidender der Sieg, desto weniger Tote.« Die Worte waren zugleich Frage und Entschuldigung und auch Zauber, um Unheil abzuwenden.

Kapitel zwölf

»Das ist es, meine Liebe. Hab keine Angst, ein wenig mehr Indigo in den Topf zu geben. Je dunkler das Wachs, desto besser wird es Emith gefallen.«

Tessa blickte zu Mutter Emith, die mit dem Gesicht zum Feuer saß. »Ich verstehe nicht, warum es so dunkel sein muß.« Dabei wischte sie sich einen Schweißtropfen von der Oberlippe. Sie stand unmittelbar am Feuer und rührte in einem Topf mit Bienenwachs, der wiederum in einem kochenden Wasserbad stand. Allmählich wurde ihr die Hitze unangenehm. Das Wachs brauchte ewig, um zu schmelzen.

Mutter Emith lehnte sich in ihrem Stuhl zurück. Eine Frage war gestellt worden – zugegeben, es ging um die Schreibkunst und nicht ums Kochen –, aber Mutter Emith liebte nichts mehr, als Fragen zu beantworten. »Nun, meine Liebe, wenn du mit dem Schaber ein neues Muster ins Wachs ritzt, dann wirst du deine eigene Arbeit nicht sehen können, es sei denn, das Wachs ist so dunkel wie möglich. Kratz mit dem Fingernagel eine Kerbe in eine weiße Kerze, und dann sieh nach, was dir das gebracht hat. Du wirst nicht das geringste erkennen können.«

Damit hatte die alte Dame nicht ganz unrecht. Tessa nickte und gab noch einige Tropfen Indigo ins Wachs. Die dunkelblaue Pflanzenfarbe breitete sich auf dem durchscheinenden Wachs aus und dunkelte es deutlich ab. Emith ging das Pergament aus, und so hatte er beschlossen, Tessa ein Schreibtablett anzufertigen, damit sie unbesorgt mit Mustern und Techniken experimentieren konnte, ohne kostbares Material zu verschwenden. Erst heute morgen hatte er einen Holzblock ausgehöhlt und ihn Tessa gegeben, damit sie ihn mit Wachs füllen konnte. Mutter Emith stand ihr dabei mit ihrem Rat zur Seite, und gemeinsam kamen sie gut voran. Später, beim Abendessen, würden dann wieder Geschichten erzählt werden.

Seit nunmehr über einem Monat lebte Tessa mit Emith und seiner Mutter in dem kleinen Haus am Südrand von Bay'Zell.

Bevor Ravis sie mitten in der Nacht verließ, hatte er ein paar Goldmünzen auf die Kommode gelegt und sie ein letztes Mal ermahnt, auf sich aufzupassen. Nachdem er verschwunden war, hatte sie sich zunächst gefragt, was sie nun tun sollte. Ravis hatte recht: Hinausgehen konnte sie tatsächlich nicht. Sie befand sich in einer ihr vollkommen unbekannten Welt, und ohne Zweifel wäre sie bereits hinter der ersten Ecke Izgards Hetzern in die Arme gelaufen.

Überraschenderweise waren die letzten Wochen ruhig und schnell vorübergegangen. Eingedenk Ravis' Warnung hatte Tessa kein einziges Mal das Haus verlassen. Während der ersten Woche hatte sie noch auf das vertraute Gefühl der Langeweile gewartet – gewöhnlich fühlte sie sich rasch eingesperrt –, doch nichts geschah. Tatsächlich wurde sie sogar von Tag zu Tag zufriedener. Es gefiel ihr in Mutter Emiths Haus: Es gefiel ihr, an dem großen Eichentisch zu sitzen und Emith zuzuhören, während er über die Geschichte der Schreibkunst sprach oder verschiedene Techniken erklärte. Auch an der Zubereitung der Mahlzeiten fand sie Gefallen. Zwar würde nie ein Meisterkoch aus ihr werden, aber mit der Zeit hatte sie ein beachtliches Talent dafür entwickelt, mit Ravis' Messer diverse Gemüse zu schälen oder Fleisch zu filetieren.

Tessa fühlte sich hier, in diesem seltsamen Haushalt, dem eine alte Dame vorstand, die sich nie aus ihrem Stuhl bewegte, weit mehr daheim als an jedem anderen Ort, den sie je zuvor als ihre Heimat bezeichnet hatte. Teilweise war dieses Gefühl auf ihre neu entdeckte Fähigkeit zurückzuführen, einfach nur dazusitzen, zuzuhören und zu lernen. Wenn Emith eine Zeichnung anfertigte, um ihr etwas deutlicher zu erklären, konnte sie sich voll und ganz darauf konzentrieren, ohne fürchten zu müssen, der Tinnitus würde sie heimsuchen.

Ihr altes Leben war verrückt und sprunghaft gewesen. Telefongespräche, Treffen mit Freunden und Bekannten, ihre kurzen Beziehungen, die begannen und endeten ohne ein nennenswertes Zwischenspiel. Sie hatte schon so lange auf diese Art gelebt, daß sie inzwischen geglaubt hatte, es müsse so sein, denn das sei es, was sie wollte. Nun jedoch mußte sie allmählich erkennen, daß sie sich ohne die Angst vor dem Tinnitus in einen anderen Menschen verwandelte. Zwar war sie noch immer sie selbst, aber anders, nachdenklicher ...

Tessas Tagesablauf richtete sich nun hauptsächlich nach den Mahlzeiten. Sie nahm an den Vorbereitungen teil und half beim Kochen. Das Frühstück bestand meistens aus den Resten vom Vorabend, die noch einmal aufgewärmt wurden. Oft war das Fleisch dann so zart, daß es sich wie von selbst von den Knochen löste, und das Gemüse war zerkocht und schmeckte immer irgendwie gleich. Zu Mittag wurde mit Sahneheringen oder Räuchermakrelen gefülltes Gebäck aufgetischt; meist aß man dazu noch ein wenig Brot mit Butter. Den Nachmittag widmeten die beiden Hausbewohner und ihr Gast fast ausschließlich der Vorbereitung des Abendessens.

In den vier Wochen, die Tessa nun in Mutter Emiths Haus lebte, hatte sie noch kein Abendessen gegessen, dessen Vorbereitung nicht mindestens fünf Stunden gedauert hätte. Saucen wurden langsam in kleinen Töpfen geköchelt und Fleisch auf einem breiten Rost über dem offenen Feuer gebraten, während in großen Töpfen Fisch gekocht und Gemüse gedünstet wurde. Im Laufe eines einzigen Tages erfüllten die unterschiedlichsten Gerüche die Küche.

Tessa hatte sich angewöhnt, eine Stunde, bevor das Essen serviert wurde, ihre Arbeit beiseite zu legen, sich ans Feuer zu setzen, die verschiedenen Düfte zu genießen und sich auf das bevorstehende Mahl zu freuen.

Alles in diesem Haushalt ging ausgesprochen langsam vonstatten. Zunächst hatte Tessa ein wenig Ungeduld gezeigt, wenn sie Emith und seiner Mutter um heißes Wasser für ein Bad, ein Stück Seife oder ein alkoholfreies Getränk gebeten hatte. Inzwischen jedoch wußte sie, daß in dieser Welt alles von Hand gemacht werden mußte: Wasser mußte in einem Topf über dem Feuer erhitzt werden, weshalb man das Fleisch beiseite schieben mußte, was wiederum eine Verzögerung des Abendessens bedeutete. Seife wurde in einer Wanne im Hof aus Knochen, Asche und anderen Dingen hergestellt, über die Tessa lieber nicht nachdenken wollte; anschließend wurde das Ganze mit Rosmarinöl als Duftstoff gemischt und zu kleinen Fladen geknetet, die längere Zeit trocknen mußten, um hart zu werden.

Nach und nach änderten sich Tessas Erwartungen. Die Tage waren lang, doch niemals voll: Die Mahlzeiten wurden vorbereitet und gegessen, und an den Abenden machte man es sich vor dem Feuer gemütlich, erzählte sich alte Geschichten und trank selbstgebrautes Bier.

Wachskerzen waren teuer, und Talg – von dem Tessa inzwischen wußte, daß er aus Tierfett bestand und auf ähnliche Art hergestellt wurde wie Seife – sonderte einen derart unangenehmen Rauch ab, daß man es nicht lange aushalten konnte. Daher zeigte und erklärte Emith soviel wie möglich bei Tageslicht, während sie nach Sonnenuntergang kaum arbeiteten.

Manchmal, wenn das Feuer fast heruntergebrannt war und Mutter Emith in ihrem Stuhl ruhte, aber nicht schlief, erzählte Emith von der Geschichte der Buchmalerei. Nachdem sich jeder einen Becher warmen Arlo eingeschenkt hatte – mehr um sich die Hände zu wärmen als wegen des Getränkes selbst –, schob Emith seinen Stuhl neben Tessa ans Feuer und berichtete von alten Zeiten.

Er erzählte davon, wie die großen Schreiber einst über das Meer des Mutes von einer Insel jenseits von Maribane gekommen waren. Insel der Gesalbten wurde dieses Eiland genannt. Dort waren alle großen Schreiber ausgebildet worden: in einem uralten Kloster, das über einen Damm mit Maribane verbunden war, der jedoch bei jeder Flut vom Meer überspült wurde. Die Schreiber jener Tage waren allesamt Mönche gewesen, und ihre Namen klangen so lebendig und kompliziert wie die Muster, die sie erschaffen hatten: Bruder Ilfaylen, Bruder Frascarius, Bruder Mavelloc, Bruder Peredictine.

»Die Heilige Liga hat damals geglaubt, daß es falsch sei, wenn ein Schreiber versucht, die Perfektion von Gottes Schöpfung zu kopieren«, begann Emith eines Nachts, als er wieder einmal mit Tessa am Feuer saß. »Schreiber waren an erster Stelle Gottesmänner und erst an zweiter Gelehrte. Es war ihnen verboten, irgend etwas Natürliches zu zeichnen. Daher waren sie gezwungen, sich eigene Formen auszudenken, die keiner Pflanze und keinem Tier glichen, das die vier Götter erschaffen hatten.

Also begannen die Schreiber ihre Werke mit Mustern zu illustrieren, deren Form zwar an die Natur angelehnt war, sie aber nicht kopierte. Es dauerte nicht lange, bis die Schreiber ihre eigenen Kreaturen erschufen: vierbeinige Tiere mit langen Körpern, kleinen Ohren und geringelten Schwänzen. Schlangen mit goldenen Augen und gegliederten Körpern, mit Schuppen auf dem Rücken und dunkler Bauchseite.«

Emith schauderte. »Die Heilige Liga hat aber nicht allzu lange Gefallen an diesen Bildern gefunden, Fräulein. Immer häufiger betrachteten sie die Schöpfungen der Schreiber als gottlose Werke. Gerüchte machten die Runde, wonach jene, die die Schreibkunst auf der Insel der Gesalbten zur höchsten Blüte geführt hatten, mächtige Zauberer seien – Dämonen, die den Teufel aus ihren Tintenfässern und Federkielen heraufbeschworen.«

Emith hielt einen Augenblick lang inne. Tessa bemerkte, daß seine Hände zitterten.

»Im Laufe der nächsten Jahrhunderte isolierten sich jene auf der Insel der Gesalbten immer mehr vom Rest der Welt und mißachteten sowohl die Meinung der Heiligen Liga als auch die des gemeinen Volkes. Die Gerüchte fanden immer größere Verbreitung, und schreckliche Dinge wurden von der Insel der Mönche berichtet. Dann machte sich einer der Brüder in der Abtei daran, die Insel der Gesalbten zu reformieren: Er verbrannte die alten Manuskripte und holte Künstler aus Rhaize und Drokho herein, die die Mönche den neuen, lebensnahen Stil lehren sollten, der inzwischen überall großen Anklang fand. Er verbot seinen Brüdern, je wieder die alten Muster zu zeichnen und nahm Kontakt zur Heiligen Liga auf, die daraufhin vom Vorwurf der gottlosen Kunst Abstand nahm.

Der Name dieses Mannes war Bruder Ilfaylen. Man sagte von ihm, er sei der größte Schreiber, der je gelebt habe. Er mischte keine Farben; er webte Zauber aus Licht und Schatten.«

Als Tessa hörte, wie wehmütig Emith von diesem Mann und seinem Werk sprach, verspürte sie das große Verlangen, selbst einmal eines dieser Meisterwerke zu sehen. »Warum hat Bruder Ilfaylen sich so verändert?« fragte sie, schlang die Finger um ihren Arlo-Becher und blickte zu Mutter Emith, um sich zu vergewissern, daß sie die alte Dame mit ihren Worten auch nicht gestört hatte.

Emith zuckte mit den Schultern. »Ich weiß es nicht, Fräulein. Man sagt, er habe die Insel der Gesalbten für ein halbes Jahr verlassen, um auf dem Kontinent eine Zeichnung für Hierac von Garizon anzufertigen. Doch von diesem Werk ist niemals etwas gefunden worden, und obwohl er später Bücher über sein Leben geschrieben hat, hat er die Reise nie erwähnt.«

»Hat er mit Zauberei gearbeitet?« Tessa dachte kurz nach, dann fügte sie hinzu: »Hat Deveric?«

Emith stand auf. »Fräulein, ich weiß nichts von solchen Dingen. Ich bin nur ein Gehilfe, kein Schreiber.«

So war das mit Emith: Er konnte Tessa die kompliziertesten Techniken erläutern – wie man Blattgold auf die Seite auftrug, die Oberfläche mit Gips aufrauhte, rosafarbene Erde unter die Farbe mischte, damit sie kräftiger würde, und wie man mit Achat, Metall oder Bein das Gold polieren konnte, um abschließenden Hochglanz zu erzielen –, aber er erklärte ihr nie, was der Grund dafür war.

Bisweilen glaubte Tessa, daß Emith es absichtlich vermieden hatte, mehr über die wahre Natur von Deverics Arbeit zu erfahren: Falls sein Meister in etwas Gottloses verwickelt war, dann wollte er es nicht wissen, denn Emith war stets bemüht, nur das Beste von seinen Mitmenschen zu denken. Dann wiederum glaubte sie, daß all ihre Vermutungen gegenstandslos und die Muster einfach nur Muster waren. Doch dann und wann geschah etwas, das sie erneut zum Nachdenken anregte.

Vorige Woche hatte er ihr gezeigt, wie man eine Seite vorbereitet, bevor man mit der eigentlichen Arbeit an dem Muster beginnt. Während er ihr erläuterte, wie Deveric komplexe Muster aus einfachen geometrischen Formen heraus entwickelt hatte – er zeigte, daß Spiralen aus Kreisen entstehen und die meisten Knoten auf einer durchgehenden Reihe von Kreuzen beruhen –, entdeckte Tessa zum ersten Mal, daß sich etwas hinter den Pinselstrichen verbarg.

Emith hatte zu Demonstrationszwecken ein altes Pergament hervorgeholt, an dem Deveric vor einigen Jahren gearbeitet hatte; allerdings war Emiths Meister nie dazu gekommen, es mit Tinte und Farbe zu füllen. Bereits auf den ersten Blick erkannte Tessa, welche Muster Deveric hatte konstruieren wollen. Natürlich wußte sie nicht, welche Formen am Ende herausgekommen wären – seltsam verformte Vögel, Ranken, Schleifen oder einfach nur Fäden –, aber sie sah es als Ganzes. Sie sah, wie die einzelnen Striche sich hätten kreuzen und umeinander schlingen sollen. Sie verstand die Anlage der Seite.

Es war, als blicke sie auf einen geheimen Code, der nur für ihre Augen allein bestimmt war. An Emith gewandt rief sie aufgeregt: »Siehst du es denn nicht?« Obwohl Emith nickte und antwortete: »Ja, Fräulein«, wußte Tessa, daß er nicht das gleiche sah wie sie. Das Muster sprang ihm nicht ins Auge; von ihm verlangte es nicht, sofort vervollständigt zu werden.

Bevor Emith sie davon abhalten konnte, griff Tessa nach einem Pferdehaarpinsel und begann über Deverics Markierungen zu malen. Schon bald hatte sie die Grundlinien fertiggestellt. Instinktiv wußte sie, wann sie den Pinsel heben und wann senken mußte. Vor ihrem geistigen Auge sah sie nicht länger Deverics groben Entwurf, sondern das fertige Muster, komplett mit Farben, Schattierungen, Rahmen und Hintergrund.

Emith ließ immer wieder ein mißtrauisches *»Hm«* oder *»Ah«* vernehmen. Er schien ganz und gar nicht damit einverstanden zu sein, daß Tessa über die Arbeit seines Meisters malte; doch nachdem er eine Weile nervös auf und ab gegangen war, stellte er sich hinter Tessas Stuhl, blickte ihr über die Schulter und beobachtete, wie das Muster langsam Gestalt annahm.

Tessa war sich seiner Gegenwart bewußt, aber während der Pinsel die Lampenrußtinte immer schneller und schneller auf dem Pergament verteilte, bedeutete ihr die Welt um sie herum immer weniger. Sie ging völlig in dem Muster auf. Linien waren nicht mehr nur Linien: Sie waren geheime Pfade, die Tessa zu immer neuen Orten führten. Die Seite selbst war nicht länger geglättete Lammhaut; sie hatte sich in eine Landschaft verwandelt, die danach verlangte, erkundet und neu gestaltet zu werden.

Deveric mochte vielleicht den Entwurf gezeichnet haben, doch von einem Augenblick auf den anderen erkannte Tessa, daß nun sie die Kontrolle übernommen hatte. Der Pinsel gehorchte ihrem Befehl, keinem anderen, und während ihr Blick zu der nächsten Markierung auf dem Pergament huschte, beschloß sie, sich von nun an ausschließlich auf ihr Gefühl zu verlassen. Deverics Absicht war offensichtlich – *zu* offensichtlich –, und Tessa verspürte das verrückte Verlangen, etwas Neues zu schaffen.

Den Handballen zwei Fingerbreit über dem Tisch und den Pinsel fest im Griff, wich Tessa nun zum ersten Mal von Deverics Vorgaben ab.

Sie spürte, wie Emith hinter ihr den Atem anhielt.

Unter ihrer Hand verwandelte sich Deverics Muster in das von Tessa McCamfrey.

Der Pinsel drehte und wand sich und beschrieb eine breite Kurve, die in eine fadendünne Linie auslief. Tessa betrachtete das Muster nicht länger als eine Abfolge von Markierungspunkten, denen es nach bestimmten Regeln zu folgen galt. Sie sah ein komplexes Netz mit vielen Facetten wie das Auge einer Fliege, mit Spitzen oder flachen Winkeln und Maschen von unterschiedlicher Gestalt und Größe. Sie konnte auf der Seite gehen, wohin sie wollte, und tun, was ihr gefiel; solange sie das Netz nicht aus den Augen verlor, das ein toter Mann vor so vielen Jahren begonnen hatte, würde die Tinte ein Muster entstehen lassen.

Tessa spürte, wie sie in das Muster *eindrang*. Sie fühlte, wie ihr Geist sich mit Bruchstücken von Linien füllte, die über ihre Gedanken hinwegstrichen wie die Fühler eines Insektes.

Ein leises Geräusch erklang. Ein Klingeln.

Tessa geriet in Panik. Sie hatte sich zu stark konzentriert und dadurch die Tür für den Tinnitus geöffnet. Sie hätte es besser wissen müssen. Wütend über sich selbst, hob sie den Pinsel vom Pergament und löste ihre Gedanken vom Muster.

Sie schloß die Augen. Im selben Augenblick erhaschte sie einen Blick auf etwas, das sich hinter dem Netz verbarg. Ein Land voll dunkler Kurven wie eine Hügellandschaft bei Nacht. In einem Tal zwischen den Hügeln funkelte etwas: ein Teich aus schwarzem Öl.

»Fräulein, fühlt Ihr Euch wohl?« Auf seine typische Art legte ihr Emith sanft die Hand auf die Schulter.

Tessa nickte. Plötzlich fühlte sie sich in ihrem eigenen Körper unwohl. Als sie die Augen öffnete, sah sie, daß von dem Pinsel ein dicker schwarzer Tintentropfen auf das Pergament gefallen war. Tessa betrachtete den dunklen, glänzenden Fleck und zuckte mit den Schultern. Das

Bild des funkelnden Teiches war wohl doch keine Vision gewesen.

Inzwischen war eine Woche seit diesem Ereignis vergangen. Eine Woche, in der Tessa je nach Laune die Erfahrung, in das Muster eingetaucht zu sein, entweder als Dummheit abtat oder versuchte, das Gefühl erneut heraufzubeschwören.

Manchmal kehrte auch das Klingeln wieder. In den ersten paar Tagen war sie jedesmal erstarrt, wenn sie es hörte; doch in der vergangenen Nacht hatte es sich in ihre Träume geschlichen, und seitdem betrachtete sie es nicht mehr als Bedrohung. Das war kein Tinnitus. Das Klingeln hatte seinen Ursprung an einem anderen Ort.

»Das reicht, meine Liebe«, sagte Mutter Emith und holte Tessa aus der Vergangenheit zurück zu der Arbeit, die sie gerade erledigte, ohne darüber nachzudenken. »Das Wachs dürfte inzwischen heiß genug sein.«

Tessa wickelte sich ein Tuch um die Hände und holte den Topf mit dem Bienenwachs aus dem Wasserbad. »Es tut mir leid, daß ich es so lange dringelassen habe«, sagte sie, denn sie wußte nicht, was ihre Hände getan hatten, während ihre Gedanken weit weg von hier gewesen waren. »Ich... ich habe nur geträumt.«

Mutter Emith nickte. »Kein Problem, meine Liebe. Tagträume haben noch niemandem geschadet.«

Seltsam, aber Tessa wußte beinahe, was Mutter Emith sagen würde, noch bevor sie es aussprach. Die alte Dame war immer so gut zu ihr. Immer.

Tessa schüttete das heiße, flüssige Wachs in die Holzform, bis diese randvoll war. Sobald das Wachs das Holz berührte, kühlte es ab, wurde matter und undurchsichtig. Nachdem sie damit fertig war, stellte Tessa den Topf beiseite und legte die Wachstafel auf den Tisch, damit Emith sie begutachten konnte, wenn er wieder zurückkehrte. Das Wachs besaß nun eine feine dunkelblaue Farbe. Tessa konnte der Versuchung nicht widerstehen und kratzte mit dem Fingernagel über die abkühlende Oberfläche. Mutter Emith hatte recht gehabt: Der Kratzer war deutlich zu sehen.

Tessa kehrte wieder zum Feuer zurück und schenkte Mutter Emith einen Becher Sellerietee ein, der die Durchblutung ihrer Füße anregen sollte. »Warum seid Ihr und Emith so freundlich zu mir?« fragte Tessa und reichte der alten Dame den Becher. »Seit Wochen kümmert ihr euch nun schon um mich, obwohl ihr nicht müßt. Niemand hat euch dazu gezwungen.«

Mutter Emith stellte den Becher auf den kleinen Tisch, der stets neben ihrem Stuhl stand. Strick- und Nähzeug lagen dort ebenso wie getrocknete Kräuter, die darauf warteten, in Öl oder Essig eingelegt zu werden, und Fische, die geschuppt werden mußten: Alles, woran Mutter Emith im Augenblick arbeitete, befand sich auf diesem Beistelltisch.

Die alte Dame benötigte derart lange, um den Becher abzusetzen und es sich in ihrem Stuhl bequem zu machen, daß Tessa schon nicht mehr daran glaubte, daß sie ihre Frage beantworten würde. War sie vielleicht zu direkt gewesen? Oder gar unverschämt? Es fiel Tessa schwer, solche Dinge zu beurteilen. Ihre einzigen Anhaltspunkte in dieser Welt waren Ravis, Emith und seine Mutter. In der kurzen Zeit, die Tessa an der Seite von Ravis durch Bay'Zell gezogen war, hatte sie den Eindruck gewonnen, als würde er stets tun und lassen, was er wolle, ohne sich darum zu scheren, was andere über ihn dachten. Emith und seine Mutter waren allerdings vollkommen anders: rücksichtsvoller.

»Wie wirkt Emith im Augenblick auf dich, meine

Liebe?« fragte Mutter Emith plötzlich und überraschte Tessa damit.

»Gut«, antwortete sie spontan. »Sehr gut sogar.«

»Ja, er scheint sich wirklich sehr wohl zu fühlen. Und weißt du auch warum?«

Tessa schüttelte den Kopf.

»Wegen dir, meine Liebe.« Mutter Emith strahlte Tessa an. So wie sie auf ihrem Stuhl thronte, umgeben von den Abzeichen ihrer häuslichen Macht, wirkte sie ausgesprochen weise. »Emith hat zweiundzwanzig Jahre lang für Deveric gearbeitet, weißt du? Zweiundzwanzig Jahre harter Arbeit, tagaus, tagein; zweiundzwanzig Jahre voller Hingabe. Es war für Emith ein harter Schlag, daß er seinen Meister so plötzlich verloren hat, wirklich *schrecklich*. Doch daß du hier bist, hilft ihm, mit dem Schmerz fertig zu werden. Daß er dich alles lehrt, was er weiß, vermittelt ihm das Gefühl, sein Können für einen guten Zweck einzusetzen, und es hält ihn davon ab, ständig an Deveric zu denken.«

»Beschäftigt Ihr ihn deswegen den ganzen Tag?« fragte Tessa, die das Verhalten der alten Frau plötzlich in einem neuen Licht betrachtete. »Damit er nicht ständig an Deveric denkt, was ihm aufs Gemüt schlagen würde.«

Weder bestätigte Mutter Emith diese Vermutung, noch leugnete sie sie. Sie lächelte lediglich und sagte: »Es fällt mir sehr schwer, allein zurechtzukommen.«

Tessa erwiderte das Lächeln. Der genannte Grund war so augenfällig, daß Tessa sich fragte, warum sie nicht von selbst darauf gekommen war. Manchmal sah sie den Wald vor lauter Bäumen nicht.

»Emith gleicht in vielerlei Hinsicht seinem Vater, weißt du?« fuhr Mutter Emith fort und wiederholte damit eine ihrer häufig gebrauchten Phrasen. »Beide sind im Herzen Maribani. Und wenn es eines gibt, was die Männer von Maribane mehr lieben als das Gefühl von Regen in ihrem Gesicht, dann, sich im Dunkeln selbst zu bemitleiden. Maribane ist eine feuchte, graue Insel – ideal zum Brüten. Hätte mein geliebter Gemahl mich damals nicht geheiratet, hätte er sich glatt ins Grab ›gebrütet‹.«

Während sie sprach, schaukelte Mutter Emith mit ihrem Stuhl vor und zurück, und Tessa ertappte sich dabei, daß sie es ihr gleichtat. Offenbar war Stuhlschaukeln ansteckend. »War Emith je in Maribane?« Nun, da sie und Mutter Emith ein Geheimnis teilten, hoffte Tessa, der alten Frau noch ein wenig mehr über ihren Sohn entlocken zu können.

»Ob er dort gewesen ist?« Mutter Emith klang überrascht. »Er hat sechs Jahre dort gelebt!«

Tessa bekam eine Gänsehaut. »Hat er auch die Insel der Gesalbten besucht?«

Mutter Emith nickte. »Dort hat er sein Handwerk gelernt. Natürlich war er noch ein Junge, als er nach Maribane gesegelt ist – noch nicht einmal alt genug, um sich zu rasieren –, aber er war fest entschlossen zu gehen. Nichts konnte ihn davon abhalten, und sein Vater war alles andere als dagegen. Er wollte unbedingt, daß sein Sohn das Land kennenlernen sollte, das er einst Heimat nannte.«

»Was hat Emith getan, nachdem er die Schreibkunst erlernt hat?«

»Oh, er hat nicht die Schreibkunst erlernt, meine Liebe.« Mutter Emiths Tonfall drückte einen leichten Tadel aus. »Er hat gelernt, als *Gehilfe* eines Schreibers zu arbeiten.«

Verärgert darüber, daß sie ausgerechnet jetzt einen solchen Fehler begangen hatte, da Mutter Emith ein wenig über sich und ihren Sohn preisgab, hörte Tessa auf zu schaukeln. »Hat Emith für jemanden auf der Insel der Gesalbten gearbeitet?«

»Ja, meine Liebe, ich glaube schon.« Mutter Emith

griff nach ihrem Sellerietee und blies den Dampf beiseite. »Wie war noch sein Name …?«

Tessa stand auf. Sie hatte Angst, die alte Frau könne ihr ansehen, wie sehr sie das Thema interessierte. Auf der Suche nach etwas, womit sie sich beschäftigen konnte, entdeckte sie ein Schüreisen neben dem Feuer.

»Avaccus. Ja, so hieß er.« Mutter Emith nickte. »Bruder Avaccus.«

Das Schüreisen lag gut und schwer in Tessas Hand, als sie begann, an einem Buchenscheit am Rande des Feuers herumzustochern. »Hat Bruder Avaccus die gleichen Arbeiten angefertigt wie Deveric?«

»Ich glaube schon, meine Liebe. Aber für mich sieht das sowieso alles gleich aus.« Mutter Emith leerte ihren Becher. Dabei bemerkte Tessa, wie gepflegt die Fingernägel der alten Dame waren. Sie sahen so kräftig aus wie die eines jungen Mädchens. »Doch es ist eine wahre Schande, was am Ende mit ihm geschehen ist. Emith mußte Maribane kurz danach verlassen. Die Heiligen Väter haben darauf bestanden, da er zu diesem Zeitpunkt für Bruder Avaccus gearbeitet hat.«

Tessa kümmerte sich um den Buchenscheit, als sei er ihr einziges Kind. Als sie sprach, achtete sie darauf, so beiläufig wie möglich zu klingen. »Was ist passiert?«

Mutter Emith antwortete nicht. Eine Minute später sank ihr das Kinn auf die Brust, und ihre Augenlider flackerten kurz, bevor sie sich schlossen.

Als Tessa erkannte, daß Mutter Emith wieder in eine ihrer ›Ruhepausen‹ eintrat, stieß sie mit dem Schüreisen ins Feuer, so daß die Scheite in einem Sturm aus Asche, Funken und Rauch durcheinandergeworfen wurden.

Mutter Emith saß kerzengerade in ihrem Stuhl. »Was? Was?« rief sie und blickte hektisch hierhin und dorthin.

Tessa trat vom Feuer weg und versteckte das Schüreisen hinter ihrem Rücken. Sie schämte sich, die alte Frau so erschreckt zu haben. »Oh, es ist nichts. Nur ein Scheit ist vom Feuer gerollt.« Sie trat vor und nahm Mutter Emiths Becher vom Tisch. »Laßt mich Euch noch einen Tee holen, während Ihr mir erzählt, was mit Bruder Avaccus geschehen ist.«

Die alte Frau betrachtete Tessa einen Augenblick lang mißtrauisch, dann sah sie zum Feuer und anschließend aus dem Fenster, um festzustellen, wie spät es war. Schließlich fragte sie: »Bruder Avaccus, sagst du?«

Tessa schenkte ihr Tee ein. »Ja. Erinnert Ihr Euch, daß Ihr mir erzählt habt, wie Emith Maribane auf Geheiß der Heiligen Väter verlassen mußte?« Um die alte Frau nicht unbeschäftigt zu lassen, drückte sie ihr den randvollen Becher in die Hand.

»Aaah. Ja, ja.« Mutter Emith änderte ihren Griff um den Becher. »Nun, es hatte wohl etwas mit Dämonen zu tun. Der Abt hat behauptet, Bruder Avaccus hätte Dämonen gezeichnet, weißt du? Er hätte gottlose Wesen dargestellt, um den Teufel und seinesgleichen heraufzubeschwören. Emith war zu dieser Zeit Bruder Avaccus' Gehilfe, und deswegen hat man ihn weggeschickt.«

Dämonen, gottlose Wesen. Nachdenklich rieb sich Tessa mit der Hand übers Kinn. Falls Avaccus an Mustern gearbeitet hatte, die jenen von Deveric ähnelten, dann würde das erklären, warum Emith es stets vermieden hatte, mehr über die Arbeit seines Meisters herauszufinden – weil er wußte, daß man sie als gottlos bezeichnen würde.

Tessa wurde plötzlich heiß, und so trat sie vom Feuer weg. »Was ist aus Bruder Avaccus geworden?« Während sie sprach, blickte sie aus dem Fenster. Die Sonne war beinahe schon untergegangen, und Emith würde bald zurückkehren.

Mutter Emith räusperte sich. »Sie haben ihm die

Sehne am rechten Daumen durchtrennt, damit er niemals wieder eine Feder würde halten können.«

Tessa betrachtete ihre eigenen Hände, ihre eigenen Daumen. »Hat er die Insel der Gesalbten gemeinsam mit Emith verlassen?«

»O nein, meine Liebe. Er war einer der ihren, ein Bruder; sie hätten ihm niemals gestattet zu gehen. Die Heiligen Männer von Maribane sind stolz auf ihre Härte. Sie rühmen sich, Dämonen austreiben und den Geist jedes Mannes brechen zu können. Nichts bereitet ihnen mehr Freude, als Sünder zu erlösen – jedenfalls ist es das, was mein seliger Mann immer gesagt hat. Vermutlich haben sie dem armen Mann alles mögliche angetan unter dem Vorwand, seine unsterbliche Seele retten zu wollen.« Noch während die letzten Worte ihren Mund verließen, sank ihr das Kinn erneut auf die Brust. Eine weitere ›Ruhepause‹ stand unmittelbar bevor.

Da sie die alte Frau nicht zweimal am selben Tag erschrecken wollte, ließ Tessa sie diesmal in Ruhe. Mutter Emith hatte ihr genug erzählt, worüber sie erst einmal nachdenken mußte. Tessa begann mit den üblichen Vorbereitungen für den Abend: Sie holte Butter aus der Speisekammer und legte sie in die Nähe des Feuers, damit sie zum Abendessen weich sein würde. Anschließend steckte sie einen Docht in die Talgschüssel, rührte den Fischeintopf um, damit er nicht anbrannte, und verteilte getrockneten Nieswurz auf dem Fenstersims, um Motten und Mücken abzuschrecken.

Seltsam, wie rasch ich mich an diese neue Welt gewöhnt habe, dachte Tessa, während sie ein Leinentuch in Öl tränkte. Sie war damit beschäftigt, ein Tuch vorzubereiten, das am Morgen vors Fenster gehängt werden würde – geölt, um soviel Licht wie möglich durchzulassen –, als sei dies die selbstverständlichste Sache von der Welt. Bei ihr zu Hause hatte alles Staub gesammelt.

Hier jedoch war alles anders. Bestimmte Arbeiten *mußten* einfach erledigt werden, und so erledigte Tessa sie: Solange sie hier wohnte, gehörte das einfach dazu. Sie hätte es sich gar nicht anders vorstellen können.

Zurück am Feuer griff Tessa nach einem der kleinen, dickbödigen Kupfertöpfe. Ihr war danach, sich an einer Sauce zu versuchen. Zwar wußte sie noch nicht, was für eine Sauce es werden würde, und sie bezweifelte, daß ein Fischeintopf überhaupt mit einer Sauce verfeinert werden mußte, aber sie verspürte plötzlich das Verlangen, etwas zu kochen, und für den Anfang schien ihr eine Sauce besonders geeignet zu sein.

Als sie mit einem Löffel Butter aus dem Topf kratzte, klapperte die Türklinke.

Tessa erstarrte. Der Anblick der Küche wurde von einem Bild der Ereignisse auf der Parso-Brücke verdrängt. Die Hetzer. Die mißgestalteten Gesichter. Der Geruch.

Der tönerne Buttertopf fiel ihr aus der Hand und schlug mit lautem Knall auf die Umrandung des Herdfeuers; aber Gott sei Dank zerbarst er nicht.

»Was? Was?« rief Mutter Emith.

Die Türklinke wurde heruntergedrückt, dann öffnete sich die Tür, und Emith trat herein. In den Armen trug er mehrere große Pakete, und seine Wangen waren von der frischen, salzhaltigen Luft gerötet. »Einen schönen Abend, alle zusammen!« rief er und warf die Tür mit dem Ellbogen wieder ins Schloß. »Es tut mir leid, daß ich so spät bin. Ich habe über eine Stunde gebraucht, um mich durch die Menschenmenge auf dem Marktplatz zu kämpfen. Ich habe das Gefühl, die ganze Stadt ist heute abend auf den Beinen.« Nachdem er die Pakete auf dem Tisch abgestellt hatte, trat er zu seiner Mutter, küßte sie auf die Wange und wandte sich anschließend an Tessa. »Ich habe einiges mitgebracht, was ich Euch gerne zeigen würde«, sagte er. »Und für später habe ich vielleicht noch eine Überraschung für Euch.«

Tessa lächelte instinktiv, doch ihre Lippen waren so trocken, daß sie an den Zähnen klebten. Ihr Herz raste. Die Erinnerung an die Hetzer auf der Brücke war noch sehr lebendig. Zu ihren Füßen floß die Butter aus dem Tontopf, die so nahe am Feuer rasch geschmolzen war. Der Geruch der warmen Butter drehte Tessa den Magen um. »Warum sind so viele Leute auf den Straßen?« fragte sie.

Emith blickte zu seiner Mutter. Dann beugte er sich zu Tessa und flüsterte: »Die Nachricht macht in der Stadt die Runde, daß Izgard Thorn eingenommen hat.«

»Thorn?« Tessa erinnerte sich an den Mann, der diesen Namen trug: dunkles goldenes Haar, graue Augen und eine Stimme, die daran gewöhnt war, Befehle zu erteilen.

»Ja. Das ist eine Stadt nördlich von hier, am Fuße der Vorce-Berge.« Emith entfernte sich ein Stück von seiner Mutter und ihrem Stuhl und bedeutete Tessa mit einer Kopfbewegung, sie solle ihm folgen. »Die Leute sagen, Izgards Hetzer hätten schrecklich in der Stadt gewütet: Sie haben Frauen, Kinder und alte Männer abgeschlachtet und auch die Tiere in den Ställen und auf den Weiden nicht verschont. Sie haben erst aufgehört, als nichts und niemand mehr am Leben war.«

Tessa lief ein Schauder über den Rücken. Die Butter am Feuer begann zu zischen und löste sich schließlich in Rauch auf.

Camron von Thorn rannte, bis er nicht mehr rennen konnte. Er rannte, bis seine Lunge zu platzen drohte, der Schweiß in seinen Augen brannte und seine Kehle rauh geworden war. Er rannte, bis seine Beine unter ihm nachgaben und er auf die feuchte Erde von Runzy sank, keuchend, verschwitzt und mit verkrampften Muskeln.

Der Sommerregen prasselte auf seinen Rücken. Camron glaubte, das Zischen der Tropfen auf seinem heißen Fleisch zu hören. Er haßte die Hitze. In dieser Dunkelheit hätte es alles mögliche sein können, was seine Wangen hinunterlief und seine Kleider durchnäßte; es hätte das Blut seines Vaters sein können.

Camron rollte sich zu einem Ball zusammen und versuchte so, die Verspannung in seiner Brust zu lösen. Der Geruch der feuchten Erde erinnerte ihn an zu Hause. Nicht an Bay'Zell mit seinen zwei Häfen, zwei Schreinen und zwei Gesichtern, sondern an sein wahres Zuhause: an das kleine Gemeinwesen in den Schatten der Vorce-Berge, das man überall sonst in Rhaize ein Dorf genannt hätte, im Nordosten jedoch als Stadt bezeichnete.

Thorn lag eingebettet zwischen Hügeln, auf deren kalk- und tonhaltigen Böden das Vieh weidete, und die Menschen waren so stolz auf ihre Heimat, daß sie ihre Kinder lehrten, sollte sie ein Fremder fragen, wo sie lebten, dann sollten sie antworten: ›ein Tal von Gott entfernt.‹ Weder Dichter noch Philosophen oder Künstler waren je aus Thorn gekommen. Viehzüchter, Obstbauern, Käsemacher, Schmiede, Stellmacher und Köhler bevölkerten abends die Tavernen und trafen sich dort auf eine geräucherte Gänseleber oder ein Glas Berriac. Das schwarze Schaf der Stadt war ein Mann, der Uhren herstellte, und die örtliche Prostituierte war eine einfühlsame Matrone mit Namen Amy, deren Dienste jeder in Thorn, einschließlich Camron, irgendwann im Leben schon einmal in Anspruch genommen hatte.

Thorn war der Ort gewesen, wo Phelas, der alte Stallbursche Berick von Thorns, Camron das Reiten beigebracht hatte; wo Mari von Merly, der alte vennitische Koch, der nur eine Handvoll Rhaize-Wörter sprach –

zumeist Flüche –, Camron mit Stachelbeerkuchen vollgestopft hatte, bis ihm schlecht geworden war. Thorn war der Ort gewesen, wo Camron sich die Wange aufgeschlitzt hatte, als ihm eines Tages in den Sinn gekommen war, sich wie sein Vater rasieren zu müssen. Hier hatte er sich in dem Versuch, wie Hurin zu kämpfen, den Arm gebrochen, und hier hatte er sich den Kopf kahlgeschoren, um wie Mollas der Kahle auszusehen, jener legendäre Kämpfer, der seinem Vater am Bekenntnisberg zur Seite gestanden hatte.

All das existierte nun nicht mehr, all die guten, fleißigen Bergbewohner ...

Phelas, Mari von Merly, Amy, Mollas, Sterry der Uhrmacher, Barleaf der Wirt, Dorsen der Verwalter der herrschaftlichen Güter: so viele Freunde und Bekannte, so viele geliebte Menschen – alle tot. Männer, denen Camron schon als Kind in den Straßen und auf den Feldern zugewunken hatte, Frauen, denen er in der Kapelle zugenickt, und Kinder, mit denen er im Wald und in den Ställen gespielt und gekämpft hatte: Alle waren sie von Izgards Männern abgeschlachtet worden.

Camron grub die Finger in den Boden und füllte seine Hände mit der warmen, feuchten Erde.

Was hatte der Bote noch gesagt? *»Izgard hat Thorn eingenommen. Allen Berichten zufolge hat er seine Hetzer vorausgeschickt, um jeden zu töten, der sich nicht ergeben wollte. Ihr könnt stolz auf Eure Landsleute sein, Mylord, denn nicht einer von ihnen hat sich dem Feind unterworfen.«*

Auf diese Art hatte der Bote ihm sagen wollen, daß niemand überlebt hatte. Die Hetzer hatten sie alle getötet. Izgard hatte ihnen überhaupt nicht die Gelegenheit gegeben, sich zu ergeben; das wußte Camron. Der König von Garizon hatte zuerst Camrons Vater getötet, und nun hatte er seine Heimat zerstört.

Und warum? Wegen eines jahrhundertealten Anspruchs, den nie jemand erwähnt, geschweige denn eingefordert hatte – wegen des Anspruchs derer von Thorn auf die Dornenkrone von Garizon.

Camron schlug mit der Faust auf die feuchte Erde. Er und sein Vater hatten nichts getan, wodurch sie ein solches Vorgehen provoziert hätten, und die Einwohner von Thorn hatten mit der ganzen Angelegenheit ohnehin nichts zu tun gehabt. Jahrhundertelang hatte sich die Grenze zwischen Rhaize und Garizon immer wieder über die Vorce-Berge hinweg verschoben, und die Stadt hatte mal zu dem einen und mal zu dem anderen Land gehört. Man hatte sie entweder Thoren oder Thorn genannt, je nachdem wer gerade die Oberhoheit über das Gebiet gehabt hatte. Doch vor fünfzig Jahren, acht Wochen nachdem Berick am Bekenntnisberg den Sieg errungen hatte, hatten sich die Bürger der Stadt auf dem Marktplatz versammelt und sich endgültig für Rhaize entschieden. Von diesem Tag an war die Stadt nur noch unter ihrem Rhaize-Namen bekannt gewesen: Thorn.

Nun jedoch gab es keine Bürger mehr, und ohne Bürger gab es auch keinen Namen.

Camron schüttelte energisch den Kopf, so daß sein ganzer Körper erbebte. Er konnte den Gedanken einfach nicht ertragen, daß Izgards Stiefel auf der Erde von Thorn herumtrampelten. Er konnte die Bilder nicht ertragen, die jedesmal erschienen, wenn er nur die Augen schloß, um zu blinzeln. Camron kämpfte gegen die Erschöpfung an, die sich in seinem Körper breitgemacht hatte, und rappelte sich auf. Dann wischte er sich die Erde aus dem Gesicht und von den Händen und machte sich auf den langen Weg zurück zum Gutshaus.

»Es ist noch zu früh, um gegen Izgard ins Feld zu ziehen«, hatte Ravis erst vor zwei Stunden im flackernden Kerzenlicht der Großen Halle erklärt. »Die Hälfte der

Söldner wird erst nächste Woche in Bay'Zell eintreffen, und die, die bereits hier sind, haben ihre Ausbildung noch nicht beendet. Deine Männer mögen ja vielleicht exzellente Ritter und hervorragende Reiter sein; aber Izgards Bogenschützen werden ihnen die Pferde unter dem Hintern wegschießen, sobald sie sich auf dem Schlachtfeld blicken lassen. Und ein Ritter ohne Pferd könnte sich genauso gut ein Kreuz auf die Brust malen und sich als bewegliches Ziel darbieten. Allerdings ist ›beweglich‹ wohl ein wenig übertrieben. Wenn ich mir die schweren Plattenrüstungen so anschaue, die heutzutage in Rhaize in Mode sind, dann hätte ein Ritter vermutlich eine größere Chance zu überleben, wenn er versuchen würde davonzu*rollen*, anstatt zu laufen.«

Camron zuckte bei dem Gedanken an dieses Gespräch unwillkürlich zusammen. Oh, wie er Ravis von Burano und seinen spöttischen Tonfall haßte. Der Mann nahm mit seinem beißenden Humor alles auseinander, was gut war; hundert Jahre militärischer Entwicklung wischte er mit einer einzigen sarkastischen Bemerkung beiseite. Menschen und ihre Ziele waren ihm egal. Er dachte nur an sich selbst.

Krieg war nicht nur eine Frage der Taktik: Er war auch eine Frage des Herzens, der Seele und des *Glaubens*. Die Ritter von Rhaize hatten am Bekenntnisberg den Sieg nicht aufgrund ihrer taktischen Überlegenheit errungen; sie hatten gewonnen, weil sie an ihren Führer *geglaubt* hatten, der sie in den Kampf geschickt hatte, um ihre Heimat und ihre Familien zu verteidigen.

Camron strich sich das nasse Haar aus dem Gesicht. Er besaß nun keine Heimat mehr und nichts und niemanden, an den er hätte glauben können. Verantwortung war das einzige, was ihm geblieben war. Er schuldete jenen etwas, die abgeschlachtet worden waren, nur weil sie in einer Stadt gelebt hatten, die seinen Namen trug. Er mußte etwas unternehmen. Er mußte weg von hier. Noch heute nacht. Es konnte nicht länger hinausgeschoben werden. Das zumindest schuldete er Mari, Amy, Phelas und dem Uhrmacher. Er schuldete es sich selbst.

Der blasse goldene Schein aus den Fenstern des Gutshauses erschien am Horizont. Camron eilte darauf zu. Eine dunkle Gestalt in einer dunklen Nacht, vollkommen allein ...

Kapitel dreizehn

Der Schreiber saß allein in seinem Scriptorium. Pigmenttöpfchen und Pinsel warteten darauf, daß er sie reinigte; die Fensterläden waren für die Nacht zu schließen, und die Tierhäute, die von den Deckenbalken hingen, wollten geschnitten werden. Soweit er sich zurückerinnern konnte, von den ersten acht Jahren seines Lebens an, die er in Garizon verbracht hatte, bis hin zu den zwanzig Jahren, die er anschließend zum Studium auf der Insel der Gesalbten gewesen war, hatte man Ederius stets ermahnt, niemals müßig zu sein. Seine Mutter befürchtete, Müßiggang könne ihn zur Sünde verführen, und die Heiligen Väter auf der Insel der Gesalbten schworen, Müßiggang würde einen schwachsinnigen Trottel aus ihm machen. Doch im Augenblick wünschte sich Ederius, er hätte im Leben weniger hart gearbeitet. Harte Arbeit hatte ihn an diesen Punkt gebracht.

Er stand auf, schob den Stuhl zurück und ging zu dem kleinen Tisch am anderen Ende des Raumes, wo der reine Gerstenalkohol stand, mit dem er seine Pinsel zu reinigen pflegte. Auch heute noch konnte er nicht lange untätig sein. Seine Mutter und die Heiligen Väter hatten in einem Punkt übereingestimmt: Müßiggang führte zu müßigen Gedanken.

Izgard hatte ihm noch nicht seinen täglichen Besuch abgestattet, und während Ederius den Alkohol in eine Glasschüssel goß, ertappte er sich dabei, wie er auf jedes noch so kleine Geräusch lauschte, das das Nahen seines Königs ankündigen könnte. Als in der Ferne ein Wolf heulte, zuckte der alte Schreiber unwillkürlich zusammen, und ein paar Tropfen Alkohol spritzten auf seine Hände. Die Flüssigkeit prickelte auf der Haut, bevor sie sich auflöste. Ederius versuchte, seine Furcht abzuschütteln, doch ein stechender Schmerz durchfuhr seine fast verheilte Schulter. Er verzog das Gesicht und schüttelte den Kopf.

Ederius hoffte, daß Izgard bald kommen würde; dann wäre zumindest alles vorbei. Den Schmerz konnte er aushalten, ebenso wie die Schläge, aber das Warten war unerträglich. Es verwandelte ihn in einen verängstigten Greis.

Ederius preßte die Finger auf den Rand der Glasschüssel. Er war ein von den Gesalbten ausgebildeter Schreiber – das würde er nie vergessen –, und nichts und niemand konnte ihm das nehmen.

Mit sicherem Schritt kehrte er zu seinem Schreibtisch zurück. Nachdem er alle mit Farbe verklebten Pinsel eingesammelt hatte, legte er sie zum Einweichen in die Schüssel.

Eine weitere Tatsache, die er nie vergessen durfte, war, daß er sich selbst in diese Lage gebracht hatte. Ehrgeiz hatte ihn an die Seite jenes Mannes geführt, der früher unter dem Namen Izgard von Alberach bekannt gewesen war. Vor fünf Jahren hatten sie sich kennengelernt. Izgard hatte ein Treffen im Arlishviertel arrangiert, über dem Schankraum einer Taverne. Der Geruch des Veize war durch die Fenster hereingeweht, als Izgard Ederius seine Pläne darlegte.

»Du mußt mit mir zusammenarbeiten, Ederius. Ich brauche dich. Gamberon hat mir gesagt, du seist der beste Schreiber in ganz Garizon, der einzige, der die alten Muster und Verfahren kennt. Der einzige, der mir helfen kann. Garizon muß wieder einen König bekom-

men. Wir müssen wieder zu unserer alten Stärke zurückfinden. Wir sind ein großes Land, mit großartigen Menschen, und doch sind die Stiefel so vieler Usurpatoren über uns hinweggetrampelt, daß wir uns kaum noch unserer Siege und unseres Stolzes erinnern.«

Izgard war auf die Knie gefallen und hatte Ederius' Hand ergriffen. *»Liebst nicht auch du dein Land, Ederius? Willst du nicht mithelfen, Garizon wieder zu seiner alten Größe zu führen?«*

Niemals würde Ederius Izgards Gesichtsausdruck vergessen, als er ihm diese beiden Fragen stellte. Seine Augen leuchteten, und seine Wangen waren gerötet. Er sah wie ein Engel aus, und seine Berührung war warm und voller Verlangen. Ederius war zutiefst gerührt. Dieser geniale junge Mann brauchte ihn. Nachdem er ihm geantwortet hatte, war Izgard aufgestanden und hatte ihm die Hand geküßt.

Auch heute noch schmerzte Ederius das Herz, wenn er sich an diese Begegnung zurückerinnerte. Izgard war damals ein anderer gewesen. Ehrgeizig, ja. Gewalttätig gegenüber jenen, die sich ihm in den Weg stellten, doch leidenschaftlich hatte er jene verteidigt, die er liebte. Ederius erinnerte sich noch daran, wie er in diesem ersten Jahr ihrer Bekanntschaft krank geworden war. Er hatte sich eine schwere Erkältung zugezogen, weil er nachts zu lange in ungeheizten Räumen gearbeitet hatte. Izgard war Tag und Nacht an seiner Seite gewesen. Er hatte nicht einmal den Raum verlassen und nicht eine Stunde geschlafen, bis das Fieber drei Tage später wieder gewichen war. Niemand außer ihm hatte Ederius versorgen dürfen. Als er schließlich erwacht war, hatte sich Izgard über sein Bett gebeugt, und dem jungen Mann hatten die Tränen in den Augen gestanden.

»Ein Geschenk«, hatte er gesagt und Ederius die Wange gestreichelt. *»Ich habe ein wertvolles Geschenk*

bekommen. Ich weiß nicht, was ich getan hätte, wenn du gestorben wärst.«

Ederius schloß die Augen. Das alles schien eine Ewigkeit her zu sein. Damals hatte es nur ihn, Gamberon und Izgard gegeben: den Schreiber, den Gelehrten und den Mann, der König sein wollte. Vier gute Jahre hatten sie miteinander verbracht, bevor sich die Dinge zum Schlechten wandten. Gamberon war schon seit Monaten von Sorgen geplagt. Je mehr er bei seinen Forschungen über die Dornenkrone und ihre Geschichte herausfand, desto nervöser wurde er. Eines Tages war er spät in der Nacht in Ederius' Schlafgemach gestürmt. Vor lauter Aufregung hatte er beim Sprechen gespuckt.

»Wir dürfen nicht zulassen, daß Izgard die Krone an sich reißt. Komm mit mir nach Sirabayus, und hilf mir, die Krone zu vernichten, noch bevor die Sonne wieder über dem Veize aufgeht.«

Ederius nahm die Pinsel aus dem Alkohol, die nun rot gefärbt waren. Mit raschen, beinahe hysterischen Bewegungen begann der alte Schreiber die Pinselköpfe sauberzureiben.

Er hatte Gamberon wie einen Bruder geliebt, doch Izgard wie einen Sohn. Die Entscheidung war ihm überraschend leichtgefallen. Gamberon war alleine fortgegangen. Eine Stunde hatte Ederius in der Dunkelheit gewartet. Er hatte jede einzelne Sekunde gezählt; dann war er zu Izgard gegangen.

»Ihr müßt so schnell wie möglich nach Sirabayus«, hatte er gesagt. *»Gamberon ist auf dem Weg dorthin, um die Dornenkrone zu zerstören.*

Ederius stieß einen leisen, rasselnden Laut aus. Das war die längste Nacht seines Lebens gewesen. Er war unfähig gewesen, sich zu bewegen. Er hatte im Dunkeln auf Izgards Bett gesessen, mit übervoller, schmerzender

Blase, und so flach und keuchend geatmet wie ein Sterbender.

Die Sonne ging auf, und noch ein halber Tag verging, bis Izgard wieder zurückkehrte. Die Dornenkrone trug er unter dem Arm, und Fetzen von Gamberons Fleisch hingen an den Dornen. Ederius wunderte sich darüber, daß Izgard die Krone vom Kloster bis hierher hatte tragen können, ohne daß seine Haut auch nur den geringsten Kratzer davontrug. Kein Wort war über Izgards Lippen gekommen, als er den Raum betrat. Ruhig und gelassen hatte er die Krone auf eine Truhe gelegt, dann war er zu Ederius gegangen und hatte ihm mit der Faust mitten ins Gesicht geschlagen.

Anschließend hatte er kopfschüttelnd den Raum verlassen. *»Du bist nicht sofort zu mir gekommen«*, hatte er gezischt. *»Du hast ihm eine Stunde Vorsprung gegeben.«*

Ederius legte die Hand auf die Wange, als er sich an den alten Schmerz erinnerte. Das war das erste Mal gewesen, daß Izgard ihn geschlagen hatte: in der Nacht, als er die Dornenkrone zum ersten Mal in Händen gehalten hatte.

Die Tür knallte, und Izgard betrat das Scriptorium. Ederius war derart in die Vergangenheit versunken, daß es einen Augenblick dauerte, bis er wieder in die Gegenwart zurückkehrte. Er hatte seinen König nicht gehört.

»Ederius«, sagte Izgard mit leiser Stimme, während er sich dem Schreiber näherte. »Ich bin froh, daß du noch an deinem Schreibtisch sitzt. Wir müssen uns über meine Pläne für Thorn unterhalten.«

Ederius nahm die Hand von der Wange, nickte und hörte aufmerksam zu, was Izgard ihm zu sagen hatte. Wenn er Glück hatte, würde der König heute nacht vielleicht darauf verzichten, ihn zu schlagen.

»Und das hier«, sagte Emith und reichte Tessa einen Stoffstreifen, »ist Farbstoff aus Lackmuskraut. Wie Ihr seht, ist er rosa, doch aus Lackmuskraut kann man auch ein kräftiges Purpur herstellen.«

Tessa nahm das schmale Stück Stoff entgegen. Es fühlte sich steif an. Ihre Fingerspitzen färbten sich sofort rosa. »Der Farbstoff ist nicht gerade gut fixiert«, bemerkte sie.

Emith warf ihr einen verwunderten Blick zu. »Das *ist* der Farbstoff«, erwiderte er. »Mit Hilfe solcher Stoffstreifen wird er transportiert. Ich muß nichts weiter tun, als solch einen Streifen in eine Schüssel mit Eiweiß legen, das Pigment über Nacht ausbluten lassen, und am nächsten Tag habe ich frische Farbe, die ich als Glasur oder zum Mischen verwenden kann.«

»Oh«, war alles, was Tessa dazu einfiel. Es gab so viel, was sie nicht wußte.

Emith war mit den unterschiedlichsten Pigmentproben vom Markt zurückgekehrt, um sie Tessa zu zeigen. Heute abend lehrte er sie, wie man die verschiedenen Tinten und Farben herstellte, die in der Buchmalerei verwendet wurden. Er war so aufgeregt, daß er sogar zwei teure Wachskerzen entzündet hatte, die nun den Tisch mit ihren süß riechenden und rauchlosen Flammen erhellten. Mutter Emith saß wie immer in ihrem Stuhl und ruhte sich wieder einmal aus. Das Abendessen war vorüber; die Töpfe waren weggeräumt; das Feuer brannte langsam herunter, und Regen prasselte gegen die Fensterläden.

»Was ist da drin?« fragte Tessa und deutete auf eine kleine, mit einem Korken verschlossene Glasflasche, die Emith soeben aus seinem Bündel zog. Mit jedem Tag wurde ihr Verlangen größer, mehr über die Schreibkunst zu erfahren. Sie wollte jede noch so kleine Einzelheit wissen.

»Das ist Schneckenpurpur. Es ist weit kräftiger als Lackmusrot, allerdings auch wesentlich teurer. Es wird, wie der Name schon sagt, aus Schnecken gewonnen, die in wärmeren Gewässern zu Hause sind.«

»Aus Schnecken?« Tessa zog den Korken aus der Flasche und gab einen Tropfen auf ihre Hand. Das Pigment war von dunkler, beinahe violetter Farbe.

»O ja«, bestätigte Emith mit funkelnden Augen. »Es gibt auch ein Pigment, das aus Sepiasekret hergestellt wird.«

Tessa streckte die freie Hand aus. Emith enttäuschte sie nicht. Nach kurzem Suchen in seinem Bündel holte er ein zweites Fläschchen hervor, das dem ersten ähnelte wie ein Ei dem anderen.

»Sepiatinte hat eine warme graue bis schwarzbraune Farbe. Sie eignet sich hervorragend, um den Hintergrund zu glasieren.«

Tessa beschloß, das Sepiapigment nicht auszuprobieren. Der Tropfen Schneckenpurpur war in ihre Haut eingedrungen wie eine Tätowierung. Während sie versuchte, den Fleck abzureiben, holte Emith ein gelbes Pulver hervor, das aus Herbstzeitlosen gewonnen wurde; eine dunkle, kastanienbraune Paste war eine Mischung aus Henna und Indigo; ein roter Farbstoff mit Namen Karmesin bestand aus getrockneten Insekten, die man an den Stämmen immergrüner Eichen fand; Gelb und Orange wurden aus eisenhaltiger Erde hergestellt, und ein grünblaues Pulver stellte sich als die Patina heraus, die man von alten Kupfer- und Bronzetöpfen gekratzt hatte. Dann zeigte Emith seiner Schülerin rotes, gelbes und weißes Bleipulver und warnte sie, daß nichts davon ihre Haut berühren dürfe. Zu guter Letzt holte er ein kleines perlmuttfarbenes Kästchen hervor, das nicht viel größer war als ein Fingerhut.

»Das hier«, sagte er und öffnete den Deckel mit dem Fingernagel, »ist Lapislazuli, das seltenste aller Pigmente.

Dieses kleine Kästchen hat mich das Doppelte seines Gewichtes in Gold gekostet.«

Tessa wagte kaum zu atmen, als sie sich vorbeugte, um den Inhalt des Kästchens zu untersuchen. Ein dunkelblaues Pulver funkelte ihr entgegen. Das war es also, warum Witwe Furbish so aufgeregt gewesen war? Ein Pigment von der Farbe des Meeres. Während sie das Pulver betrachtete, bemerkte Tessa plötzlich, daß ihre Gedanken eine neue Richtung einschlugen. Als sie erkannte, um was es sich dabei handelte, lehnte sie sich in ihrem Stuhl zurück und stellte Emith die erstbeste Frage, die ihr in den Sinn kam:

»Und wie stellst du daraus nun eine Farbe her?« Vor ihrem geistigen Auge hatte sie das letzte Bild gesehen, das sie von Witwe Furbish in Erinnerung hatte – einen abnorm verdrehten, blutüberströmten Leichnam –, und sie wollte es so rasch wie möglich wieder verdrängen. Nicht heute abend. Nicht nachdem Emith ihr berichtet hatte, daß Izgards Hetzer das gleiche mit den Bewohnern einer ganzen Stadt gemacht hatten – und nicht einfach nur mit den Bewohnern irgendeiner Stadt, sondern mit den Bewohnern von Camron von Thorns Heimat. Es bedurfte nicht viel Phantasie, um sich vorzustellen, wohin sich Ravis und Camron heute nacht auf den Weg machen würden.

Tessa rieb noch immer über den Fleck auf ihrer Hand, obwohl sie wußte, daß sie ihn nicht so einfach würde entfernen können. Würde sie Ravis jemals wiedersehen? Sie wußte es wirklich nicht. Unbewußt tastete sie nach dem Ring um ihren Hals. Wann immer sie an die Zukunft oder die Vergangenheit dachte, fanden ihre Finger instinktiv den Weg zum Ring.

Emith verteilte mehrere Glasfläschchen und Töpfchen auf dem Tisch. Einige von ihnen, wie den etwas größeren Topf, in dem normalerweise das Eiweiß aufbewahrt wurde, das man zum Binden brauchte, hatte Tessa bereits gesehen, doch die meisten waren ihr vollkommen neu. Bis jetzt hatte sie ihre Zeichnungen mit einfacher schwarzer oder brauner Tinte angefertigt. Nun bekam sie zum ersten Mal Gelegenheit, Emith beim Mischen und Binden der Pigmente zuzusehen.

Er benutzte große und kleine Muschelschalen als Mischpaletten, je nachdem wieviel Pigment er für eine bestimmte Farbe benötigte. Er begann mit dem Eiweiß, fügte Pigment in pulverisierter oder flüssiger Form hinzu und rührte es mit einem kleinen Stab um, bis die Mischung eine einheitliche Farbe besaß. Dann gab er noch verschiedene andere Dinge hinzu, die er brauchte, um ein bestimmtes Ergebnis zu erzielen: Manchmal fügte er noch ein paar Tropfen Wasser hinzu, um die Farbe zu verdünnen, oder mischte etwas Fischleim darunter, damit das Pigment besser auf der Seite haftete. Kreide wurde hinzugegeben, um die Farbe aufzuhellen und lichtundurchlässig zu machen; nur bei einem Pigment verwendete Emith aus irgendeinem Grund zerstoßene Eierschalen.

Emith bewegte sich mit der Geschicklichkeit eines Gehirnchirurgen: selbstbewußt, geübt, elegant. Tessa hatte das Gefühl, als sehe sie ihn zum ersten Mal. Er war nicht länger der kleine, alte, ordentliche Mann, der auf das geringste Wort seiner Mutter hin aufsprang, und der Tessa stets mit solch freundlichem Respekt begegnete, daß er sie in all den Wochen noch nicht ein einziges Mal beim Namen genannt hatte. Nun war er der erfahrene Handwerker. Seine Bewegungen waren schnell, sein Auge sicher, und seine Lippen waren zu einer schmalen Linie zusammengepreßt.

Hier war er in seinem Element. Bei dieser Tätigkeit erreichte das Handwerk eines Schreibergehilfen seine höchste Perfektion: bei der Vorbereitung, der Mischung und Veränderung der Pigmente. Tessa stellte sich vor, wie Emith einst im Hintergrund die Pigmente gemischt hatte, während Deveric an seinem neuesten Werk gearbeitet und seinem Gehilfen zugerufen hatte, welche Farbe er als nächstes benötigte.

Einem ockerfarbenen Pulver wurde mit einem Löffel Honig ein weicher Glanz verliehen; Karmesinrot wurde mit Ohrenschmalz zu einem Gel verdickt, und Indigoblau wurde verdünnt und aufgehellt, indem ihm lediglich drei Tropfen abgestandener Urin hinzugefügt wurden – Tessa fragte nicht danach, von wem oder was der Urin stammte. Akazienleim, eine zähe dunkelblaue Masse mit Namen Kasein, rosafarbene Erde, Gallsäure, türkisfarbenes Sulfat, Ruß, Rot- und Weißwein, Färberwaid und gemahlene Knochen – all das veränderte die Pigmente auf die eine oder andere Art: verdickte sie, verlieh ihnen Struktur, machte sie heller oder dunkler und gab ihnen Glanz.

Als Emith seine Arbeit beendet hatte, war der Tisch überfüllt mit Dutzenden kleiner Schalen, in denen die unterschiedlichsten Farben funkelten. Aus insgesamt vielleicht zehn Farbstoffen hatte Emith eine komplette Farbpalette hergestellt, die von der zartesten Fleischfarbe bis hin zum blutigsten Rot reichte, vom schlichtesten Wurmgrau bis zum tiefsten Mitternachtsblau.

Tessa war überwältigt von dieser Vielfalt. Sie hatte das Gefühl, auf ein Meer von Juwelen zu blicken, die ihr aus irisierenden Muscheln entgegenfunkelten. Allein bei ihrem Anblick kamen Tessa unendlich viele Möglichkeiten in den Sinn. Vor ihrem geistigen Auge sah sie farbige Bänder, die die gesamte Seite umspannten, strahlende Silberflecke, Stufen aus Gold und Rot und Knoten aus Purpur, die tiefschwarze Schatten warfen. Sie verspürte das starke Verlangen, augenblicklich nach einem Pinsel zu greifen und mit dem Malen zu beginnen.

Als sie jedoch die Hand ausstreckte, um nach ihrem Werkzeug zu greifen, hielt Emith sie fest. »Ihr seid noch nicht soweit, daß Ihr die ganze Palette benutzen könntet«, sagte er und drückte Tessas Hand sanft auf den Tisch. »Bevor Ihr mit der Malerei beginnt, müßt Ihr zunächst lernen, die Farben zu *verstehen*; Ihr müßt wissen, was sie darstellen und für welchen Zweck man welchen Farbton verwendet und warum.«

Tessa blickte Emith in die Augen. Wieviel wußte er wirklich über die Arbeit seines verstorbenen Meisters? Angesichts der Art, wie er ihrem Blick auswich, vermutete sie, daß er zumindest genug Ahnung davon hatte, um zu wissen, daß es gefährlich sein konnte.

Emith zog ein kleines, rechteckiges Pergament aus seiner Tunika und sagte: »Manchmal, besonders wenn man mit Kopien arbeitet, ist es wichtig, die Farben der Vorlage exakt zu treffen.« Er legte das Pergament genau dort auf den Tisch, wo sich die Lichtkegel der beiden Kerzen trafen. Die Seite zeigte ein einfaches Muster aus Trompetenspiralen, die um ein Medaillon herum gruppiert waren, doch die Farben sorgten dafür, daß es alles andere als schlicht und grob wirkte. Die unterschiedlichsten Schattierungen von Grün, Gold, Gelb und Ocker zierten das Pergament.

»Einige Farben kann man unmöglich genau treffen«, fuhr Emith fort und rieb seine Hände mit Bittermandelöl ab, um das Pigment von der Haut zu entfernen. »Nehmen wir zum Beispiel diesen Gelbton hier. Er wird aus einer seltenen Pflanze gewonnen, die nur in den abgelegensten Bergregionen von Drokho wächst. Es handelt sich um kein besonders gutes Pigment – Safran wäre für diesen Zweck weit besser gewesen –, aber Schreiber, die in abgelegenen Gebieten leben, verwenden alles, was sie bekommen können. Die Zusammensetzung der Farbstoffe unterscheidet sich von Region zu Region, abhängig von örtlichen Traditionen und Ressourcen. Selbst hier in Bay'Zell werdet Ihr viele Schreiber finden, die Lackmuspurpur Schneckenpurpur vorziehen, weil es hier im Norden häufiger und somit billiger ist.«

Tessa nickte und nahm das Pergament in die Hand.

»Als Schreibergehilfe ist es meine Aufgabe, die Farbtöne so genau wie möglich zu treffen. Das Kopieren von Mustern ist für alle Schreiber des alten Stils, so wie Deveric einer war, eine grundlegende Aufgabe. Sie erschaffen niemals etwas einfach nur aus einem Impuls heraus; stets nutzen sie alte Muster als Grundlage für ihre Arbeit – entweder kopieren sie sie möglichst exakt oder verändern sie nur hier und da. Anders als die Schreiber jüngerer Schulen, die immer etwas Neues schaffen wollen, etwas Originelles, wollen die alten Schreiber nur die Vergangenheit aufarbeiten.«

Während Emith sprach, bemerkte Tessa etwas Seltsames auf dem Pergament. Als sie es ins Licht hielt, kamen Tausende winziger Stiche auf der Seite zum Vorschein; das Pergament war im wahrsten Sinne *durchlöchert.* Das Kerzenlicht drang ungehindert durch es hindurch.

»Diese Stiche stammen von einer Messerspitze«, erklärte Emith, als er erkannte, was Tessas Aufmerksamkeit erregt hatte. »Wann immer ein Schreiber ein Muster möglichst genau kopieren will, und wenn er weder die Zeit noch die Geduld hat, jeden einzelnen Winkel auszumessen, dann legt er das Original über eine leere Seite und durchbohrt es an den wichtigsten Stellen mit einem Messer. Auf diese Weise wird das Grundmuster auf die darunterliegende Seite übertragen, und der Schreiber kann sich bei seiner Arbeit anschließend an den Messerstichen orientieren. Seit Jahrhunderten schon werden Kopien auf diese Art angefertigt.«

Tessa strich mit dem Finger über das Pergament. Es

fühlte sich steif an, was bedeutete, daß es sehr alt war. Während sie es betrachtete, erregte ein bestimmter Farbton ihr Interesse: eine Mischung aus Silber und Schwarz, die irgendwie nicht in das Muster paßte, das ansonsten von warmen Gelb-, Grün- und Goldtönen dominiert wurde. »Hat man diese Farbe hier aus einem besonderen Grund benutzt?« fragte sie und deutete auf eine Spirale in dem entsprechenden Farbton.

»Das war ursprünglich rote Bleitinte«, antwortete Emith, der offensichtlich erfreut darüber war, daß Tessa die Diskrepanz bemerkt hatte. »Im Laufe der Jahre können Metallfarben entweder verblassen – wie diese hier – oder verlaufen und sich mit den anderen vermischen. Kupfergrün kann mit der Zeit sogar ein Pergament zersetzen. Das ist eines der schwierigsten Probleme, das sich mir als Schreibergehilfe stellen kann: die genaue Mischung der Pigmente herauszufinden, die der alte Schreiber als Grundlage für seine Farben verwendet hat. Bisweilen hilft es, wenn das fertige Muster mit einer zusätzlichen Glasur aus Eiweiß überzogen wurde; auf diese Art halten sich die ursprünglichen Farben wesentlich länger.«

Gierig nahm Tessa alles in sich auf, was Emith ihr erklärte. Wie ein hungriges Kind stopfte sie alles in sich hinein, um die Leere in ihrem Innern zu füllen. Seit Jahren hatte sie nach Wissen, nach *Einzelheiten* gehungert. Hierherzukommen, hier in diese Welt, in dieses Haus, war für sie das gleiche, wie zu einem Festmahl eingeladen zu werden und sich vollstopfen zu dürfen, bis sie umfiel. Sie mußte nicht länger gewisse Dinge außer acht lassen, nur weil sie ständig ihren Tinnitus zu fürchten hatte.

Tessa vermißte nichts aus ihrem alten Leben – absolut *gar nichts*. Überraschend schnell hatte sie sich an Nachttöpfe und Wasser gewöhnt, das aus einer Pumpe kam und nicht aus einem Wasserhahn. Auch daß man sich ständig ums Feuer kümmern mußte, machte ihr ebensowenig aus wie das Einstreuen des Bodens mit Stroh und Kräutern und das Tragen kratziger Wollstrümpfe und schwerer, unförmiger Kleider. Zahnbürsten und Zahnpasta gab es hier ebenfalls nicht; doch Tessa störte sich nicht daran, ihre Zähne mit einer Wurzel zu reinigen, und daß Schweineschmalz, Lanolin und Knochenseife die einzigen unbezahlbaren Kosmetika waren, war für sie inzwischen selbstverständlich geworden. Es gab keinen Spiegel im Haus. Seit über einem Monat hatte Tessa sich selbst nicht mehr gesehen, aber obwohl sie noch immer bestrebt war, so gut wie möglich auszusehen, maß sie ihrem Äußeren keine allzu große Bedeutung zu.

Wenn sie an ihr altes Leben zurückdachte – wie sie gewohnt und was sie getan hatte und insbesondere wie sie stets Distanz zu anderen Menschen gewahrt hatte –, dann hatte sie das Gefühl, als hätte sie ihr ganzes vorheriges Leben stets auf gepackten Koffern gesessen und darauf gewartet, in diese Welt transportiert zu werden.

Ein lautes Klopfen an der Tür riß Tessa aus ihren Gedanken. Besorgt blickte sie zu Emith. Er war bereits aufgestanden.

»Es ist schon gut«, sagte er. »Das ist nur Marcel. Ich habe ihm heute morgen eine Nachricht gesandt und ihn gebeten, mir Deverics Illuminationen vorbeizubringen.«

Marcel. Tessa erinnerte sich an Ravis' Worte: *Öffne niemandem die Tür – besonders nicht Marcel ...* »Weiß er, daß ich hier bin?« fragte sie.

Emith dachte einen Augenblick lang nach; dann schüttelte er den Kopf. »Nein, Fräulein. Ich habe Euch in meiner Nachricht nicht erwähnt. Aber es kann doch nicht so schlimm sein, wenn Marcel von Eurer Anwesenheit erfährt. Immerhin ist er ein guter Freund von Lord Ravis.«

Tessa hatte Marcel von Vailling in Aktion gesehen. Sie hatte gesehen, wie er seinen ›guten Freund‹ hintergangen hatte, ohne auch nur mit der Wimper zu zucken. Allerdings hatte es wenig Sinn, das Emith zu erklären. Selbst wenn ihm jemand ein Messer in den Rücken rammen würde, würde er noch immer das Beste von seinem Mörder denken. Also bat sie statt dessen: »Emith, ich werde mich in der Besenkammer verstecken. Versprich mir, daß du Marcel nicht sagen wirst, daß ich hier bin. Versprich es mir!«

Wieder klopfte es an der Tür.

»Was? Was?« rief Mutter Emith. »Wer ist da?«

Emith drehte sich zur Tür um, begierig, sie zu öffnen. Nun, da er nicht länger am Tisch saß und Farben mischte, hatte er sich wieder in einen sanften, freundlichen alten Mann zurückverwandelt, der es allen recht machen wollte. »Ich werde ihm nichts von Euch erzählen. Aber jetzt beeilt Euch.«

Tessa stand bereits vor der Speisekammertür. Sie öffnete sie und verschwand in der dahinterliegenden Dunkelheit. Im selben Augenblick, da sie den Riegel ins Schloß schob, hörte sie, wie die Haustür geöffnet wurde. Ein kalter Luftzug wehte unter der Speisekammertür hindurch, dann sagte eine Stimme: »Emith, mein lieber, lieber Freund. Wie geht es dir und deiner liebreizenden Mutter heute abend?« Es war Marcel von Vailling.

Tessa atmete tief durch. Der Geruch von Räucherschinken stieg ihr in die Nase, gefolgt von dem Duft lange gereiften Käses. Trotz ihrer Aufregung lief ihr das Wasser im Mund zusammen.

Emith sagte etwas, das Tessa nicht verstehen konnte.

»Ja, ich habe sie«, antwortete Marcel. »Erst vergangene Woche ist ein Herr auf dem Weg nach Calmo durch Bay'-

Zell gekommen und hat mir ein beachtliches Angebot für sie gemacht: genug Gold, damit du und deine Mutter euch für den Rest eures Lebens in feinste Seide hüllen und jeden Tag Hummer essen könnt.«

»Mehr als einmal pro Monat vertrage ich keinen Hummer«, erwiderte Mutter Emith. »Ich bekomme davon immer so schreckliche Blähungen.»

Tessa lächelte. Sie wünschte, sie hätte in diesem Augenblick Marcels Gesicht sehen können.

Schritte hallten über den Boden. Dann verriet ein Geräusch, daß offenbar irgend etwas nicht gerade sanft auf den Tisch gelegt wurde. »Nun, hier sind sie«, sagte Marcel. Seine Stimme klang so glatt und teilnahmslos wie immer. »Falls du irgendwann einmal Bargeld benötigen solltest, dann könnte ich dir allein auf die letzte eine Menge Gold leihen. Du weißt schon: die mit dem Blut darauf.«

»Sie sind nicht zu verkaufen.«

Die Erregung in Emiths Stimme überraschte Tessa. Sie hatte ihn noch nie so barsch sprechen gehört. Vorsichtig trat sie an die Tür und preßte ihr Ohr aufs Holz. Sie wollte alles hören, was gesagt wurde.

»Ist es nicht schon etwas zu spät zum Arbeiten?« Das war wieder Marcel. Tessa bemerkte einen mißtrauischen Unterton in seiner Stimme.

Emith setzte an, etwas darauf zu erwidern – vermutlich eine verlegene Entschuldigung –, doch sein Murmeln wurde von der lauten Stimme seiner Mutter unterbrochen. »Und wenn schon, Marcel von Vailling. Schließlich verstößt das gegen kein Gesetz. Oder seid Ihr etwa anderer Meinung?«

Nun war es an Marcel, verlegen zu murmeln. Tessa gelangte zu der Auffassung, daß es durchaus seine Vorteile hatte, eine alte Dame zu sein: Niemand wagte, ihr zu widersprechen.

Tessa entspannte sich ein wenig und lehnte sich gegen die Wand. Um Ungeziefer zu vermeiden, wurde der Boden der Speisekammer im Gegensatz zur Küche nicht mit Binsenstroh eingestreut. Tessas Füße wurden langsam kalt. Die Speisekammer lag zwei Fuß tiefer als der Rest des Hauses, um die Lebensmittel auch im Sommer so kühl wie möglich lagern zu können. Bis jetzt hatte Tessa den Sinn dieser Maßnahme immer bezweifelt, doch die Gänsehaut auf ihren Armen belehrte sie eines Besseren.

Als sie ihre Aufmerksamkeit wieder der Küche zuwandte, sprach Marcel gerade über den Krieg.

»Oh, wir hier in Bay'Zell müssen uns wohl kaum Sorgen machen«, sagte er. »Izgard wird niemals bis hierher kommen. Nun, da offensichtlich ist, daß er Rhaize tatsächlich erobern und nicht nur seine frisch gekrönten Muskeln spielen lassen will, wird der Herr seine Armeen von Mir'Lor heranführen und ihn aufhalten, noch bevor er den Chase überqueren kann.«

Tessa schürzte die Lippen. Marcel von Vailling wiederholte nur eine seiner typischen abgedroschenen Phrasen. Vermutlich hatte er auch eine zweite bereit für den Fall, daß Izgard doch Bay'Zell erreichen sollte. Tessa wußte genau, wie sie beginnen würde: »*Es sind ja vielleicht harte Zeiten, aber wir müssen lernen, das Beste daraus zu machen ...*«

Sie hielt in ihren Gedanken inne, als der Name Ravis durch die Zedernholztür drang.

»Er und Camron werden Izgard natürlich einen heftigen Kampf liefern«, sagte Marcel. Im Gegensatz zum letzten Mal, als Tessa ihn gesehen hatte, schien er diesmal das Reden alleine zu übernehmen. »Ihre Streitmacht dürfte noch vor der Armee von Rhaize auf Izgard treffen. Wo hatten sie noch einmal ihr Lager? Ich komme im Augenblick nicht darauf.«

Tessa schnalzte mit der Zunge. Marcel war der Name des Ortes nicht einfach nur entfallen. Ravis hatte ihm nicht gesagt, wohin er und Camron gegangen waren – dessen war Tessa sicher. Der Mann versuchte, sich Informationen zu erschleichen.

»Ich weiß nicht, wo Lord Ravis ist«, antwortete Emith.

Marcel stieß einen lauten Seufzer aus. »Und was ist mit seiner hübschen Dame? Die mit dem rötlichen Haar und der seltsamen Stimme? Ich glaube, du hast sie einmal kennengelernt. Du weißt nicht zufällig, wo sie sich aufhält, oder?«

Tessa hielt die Luft an, während sie auf Emiths Antwort wartete. Plötzlich erschien ihr die Speisekammer unendlich klein; sie kam sich wie eingesperrt vor. Sie wußte, daß Emith sich an sein Versprechen halten würde, doch eine Lüge kam ihm nicht leicht über die Lippen, und Tessa fürchtete, seine Nervosität könnte ihn verraten.

Die folgenden Sekunden erschienen Tessa wie eine Ewigkeit. Sie schloß die Augen.

Mutter Emiths Stimme durchbrach das Schweigen. »Woher sollen wir wissen, wo Lord Ravis seine Frauen unterbringt? Haltet Ihr meine Küche etwa für ein Bordell?«

»Natürlich nicht, gnädige Frau«, beeilte sich Marcel zu antworten. »Ich habe nur gedacht …«

»Nun, hört lieber auf zu denken. Verschwendet Eure Zeit nicht damit, Euch den Kopf über mich und Emith zu zerbrechen, und wir werden darauf verzichten, uns Gedanken über Euch zu machen.«

Tessa unterdrückte einen Jubelschrei. Die alte Mutter Emith erwies sich Marcel von Vailling als ebenbürtig. Sie hatte offenbar all das ›Ruhen‹ in ihrem Stuhl genutzt, um ihre Zunge zu schärfen.

Schnelle Schritte hallten über den Küchenboden.

Marcel sagte etwas – vermutlich zum Abschied –, doch zu ersten Mal, seitdem er das Haus von Mutter Emith betreten hatte, flüsterte er, so daß Tessa die Worte nicht verstehen konnte. Mutter Emith wünschte dem Bankier noch einen schönen Abend, dann wurde die Tür geöffnet und nur Sekunden später wieder geschlossen. Tessa zählte bis fünf – nur um sicherzugehen –, dann trat sie aus der Speisekammer. Emith und seine Mutter blickten ihr entgegen. Beide grinsten von einem Ohr zum anderen.

»Komm hier herüber zum Feuer, meine Liebe«, sagte Mutter Emith. »In der Speisekammer kann man sich ja den Tod holen.«

Tessa ging zu Mutter Emith und umarmte sie. Die alte Frau protestierte vehement, doch Tessa drückte sie daraufhin nur um so fester an ihre Brust. Sie verdankte diesen beiden Menschen so viel. Sie hatten sie in ihrem Haus aufgenommen, sie durchgefüttert, angekleidet und für sie gelogen, und vor allen Dingen hatten sie sie *beschützt* – und das, obwohl es mit einem großen Risiko für sie verbunden gewesen war. Tessa schien es eine Ewigkeit her zu sein, seit sie sich zum letzten Mal so behütet gefühlt hatte.

Emith umkreiste die beiden Frauen. Mit jeder Runde kam er näher, bis er schließlich genug Mut aufbrachte, vorzutreten und Tessa den Arm zu tätscheln. »Mutter und ich würden nie jemandem verraten, wo Ihr seid«, sagte er mit sanfter Stimme. »Niemals.«

Ravis stand vor dem großen Kamin. Den Arm hatte er auf den breiten Sims gestützt und den Fuß auf die Umrandung der Feuerstelle gestellt. Sein Blick war auf das Stundenglas gerichtet, während er auf die Rückkehr von Camron von Thorn wartete. Zunächst hatte er einen

Becher mit Berriac gefüllt, um ihn Camron bei dessen Rückkehr anzubieten; doch inzwischen war dieser Plan hinfällig geworden, denn Ravis hatte den Berriac selbst getrunken.

Als er bemerkte, daß der Schlamm an seiner Stiefelspitze getrocknet war, klopfte er ihn an der Kaminumrandung ab. Blaßgraues Pulver rieselte zu Boden. Camron von Thorn war nicht der einzige, der heute nacht hinausgegangen war.

Ein paar Minuten nachdem er mit Camron gestritten hatte und dieser daraufhin wütend aus der Tür gestürmt war, hatte Ravis sich seinen Umhang übergeworfen, eine der Handlaternen entzündet, die der Seneschall in der Eingangshalle aufbewahrte, und war über den Hof zu den Ställen gegangen.

Als erstes hatte er mit den Stallknechten gesprochen. Er war mit ihnen an den Ständern vorbeigegangen, hatte mit ihnen den Zustand der Pferde diskutiert, sich ihre Meinungen angehört und ihre Ratschläge entgegengenommen; dann hatte er ihnen befohlen, innerhalb der nächsten zwei Stunden vier Dutzend Pferde bereitzumachen. Den Stallknechten hatte der Befehl nicht gefallen, denn es war bereits dunkel, und wenn nur ein Pferd nervös werden würde, würde es die anderen anstecken. Doch Ravis hatte sich in den vergangenen Wochen Zeit genommen, die Stallknechte in Runzy kennenzulernen – sowohl jene, die zum Gut gehörten, als auch jene, die mit Camrons Rittern angekommen waren –, und nachdem er ihnen seine Gründe erklärt hatte, waren sie bereit gewesen, seinen Anweisungen Folge zu leisten. Ein oder zwei der älteren hatten sogar mit einem solchen Befehl gerechnet.

Anschließend ging Ravis in die Küche. Die Köchin und die Dienerinnen hatten sich um den Tisch versammelt, spielten Karten, tranken das hiesige Bier und aßen die kleinen Karottenkuchen, die in Runzy so beliebt waren. Die Köchin warf ihr Halstuch über einen großen Schinken, als Ravis hereinkam, und eines der Mädchen ließ eine Flasche im Ärmel verschwinden. Ravis gab vor, beides nicht bemerkt zu haben. Was mit Camrons Privatvorräten geschah, kümmerte ihn nicht; doch der gute Wille des Küchenpersonals war für einen Mann, der sich auf Reisen begeben wollte, von unschätzbarem Wert.

Nachdem er die Köchin fürs Abendessen gelobt hatte, flirtete er mit dem schüchternsten und schlichtesten Küchenmädchen. Dann fragte er die Frauen mit ausgesuchter Höflichkeit, ob sie so nett wären, Reiseproviant für vier Dutzend Männer vorzubereiten ... nein, korrigierte er sich selbst, für fünf Dutzend und für sechs Tage, und zwar innerhalb der nächsten Stunden.

Die Köchin hatte ihren fetten Arm auf das Tuch gelegt, das den Schinken bedeckte. Ravis wußte genau, was sie jetzt dachte: Wenn ihr Herr und seine Männer erst fort wären, würde sie die Vorräte verkaufen, die sie vergangene Woche auf dem Markt besorgt hatte. Frischer Fasan brachte um diese Jahreszeit ein kleines Vermögen ein.

Als Ravis schließlich die Küche Richtung Große Halle verließ, klapperten bereits überall die Töpfe und Pfannen, und Gemüse, Fleisch und Früchte wurden hierhin und dorthin geschoben und in handliche Stücke zerlegt.

Die meisten von Camrons Rittern warteten in der Großen Halle: Insgesamt handelte es sich um zwei Dutzend erfahrene Kämpfer, ein Dutzend abenteuerliche Jünglinge, eine Handvoll arroganter Adeliger und um ein paar Männer, die ihre besten Jahre schon lange hinter sich hatten. Ein oder zwei hervorragende Kämpfer waren ebenfalls darunter. Schweigen senkte sich über die Männer, als Ravis den Raum betrat. Ihre Anspannung war ihnen deutlich anzumerken: Das Bier in den Krügen und Bechern war schal geworden; das Feuer war heruntergebrannt, weil sich niemand darum kümmerte, und nirgends war eine Dienerin oder ›Gesellschafterin‹ zu sehen. Die Gedanken der Ritter drehten sich nur um eines: das Massaker von Thorn. Zwar waren nur drei der Männer dort geboren worden, doch jeder war von der Nachricht gleichermaßen entsetzt. Sie waren Camrons Männer und die meisten von ihnen sogar seine Freunde, und ein Angriff auf sein Land war gleichbedeutend mit einem Angriff auf das ihre.

Angesichts der feindseligen Blicke, die ihm zugeworfen wurden, als er den Raum durchquerte, hielt er es für das beste, offen zu sprechen. »Holt euer Marschgepäck, eure Waffen und eure Rüstungen. Wir brechen noch heute nacht nach Thorn auf.«

Die Ritter, die den Großteil des vergangenen Monats damit verbracht hatten, jeden von Ravis' Befehlen in Frage zu stellen, gehorchten ihm diesmal sofort. Alle wollten sie gehen. Ihr Eifer war deutlich zu spüren. Einer klopfte ihm im Vorübergehen sogar auf die Schulter. Bis jetzt war Ravis für sie immer nur der Bösewicht gewesen, der sie zu sinnlosen Waffenübungen zwang, ständig davon redete, sie sollten ihre Plattenrüstungen gegen nutzlose Kettenhemden oder Lederharnische tauschen, und der sich weigerte, entschlossen gegen Izgard von Garizon vorzugehen. Zu allem Überfluß hatte er heute abend auch noch Camron mit seinen harschen Worten hinaus in die Nacht gejagt.

Letzteres war selbstverständlich unwahr – Camron hatte seine Seelenqualen selbst zu verantworten –, doch da niemand sonst während ihres Gesprächs zugegen gewesen war, hatten die Ritter angenommen, alles sei Ravis' Schuld. Es war leicht, einen Mann zu hassen, der alte Gewohnheiten und Traditionen in Frage stellte – besonders wenn dieser Mann ein Fremder war, der Söldner ins Land holte, von denen man eine neue Art zu kämpfen lernen sollte.

Ravis hatte diese Art von Widerstand bisher bei jedem Auftrag zu spüren bekommen, den er angenommen hatte. Nur mit viel Zeit konnte dieses Problem gelöst werden. Mit Zeit und vielleicht mit einer eindrucksvollen Lektion.

»Nehmt nur das Nötigste mit«, sagte er, als die letzten Männer die Halle verließen. »Weder Troßwagen noch Packpferde werden uns begleiten, worauf ihr eure Schmuckrüstungen laden könntet. Wir müssen so leicht wie möglich reisen.« Keiner der Ritter zeigte auf irgendeine Art, daß er beabsichtigte, dem Befehl nachzukommen. Das hatte Ravis auch nicht erwartet.

Nachdem er die Lampe mit etwas Öl nachgefüllt hatte, brach er zu seinem letzten Ausflug für den heutigen Abend auf. Er marschierte über den Vorhof, durch die Palisaden und an der Molkerei vorbei zu den Kasernen. Dort waren die Söldner und Langbogenschützen mit ihren Pferden untergebracht, die Segwin der Trinker ihm aus Bay'Zell geschickt hatte. Ravis gab den Männern den Befehl, sich zum Aufbruch bereitzumachen; dann verließ er sie wieder.

Der Regen schlug ihm ins Gesicht, als er zum Gutshaus zurückkehrte. Es war eine schlechte Nacht zum Reiten, und sie würden in dieser mondlosen Finsternis nicht allzu gut vorankommen, doch das war nicht der Punkt. Allein, daß sie sich auf den Weg machten, würde Camron von Thorn schon zufriedenstellen.

Ravis wußte, daß Camron, wenn er von wo auch immer seine Trauer ihn hingeführt haben mochte zurückkehren würde, dann würde er nur eines wollen: augenblicklich nach Thorn aufbrechen. Ravis hatte das von dem Augenblick an gewußt, da die ersten Nachrichten über das Massaker Runzy erreicht hatten. Dennoch hatte er Einwände erhoben und zur Vorsicht gemahnt, denn es war seine Pflicht, seinem Auftraggeber den nach seiner Auffassung bestmöglichen Rat zu geben.

Die Wahrheit war, daß sie einfach noch nicht *bereit* zum Kampf waren. Die Söldner wurden seit weniger als zwei Wochen trainiert; die Langbogenschützen waren erst vor acht Tagen aus Bay'Zell eingetroffen, und bei Camrons Rittern handelte es sich um einen eilig zusammengewürfelten Haufen. Niemand hier in Runzy wußte, was sie in Thorn erwartete: ob eine vollständige Besatzungsarmee, eine kleine Sicherungsabteilung oder einfach nur eine verwüstete, menschenleere Stadt. Sie kannten weder den Standort noch die Zusammensetzung oder die Pläne von Izgards Armee; außerdem wußten sie noch immer nicht, was hinter der schrecklichen Blutlust von Izgards Hetzern steckte.

Alles in allem betrachtet, befanden sie sich in einer ausgesprochen schlechten Lage. Ravis gefiel es nicht, sich blindlings in einen Feldzug zu stürzen, ohne wenigstens rudimentäre Kenntnisse von der Strategie des Feindes zu haben. Es gefiel ihm ganz und gar nicht. Aber er war auch früher schon in ähnlichen Situationen gewesen, und, bei den Göttern – bei allen Vieren –, er hatte es immer überlebt.

Es gab eine Reihe von Gründen, warum Ravis zunächst gezögert hatte, den Aufbruch vorzubereiten, einige davon waren belanglos. Indem er erst jetzt alles in die Wege leitete, nachdem Camron fortgelaufen war, nahm er selbst die Zügel in die Hand. So verhinderte er, daß Camron seinen allergnädigsten Zorn wie Peitschenhiebe auf seine Untergebenen niedersausen ließ. Nach außen hin würde dies Camrons Feldzug werden, doch hinter den Kulissen würde Ravis die Fäden ziehen. Das mußte er auch: Camron reagierte zu gefühlsbetont, was die Zerstörung von Thorn betraf. Er betrachtete alles durch einen Schleier aus Trauer und Zorn hindurch; aber obwohl derart heftige Gefühle Männer häufig zu Taten von großer Tapferkeit anregten, so waren sie für den gesunden Menschenverstand nicht gerade förderlich.

Wenn man strategische Fragen jedoch außer acht ließ, erschienen Ravis' Motive, warum er gewartet hatte, bei weitem nicht mehr so bedeutsam und hehr.

Es gefiel ihm, andere Menschen zu überraschen. Er wußte, daß eine voll ausgerüstete und zum Aufbruch bereite Streitmacht das letzte war, was Camron bei seiner Rückkehr erwartete. Allein bei dem Gedanken daran lächelte Ravis in sich hinein. Es war schon Jahre her, seit ihn ein Mann zum letzten Mal richtig eingeschätzt hatte. Wenn man jemanden in- und auswendig kannte und jede seiner Handlungen vorhersehen konnte, dann konnte man ihn nach Belieben manipulieren. Man konnte sich die Schwächen desjenigen zunutze machen, ihn reizen oder mit seinen Eitelkeiten spielen.

Vor einundzwanzig Jahren hatte Ravis geglaubt, er würde seinen Bruder kennen; doch Malray hatte ihm etwas verheimlicht. Während Ravis ihm vertraut hatte – ihm, seinem älteren Bruder, den er über alles geliebt hatte –, hatte dieser nur darauf gewartet, ihm den Dolch in den Rücken stoßen zu können.

Heutzutage zog Ravis es vor, soviel wie möglich für sich zu behalten. Niemals wieder würde er so leichtgläubig sein, und niemand würde je wieder seine Handlungen vorhersehen können.

Schritte hallten in der Eingangshalle. Ein langer Schatten, der von einer Laterne geworfen wurde, die der Neuankömmling offenbar am Gürtel befestigt hatte, fiel über die Schwelle in die Halle. Ravis blickte auf das Stundenglas: die letzten Sandkörner fielen gerade in die untere

Kugel. Jetzt war alles bereit, doch Camron ahnte nichts davon. Er war durch den Haupteingang hereingekommen, was bedeutete, daß er die Aktivitäten im Hinterhof nicht hatte bemerken können.

Camron betrat die Halle. Sein nasses, dunkles Haar hob sich deutlich von seinem geröteten Gesicht ab. Schlamm klebte auf seiner Kleidung und im Gesicht. Seine Augen waren nicht mehr grau: Sie lagen so tief in den Höhlen, daß sie kohlrabenschwarz wirkten. Im selben Augenblick, da er die Schwelle überschritt, ballte er die Fäuste.

»Wir brechen noch heute nacht nach Thorn auf!« brüllte er und marschierte auf Ravis zu. »Und du wirst mich begleiten. Du wirst an meiner Seite reiten, und Gott helfe mir, ich will kein Wort des Widerspruchs von dir hören.«

Ravis hatte genau eine Stunde lang voller Vorfreude auf diesen Augenblick gewartet. Er hatte sich genau überlegt, was er sagen wollte und wie. Er hatte sogar seine Handschuhe ausgezogen, um sie sich mit provozierender Langsamkeit wieder überstreifen zu können, wenn er sagen würde: *»Kommt, Lord Camron. Eure Männer werden ungeduldig. Nicht jeder von uns kann sich den Luxus leisten, in die Nacht hinauszurennen wie ein liebestoller Trottel.«* Doch als er nun sah, in welchem Zustand sich der Mann befand – wie erschöpft er keuchte und welche Verzweiflung in seiner Stimme lag –, hielt Ravis die Luft an. Besonders Camrons Worte hatten ihn zutiefst bewegt.

Und du wirst mich begleiten. Du wirst an meiner Seite reiten …

In seiner Brust zog sich etwas zusammen. Hatte Malray vor all diesen Jahren nicht etwas Ähnliches zu ihm gesagt? Kurz nachdem ihr Vater gestorben war und es so ausgesehen hatte, als hätte sich die ganze Welt gegen sie verschworen? Als sie geglaubt hatten, für alle Ewigkeit als Brüder miteinander verbunden zu sein?

Den Fuß noch immer auf der Umrandung des Kamins und den Blick auf das Stundenglas gerichtet, sah Ravis sich plötzlich als alten verbitterten Zyniker.

Er mochte sich selbst nicht allzu sehr.

Camron verachtete ihn, doch was der junge Adelige gesagt hatte, war einem Flehen so nahegekommen, wie es einem stolzen Mann nur möglich war.

Ravis blickte ihm in die Augen. Von Camrons Arroganz war nur noch wenig übriggeblieben. Trauer und Zorn hatten sie verdrängt. Sein Vater war ermordet worden, seine Heimat zerstört, und die Pflicht zur Rache ruhte einzig und allein auf seinen Schultern.

Ravis nahm den Fuß von der Kaminumrandung. Dann griff er nach dem Stundenglas und drehte es um.

»Nachdem du gegangen bist«, begann er und bemühte sich, weder sanft noch barsch zu klingen, »habe ich darüber nachgedacht, was wir als nächstes tun sollten, und ich bin zu dem Schluß gekommen, daß du recht hattest. Wir dürfen nicht zulassen, daß Izgard von Garizon nach allem, was er getan hat, einfach so davonkommt. Der Herr von Rhaize wird jetzt gegen ihn ziehen, aber es wird mindestens zwei Wochen dauern, bis er seine Armeen von der Grenze zu Drokho und aus Mir'Lor zusammengezogen hat. In der Zwischenzeit können wir beide uns Izgards Armee zumindest einmal etwas näher anschauen, ihm vielleicht sogar ein paar Stiche versetzen und soviel Informationen sammeln wie möglich.«

Camron nickte. »Und Thorn?«

»Ich kann dir nichts versprechen. Das hängt davon ab, auf was für einen Gegner wir dort stoßen – wenn überhaupt.«

Ravis sprach die Wahrheit, doch obwohl es nicht das

war, was Camron hören wollte, akzeptierte er sie. »Wie lange wird es dauern, bis die Männer marschbereit sind? Könnten wir morgen bei Tagesanbruch aufbrechen?«

Ravis biß sich auf die Narbe. All die Vorfreude auf diesen Augenblick hatte sich in Nichts aufgelöst; ein paar Worte aus der Vergangenheit hatten sie hinweggewischt, und doch brachte er den Hauch eines Lächelns zustande, als er Camron verkündete, daß sie noch heute nacht aufbrechen würden.

Kapitel vierzehn

Schneemann war wieder einmal besonders nichtsnutzig. Er tollte über den Hof, jagte Spatzen, Schatten, Samen von Pusteblumen und frische Luft. Alles, was sich bewegte – und auch vieles, was sich *nicht* bewegte – wählte der kleine Hund als Jagdbeute. Schneemann gefiel es hier draußen im Hof; drinnen konnte er nur seinen Schwanz jagen. Natürlich gab es überall in der Festung Ratten, doch Schneemann fürchtete sich vor ihnen. Schließlich war er ein *nichtsnutziger* Hund.

Gerta beobachtete Schneemanns Vorstellung von der nur dünn gepolsterten Steinbank gegenüber. Angeline hatte zwei schöne, dick gepolsterte Kissen mitgebracht, auf die sie sich beide hätten setzen können, doch Gerta hatte gesagt, es sei nicht angemessen für eine Zofe, ebenso bequem zu sitzen wie ihre Herrin. Anschließend hatte sie ein viel dünneres Kissen aus dem schier unerschöpflichen Lagerraum unter ihrem Rock hervorgezogen. Da Angeline nicht zeigen wollte, wie enttäuscht sie darüber war, daß Gerta ihr Angebot abgelehnt hatte, saß sie selbst nun auf zwei Kissen zugleich.

Gerta mißfiel die Idee an sich, sich im Freien aufzuhalten. Sie sprach das Wort ›draußen‹ stets auf eine Art aus, daß ein unbefangener Zuhörer glauben mußte, sie spräche vom Teufel persönlich. Im Augenblick strahlte sie wieder einmal die Aura einer Märtyrerin aus. Sie hockte auf ihrer Bank und löste Faden um Faden aus einem alten, seidenen Chorhemd. Ihre Fingerspitzen lugten aus Lederhandschuhen hervor, die nur bis zu den Knöcheln reichten, und wie immer hatte sie den Mund voller Nadeln, die halbkreisförmig zwischen ihren Lippen hervorragten. Sie riß an den Seidenfäden, als wären sie grobe Wolle.

In der Festung Sern nach draußen zu gehen war nicht das gleiche wie anderenorts. Der Hof besaß die Größe von vier Tischdecken, wie man sie in einem Bankettsaal verwendet. Er war von steinernen Mauern und Wehrgängen umgeben, die so hoch hinaufreichten, daß man den Himmel lediglich als strahlendblaues Rechteck wahrnahm – beinahe schien es, als würde er von der Festung gefangengehalten. Das Sonnenlicht fiel nur eine Stunde am Tag unmittelbar in den Hof. Nur wenige Pflanzen vermochten hier zu wachsen. Sie standen in kleinen, mit Steinen eingefaßten Beeten, die vor langer Zeit ein hoffnungsvoller Koch oder Gärtner angelegt hatte. Angeline kannte keine von ihnen. Es gab hier weder Veilchen noch Rosmarin, Fenchel oder Rainfarn, nur dickstämmige gelbe *Dinger*, die so trostlos und beständig wirkten wie die Festung selbst. Selbst Schneemann interessierte sich nicht für sie.

In Wahrheit war auch Angeline nicht so erpicht darauf, sich draußen aufzuhalten. Jedenfalls nicht hier. Nicht in der Festung Sern mit ihrer dünnen Gebirgsluft, dem blassen Gebirgshimmel und dem kalten Gebirgswind. Sich in Burg Halmac im Freien aufzuhalten war etwas vollkommen anderes. Auf dem Gelände von Burg Halmac gab es mit Hecken umzäunte Gärten, Rosenbeete, Kräutergärten, Fontänen, einen Fischteich, hübsche rosafarbene Gehwege und einen Gedenkstein für den Märtyrer Assitus. Dort schien die Sonne den ganzen Tag, nicht nur eine Stunde zur Mittagszeit, und Schmetterlinge und alle möglichen Arten hübscher Vögel flogen über einen Himmel, der in ordentlichem Garizonblau erstrahlte.

»Angeline«, sagte Gerta mit strenger Stimme. »Kommt, und helft mir diesen Faden zu einem Knäuel zusammenzurollen.«

Angelinc errötete. Gerta bemerkte immer, wenn sie an die alten Tage in Burg Halmac zurückdachte. »Ich kann dir nicht mit der Seide helfen, Gerta«, erwiderte Angeline und runzelte die Stirn, während sie angestrengt nach einem plausiblen Grund suchte, die Bitte abzulehnen. Sie haßte es, dabei zu helfen, Fäden aufzurollen. Ihr Blick fiel auf Schneemanns schlammverschmierte Pfote. »Meine Hände sind schmutzig, weil ich vorhin Schneemann gestreichelt habe.«

Als Schneemann seinen Namen hörte, ließ er sofort von der Jagd ab – was auch immer er jagte oder sich *vorstellte* zu jagen – und blickte zu seinem Frauchen.

Hat Schneemann was falsch gemacht?

Angeline lachte. Schneemanns Gesicht sah ulkig aus. Sie klopfte sich auf die Schenkel und rief den kleinen Hund zu sich.

»Zeigt sie mir mal«, forderte Gerta und deutete mit dem Kopf auf Angelines Hände. »Ich will sehen, wie schmutzig sie wirklich sind.« Gerta war die einzige Frau der Welt, deren Stimme tatsächlich deutlicher klang, wenn sie den Mund voll Nadeln hatte.

Angeline blickte hilfesuchend zu Schneemann. Dem kleinen Hund war nicht entgangen, daß sich die Situation zuspitzte, und urplötzlich entdeckte er etwas ausgesprochen Interessantes in der entferntesten Ecke des Hofes, was natürlich sofort untersucht werden mußte. Nichtnutzige Hunde taten so etwas andauernd. Angeline rutschte von ihren Kissen herunter, schlurfte über den Hof und stellte sich vor Gerta. »Meine Hände sind vielleicht doch nicht so schmutzig, wie ich zunächst geglaubt habe«, gestand sie. »Zumindest sehen sie sauber genug aus, um den Faden zu halten.«

Gerta nickte. »Dann streckt sie aus.«

Noch immer stehend tat Angeline, wie ihr geheißen, und Gerta wickelte den Seidenfaden um ihre Hände. Inzwischen verspürte Angeline eine gewisse Übelkeit – genau wie gestern morgen auch. Nach draußen zu gehen, war vielleicht doch keine so gute Idee gewesen ... ebensowenig wie gestern nacht in der Küche etwas zu essen, ein Feuer im Kamin zu entzünden oder in den Verliesen nach Schätzen zu suchen. Seitdem Ederius abgereist war, hatte Angeline an nichts mehr Freude.

Laut Gerta kam Izgard in Rhaize gut voran – tatsächlich sogar so gut, daß er inzwischen sämtliche Städte und Dörfer unmittelbar westlich der Vorce-Berge eingenommen hatte. *Städte und Dörfer*, pflegte Gerta zu sagen, *die rechtmäßig zu Garizon gehören*. Dann fuhr die alte Zofe für gewöhnlich fort zu erklären, warum dem so war, doch Angeline hörte ihr nach den ersten ein, zwei Sätzen meist nicht mehr zu.

Als Izgard abgereist war, hatte ihr das nicht sonderlich viel ausgemacht. Manchmal machte ihr ihr Gatte angst – besonders, wenn er nach dem Liebemachen wütend wurde und ihr sagte, sie solle sich anziehen und machen, daß sie fortkomme. Gelegentlich regte er sich sogar derart auf, daß er sie schlug. Natürlich tat ihm das hinterher immer leid. Das mußte man ihm zugestehen.

Die erste Woche nach Izgards Abreise war der Himmel auf Erden für Angeline gewesen. Sie hatte Ederius besuchen können, wann immer sie wollte. Der Schreiber hatte hübsche Bilder für sie gezeichnet und sie auch selbst malen lassen. Im Gegenzug hatte Angeline dafür gesorgt, daß sein Raum saubergehalten wurde und daß er immer warme Mahlzeiten bekam. Selbstverständlich hatte sie die profaneren Arbeiten ihren Dienerinnen überlassen, aber die Krankenpflege hatte sie persönlich übernommen. Wann immer Ederius einen Hustenanfall bekommen oder unter Kopfschmerzen gelitten hatte, war sie in die Küche gerannt und hatte ihm ihren berühmten Bittermandeltee mit Milch und Honig gekocht – genau wie früher für ihren Vater. Er hatte ihre Hand getätschelt, zärtlich gelächelt und seinen Becher bis zum letzten Tropfen leergetrunken.

Angeline runzelte die Stirn. Sie vermißte den alten Schreiber. Izgard hatte ihn an die Front gerufen. Vor zwei Wochen war eine Nachricht eingetroffen, die besagte, im Lager der Armee würden die Fähigkeiten des Schreibers benötigt, und er habe sofort nach Rhaize aufzubrechen. Ederius hatte all seine Pigmente und Pinsel in eine Birkenholztruhe gepackt und die Festung in Begleitung von einem Dutzend Bewaffneter verlassen. Er hatte kaum Gelegenheit gehabt, Angeline Lebewohl zu sagen. »*Paßt gut auf Euch auf, meine süße Königin*«, hatte er gesagt. »*Möge Gott Euch vor Schaden bewahren.*«

»Haltet die Hände ruhig, Mylady!« rief Gerta und riß Angeline aus ihren Gedanken. »Während Ihr vor Euch hinträumt, wird die Seide schlaff.«

Obwohl ihre Arme schmerzten, weil sie sie zu lange hochgehalten hatte, tat Angeline, was Gerta von ihr verlangte. Es war nicht klug, Gerta beim Eindrehen von Seide zu unterbrechen.

Gerta verzog mißbilligend das Gesicht. Die Nadeln in ihrem Mund stellten sich auf wie Wachsoldaten. »Daß Ihr heute morgen etwas verwirrt seid, liegt zweifelsohne daran, daß wir hier *draußen* sind, wenn Ihr mich fragt. Einer Dame hat es noch nie gutgetan, *draußen* zu sein. Noch nie!«

Schneemann wählte diesen Augenblick, um schwanzwedelnd zu seinem Frauchen zu springen.

Schneemann ist da! Schneemann ist da!

Angeline wünschte sich nichts sehnlicher, als sich zu bücken und ihn zu streicheln, doch Gerta hatte ihre Hände mit seidenen Ketten gefesselt.

»Habt Ihr Eure Tage, Mylady?« fragte die alte Zofe. »Ihr seht ein wenig blaß aus.« Gerta war der festen Überzeugung, sie besäße das Recht, selbst die intimsten Details aus Angelines Leben zu erfahren. Angeline hätte ihr am liebsten gesagt, sie solle sich um ihre eigenen Angelegenheiten kümmern, doch diese Worte weigerten sich, ihr über die Lippen zu kommen. Widerwillig schüttelte sie den Kopf.

»Noch ein paar Tage, dann ist es wirklich schon recht spät, Mylady.« Die Nadeln in Gertas Mund zuckten, während sie sprach. »Sollte das der Fall sein, dann wird niemand mehr davon reden, das Ihr zu Izgard in die Berge gehen sollt.«

»Was soll denn das schon wieder heißen?« Angeline hatte nichts dergleichen gehört. Izgard sandte ihr niemals irgendwelche Botschaften. Wenn er etwas mitzuteilen hatte, was sie betraf, dann wandte er sich entweder an den Seneschall, an Gerta oder an Lord Browlach, der im Augenblick das Kommando über die Festung Sern innehatte.

Gerta hob den letzten Seidenfaden von Angelines Händen. »Wenn Ihr bis zum Ende des Monats nicht schwanger seid, Mylady, dann kann es sein, daß Ihr Euch Izgard in Rhaize werdet anschließen müssen. Der König braucht einen Erben ebenso dringend wie erobertes Land für seine Kriegsherren. Der Feldzug könnte Monate dauern – vielleicht sogar Jahre –, und wenn Ihr hier in Garizon seid und der König hunderte Meilen entfernt in Rhaize, dann könnt Ihr auch keinen Erben zeugen, den das Land so dringend benötigt.«

Angeline starrte ihre Zofe mit weit aufgerissenen Augen an. Sich Izgard in Rhaize anschließen? In ihren kühnsten Träumen hatte sie so etwas nicht für möglich gehalten.

Gerta mißdeutete Angelines Überraschung als Furcht, und so tätschelte sie ihr beruhigend den Arm. »Nehmt es Euch nicht so zu Herzen, Mylady. Wenn Ihr ein Kind erwarten solltet, dann werdet Ihr nirgendwo hingehen – das verspreche ich Euch. Für die Dauer des Krieges werdet Ihr hier mit mir in Sicherheit bleiben.«

Angeline erinnerte sich an das Gefühl der Übelkeit, das sie vor wenigen Minuten empfunden hatte. »Falls ich wirklich schwanger sein sollte, dann wird man mir doch sicherlich gestatten, nach Veizach zurückzukehren, oder vielleicht sogar nach Halmac.« Der Gedanke, neun Monate eingepfercht in der Festung Sern verbringen zu müssen und nur Gerta als Gesellschaft zu haben, gefiel Angeline ganz und gar nicht. Außerdem gab es hier außer dem kleinen Hof, in dem sie sich im Augenblick befanden, keine einzige freie Fläche, wo sie ein wenig frische Luft hätte schnappen können, und Freunde hatte sie hier auch keine – außer Schneemann natürlich.

»Izgard wird nicht zulassen, daß Ihr nach Veizach zurückkehrt, wenn Ihr schwanger seid, Mylady«, erwiderte Gerta. »Mit all diesen engen Bergstraßen, steilen Abhängen und den immer wieder vorkommenden Steinschlägen ist das Risiko einfach zu groß. Es würde schon reichen, wenn ein kleiner Fels auf die Straße fiele und Eurer Pferd erschrecken würde. Denkt doch nur einmal daran, was auf dem Weg hierher geschehen ist: Dieses nichtsnutzige Milchmädchen Enna ist von ihrem Pony geworfen worden, als eine Gams über den Pfad gelaufen ist. Aber natürlich hätte man das alles verhindern können, wenn das Mädchen zu diesem Zeitpunkt nicht mit dem Kammerherrn geflirtet hätte.«

Angeline verstand nicht, was Ennas Flirten mit dem plötzlichen Auftauchen der Gams zu tun hatte; aber sie wollte nicht näher auf das Thema eingehen, denn ihr war etwas Wichtigeres in diesem Zusammenhang eingefallen. »Dem Mädchen ist aber nichts geschehen«, bemerkte sie. »Sie hat ein paar blaue Flecken davongetragen, aber sie saß sofort wieder auf ihrem Pferd und konnte die Reise fortsetzen. Nicht ein einziges Mal hat sie über Schmerzen geklagt.«

Gerta schüttelte den Kopf. »Das macht keinen Unterschied, Mylady. Wenn eine Frau ein Kind unter dem Herzen trägt, dann ist ihr Leib so empfindlich wie istanische Glasware. Ein kleines Schlagloch, ein nervöses Pferd, ein plötzlich aufkommender Sturm, und« – Gerta spie die Nadeln in die Hand – »und Eure Innereien würden zerbersten wie Glas.«

Die Vorstellung, daß ihre Innereien zerbersten könnten, ließ Angeline angewidert das Gesicht verziehen. Sie beugte sich nieder, um Schneemann zu streicheln. Der kleine Hund hatte sich vor ihren Füßen zusammengerollt und döste vor sich hin. Da Angeline sich nicht sicher genug fühlte, um Gertas Blick zu begegnen, hielt sie die Augen auf Schneemann gerichtet, als sie fragte: »Wie willst du wissen, ob ich schwanger bin oder nicht?«

Falls es irgend etwas gab, was Gerta mehr genoß, als über ›Frauendinge‹ zu reden, dann hatte Angeline es zumindest noch nicht entdeckt. Als sie die Frage hörte, begann Gertas Gesicht so hell zu leuchten, wie es an einem trüben Tag in den Bergen menschlich möglich war.

Gerta verstaute die Nadeln in einem der vielen Beutel, die an ihrem Gürtel wie Schinken in der Räucherkammer hingen. »Nun«, begann sie ihre Erklärung. »Das erste Zeichen ist das Ausbleiben Eurer Menstruation. Falls in den nächsten Tagen nichts geschieht, dann wäre das sogar ein ausgesprochen vielsagender Hinweis. Aber« – sie hob warnend den Zeigefinger – »das muß nicht unbedingt bedeuten, daß Ihr schwanger seid. Es könnte ebenso gut daran liegen, daß Ihr Euch nach Eurem Gatten verzehrt, oder daß Ihr in den letzten Tagen nicht genug Fleisch gegessen habt. Nein, die wirklich bedeutsamen Zeichen sind Übelkeit am Morgen, Schmerzen in der Brust und eine Tendenz, ohne Grund zu erröten.«

Angeline, die noch immer neben Schneemann hockte, spürte, wie ihr das Blut in die Wangen stieg – *ohne Grund*! auch hatte sie sich heute morgen schlecht gefühlt. Angeline verzog das Gesicht. Sie wollte nicht schwanger sein, wenn das bedeutete, daß sie den ganzen Sommer über mit Gerta eingesperrt sein würde. Heimlich zählte sie neun Monate an Schneemanns Zehen ab. Bei Gott! Sie wäre hier bis zum nächsten Frühjahr gefangen! Keine Schmetterlinge, keine hübschen Vögel, kein *wirkliches* draußen und keine Freunde.

Schneemann erwachte. Da hatte doch jemand an seinen Pfoten herumgestochert. Er rappelte sich auf und begann, wie wild um sein Frauchen herumzulaufen.

Schneemann bereit zum Spielen!

Angeline war allerdings nicht bereit dazu. Sie sah auf die Mauer. Große, rechteckige Steinblöcke türmten sich immer höher und höher in den blaßblauen Himmel hinauf. Dunkle, feuchte Steinblöcke. Angelines Blick wanderte zur nächsten Mauer und zur nächsten und zur nächsten, bis sie schließlich wieder an ihrem Ausgangspunkt angelangt war. Abgesehen von kleineren Unterschieden bei der Anlage der Schießscharten und Zinnen sahen sie alle vollkommen gleich aus – wie Gefängnismauern.

Seltsam, daß der Anblick nicht so bedrückend auf sie gewirkt hatte, als Ederius noch hier war. Inzwischen war der Schreiber sicherlich schon in Izgards Lager angekommen: Seine Schreiberutensilien waren bestimmt verdreckt, weil sich niemand mehr um sie kümmerte, und sein Husten würde gewiß mit jedem Tag schlimmer werden, da es ihm an Angelines alles heilendem Bittermandeltee mit Milch und Honig mangelte.

Angeline betrachtete die Mauern noch eine Weile, dann traf sie eine Entscheidung. Sie richtete sich zu ihrer vollen Größe auf, drehte sich zu Gerta um und sagte: »Wenn ich meine Tage bekomme, dann bedeutet das doch, daß ich nicht schwanger bin, oder?«

Gerta war inzwischen damit beschäftigt, ihr dünnes Sitzkissen wieder unter dem Rock zu verstauen. »Ja.«

»Und wenn ich nicht schwanger bin, dann heißt das, ich muß zu Izgard reisen und bei ihm bleiben, bis ich es bin?«

»Das will zwar niemand, aber es könnte durchaus dazu kommen, denn der König wünscht sich nichts sehnlicher als einen Erben.« Gerta durchquerte den Hof. »Aber darüber solltet Ihr Euch keine Sorgen machen, Mylady. Ich bin guter Hoffnung, daß Ihr empfangen habt.« Sie nahm Angelines zwei Kissen von der Bank und sagte: »Kommt, Mylady. Wir haben genug Zeit *draußen* verbracht. Der Wind kommt von Osten, und es wird allmählich kalt.«

Obwohl es Angeline bei weitem nicht zu kalt war, schlug sie sich auf den Schenkel und rief Schneemann herbei. »Wie ist Rhaize um diese Jahreszeit?« fragte sie und folgte Gerta ins Innere der Festung.

»Benutzt das Torfsalz, nicht das Meersalz für die Füllung«, riet Mutter Emith von ihrem Stuhl aus.

»Torfsalz?«

»Ja. Es ist in dem Krug auf dem Kaminsims. Dort bleibt es schön trocken.« Mutter Emith unterwies Tessa in der Zubereitung von Schollen- und Krabbenklößen für das Mittagessen. Tessa wollte das alles so rasch wie möglich hinter sich bringen, um anschließend in Ruhe und bei Tageslicht die Illuminationen betrachten zu können, die Marcel gestern abend vorbeigebracht hatte. Die Manuskriptpresse lag auf dem großen Tisch. Die Bolzen in den Verschlüssen waren bereits gelockert worden, und sie warteten nur noch darauf, geöffnet zu werden. Vergangene Nacht hatte Emith ihr einen kurzen Blick auf eine der Illuminationen gewährt, doch das Licht war schlecht gewesen, und so hatten Tessa und Emith beschlossen, eine genauere Untersuchung auf den folgenden Morgen zu verschieben.

Tessa eilte zum Kamin und griff nach dem Krug, auf den Mutter Emith gedeutet hatte. Er enthielt ein einfaches weißes Salz, das nur ein wenig feiner war als das Tafelsalz zu Hause.

Als sie sah, wie Tessa das Salz interessiert musterte, strahlte Mutter Emith vor Stolz. »Schön, nicht wahr? Es gibt nichts Besseres zum Kochen als Torfsalz. Es ist zwar etwas teurer als normales Salz, aber es eignet sich hervorragend für Klöße und saure Bohnen. Ich würde nichts anderes dafür verwenden.«

»Warum ist es so teuer?« fragte Tessa und träufelte eine Messerspitze voll Salz auf die cremige Füllung. Mutter Emith mochte es, wenn man sie zum Thema Kochen befragte: Auf diese Art verbrachten sie und Tessa stets ihre Zeit, wenn Emith draußen war, um Holz zu hacken, Tierhäute abzuschaben oder um nach seinen Arlovorräten zu sehen.

»Die Arbeit, die damit verbunden ist, macht es so teuer. Die Torfbrenner müssen zunächst den Meerwassertorf verbrennen, um an die Asche zu kommen. Dann wird die Asche mit Wasser verrührt, bis eine klare Flüssigkeit entsteht. Anschließend wird das Ganze einen Tag und eine Nacht lang gekocht. Schließlich bleibt dann nur noch das Salz übrig.« Mutter Emith schüttelte respektvoll den Kopf. »Es gibt nur eine härtere Arbeit als Torfbrennen, nämlich, ihn zu stechen.«

Tessa nickte geistesabwesend. Sie hörte nur mit halbem Ohr zu. Sie hatte inzwischen genug Geschichten gehört, um zu wissen, daß die meisten Dinge in diesem Haushalt nur unter großen Mühen und mit viel Zeitaufwand hergestellt werden konnten, ganz zu schweigen von einem beachtlichen Maß an handwerklichem Können. Mutter Emith hatte noch nie eine von Tessas Fragen mit einem, »Oh, das ist einfach. Das kann man in nur fünf Minuten machen«, beantwortet. Alles, was nicht unter großem Aufwand und in langen Stunden von einer Gruppe hart arbeitender Fachleute hergestellt worden war, war es nicht wert, in Mutter Emiths Küche Einzug zu halten.

Tessa trug die Pfanne mit der Sauce zum Tisch und mischte Pilze, Krabben, Zwiebeln und Fischstreifen darunter. Wenn die Mischung dick genug war, würde sie die Füllung für die Klöße ergeben. Während des Rührens erregte die Manuskriptpresse abermals Tessas Aufmerksamkeit. Einige Pergamentecken lugten unter dem hölzernen Deckel hervor. Die Farben, die darauf zu sehen waren, reichten von Schneeweiß bis zu einem warmen Gelb. Zwei Jahrzehnte waren zwischen der Erschaffung der ersten und der letzten Illumination vergangen. Zwanzig Jahre, doch Emith behauptete, er könne sich noch genau an den Tag erinnern, als sein Meister mit diesem monumentalen Werk begonnen hatte.

»Meister Deveric hat Rot als erste Farbe gewählt«, hatte er erzählt. »Ich hatte noch sechs andere Farben vorbereitet, aber ohne zu zögern, hat er nach dem Rot gegriffen.«

Tessas Blick fiel auf einen winzigen Farbfleck, der aus der Presse ragte: Es handelte sich um eine kleine, gelbe

Schleife, die zum Rand hin in ein strahlendhelles Weiß auslief. Es war ein helles, glänzendes Gelb – das der Farbe ihres Honda glich.

»Safran, meine Liebe«, erinnerte sie Mutter Emith von ihrem Stuhl aus. »Vergiß nicht, ein oder zwei Messerspitzen Safran hinzuzugeben, um der Sauce Farbe zu verleihen.«

Tessa blinzelte. Eine Idee hatte in ihrem Geist Gestalt angenommen – eigentlich nicht wirklich eine Idee, mehr ein Gedanke unter vielen –; doch so rasch wie sie gekommen war, verschwand sie auch wieder. Bereits nach dem ersten Blinzeln hatte sie vergessen, um was es sich gehandelt hatte.

Die gelbe Farbe auf dem Pergament war die gleiche, wie man sie jeden Tag in der Küche sah: Safrangelb, nichts Ungewöhnliches.

Tessa öffnete ein Gewürzkästchen, suchte nach den goldenen Krokussamen, träufelte sie auf die Sauce und rührte sie ein. Nach und nach nahm die Sauce eine limonengelbe Farbe an. Mutter Emith, hätte sie Tessa denn über die Schulter geschaut, hätte vermutlich angemerkt, daß sie noch etwas Safran hinzugeben solle: Die Sehkraft der alten Dame war etwas eingeschränkt; sie vermochte feinere Farbschattierungen nicht mehr zu erkennen. Tessa blickte zu Mutter Emith und erinnerte sich daran, wie die alte Frau gestern abend mit Marcel von Vailling umgesprungen war. Vielleicht sollte sie doch noch eine Prise Safran hinzugeben.

Als Tessas Finger ihren Weg zurück zum Gewürzkästchen gefunden hatte, kam Emith zur Tür herein. Er war draußen im Hof gewesen und hatte dort eine jener vielen unangenehmen Arbeiten erledigt, die in der Küche unmöglich waren, wie Schlachten, das Reinigen der Töpfe mit Stroh und Asche oder das Auskochen von Rinde in Lauge, um Herdanzünder herzustellen. Sein gerötetes Gesicht deutete darauf hin, daß er mit Wasser und heißem Dampf gearbeitet hatte. Tessa beschloß, ihn nicht zu fragen, was er getan hatte. Sie wollte es gar nicht wissen.

»Setzt Euch, Fräulein. Ich werde mich jetzt um die Klöße kümmern«, sagte er, während er sich die Hände in einer kleinen Wasserschüssel wusch, die neben der Tür stand. »Ihr habt Euch den ganzen Morgen noch nicht ein einziges Mal ausruhen können.«

Tessa öffnete den Mund, um zu protestieren, doch erneut erregte das Pergament ihre Aufmerksamkeit, welches ein Stück aus der Manuskriptpresse herausragte. Sie gierte geradezu danach, sich die Illumination genauer anzusehen. »Ich stelle nur noch die Füllung aufs Feuer.«

Emith trat herbei und nahm ihr die Pfanne ab. Tessa widersetzte sich nicht.

Sofort setzte sie sich an den Tisch, griff nach der Presse und zog sie zu sich heran. Die Metallverschlüsse klapperten. Aus der Nähe betrachtet erkannte man, daß die Schnitzereien auf dem Deckel ausgesprochen detailliert waren: Schlangen krochen um Federkiele und Pinsel und bissen sich selbst in den Schwanz. Tessa hörte, wie Emith hinter ihr den Stuhl seiner Mutter wieder Richtung Feuer drehte. Die Sonnenstrahlen fielen direkt durch das Fenster herein auf die Manuskriptpresse und den Verschluß zwischen ihren Fingern.

Tessa öffnete den ersten Verschluß. Der Bolzen rollte über den Tisch und verschwand im Schatten. Der zweite und dritte Verschluß folgten sofort. Am vierten hatte sich der Bolzen verhakt, und es bedurfte einiger Kraftanstrengung, ihn zu lösen. Schließlich öffnete sich auch der letzte Verschluß, und das Holz der Presse gab ein lautes Knarren von sich, da es nun nicht mehr unter Spannung gehalten wurde. Tessa klappte die Presse auf wie ein Buch.

Der süßliche, scharfe Geruch von Pigment und Bindemitteln stieg ihr in die Nase, als die fünf Pergamente ihr wie Spielkarten in die Hand fielen. Die einzelnen Seiten waren nicht groß. Tessa hatte bereits genug gelernt, um zu wissen, daß die geringe Größe und die glatte Oberfläche der Pergamente darauf hindeutete, daß es sich um die Haut neugeborener Kälber handelte. Nur die wertvollsten Dokumente wurden auf solch teurem und seltenem Pergament verewigt.

Tessa fächerte die Blätter aus. Es erschien ihr wichtig, sie zunächst einmal alle gemeinsam zu betrachten, um so ein Gefühl für die Farben und Muster des Satzes als Ganzes zu bekommen. Sie suchte nach gemeinsamen Elementen und wollte herausfinden, wie sie miteinander verbunden waren und warum.

Das Sonnenlicht, das eben so eindrucksvoll die Presse beschienen hatte, schien es nicht eilig zu haben zu verschwinden. Es schien auf die fünf Seiten, brachte moosgrüne Muster zum Glühen, schimmerte auf amethyst- und rubinfarbener Glasur, aber vor allen Dingen brachte es das Gold zum Strahlen.

Goldene Tintenfäden zogen sich durch die Seiten wie Arterien durch die Haut. Pinselstriche wurden von goldenen Haken und Messern durchtrennt, verbunden und überbrückt. Das goldfarbene Pigment schien die Muster zu *nähren*. Seine Spiralen, Knoten und Schleifen hielten die fünf Seiten zusammen. Tessa hielt den Atem an. Unzählige Eindrücke stürmten auf sie ein, die sie nicht alle zugleich verarbeiten konnte. Die Muster schienen förmlich zu leben.

Tessa senkte den Kopf. Sie wollte den Kalkstaub einatmen und jedes Detail genauestens betrachten. Das Sonnenlicht wurde von dem Pergament reflektiert und blendete ein wenig. Erst nachdem sie mehrmals geblinzelt hatte, konnte sie winzige Golddornen erkennen. Der goldene Faden, der durch jedes Muster, jeden Rahmen und jedes Verbindungsstück lief, war voller kleiner Dornen wie der Stengel einer Rose.

Die winzigkleinen Häkchen bohrten sie überall hinein.

Tessa wurde sich plötzlich eines drückenden Gewichts in ihrem Nacken bewußt. Zunächst glaubte sie, sich einfach nur zu lange vorgebeugt zu haben, doch dann spürte sie ein Kratzen an ihrem Hals.

Es war der Ring.

Das Sonnenlicht entkam zwischen Tessas Fingern hindurch, und Schatten senkten sich auf die fünf Blätter. Die Illuminationen fühlten sich dick und rauh an, und plötzlich wollte Tessa sie nicht mehr in den Händen halten.

Sie schauderte. Dann legte sie die Blätter nebeneinander auf den Tisch und griff nach dem Ring um ihren Hals. Seine Wärme war keine Überraschung, aber die Farbe seines Goldes. Sie entsprach exakt dem Pigment, das für die Illuminationen verwendet worden war. Sein Ton war auf jeder einzelnen Seite genau getroffen.

Und dann waren da noch die winzigen Dornen …

Während sie mit dem Finger über das Schmuckstück strich, erinnerte sich Tessa an den Gedanken, der ihr vor wenigen Minuten gekommen war: der gelbe Fleck am Rand des Pergaments. Das safranfarbene Pigment das dem Lack ihres Autos entsprach.

Und noch bevor sie wieder auf die fünf Blätter hinabblickte, wußte sie, daß sie die gelbe Farbe nur auf dem hellsten und deshalb jüngsten Muster finden würde.

Sie hatte sich nicht geirrt.

Die einzige Illumination, die diese Farbe enthielt, war diejenige, bei deren Vollendung Deveric gestorben war. Einer seiner Blutstropfen war genau auf eine gelbe Schleife gefallen.

Tessa hatte das Gefühl, als zöge sich ihre Kopfhaut zusammen, und ihr Mund war so trocken wie die mit Kreidepulver eingestreute Seite in ihren Händen. Ihre Augenmuskeln schmerzten, während sie den Blick über das Muster schweifen ließ.

Gelbe Spiralen kreuzten sich mit grünen Zickzacklinien. *Seltsam*, dachte Tessa, *diese Farbe ist normalerweise Pflanzen vorbehalten.* Doch die merkwürdigen grünen Linien glichen keinem Pflanzenmuster, das sie bisher gesehen hatte. Sie wirkten wie eine Aneinanderreihung winziger, stilisierter Pinien.

Irgend etwas setzte sich in Tessas Geist in Bewegung. Ein Gedanke entfaltete sich in ihrem Kopf wie ein Stück Tuch – ein Gedanke, den sie vorhin schon gehabt, doch den sie als Unsinn verworfen hatte, noch bevor er Gestalt hatte annehmen können. Ihr Auto. Der Cleveland National Forest. Der Ring.

Tessa schluckte. Sie konnte kaum glauben, wohin ihre Gedanken sie führten. Das Bild, das sie vor ihrem geistigen Auge sah, war einfach zu phantastisch, und doch ließ es sie nicht los. Das Muster spiegelte ihre Fahrt durch den Wald wider. Es war eine Illustration der Reise, die sie zu dem Ring geführt hatte.

Eine glatte gelbe Linie, die sich durch einen grünen Wald zog und schließlich an einer dornigen goldenen Spirale endete.

Tessa stellten sich die Nackenhaare auf. Sie verzog das Gesicht. Ihre Ohren wurden heiß. Sie spürte, wie das Blut in ihrem Hals pochte.

Suchend huschten ihre Augen über die Seite.

Einige Abschnitte ergaben keinen Sinn – rote Spiralen, meerblaue Knoten und violette Schleifen –, aber immer wieder fiel ihr Blick auf den einzelnen Dornenring, der das Zentrum der Illumination bildete. Der Ring war von einem mehrfach durchbrochenen Muster aus

Kupfertinte umgeben. Das auf Blei basierende Pigment, gemischt mit Silber, Kupfer und Schwefel, besaß einen graubraunen Ton, nur wenig heller als Schiefer. Eigentlich war das durchbrochene Muster nicht mehr als eine Anhäufung matter, gräulicher Rechtecke: die Schließfachboxen.

Tessas Magen zog sich zusammen. Ihr wurde übel. Deveric hatte sie *hierhergezogen*! Er hatte nach Pinsel und Feder gegriffen und in ihrem Leben herumgemalt!

Diese Illumination war eine *Beschwörung*! Es war kein Zufall gewesen, daß sie den Ring gefunden hatte. Deveric hatte sie zu ihm geführt.

»Emith!« rief sie wütend, erregt und außer Atem. »Komm her, und sieh dir das einmal an!«

Ihre Stimme mußte seltsam geklungen haben, denn Emith stand augenblicklich neben ihr. »Was ist, Fräulein?«

Tessa schlug auf das Pergament. »Das bin ich – der Tag, an dem ich den Ring gefunden habe.« Sie fuhr mit dem Knöchel über die gelbe Linie. »So bin ich hierhergekommen.«

Sorge zeichnete sich in Emiths Gesicht ab. »Ich verstehe nicht, Fräulein.«

Tessa musterte ihn aufmerksam. Wieviel wußte er? Er sah besorgt aus, aber das war nicht ungewöhnlich für ihn. »Deveric hat mich hierhergebracht«, erklärte Tessa und überlegte bei jedem Wort, ob sie noch ganz bei Verstand war. »Er hat dieses Muster gemalt, um mich zu dem Ring zu führen.«

Emith schüttelte den Kopf.

»Wieviel weißt du darüber?« fragte Tessa, bevor er Gelegenheit hatte, etwas zu sagen.

»Ich habe die Arbeit meines Meisters niemals hinterfragt, Fräulein. Das war nicht meine Aufgabe.«

»Du hattest Angst davor zu erfahren, was er treibt, hab'

ich nicht recht?« Tessa war wütend. Irgend jemand hatte in ihrem Leben herumgepfuscht. Irgendein Mann, den sie niemals kennengelernt hatte – und den sie niemals kennenlernen *würde* – hatte ihr Auto an jenem Tag über den Freeway getrieben und alles andere mit einem Pinselstrich beiseite gewischt. »Misch deine Pigmente; spitz deine Kiele; stell keine Fragen, und niemand kann dir einen Vorwurf machen. Du wußtest, daß sich Deveric in das Leben anderer Menschen eingemischt hat. Du wolltest dich nur nicht mit den Details belasten.«

Offensichtlich erregt sackte Emith in sich zusammen. »Nein, Fräulein. So war es nicht. Meister Deveric hätte nie jemandem ein Leid zugefügt. Er war ein guter Mann.«

»Er hat mich gegen meinen Willen hierhergebracht.«

»Hat er das wirklich?«

Emiths leise gestellte Frage ließ Tessa innehalten. Es war *ihre* Entscheidung gewesen, den Ring überzustreifen; Deveric hatte ihr nicht die Hand geführt. Und in den fünf Wochen, das sie hier war, hatte sie nicht ein einziges Mal versucht zurückzukehren. Wütend auf Emith, weil er dieses Thema angesprochen hatte, und voller Schuldgefühle, weil sie so lange nicht mehr an daheim gedacht hatte, suchte Tessa nach einer scharfzüngigen Erwiderung. »Deveric hat mich verletzt«, erklärte sie schließlich. »Er hat Geräusche in meinem Kopf verursacht, um mich zu zwingen, dorthin zu gehen, wo er mich haben wollte.«

Noch während sie die letzten Worte sprach, huschte ihr Blick zu den vier anderen Mustern. Ein Satz, der über einundzwanzig Jahre hinweg entstanden war, hatte Emith gesagt.

Tessa hatte einen Kloß im Hals. Ihre Kopfhaut war so straff wie ein Trommelfell. Emith sagte etwas, doch Tessa hörte ihn nicht.

Einundzwanzig Jahre.

Tessa griff nach der jüngsten Illumination, hielt sie sich so dicht wie möglich vor die Augen und untersuchte das gold-grüne Gewebe. Neben dem safranfarbenen Pigment verlief eine kaum sichtbare korkenzieherförmige graue Linie. Sie war so dünn wie ein Haar und so blaß, daß sie mehr wie ein Schatten denn wie eine eigenständige Linie wirkte. Dennoch strahlte sie Kraft aus. Wie eine Drahtschlinge durchschnitt sie Objekte, die zehnmal so groß waren wie sie, fette gelbe Venen und goldene Eingeweide.

Tessa blickte auf die anderen vier Illuminationen.

Diesmal gestattete sie sich nicht, sich vom Gold ablenken zu lassen, sondern konzentrierte sich ganz und gar auf die Suche nach dem dünnen grauen Faden. Zunächst war er schwer zu entdecken. Die silbrige Linie war mit einem besonders feinen Kiel aufgetragen worden, nicht mit einem Pinsel, und bei der Farbe handelte er sich um dünnflüssige Tinte, so daß die daraus entstandenen Striche fast auf dem Pergament verschwanden. Sie waren *eingebrannt*, hätte Emith gesagt. Doch nachdem Tessa den ersten grauen Faden entdeckt hatte, der sich um die Muster wie ein Draht um einen Zaunpfahl wand, sah sie ihn überall. Der ganze Satz war von einem Spinnennetz aus hauchdünnen Silberfäden überzogen.

Tessa atmete tief durch und versuchte sich einzureden, die Fäden seien nicht das, was sie zu sein schienen. Das konnte einfach nicht sein. An Emith gewandt fragte sie: »Weißt du, wann genau diese Illuminationen angefertigt worden sind?«

Emith der inzwischen hinter Tessa stand und ihr über die Schulter blickte, antwortete, ohne zu zögern. »Bevor mein Meister auch nur einen Tropfen Tinte aufgetragen hat, habe ich auf der Rückseite das Datum festgehalten. Dreht die Seiten herum, und schaut in die untere linke Ecke.«

Noch bevor Emith zu Ende sprechen konnte, hatte Tessa bereits das Datum auf der jüngsten Illumination entdeckt. In einfachen schwarzen Buchstaben stand dort zu lesen: »Im fünften Monat des Herrn, im 1352sten Jahr, nachdem Er sich offenbart hat, begann Deveric von Fale mit diesem Werk in der Absicht, das Werk des Herrn zu preisen, nicht es zu imitieren.«

Tessa zählte im Geiste sieben Jahre von 1352 zurück; dann drehte sie die vorletzte Illumination um. Nicht mehr ganz so schwarze Buchstaben benannten das Datum mit dem »zwölften Tag im elften Monat des Jahres 1345.«

Tessa sank in ihren Stuhl zurück. Das Gewicht ihres eigenen Körpers erschien ihr mit einemmal unerträglich schwer. Das Datum auf dem Pergament – der Monat und das Jahr – entsprachen exakt dem Datum ihres vorletzten schweren Tinnitusanfalls. Der Vorlesungssaal in der New Mexico State University. Professor Yarback. Das Dia des Meßbuchs von Lindisfarne. Es war der Anfall gewesen, der sie dazu bewogen hatte, die Universität zu verlassen und nach San Diego, Kalifornien zu ziehen, wo sie sieben Jahre lang gelebt hatte, bis sie über den Ring gestolpert war.

Tessa legte die Hände aufs Gesicht, bedeckte Augen, Nase und Mund. Deveric hatte derart massiv in ihr Leben eingegriffen, daß sie es kaum glauben konnte. Er hatte ihren Tinnitus ebenso selbstverständlich benutzt wie Emiths Farben. Für ihn war die Krankheit nur eines seiner vielen Werkzeuge gewesen.

Diese blaßgrauen Linien, die jede der fünf Seiten durchzogen, waren die Geschichten ihres Tinnitus.

Fünf schwere Tinnitusanfälle in Tessas Leben. Fünf Illuminationen in Deverics großem Entwurf.

Während sich ihre Hände um das älteste der fünf Pergamente schlossen, versuchte sie sich ins Gedächtnis zu rufen, wann genau sie ihren ersten schweren Anfall gehabt hatte. Sie erinnerte sich daran, damals im Freien gewesen zu sein und ein kurzärmeliges Kleid getragen zu haben. Es war warm gewesen; also mußte es irgendwann im Sommer gewesen sein – Juli oder August. Tessa wußte bereits, daß das Datum auf dem Pergament mit diesem Ereignis übereinstimmen würde, noch bevor sie es gesehen hatte. Das war nun zweiundzwanzig Jahre her; sie war damals fünf gewesen.

Erneut verkündete Emiths Handschrift das Datum: »Der dritte Tag im achten Monat des Jahres 1331.«

August. Vor zweiundzwanzig Jahren.

Deveric hatte sie die ganze Zeit über manipuliert.

In ihrem Kopf drehte sich alles. Sie konnte sich noch nicht einmal vorstellen, was das alles zu bedeuten hatte.

Zwei Monate nach dem ersten Anfall war sie mit ihrer Familie von England nach New York gezogen. Ihr Vater hatte eine Stellung in der amerikanischen Vertretung seiner Firma angeboten bekommen, und sie erinnerte sich noch gut daran, wie ihre Mutter den Vater gedrängt hatte, das Angebot anzunehmen: »Eine Veränderung könnte Tessa guttun. Wir wollen doch nicht, daß sie noch einmal einen solchen Anfall bekommt.«

Tessa atmete tief durch und griff nach der zweiten Illumination des Satzes. »Der achtzehnte Tag im elften Monat des Jahres 1338.« Das Jahr und der Monat waren keine Überraschung. Sie war damals zwölf gewesen und hatte mit ihren Eltern in einer Wohnung am Riverside Drive gelebt. Sie war auf dem Heimweg von der Schule, als der Tinnitus sich meldete.

Der Verkehr auf dem Broadway war zähflüssig. Tessa erinnerte sich daran, daß sie den Schulbus eine Station früher als üblich verlassen hatte, weil sie glaubte, zu Fuß schneller voranzukommen. Von dem Augenblick an, da ihre Füße das Straßenpflaster berührten, war alles schiefgelaufen.

Ein Auto versuchte, sich an dem Bus vorbeizuschlängeln. Als plötzlich Tessa vor ihm erschien, mußte der Fahrer sein Fahrzeug mit quietschenden Reifen zum Stehen bringen. Wütend rief er ihr hinterher. Als sie den Bürgersteig erreichte, fuhr ein zweiter Wagen durch eine Pfütze und spritzte sie von oben bis unten naß. In einem Eingang in der Nähe stritten sich zwei Männer; ihre lauten Stimmen nagten an Tessas Nerven. Plötzlich schien die ganze Straße voller Lärm zu sein: Stereoanlagen dröhnten, Kinder kreischten und Metallrolläden klapperten, weil die Geschäftsleute ihre Läden für die Nacht schlossen. Eine Frau in einem kurzen Kamelhaarmantel ging an ihr vorüber und zog einen kleinen kläffenden Köter hinter sich her. Irgendwo in der Ferne heulte eine Polizeisirene.

So schnell sie konnte, rannte Tessa nach Hause. Den ganzen Weg über preßte sie die Hände auf die Ohren, um den Lärm auszusperren. Als sie schließlich ihr Haus erreichte, erkannte sie, daß sie in Wahrheit den Lärm nicht draußen, sondern den Tinnitus drinnen hielt.

Wenn sie jetzt daran zurückdachte und angesichts der silbernen Fäden in Deverics Illuminationen, fiel ihr auf, daß auch diesem Anfall ein Umzug gefolgt war. Wieder einmal war die Initiative von ihrem Vater ausgegangen: Er war mit irgendeiner Veränderung auf der Arbeit nicht zufrieden gewesen, und er hatte schon seit längerem mit dem Gedanken gespielt, eine Anstellung als Einkaufsleiter bei einem Großhandel in St. Louis anzunehmen. Daß Tessas Arzt ihm gesagt hatte, »ihre Tochter muß weg vom Lärm der Stadt«, mochte vielleicht nicht ausschlaggebend für die Entscheidung ihrer Eltern gewesen sein, aber auf jeden Fall waren sie einen Monat später umgezogen.

Tessa legte die Illumination auf den Tisch. All die Aufregung, die sie vorhin empfunden hatte, war wie weggeblasen; sie war einfach nur müde – viel zu müde, um wütend oder erstaunt zu sein.

Tessa mußte sich das Datum auf der dritten Illumination gar nicht mehr ansehen, um zu wissen, mit welchem Ereignis es übereinstimmte. Ein Firmenpicknick: Sie war vierzehn Jahre alt gewesen und hatte mit ihren Eltern am Tisch der Firmenleitung gesessen, als der Anfall begann. Ihr Vater ergriff ihren Arm und weigerte sich, sie gehen zu lassen. Fliegen summten ihr um die Ohren, und Kinder tollten schreiend über die Wiese. Der Anfall kam so rasch und mit solcher Wucht, daß Tessa das Bewußtsein verlor. Sie fiel mitten in der Rede des Geschäftsführers ohnmächtig auf den Tisch und warf Pappbecher, Ketchupflaschen und Senfgläser um.

Hinterher war jeder geradezu unglaublich freundlich zu ihr. Man hob sie auf und gab ihr Wasser und Aspirin. Die Frau des Geschäftsführers säuberte ihr sogar das Kleid. Doch in der darauffolgenden Woche, während einer unplanmäßigen Konferenz in der Geschäftsleitung, wurde ihr Vater darüber informiert, daß die Beförderung, auf die er gehofft hatte, an Jack Riggs aus dem Büro in Lexington gehe. »Man muß eine Menge reisen für diesen Job. Wir halten es für besser, wenn ihn jemand übernimmt, der keine Familie hat, um die er sich kümmern muß.«

Drei Monate später war Tessas Vater zu der Auffassung gelangt, daß er in dieser Firma niemals befördert werden würde, und so waren sie nach Albuquerque, New Mexico, gezogen. Ein neuer Job. Ein neuer Staat. Ein weiterer Umzug Richtung Westen – Richtung Ring.

»Hier, Fräulein. Trinkt das. Mutter sagt, Ihr seht ein wenig blaß aus.« Emiths sanfte Stimme riß Tessa aus ihren Gedanken. Eine Hand berührte sie am Arm, und eine andere stellte einen dampfenden Becher auf den Tisch neben die Illuminationen.

»Geht es dir gut, meine Liebe?« erscholl Mutter Emiths Stimme.

Obwohl es ihr alles andere als gutging, nickte Tessa. Sie spürte einen stechenden Schmerz im Kopf. Auch ihre Augen schmerzten, und in der Brust war alles verkrampft. Irgendwie hatte sich das, was sie noch vor wenigen Minuten für unmöglich gehalten hatte, als nackte Tatsache herausgestellt.

Deveric hatte ihr Leben manipuliert. Und nicht nur *ihr* Leben, sondern das Leben ihrer gesamten Familie. Seine farbverschmierten Fingerabdrücke waren überall zu finden.

Wie tief ging diese Einmischung, und wo endete sie? Dinge, die ihr früher als Zufall erschienen waren, wie ihr plötzlicher Wunsch die Uni zu verlassen und nach Los Angeles zu ziehen, erschienen ihr nun als finstere Verschwörung, deren Details Deveric mit der gleichen Sorgfalt geplant hatte wie seine Muster. Die Nacht, die Tessa in einem Motel in San Diego verbracht hatte, weil der Tinnitus sie auf der Reise von New Mexico nach Los Angeles nicht in Ruhe ließ, und die Stellenanzeige der Teleshopping-Firma, auf der groß zu lesen war, »Erfahrung nicht notwendig« –all das war kein Zufall. Deveric hatte sie die ganze Zeit über geführt.

Tessa griff nach dem dampfenden Becher. Er fühlte sich warm an. Der Duft von Honig und Limonen stieg ihr in die Nase.

»Trink, meine Liebe«, sagte Mutter Emith. »Das wird wieder eine wenig Farbe in deine Wangen bringen.« Und an Emith gewandt: »Gib Tessa eine ordentliche Portion Klöße – und viel Sauce.«

Die alte Dame klang besorgt. Normalerweise hätte Tessa etwas gesagt, um sie zu beruhigen, aber im Augenblick vertraute sie ihrer eigenen Stimme nicht mehr. Erst allmählich begriff sie das ganze Ausmaß dessen, was

Deveric getan hatte. Wie Staub rieselte die Erkenntnis hernieder und setzte sich in ihrem Geist fest.

War ihr Tinnitus echt gewesen? Oder hatte es sich dabei auch nur um einen von Deverics Zaubertricks gehandelt? Auf jeden Fall hatte er ihn gegen sie verwendet, ihn mit seiner Feder und seiner dünnen schwarzen Tinte heraufbeschworen. Mit einer einfachen Handbewegung war es ihm möglich gewesen, ihre Handlungen zu beeinflussen.

Tessa schauderte. Zum ersten Mal, seitdem sie in dieses Haus gekommen war, war ihr in Mutter Emiths Küche kalt. Der Stuhl, auf dem sie saß, fühlte sich wie Stein an.

Sie starrte geradeaus, doch ohne etwas zu sehen. Ihr Blick war nach innen gerichtet. Sie schaute auf ein Leben zurück, das nicht das ihre gewesen war: verpaßte Gelegenheiten, zerrüttete Beziehungen, vernachlässigte Interessen. Deveric hatte eine Mauer um sie herum errichtet. Die grauen Fäden, die sich durch jede der Illuminationen zogen, hätten ebensolche Dornen besitzen können wie der Ring. Sie hielten alles und jeden draußen.

Tessa nippte an ihrem mit Honig gewürzten Limonentee. Er schmeckte bitter und süß zugleich.

Sofort nachdem sie den Becher abgesetzt hatte, griff sie wieder nach dem Pergament. Warum hatte Deveric all diese Mühen auf sich genommen? Warum war es so wichtig für ihn gewesen, sie hierherzuholen? Tessas Finger folgten den grünen, gelben und goldenen Linien. Langsam schüttelte sie den Kopf. Sie kannte die Antworten auf diese Fragen nicht, doch sie waren hier – hier auf diesen Seiten.

Während Tessa das Gold betrachtete, das sich am Rand des Musters in Schatten auflöste, traf sie eine Entscheidung.

»Emith«, rief sie und lehnte sich in ihrem Stuhl zurück, »vergiß das Essen. Komm, und zeig mir, was ich wissen muß, um die richtigen Farben auszuwählen und zu benutzen.« Morgen würde sie ihr eigenes Muster malen, denn nur so würde sie herausfinden können, was Deverics Muster ihr nicht sagen konnten oder wollten.

Gerta riß das Laken zurück, als verberge sich dahinter ein gesuchter Verbrecher. »Aha!« rief sie und richtete den Blick auf den roten Fleck in der Mitte des Bettes. »Wann ist das passiert?« verlangte sie zu wissen und trat näher, um den entsetzlichen Makel zu berühren.

Angeline versetzte Schneemann einen Stoß, um ihm zu bedeuten, er solle sich in Bewegung setzen. Der kleine Hund kletterte aufs Bett und schnappte nach Gertas Hand. Dabei stieß er fortwährend sein nichtsnutziges Bellen aus und wedelte mit seinem kurzen, nichtsnutzigen Schwanz. Erschrocken riß Gerta die Hand zurück und ballte sie zur Faust.

»Böser Hund!« schrie sie und schlug nach Schneemann.

Schneemann verteidigte den roten Fleck. Seine kleinen Pfoten tanzten über das Laken; die Nackenhaare hatten sich aufgestellt, und er fletschte die Zähne: Er amüsierte sich königlich. Wie sie ihn so beobachtete, vermutete Angeline, daß Schneemann schon seit langem den geheimen Wunsch gehegt hatte, Gerta in die Hand zu beißen.

Nachdem ihr erster Schlag ins Leere gegangen war, schlug Gerta ein zweites Mal zu; doch offensichtlich war sie nicht mit ganzem Herzen bei der Sache, denn erneut verfehlte sie ihr Ziel, und zwar um mehrere Fuß. »Mylady! Ihr solltet diesem Hund endlich Manieren beibringen«, sagte sie und wandte sich von Schneemann und dem Bett ab und – am wichtigsten von allem – von dem roten Fleck.

Angeline hatte nicht bemerkt, daß sie die Luft angehalten hatte, bis sie nun etwas auf Gertas Äußerung erwidern sollte. Zischend stieß sie die Luft aus und sagte: »Es tut mir leid, Gerta. Ich weiß nicht, was heute in ihn gefahren ist.«

Dabei bewegte sie sich auf das Bett zu und hob wie beiläufig das Laken auf, das Gerta fallengelassen hatte und warf es zurück auf die Matratze und über den Fleck und Schneemann. Dem kleinen Hund gefiel es ganz und gar nicht, unter einem Stück Stoff begraben zu werden. Wütend sprang er auf und ab und schnappte nach dem Laken, als sei es ein vorbeifliegender Vogel. Beim Anblick von Schneemann, der sich voller Eifer auf das Laken stürzte, hätte Angeline beinahe lauthals aufgelacht, doch sie hatte das alles nicht den ganzen Nachmittag lang geplant, nur um sich im letzten Augenblick ertappen zu lassen.

Nun galt es vor allem, Gertas Aufmerksamkeit vom Bett abzulenken und auf irgend etwas anderes zu richten. »Das Blut kam, als ich nach dem Abendessen ein Nickerchen machen wollte«, erklärte Angeline rasch. »Schon seit Mittag habe ich mich nicht sonderlich wohl gefühlt, nachdem ich die Fasanenpastete gegessen habe, die Dham Fitzil für mich aufgewärmt hat …«

»Dham Fitzil ist ein Ausbund an Dämlichkeit!« unterbrach sie Gerta. »Niemand, der noch alle Sinne beisammen hat, wärmt zwei Tage alte Fasanenpastete auf. Sie hätte Euch genauso gut eine Portion Bilsenkraut geben können, um Euch zu vergiften!« Gerta schüttelte energisch den Kopf. Ihr ganzer Körper bebte, und mit ihm ihre ganzen Anhängsel: ihr Hüftgürtel, der Beutel mit dem Nähzeug, die Scheren, Taschentücher, Kämme und Pinzetten und die Parfümflasche und der Beutel mit den

Kosmetika. »Ich schwöre, eines Tages wird sie uns noch alle umbringen!«

Angeline nickte zustimmend. Gerta haßte die Köchin. Sie und Dham Fitzil waren die hochrangigsten weiblichen Diener in der Festung Sern, und die Rivalität zwischen den beiden war alles andere als freundschaftlich. Sie haßten und mißtrauten einander, und wann immer sich Gelegenheit dazu bot, trugen sie dies zur Schau. Beide sahen es als ihr gottgegebenes Recht an, über die anderen Dienerinnen in der Festung zu herrschen. Angeline war es vollkommen egal, wer von beiden das Kommando hatte; sie wußte nur, daß Gerta es beinahe ebensosehr liebte, Dham Fitzil zu kritisieren, wie über Frauendinge zu reden.

Angeline ging vom Bett zum Fenster und fragte: »Das bedeutet doch, daß ich nicht schwanger bin, oder?«

Gerta blickte wieder zum Bett. Schneemann, der es gerade erst geschafft hatte, sich aus den Laken zu befreien, knurrte wie auf Stichwort. Gerta stieß ein Geräusch aus, das dem Knurren ähnelte, und drehte sich wieder zu Angeline herum. »Soweit ich sehen konnte, ist das Blut gut und dunkel, Mylady.« Sie senkte die Stimme ein wenig und deutete auf Angelines Bauch. »Fließ es immer noch?«

Angeline nickte. Sie dachte einen Augenblick lang nach; dann setzte sie sich auf die Bank neben dem Feuer. Sitzen schien ihr im Augenblick angebrachter zu sein als Stehen.

Gerta seufzte. »Dann habt Ihr also Eure Tage. Ich hatte zwar gehofft, Ihr hättet empfangen, aber es hat wohl nicht sollen sein.« Sie lächelte sanft. »Vielleicht beim nächsten Mal, Mylady.«

Angeline nickte. Sie fühlte sich ein wenig schuldig. »Es tut mir leid, Gerta«, sagte sie. »Ich habe alles getan, was du mir gesagt hast.«

»Das weiß ich, Mylady. Das weiß ich.« Gerta tätschelte ihr den Arm. »Mir gefällt nur der Gedanke nicht, daß man Euch über die Berge nach Rhaize schleppt, das ist alles. Ein Heerlager ist kein geeigneter Ort für eine Dame wie Euch.«

»Du wirst mich doch begleiten, oder?« Es war undenkbar für Angeline, ohne Gerta in Izgards Lager reisen zu müssen. Gerta mochte ja vieles sein – herrisch, neugierig, plumpvertraulich –, aber Angeline mochte sie trotzdem. Sie war inzwischen daran gewöhnt, die alte Zofe um sich zu haben.

Gerta nickte. »Selbstverständlich werde ich Euch begleiten, Mylady«, antwortete sie in ihrem mütterlichsten Tonfall. »Wie könnte ich mich auch Gesellschafterin nennen, wenn ich meine Herrin alleine nach Rhaize reisen lassen würde, nur in Begleitung der Wachen und einiger Pferde?

Gerta kehrte indessen zum Bett zurück. »Nun, jetzt werde ich erst einmal diese Laken zur Wäscherin bringen und anschließend Lord Browlach über Euren Zustand in Kenntnis setzen. Er wird dem König sofort eine Nachricht senden wollen.«

Angeline sprang auf. Schneemann, dessen einzige Aufgabe bei dieser Angelegenheit darin bestand, den roten Fleck mit seinem Leben zu verteidigen, war nirgends zu sehen. Der kleine Hund hatte sich wieder einmal nichtsnutzigerweise aus dem Staub gemacht.

Angeline stürzte in den rasch kleiner werdenden Raum zwischen Gerta und dem Bett und rief: »Ich bringe die Laken nach unten, Gerta! Geh du nur sofort zu Lord Browlach, und sag ihm, was geschehen ist.«

Es folgte ein Augenblick des Schweigens. Auf Gertas Gesicht zeichnete sich ungläubiges Staunen ab, gefolgt von Mißtrauen. Angelines Herz schlug derart heftig in ihrer Brust, daß sie sicher war, die alte Zofe könne es hören. Der Fleck auf dem Laken war kein Blut. Es war Farbe. Zinnobertinte, die Angeline in einer Truhe in Ederius' Scriptorium gefunden hatte, nachdem sie und Gerta heute morgen den Hof verlassen hatten. Sie hatte das Fläschchen mit der Tinte in ihrem Mieder versteckt, es in ihr Schlafgemach gebracht und eine passende Menge auf dem Bett verteilt.

Sie wollte nicht in der Festung Sern bleiben. Jedenfalls nicht neun Monate lang. Und obwohl sie nicht sicher war, ob sie nun schwanger war oder nicht, wollte sie kein unnötiges Risiko eingehen. Wenn Gerta Blut sehen wollte, um sie nach Rhaize gehen zu lassen, dann sollte sie Blut sehen. Allerdings sah es im Augenblick so aus, als würde sie eher die Wahrheit sehen als Blut. Die Tinte war zwar von gleicher Farbe wie Blut und von ähnlicher Konsistenz, aber sie *roch* anders, und falls Gerta das Laken in die Finger bekommen sollte, würde sie zweifelsohne den Unterschied sofort bemerken.

»Unsinn, Mylady«, protestierte Gerta. »So wie Ihr Euch im Augenblick fühlt, kann ich unmöglich zulassen, daß Ihr hinuntergeht. Ihr solltet Euch hinlegen und nicht Euch in der Festungswäscherei herumtreiben.« Mit diesen Worten schob sie Angeline beiseite und griff nach dem Laken.

Angeline runzelte die Stirn, stampfte mit dem Fuß auf und versuchte, eine plausible Entschuldigung zu *erzwingen.* Ihr fiel nichts ein. Ihr Kopf war leer; Schneemann war nirgends zu sehen, und Gertas Hand bewegte sich geradewegs auf das Laken mit dem Fleck zu.

Angeline knirschte mit den Zähnen und verfluchte ihre eigene Dummheit; dann schloß sie die Augen und bereitete sich darauf vor, erwischt zu werden. Warum nur war sie nicht so gerissen wie andere Frauen?

Eine Sekunde später hörte sie ein zischendes

Geräusch aus Richtung Bett, als Gerta das Laken herunterzog. Einer von Gertas alten Knochen knackte.

Angeline wagte nicht hinzuschauen. Sie steckte in den größten Schwierigkeiten, die man sich vorstellen konnte. Was würde Izgard sagen, wenn er von ihrem Betrug erfahren würde? Angeline schauderte. Was würde er *tun*?

Da hörte sie einen Schlag auf die Matratze und ein entsetztes Keuchen.

»Dieser elende, verdreckte Köter!« schrie Gerta entrüstet. »Schneemann! Komm sofort her!«

Verwirrt öffnete Angeline die Augen. Sie hatte die Zähne derart kräftig zusammengebissen, daß ihr Kiefer schmerzte.

Gerta riß das Laken vom Bett und streckte es Angeline entgegen. »Habt Ihr gesehen, was dieser nichtsnutzige Hund getan hat?« brüllte sie.

Als Angeline den Kopf schüttelte, stieg ihr der scharfe Geruch von Ammoniak in die Nase. Der Fleck auf dem Laken sah heller und größer aus, als sie ihn in Erinnerung hatte.

»Euer Hund hat auf das Laken gepinkelt! Genau auf den Blutfleck!« Gerta wedelte mit dem Objekt des Anstoßes vor Angelines Nase herum, als sei es ein abgeschlagener Kopf. »Das ist ekelerregend! Wenn Ihr ihm nicht bald Manieren beibringt, Mylady, dann – bei allen fünf Göttern – werde ich es tun!«

Gerta zitterte dermaßen, daß ihre unzähligen Anhängsel klimperten wie kleine Glocken. Sie kochte vor Wut, während sie das Laken zu einem großen Ball zusammenknüllte, Hundeurin und roter Fleck in der Mitte, und anschließend aus dem Raum stürmte. »Wenn das noch einmal passiert«, rief sie auf der Schwelle, »dann werde ich dafür sorgen, daß der Seneschall diesem elenden Köter den Schwanz abschneidet.« Mit diesen Worten stolzierte sie davon und schleifte eine Ecke des Lakens über den Boden hinter sich her.

Angeline starrte verwirrt auf die Tür. Sie war so verblüfft darüber, daß man sie nicht erwischt hatte, daß sie zunächst gar nicht verstehen konnte, was soeben geschehen war. *Schneemann hatte ins Bett gemacht?*

Als ob er hören könne, wenn sie seinen Namen dachte, kroch Schneemann unter dem Bett hervor. Er blickte sich so selbstgefällig um, wie es einem Hund möglich war. Dann lief er erhobenen Schwanzes zu seinem Frauchen.

Nichtsnutziger Hund. Nichtsnutziger Hund.

Kapitel fünfzehn

Das Morgengrauen bot tausend verschiedene Schattierungen von Grau, und im Laufe seines Lebens hatte Ravis von Burano sie alle gesehen. Während sie die Pferde an der Kalkfelswand vorbeiführten, hatte der Himmel die Farbe von Holzkohle. Eine dünne silberne Linie bildete den Horizont und erleuchtete aschfarbene Wolken, bleierne Bäume und Hügel aus blankem Schiefer. Selbst der Morgendunst war grau. Er waberte um die Hufe der Pferde und befeuchtete alles, was er berührte und vieles, in dessen Nähe er nicht einmal kam. Ravis spürte, wie sich ein feuchter Film auf seine Haut legte und ihm in die Lunge drang. Die Feuchtigkeit war überall und nirgends, und niemand vermochte sie aufzuhalten. Gegen Regen konnte man sich zumindest mit einem Umhang schützen.

»Die Stadt liegt hinter diesem Hügel dort«, zischte Camron von Thorn und deutete nach vorn. »Wir können in weniger als einer Stunde dort sein.«

Ravis nickte. Seit nunmehr zwei Stunden waren Gespräche auf ein Minimum beschränkt. Sie befanden sich in einem Tal unmittelbar nordwestlich von Thorn. Es hatte sie zwei ganze Nächte und einen Tag gekostet, um bis hierher zu kommen; und obwohl sie in dieser Zeit nicht mehr als fünf Stunden geschlafen hatten, zeigte keiner der Männer Anzeichen von Erschöpfung. Auch jetzt, in den trüben Stunden kurz vor Tagesanbruch, waren alle wachsam. Die Männer beugten sich in den Sätteln vor; ihre Blicke huschten hierhin und dorthin, und sie hielten die Hand am Schwert.

Zwei Männer waren eineinhalb Meilen vorausgeritten, ausgebildete istanische Kundschafter auf Pferden, denen man kurz nach der Geburt die Stimmbänder durchtrennt hatte, damit sie nicht im unpassenden Augenblick wiehern und die Aufmerksamkeit des Feindes auf ihre Reiter lenken konnten. Vor wenigen Minuten hatte Ravis einen Kreis von Hufabdrücken auf dem Pfad bemerkt, wo die Späher angehalten hatten und abgestiegen waren. Ein einzelner Lederfetzen am Wegrand hatte Ravis verraten, daß sie nur angehalten hatten, um die Hufe ihrer Pferde mit Leder zu umwickeln. Sie waren nervös geworden. Und wenn istanische Späher nervös wurden, dann war man klug beraten, ebenfalls Vorsicht walten zu lassen.

Ravis zog die Zügel an. Seine Stute wollte, ihrem Instinkt folgend, den leichtesten möglichen Weg suchen, und hatte sich aus den Schatten der Felswand gelöst. Ravis klopfte ihr den Hals und blickte zum Horizont. Dann lockerte er zum achten Mal in dieser Stunde sein Schwert in der Scheide.

»Wir werden bald anhalten«, flüsterte er zu Camron. »Wir werden warten, bis die Späher zurückkehren und Bericht erstatten.«

Camron schüttelte den Kopf. Er ritt unmittelbar vor Ravis. Sie ritten so dicht beieinander, daß ihre Pferde sich von Zeit zu Zeit berührten. »Wir haben nur noch eine Stunde bis Sonnenaufgang. Wir können es uns nicht leisten zu warten.«

Wir können es uns nicht leisten, unnötige Risiken einzugehen, dachte Ravis, sagte es aber nicht.

Irgend etwas bewegte sich in dem Gestrüpp längs des Pfades. Ein Gänsepärchen flog in den Himmel hinauf. Ihre Bauchfedern schimmerten im ersten Licht des Tages, während sie zu den Wolken emporstiegen.

Ravis blickte zu Camron. »Das hätte genauso gut einer von Izgards Hetzern gewesen sein können.« Während er sprach, schmeckte er den Dunst auf der Zunge. Er schmeckte nach Erde. »Wir müssen wissen, mit was für einem Gegner wir es zu tun haben, bevor wir uns der Stadt nähern. Izgard könnte zweihundert Mann dort stationiert haben.«

»Warum sollte er?« erwiderte Camron in schnippischem Tonfall. »Er hat jeden getötet. Die Tiere sind abgeschlachtet und die Ernte verbrannt worden. Warum in Gottes Namen sollte er jemanden zurücklassen, um eine zerstörte Stadt zu bewachen?«

Ravis kamen mehrere Gründe in den Sinn, warum Izgard Männer zurücklassen sollte, um Thorn zu bewachen, aber er beschloß, nur den offensichtlichsten zu nennen. »Das ist nun sein Land. Nach allem, was ich bisher gesehen habe, ist er nirgends tiefer nach Rhaize vorgestoßen als hier. Ohne Kampf wird er die Stadt nicht wieder hergeben.«

Camrons Gesicht hob sich als graue Maske gegen die weiße Felswand ab. Im Zwielicht der Morgendämmerung wirkten seine Knöchel heller als sein Gesicht. Da wußte Ravis, daß alles, was er sagte, ungehört verhallen würde: Camron hörte nur noch die Schreie der Ermordeten in seinem Kopf.

Ravis gab seiner Stute die Sporen und ritt ein Stück voraus. Es wurde stetig heller, und die Pferde reagierten auf den Sonnenaufgang mit wachsender Nervosität. Hinter sich hörte Ravis leises Wiehern und Schnaufen. Halfter klapperten und klimperten, wenn ein unruhiges Pferd an den Zügeln zog oder die Mähne schüttelte. Der Dunst verflog allmählich. Aus den Wolken waren kleine Dampffetzen geworden, die gemächlich zu Boden sanken.

Ravis kaute auf seiner Narbe. Das alles gefiel ihm

ganz und gar nicht: blindlings in feindliches Gebiet zu reiten, nicht auf die Kundschafter zu warten und nicht zu wissen, gegen was für einen Gegner man zu Felde zog – wenn überhaupt jemand sie in der Stadt erwartete. Sie besaßen noch nicht einmal ein gemeinsames Ziel – zumindest keines, worauf sie sich geeinigt hätten. Das einzige, was man mit einer Streitmacht von dieser Größe anfangen konnte, war Kundschaften und Sabotieren, doch wenn er Camrons Gesichtsausdruck betrachtete, war dieser an keinem von beiden interessiert. Camron von Thorn gelüstete es nach einem Kampf.

Und wie Ravis Izgard kannte, würde er ihn auch bekommen.

Ravis stellte sich in den Steigbügeln auf und blickte zurück. Hinter den vier Dutzend Berittenen, vielleicht zwei Meilen dahinter, tief in den Schatten verborgen, ritten die Bogenschützen und Söldner von Segwin dem Trinker. Camron hatte nicht gewollt, daß sie an seiner Seite ritten – ebenso wenig wie seine Männer. Obwohl Ravis wußte, daß er Camron in dieser Angelegenheit seinen Willen hätte aufzwingen können, hatte er sich anders entschieden. Die Söldner befanden sich genau dort, wo er sie haben wollte: Sie bildeten die Nachhut.

Als Ravis sich wieder umdrehte, entdeckte er eine dünne Rauchsäule am Horizont. Eine Sekunde später roch er verbranntes Holz. Verbranntes Holz und noch etwas anderes …

»Irgend jemand bereitet sich ein Frühstück«, zischte Camron, der inzwischen wieder neben ihn geritten war.

Ravis nickte. Allerdings war er nicht sicher, um welche Art *Frühstücksteil* es sich handelte. Er schaute auf den Boden und suchte nach den Hufspuren der Späher. Von Minute zu Minute wurde es heller, und die Spuren der beiden Pferde waren inzwischen deutlich zu erkennen. Ihr Anblick verschaffte Ravis nur wenig Erleichterung.

Er konnte das Gefühl einfach nicht abschütteln, daß sie mitten in eine Falle liefen.

Sie hatten sich mittlerweile auf ungefähr drei Meilen einer aller Wahrscheinlichkeit nach besetzten Stadt genähert, ohne auch nur einen einzigen Hinweis darauf zu entdecken, daß sich Soldaten in der Nähe befanden: keine Lagerfeuer, kein Abfall, keine Vorposten, keine Spuren. Und nun erschien eine mysteriöse Rauchsäule am Horizont, doch während Ravis noch darüber nachdachte, ob man sie damit nicht nur in eine Falle locken wollte, ritt Camron bereits darauf zu. Der Rest der Reiter folgte ihm schweigend.

Ravis hielt seine Position und ließ die Männer an sich vorbeireiten. Er hörte ihren schweren Atem, sah den Schweiß in ihren Gesichtern und ihre steifen, geraden Rücken. Das lag an den Plattenrüstungen: Wenn man einen Mann in einen Metallkäfig sperrte, zählt jeder Atemzug und jede Bewegung doppelt. Der Schweiß konnte nirgendwohin abfließen und bildete eine dicke Schicht auf der Haut. Im Augenblick war es zwar kühl, doch schon bald würde die Sonne am Himmel stehen und Erde und Luft erwärmen. Spätestens um Mittag würden Camrons Männer förmlich dampfen.

In den späten Stunden der Nacht hatten sie kurz ein Lager aufgeschlagen. Niemand machte Feuer, niemand sprach, und die Zelte waren dicht aneinander gebaut, um den Nebel auszusperren. Einige Männer schliefen, doch die meisten polierten schweigend ihre Schwerter und warteten auf das Signal zum erneuten Aufbruch. Die Söldner und Bogenschützen hatten ihr eigenes Lager ein Stück weiter nördlich am Fuß der Felswand aufgeschlagen, und Ravis war zu ihnen geritten. Während er eine Flasche Berriac hatte kreisen lassen, hatte er ihnen letzte Befehle erteilt. Als er wieder zu Camron und seinen Rittern zurückgekehrt war, war es bereits an der Zeit gewesen, das Lager abzubrechen und den Marsch Richtung Osten fortzusetzen.

Die Hand auf dem Heft seines Schwertes, ließ Ravis den Blick über die vor ihm liegende Landschaft schweifen, während die letzten von Camrons Rittern an ihm vorüberritten. Die Quelle des Rauchs war nicht zu sehen: Er konnte seinen Ursprung sowohl vor als auch hinter dem Hügel haben. Im grauen Licht der Morgendämmerung konnte man Entfernungen schlecht abschätzen.

Kurz bevor er Camron folgte, warf Ravis einen Blick hinauf zur Krone der Felswand. Wenn *er* in dieser Gegend eine Falle aufstellen sollte, dann würde er dort oben Kundschafter postieren.

Doch er sah nichts außer brüchigem Felsgestein und dünnen grauen Wolken. Ravis zuckte mit den Schultern, gab seinem Pferd die Sporen und folgte Camrons Männern den Pfad hinunter.

Tessa arbeitete die Bleiche mit einem kleinen Holzblock in die Tierhaut. Trotzdem verfingen sich einige Körner der Mischung aus Kreide und Brotkrumen unter ihren Fingernägeln. Mit der Begründung, dies sei die Arbeit für einen Gehilfen und nicht für einen Schreiber, hatte Emith sich angeboten, das Einreiben zu übernehmen, doch Tessa hatte abgelehnt. Dies würde ihre erste richtige Illumination werden, und es war wichtig für sie, daß sie soviel wie möglich selbst erledigte.

Sie und Emith waren bis tief in die Nacht aufgeblieben und hatten die Regeln und Verfahren für die Anfertigung einer Illumination diskutiert. Die Regeln erschienen Tessa seltsam primitiv: Pflanzen- und Tierformen mußten stets voneinander getrennt sein; jede Linie bei einem Tiermuster mußte Teil des Tieres sein, und egal wie verzerrt die endgültige Gestalt auch sein mochte, sie durfte nicht gegen die elementaren Regeln der Natur verstoßen: zwei Augen, vier Beine, ein Schwanz. Pflanzenformen mußten einen deutlich erkennbaren Ursprung haben wie die Erde oder einen Blumentopf, und sie durften nicht beliebig über die Seite ranken, ohne ständig Verbindung zur Erde zu halten. Auch die Farben mußten der Natur entsprechen. Bestimmte Formen mußten zu beiden Seiten des Musters gespiegelt und andere in bestimmter Zahl wiederholt werden.

Tessa hatte die meiste Zeit über geschwiegen, während Emith ihr alles gesagt hatte, was er wußte. Gelegentlich hatte sie genickt; das ein oder andere hatte sie im Geiste wiederholt, um es sich besser einprägen zu können, doch stets hatte sie sich auf die Details konzentriert.

Irgendwann in der Nacht war ihnen der Talg ausgegangen; aber da sie beide keine Lust verspürten, eine neue Schüssel zu holen, hatten sie mehrere Stunden im Dunkeln verbracht. Während Tessa im Finstern Emiths Stimme lauschte, folgte sie in Gedanken den Linien und Kurven in Deverics Illuminationen. Vor einem schwarzen Hintergrund sah sie grüne Spiralen, gelbe Schleifen, goldene Ringe und silberne Flechten. Ihr Leben war in diesen Mustern gefangen, und sie hier zu sehen, in den finstersten Stunden der Nacht, bestärkte sie in ihrem Entschluß, die Wahrheit aus den Mustern ›herauszumalen‹.

Sie mußte herausfinden, warum sie hierhergebracht worden war.

»Wollt Ihr noch eine Grundierung auftragen, bevor Ihr beginnt?« fragte Emith. »Oder wollt Ihr die Farben direkt auf die Bleiche auftragen?«

Tessa blickte auf das saubere, nun fast weiße Pergament. Die Kreide und die Brotkrumen hatten es leicht angerauht, so daß es die Tinte besser aufnehmen konnte. Emith hatte eine grobe Bleiche angemischt, und einige Kreidekörner juckten auf Tessas Haut. Ihre Fingerspitzen waren gerötet, und ein Finger blutete sogar.

Das Pergament sah so neu und rein aus wie ein Kindermalbuch, das auf den Buntstift des Kindes wartet. Tessa brauchte etwas Persönliches, womit sie ihre erste Illumination beginnen konnte. Die Tinte sollte sich in eine Farbe ihrer Wahl brennen. Plötzlich erschien es ihr gar nicht mehr so wichtig, *jedes* Element unter Kontrolle zu haben.

Tessa blickte aus dem Fenster hinaus ins Morgengrauen. Sie runzelte die Stirn. Ein dumpfer Druck breitete sich in ihren Schläfen aus, während sie den trüben Himmel betrachtete.

»Grau«, sagte sie mit leiser Stimme. »Das Pergament soll aschgrau grundiert werden.«

Es dauerte vierzig Minuten, bis sie die Quelle des Rauchs entdeckten. Sie ritten durch Reihen niedergebrannter Rebstöcke, deren verkohlte Überreste wie die Beine getöteter Insekten aus dem Boden ragten, vorbei an einem schon lange ausgetrockneten Flußbett und durch die vertrockneten Schilfbüschel am ehemaligen Ufer.

Camron kannte hier jeden Stein, jeden Busch und jeden Ziegen- und Rinderpfad, den sie überquerten. Er kannte das Land, die Farben der Bäume im Sonnenschein und die Qualität der Weine, die aus den verschiedenen Reben produziert worden waren. Dies hier war seine Heimat, und während sie an niedergebrannten Bauernhöfen und Weinbergen und an verlassenen Feldern und verrottenden Tierkadavern vorüberritten, stieg der Zorn in ihm auf. Izgard von Garizon hatte seine Heimat und sein Leben zerstört, seine Freunde und seine

Familie getötet, und hatte ihm nichts und niemanden gelassen, wofür er kämpfen konnte, außer seinen Erinnerungen und ihn selbst.

Die Rauchsäule kam aus einer Gruppe von Felsen am Ende eines engen Tals. Kreidefelsen durchbrachen die dünne Schicht Erde am Fuß der Hänge, und Pinien umgaben das ganze Areal. Ein Gürtel aus trübem, grauem Licht umringte das Tal, während die Sonne noch immer hinter dem Horizont verborgen war.

Seltsamerweise war der Geruch von verbranntem Holz und gekochtem Fleisch schwächer geworden, als sie nähergekommen waren. Vielleicht hatte sich der Wind gedreht. Doch als Camron den Blick hob, stieg der Rauch in gerader Linie zum Himmel auf, also war es vollkommen windstill.

Kurz kamen ihm Ravis' Worte ins Gedächtnis. »Sieh dich um. Wir geben eine höher gelegene Position zugunsten einer niedrigen auf. Wir bewegen uns von einer offenen Straße in ein enges Tal. Das ist eine Falle, und wir tappen wie die Vollidioten in sie hinein.«

Als Camron nun den Blick über die Felsen und Bäume schweifen ließ, die das Tal umschlossen, mußte er zugeben, daß Ravis' Warnung nicht ganz unbegründet war. Er wünschte nur, es würde ihm mehr bedeuten. Die Wahrheit war, daß er dem Rauch gefolgt war, eben *weil* er gewußt hatte, daß es sich um eine Falle handelte. Er befand sich nun in Thorn. Das hier war sein Land. Er war hierhergekommen, um zu kämpfen, und Ravis konnte von morgens bis abends planen, Strategien ausarbeiten und ihn beraten, doch das Unvermeidbare konnte er nicht verhindern.

Hier waren Menschen gestorben: gute, ehrliche Männer und Frauen, die ihre Heimat geliebt und ihre Kinder fromm erzogen hatten. Und irgendwie erschien es Camron als Sakrileg, sich der Stätte ihres Todes wie verängstigte Priester im Dunkeln zu nähern, mit Vor- und Nachhut und mit Söldnern im Schlepptau. Die Menschen von Thorn hatten mehr als das verdient. Sie hatten es verdient, von tapferen Kämpfern geehrt zu werden.

»Hier rüber!« rief jemand in die Stille des Morgengrauens hinein. »Ich habe das Feuer gefunden.«

Camron blickte zu dem dichten Haufen Felsen und Sträuchern, der das Ende des Tales bildete. Obwohl er seinen Rittern nicht befohlen hatte, daß einer von ihnen vorausreiten sollte, bereitete es ihm grimmige Freude, daß einer es doch getan hatte. Er war also nicht der einzige, den es nach einem Kampf verlangte.

Ein Ausruf des Schreckens hallte durch das Tal. Sofort trieb Camron sein Pferd zum Galopp an und ritt auf die Felsen zu.

Die Ritter folgten ihm dichtauf. Niemand machte sich mehr die Mühe, leise zu sein. Zaumzeug klimperte; Pferde wieherten; Rüstungen knirschten; Schwerter klapperten in ihren Scheiden, und Flüche wurden ausgestoßen. Camron spürte, wie sich seine Brust verkrampfte. Sein Mund war wie ausgetrocknet. Als er die Schatten der Felsen erreichte, waren Ravis' Worte nur noch Staub von gestern. *Das ist eine Falle, und wir tappen wie die Vollidioten in sie hinein …* Camron schüttelte den Kopf. Nein, nicht wie Vollidioten, wie tapfere Männer.

Noch während er sich mit diesem Gedanken tröstete, ließ er den Blick auf der Suche nach Bewegungen über die Hänge des Tals schweifen.

Sie fanden das Pferd des Ritters, der vorausgeritten war, an einen Kreidefelsen gebunden. Der Rauch, der inzwischen nur noch ein dünner grauer Faden war, stieg aus einem Ring etwas größerer Felsen empor. Sie würden absteigen müssen, um hineinzugelangen. Camron blickte nach hinten und suchte unter den Männern nach Ravis. Er rechnete fast damit, daß der Mann sich jeden

Augenblick zu Wort melden und Einwände gegen sein Vorgehen erheben würde, denn sie wußten ja noch immer nicht, womit sie es hier zu tun hatten. Doch niemand sagte etwas, und Ravis war nirgends zu entdecken.

Ein Dutzend Männer saßen gemeinsam mit Camron ab, nahmen ihre Schilde herunter, zogen die Dolche und verstärkten den Griff um ihre Schwerter. Ein Mann flüsterte ein Gebet, und ein anderer tippte Camron auf die Schulter und bat ihn, vorausgehen zu dürfen, um nach Gefahren Ausschau zu halten.

»Nein«, erwiderte Camron und suchte nach den geeigneten Worten, um ausdrücken zu können, was er im Augenblick empfand. »Wir müssen wie ein Mann handeln.«

Der Mann nickte und reihte sich neben ihm ein.

Camron drehte sich zu den Rittern um, die auf ihren Pferden sitzengeblieben waren. »Schwärmt um die Felsen herum aus, und haltet bis zu unserer Rückkehr Wache. Niemand soll weiter reiten, als er seinen Nachbarn sehen kann.« Er wartete, bis jeder den Befehl durch ein Nicken bestätigt hatte. Ein Blick in ihre Gesichter verriet, wie sehr sich ihre Stimmung in den vergangenen paar Minuten verändert hatte. Sie waren nicht mehr nur wachsam: Sie waren *bereit.* Schweigend waren sie übereingekommen, daß nun der Augenblick des Kampfes gekommen sei.

»Möge Gott uns beschützen«, sagte Camron mit heiserer Stimme, während er ein letztes Mal von einem zum anderen schaute. »Und möge Er uns für würdig befinden, uns Seine Kraft zu verleihen und Sein Licht über uns scheinen lassen.«

Dies war ein einfaches Gebet, das die Bauern von Thorn jeden Morgen geflüstert hatten, bevor sie aufs Feld hinausgegangen waren, und womit die Mütter von Thorn ihre Kinder ins Bett geschickt hatten. Als Camron es sprach, hörte er es mit der Stimme seines Vaters. Ein Segen von jenseits des Grabes.

Unvermittelt kehrte er den Männern den Rücken zu. Er durfte nicht mehr sagen, wollte er nicht riskieren, daß ihm die Stimme versagte. Als ob er gespürt hätte, in welcher Verfassung sich ihr Anführer befand, gab der junge Ritter, der gebeten hatte, vorausgehen zu dürfen, den Reitern Befehl zum Aufbruch.

Camron machte sich auf den Weg Richtung Rauchsäule. Die Sonne würde jeden Augenblick aufgehen. Das Licht veränderte sich schnell und schuf immer neue Figuren aus Licht und Schatten. Irgend jemand rief nach dem Ritter, der das Feuer gefunden hatte. Niemand antwortete.

Die Felsen waren höher, als Camron geglaubt hatte. Sie warfen dunkle Schatten auf die ohnehin dunkle Erde. Steinsplitter ragten aus dem Boden wie Dornen, und Camron war gezwungen, auf jeden seiner Schritte zu achten. Irgendwo tropfte Wasser auf die Felsen. Das weckte Erinnerungen in Camron: Er war schon einmal hier gewesen. Vor zwanzig Jahren, als er noch ein kleiner Junge gewesen war. Das Tal der gebrochenen Steine.

Es war mitten im Winter gewesen, und der Schnee hatte ihm bis zur Hüfte gereicht. Eine von Lang Angrims Schafherden war in einem plötzlich aufgekommenen Sturm verlorengegangen, und jeder in Thorn – von Camron über seinen Vater bis Sterry dem Uhrmacher und Krummbein, dem Trunkenbold –, jeder hatte bei der Suche geholfen. So etwas tat man nicht aus Gefälligkeit; sich gegenseitig zu helfen war unter den Menschen der Berge einfach selbstverständlich: jeder kümmerte sich um jeden. Von den drei Dutzend Schafen, die vermißt wurden, waren die meisten rasch gefunden. Sie hatten sich auf einer abgelegenen Weide aneinander gekauert. Ihr Blöken hatte die Suchmannschaft in weniger als einer Stunde zu ihnen geführt. Im Laufe des Tages wurde die Suche nach den restlichen Schafen nach Westen, in felsigeres Terrain, ausgedehnt. Vier Schafe wurden hoch oben auf einem schneebedeckten Berghang entdeckt, und weitere drei wurden verängstigt und verwirrt am Ufer eines zugefrorenen Sees gefunden.

Bis zum Abend hatte man nur von einem Schaf noch keine Spur entdeckt. Jeder andere Bauer hätte sich glücklich geschätzt, ein Dankgebet an den heiligen Assitus gerichtete, der bei der Verteidigung seiner Schafherde gestorben war, und wäre nach Hause gegangen – aber nicht Lang Angrim. Er weigerte sich zurückzukehren, bevor er nicht auch noch das letzte Schaf gefunden hatte.

Als die Sonne fast hinter den Bergen verschwand, erreichte die Suchmannschaft ein felsiges Tal. Während sie sich einen Weg durch drei Schritt tiefen Schnee bahnten, hörte Lang Angrim das Blöken. Seine Schafe waren für ihn wie Kinder, und eines von ihnen schreien zu hören, war mehr, als er ertragen konnte. »Papa ist gleich bei dir!« rief er und eilte in Richtung der Felsen davon.

Hinterher sagten die Leute, es sei der Schnee gewesen, der ihn umgebracht hatte. Schultertief hatte er Spalten und Steinspitzen bedeckt. Lang Angrim, das Schreien seines Schafes in den Ohren, trat auf eine Schneewehe, brach ein und fiel mit seinem ganzen Gewicht auf einen darunter verborgenen Felsspeer. Sein Schädel und sein Rückgrat waren gebrochen. Als die Suchmannschaft ihn endlich erreicht hatte, war er bereits tot gewesen. Das verlorene Schaf hatte neben seinem Leichnam gestanden und ihm das Haar geleckt.

Camrons Vater hatte nicht zugelassen, daß sein Sohn den Leichnam sah; aber Camron erinnerte sich daran, dem Toten nahe genug gekommen zu sein, um sein Blut auf die Felsen tropfen zu hören.

Auch damals schon hatte Camron gewußt, daß die

Dörfler nicht die Wahrheit gesagt hatten. Es war nicht der Schnee, der ihn getötet hatte. Es waren die Felsen gewesen.

Zitternd kletterte Camron über einen Felsen, der vom Dunst rutschig war. »Rhif!« rief er den vermißten Ritter. »Rhif!«

Als abermals niemand antwortete, war Camron nicht überrascht.

Mit seinem Dutzend Männer hinter sich bahnte sich der Lord von Thorn einen Weg durch die Felsen. Als er auf einen kleineren Kalksteinbrocken trat, stieg ihm der Geruch verbrannten Holzes in die Nase. Weiter vorne erspähte er die Rauchsäule, die aus einer Art Nest aus moosbedeckten Steinen emporstieg. Von Rhif keine Spur. Camron fuhr sich mit der Schwerthand durchs Haar und atmete tief durch. Beinahe gegen seinen Willen blickte er über die Schulter zurück, um nach Ravis von Burano Ausschau zu halten. Egal wie groß seine Abneigung gegen den Mann auch sein mochte, er schätzte seine Meinung. Und in diesem Augenblick, angesichts einer Situation, die nach außen hin harmlos genug wirken mochte, von der Camron jedoch instinktiv wußte, daß sie gefährlich war, hätte er den Rat des Drokho-Söldners gut gebrauchen können.

Ravis war nirgends zu sehen. Auch wenn ihm nicht danach zumute war, zuckte Camron mit den Schultern und sprang von dem Felsen.

Als er das Steinnest betrat, hatte er das Gefühl, in ein Grab einzudringen. Hier war es kühler und dunkler. Der Boden war keine weiche Erde, sondern blanker Fels. Ein kleines, ausgebranntes Lagerfeuer befand sich im Zentrum des Nestes. Ein paar letzte Rauchfahnen stiegen von den lose zusammengeworfenen Scheiten empor. Während er sich der Feuerstelle näherte, war sich Camron der Männer bewußt, die ihm dichtauf folgten.

Beim Näherkommen entdeckte er eine vertraute Form inmitten des verbrannten Holzes. Ob ihres Anblicks wurde er instinktiv mißtrauisch, und noch bevor er die letzten Schritte darauf zu gemacht hatte, wußte er, daß ihm nicht gefallen würde, was ihn dort erwartete.

Es war ein menschlicher Unterarm, der am Ellbogen verbrannt war, wo man ihn ins Feuer geworfen hatte. Camron hätte ihn nicht sofort als solchen erkannt, wäre die Hand von den Flammen nicht weitgehend unberührt geblieben. Sie ragte aus dem verkohlten Feuerholz wie zum Salut aus der Unterwelt. Die Fingernägel waren entfernt worden, und der Zeigefinger war gekrümmt, als wolle er Camron zu sich winken.

Camron schluckte und versuchte, den Blick abzuwenden, doch etwas erregte seine Aufmerksamkeit: ein Goldring mit einem Amethyst zierte den vierten Finger. Camron erkannte den Ring sofort. Der Mann, der ihn getragen hatte, hatte ihm einst den Schwertkampf beigebracht. Der Ring gehörte dem Stellvertreter von Camrons Vater am Bekenntnisberg: Mollas dem Kahlen.

Camron drehte sich der Magen um. Er biß sich auf die Lippe, bis sein Mund sich mit Blut füllte. Was hatten die Hetzer Mollas angetan? Warum hatten sie ein Teil von ihm hier zurückgelassen und verbrannt? Camron fiel auf die Knie und zog den Arm aus dem Feuer. Er konnte es nicht ertragen, ihn inmitten der Asche liegen zu sehen.

Das war der Augenblick, als er es roch: den ekelerregenden Tiergestank aus der Nacht, in der sein Vater ermordet wurde. Der Gestank von Blut, Urin und nassem Fell.

Camron hatte das Gefühl in eine tiefe schwarze Grube zu fallen, in ein Loch aus Schatten, dessen Boden ein einziger großer Sumpf war. Er befand sich wieder im

Arbeitszimmer seines Vater. Männer, die keine Männer waren, bewegten sich wie Hexen durch den Raum, und egal wie laut Camron schrie, egal wie schnell er rannte, der Dolch durchbohrte die Brust seines Vaters.

»Möge Gott uns beistehen!« erscholl ein Schrei und holte Camron in die Gegenwart zurück. Er atmete schnell und flach. Seine Hände zitterten, und irgend etwas tief in seinem Inneren schmerzte wie eine alte Wunde. Er kam sich verloren vor.

»Wir haben Rhif gefunden!« erscholl ein zweiter Ruf.

Camron riß sich zusammen.

Dem Tonfall des zweiten Rufers nach zu urteilen, hatten die Männer nicht Rhif, sondern vielmehr seine Leiche gefunden. Camron packte das Heft seines Schwertes und rappelte sich auf. Er roch nur noch verbranntes Holz und Fleisch. Sein Phantasie mußte ihm einen Streich gespielt haben.

Er verließ das Nest und ging in die Richtung, aus der die Rufe gekommen waren. Verzweifelt bemühte er sich, seinen Herzschlag zu verlangsamen. Er mußte ruhig und gefaßt vor seinen Männern erscheinen.

Er fand die Ritter nicht weit von dem Steinnest entfernt, wo sie sich um Rhifs Körper versammelt hatten. Ihre Gesichter waren eisern. Die Hände hatten sie zu Fäusten geballt, und ihre Lippen bewegten sich – ob zum Gebet oder um Unheil abzuwenden, Camron wußte es nicht. Als sie ihren Anführer näherkommen sahen, traten die Männer auseinander und gewährten Camron den Blick auf Rhif von Hanister.

Camron hatte geglaubt, auf das Schlimmste vorbereitet zu sein. Er hatte geglaubt, nach allem, was er im Arbeitszimmer seines Vaters und heute im Feuer gesehen hatte, könne ihn nichts mehr erschüttern.

Er hatte sich geirrt.

Rhif war nicht tot. Noch nicht jedenfalls. Die Haut auf

seiner Brust war abgerissen und der Rippenkäfig aufgebrochen worden. Das Fleisch hatte man beiseite geschoben, um das Herz offenzulegen. Es schlug noch. Rhif hatte die Augen geöffnet und atmete schwach. Die Muskeln seiner rechten Hand hatten sich verkrampft, und aus einer kleinen Wunde an seinem Bein tropfte Blut. Seine Hosen waren uringetränkt.

Camron schloß die Augen. Er spürte einen Kloß im Hals. Die Luft in seinen Lungen war so schwer wie Wasser. Dann atmete er tief durch und kämpfte gegen die Erinnerung an, wie er die Stufen in Burg Bess hinabgestürmt war und die Leiche von Hurins Neffen gefunden hatte.

Das hier war nun nicht mehr seine Angelegenheit. Hier ging es ausschließlich um diesen Jungen, der so sehr den Kampf gesucht hatte, daß er den anderen vorausgeritten war.

Camron kniete sich neben ihn. Nur vage nahm er wahr, daß irgend jemand das Eine Wahre Gebet des Einen Wahren Gottes sprach. Rhifs Augen waren dunkel vor Schmerz. Er bemühte sich nach Kräften, keine Angst zu zeigen. Camron ergriff Rhifs rechte Hand, um sie vom Zucken abzuhalten. Es gab vieles, was er dem Jungen in diesem Augenblick hätte sagen können: Er hätte ihn fragen können, wer die Angreifer waren, wie viele sie waren, und welche Waffen sie mit sich führten. Doch statt dessen drückte er den jungen Ritter an seine Brust und murmelte: »Möge der Herr dich bei sich aufnehmen. Mögest du deinen Weg nach Hause finden. Mögen deine Taten nie vergessen werden, und mögest du bis in alle Ewigkeit in Frieden ruhen in der Gewißheit, daß die, die du liebst, dich nicht mehr hätten lieben können.«

Mit diesen Worten zog Camron den Dolch aus der Scheide und durchtrennte die Adern, die zu Rhifs Herz führten. Dann hielt er ihn an sich gedrückt und wartete auf den letzten Atemzug seines Gefährten.

Die Männer schwiegen. Sie hatten die Augen geschlossen, und ihre Schwerter auf den Boden gerichtet.

Schließlich ließ Camron die Hand des Jungen los. Er beugte sich vor und küßte ihn auf die Wange. Seltsamerweise war er vollkommen ruhig. Die Worte, die er soeben gesprochen hatte, hatten ihm seit dem Tod seines Vaters auf dem Herzen gelegen. Nun waren sie endlich gesagt worden. Nicht zu seinem Vater – dafür war es für immer zu spät –, aber irgendwie bedeutete das nun nichts mehr. Die Worte waren gesagt worden, und ein tapferer junger Mann hatte sie gehört, und das war, überraschenderweise, genug.

Camron stand auf.

Eine frische Brise wehte von Osten heran.

Der Gestank tierischer Exkremente stieg Camron in die Nase. Da er glaubte, seine Sinne würden ihm erneut einen Streich spielen, sah er den neben ihm stehenden Mann an.

»Irgend etwas stinkt hier bestialisch«, bemerkte der Ritter.

Noch während dieser Worte änderte das Morgengrauen seine Natur.

Die Luft war von einem heiseren, tierischen Geschrei erfüllt. Überall tauchten plötzlich Hunderte von Fackeln auf und bildeten einen Ring aus Feuer um das Tal und die Felsen. Schwerter klirrten. Pferde wieherten. Hufe donnerten über Felsen.

Die Schatten der Felsen schienen zum Leben zu erwachen, und dunkle Gestalten schlüpften aus noch dunkleren Löchern. Auf ihren Messern blitzten die ersten Sonnenstrahlen. Sie kamen von überall. Sie krochen unter den Felsen hervor, über die die Ritter geklettert waren, tauchten hinter Büschen auf, an denen sie vorübergegangen waren uns sprangen aus Bäumen, an die sie sich zum Ausruhen gelehnt hatten.

Immer mehr strömten zwischen den Felsen hindurch und die Hänge des Tals hinab. Innerhalb von Sekunden hatten sie sich wie ein Erdrutsch über das Tal gelegt. Gehüllt in dunkelgraue Umhänge schienen sie der Erde selbst entsprungen zu sein. Die Schwerter hoch über die Köpfe erhoben, *schlichen* sie eher, als daß sie gingen. Die Bewegungen ihrer Schultern waren seltsam flüssig, doch ihre Köpfe bewegten sich kaum, als sie sich näherten. Die Umhänge der Gestalten peitschten von einer Seite zur anderen. Sie hatten die Münder aufgerissen, und dahinter kamen unnatürlich helle Gaumen und gelbe Zähne zum Vorschein. Speichel, dick wie Eiter, glitzerte auf ihren Zähnen.

Der Gestank verrottenden Fleisches war überwältigend. Camron kam die Galle hoch.

Die Hetzer begleitete ein Mantel aus Licht und Schatten. Ihre Fackeln beraubten den Sonnenaufgang seiner Schönheit und schufen einen Schatten für jeden einzelnen Mann.

Der Geruch. Die Schatten. Das Licht. Dünne Klingen und gefletschte Zähne in Tiermäulern. Camron schluckte die Galle hinunter. Er packte das Schwert mit solcher Kraft, daß einige Adern in seiner Hand platzten.

Die Nacht, in der sein Vater gestorben war, wiederholte sich.

Diese schreckliche, gottverdammte Nacht.

Camron blickte zu seinen Männern und sah, daß sie bereit waren. Er blickte auf den Leichnam des Rhif von Hanister und sah einen Mann in Frieden mit sich selbst. Was man seinem Fleisch angetan hatte, erschien unbedeutend beim Anblick seines Gesichtsausdrucks. Es war Glauben, was Camron dort sah.

Reiner, vorbehaltloser Glauben.

Camron spürte ein derart schweres Gewicht auf seinem Herzen, das er sicher war, daß es brechen müsse. Jeder Mann hier war sein Vater, sein Sohn, sein Bruder. Und wenn er sie schon nicht retten konnte, dann würde er wenigstens mit ihnen untergehen, und die schreckliche Schuld würde getilgt werden, die er in der Nacht auf sich geladen hatte, als sein Vater getötet worden war.

Er hätte bei dem Versuch sterben müssen, Berick das Leben zu retten.

Unter dem halbanimalischen Geschrei der Hetzer und dem öligen Gestank ihrer Fackeln befahl Camron seinen Männer, ihre Positionen einzunehmen.

Der dunkle Wall des Feindes flutete heran, während ein Dutzend Ritter einen Kreis um den Leichnam des Rhif von Hanister bildeten.

Die Bleimarkierungen waren angebracht. Ein grau getünchtes Blatt Pergament, steif vom Trocknen über dem Herd, lag unter Tessas wartender Hand. Während sie es betrachtete, spürte sie, wie ihr Magen sich mehrmals langsam zusammenzog. Ihr war übel vor Erwartung.

»Hier ist der erste, Fräulein«, sagte Emith und reichte ihr einen Marderhaarpinsel. »Als nächstes werde ich einen etwas feineren ölen, nur für den Fall.«

Tessa konnte nicht sprechen. Bereits in den wenigen Sekunden zwischen dem Anbringen der letzten Markierungen und dem Empfang des Pinsels war die Welt für sie ein gutes Stück weiter weggerückt. Hinter ihrem Rücken und zu ihren Seiten sammelten sich Schatten, die immer näher kamen. Als sie den Pinsel in die zähflüssige Lampenrußtinte tauchte, spürte sie, wie sich der Raum um sie herum zu einer kleinen Lichtblase zusammenzog. Das Pergament, ihre Hände, die Farbe und der Pinsel – das war alles, was jetzt noch zählte. Selbst die Luft schien schwerer geworden zu sein, als hätte auch sie sich zusammengezogen.

Emith sagte etwas, vermutlich ein letzter gutgemeinter Rat, doch Tessa konnte ihn nicht mehr verstehen. Seine Worte besaßen keine Bedeutung mehr.

Tessas Knöchel knackten, als sie den Pinsel über die Seite führte. Der vollgesogene Pinselkopf übertrug eine tiefschwarze Linie auf das Pergament. Tessa stellte sich vor, wie sich die Tinte zischend in die Kreide brannte.

Mit einer geübten Handbewegung malte sie einen weiten Bogen zu einem Markierungspunkt in der oberen linken Ecke der Seite. Die Bewegung war schnell, und Tessa spürte, wie der Pinsel Geschwindigkeit aufnahm, dicht gefolgt von der Tinte. Sie nutzte den Schwung, um einen breiten Fächer aus Schwarz anzulegen. Anschließend tauchte sie den Pinsel wieder in die Tinte und zeichnete eine zweite Kurve, die nach links unten führte.

Während der Pinsel sich in langsamen Kreisen nach außen drehte und immer dickere Linien zog, begann sich in Tessas Kopf ebenfalls alles zu drehen. Plötzlich zog sich ihr Magen zusammen. Ihre Kopfhaut kribbelte, als huschten tausend Insekten durch ihr Haar. Der Pinsel drohte ihr aus der schweißnassen Hand zu rutschen.

Der Geruch von verbrannten Holz und von noch etwas anderem stieg ihr in die Nase. Doch bevor sie ihn identifizieren konnten, war er auch schon wieder verschwunden.

Die schwarzen Kurven zogen sie an wie ein Magnet. Dick und glänzend versprachen sie ihr, alle Geheimnisse der Welt zu enthüllen, wenn sie ihnen folgte. Tessas Hand und Geist wurden eins. Sie hatte das Gefühl, sich selbst in Pinselstriche aufzulösen. Panik stieg in ihr auf, doch der Wille zu malen war zu stark, und so verdrängte sie die Angst. Der Pinsel drehte sich; die Farbe floß in Spiralen auf die Seite, wie Seide, die von einer Spindel zu Boden fällt. Bleistriche und Bleipunkte glitzerten auf der grauen Oberfläche: Sie waren nicht mehr nur Markierungen, sondern Wegweiser in eine andere Welt.

In ihrem Kopf begann es leise zu summen, aber sie ignorierte es. Das war der Geist des Tinnitus, nichts weiter. Deveric und seine feinen Pinsel und Farben waren nicht mehr da. Er konnte Tessa nicht aufhalten. Nicht dieses Mal. Nicht hier und jetzt. Niemals, *niemals* wieder.

Von nun an konnte sie tun und lassen, was sie wollte.

Sie war hellwach und angespannt, während sie den Pinsel über die Seite zog. Ein Geräusch streifte ihr Trommelfell: das Klirren von Metall, gedämpft von Felsen. Sie versuchte, sich darauf zu konzentrieren, aber das Geräusch löste sich auf wie Rauch.

Immer tiefer und tiefer drang sie mit der Lampenrußtinte in das Pergament ein – immer tiefer, dorthin, wo das Pigment sich in die Tierhaut ätzte und ein neues Muster geboren wurde. Tessas Kopf drehte sich mit dem Pinsel. Ihre Gedanken brannten mit der Tinte. Als sie einen Blick auf die dahinterliegende Landschaft erhaschte, begann sie damit, das Muster auf die rechte Seite des Pergaments zu kopieren. Diesmal gab es kein Zurück.

Während ihr Pinsel Kurve um Kurve zeichnete, nahm die schattenhafte Landschaft hinter dem Muster Gestalt an. Ein dunkler Teich glitzerte in ihrem Mittelpunkt. Beinahe unbewußt nahm Tessa einen zweiten Pinsel von Emith entgegen, tauchte ihn in Niellotinte und begann, Knoten zu malen. Eine Reihe von Kreuzen löste sich aus dem Pinsel, als Tessa sich dem Teich näherte. Die Landschaft war wie ein Schattengebilde und eigentlich keine

Landschaft mehr, sondern eher eine Folge sich hebender Schleier. Schwarz, durchscheinend und unendlich dünn hoben sie sich von dem Muster wie Rauch vom Feuer.

Plötzlich nervös geworden biß sich Tessa auf die Lippe. *Genau wie Ravis*, dachte sie.

Sie schmeckte Blut im Mund. Oder war es Tinte? Beides schmeckte nach Kupfer und Salz.

Die Linie zwischen dem, was sie war, und dem, was sie malte, löste sich allmählich auf. Ein Schauder lief Tessa den Rücken hinunter. Eine kühle Brise strich über ihre linke Wange. Da war wieder dieser Geruch, und diesmal erkannte sie ihn sofort: der Gestank von der Nacht auf der Brücke.

Der ranzige Geruch der Hetzer.

Das Blut, die Tinte, was auch immer es sein mochte, verwandelte sich zu Staub in Tessas Mund. Irgend etwas Weiches, Formbares zog an ihrem Magen und ließ eine übelkeiterregende Leere unter ihren Lungen entstehen. Die dunklen, sich verändernden Gestalten der Hetzer – Messer in Schulterhöhe, Speichel, der aus weit aufgerissenen Mäulern troff – setzten sich in Tessas Geist fest. Die Bilder fanden einen Weg bis hinunter zu Tessas Fingern, wo sie die Ausrichtung der Pinselstriche veränderten. Schatten in der Tinte.

Eine Knotenreihe strömte aus dem Pinsel und schleuderte Tessa immer tiefer und tiefer in die Welt auf der anderen Seite. Der Tinnitus läutete Geisterglocken in ihrem Kopf, als die Umhänge der Hetzer einen Pfad zu dem Teich formten. Erneut breitete sich Panik in ihr aus, und diesmal konnte sie sie nicht verdrängen. Ihre Kopfhaut war so gespannt wie ein Trommelfell. Sie wollte nicht dorthin gehen, wollte nicht sehen, was sie dort erwartete, aber die Muster hörten nicht auf, aus ihren Fingerspitzen zu strömen und den Weg zu erleuchten.

Erinnere dich an Deveric, ermahnte sie sich selbst. *Erinnere dich daran, was er getan hat.*

Tessa biß die Zähne zusammen und beschwor ein Bild der alles umschlingenden grauen Fäden herauf: Fäden so fein und im Überfluß vorhanden wie Haare, die sie ein Leben lang gefangengehalten hatten. Einundzwanzig Jahre ihres Lebens war sie mißbraucht und manipuliert worden, und nun hatte sie endlich die Gelegenheit, den Grund dafür herauszufinden.

Sie konnte und *würde* den letzten Schritt tun.

»Seid vorsichtig, Fräulein. Bitte, geht nicht zu weit.« Emiths Stimme war nur ein leises Murmeln im Hintergrund. Kaum daß er geendet hatte, hatte Tessa bereits vergessen, was er gesagt hatte.

Sie bewegte sich durch Farbe, Pergament und Kreide hin zu einem dunklen fernen Ort, weit auf der anderen Seite.

Während ihr Mund die Knoten zählte und ihre Hand den Pinsel führte, *betrat* Tessa McCamfrey das Muster. Sie hatte das Gefühl, zerrissen zu werden, und die Haut zwischen Nase und Kehle trocknete plötzlich aus. Tessa atmete wie ein Langstreckenläufer, während sie sich einen Weg zu dem Teich im Zentrum bahnte. Menschliche Schreie, tierische Schreie und Kampfgeräusche folgten ihr. Der Geruch der Hetzer war mehr als peinigend, er war überwältigend.

Während sie sich vorwärts bewegte, überkam Tessa das Gefühl, als würde sie sich doch auf vertrautem Territorium bewegen. Sie kannte diesen Ort, oder zumindest das Gefühl, dort zu sein. Die Dunkelheit war so warm wie ihr Bauch und so weich wie ihre Haut. Auf dem Pergament wirkten ihre Hände die Magie und legten ein Gehege räuberischer Linien an. Einmal noch den Pinsel in die Tinte getaucht, ein letztes Kreuz, und Tessa fand sich am Rand des Teiches wieder. Sie atmete tief durch, beugte sich vor und blickte in die schwarzen Tiefen.

Sie sah nichts außer ihrem eigenen Gesicht.

Das hätte sie eigentlich überraschen müssen, tat es aber nicht. Ein kleiner Teil von ihr hatte die Wahrheit bereits geahnt. Sie hatte nicht irgendeinc phantastische Parallelwelt betreten, die sie mit der Zauberkraft ihrer Hände heraufbeschwören konnte. Sie hatte sich in sich selbst zurückgezogen.

Langsam schüttelte Tessa den Kopf. Deveric hatte den Tinnitus nicht nur benutzt, um sie zu manipulieren; er hatte ihn benutzt, um ihr wahres Selbst vor ihr zu verbergen. Indem er sie davon abgehalten hatte, sich zu konzentrieren, hatte er einen Teil von ihr eingesperrt. Irgend etwas in ihr war sorgfältig abgeschirmt worden: aus den Augen aus dem Sinn.

»Nein«, murmelte sie, ohne zu wissen, ob sie das Wort dachte oder sprach. »Nein.« Sie schlug mit der flachen Hand auf das Pergament und stempelte das Muster mit ihren Fingerabdrücken. Woher hatte sich Deveric das Recht genommen, sich in ihr Leben einzumischen? *Woher?*

»Fräulein! Fräulein! Seid Ihr in Ordnung? Bitte, redet mit mir. Bitte.« Obwohl Emiths Stimme aus großer Ferne zu kommen schien, fühlte Tessa, daß er wirklich um sie besorgt war. Das Mitgefühl in seiner Stimme half ihr, sich zu beruhigen. Emith und seine Mutter sorgten sich um sie, und sie wiederum sorgte sich um die beiden. Deveric und seine Muster mochten Tessa vielleicht um einen Großteil ihres Lebens betrogen haben, doch sein Gehilfe hatte ihr zumindest einen Teil davon wieder zurückgegeben.

»Es geht mir gut, Emith«, sagte sie langsam. Ihre eigene Stimme klang fremd in ihren Ohren.

Emith tätschelte ihre Schulter. »Ich glaube, Ihr solltet

jetzt besser aufhören. Kommt. Setzt Euch ans Fenster, und ruht Euch etwas aus.«

Tessa schüttelte den Kopf. Sie hielt bereits den Pinsel wieder in der Hand. Sie mußte an diesen Ort zurückkehren, den sie gerade gefunden hatte. Sie mußte dem Gestank der Hetzer und dem Klirren ihrer Messer folgen, und sie mußte herausfinden, warum sie hierhergebracht worden war.

Tessa blickte auf das Pergament und sagte: »Gib mir das Blutrot, Emith. Das Muster ist noch nicht fertig.«

Kapitel sechzehn

Die goldenen Augen des Hetzers schätzten ihn ab. Speichel tropfte aus seinem Rachen, während er sich mit dem Rudel der Beute näherte. Den Rücken gekrümmt, die Schultern hochgezogen, schwankte die Kreatur bei jeder Bewegung von einer Seite zur anderen. Sie hielt ein dünnes Messer in Hüfthöhe, das wie ein Dorn aus dem Lederharnisch zu ragen schien. Der Hetzer war nicht mehr als Mensch erkennbar. Seine Nase war flach und stromlinienförmig wie eine Hundeschnauze. Seine Wangen waren ausgehöhlt und seine Augen nur noch schmale Schlitze. Er blinzelte nicht. Während er über die Felsen schlich und Grasbüschel beiseite schob, ließ er Camron keine Sekunde aus den Augen.

Die Kreatur stank wie ein verrotteter Kadaver. Der Geruch von altem Blut mischte sich mit dem scharfen Gestank abgestandenen Urins und faulender Fäkalien.

Das Messer in der Hand des Hetzers war unrein. Ein dunkler Fleck schimmerte auf der Klinge, und etwas Weißes, Loses wie tierisches Fett hing unmittelbar über dem Heft.

Während Camron die Kreatur beobachtete, stieß der Hetzer ein tiefes Heulen aus. Andere antworteten ihm auf die gleiche Weise, und binnen Sekunden hallte das Tal der gebrochenen Steine vom Geheul der Hetzer wider. Die Luft knisterte. Die Sonne stieg über den Horizont. Goldene Augen funkelten vor Mordlust. Camron schluckte. Das Schwert in seiner Hand – ein doppelt gehärteter Anderthalbhänder, den ihm sein Vater einst zum Namenstag geschenkt hatte – fühlte sich so leicht und zerbrechlich an wie ein Bambusstock.

Neben Camron standen seine Männer im Kreis und warteten darauf, daß die Hetzer näherkamen. Sie waren umzingelt; nirgends bot sich ihnen eine Rückzugsmöglichkeit.

Der Rauch der Fackeln bildete einen stinkenden, giftigen Schleier um die Felsen. Camron stiegen Tränen in die Augen. Hinter ihm begann einer der Männer zu husten. Nur noch wenige Schritte waren die Hetzer von ihren Opfern entfernt, und sie bewegten sich über die Felsen, als *fluteten* sie heran. Ihre Umhänge peitschten hin und her wie Knuten, während die Kreaturen einen schwarzen Ring um die Ritter bildeten. Camron musterte das Gesicht des Hetzers, von dem er wußte, daß er hier war, um ihn zu töten. Er hatte mit vielem gerechnet, was man in den Zügen der Kreatur entdecken konnte, doch Schläue hatte nicht dazugehört. Aber sie war da: kalte, berechnende Schläue.

Camron schauderte. Also waren die Hetzer doch nicht nur Tiere.

Noch während er sich bemühte, sein Zittern zu unterdrücken, griffen die Hetzer den kleinen Trupp an. Mit gefletschten Zähnen stürzten sie sich als einheitliche Masse auf die Ritter.

Camron sog zischend die Luft ein. Es schwang das Schwert im Halbkreis vor seiner Brust und trat einen Schritt vor, um sich den Monstern zu stellen, die seinen Vater getötet hatten.

Klirrend traf seine Klinge auf das Messer. Der Fettklumpen an der Waffe der Kreatur wurde gespalten. Bevor Camron das Schwert zurückreißen und zu einem zweiten Schlag ausholen konnte, hatte der Hetzer bereits wieder zugestochen. Instinktiv hob Camron den linken

Unterarm, um sein Gesicht zu schützen. Das Messer des Hetzers traf auf den Eisenhandschuh und drang mit einem leisen Zischen in die Platte ein. Die Sägeklinge traf auf Camrons Fleisch. Die Spitze kratzte bereits über den Knochen. Camron biß die Zähne zusammen und zwang sich, den Schmerz herunterzuschlucken.

In der halben Sekunde, die der Hetzer benötigte, um die Klinge wieder herauszuziehen, hatte Camron bereits mit dem Schwert nach dessen Flanke geschlagen. Die Augen des Hetzers weiteten sich, und seine Kiefer sprangen auseinander. Ein ekelerregender Gestank drang aus seinem Mund, als er ein lautes Keuchen vernehmen ließ. Voller Zorn warf er sich auf Camron.

Blut spritzte Camron auf Wangen und Hände. Das Messer des Hetzers arbeitete wie eine Maschine: Immer wieder stieß es zu. Camron stellten sich die Nackenhaare auf. Seine Haut fühlte sich an wie ein schwerer Umhang, der seinen Körper niederdrückte. Er war dem Hetzer nun so nahe, daß er sogar den grauen Schimmer seiner Haut sehen und die schreckliche, unnatürliche Hitze seines Körpers spüren konnte.

Die Kreatur würde erst aufhören zu kämpfen, wenn sie tot war.

Camron legte das Schwert vor die Brust und benutzte es wie einen Schild. Links und rechts neben sich hörte er das Keuchen und Stöhnen seiner Männer. Die dunklen Gestalten der Hetzer preßten gegen den kleinen Trupp; sie bewegten sich nur vorwärts, niemals zurück. Camron sah weitere Kreaturen herbeiströmen. Mit erhobenen Messern und funkelnden schwarz-goldenen Wespenaugen kamen sie die Hänge hinab ins Tal und zu den Felsen. Ihre Flut schien kein Ende zu nehmen.

Camron fragte sich, was aus den drei Dutzend Männern geworden war, die er auf der anderen Seite der Felsen zurückgelassen hatte. Ihm gefiel die Antwort nicht, die er vor seinem geistigen Auge sah, und so schob er den Gedanken rasch beiseite.

Ein zweiter Hetzer kam seinem Kameraden zu Hilfe, der mit Camron kämpfte. Um die Flanke des anderen zu decken, hieb er nach Camrons Schwertarm, Brustkorb und Hüfte. Ein tiefes Knurren entstieg seiner Kehle, und er bewegte ständig sein Maul, als kaue er auf einem Knochen.

Camron war gezwungen zurückzuweichen. Während er kurze Hiebe mit seinem Schwert ausführte, bewegte er sich seitlich von den beiden Hetzern weg, um ihnen weniger Trefferfläche zu bieten. Er hatte Blut im Auge – allerdings wußte er nicht, ob es sich dabei um sein eigenes oder das der Hetzer handelte. Sein linkes Handgelenk fühlte sich an, als hätte jemand kochendes Wasser darüber geschüttet. Blut floß aus dem kleinen Einstichloch in dem Eisenhandschuh und verteilte sich über den Arm und lief auf den Felsen.

Die Sonne erstrahlte hinter den Bäumen. Camron spürte ihre Wärme auf Schultern und Nacken. Der Wind wehte den Geruch verbrannten Grases heran ... und noch von etwas anderem. Camron konzentrierte sich wieder auf den Kampf. Er ermahnte sich, daß er an nichts anderes mehr denken durfte.

Die langen, dünnen Messer der Hetzer waren in Größe und Gewicht kein Vergleich zu den schweren Breitschwertern der Ritter, doch irgendwie schien das nichts zu bedeuten. Die Hetzer waren schnell – schneller als alle anderen Kämpfer, die Camron je gesehen hatte –, und dank ihrer Lederrüstungen blieben sie beweglich. Sie schlugen in blindem Eifer um sich. Sie wollten Blut sehen, und nichts, absolut *gar nichts*, würde sie aufhalten.

Zu Camrons Linker ging ein Mann zu Boden. Die Klinge eines Hetzers hatte den Brustharnisch des Ritters kurz oberhalb des Herzens durchstoßen. Er stolperte vorwärts und riß eine Lücke in den Kreis. Während Camron mit dem Schwert eine Reihe von Verteidigungsschlägen ausführte, nahm er wahr, wie ein Dutzend Hetzer über den gefallenen Ritter herfielen. Speichel schäumte vor ihren Mäulern und hing in langen, schleimigen Fäden von ihren Lippen herunter. Lange Messer blitzten im Sonnenlicht auf, als sie auf den Gefallenen einstachen. Der Mann hielt sich schützend den Arm vors Gesicht, doch das hielt die Hetzer nicht davon ab, das offenliegende Fleisch an Unterarm, Nacken und Hals zu attackieren.

»Steh auf!« zischte ihm Camron mit zusammengebissenen Zähnen zu. »Steh auf!«

Der Ritter reagierte nicht.

Camron erinnerte sich an Ravis' Worte: »*Ich habe schon viel zu viele Männer sterben sehen, nur weil sie Vollrüstung getragen haben und sich nach einem Sturz nicht mehr aufrichten konnten …*«

Eine Welle des Zorns brach über Camron herein, und er schlug mit dem Schwert um sich. Der Schlag traf den verwundeten Hetzer in die Flanke und zerfetzte ihm die Nieren. Noch bevor die Kreatur reagieren konnte, änderte Camron seinen Griff um das mit Leder umwickelte Heft und rammte dem zweiten Hetzer den Knauf in die Schnauze. Knochen brachen; Zähne gaben nach, und Blut strömte dem Monster aus der Nase. Benommen wankte es zurück, und Camron wandte seine Aufmerksamkeit wieder dem verwundeten Hetzer zu. Erneut änderte er den Griff um sein Schwert und hieb mit voller Wucht nach dessen Kehle. Er spürte, wie die Klinge in das Fleisch eindrang, riß sie wieder heraus und bewegte sich nach links auf den verwundeten Ritter zu.

Bei allen Göttern, der Mann *würde* aufstehen!

Blut brannte Camron in den Augen. Unter seiner Rüstung dampfte der Schweiß. Die Muskeln in seinem Schwertarm schmerzten vom vielen Schlagen. Er spürte, wie sich der Verlauf der Schlacht veränderte. Seine Männer verließen die Kräfte. Sie schlugen und parierten nicht mehr, sondern hatten die Schwerter als Schutz vor die Brust gelegt. Alle atmeten sie schnell und flach. Ihre Gesichter waren gerötet und schweißverklebt. Langsam, Schritt für Schritt zogen sie sich immer enger um Rhif von Hanisters Leichnam zusammen.

Während er sich einen Weg zu dem gefallenen Ritter freikämpfte, riskierte Camron einen Blick über die wogende Masse der Hetzer. Ihre Zähne blitzten, und ihre Augen funkelten: Sie hatten gerade erst angefangen.

Ohne zu zielen, hieb Camron hierhin und dorthin, während er sich dem Rudel Hetzer näherte, das über den Verwundeten hergefallen war. Seine Rüstungsbänder waren bereits durchtrennt, und die Hetzer standen im Begriff, ihm den Brustharnisch herunterzureißen. Die Lederbänder über den Schultern und die Schutzplatten auf den Schenkeln hatten sie in Stücke gehauen. Sie rissen an der restlichen Rüstung und dem wattierten Hemd, um endlich an nacktes Fleisch zu gelangen.

Überall war Blut. Der Ritter hatte den Helm verloren, und nun stachen zwei Hetzer auf sein Gesicht, seine Ohren und seinen Hals ein. Der Mann hielt sich den Arm noch immer vors Gesicht, um es mehr schlecht als recht zu schützen. Der Arm selbst war nur noch blutiges rohes Fleisch, der Eisenhandschuh schon lange zerfetzt.

Camron stürzte sich auf das Rudel. Er nahm alles nur noch durch einen roten Schleier aus Blut und Zorn wahr. Das dort hätte genauso gut einer der Menschen von Thorn sein können, der wehrlos dem wilden Blutdurst der Hetzer ausgesetzt war. Es hätte sein Vater sein können in jener Nacht in Burg Bess …

Ohne auf seine eigene Flanke und Rücken zu achten, hieb Camron nach allem, was sich vor ihm befand. Wieder und wieder sauste sein Schwert hernieder, traf Gliedmaßen, Schultern, Schädel und Rippen. Die Hetzer waren Monster. *Monster*

Falls seine Klinge in Fleisch eindrang, dann spürte er es zumindest nicht. Falls die Hetzer einander Warnungen zuriefen, dann hörte er sie nicht. Für Camron zählte nur noch, den verwundeten Mann aus den alptraumhaften Klauen dieser Kreaturen zu befreien und ihn in Sicherheit zu ziehen. Sein Schwert war wie ein Schutzengel; die Klinge funkelte im Sonnenlicht und warf einen beschützenden Heiligenschein auf Camrons Brust. Über Blut und Eingeweide hinweg bahnte er sich einen Weg durch gefletschte Zähne und erhobene Dolche hindurch zu dem verwundeten Ritter. Dort angekommen, hielt er die Wand aus wahnsinnig gewordenen Hetzern mit seinem Schwert zurück, während er gleichzeitig dem Verwundeten die linke Hand entgegenstreckte.

»Komm«, sagte er. Das Sprechen schmerzte ihn in der Kehle. »Tritt hinter mich. Ich werde dich beschützen, solange ich kann.«

Der Ritter packte Camrons Hand. Seine Haut war warm und blutig, und doch hatte sich eine einzelne Berührung noch nie so gut angefühlt oder soviel bedeutet. Mit einem kräftigen Ruck zog Camron den Mann auf die Beine. Noch bevor er vollends aufrecht stand, trat Camron vor ihn und schirmte ihn vor den Klingen der Hetzer ab.

»Kehr in den Kreis zurück«, murmelte Camron. Seine Augen schmerzten, und seine Lungen brannten.

Der Ritter rührte sich nicht.

Verwirrt blickte Camron über die Schulter zurück zum Kreis seiner Männer.

Übelkeit stieg in ihm auf, und der Dampf in seiner Rüstung verwandelte sich in Eis.

Es *gab* keinen Kreis mehr. Der kleine Trupp war verschwunden. Wo er auch hinblickte, die Hetzer waren überall: dunkel, gierig, triumphierend. Ein hoher Schrei ging durch das Rudel, als sie näher rückten, um Camron den Todesstoß zu versetzen.

Tessa wurde der Pinsel immer schwerer. Die Silbertinte war aufgebraucht. Es war nichts mehr davon übrig: nicht auf dem Pinsel, nicht in der Schale und nicht in der Schüssel, in der Emith sie angerührt hatte.

Ein Band aus Schmerz legte sich um Tessas Stirn. Sie hatte das Gefühl, als würde ihr jemand Metallplatten gegen die Schläfen pressen, nur daß es eigentlich gar nicht *ihre* Schläfen waren.

Sie war *dort*. Mit Camron inmitten der Felsen. Sie konnte seinen Schweiß und das Blut in seinem Mund schmecken und den langsam steigenden Druck in seinen Schläfen spüren. Ihr Magen drehte sich mit dem seinen um. Der widerliche Gestank der Hetzer war überall und nirgends zugleich. Tessas Hände, die während all der Stunden des Zeichnens ruhig gewesen waren, begannen nun zum ersten Mal zu zittern. Sie fühlte sich zu Tode erschöpft.

Dann wiederum war sie überhaupt nicht müde. Vielleicht empfand sie auch Camrons Erschöpfung, als wäre es ihre eigene.

Sie hatte sich selbst in die Schlacht hineingezogen. Sie war in ein Tal vorgedrungen, das sie noch nie zuvor gesehen hatte, in einen Wald aus gebrochenen Steinen. Der Geruch der Hetzer und das Klirren der Waffen waren ihre Wegweiser gewesen. Sie war ihrer Spur auf dem Pergament gefolgt, hatte die Fußabdrücke der Hetzer mit Tinte gefüllt und Ziegel in unterschiedlichste Formen aneinandergereiht, um sich eine Straße zu schaffen.

Tessa hatte sogar die Hetzer selbst beschworen. Kohle- und Gallsäuretinte, gemischt mit Schwefel und verdünnt mit abgestandenem Urin, waren ihr Medium gewesen. Dort, wo das Licht der Talgkerze auf das Pergament fiel, besaß die schwarze Farbe einen gelben Unterton. Der Kerzenrauch brannte Tessa in den Augen. Obwohl sie wußte, daß die Hetzer in Wirklichkeit Menschen waren, malte sie sie als vierbeinige Kreaturen mit Hundeschnauzen, Klauen und dicken Schwänzen.

»Vierfüßler«, hatte Emith sie einfach genannt, doch seine Stimme hatte seltsam angespannt geklungen.

Das Muster war nicht hübsch. Die Seite war ein Friedhof öder Farben: Grau, Holzkohle, Schwarz, Dunkelrot und kaltes, fleischloses Blau. Es schien beinahe, als seien die Farben gar keine Farben, sondern lediglich Schatten davon. Während sie sie betrachtete, wurde ihr der Mund trocken. In was hatte Deveric sie da hineingezogen? Was hatte sie, Tessa McCamfrey, hier verloren? Und warum zeichnete sie diese monströsen Gebilde?

Plötzlich wünschte sie sich von ganzem Herzen, wieder nach Hause zurückkehren zu können.

Tessa strich mit dem Finger über den Rand des Pergaments und seufzte. Das Atmen fiel ihr schwer. Es schmerzte. Aber wie sollte sie wieder nach Hause zurückkehren? Selbst wenn sie der Ring zurückbringen könnte, würde sie dann nicht Camron zwischen den Felsen im Stich lassen, wo doch nur sie ihn und den Mann, der sie gerettet hatte, vor dem sicheren Tod durch die Hetzer bewahren konnte?

Tessa drehte den Pinsel zwischen den Fingern. Sie hatte diese Muster begonnen, weil sie nach Antworten gesucht hatte, doch statt dessen hatte es neue Fragen aufgeworfen. Sie wußte, wie sie hierher gekommen war, wie sie sich selbst einen Weg über das Pergament gezeichnet hatte und daß der Pfad nicht nach außen, sondern in sie hineinführte. Aber sie wußte nicht, wie sie etwas *beeinflussen* könnte. Sie war nur eine Zuschauerin – das war alles. Sie konnte nichts verändern. Sie wußte nicht wie.

Ein Schweißtropfen rann die Schläfe hinab. Er lief am Jochbein entlang und schließlich in ihren Mund. Er schmeckte nach Unheil. Tessa schauderte. Die Vision von Camron löste sich bereits auf. Sie konnte sie nur aufrechterhalten, solange der Pinsel Farbe auf das Pergament auftrug.

»Was soll ich tun, Emith?« fragte sie, obwohl sie nicht sicher war, ob Emith ahnte, wo sie gewesen war und was sie dort gesehen hatte. »Wie kann ich das, was das Muster mir zeigt, verändern?«

Die Luft über ihrer linken Schulter bewegte sich, als Emith den Kopf schüttelte. »Ich weiß es nicht, Fräulein. Ich weiß es nicht.«

Der Knochenpinsel brach in Tessas Hand. Splitter bohrten sich in ihren Daumen. »Es muß etwas geben. Denk nach! *Denk nach!*«

Emiths Hand glitt über ihre Schulter. »Kommt weg von hier, Fräulein. Laßt das Muster in Ruhe, solange Ihr …«

»Solange ich was?« schrie Tessa. »Solange ich in Sicherheit bin?«

Mit jeder Sekunde, die verstrich, rückten Camron und die Schlacht in immer größere Ferne. Tessa fühlte verzweifelt, daß sie ihre Freunde in der Stunde der Not im Stich ließ. Obwohl Emith ihr gerade erklärte, was er hatte sagen wollen, fiel Tessa ihm ins Wort. »Ich brauche einen neuen Pinsel – und mehr Farbe. Ich nehme alles, was noch da ist.« Sie wußte, daß ihre Worte barsch geklungen hatten, und so fügte sie hinzu: »Emith, jemand befindet sich in großer Gefahr. Ich kann das Muster jetzt nicht in Ruhe lassen. *Ich kann nicht!*«

Emith stieß ein leises Seufzen aus. Tessa wußte, daß er ihre Absicht nicht guthieß. Dennoch reichte er ihr einen neuen Pinsel. Tessa fühlte sich unwohl. Ihr war durchaus bewußt, daß er nur so erregt war, weil er sich um sie sorgte, aber sie *mußte* weitermachen. Ihr ganzes Leben lang war sie der Verantwortung aus dem Weg gegangen, doch sie konnte nicht mehr so weiterleben. Die Dinge hatten sich verändert. *Sie* hatte sich verändert.

Diesmal konnte sie nicht davonlaufen.

»Das ist die einzige Farbe, die ich noch übrig habe«, sagte Emith und stellte eine Schale mit goldener Tinte auf den Tisch. »Ich mische neue an, während Ihr arbeitet.«

Tessa nickte. Der Farbton überraschte sie nicht: Alles begann und endete in dieser Welt mit Gold. Sie tauchte den Pinsel in die Tinte und führte die vollgesogene Spitze über das Pergament. Diesmal zischte die Farbe nicht, als sie die Seite berührte; sie *kochte.*

Ederius hielt mitten im Strich inne. Ein stechender Schmerz fuhr ihm in die Stirn, unmittelbar über den Augen. Er konnte nicht mehr klar sehen. Die Tinte tropfte vom Pinsel auf die Seite.

»Was soll das?« zischte Izgard.

Die Worte ließen Ederius zusammenzucken. Er hatte vergessen, daß sein König neben ihm stand. »Nichts, Euer Majestät«, antwortete er rasch und faßte sich mit der Hand an die Stirn. Der dumpfe Schmerz seiner noch immer nicht verheilten Schulter überlagerte das Pochen in der Stirn. »Ein Muskelkrampf, das ist alles.«

»Was geschieht im Tal der gebrochenen Steine?« Izgards Atmen schlug an sein Ohr wie kalter Nebel. Fingerspitzen schwebten über sein Gesicht, ohne es zu streifen. Oh, er wollte den alten Schreiber sehr wohl berühren – Ederius wußte, wie sehr der König es genoß, jene zu berühren, die er als sein Eigentum betrachtete –, doch selbst Izgard wagte es nicht, einen Schreiber von der Insel der Gesalbten bei der Arbeit zu stören. Auch heute noch, fünfhundert Jahre nach dem goldenen Zeitalter der Insel und ihrer Schreiber, machten Geschichten und Gerüchte die Runde, die von der unglaublichen Macht der Schreiber erzählten.

Sie hätten Menschen mit nur einem Pinselstrich getötet, hieß es.

Sie hätten Menschen bei lebendigem Leib *verbrennen* lassen.

Ederius lächelte, doch obwohl es sein erstes Lächeln in einundzwanzig Tagen war, lag keine Heiterkeit darin. Die Menschen taten gut daran, sich zu fürchten. In der Schreibkunst lag in der Tat große Macht. Nicht in der Tinte oder dem Pergament und auch nicht in den Mustern, sondern in dem Prozeß der Schöpfung. Wenn die Tinte sich von geübter Hand geführt in das Pergament brannte, wenn die Vision des Schreibers Gestalt annahm, und wenn eine tausendjährige Tradition etwas Neues erschuf, dann wurde die andere Welt beschworen. Macht floß aus diesem Akt. Jene Schreiber, die die Gabe besaßen, diese Macht zu spüren, konnten sie zu einer Waffe formen oder zu einem Schild. Sie konnten Leben kontrollieren, das nicht das ihre war.

Ederius hatte niemals danach gefragt, wo diese Macht ihren Ursprung hatte. Er hatte aufgehört, Fragen zu stellen, als Izgard in jener Nacht Gamberon auf dem Hügel nahe Sirabayus erschlagen hatte. Nur so konnte er von Tag zu Tag überleben. Nur so konnte er mit den Entscheidungen leben, die er getroffen hatte.

Erneut durchzuckte ein stechender Schmerz seine

Schläfen. Nur verschwommen sah er das Muster, das er geschaffen hatte. Er sah weniger die Seite selbst als vielmehr ein kompliziertes Netzwerk aus zitternden Linien. Irgend etwas stimmte nicht. Das Muster wurde auf irgendeine Art gestört: Ein schwaches Beben war im Hintergrund zu spüren. Da er nach wie vor den Blick seines Königs auf sich ruhen fühlte, bemühte er sich, seine Aufregung zu verbergen.

Es gelang ihm nicht, denn Izgards kalter Atem strich über seinen Nacken. »Was ist das, Ederius? Sag mir, was nicht stimmt.«

Ederius schüttelte den Kopf. »Ich weiß es nicht, Euer Majestät.« Während er sprach, reinigte er den Pinsel von der grauen Farbe. Anschließend griff er nach dem schwärzesten Pigment seiner Palette: pulverisiertes Obsidian. Die daraus gewonnene Tinte war zäh und glänzend. Wenn man nicht achtgab, konnte man sich an den kleinen Splittern die Finger aufschneiden.

»Ich will nicht, daß diesmal etwas mißlingt«, flüsterte Izgard ihm ins Ohr. Sein Atem roch nach süßen Dingen, die sauer geworden waren. »Ich habe diese Falle schon zu lange geplant. Ich habe die Stadt nur aus einem einzigen Grund eingenommen: um Camron von Thorn und seinen neuesten Diener in die Falle zu locken. Ich will sie beide tot sehen. *Jetzt.* Ich habe Thorn gewarnt, doch er hat die Warnung ignoriert. Das war genauso sehr sein Fehler wie meiner. Ich hätte ihn zusammen mit seinem Vater erschlagen sollen.

Und was Ravis von Burano betrifft …« Izgards Hand fuhr auf den Tisch hernieder. »Dieser Mann wird sich schon bald in der Hölle wiederfinden.«

Für Ederius war Izgards Stimme nur noch ein weit entferntes Murmeln. Er hörte den Haß in ihr, weiter nichts. Sein Geist hatte sich mit der Tinte verschmolzen. Nach innen gerichtet rasten seine Gedanken über den ausgetretenen Pfad zu dem Tal im Osten, wo im Augenblick der Kampf tobte. Izgard redete weiter, und da die heftigen Gefühle des Königs seiner Arbeit nutzten, ließ Ederius ihn gewähren. Irgend etwas stimmte nicht, und es war seine Aufgabe, den Fehler zu beheben. Falls das bedeutete, daß er zerstören mußte, was auch immer sich in sein Muster einmischte, dann sollte es geschehen. Ein Meisterschreiber beherrschte mehr als Farbenmischen und Linienzeichnen.

Das Blut rauschte durch Camrons Adern. Seine Brust hob und senkte sich schnell und stark, sie drückte gegen den Harnisch über seinem Herzen. Schweiß lief ihm über Brust und Nacken, bevor er sich irgendwo in der Hitze der Rüstung in Dampf auflöste. Die Wunden an Armen und Beinen und in der Seite ließen ihn vor Schmerz das Gesicht verziehen. Jeder Atemzug brannte in seinen Lungen. Sein Schwert war von oben bis unten mit Blut verschmiert. Während er es gegen die Hetzer schwang, war sein Griff nie sicherer gewesen, und jeder Schlag fand sein Ziel.

Broc von Lomis, der Ritter, den er von dem Rudel Hetzer befreit hatte, stand in seinem Rücken. Der Mann hatte nicht nur die Kraft gefunden, sich aufzurichten und stehenzubleiben; inzwischen hielt er sogar wieder sein Schwert in der Hand. Sein rechter Arm war nutzlos, doch der linke reichte aus, um die Hetzer auf Abstand zu halten.

Allein zu wissen, daß er da war, seinen zerfetzten Schulterpanzer im Rücken zu spüren vermittelte Camron ein gutes Gefühl. Er war nicht allein.

Die Sonne arbeitete für die beiden Ritter. Ihre ersten Strahlen schienen den Hetzern mitten ins Gesicht. Camron sah das Gold in ihren Augen und die Speichelfäden zwischen ihren Zähnen. Ihre Kiefer arbeiteten ohne Unterlaß, während sie kämpften. Sie schnalzten mit den Zungen und bleckten die Zähne.

Camrons Schwert hörte nicht eine Sekunde auf zu schlagen – es konnte nicht. Die sich ständig bewegende Klinge war das einzige, was die Hetzer davon abhielt, ihm die Eingeweide aus dem Leib zu reißen. Camron und Broc standen einen Kopf höher als ihre Angreifer auf einem kleinen Felsblock. Die Fackeln waren inzwischen ausgebrannt, und der Rauch hatte sich schon lange aufgelöst. Der ekelerregende Gestank der Hetzer war das einzige, was die Luft verunreinigte.

Die anderen Ritter waren nirgends zu sehen. Während er kämpfte, versuchte Camron, ihre Gestalten inmitten des hin und her wogenden Mobs auszumachen. Er hatte sie noch nicht entdeckt, aber das hielt ihn nicht davon ab, weiter nach ihnen Ausschau zu halten und zu hoffen. Vielleicht war ihnen irgendwie die Flucht geglückt.

Ob seine Augen ihm nun einen Streich spielten oder nicht, vermochte Camron nicht zu sagen; doch er hatte das Gefühl, als würden die Hetzer langsamer. Sie näherten sich seiner Klinge mit wachsender Vorsicht, gaben ihm mehr Raum, um zuzuschlagen, und zögerten, bevor sie nach einem Rückzug wieder zum Angriff übergingen. Selbst ihre Gesichtszüge schienen sich zu verändern. Das Gold in ihren Augen begann zu wabern, und ihre Lippen fielen schlaff über die Münder. Von Sekunde zu Sekunde sahen sie menschlicher aus.

Plötzlich kam von Westen her eine Brise auf, und Camron atmete zum ersten Mal seit Tagesanbruch frische Luft. Er riskierte einen Blick über die Schulter und blickte Broc von Lomis in die Augen. Broc lächelte nicht – dafür war viel zuviel geschehen –, aber aus seinen haselnußfarbenen Augen war die Furcht verschwunden.

Er spürte es auch. Die Hetzer begannen nachzugeben.

Camron packte das Heft des Schwertes mit beiden Händen, hob es hoch über den Kopf und ignorierte den Schmerz in den ausgelaugten Muskeln. Obwohl Hoffnung im Augenblick ein Luxus war, den er sich nicht leisten konnte, vermochte er das Gefühl nicht zu verdrängen. Sollte Gott ihnen gnädig sein, würden sie vielleicht doch noch mit dem Leben davonkommen.

Tessa malte mit wahnsinniger Wut. Sie wußte nicht, was sie tat oder wie; sie wußte nur, daß die Farbe um jeden Preis auf die Seite fließen mußte. Davon hing alles ab.

Ihr Kopf schmerzte. Die Muskeln in ihrem Arm fühlten sich an, als würde ein unsichtbares Biest mit scharfen Klauen an ihnen reißen. Ihre linke Hand war taub, weil sie das Kinn zu lange darauf gestützt hatte. Hinter ihr mischte Emith Farben, von denen sie wußte, daß sie sie niemals verwenden würde. Seine Mutter saß in ihrem Stuhl und hatte die Augen geschlossen.

Die Zeit besaß keine Bedeutung mehr. Tessa vermochte nicht zu sagen, ob zehn Sekunden oder zehn Stunden verstrichen waren, seitdem sie zum ersten Mal den Pinsel in das Gold getaucht hatte. Nur durch das ständig sich entwickelnde Muster auf dem Pergament behielt sie den Lauf der Dinge im Auge. Es entwickelte sich nicht so, wie sie sich vorgestellt hatte. Irgendwie hatte es ein Eigenleben bekommen. Dicke Farbstriche wanden sich über die Seiten. Dünne, vielgliedrige Kreaturen krochen durch Spiralen und unter Knoten hindurch. Ihre Zungen und Schwänze wickelten sich um den durchbrochenen Rahmen wie Ranken um einen Baum.

Tessa hatte das Gefühl, im Dunkeln zu schwimmen.

Sie hatte keine Ahnung, wohin sie ging oder wem oder was sie als nächstes begegnen würde. Sie war ihre eigene Führerin. Sie konnte nur das tun, was sie für richtig hielt. Die goldene Tinte stellte tatsächlich die geeignete Farbe für ihre Arbeit dar – soviel wußte sie. Und wenn sie die verzerrten, aus Schwefeltinte gemalten Gestalten in Bänder aus Gold einhüllte, war sie fest davon überzeugt, daß sie dadurch den Lauf der Schlacht im Tal der gebrochenen Steine beeinflußte. Die Haut auf ihren Fingerspitzen juckte, was sie als gutes Zeichen interpretierte.

Hauptsächlich verließ sich Tessa auf ihre Willenskraft. Willenskraft war es, die dem Pinsel Schwung verlieh und die Knoten und Schleifen zusammenhielt. Sie würde Camron von Thorn helfen. Sie mußte. Deveric hatte sie aus einem bestimmten Grund hierhergebracht, und mit jedem Pinselstrich, mit jeder weiteren Schicht Farbe, begriff sie mehr und mehr, daß er sie genau hierfür hierhergeholt hatte: um gegen die Hetzer zu arbeiten.

Die Hetzer waren unnatürliche Wesen – Monstrositäten. Tessa spürte ihre Abnormalität als ein Brennen im Magen. Wenn sie vor ihrem geistigen Auge das Bild des hin und her wogenden, heulenden Rudels sah, sträubten sich ihr die Nackenhaare. Von oben betrachtet wirkten die Hetzer wie Kakerlaken, die sich auf einen Kadaver stürzten. Ihre Augen und Zähne funkelten aus der Schwärze ihrer Umhänge.

Dann, während ihre Hand mit dem Pinsel über das Pergament tanzte, blickte eine der Kreaturen in Tessas Richtung.

Der Hetzer war nur einer unter vielen, dessen Kopf im Einklang mit den anderen hin und her schwang. Plötzlich hörte er jedoch auf, sich zu bewegen, und hielt einen Moment lang inne, bevor er sein gräßliches Maul langsam zu Tessa herumdrehte. Schwefelfarbene Augen suchten nach ihr durch einen Schleier aus Licht und Schatten hindurch. Schließlich war sie entdeckt. Ohne zu blinzeln starrte die Kreatur auf sie mit der Gier eines Raubtieres. Im nächsten Augenblick verzog der Hetzer die Lippen zu einem Grinsen; dann riß er das Maul auf.

Tessa schreckte zurück. Die Stuhlbeine schrammten über den Steinboden, und kurz glitt ihr der Pinsel aus der Hand, was einen Fehlstrich zur Folge hatte.

»Tessa! Tessa! Bist du in Ordnung?« Zum ersten Mal, seit sie ihn kennengelernt hatte, sprach Emith ihren Namen aus. »Komm weg von da! Laß das Muster in Ruhe!«

Tessas Herz raste. Ihr war warm und kalt zugleich. »Mir geht es gut, Emith«, sagte sie und bemühte sich, so gelassen wie möglich zu klingen. »Es war nichts, nur ...« Ihr fehlten die Worte. »Nichts.«

»Ich glaube, Ihr solltet jetzt besser aufhören, Fräulein. Sofort.«

»Ich kann nicht, Emith.« Tessa wollte noch mehr sagen, wollte Emith erklären, daß sie Camron nicht inmitten der Hetzer allein lassen könne, daß sie einfach weitermachen *mußte*; doch ihr Instinkt warnte sie, besser nicht zu sprechen. Alles, was sie ab jetzt noch sagen würde, würde wie das sinnlose Geschwätz einer Wahnsinnigen klingen.

Tessa änderte ihren Griff um den Pinsel und tauchte ihn ein weiteres Mal in die Farbe. Ihr Verstand versuchte bereits, sie zu beruhigen: Wie sollte etwas, das sie in einem Muster sah, ihr Schaden zufügen? Sie befand sich weit entfernt vom Ort der Schlacht. Sie war hier – hier in Mutter Emiths warmer, gemütlicher Küche. Die Hetzer würden schon nicht aus dem Pergament hervorstürmen. Das war einfach nicht möglich. Sie redete sich ein, es sei dumm, sich zu fürchten; dann trug sie erneut goldene Tinte auf die Seite auf. Ihre Hand zitterte, und die Kurve, die sie malte, war bei weitem nicht so gleichmäßig, wie sie beabsichtigt hatte, doch es reichte aus, um sie zur Schlacht zurückzuführen.

Stöhnen, Keuchen und das Klirren von Metall auf Metall begrüßte sie. Der Gestank tierischer Ausscheidungen schlug ihr entgegen. *Es gibt hier nichts, wovor du Angst haben müßtest,* ermahnte sie sich erneut, während sie fortfuhr, über die dunklen, verzerrten Gestalten der Hetzer zu malen.

Gold schöpfte Schwarz ab. Die Farben bluteten. Pigment rauchte. Tessas Hand wollte einfach nicht aufhören zu zittern. Einzelne Haare lösten sich aus dem Pinsel und legten sich wie Splitter aufs Pergament. Sie dachte an die Hetzer, stellte sich vor, wie sie flohen, wie sie verschwanden, wie sie fielen. Da sie nicht wußte, was sie sonst hätte tun sollen, band sie sie mit goldenen Ketten.

Es funktionierte. Tessa spürte, wie sie langsamer wurden.

Sie wollte noch mehr tun und zog mit kräftigem Schwung eine durchgehende Linie durch eine Gruppe Hetzer. Als das Gold in das Pergament eindrang, stieg ihr ein unerwarteter Geruch in die Nase.

Frische Farbe, eben erst aufgetragen.

Im selben Augenblick, da sie erkannte, daß es sich nicht um ihr eigenes Pigment handelte, breitete sich ein stechender Schmerz in ihrer Stirn aus. Die Welt verschwamm; es wurde immer dunkler. Goldene Augen starrten sie aus der Dunkelheit an, erkannten sie und weideten sich an ihrem Schmerz. Eine Welle des Schmerzes brach über sie herein. Tessa versuchte zu atmen, doch sie konnte nicht. Ihre Augen brannten. Sie fiel, von einem Krampf geschüttelt, auf den Tisch. Der Schmerz machte sie blind. Sie sah nichts als die goldenen Augen. Den Pinsel noch in der Hand, stach sie auf das Pergament ein. Eine Hitzewelle brandete über ihre Hand hinweg, aber sie konnte den Pinsel nicht loslassen.

Vor Schmerzen vermochte sie nicht zu atmen noch zu denken und zu handeln. Die Tränen rannen nur so herab, und sie hatte das Gefühl, als ritze ihr jemand die Schläfen mit einer Rasierklinge auf.

Sie konnte es nicht mehr ertragen.

Vor ihr lag nur noch Dunkelheit: kalte, unendlich tiefe Finsternis.

Irgend etwas zog an ihrer Hand und bog ihre Finger auseinander. Ein schrecklicher Schmerz durchfuhr ihren ganzen Körper, als der Pinsel aus ihrem Fleisch gerissen wurde.

Die goldenen Augen schlossen sich; dann wurde alles schwarz.

Die Hetzer verwandelten sich. Alles geschah im Bruchteil einer Sekunde. Im einen Augenblick waren sie noch träge und vorsichtig; ihr Blick schien nach innen gerichtet zu sein, und sie wirkten wieder wie Menschen. Im nächsten waren sie wieder wie tollwütige Hunde, bellten, bissen, griffen an. In einer nicht aufhören wollenden schwarzen Flut drangen sie auf die beiden Ritter ein.
Camron hielt den Atem an. Sein Magen zog sich zusammen und hinterließ eine übelkeiterregende Leere zwischen Bauch und Brust. Die Hetzer waren einfach zu viele. Sie kamen zu schnell. Camrons Schwertarm schmerzte vor Überanstrengung. Er wurde langsamer. Zum Schlag hob er die Klinge bei weitem nicht mehr so hoch wie noch vor wenigen Minuten. Er wußte nicht, wie lange er das noch durchstehen würde.

Hinter ihm rang Broc von Lomis nach Atem. Blut und Speichel liefen ihm den Hals hinab. Das Schwert hatte er noch nicht gesenkt – es bewegte sich in immer enger werdenden Kreisen auf Hüfthöhe –, doch auch er würde dem stetigen Ansturm nicht mehr lange standhalten können. Der Mann hatte eine Menge Blut verloren. Camrons Stiefel badeten darin.

»Komm näher heran!« brüllte Camron und griff mit der linken Hand hinter sich nach dem jungen, dunkelhaarigen Ritter. »Lehn dich an meinen Rücken, damit ich unsere Flanke decken kann.«

Schon spürte er Brocs Schulter an der seinen. Er seufzte erleichtert auf. Einander näherzurücken war zwar nicht viel, aber es war alles, was sie im Augenblick tun konnten. Nun mußte Broc sich nur noch um die Hetzer kümmern, die sich unmittelbar vor ihm befanden. Camron würde den Flankenschutz übernehmen. Das bedeutete allerdings, daß er das Schwert in größerem Bogen würde schwingen müssen, was wiederum eine zusätzliche Belastung für seine ohnehin schon überanstrengten Muskeln nach sich ziehen würde; doch ihnen blieb keine andere Wahl. Sie mußten weiterkämpfen.

Obwohl seine Kehle sich anfühlte, als stünde sie in Flammen, zwang er sich, tief und gleichmäßig zu atmen. Er war vielleicht hierhergeritten, um zu sterben, um im Kampf gegen die Mörder seines Vaters entweder das Himmelreich oder die Hölle zu finden; doch je länger der Kampf andauerte, desto mehr erkannte er, daß er nicht sterben *wollte*.

Nicht hier. Nicht jetzt.

Er wollte leben.

Sein Tod könnte den Vater nicht wieder zurückbringen; er würde nicht rückgängig machen, was in Burg Bess geschehen war. Nichts konnte jemals etwas daran ändern: nicht dieser Kampf oder tausend andere und sicherlich nicht sein Tod. Sein Tod würde lediglich die endgültige Vernichtung von Thorn, seinen Bewohnern und der Familie bedeuten, die den Namen der Stadt getragen hatte. Sein Tod würde das Ende von allem bedeuten, was sein Vater gekannt und geliebt hatte.

Während Camron in die tierischen Gesichter der Hetzer blickte, versuchte er, sich nicht zu fürchten, nicht mehr an den Tod zu denken. Der Kampf war alles, was jetzt noch zählte.

Ein dünner Schrei erscholl unmittelbar hinter ihm. Metall knirschte. Da Camron im Augenblick drei Hetzer zugleich abwehren mußte, konnte er sich nicht umdrehen, um nachzusehen, was geschehen war. Ein weiterer Schrei, gefolgt von einem kurzen, verzweifelten Keuchen; dann fiel Broc gegen seinen Rücken. Camron machte einen Ausfallschritt, um nicht zu stürzen. Er legte das Schwert als Schutz vor die Brust und drehte sich zu dem Ritter um. Er streckte die linke Hand aus. Hetzerklingen stachen nach dem ohnehin schon beschädigten Eisenhandschuh. Eine Klinge durchdrang die Rüstung an Camrons ungeschützter rechter Seite.

Broc sank auf die Knie. Sein Schwert war verschwunden. Hetzer krallten nach seinen Beinen, Füßen und Armen. Broc sah Camrons ausgestreckte Hand, doch ihm fehlte die Kraft, nach ihr zu greifen. Ein Muskel zuckte in seinem Unterarm, aber er konnte den Arm nicht bewegen.

Camron spürte, wie eine Klinge seinen Hinterkopf streifte. Dann traf ein zweiter Hieb sein Ohr. Schmerz breitete sich aus, und Tränen strömten ihm aus den Augen. Er beugte sich nieder und griff nach Brocs Arm. Seine Rüstung knirschte an den Gelenken, und im selben Augenblick trafen unzählige Messerhiebe seinen Rückenpanzer. Die Lederriemen wurden durchtrennt, und der Harnisch fiel zu Boden. Camrons Mund füllte sich mit Blut. Er blickte in Brocs haselnußbraune Augen und sah sein furchterfülltes Spiegelbild.

Die Hetzer umdrängten sie mit gefletschten Zähnen,

und hauend und stechend schlossen sie jede entstehende Lücke, wie Teer in Fugen rinnt.

Camron riß sich zusammen. Der Schmerz peinigte ihn an einem Dutzend Stellen zugleich, als er das Schwert über den Kopf hob. Ein Hetzer löste sich aus dem Rudel und sprang mit dem Messer voran auf ihn zu. Camrons Lippen formten die Worte: »Verzeih mir.« Ob sie an seinen Vater, an Gott oder an Broc von Lomis gerichtet waren, wußte er nicht. Vielleicht an alle drei.

Klirrend trafen die Klingen aufeinander. Der junge Lord von Thorn besaß nicht mehr die Kraft, dem Angriff standzuhalten, und das Heft rutschte ihm aus der Hand. Eine schwarzbehandschuhte Hand fing es auf. Die Lippen des Hetzers verzogen sich zu einem verächtlichen Grinsen, als er das Messer drehte, um es Camron zwischen die Rippen zu stoßen.

Wehrlos blieb Camron nichts anderes übrig, als die Arme vor der Brust zu kreuzen. In Erwartung des Todes spannte er die Muskeln im rechten Bein an: Er konnte noch immer zutreten.

Ein leises *Zack* erklang unmittelbar vor ihm. Es war so leise, daß Camron kaum glauben konnte, es gehört zu haben.

Die goldenen Augen des Hetzers weiteten sich. Zischend stieß er die Luft aus und fiel gegen Camrons Brust. Ein Pfeil ragte aus seinem Rücken. Der Schaft zitterte noch.

Als Camron einen Schritt zurückwich, zischte etwas an seinem Ohr vorbei. Erneut war ein leises *Zack* zu hören, dann noch eins und noch eins und noch eins. Ein wahrer Hagel von Pfeilen ging auf die Felsen nieder. Hölzerne Schäfte rauschten an Camrons Wangen und Schultern vorüber. Stahlspitzen drangen in Hetzerfleisch, durchbohrten Muskeln und zerschlugen Knochen. Überall sanken Hetzer mit weit aufgerissenen

Augen und Mündern zu Boden. Das Rudel begann sich aufzulösen. Einige liefen davon, andere krochen hinter Büsche oder versteckten sich hinter Felsen.

Camron bewegte sich nicht. Er verhielt sich vollkommen ruhig und wartete, bis seine Haut sich ein wenig abgekühlt hatte. Broc lag flach auf dem Felsen. Sein Gesicht war blutverschmiert. Er atmete aber noch. Camron selbst atmete erst wieder, nachdem er sich vergewissert hatte, daß sein Gefährte am Leben war.

Noch immer regneten Pfeile hernieder und fanden ihre Ziele mit einer Sicherheit wie der verlorene Sohn die Heimat. Und immer mehr Hetzer stürzten zu Boden. Sie wanden sich zu Camrons Füßen, und ihre Schreie klangen tiefer – menschlicher. Nach kurzer Zeit stand kein einziger mehr. Entweder waren sie auf der Flucht, hatten sich versteckt, waren verwundet oder tot. Camron war es egal. Er war so schwach, daß es ihn den letzten Rest seiner Kraft kostete, sich auf den Beinen zu halten.

Ein Befehl wurde gerufen. Zaumzeug klimperte. Camron hob die Hand gegen die Sonne und sah einen Mann zwischen den Felsen hindurchreiten, der ein zweites Pferd hinter sich herführte. Während Camron ihn beobachtete, steckte der Mann einen Kurzbogen in eine dafür vorgesehene Halterung an seinem Sattel; dann hob er den Blick und lächelte.

Ravis von Burano verneigte sich leicht. »Meine Herren!« rief er schon aus einiger Entfernung. »Verzeiht mir. Ich komme ein wenig spät.«

Auf eine knappe Handbewegung hin erschien ein Ring von Bogenschützen am Rand des Tals. Wie die Hetzer vor ihnen, tauchten sie unvermutet aus den Bäumen und Büschen auf. Sie trugen leicht gekrümmte Langbogen, die größer waren als sie selbst. Überrascht stellte Camron fest, daß es weniger als ein Dutzend waren, die mit eingelegten Pfeilen ihre Positionen einnahmen.

Als Ravis näherkam, erkannte Camron, daß der Söldner bei weitem nicht so gelassen und unversehrt war, wie er zunächst geglaubt hatte. Blut klebte an seinen Handschuhen und auf seinem Ärmel. Schweiß floß ihm über die Schläfen, und sein Atem ging schnell und flach. Er verschwendete keine Zeit. Mit dem gezogenen Schwert in der einen und den Zügeln in der anderen Hand führte er das Packpferd zwischen den niedergestreckten Hetzern hindurch. Sofort nachdem er den Felsen erreicht hatte, auf dem Camron stand, stieg er ab, ging zu Broc, hob den Schwerverletzten hoch und legte ihn vorsichtig über das Packpferd. Erst dann wandte er sich an Camron.

Pfeile pfiffen durch die Luft, denn einige Hetzer hatten just diesen Augenblick gewählt, um aus ihren Verstecken aufzuspringen. Sie kamen nicht weit.

Ravis blickte Camron in die Augen. »Ich wäre schon früher gekommen, aber ich hatte auf der anderen Seite der Felsen etwas zu erledigen.« Seine Stimme klang ein wenig spöttisch, doch seine Augen erzählten eine andere Geschichte. Sie waren dunkel, glänzend und voller Schmerz. Als er Camron aufs Pferd half, entdeckte der Lord eine blutende Wunde in der Seite des Söldners.

Camron schwieg dazu. Er schloß die Augen und ließ den Kopf gegen Ravis' Schulter fallen, der sich hinter ihm in den Sattel geschwungen hatte. Er wollte einfach nur weg von hier.

Hier endet der erste Teil der Geschichte um den
DORNENRING.
Wie es weitergeht, erfahren Sie in dem Band
KRONE AUS BLUT, der im Juli bei Bastei-Lübbe
erscheint (Band 28 316)